blue MOON

jojo moyes

înainte să te cunosc

Traducere din limba engleză
GABRIEL TUDOR / GRAAL SOFT

LITERA®

Me Before You
Jojo Moyes

LITERA®
Editura Litera
O.P. 53; C.P. 212, sector 4, București, România
tel.: 021 319 63 93; 0752 101 777

Ne puteți vizita pe
www.litera.ro

Înainte să te cunosc
Jojo Moyes

Editor: Vidrașcu și fiii
Redactori: Dana Dumitru, Justina Bandol
Copertă: Flori Zahiu
Tehnoredactare și prepress: Ofelia Coșman

Seria de ficțiune a Editurii Litera este coordonată
de Cristina Vidrașcu Sturza.

Descrierea CIP a Bibliotecii Naționale a României
MOYES, JOJO
Înainte să te cunosc / Jojo Moyes;
trad.: Graal Soft. – București: Litera, 2016
ISBN 978-606-33-0767-6

I. Soft, Graal (trad.)

821.111(73)-31=135.1

Lui Charles, cu dragoste

Prolog

2007

Când el iese din baie, ea e deja trează, tolănită, în capul oaselor, între perne și răsfoind pliantele turistice de lângă pat. Poartă unul dintre tricourile lui, iar părul ei lung e ciufulit într-un fel care pe el îl face să-și amintească visător de deliciile nopții trecute. El rămâne pe loc, savurând amintirea, în vreme ce-și freacă rapid părul cu un prosop.

Ea ridică ochii de pe o broșură și face o figură bosumflată. Poate că e puțin cam mare pentru un asemenea gest copilăresc, dar se cunosc de suficient de puțin timp ca să pară încă drăgălașă.

– Chiar *trebuie* să facem ceva care să implice hălăduitul prin munți sau traversarea a cine știe ce râpă periculoasă? E prima vacanță adevărată pe care o petrecem în doi, și în pliantele astea nu văd nici măcar o singură excursie în care să nu fii nevoit să te arunci de undeva sau – se preface ea că tremură – să stai înfofolit în pulovere de *lână*!

Aruncă broșura din pat și-și întinde brațele de culoarea caramelului peste cap. Are o voce răgușită, mărturie a orelor de nesomn.

– Ce-ai zice de o stațiune de lux din Bali? Am putea sta pe plajă... ore întregi, răsfățați... Ar fi niște nopți lungi și relaxante...

– Nu-mi place genul ăsta de vacanță. Trebuie să fac ceva...

– De pildă, să te arunci din avion.

– Nu spune că nu-ți place un lucru până nu l-ai încercat!

– Dacă pentru tine tot nu contează, cred că nici n-am să-l încerc.

Cămaşa, uşor umedă, i se lipeşte de piele. Îşi aranjează părul cu un pieptăn şi apoi îşi deschide telefonul mobil, tresărind la vederea nenumăratelor mesaje care dau năvală pe ecranul minuscul.

– În regulă, zice el. Trebuie să plec, te poţi servi şi singură cu micul dejun.

Se apleacă peste pat şi o sărută. Trupul ei e cald şi senzual, răspândind un parfum plăcut. El îi plimbă degetele peste ceafă, inspirându-i cu nesaţ mirosul, iar gândurile i se amestecă în minte când ea îl cuprinde cu braţele pe după gât, trăgându-l în pat.

– Plecăm undeva la sfârşitul săptămânii?

El se smulge cu regret din îmbrăţişare.

– Totul depinde de tranzacţia asta. Deocamdată, nu sunt sigur de nimic. Dar e posibil să fiu nevoit să ajung la New York. Oricum, am putea lua o cină drăguţă pe undeva joi, ce spui? Tu alegi restaurantul.

Combinezonul lui de motociclist, din piele, e agăţat în cuierul de pe uşă, şi el se întinde să-l ia. Ea îl priveşte cu ochi mijiţi:

– Hm, cină! Cu sau fără domnul BlackBerry?

– Poftim?

– Domnul BlackBerry mă face să mă simt în plus, spune ea, strâmbând iar din nas. Am impresia întotdeauna că mai e cineva cu noi, care ţine să-ţi capteze mereu interesul.

– O să-l dau pe silenţios.

– Will Traynor! pufneşte ea. Trebuie să existe şi momente când îl poţi închide de tot.

– Dar azi-noapte nu l-am închis?

– Daaa, doar după mari presiuni...

– Aşa se numesc acum? rânjeşte el, satisfăcut şi îşi pune combinezonul.

Vraja pe care Lissa o exercită asupra imaginaţiei lui e, în sfârşit, destrămată. Îşi aruncă jacheta de piele peste braţ şi-i trimite o bezea cu vârfurile degetelor, din uşă.

Pe BlackBerry are douăzeci şi două de mesaje, primul trimis de la New York la ora 3.42 noaptea. Vreo problemă juridică. Ia liftul până în parcarea subterană, încercând să se pună la curent cu cele întâmplate peste noapte.

– 'Neaţa, domnule Traynor!

Paznicul iese din ghereta lui acoperită cu un material impermeabil, deşi aici nu plouă niciodată. Will se întreabă uneori ce-o fi făcând el acolo în primele ore ale dimineţii, cu ochii zgâiţi la ecranele cu circuit închis, la strălucitoarele maşini de 60 000 de lire sterline bucata, care nu se murdăresc niciodată. Îşi îmbracă jacheta în timp ce-l întreabă:

– Cum e pe-afară, Mick?

– Groaznic, domnule! Plouă cu găleata.

Will se opreşte.

– Serios? Deci nu prea e vreme de mers cu motocicleta?

Paznicul scutură din cap.

– Nu prea, domnule. Poate doar dacă aveţi vreun acoperiş gonflabil la motocicletă. Sau dacă vreţi să vă sinucideţi...

Will îşi priveşte motocicleta, apoi îşi dă jos combinezonul de piele. Indiferent ce crede Lissa, el nu e omul care să-şi asume riscuri inutile. Descuie cutia mare din spatele motocicletei şi înghesuie combinezonul acolo, apoi încuie la loc şi-i azvârle cheile lui Mick, care le prinde, îndemânatic, în pumn.

– Te rog, ia-le şi strecoară-le pe sub uşa de la apartamentul meu!

– Nici o problemă. Vreţi să vă chem un taxi?

– Stai aici, n-are nici un rost să ne plouă pe amândoi. Ies singur!

Mick apasă pe buton pentru a deschide bariera automată, şi Will se avântă înainte, ridicând un braţ în semn de mulţumire. Este încă întuneric şi plouă des, cu fulgere şi tunete, dar, deşi abia e trecut de şapte şi jumătate dimineaţa, traficul din centrul Londrei e deja un coşmar. Will îşi ridică gulerul în jurul gâtului şi păşeşte pe stradă către intersecţie, unde are toate şansele să găsească un taxi liber. De atâta ploaie, asfaltul luceşte, reflectând lumina cenuşie a zorilor.

Înjură în gând văzând alţi indivizi la costum aflaţi deja la marginea trotuarului, în aşteptarea unui taxi. De când naiba se scoală toată Londra aşa de devreme? Parcă toată lumea a avut aceeaşi grijă ca şi el. Tocmai se întreabă unde anume să stea pentru a fi cât mai bine poziţionat, când sună telefonul. Rupert.

– Da, sunt pe drum. Încerc să găsesc un taxi.

Observă un taxi cu o firmă portocalie apropiindu-se, pe partea cealaltă a drumului, şi o ia la fugă într-acolo, sperând că nu l-a mai văzut nimeni. Un autobuz huruie pe lângă el, urmat de un camion ale cărui frâne scârțâie groaznic, aproape asurzindu-l.

– Nu te aud, Rupe! strigă el, încercând să acopere zgomotul traficului. Te rog să repeți!

Rămâne o clipă prizonier pe refugiul din mijlocul străzii, cu toate mașinile care vâjâie pe lângă el într-un torent neîntrerupt, dar nu-și dezlipește ochii de la lumina portocalie și își ridică mâna liberă, sperând că șoferul îl poate zări prin ploaia deasă.

– Trebuie să-l suni pe Jeff la New York. Nu s-a culcat, așteaptă telefonul tău. Am încercat să dăm de tine azi-noapte.

– Care-i problema?

– Chichițe legale. S-au împotmolit la două clauze din paragraful... semnătură... hârtii...

Vocea celuilalt e înăbușită de o mașină care trece în viteză, cu cauciucurile șuierând pe asfaltul umed.

– N-am auzit ce-ai spus.

Taximetristul l-a văzut. Încetinește, stropind ușor înainte să oprească lângă trotuarul de vizavi. Will zărește un alt trecător care încearcă să prindă taxiul, dar care renunță la cursă dându-și seama că rivalul va ajunge la mașină înaintea lui. Trăiește un vag sentiment de triumf.

– Uite cum facem, spune-i lui Cally să mă aștepte cu documentele pe birou. În zece minute sunt acolo! țipă el în telefon.

Aruncă rapid o privire în stânga și-n dreapta, scuturând din cap pe când aleargă ultimii metri către taxi și având deja pe buze adresa unde dorește să ajungă: „Blackfriars". Picăturile de ploaie i se scurg prin spațiul îngust dintre gulerul jachetei și cămașă. Va fi ud leoarcă atunci când o să ajungă la birou, chiar dacă va trebui să facă doar câțiva pași pe jos. Poate chiar o să fie nevoie să-și trimită secretara să-i aducă altă cămașă.

– Și va trebui să rezolvăm problema cu auditul intern înainte ca Martin să apuce să...

Ridică ochii, auzind un zgomot puternic – sunetul strident al unui claxon. Vede aripa de un negru strălucitor a taxiului în fața lui și pe șofer lăsând deja geamul portierei. Cu coada ochiului, surprinde ceva fără o formă precisă, ceva care se apropie însă de el cu o viteză imposibilă.

Se întoarce cu fața într-acolo și într-o fracțiune de secundă își dă seama că stă chiar în calea acelui bolid infernal și că n-are cum să se ferească. Stupefiat, lasă telefonul să-i scape din mână și aude un țipăt, care e poate al lui. Ultimele lucruri pe care le vede sunt o mănușă de piele, un chip sub o cască, groaza din ochii celuilalt reflectând propria-i groază. Se aude o explozie, și totul se împrăștie în mii de bucăți. Și apoi nu mai e nimic.

Capitolul 1

2009

Sunt exact 158 de paşi între staţia de autobuz şi casă, dar poţi face şi 180, dacă nu te grăbeşti sau dacă eşti pe tocuri. Am trecut de intersecţie, intrând pe strada noastră (68 de paşi) şi am văzut casa – o jumătate de duplex cu patru dormitoare într-un şir de duplexuri identice cu trei sau patru dormitoare. Maşina tatei era afară, ceea ce însemna că el nu plecase încă la lucru.

În spatele meu, soarele apunea dincolo de castelul Stortfold, a cărui umbră întunecată se lăbărţa peste deal ca o uriaşă pată de ceară topită, gata să mă cuprindă. Într-o altfel de zi, v-aş fi putut spune toate lucrurile care mi se întâmplaseră pe acest drum: locul unde tata mă învăţase să merg pe bicicletă fără roţi ajutătoare, casa în care doamna Doherty, cea care purta o perucă mereu strâmbă, ne făcea fursecuri cu stafide, sau gardul viu unde Treena doborâse cândva un cuib de viespi, şi amândouă fugiserăm, ţipând, înapoi spre castel.

Tricicleta lui Thomas zăcea întoarsă cu roţile în sus în mijlocul aleii de la intrare, şi, închizând poarta după mine, am tras-o sub verandă şi am deschis uşa. Căldura mă izbi cu forţa unui airbag; mama nu suportă frigul şi ţine centrala deschisă tot timpul anului. Din cauza asta, tata deschide mereu ferestrele, bodogănind că iar o să ne coste încălzirea o avere. Spune că facturile noastre la căldură sunt mai mari decât PIB-ul unei ţări africane mici.

– Tu eşti, drăguţo?

– Da!

Mi-am agățat jacheta în cuier, chinuindu-mă să găsesc un locșor liber între celelalte haine.

– Cine anume? Lou? Treena?

– Lou.

Din ușă, am aruncat o privire în living. Tata era lungit pe canapea, cu fața în jos și mâna înfiptă între perne, ca și cum acestea i-ar fi înghițit tot brațul. Thomas, nepoțelul meu în vârstă de cinci ani, stătea pe vine, privindu-l atent.

– Lego, mormăi tata, întorcând spre mine o față roșie de efort. De ce-or face afurisitele astea de piese atât de mici habar n-am!

– Unde e mami?

– E sus. Ce zici de piesa asta? E de-a dreptul microscopică!

Am ridicat privirea și am auzit slab scârțâitul familiar al mesei de călcat. Josie Clark, mama mea, nu se odihnea niciodată. Era un motiv de mândrie pentru ea. Se știa că, într-un rând, ținuse morțiș să se urce pe o scară și să vopsească, pe dinafara casei, ramele ferestrelor, în vreme ce noi, ceilalți, mâncam cina.

– Vrei, te rog, să găsești afurisitul ăla de braț al figurinei? Îl caut de o jumătate de oră și acum trebuie să mă pregătesc să plec la serviciu.

– Lucrezi de noapte?

– Da. Și e deja cinci și jumătate.

Mi-am aruncat privirea către ceas.

– De fapt, e patru și jumătate

Tata își scoase mâna dintre perne și se zgâi la ceasul lui.

– Hm, și atunci de ce ai venit așa devreme acasă?

Am dat ușor din cap, ca și cum n-aș fi înțeles întrebarea, și am luat-o spre bucătărie.

Bunicul stătea în scaunul său de la fereastra bucătăriei, studiind un careu de sudoku. Medicul ne spusese că-i face bine la memorie, ajutându-l să se concentreze după atacurile cerebrale. Bănuiam că eram singura care observase că, de fapt, umplea pătrățelele cu orice număr îi trecea prin minte.

– Salut, bunicule!

Mă privi blând și-mi zâmbi.

– Vrei o ceașcă de ceai?

El scutură din cap, apoi deschise gura ca și cum ar fi vrut să spună ceva.

– Dar un suc rece?

Bunicul încuviință, mișcând încet bărbia în jos. Am deschis frigiderul.

– Nu mai avem suc de mere.

Sucul de mere, mi-am amintit eu, era prea scump.

– Vrei apă?

El înclină fruntea, murmurând, pe când îi întindeam paharul, ceva ce ar fi putut să fie un „mulțumesc".

Mama intră în cameră, purtând un coș uriaș cu lenjerie frumos împăturită.

– Astea-s ale tale? mă întrebă ea, întinzându-mi o pereche de șosete.

– Nu, ale Treenei, cred.

– Mă gândeam eu. Fistichie culoare! Cred că au căpătat culoarea prunei de la pijamaua tatei. Te-ai întors devreme. Ieși undeva?

– Nu, i-am răspuns eu, după care mi-am umplut un pahar cu apă și l-am băut.

– Vine Patrick mai târziu pe aici? A sunat ceva mai devreme. Aveai telefonul închis?

– Hm...

– A spus că-ți caută o rezervare pentru vacanță. Taică-tău spune că a văzut ceva la televizor despre locul unde vrei să mergi. Unde ți-ar plăcea? Ipsos? Kalypsos?

– Skiathos.

– Așa, asta e. Trebuie să suni la hotel și să verifici, să fie totul în regulă. Caută pe internet. El și cu taică-tău au văzut ceva la știri, pe la prânz. Se pare că tipii ăia construiesc hoteluri cam de mântuială, și nu-ți dai seama de asta decât după ce ajungi acolo. Tăticule, n-ai vrea o ceașcă de ceai? Lou nu ți-a oferit una? Mama puse ceainicul pe foc și apoi îmi aruncă o privire întrebătoare. Probabil observase, în sfârșit, că eram suspect de tăcută. Ești bine, draga mea? Pari groaznic de palidă.

Întinse palma spre fruntea mea ca și cum aș fi fost un copil, nu o fată de douăzeci și șase de ani.

– Nu cred că mai plecăm în nici o vacanţă.

Mama încremeni, cu mâna pe fruntea mea. Privirea ei era mai scrutătoare decât un aparat cu raze X – o simţisem de atâtea ori în copilărie.

– Te-ai certat cu Pat cumva?

– Mami, ştii... eu...

– Nu vreau să mă amestec între voi. Doar că sunteţi împreună de atâta timp... e normal ca uneori lucrurile să mai scârţâie, când şi când... Vreau să zic, eu şi cu taică-tău... noi...

– Mami, mi-am pierdut slujba.

Vocea mea răsună în liniştea care se aşternuse. Cuvintele plutiră, lăsându-se apoi încet peste mica încăpere mult timp după ce sunetele se stinseseră.

– Ce-ai făcut?

– Frank închide cafeneaua. Începând de mâine.

I-am întins plicul umed pe care-l frământasem în palme, şocată, pe tot drumul spre casă. Toţi cei 180 de paşi de la staţia de autobuz.

– Mi-a dat salariu compensatoriu pe trei luni.

Ziua începuse ca oricare alta. Toţi cei pe care-i cunoşteam urau dimineţile de luni, dar pe mine nu mă deranjau. Îmi plăcea să ajung devreme la cafeneaua Buttered Bun, să pregătesc uriaşul termos pentru ceai, să aduc cutiile cu lapte şi cornuri din magazia din spate şi să stau la taifas cu Frank pe când ne pregăteam de deschidere.

Îmi plăceau nespus căldura cafenelei, încărcată de mirosul îmbietor de şuncă, şi aerul rece care intra înăuntru în reprize de câte ori uşa se deschidea, murmurul scăzut al conversaţiilor şi, când era linişte, radioul lui Frank, cântând în surdină, în colţul lui. Nu era un loc prea modern – pereţii erau acoperiţi cu imagini ale castelului de pe deal, mesele aveau tăblii îngălbenite de vreme, iar meniul era neschimbat de când se deschisese localul –, doar negresele cu ciocolată fuseseră adăugate la lista de dulciuri.

Dar, mai mult decât orice, îmi plăceau clienţii. Îmi plăcea de Kev şi de Angelo, instalatorii, care veneau în majoritatea dimineţilor şi-l tachinau pe Frank, închipuindu-şi tot felul de locuri ciudate din care ar fi putut proveni carnea gătită de el. Îmi plăcea de „doamna

Păpădie", poreclită astfel din cauza pămătufului ei de păr alb; femeia comanda, de luni până joi, ouă cu cartofi prăjiți și citea ziarele în timp ce dădea gata două cești mari de ceai. Întotdeauna mă străduiam să vorbesc cu ea. Bănuiam că erau singurele cuvinte pe care sărmana femeie le schimba cu cineva, toată ziua.

Îmi plăceau și turiștii, care se opreau în drumul lor spre și dinspre castel, școlarii gălăgioși, care veneau la cafenea după orele de curs, funcționarii din birourile de peste drum. Și-mi mai plăceau Nina și Cherie, coafezele, care știau pe de rost conținutul caloric al fiecărui preparat pe care-l puteai mânca la Buttered Bun. Nici măcar clienții enervanți, precum femeia cu păr roșu care avea magazinul de jucării și mă acuza cel puțin o dată pe săptămână că nu i-am dat restul corect, nu mă deranjau.

Priveam cum, pe la mese, se înfiripă și se destramă relații, cum cupluri divorțate își împart copiii, vedeam sentimentul de ușurare, dar și de vinovăție al acelor părinți care nu suportau să gătească și veneau să mănânce la noi și plăcerea secretă a pensionarilor în fața unui mic dejun cu prăjeli. Toată existența umană se scurgea prin cafeneaua noastră, și majoritatea clienților schimbau câteva cuvinte cu mine, făceau glume sau comentau diverse lucruri în fața ceștilor aburinde cu ceai. Tata întotdeauna spusese că nu se știe niciodată ce mi-ar putea ieși pe gură, dar în cafenea nu conta.

Frank mă plăcea așa cum eram. Avea o fire domoală și spunea că prezența mea înviora acel loc liniștit. Eram un fel de chelneriță, doar că, spre ușurarea mea, n-aveam de-a face cu toți bețivanii.

Și apoi, în după-amiaza aceea, când agitația prânzului se potolise și cafeneaua rămăsese aproape goală, Frank ieșise de după cuptorul încins și, ștergându-și mâinile ude de șorț, întorsese semnul „ÎNCHIS" de pe ușă cu fața spre stradă.

Strângea, spasmodic, un prosop de bucătărie între palme și părea mai stânjenit decât îl văzusem vreodată. M-am întrebat, în gând, dacă i se plânsese cineva de mine. Fără o vorbă, mă îndemnă, cu un gest scurt, să mă așez.

– Îmi pare rău, Louisa, spuse el, după ce-mi dădu vestea. Eu mă întorc în Australia. Tata nu se simte prea bine și, din câte am auzit, o să se înfiinţeze o cafenea chiar la castel. Pentru mine, viitorul nu arată prea roz...

Cred că am rămas cu gura căscată, privindu-l fără să fiu în stare să rostesc vreun cuvânt. Apoi Frank îmi dădu plicul și îmi răspunse la întrebarea care-mi stătea pe buze:

– Știu că n-am avut niciodată vreun contract de muncă oficial sau ceva de genul ăsta, dar nu vreau să te las acum fără nici un ban. Ai aici leafa pe următoarele trei luni. Mâine închidem.

– Trei luni! izbucni tata, în timp ce mama îmi puse în mâini o ceașcă de ceai dulce. Ei, asta e generos din partea lui, dacă ne gândim că fata a muncit ca o sclavă acolo, șase ani bătuți pe muchie.

– Bernard! îi aruncă mama o privire mustrătoare, arătând spre micul Thomas.

Părinţii mei aveau grijă de el după ce venea de la școală până când Treena se întorcea de la muncă.

– Și ce naiba o să facă ea acum? Ar fi trebuit s-o anunţe mai din vreme, afurisitul...

– Ei, bine... o să-și găsească altă slujbă.

– N-o să găsească nici o blestemată de slujbă, Josie! Știi asta la fel de bine ca și mine. Suntem în plină recesiune, fir-ar să fie!

Mama închise ochii pentru o clipă, ca și cum ar fi vrut să-și adune gândurile înainte de a vorbi.

– E o fată descurcăreaţă. O să-și găsească ea ceva. Și are un CV excelent, nu-i așa? Frank o să-i dea referinţe bune.

– O, grozave referinţe, n-am ce zice!... „Louisa Clark e foarte bună la uns feliile de pâine cu unt și e expertă în făcut ceai."

– Îţi mulţumesc pentru încredere, tati.

– Nu, doar ziceam și eu...

De fapt, știam adevăratul motiv al temerilor tatei. Ei se bazau pe leafa mea. Treena nu câștiga mare lucru la florăria unde era angajată. Mama nu putea lucra, căci îngrijea de bunicul, iar bunicul avea o pensie de nimic. Tata trăia și el cu spaima în suflet c-o să-și piardă slujba de la fabrica de mobilă. De luni de zile îl auzea pe șeful lui mormăind ceva despre posibile concedieri. Acasă auzeam discuţii despre datorii și despre probleme cu cărţile de credit. Tata avusese mașina lovită cu daună totală de un șofer neasigurat, în urmă cu doi ani, și incidentul ăsta fusese, cumva, suficient pentru ca finanțele părinților mei să se prăbușească, asemenea unei clădiri șubrezite. Salariul meu modest fusese, în aceste condiții, un balon de oxigen, îndeajuns ca să putem supraviețui, mulțumită lui, săptămână după săptămână.

– Să nu ne speriem degeaba! Poate merge chiar mâine la Oficiul Forțelor de Muncă, să vadă ce oferte sunt. A primit destul cât să se descurce deocamdată.

Vorbeau de parcă nici n-aș fi fost acolo.

– Și apoi, e o fată isteață. Ești o fată deșteaptă, nu-i așa, scumpete? Poate o să facă un curs de calculator. O să aibă o slujbă de birou.

Am stat să-i ascult pe părinții mei discutând despre ce alte posibile slujbe aș fi putut primi cu calificarea mea limitată. Muncitoare în fabrică, mașinistă, bucătăreasă. Pentru prima oară în după-amiaza aceea, mi-a venit să plâng. Thomas mă privea cu ochii lui mari și rotunzi și îmi întinse, tăcut, o jumătate de biscuit înmuiat.

– Mulțumesc, Tommo, am șoptit abia auzit și am mâncat-o.

El era la clubul sportiv, acolo unde știam că-l voi găsi. De luni până joi, cu regularitatea unui orar de trenuri, Patrick se afla la sală sau făcea ture de alergare pe pista de atletism intens luminată.

– Aleargă cu mine! pufăi el, apropiindu-se și scoțând norișori de abur la fiecare răsuflare. Mai am patru ture de pistă...

Am ezitat o clipă, apoi am început să alerg alături de el. Era unicul mod în care știam c-am să-i pot vorbi. Purtam adidașii mei roz cu șireturi turcoaz, singurele încălțări în care aș fi putut alerga.

Îmi petrecusem ziua acasă, încercând să mă fac utilă. Dar cred că, după o oră, începusem deja s-o calc pe nervi pe mama. Ea și bunicul aveau tabieturile lor, iar eu eram o intrusă. Tata dormea, întrucât lucra de noapte toată luna, și nu trebuia deranjat. Mi-am făcut curat prin cameră și apoi m-am uitat la televizor cu sonorul oprit; din când în când, îmi aminteam că sunt acasă în miezul zilei și simțeam o apăsare grozavă în piept.

– Nu mă așteptam să vii aici.

– M-am săturat să tot stau acasă. M-am gândit că am putea face ceva împreună.

El mă privi pieziş. Chipul îi era acoperit cu o peliculă subţire de sudoare.

– Iubito, cu cât îţi găseşti mai repede o altă slujbă, cu atât mai bine.

– Sunt doar douăzeci şi patru de ore de când am pierdut-o pe ultima. Crezi că pot să-mi permit să mă simt puţin nefericită şi deznădăjduită? Măcar azi!

– Dar trebuie să priveşti partea pozitivă a lucrurilor. Ştiai că nu poţi rămâne în cafeneaua aia toată viaţa. Trebuie să mergi înainte, să avansezi.

Patrick fusese ales, în urmă cu doi ani, „Tânărul antreprenor al anului“ în Stortfold şi încă nu-şi revenise din glorie. De atunci îşi luase un partener de afaceri, Ginger Pete, oferind consiliere personală unor oameni aflaţi pe o rază de şaptezeci de kilometri, şi cumpărase şi două furgonete pe credit.

– Faptul că-şi pierd slujbele îi poate schimba radical pe oameni, Lou, zise el privindu-şi ceasul, ca să verifice dacă se află în grafic cu alergarea. Ce-ai vrea să faci acum? Ai putea să te recalifici. Sunt sigur că se acordă sprijin unor oameni ca tine.

– Oameni ca mine?

– Oameni care caută noi oportunităţi. Ce-ai vrea să devii? Ai putea să te faci cosmeticiană. Eşti destul de drăguţă pentru asta, zise el şi-mi dădu un ghiont scurt, ca şi cum ar fi trebuit să-i fiu recunoscătoare pentru compliment.

– Ştii doar ce înseamnă cosmetica pentru mine: apă, săpun şi un pachet de şerveţele.

Patrick îmi aruncă o privire exasperată.

Începeam să rămân în urmă. Urăsc alergatul şi îl uram şi pe el pentru că nu încetinea.

– Uite, ai putea fi... vânzătoare. Secretară. Agent imobiliar. Nu ştiu... Trebuie să existe ceva ce ţi-ai dori să faci.

Dar nu exista nimic. Mie îmi plăcuse la cafenea. Îmi plăcuse să ştiu tot ce era de ştiut în legătură cu Buttered Bun şi să aflu despre vieţile oamenilor care treceau pe acolo. Mă simţisem confortabil.

– Nu trebuie să te laşi cuprinsă de deznădejde, iubito! Trebuie s-o învingi. Toţi antreprenorii de top reuşesc să-şi revină şi să ajungă iarăşi în vârf. Asta a făcut Jeffrey Archer. La fel, Richard Branson, zise el, bătându-mă încetişor peste mână ca să mă încurajeze.

- Mă îndoiesc că Jeffrey Archer a fost vreodată concediat dintr-o cafenea în care servea prăjituri pentru ceai, am şoptit eu.

Rămăsesem fără suflare. Şi îmi luasem şi un sutien prea strâmt. M-am oprit, cu palmele înfipte în genunchi.

El se întoarse, continuând să alerge cu spatele, şi vocea lui destrămă aerul liniştit şi îngheţat:

- Ziceam şi eu. Oricum, noaptea e un sfetnic bun. Scoală-te mâine, pune-ţi nişte haine frumoase şi du-te direct la Oficiul Forţelor de Muncă! Sau, dacă vrei, te pregătesc să lucrezi cu mine. Ştii că ies bani frumoşi din asta. Şi nu-ţi face griji în privinţa vacanţei! Plătesc eu tot!

I-am zâmbit, iar el îmi trimise o bezea şi vocea i se auzi, stârnind ecouri peste stadionul pustiu:

- Îmi dai banii când îţi mai revii financiar.

Am depus prima mea cerere la Oficiul pentru Şomaj. Am fost chemată la un interviu care a durat aproape o oră şi apoi la un interviu de grup, unde m-am trezit alături de o ceată pestriţă de vreo douăzeci de bărbaţi şi femei, dintre care jumătate aveau pe chip aceeaşi expresie de uimire pe care bănuiam că o am şi eu, iar ceilalţi păreau total blazaţi, probabil pentru că mai fuseseră aici de nenumărate ori. Am purtat la ambele interviuri ceea ce tata numea „hainele tale civile".

Ca urmare a acestor eforturi, am îndurat o scurtă experienţă în schimbul de noapte al unei fabrici care procesa carnea de pui (experienţă care mi-a dat coşmaruri vreo două săptămâni) şi am mers două zile la un curs de calificare în meseria de „consilier pe probleme de energie electrică", dându-mi seama destul de repede că, în esenţă, eram instruită să-i conving pe oamenii în vârstă să-şi schimbe furnizorul de electricitate. De aceea, i-am zis consilierului de la Forţele de Muncă, un tip pe nume Syed, că nu puteam face aşa ceva. A insistat să continui totuşi, aşa că i-am enumerat câteva dintre tehnicile de convingere pe care instructorii mei voiau să le folosesc, moment în care el a devenit dintr-odată tăcut şi mi-a sugerat că *noi* (vorbea întotdeauna cu „noi", deşi era cât se poate de clar că unul dintre noi *avea* o slujbă) ar trebui să încercăm altceva.

Apoi am lucrat două săptămâni la un fast-food. Programul îmi convenea, mă împăcasem cu faptul că uniforma îmi electriza părul, dar am descoperit că mi-e imposibil să respect cu sfințenie „reacțiile adecvate“ impuse de politica firmei, precum: „Cu ce vă pot ajuta azi?“ sau „La acest meniu doriți o porție mare de cartofi prăjiți?“ Am fost concediată după ce una dintre fetele care pregăteau gogoșile m-a surprins dezbătând diversele calități ale jucăriilor gratuite cu o fetiță de patru ani. Ce pot să spun? Puștoaica era grozav de isteață: și mie Frumoasele din pădurea adormită mi se păreau cam dulcege.

Și iată-mă la al patrulea interviu, în vreme ce Syed examina, pe ecranul computerului său, alte „oportunități“ de angajare pentru mine. Până și el, care afișa expresia de veselie severă a unuia capabil să le găsească și celor mai dificili candidați o slujbușoară, începuse să pară puțin îngrijorat.

– Hm... Te-ai gândit vreodată să intri în industria divertismentului?

– Să fiu ce? Cântăreață de operă? Mim?

– Nu chiar. Dar văd aici o ofertă pentru un post de dansatoare la bară... De fapt, mai multe oferte.

Am încruntat din sprâncene.

– Te rog, spune-mi că glumești!

– Programul e lejer: doar treizeci de ore pe săptămână, și ești propria ta angajată. Cred că se primesc bacșișuri frumoase. Zici că ești foarte deschisă cu oamenii. Și pari să ai niște haine... teatrale.

Se uită la colanții mei, care erau verzi și strălucitori și despre care crezusem că o să mă facă să mă simt mai bine. Când îi zărise, Thomas îmi fredonase melodia din *Mica sirenă* aproape tot micul dejun.

Syed scrise ceva la tastatura computerului, întrebându-mă:

– Ce părere ai despre supraveghetoare de chat erotic?

M-am holbat la el, și atunci el ridică din umeri:

– Ai zis că-ți place să stai de vorbă cu oamenii.

– Nu așa. Și nici la vreun bar, servind cu sânii goi. Și nici la masaj erotic. Sau la webcam erotic. Hai, Syed, zău așa! Trebuie să existe ceva ce pot face fără să-i provoc tatei un atac de cord.

Cuvintele astea părură să-l descumpănească.

– Să știi că nu prea mai sunt oportunități de angajare decât la supermarketuri, cu program flexibil...

– Nici să aranjez marfa pe rafturi, în schimbul de noapte?

De când îmi căutam de muncă, începusem să cunosc meserii de care până atunci n-avusesem habar că există.

– Pentru asta e o listă de așteptare. În general, părinții optează pentru asta, fiindcă le permite să fie ziua mai liberi și să se ocupe de copii, zise el ca și cum ar fi căutat să se scuze. Studie iar ecranul. Deci nu ne-a mai rămas decât o slujbă de îngrijitoare la domiciliu.

– Adică să șterg bătrâni la fund...

– Mi-e teamă, Louisa, că nu ești calificată pentru prea multe slujbe. Dacă vrei o reconversie profesională, sunt gata să te îndrum în direcția corectă. La centrul de educație pentru adulți există o mulțime de cursuri.

– Dar am mai discutat despre asta, Syed. Dacă fac asta, îmi pierd ajutorul de șomaj, nu?

– Dacă nu ești dispusă să muncești, da.

Câteva clipe, s-a lăsat tăcerea. M-am uitat spre ușile unde stăteau doi bodyguarzi solizi. M-am întrebat dacă ei își găsiseră slujba tot prin Oficiul de Ocupare a Forței de Muncă.

– Nu mă descurc prea bine cu bătrânii, Syed. Bunicul locuiește cu noi de când a suferit un accident cerebral, și nu mă descurc deloc cu el.

– Aha, deci să înțeleg că ai ceva experiență în domeniu...

– Nu chiar. Mama are grijă permanent de el.

– Mamei tale nu i-ar plăcea o slujbă?

– Hm, ce amuzant!

– Nu glumesc deloc.

– Și să rămân eu să am grijă de bunicul? Nu, mulțumesc! Și, apropo, cred că nu doar mie nu mi-ar plăcea, ci nici lui. N-ai nimic de lucru prin vreo cafenea?

– Nu cred că au mai rămas suficiente cafenele cât să-ți garanteze ție o slujbă, Louisa. Am putea încerca la Kentucky Fried Chicken. Poate o să te descurci mai bine acolo.

– Fiindcă aș avea mai mult de câștigat oferind clienților Bargain Bucket în loc de Chicken McNuggets? N-aș crede.

– Atunci, poate că ar trebui să căutăm altundeva, ceva mai departe.

– Nu sunt decât patru autobuze care ajung în orășelul nostru. Știi asta prea bine. Mi-ai spus să mă interesez la autocarul pentru turiști, şi să ştii că am făcut-o, dar mi s-a zis că ultimul circulă doar până la ora 5 după-amiaza. În plus, biletul e de două ori mai scump ca la un autobuz normal.

Syed se lipi cu spinarea de spătarul scaunului.

– În acest moment al discuției noastre, Louisa, trebuie să-ți amintesc că, în calitate de persoană aptă de muncă, pentru a continua să beneficiezi de ajutorul de șomaj, e necesar...

– ... să dovedesc că încerc să-mi găsesc un loc de muncă. Știu.

Cum aş fi putut să-i explic acestui om cât de mult îmi doream să lucrez undeva? Oare avea măcar cea mai vagă idee cât de mult îmi lipsea vechiul meu loc de muncă? Șomajul fusese pentru mine doar un concept, ceva îndepărtat, de care nu auzisem decât la ştiri, când se vorbea despre șantiere navale sau uzine de maşini. Niciodată nu mi-aş fi imaginat că ar putea să-ți lipsească o slujbă aşa cum ți-ar lipsi o mână sau un picior – adică un lucru pe care ți se pare firesc să-l ai. Nu mă gândisem că, pe lângă a-ți provoca temerile fireşti privind banii sau viitorul, pierderea slujbei te-ar putea face să te simți necorespunzător şi un pic inutil. Nu mă gândisem că dimineața ți-ar putea fi mai greu să te trezeşti cu gândul ăsta decât cu alarma de la telefon urlându-ți în urechi. Că ți-ar putea lipsi oamenii alături de care ai lucrat, indiferent cât de puține ai avea în comun cu ei. Sau chiar că ai putea căuta din priviri chipuri familiare atunci când mergi pe stradă. De pildă, atunci când o zărisem pe Doamna Păpădie rătăcind prin fața magazinelor și părând la fel de inutilă precum mă simțeam eu, fusesem nevoită să mă lupt cu imboldul de a mă duce la ea și a o lua în brațe.

Glasul lui Syed mă trezi din reverie.

– Aha! Uite, asta cred că ar putea merge.

Am încercat să mă uit peste umărul lui, la ecran.

– Chiar acum a apărut anunțul. În clipa asta. O slujbă de îngrijitor la domiciliu.

– Ți-am spus că nu-s bună la așa ceva...

– Nu e vorba de bătrâni. E o slujbă... particulară. Îngrijire casnică... Iar adresa e la mai puțin de trei kilometri de aici. „Îngrijire și însoțire pentru un bărbat cu dizabilități“. Ai permis de conducere?

– Da. Dar va trebui să-l şterg la...

– Din câte îmi dau seama, nu vei fi nevoită să faci așa ceva, zise el, trecându-și ochii peste ecran. Este tetraplegic. Are nevoie de cineva pe timpul zilei care să-l hrănească și să-l ajute. Adesea, asemenea slujbe înseamnă să fii lângă ei când vor să iasă undeva, să-i ajuți să facă lucruri uzuale, pe care nu le mai pot face singuri. Aaa, iar leafa e grozavă! Mult mai mare decât salariul minim.

– Asta probabil pentru că trebuie să-l ștergi și la fund.

– O să-i sun să-mi confirme că nu vei fi nevoită să faci asta. Dar, dacă-i așa, mergi la interviu?

Spusese ultimele cuvinte pe un ton întrebător. Dar știam amândoi răspunsul.

Am oftat și mi-am ridicat geanta, gata s-o pornesc către casă.

– Dumnezeule! strigă tata. Poți să-ți închipui așa ceva, Josie? De parcă n-ar fi fost de-ajuns că bietul om a ajuns într-un scaun cu rotile! Acum mai vine și Lou a noastră să-i țină companie!

– Bernard! îl dojeni mama.

În spatele meu, bunicul pufni în râs în timp ce sorbea din cana cu ceai.

Capitolul 2

Nu sunt înceată la minte și aș vrea să lămuresc aspectul ăsta de la bun început. Dar e greu să nu te simți în dezavantaj la capitolul neuroni atunci când crești alături de o soră mezină care a reușit să promoveze doi ani școlari într-unul singur.

Dacă un lucru presupunea rațiune sau inteligență, Katrina îl făcea în mod sigur prima, deși e cu un an și jumătate mai mică decât mine. Orice carte pe care o citeam fusese deja citită mai înainte de ea, orice spuneam la cină era deja știut. De fapt, e singura persoană din câte cunosc căreia îi plac examenele. Uneori cred că mă îmbrac așa cum mă îmbrac doar fiindcă singurul lucru pe care Treena nu-l poate face e să-și asorteze hainele. E genul de fată care s-ar îmbrăca mereu numai în blugi și pulover. Ideea ei de haine elegante este să-ți calci, înainte de toate, blugii.

Tatăl meu spune că sunt „o figură", fiindcă am tendința de a spune imediat tot ce-mi trece prin minte. Mama mă numește „individualistă" – acesta este felul ei politicos de a-mi da de înțeles că nu pricepe deloc de ce mă îmbrac așa.

Dar, în afara unei scurte perioade din adolescență, nu mi-am dorit niciodată să arăt ca Treena sau ca vreo altă fată din școală; am preferat hainele băiețești până pe la paisprezece ani, iar acum nu fac altceva decât să mă îmbrac cum îmi place – în funcție de starea de spirit în care mă trezesc dimineața. N-are rost să încerc să arăt convențional. Sunt măruntă, cu părul negru și, după cum crede tata, cu o fețișoară de elf. Bine, asta nu înseamnă că am o frumusețe de zână. Nu sunt insipidă, dar nu cred că m-ar considera vreodată cineva o frumusețe. Nu am grație feminină, ca să spun așa. Atunci când vrea sex, Patrick susține că sunt superbă, dar îmi dau seama că nu crede o iotă din ce spune. Doar ne cunoaștem de aproape șapte ani.

Aveam douăzeci și șase de ani și nu eram sigură cine sunt, de fapt. Până să-mi pierd slujba, cred că nici nu mă gândisem vreodată la asta. Presupuneam că o să mă mărit cu Patrick, o să torn câțiva copii, o să trăiesc la câteva străzi distanță de locul unde am trăit întotdeauna. În afara unor gusturi exotice în materie de îmbrăcăminte și a faptului că sunt cam mică de statură, nu e nici o diferență între mine și oricare altă fată pe lângă care ai putea trece pe stradă. Probabil că n-ați întoarce capul după mine. Sunt o fată obișnuită, ducând o existență banală. Care mi se potrivește de minune.

– Trebuie să porți costum dacă mergi la interviu, insistase mama. Tinerii se îmbracă mult prea comod în ziua de azi.

– Sigur, fiindcă să porți niște pantaloni în dungi e esențial atunci când trebuie să hrănești cu lingurița un octogenar.

– Nu face pe deșteapta!

– Nu-mi permit să-mi cumpăr un costum. Și ce mă fac dacă nu primesc slujba?

– Poți lua costumul meu. Și o să-ți calc o bluză drăguță și, te rog, măcar o dată în viață nu-ți mai pieptăna părul așa! zise ea, arătând spre coafura mea, care în mod normal era formată din două cocuri negre, câte unul de fiecare parte a capului. Așa ceva purta doar prințesa Leia, în *Războiul Stelelor*. Te rog, încearcă să arăți ca o persoană normală.

Știam că n-are rost s-o contrazic pe mama. Și puteam paria că tata fusese muștruluit să nu comenteze nimic în legătură cu ținuta mea, atunci când am ieșit din casă cu un mers deformat de fusta prea strâmtă.

– La revedere, drăguțo! zise el, cu un zâmbet în colțul gurii. Mult noroc! Pari o adevărată... femeie de afaceri.

Stânjenitor nu era că purtam costumul mamei sau că acesta avea o croială la modă prin anii '80, ci că mi-era cam strâmt. Simțeam cusăturile fustei intrându-mi în burtă și aveam impresia că sacoul croit la două rânduri o să plesnească pe mine. Mama era o femeie foarte slabă, și adesea tata îi spunea că e mai multă grăsime pe o agrafă de păr decât pe ea.

În scurta călătorie pe care am făcut-o cu autobuzul am simțit că mă ia cu leșin. Niciodată nu fusesem la un interviu de slujbă în toată puterea cuvântului. Mă angajasem la Buttered Bun după ce Treena pusese pariu cu mine că nu-s în stare să-mi găsesc de lucru într-o singură zi. Intrasem în cafenea și pur și simplu îl întrebasem pe Frank dacă n-are nevoie de cineva care să-l ajute. El deschisese cafeneaua chiar în ziua aceea și mă privise aproape copleșit de recunoștință.

Acum, privind înapoi, nu-mi puteam nici măcar aminti dacă avusesem cu el vreo discuție despre bani. Îmi propusese un salariu săptămânal, eu fusesem de acord, și o dată pe an îmi spunea că o să-l mai crească puțin, de obicei chiar cu ceva mai mult decât aș fi vrut eu să-i cer.

Și-n definitiv, ce te pot întreba oamenii la un interviu? Syed îmi spusese că exista un îngrijitor de sex masculin care se ocupa de „necesitățile intime“ (mă cutremurasem auzind exprimarea asta) ale bolnavului. Sarcina celui de-al doilea îngrijitor era, spunea el, „puțin neclară în momentul de față“. Mă imaginam ștergându-i bătrânului saliva care i se scurgea din gură și poate strigând la el, ca să fiu sigură că mă aude: „VREȚI O CEAȘCĂ DE CEAI?“

Când bunicul își revenise după accidentul cerebral, nu era în stare de absolut nimic. Mama făcea totul pentru el. „Maică-ta e o sfântă“, îmi spunea tata, ceea ce îmi dăduse de înțeles că ea îl ștergea pe bătrân la fund fără să țipe isteric prin toată casa. Sunt convinsă că nimeni nu m-ar descrie pe mine drept o sfântă. Îi tăiam bunicului mâncarea din farfurie și îi pregăteam ceaiul, dar în alte privințe nu știu dacă că aș fi putut face treabă bună.

Granta House se afla de cealaltă parte a castelului Stortfold, în apropierea zidurilor medievale, pe o alee lungă, nepavată, pe care se mai aflau doar alte trei case și un magazin de suvenire, drept în mijlocul zonei turistice. Trecusem pe lângă această clădire de milioane de ori în viața mea, fără s-o văd, de fapt, niciodată prea bine. Acum, mergând pe lângă parcarea de mașini și calea ferată miniaturală, ambele la fel de pustii și de dezolante cum numai o atracție turistică poate fi în luna februarie, mi-am dat seama că era o vilă mai mare decât îmi imaginasem. O clădire din cărămidă roșie, cu ușă dublă la intrare, genul de case pe care le vezi prin revistele deco vechi, în timp ce aștepți la doctor.

Am străbătut aleea lungă de la intrare, încercând să nu mă gândesc dacă eram sau nu spionată de după perdele. Când trebuie să mergi pe o asemenea alee parcă interminabilă ai un mare dezavantaj: automat, drumul te face să te simți inferior. Tocmai mă întrebam dacă nu e cazul să-mi dau într-o parte cârlionții de pe frunte, când ușa se deschise; am tresărit.

O femeie, nu cu mult mai în vârstă decât mine, ieși pe verandă. Purta pantaloni largi, albi și o bluză ca de asistentă medicală și ținea sub braț o jachetă și un dosar. Trecând pe lângă mine, schiță un zâmbet politicos.

– Și vă mulțumesc foarte mult că ați venit, se auzi o voce din casă. Ne auzim la telefon. Ah!

Chipul unei alte femei apăru în ușă. Între două vârste, dar încă frumoasă, cu o coafură complicată și extrem de îngrijită. Purta un deux-pièces care costase, probabil, cât leafa tatei pe o lună.

– Dumneata trebuie să fii domnișoara Clark.

– Louisa, am spus eu, întinzând mâna, așa cum mă dădăcise mama să fac.

În zilele noastre, tinerii nu mai întind niciodată mâna, ceea ce e foarte greșit, se puseseră de acord părinții mei. Odinioară, nici nu puteai visa să saluți pe cineva cu „Bună!“ sau, mai rău, să mimezi că-l săruți pe obraz. Iar această femeie nu părea deloc genul care ar fi apreciat un asemenea gest.

– Da, bine. Te rog, intră! mormăi ea, retrăgându-și cât mai repede palma dintr-a mea, dar am simțit că ochii ei continuau să mă studieze, ca și cum deja mă cântărea din priviri.

– Pe aici, te rog! Vom discuta în salon. Mă numesc Camilla Traynor.

Părea plictisită, poate fiindcă mai rostise aceleași cuvinte de cel puțin câteva ori în ziua aceea.

Am urmat-o într-o încăpere vastă, cu ferestre înalte din podea și până la tavan. Draperii grele se revărsau cu eleganță de pe galerii groase din lemn de mahon, iar podeaua era acoperită cu covoare persane superb decorate. Mirosea a ceară de parchet și a mobilier vechi. Pretutindeni se aflau măsuțe elegante, pe ale căror tăblii lustruite tronau cutii ornamentale. M-am întrebat în gând unde Dumnezeu își mai puneau membrii familiei Traynor ceștile de ceai.

– Deci ai venit după ce ai văzut anunțul de la Centrul de Șomaj, nu? Te rog, ia loc!

Pe când ea răsfoia prin dosarul plin cu hârtii, am aruncat o privire furișată prin cameră. Casa, crezusem eu, ar putea fi un fel de azil, unde totul lucește de curățenie. Dar părea mai curând unul dintre hotelurile acelea groaznic de scumpe, cu obiecte de preț, moștenite din generație în generație și care costau în sine o avere. Pe o măsuță am zărit niște fotografii în rame de argint, dar erau prea departe de mine ca să disting vreun chip în ele. Pe când femeia își studia foile, m-am aplecat puțin pe scaun, să văd mai bine.

Și atunci am auzit zgomotul inconfundabil al unei cusături care se sfâșie. M-am uitat în jos și am văzut că bucățile de material ce se uneau pe pulpa mea dreaptă se rupseseră, împrăștiind în toate părțile ștraifuri din fire de mătase. Am simțit că tot sângele îmi năvălește în obraji.

– Așadar... domnișoară Clark... ai mai lucrat până acum cu persoane tetraplegice?

Am ridicat ochii spre doamna Traynor, contorsiondu-mă pe scaun, în așa fel încât jacheta să-mi acopere cât mai mult fusta sfâșiată.

– Nu.

– Ești de mult timp îngrijitoare?

– Ăăă... De fapt, n-am mai făcut niciodată munca asta, am zis, adăugând, ca și cum aș fi auzit vocea lui Syed în ureche: Dar sunt sigură că aș putea învăța.

– Știi ce este un tetraplegic?

– Cineva imobilizat în scaunul cu rotile? am îngăimat eu.

– Da, s-ar putea spune și așa. Există diverse grade de paralizie, dar în acest caz vorbim despre imposibilitatea totală a folosirii picioarelor și despre folosirea limitată a brațelor și a mâinilor. Te deranjează lucrul ăsta?

– Desigur, nu atât de mult cât îl deranjează pe el, am zâmbit eu, dar chipul doamnei Traynor rămase împietrit. Îmi pare rău, doamnă, n-am vrut să...

– Ai permis de conducere, domnişoară Clark?

– Da.

– Ai avut vreodată vreo contravenţie?

Am clătinat din cap în semn că nu, iar Camilla Traynor bifă ceva pe lista ei.

Despicătura fustei se lărgea. Vedeam crăpătura urcând spre coapsă. În ritmul ăsta, până să plec, aveam să arăt ca o stripteuză din Las Vegas.

– Eşti bine?

Doamna Traynor mă scruta cu privirea.

– Da... doar că mi-e puţin cald. Vă supăraţi dacă-mi dau jos jacheta? Înainte să apuce să spună ceva, mi-am scos jacheta cu o mişcare rapidă şi mi-am legat-o în jurul şoldurilor, ascunzând crăpătura de la fustă. E aşa de cald când vii de afară în casă! am şoptit, zâmbindu-i.

După o scurtă pauză, doamna Traynor îşi coborî iar privirea în hârtii:

– Câţi ani ai?

– Douăzeci şi şase.

– Şi ai lucrat la precedentul loc de muncă timp de şase ani.

– Da, ar trebui să aveţi pe acolo o copie a referinţelor mele...

– Mmm, murmură doamna Traynor, ridicând o foaie. Fostul tău patron spune că eşti „prietenoasă, deschisă şi plină de optimism".

– Da, l-am plătit pentru asta.

Pe chipul ei nu se clinti nici un muşchi.

„Ah, la naiba!" mi-am zis în gând.

Mă simţeam studiată. Şi nu neapărat într-un mod favorabil. Am avut impresia, deodată, că fusta mamei e ieftină, că firele sintetice lucesc ţipător în lumina diafană. Trebuia să-mi fi luat cei mai simpli pantaloni şi o bluză oarecare. Orice, dar nu costumul ăsta.

– Atunci de ce ai abandonat această slujbă unde în mod clar erai atât de apreciată?

– Frank, patronul, a vândut cafeneaua. E cea de la poalele castelului. Buttered Bun. De fapt, a fost, m-am corectat eu. Aş fi rămas acolo bucuroasă, credeţi-mă!

Doamna Traynor încuviință, tăcută, din cap, fie pentru că nu simțea nevoia să mai adauge ceva, fie pentru că și ea ar fi fost bucuroasă ca eu să fi rămas la cafenea.

– Și ce-ai de gând, mai precis, să faci cu viața ta?

– Poftim?

– Ai vreo aspirație, vizezi o anumită carieră? Slujba asta ar putea fi un început pentru altceva? Ai vreun vis profesional pe care ai vrea să ți-l îndeplinești?

M-am uitat la ea buimăcită. Era cumva o întrebare-capcană?

– Eu... de fapt, eu nu m-am gândit atât de departe. După ce mi-am pierdut slujba, am vrut doar... Am înghițit în sec. ... am vrut doar să lucrez din nou.

Vocea abia mi se auzea. Ce fel de persoană vine la un interviu fără ca măcar să știe ce-ar vrea să facă? Expresia întipărită pe figura doamnei Traynor îmi dădu de înțeles că și ea gândea cam același lucru.

Își puse jos stiloul.

– Prin urmare, domnișoară Clark, de ce te-aș angaja pe dumneata în locul candidatei precedente, de pildă, care are câțiva ani de experiență cu tetraplegici?

Am privit-o nedumerită.

– Ăăă... sincer? Habar n-am. Fiindcă ea nu-mi răspunse nimic, am continuat: Presupun că asta trebuie să fie decizia dumneavoastră.

– Nu poți să-mi dai nici măcar *un singur motiv* pentru care merită să te angajez?

Brusc, chipul mamei îmi apăru în fața ochilor. Nici nu puteam concepe să mă întorc acasă cu costumul ei cel mai bun sfâșiat, după încă un interviu eșuat. Iar pentru această slujbă aș fi primit peste nouă lire sterline pe oră.

M-am îndreptat de spate și am zis dintr-o suflare:

– Păi... învăț repede, nu mă îmbolnăvesc niciodată, locuiesc aproape, de cealaltă parte a castelului, și sunt mai solidă decât par... probabil suficient de solidă ca să-l pot ajuta pe soțul dumneavoastră.

– Soțul meu? Nu cu soțul meu vei lucra. Cu fiul meu.

– Fiul dumneavoastră? am bâiguit eu. Ăăă... nu mi-e frică să muncesc din greu. Mă pricep să stau de vorbă cu tot felul de oameni și... fac un ceai grozav. Începusem să îndrug verzi și uscate. Gândul că era vorba despre fiul ei mă șocase. Vreau să spun... tata pare înclinat să creadă că asta nu e cea mai bună referință, dar, din experiența mea, știu că nu e nimic care să nu poată fi rezolvat când ai o ceașcă de ceai bun alături.

Doamna Traynor mă privea într-un mod ciudat.

- Mă scuzați, am șoptit, dându-mi seama ce prostii debitasem. N-am vrut să spun că paraplegia... tetraplegia... fiului dumneavoastră... ar putea fi vindecată cu o ceașcă de ceai.

- Trebuie să te informez, domnișoară Clark, că acesta nu este un contract permanent. Va fi de maximum șase luni. Iată de ce salariul este... corespunzător. Vrem să atragem persoana potrivită.

- Credeți-mă, după ce ai muncit în schimburi la o fabrică de procesare a cărnii de pui, chiar și să lucrezi șase luni la închisoarea din Guantanamo sună minunat.

„Ah, taci, Louisa!" m-am dojenit în gând, mușcându-mi buza.

Dar doamna Traynor părea să nu mă bage în seamă. Își închise dosarul.

- Fiul meu, Will, a fost rănit grav într-un accident rutier în urmă cu aproape doi ani. Necesită îngrijire non-stop, dar în cea mai mare parte a timpului se ocupă de el un asistent special pregătit. Eu m-am întors recent la serviciu. Îngrijitoarea va trebui să fie aici toată ziua, ca să-i țină companie, să-l ajute să mănânce și să bea, în general, să-l asiste când are nevoie și să aibă grijă să nu pățească ceva. Camilla Traynor își lăsă privirea în jos. Este extrem de important ca Will să aibă aici pe cineva care își înțelege responsabilitățile.

Tot ce spusese, chiar și felul cum accentuase cuvintele, părea să facă aluzie la cine știe ce eventuală prostie pe care aș fi putut s-o fac.

- Da, înțeleg, am zis eu, începând să-mi strâng lucrurile în geantă.

- Așadar, ți-ar plăcea slujba asta?

Întrebarea veni într-un mod atât de neașteptat, încât, inițial, am crezut că nu auzisem bine.

- Poftim?

- Am avea nevoie să începi cât mai curând posibil. Vei fi plătită săptămânal.

Timp de câteva clipe, n-am fost în stare să rostesc nici un cuvânt.

– Adică mă angajaţi pe mine în locul unei...? am bâiguit.

– Programul e destul de lung – de la 8 dimineaţa la 5 după-amiaza, uneori chiar mai mult. Nu există pauză de masă, deşi, când Nathan, asistentul lui medical, vine la prânz să-l hrănească, s-ar putea să beneficiezi de o jumătate de oră liberă.

– Nu va avea totuşi nevoie de îngrijire... medicală?

– Will are toată îngrijirea medicală pe care i-am putea-o oferi. Ce ne dorim pentru el este cineva robust şi plin de viaţă. Viaţa lui este... complicată, şi de aceea este important să fie încurajat să... Se opri dintr-odată, cu privirea aţintită asupra unui punct, dincolo de fereastră. În cele din urmă, se răsuci spre mine. Ei bine, să spunem că şi starea sa psihică e la fel de importantă ca latura fizică. Înţelegi ce vreau să spun?

– Cred că da. Ar trebui să... port uniformă?

– Nu. Nici vorbă de uniformă! zise ea şi se uită la picioarele mele. Deşi poate ar fi cazul să porţi ceva care să nu-ţi lase prea mult trupul la vedere...

Mi-am coborât pe furiş privirile şi am văzut că jacheta se mişcase, dezvăluind o bună bucată din coapsa mea goală.

– S-a... Îmi pare rău. S-a rupt. De fapt, fusta nu e a mea.

Dar doamna Traynor nu părea să mă mai asculte.

– O să-ţi explic ce ai de făcut atunci când vei începe munca. Will nu este în momentul de faţă o persoană tocmai comodă, domnişoară Clark. Slujba asta nu necesită doar... calităţile profesionale pe care le-ai putea avea dumneata, ci şi o anumită atitudine mentală. Aşadar, ne vedem mâine?

– Mâine? Nu vreţi să... nu vreţi să fac cunoştinţă cu el chiar acum?

– Will nu are o zi prea bună. Cred că e mai bine să începem de mâine dimineaţă.

M-am ridicat, dându-mi seama că doamna Traynor era deja nerăbdătoare să mă vadă plecată.

– Da, bine, am spus, acoperindu-mi cât mai bine cu jacheta mamei coapsa dezgolită. Ăă... Vă mulţumesc, voi fi aici mâine la opt dimineaţă.

Mama îi punea tatei, cu lingura, cartofi în farfurie. Îi puse doi, dar el încercă să mai ia doi, direct din cratiţă. Ea îl opri, făcând cartofii să cadă la loc în mâncare și, atunci când el încercă să repete manevra, îl ciocăni peste degete cu lingura. În jurul mesei micuțe stăteau părinții mei, sora mea și Thomas, bunicul și Patrick - care venea întotdeauna să cineze cu noi miercurea.

- Tată, n-ai vrea să-ți taie cineva carnea? îl întrebă mama pe bunicul. Treena, ești tu drăguță să-i tai carnea bunicului?

Treena se aplecă peste masă și începu să taie în felii subțiri friptura, după ce tăiase deja în bucăți mici și carnea lui Thomas.

- Deci, Lou, cât de bolnav e omul de care o să ai grijă?

- Nu poate să fie prea bolnav, de vreme ce au lăsat-o pe fiica noastră să aibă grijă de el, mă ironiză tata.

În spatele meu, televizorul era pornit pentru ca tata și Patrick să poată urmări un meci de fotbal. În răstimpuri, când era câte o fază mai importantă, se opreau din mestecat și priveau cu ochii țintă spre ecran.

- Cred că e o oportunitate grozavă. Va lucra într-una din vilele alea. Pentru o familie bogată. Sunt distinși, drăguțo?

Pe strada noastră, să fii „distins" însemna să n-ai pe nimeni în familie cu cazier pentru comportament antisocial.

- Cred că da.

- Sper că ai avut ocazia să-ți etalezi bunele maniere, nu? rânji tata.

- Dar l-ai cunoscut? întrebă Treena și se lungi peste masă, tocmai la timp ca să-l împiedice pe Thomas să-și verse paharul cu suc pe podea. Vreau să spun, pe omul paralizat. Cum era?

- O să-l cunosc mâine.

- Hm, cam ciudat, oricum. O să stai toată ziua cu el, zi de zi. Nouă ore. O să-l vezi mai mult decât îl vezi pe Patrick.

- Asta nu e greu, i-am replicat, și Patrick, aflat de partea cealaltă a mesei, se prefăcu a nu fi auzit nimic.

- Bine măcar că n-ai de ce să te temi de hărțuire sexuală, este? mormăi tata, la care mama îl puse rapid la punct:

- Bernard, ce vorbe sunt astea?

- Nu spun decât ceea ce gândește toată lumea! Probabil e cel mai bun angajator pe care-l puteai găsi pentru iubita ta, Patrick!

Dincolo de masă, Patrick zâmbi larg. Tocmai se chinuia să refuze cartofii, în ciuda insistențelor mamei. Era luna în care nu mânca deloc carbohidraţi, căci trebuia să se pregătească pentru maratonul de la începutul lunii martie.

– Ştii, mă întrebam... oare va trebui să înveţi limbajul semnelor? Vreau să spun... dacă el nu poate comunica, de unde o să ştii ce vrea?

– Nu mi-a zis că n-ar putea vorbi, mami.

De fapt, nici nu prea-mi mai aminteam bine ce spusese doamna Traynor. Încă eram într-o oarecare stare de şoc la gândul că îmi fusese oferită o slujbă.

– Poate vorbeşte prin intermediul unui dispozitiv electronic. Ca savantul din *Familia Simpson*... cum îl chema?

– Găozar, zise Thomas.

– Nu, făcu tata.

– Stephen Hawking, replică Patrick.

– Numai tu eşti de vină! spuse mama, uitându-se, acuzator, către tata. Ar fi putut tăia friptura cu căutătura aceea fioroasă. Ai învăţat copilul să vorbească numai prostii!

– Ei, na! Habar n-am unde o fi auzit cuvântul ăsta.

– Găozar! repetă Thomas, privind direct spre bunicul lui.

Treena se strâmbă.

– Cred că m-aş speria de moarte dacă l-aş auzi vorbind printr-unul dintre dispozitivele alea. Nu-ţi închipui? Dă-mi-să-beau-a-pă! silabisi ea, cu o voce metalică.

Deşteaptă, dar nu suficient încât să nu rămână gravidă, cum mormăia, uneori, tata. Ea fusese prima din familia noastră care ajunsese să înveţe la universitate, până când naşterea lui Thomas o obligase să renunţe la studii, chiar în ultimul an de facultate. Mama şi tata încă trăgeau nădejde că avea să aducă familiei noastre o avere. Sau măcar să lucreze la un birou de recepţie care să nu fie permanent supravegheat de dispozitive de securitate. Orice variantă le surâdea.

– De ce, dacă e într-un scaun cu rotile, trebuie neapărat să şi vorbească la fel ca un robot? am întrebat eu.

– Dar va trebui să te apropii foarte mult de el, la un mod foarte personal. Cel puţin va trebui să-l ştergi la gură şi să-i dai să bea şi să mănânce...

– Ei, şi? Asta nu implică nici un fel de ştiinţă.

– Zise femeia care-i punea mereu lui Thomas scutecele invers...

– S-a întâmplat o singură dată.

– De două ori. Și lui Thomas nu i-ai schimbat scutecul decât de trei ori.

M-am servit cu fasole verde, încercând să par mai optimistă decât eram de fapt.

Dar, încă de când luasem autobuzul spre casă, aceleași gânduri începuseră deja să-mi dea și mie târcoale. Despre ce aveam să discutăm? Dacă n-avea decât să se zgâiască la mine, cu capul atârnând într-o parte, toată ziua? Oare avea să mi se facă greață? Dar dacă n-aveam să înțeleg ce vrea? Incapacitatea mea totală de a avea grijă de lucruri sau ființe era deja legendară; nu mai aveam nici un ghiveci cu flori prin casă și nici animale de companie, după ce tentativele mele de a avea grijă de un hamster, de niște fasmide și de Randolph, peștișorul de aur, se sfârșiseră dezastruos. Și cât de des avea să fie severa lui mamă prin preajma noastră? Nu suportam gândul să fiu supravegheată permanent. Iar doamna Traynor părea genul de femeie a cărei privire te paraliza, oricât ai fi fost de plin de viață.

– Patrick, tu ce părere ai despre toate astea? îl întrebă tata.

Dar Patrick nu răspunse, ci se mulțumi să ridice din umeri, în timp ce bea un pahar mare cu apă.

Afară, ploaia bătea în ferestre, abia auzită însă printre zornăiturile tacâmurilor și farfuriilor.

– Sunt bani frumoși, Bernard. Oricum, e mai bine decât să muncească în schimbul de noapte la fabrica de pui.

În jurul mesei se auzi un murmur general de aprobare.

– Ei, înseamnă ceva când tot ce puteți spune despre noua mea slujbă e că pare mai bună decât să ciopârțesc carcase de pui într-un fost hangar pentru avioane, am spus eu.

– Da, dar între timp poți să ieși și să te menții în formă alergând cu Patrick.

– Să mă mențin în formă... Mulțumesc, tati.

Tocmai mă pregăteam să mai iau un cartof, dar cuvintele lui m-au făcut să mă răzgândesc.

– La urma urmei, de ce nu? Mama dădu impresia că vrea să se așeze – ne-am oprit cu toții, urmărind-o – dar nu, ea se ridică iar, ajutându-l pe bunicul să mănânce puțin sos. Ar putea să-ți folosească pe viitor. Cu siguranță tu ai darul de a te face îndrăgită pălăvrăgind întruna.

– Are darul de a se îngrășa întruna, ripostă tata.

– Tocmai mi-am *luat* o slujbă, i-am zis. Plătită mult mai bine decât cea de dinainte, dacă nu te superi.

– Dar e doar ceva temporar, interveni Patrick. Tatăl tău are dreptate. Ar fi bine să încerci să te menții în formă, atunci când ai ceva timp liber. Ai putea fi un antrenor personal excelent, dacă ai depune puțin efort.

– Nu *vreau* să fiu antrenor personal. Nu suport toate țopăielile alea stupide! l-am repezit eu, adăugând din vârful buzelor o înjurătură la adresa lui Patrick, care se mulțumi să-mi răspundă cu un rictus perfid.

– Ceea ce-și dorește Lou este o slujbă la care să stea toată ziua și să se uite la televizor, în vreme ce-l hrănește cu paiul pe bătrânul mână-de-fier de acolo, zise Treena.

– Sigur că da. Pentru că rearanjarea daliilor ofilite în găleți cu apă necesită un efort fizic și mental deosebit, nu-i așa, Treena?

– Te tachinăm doar, scumpete, spuse tata și ridică spre mine ceașca de ceai. E minunat că ți-ai găsit o slujbă. Deja suntem mândri de tine. Și nu mi-aș face griji că e doar pentru șase luni. Îți garantez că va fi suficient să te instalezi în casa lor și să fii tu însăți pentru ca găozarii ăia să nu te mai lase să pleci în ruptul capului.

– Găozari! repetă Thomas.

– Nu eu l-am învățat, mormăi tata, mestecând mâncarea, înainte ca mama să mai apuce să spună ceva.

Capitolul 3

– Aceasta este o anexă. Cândva, aici erau grajdurile, dar ne-am dat seama că i s-ar potrivi lui Will mai bine decât casa, întrucât are un singur nivel. Există și o cameră liberă, pentru ca Nathan să poată rămâne peste noapte, dacă e necesar. În primele zile după accident am avut nevoie aproape permanent de cineva să ne ajute.

Doamna Traynor mergea cu repeziciune pe coridor, gesticulând între o ușă și alta, fără să se uite înapoi, în timp ce tocurile ei înalte țăcăneau pe dalele de piatră. Din vorbele ei îmi dădeam seama că are niște așteptări la înălțimea cărora trebuia să mă ridic.

– Cheile mașinii sunt aici. Te-am trecut pe asigurarea noastră. Am încredere că datele pe care mi le-ai dat sunt corecte. Nathan o să-ți arate cum funcționează rampa. Tot ce trebuie să faci este să-l așezi cum trebuie pe Will, și vehiculul va face restul. Deși… deocamdată nu arde de nerăbdare să meargă nicăieri.

– E cam frig afară, am observat eu, însă doamna Traynor nu păru să mă audă.

– Poți să-ți faci ceai și cafea în bucătărie. Ai și cești acolo. Baia e chiar aici…

Deschise ușa, și am rămas cu ochii ațintiți la macaraua de plastic și metal alb care atârna deasupra căzii. Sub duș era o zonă deschisă, iar alături se afla un scaun cu rotile pliat. Într-un colț, un dulap cu uși de sticlă lăsa să se vadă un teanc de pânze albe, împăturite cu grijă. Nu pricepeam pentru ce erau acolo, dar răspândeau un vag miros de dezinfectant.

Doamna Traynor închise uşa şi se întoarse spre mine.

– Trebuie să subliniez din nou că e foarte important ca Will să aibă tot timpul pe cineva alături de el. O îngrijitoare care a lucrat aici înaintea ta a dispărut o dată pentru câteva ore să-şi repare maşina, iar în lipsa ei, Will s-a rănit, zise ea şi înghiţi în sec, ca şi cum ar fi fost încă traumatizată de amintire.

– N-am să plec nicăieri.

– Desigur, vei avea nevoie... de pauze de relaxare. Vreau doar să-ţi atrag atenţia că nu poate fi lăsat singur pentru mai mult de zece-cincisprezece minute. Dacă se întâmplă ceva neprevăzut, fie suni la interfon, poate soţul meu, Steven, este acasă, fie îmi telefonezi mie, pe mobil. Dacă ai vreodată nevoie să-ţi iei într-o zi liber, aş aprecia dacă m-ai anunţa din vreme. Nu e întotdeauna uşor să găseşti un înlocuitor, fie şi temporar.

– Nu, nu este.

Doamna Traynor deschise dulapul mare din hol. Vorbea de parcă ar fi recitat un discurs bine repetat. M-am întrebat câte îngrijitoare fuseseră acolo înaintea mea.

– Dacă Will e ocupat, ar fi bine dacă ai face puţin curat pe aici. Să bagi lenjeria la spălat, să dai cu aspiratorul, genul ăsta de lucruri. Produsele de curăţat sunt sub chiuvetă. Poate că Will n-o să vrea să stai pe lângă el tot timpul. Tu şi cu el va trebui să stabiliţi împreună cât de mult veţi interacţiona.

Doamna Traynor îmi privi hainele, ca şi cum ar fi fost pentru prima dată când le vedea. Purtam vesta lânoasă despre care tata spunea că mă face să arăt ca un emu. Am încercat să zâmbesc, dar mi s-a părut un chin.

– Desigur, sper din tot sufletul să vă puteţi înţelege bine unul cu celălalt... Ar fi ideal dacă Will ar reuşi să vadă în tine o prietenă şi nu o îngrijitoare plătită să stea cu el.

– Aşa e. Ce-i place... să facă?

– Se uită la filme. Uneori, urmăreşte emisiuni la radio sau ascultă muzică. Are o chestie din aceea digitală... Dacă i-o ţii aproape de palmă, de obicei o poate mânui chiar el. Poate mişca puţin degetele, deşi nu e tocmai în stare să apuce obiecte.

M-am simțit încântată. Dacă-i plăceau filmele și muzica, n-am putea descoperi că aveam ceva în comun? Mi-am imaginat imediat cum râdeam amândoi în hohote la vreo comedie hollywoodiană sau cum eu dădeam cu aspiratorul prin cameră în vreme ce el asculta muzică. Poate avea să fie totul bine. Poate aveam să devenim prieteni.

– Ai vreo întrebare?

– Nu.

– Atunci, să mergem să te prezint! zise ea și își privi ceasul. Probabil că Nathan l-a îmbrăcat deja la ora asta.

Am stat câteva clipe, ezitând, în fața ușii, apoi doamna Traynor a ciocănit cu putere.

– Ești acolo? Am adus-o pe domnișoara Clark să te cunoască, Will.

Nu se auzi nici un răspuns.

– Will? Nathan?

– Am terminat cu îmbrăcatul, doamnă T., se auzi o voce cu un puternic accent neozeelandez.

Ea împinse ușa și intră. Camera de zi improvizată în anexă era mare doar în aparență, deoarece unul dintre pereți era în întregime din sticlă, lăsând să se vadă, dincolo de el, un superb peisaj de țară. Un șemineu pe lemne strălucea discret într-un colț și o canapea joasă, de culoare bej, acoperită în parte cu o cuvertură de lână, se afla în fața unui televizor imens cu plasmă. Atmosfera din încăpere era calmă și încântătoare – am avut impresia că tocmai intrasem în camera unui burlac scandinav.

În mijlocul camerei se afla un scaun cu rotile negru, tapițat cu piele. Un bărbat zdravăn, îmbrăcat cu o cămașă medicală fără guler, era aplecat în fața scaunului, potrivind pe tăblia de jos a acestuia picioarele bolnavului. Abia ce intrasem în încăpere, și tânărul ridică ochii spre noi de sub o claie de păr în dezordine. Privirile noastre se întâlniră și, după o secundă de nedumerire, el scoase un urlet care-mi înghețã sângele în vine. Apoi, cu gura strâmbată de efort, răcni iar, de-a dreptul animalic.

Am simțit că mama lui încremenise lângă mine.

– Will, încetează!

El nici măcar n-o privi. Un alt urlet de fiară rănită se ridică din pieptul lui. Era un sunet teribil, agonic. Am încercat să-mi păstrez cumpătul. Chipul i se schimonosise, iar capul îi ieşea dintre umeri şi i se înfunda la loc în timp ce mă privea cu toate trăsăturile feţei contorsionate. Arăta grotesc şi părea extrem de furios. Mi-am dat seama, privind spre geanta pe care o ţineam în mâini, că încheieturile degetelor mi se făcuseră albe ca varul.

– Will, te rog! În vocea ascuţită a mamei lui se citea o vagă notă de isterie. Te rog, nu mai ţipa!

„O, Doamne, n-o să pot face asta“, m-am gândit şi am înghiţit adânc în sec. Tânărul mă privea neîncetat, părând să aştepte o reacţie din partea mea.

– Eu... sunt... eu sunt Lou, am spart tăcerea cu o voce firavă, cum nu avusesem parcă niciodată.

M-am întrebat, pentru o clipă, dacă era cazul să întind mâna, dar, amintindu-mi că nu va putea să mi-o strângă într-a lui, m-am mulţumit s-o flutur puţin, ca şi cum aş fi schiţat un salut timid şi firav.

Apoi, spre uimirea mea, trăsăturile lui se destinseră, iar capul i se îndreptă pe umeri.

Will Traynor mă privea fix, cu o umbră de surâs aninată pe chip.

– Bună dimineaţa, domnişoară Clark! zise el. Am auzit că sunteţi cea mai recentă gardă personală a mea.

Nathan tocmai îi aşezase picioarele pe suport şi se ridică, dând întruna din cap:

– Sunteţi un om rău, domnule T. Foarte rău.

Se întoarse spre mine şi rânji, întinzându-mi mâna uriaşă, pe care i-am strâns-o fără pic de vlagă. Nathan degaja o impresie de calm imperturbabil.

– Mă tem că tocmai ai asistat la cea mai grozavă imitare a lui Christy Brown de care e în stare Will. O să fii nevoită să te obişnuieşti cu el. E rău de gură, dar nu e băiat rău, să ştii!

Doamna Traynor ţinea strâns între degetele ei subţiri şi albe cruciuliţa pe care o avea la gât, mişcând-o de colo-colo, de-a lungul unui lănţişor de aur, probabil ca un fel de tic nervos. Chipul îi împietrise.

– Vă las, aveţi mare grijă de el! Puteţi suna la interfon dacă aveţi nevoie de ajutor. Nathan îţi va prezenta echipamentele şi obiceiurile lui Will.

– Sunt aici, mamă. Nu trebuie să vorbești în numele meu. N-am și creierul paralizat. Nu încă.

– Bine, dar, dacă vei continua să te porți așa de respingător, cred că e preferabil ca domnișoara Clark să discute direct cu Nathan.

Am observat că femeia nu se uita niciodată direct spre fiul ei când îi vorbea, ci-și ținea privirile ațintite în podea, la câțiva pași de el.

– Astăzi voi lucra de acasă. Prin urmare, voi veni aici la ora prânzului, domnișoară Clark.

– Da, doamnă, am îngăimat eu.

Doamna Traynor ieși. Am rămas tăcuți, ascultând cum zgomotul ascuțit al tocurilor ei se pierde, încet, pe holul ce ducea către vilă.

Apoi, Nathan rupse tăcerea.

– Te superi dacă merg să-i arăt domnnișoarei Clark medicamentele tale, Will? Vrei să-ți dau drumul la televizor? Ai chef să asculți niște muzică?

– Da, Nathan, vreau să ascult Radio Four, te rog.

– Sigur.

M-am dus apoi cu Nathan în bucătărie.

– Doamna T mi-a spus că nu ai prea multă experiență cu tetraplegicii...

– Așa e.

– Bine. Atunci o să-ți explic cât se poate de simplu cum stau lucrurile. Aici ai un caiet din care vei afla cam tot ce trebuie să știi despre tabieturile lui Will și toate numerele de urgență. Te sfătuiesc să citești cu atenție, când o să ai momente libere. Și presupun că vei avea câteva.

Nathan scoase o cheie de la cureaua pantalonilor și deschise un dulăpior încuiat, plin de cutii și ambalaje de medicamente.

– Bun. Dulapul ăsta mă privește în primul rând pe mine, dar și tu trebuie să știi ce medicamente se află aici, în caz de urgență. Acolo, pe perete, e un program cu toate medicamentele pe care Will trebuie să le ia zilnic. Notezi acolo orice medicament îi administrezi – dar în privința asta, accentuă el, ideal ar fi s-o întrebi mai întâi pe doamna T, cel puțin deocamdată.

– N-am știut că va trebui să-i administrez medicamente.

– Nu e greu. În general, știe el de ce are nevoie. Dar va trebui să-l ajuți să le ia. Folosim, de obicei, acest vas gradat. Sau poți să le zdrobești în mojarul ăsta și să i le pui într-un pahar cu suc.

Am luat o cutiuță din dulap și i-am studiat eticheta. Nu cred că mai văzusem atât de multe medicamente decât la farmacie.

– Așa... Deci, aici are două medicamente pentru presiunea sangvină, primul ca să i-o scadă, la culcare, celălalt ca să i-o crească, dimineața. Astea două de aici sunt pentru a-i controla spasmele musculare – va trebui să-i dai unul pe la zece dimineața, iar al doilea după-amiază. Nu-i e greu să le înghită, pentru că, precum vezi, sunt foarte mici. Acestea sunt pentru spasmele vezicii urinare, iar aici ai medicamentul pentru reflux gastric. Trebuie să i-l dai, dar numai uneori, după ce mănâncă, dacă nu se simte prea bine. Acesta e antihistaminicul pentru dimineață și aici ai sprayurile nazale, dar, de obicei, de partea asta mă ocup eu înainte să plec, deci nu trebuie să-ți faci griji. Poți să-i dai paracetamol dacă are dureri, și aici ai somniferele, dar ai grijă, din cauza lor are tendința să devină mai iritabil peste zi, și de aceea încercăm pe cât posibil să nu le folosim. Aici, zise el, ridicând o sticluță, sunt antibioticele pe care le ia la fiecare două săptămâni, când i se schimbă cateterul. I le administrez eu, dacă sunt aici, iar dacă sunt plecat, îți voi lăsa instrucțiuni precise. Sunt medicamente foarte puternice. Aici sunt cutii cu mănuși chirurgicale, dacă va trebui vreodată să-l speli. Și ai și cremă, dacă face escare, dar nu prea mai are probleme de genul ăsta de când i-am luat salteaua gonflabilă.

Duse mâna la buzunar și scoase o altă cheie, pe care mi-o puse mie în palmă:

– Asta-i dublura, zise el. Să n-o dai nimănui! Nici măcar lui Will. S-o păzești cu prețul vieții!

– Am multe de ținut minte, am zis, înghițind în sec.

– Totul e scris aici. Pentru astăzi, e suficient să ții minte că trebuie să-i dai medicamentele antispastice. Cele de colo. Uite aici numărul meu de mobil, în caz că ai nevoie de mine. Când nu sunt aici, studiez, deci aș prefera să nu mă suni prea des. Însă, până mai prinzi încredere în tine, sună-mă oricând!

Am rămas cu ochii ațintiți la caietul din fața mea. Simțeam că mă aflu parcă la un examen pentru care nu eram pregătită.

– Dar dacă are nevoie să meargă la toaletă? am întrebat eu, gândindu-mă la macaraua miniaturală din baie. Știi... nu sunt sigură că l-aș putea ridica, am adăugat, încercând să nu trădez panica totală ce mă cuprinsese.

Nathan scutură din cap.

– Nu e nevoie să faci nimic. Cateterul lui se ocupă de treaba asta. Oricum, la orele prânzului, eu o să fiu aici să-l schimb. Nu ai fost angajată să te ocupi de nevoile lui fiziologice.

– Dar pentru ce am fost angajată?

Nathan rămase puțin cu ochii în podea, apoi îi ridică spre mine:

– Să încerci să-l înveselești puțin, da? El e... cam trist... E de înțeles, ținând cont de... circumstanțe. Dar va trebui să ai nervi de oțel. Mica ieșire de azi-dimineață e felul lui de a te scoate din minți!

– De aceea e salariul atât de mare?

– O, desigur. Doar nu-ți imaginai că o să câștigi banii aștia pe degeaba! rânji Nathan, bătându-mă pe umăr, după care am simțit cum întreg trupul îmi vibrează. Și stai liniștită, nu e cazul să te porți cu mănuși cu el, e un tip cum trebuie. Ezită puțin, apoi adăugă: Mie îmi place.

O spusese de parcă ar fi fost singura persoană de pe planetă care avea convingerea asta.

L-am urmat înapoi în camera de zi. Scaunul lui Will Traynor fusese mutat la fereastră, și tânărul stătea cu spatele la noi, privind în zare și ascultând ceva la radio.

– Eu am terminat, Will. Mai dorești ceva de la mine, înainte să plec?

– Nu. Îți mulțumesc, Nathan.

– Atunci te las pe mâinile pricepute ale domnișoarei Clark. Ne vedem la prânz, amice!

L-am privit pe amabilul îngrijitor îmbrăcându-și jacheta, în timp ce eu mă simțeam tot mai cuprinsă de panică.

– Distracție plăcută, dragilor! îmi făcu cu ochiul Nathan și o zbughi pe ușă.

Am rămas în mijlocul încăperii, cu mâinile în buzunare, fără să știu ce aveam de făcut. Will Traynor continua să privească pe geam, ca și cum eu nici n-aș fi fost acolo.

– Vrei să-ți fac o ceașcă de ceai? l-am întrebat, în cele din urmă, când tăcerea a devenit insuportabilă.

– A, da! Fata care-și câștigă existența făcând ceai. Mă întrebam cât de mult o să dureze până o să vrei să-ți etalezi calitățile. Nu, nu, mulțumesc.

– Atunci o cafea?

– Nu vreau băuturi fierbinți acum, domnișoară Clark.

– Poți să-mi spui Lou.

– Ar ajuta la ceva?

Am clipit, rămânând puțin cu gura căscată, dar am închis-o rapid. Tata întotdeauna spusese că postura asta mă face să par mai prostuță decât sunt de fapt.

– Dar... nu pot să-ți aduc nimic?

Întoarse capul și mă privi. Obrajii îi erau acoperiți cu o barbă deasă, de câteva săptămâni, iar ochii îi erau de nepătruns. Se răsuci iar spre fereastră.

– Atunci eu... o să văd dacă e ceva de spălat, am zis, aruncând o privire prin încăpere, după care am ieșit.

Simțeam că inima îmi bate năvalnic, spărgându-mi pieptul. Ajunsă în adăpostul sigur al bucătăriei, am scos mobilul și i-am trimis un mesaj surorii mele.

„E groaznic. Mă urăște."

Răspunsul ei a venit după câteva secunde.

„Ești acolo doar de o oră, smiorcăito! Mami și tati chiar au nevoie de bani. Controlează-te și gândește-te la cât iei pe oră! Pupici."

Am închis telefonul plină de furie și am simțit că sângele îmi explodează în obraji. Am început să scormonesc prin coșul cu rufe din baie, alegând câteva haine murdare, și apoi am studiat instrucțiunile mașinii de spălat. Nu voiam s-o programez greșit sau să fac ceva care să-i determine iarăși pe doamna Traynor ori pe Will să se uite la mine ca la o nătângă. Am pornit mașina și am rămas acolo, încercând să stabilesc ce-ar fi trebuit să fac. Am luat aspiratorul din dulapul din hol și am început să dau cu el pe hol și în cele două dormitoare, gândindu-mă tot timpul că, dacă m-ar fi văzut părinții mei făcând asta, ar fi insistat să facem o fotografie, așa încât momentul să rămână imortalizat în istorie. Dormitorul pentru oaspeți era aproape gol, ca o cameră de hotel. Bănuiam că Nathan nu stătuse prea des acolo. Și probabil nici nu trebuia să-l acuz pentru asta.

Înainte să intru în dormitorul lui Will Traynor, am ezitat puțin, apoi m-am gândit însă că trebuia făcut curat și acolo, ca în toate celelalte camere. De-a lungul unui perete era o poliță încastrată, pe care se aflau vreo douăzeci de fotografii înrămate.

Pe când dădeam cu aspiratorul pe lângă pat, mi-am permis să arunc o privire spre ele. Într-una am văzut un tânăr care se arunca de pe o stâncă înaltă, cu brațele larg deschise, ca o statuie a lui Iisus. În alta, un bărbat care putea fi Will se afla într-un peisaj ca de junglă, într-o a treia era în mijlocul unui grup de prieteni, toți cherchieliți. Bărbații purtau papioane și sacouri elegante și se țineau cu brațele pe după umeri.

Într-o altă fotografie, el era pe o pârtie de schi, cu niște ochelari protectori la ochi, lângă o fată cu ochelari de soare și părul lung și blond. Am luat poza în mână să-l văd mai bine. Era proaspăt bărbierit și chiar și în lumina intensă, chipul lui avea acel luciu dobândit de oamenii cu bani care se duc în vacanțe de trei ori pe an. Umerii largi, musculoși, i se întrezăreau prin costumul de schi. Am așezat cu grijă fotografia la loc, pe policioară, și am continuat să dau cu aspiratorul prin spatele patului. În cele din urmă, am oprit aspiratorul și am început să-i strâng cablul. Când am vrut să-l scot din priză, am surprins cu coada ochiului o mișcare în spatele meu și am sărit într-o parte, țipând scurt. Will Traynor era în pragul ușii, privindu-mă.

– E făcută la Courchevel. Acum doi ani și jumătate.

Am roșit pe loc.

– Scuză-mă, am vrut doar...

– Ai vrut doar să te uiți la fotografiile mele. Întrebându-te cât de groaznic e să duci o astfel de viață minunată și apoi să devii o legumă...

– Nu, am protestat eu, înroșindu-mă și mai mult.

– Restul fotografiilor sunt în dulapul de jos, în caz că te copleșește iar curiozitatea, spuse el.

Și apoi, cu un zumzăit ușor, scaunul cu rotile se răsuci spre dreapta, și Will dispăru.

Dimineața trecu greu, de parcă ar fi durat câțiva ani. Nu știu să mi se fi părut vreodată minutele și orele atât de lungi. Am încercat să-mi ocup timpul, robotind prin casă, ștergând praful și lucruri de genul ăsta – și m-am întors în camera de zi cât de rar am putut. Știam că mă comport ca o lașă, dar nu-mi păsa.

La douăsprezece și jumătate, Nathan se întoarse, aducând cu el aerul rece de afară.

– E totul în ordine? mă întrebă, încruntând o sprânceană.

Rareori în viață fusesem mai fericită să văd pe cineva.

– Este.

– Perfect. Acum poți să iei o pauză de jumătate de oră. Eu și domnul T avem câteva lucruri de pus la punct în acest moment al zilei.

Aproape că am alergat să-mi iau pardesiul. N-avusesem de gând să plec la prânz, dar, ieșind din casa aceea aproape că am leșinat de ușurare. Mi-am ridicat gulerul, mi-am petrecut geanta pe după umăr și am luat-o cu pas iute pe alee, ca și când chiar intenționam să merg undeva. De fapt, m-am plimbat fără țintă pe străzile din jur timp de jumătate de oră, scoțând norișori groși de aburi în eșarfa strânsă în jurul gâtului.

În această margine a orașului nu existau cafenele, după ce Buttered Bun se închisese. Castelul era pustiu. Cel mai apropiat loc unde puteam mânca era un restaurant de lux, genul de local unde mă îndoiam că mi-aș fi putut permite să iau măcar o băutură, darămite să mănânc de prânz. Toate mașinile din parcare erau imense și scumpe, cu numere de înmatriculare recente.

Am rămas în parcarea castelului, asigurându-mă că nu mă poate vedea nimeni de la Granta House, și am sunat-o pe sora mea.

– Bună!

– Știi că nu pot vorbi la serviciu. Sper că nu ți-ai luat tălpășița, nu?

– Nu. Aveam doar nevoie să aud o voce familiară.

– E chiar așa de rău?

– Treen, mă *urăște*. Se uită la mine de parcă aș fi ultima stârpitură. Și nici măcar nu bea ceai. Acum mă ascund de el.

– Nu pot să cred că aud așa ceva.

– Poftim?

– Vorbește, pur și simplu, cu el, pentru numele lui Dumnezeu! Bineînțeles că e nefericit. E țintuit într-un scaun cu rotile. Iar tu probabil stai și nu faci nimic. Discută cu el! Încearcă să-l cunoști! Ce s-ar putea întâmpla mai rău de atât?

– Nu știu... nu știu dacă o pot scoate la capăt.

– N-am de gând să-i spun mamei că ți-ai abandonat slujba după doar o jumătate de zi. N-ai să mai primești nici un ajutor social, Lou. Nu poți face așa ceva. Pur și simplu nu ne putem permite.

Avea dreptate. Mi-am dat seama că îmi uram sora.

Urmă o scurtă pauză. Vocea Treenei deveni neobișnuit de conciliantă. Asta chiar mă îngrijora. Însemna că știe că aveam cea mai groaznică slujbă din lume.

– Uite ce-i, zise ea, sunt doar șase luni. Stai șase luni, adaugă-ți o experiență utilă în CV și apoi îți poți găsi o slujbă care chiar să-ți placă. Și, în definitiv, gândește-te astfel: cel puțin nu ești obligată să lucrezi noaptea la fabrica de pui, corect?

– Ha! Nopțile la fabrica de pui mi se par acum o vacanță în comparație cu...

– Trebuie să închid, Lou. Ne vedem mai târziu.

– Ai vrea să mergi undeva în după-amiaza asta? Am putea să ne plimbăm undeva cu mașina, dacă-ți place.

Nathan plecase de aproape jumătate de oră. Prelungisem spălatul ceștilor de ceai cât mai mult cu putință și mă gândeam că, dacă mai petrec o oră în această casă tăcută ca un mormânt, s-ar putea să-mi explodeze capul.

Will își întoarse privirea spre mine.

– Și unde te gândești să mergem?

– Nu știu. Ce zici de o plimbare prin împrejurimi?

Hotărâsem să procedez așa cum făceam uneori, imaginându-mi că sunt Treena. Ea este una dintre persoanele acelea întotdeauna calme și sigure pe sine și cu care, de aceea, nimeni nu se pune vreodată. Rostind cuvintele acestea mi se păru că sunt și eu jovială și competentă.

– Prin împrejurimi? zise el, după ce se gândi câteva clipe. Și ce să vedem? Niște copaci? Cerul?

– Nu știu. Ce-ai face acum în mod normal?

– Nu *fac* nimic, domnișoară Clark. Nu mai pot face nimic, niciodată. Doar stau. Pur și simplu exist.

– Dar mi s-a spus, am intervenit eu, că ai o mașină adaptată pentru scaunul cu rotile.

– Și ți-e teamă că n-o să mai funcționeze dacă n-o folosesc zilnic?

– Nu, dar eu...

– Îmi sugerezi că ar trebui să ies?

– M-am gândit doar că...

– Te-ai gândit că o mică plimbare mi-ar face bine? Puțin aer curat...

– Încerc doar să...

– Domnișoară Clark, viața mea nu se va îmbunătăți semnificativ în urma unei plimbări pe drumurile de țară din preajma castelului Stortfold, zise el și-și întoarse privirea.

Capul i se scufundase între umeri, și m-am întrebat dacă se simțea confortabil stând așa. Dar nu părea momentul potrivit să-l întreb. Am rămas amândoi în tăcere.

– Vrei să-ți aduc laptopul?

– De ce, te-ai gândit că există vreun grup de susținere pentru tetraplegici în care m-aș putea înscrie? „Paraplegicus“? Clubul Rotițelor de Tinichea?

Am tras adânc aer în piept, încercând să-mi dreg vocea, ca să par cât mai convingătoare.

– Bine... având în vedere că vom petrece mult timp împreună, poate am putea să ne cunoaștem mai bine...

Chipul lui avea ceva care mă impresiona profund. Will stătea cu ochii țintă la perete, iar maxilarul i se mișca spasmodic.

– E destul de mult să stai doar cu cineva o zi întreagă, am continuat. Poate, dacă mi-ai spune ceva despre ce ți-ar plăcea să faci, eu... aș avea grijă ca lucrurile să fie exact așa cum vrei.

De data asta, tăcerea care se lăsă fu dureroasă. Vocea mea se stinse ușor, înghițită de ea, și deja nu mai știam ce să fac cu mâinile. Treena și siguranța ei de sine dispăruseră cu totul.

Într-un târziu, se auzi zumzăitul scaunului cu rotile, și Will se întoarse încet spre mine.

– Uite ce știu eu despre tine, domnișoară Clark. Mama spune că ești o fată vorbăreață. O spusese ca și cum ar fi fost o nefericire să fii vorbăreață. Putem face o înțelegere? Prin care să te angajezi să nu fii *deloc* vorbăreață în preajma mea?

Am înghițit în sec, simțind că-mi ia foc fața.

– Bine, am îngăimat, când am putut din nou să vorbesc. Atunci plec la bucătărie. Dacă ai nevoie de ceva, cheamă-mă!

– Nu te poți da deja bătută.

Stăteam întinsă pe pat, cu picioarele ridicate pe perete, așa cum făceam când eram adolescentă. De când se născuse Thomas, el și Treena se mutaseră în camera mai mare, iar eu stăteam în dormitorul mic, care era suficient de strâmt ca să te apuce claustrofobia dacă rămâneai în el mai mult de o jumătate de oră.

Dar nu voiam să stau la parter, cu mama și bunicul, fiindcă mama nu înceta să mă privească îngrijorată, zicând lucruri precum: „O să fie mai bine, scumpo“ sau „Nici o slujbă nu e grozavă din prima zi“ – ca și cum ea numai slujbe groaznice ar fi avut în ultimii douăzeci de ani. Vorbele ei mă făceau să mă simt vinovată. Și încă nu comisesem nici o trăsnaie.

– N-am spus că mă dau bătută. O, Doamne, Treen, e mai rău decât am crezut. E atât de nefericit!

– Nu se poate mișca, bineînțeles că e nefericit.

– Nu, dar pe lângă asta, e sarcastic și răutăcios. De fiecare dată când spun sau sugerez ceva, se uită la mine de parcă aș fi o proastă sau zice ceva care mă face să mă simt ca un țânc de doi ani.

– Probabil chiar ai zis tu ceva prostesc. Trebuie doar să vă obișnuiți unul cu celălalt.

– Crede-mă, n-am zis! Am fost foarte atentă... De fapt, n-am spus mai nimic... Doar: „Ți-ar plăcea să ieșim afară și să ne plimbăm puțin cu mașina?“ sau „Ai vrea o ceașcă de ceai?“

– Ei, poate că se poartă așa cu oricine la început, până se lămurește dacă rămâi sau nu. Pariez că a avut o mulțime de îngrijitoare.

– Nici măcar nu vrea să stau în aceeași cameră cu el. Nu cred că voi putea rămâne, Katrina. Chiar nu cred. Sincer, dacă ai fi și tu acolo, ai înțelege.

Treena nu mai zise nimic, ci doar continuă să mă privească o vreme. Apoi se ridică, aruncând o privire spre ușă, ca și cum ar fi vrut să se asigure că nu ne aude cineva.

– Mă gândesc să mă întorc la facultate, șopti ea într-un final.

Creierul meu avu nevoie de câteva secunde până să înregistreze această schimbare de registru.

– O, Doamne! am zis. Dar...

– O să fac un împrumut ca să-mi pot plăti taxele. Dar pot beneficia și de un ajutor special, pentru că-l am pe Thomas, iar cei de la universitate îmi oferă rate reduse, fiindcă... Ridică din umeri, puțin stânjenită. Sunt convinși că m-aș descurca foarte bine. Cineva de la profilul „Afaceri“ a renunțat la studii, așa că mă pot înscrie pe mine în loc, la începutul semestrului viitor.

– Dar Thomas?

– Există o grădiniță în campus. Putem să stăm într-un mic apartament din campus în timpul zilelor de curs și să venim acasă numai în weekend.

– Aha!

Simțeam că sora mea mă privește insistent și nu știam cum să-mi ascund fața.

– Vreau din tot sufletul să-mi pot pune iarăși mintea la treabă. La florărie mă plafonez groaznic. Vreau să învăț ceva, să mă dezvolt. Și mi s-a urât să-mi tot înghețe mâinile în apă rece.

I-am privit amândouă mâinile, care erau rozalii și pătate de degerături chiar și în căldura tropicală din casa noastră.

– Dar...

– Da. N-am de gând să mai lucrez, Lou. N-o să mai fiu în stare să-i aduc mamei nici un ban în casă... Dimpotrivă, chiar s-ar putea să am nevoie de ajutorul financiar al părinților.

De data asta, nu mai părea deloc să fie în largul ei, ca de obicei. Pe chipul ei, când mă privi, aproape că se citea rușinea, de parcă ar fi vrut să-și ceară iertare pentru ceea ce făcea.

Jos, mama râdea, urmărind, probabil, un serial la televizor. Am auzit-o strigându-i ceva bunicului. Deseori îi explica acțiunea filmului, chiar dacă noi îi repetam întruna că nu e cazul.

Nu mai puteam spune nimic. Semnificația cuvintelor surorii mele îmi pătrundea în minte încet, dar inexorabil. Mă simțeam așa cum se simte, poate, o victimă a Mafiei privind cum cimentul i se întărește încet în jurul gleznelor.

– Chiar trebuie să fac asta, Lou. Vreau să-i ofer mai mult lui Thomas și nouă, în general. Singurul mod prin care aș putea ajunge undeva în viața asta e să mă întorc la facultate. Eu nu am un Patrick, ca tine. Și nu sunt sigură nici măcar că voi avea vreodată un Patrick, de vreme ce nici un bărbat nu mi-a mai acordat nici cea mai mică atenție de când îl am pe Thomas. Trebuie să fac tot ce-mi stă în putință de una singură. Cum nu spuneam nimic, ea continuă: Pentru mine și pentru Thomas.

Am dat din cap, în semn că înțelegeam situația.

– Lou! Te rog!

Niciodată n-o mai văzusem pe sora mea într-o asemenea stare. Mă făcea să mă simt cu adevărat stânjenită. Mi-am ridicat privirea spre ea și i-am surâs. Când am reușit să deschid gura, mi s-a părut că vocea nu-mi mai aparținea mie, ci altcuiva:

– Ei bine, așa cum spui și tu, cu timpul cred că am să mă obișnuiesc cu el. De obicei lucrurile merg mai greu în primele zile, nu?

Capitolul 4

Trecură două săptămâni și, încet-încet, apăru un fel de rutină. În fiecare dimineață soseam la Granta House la ora opt, sunam la interfon anunțând că venisem și, după ce Nathan îl îmbrăca pe Will, îl ascultam atentă cum îmi spunea ce trebuia să știu despre medicamentele și – mai important – despre starea lui.

După ce Nathan pleca, dădeam drumul la radio sau la televizor, după cum dorea Will, și îi administram pastilele, uneori zdrobindu-le în micul mojar de marmură. De obicei, după vreo zece minute, el îmi dădea de înțeles că se săturase de prezența mea. Atunci începeam să mă ocup de micile sarcini casnice, spălând șervete de bucătărie care nu erau murdare sau curățând, cu aspiratorul, urme de praf invizibile de pe pervazul ferestrei și respectând cu sfințenie instrucțiunile doamnei Traynor de a verifica, la fiecare cincisprezece minute, ce mai făcea Will. De fiecare dată când intram la el, îl găseam nemișcat pe scaun, privind grădina dezolantă.

Mai târziu, îi aduceam fie un pahar cu apă, fie vreo băutură energizantă, pentru a-i menține greutatea, fie îi dădeam să mănânce. Putea să-și miște puțin palma, dar nu și brațul, și de aceea trebuia să-l hrănesc cu furculița. Era cea mai dificilă parte a zilei; mi se părea întrucâtva ciudat să-i dau unui om în toată firea să mănânce cu furculița, iar stânjeneala mă făcea neîndemânatică și stângace. Iar Will ura atât de mult această corvoadă, încât niciodată nu mă privea în ochi când îl hrăneam.

Şi apoi, puţin înainte de ora unu, se întorcea Nathan, iar eu îmi luam pardesiul şi ieşeam să mă plimb pe străzi, uneori mâncând câte un sendviş în adăpostul staţiei de autobuz de lângă castel. Era frig, şi probabil că păream penibilă ghemuită acolo şi înfulecând sendvişuri, dar nu-mi păsa. Nu-mi puteam petrece toată ziua în casa aceea.

După-amiezele, îi puneam filme - Will era membru al unui club de închiriat DVD-uri şi primea zilnic filme noi -, dar niciodată nu mă invita să mă uit alături de el, aşa că de obicei stăteam în bucătărie sau în camera de oaspeţi. Am început să-mi iau cu mine reviste sau cărţi, dar mă simţeam groaznic de vinovată pentru că, practic, nu munceam şi de aceea niciodată nu mă puteam concentra asupra a ceea ce citeam. Câteodată, la sfârşitul zilei, îşi făcea apariţia doamna Traynor - deşi nu-mi spunea niciodată altceva decât „Totul e în ordine?", întrebare la care singurul răspuns acceptabil părea să fie „Da".

Îl întreba şi pe Will dacă doreşte ceva, sugerându-i, uneori, vreo activitate pentru a doua zi - vreo ieşire sau vizita vreunui prieten care întrebase de el -, dar se ciocnea aproape întotdeauna de un refuz categoric, dacă nu chiar brutal, bădărănesc. Părea atunci îndurerată, frământându-şi întruna între degete lănţişorul de aur, şi dispărea fără să mai scoată o vorbă.

Tatăl lui, un bărbat blajin şi rotofei, ajungea, de obicei, acasă atunci când eu plecam. Era genul de om pe care l-ai fi putut vedea uitându-se la meciuri de crichet cu o pălărie panama pe cap şi el superviza administrarea castelului de când renunţase la o slujbă foarte bine plătită la oraş. Mie îmi semăna cu un latifundiar nevinovat care cultivă personal câte un cartof din când în când doar ca să nu se spună că nu munceşte. La ora cinci după-amiaza, termina negreşit programul şi, venind acasă, se uita la televizor alături de Will. Uneori, pe când plecam, îl auzeam comentând cine ştie ce ştire văzută la telejurnal.

În acele prime săptămâni am avut ocazia să-l studiez cu mai multă atenţie pe Will Traynor. Mi-am dat seama că era hotărât să nu mai semene deloc cu bărbatul care fusese; îşi lăsase părul, de culoare castaniu-deschis, să crească într-o claie dezordonată, iar barba ţepoasă să-i împresoare obrajii. Ochii lui cenuşii erau înconjuraţi de cearcăne, din cauza epuizării sau a stării de disconfort (Nathan îmi zisese că Will rareori se simțea confortabil). Aveau privirea goală a cuiva care se îndepărtase de lumea din jur. Uneori, mă întrebam dacă acesta era un mecanism de apărare, dacă singurul mod de a-și face viața suportabilă era să se prefacă mereu că nu lui i se întâmpla totul.

Am vrut să-mi pară rău pentru el. Și chiar îmi părea. În clipele în care îl surprindeam privind în gol, pe fereastră, aveam impresia că e cea mai tristă persoană pe care o întâlnisem vreodată. Și, pe măsură ce zilele treceau și realizam că starea lui nu se rezuma la a fi țintuit în acel scaun și la pierderea libertății fizice, ci la un șir nesfârșit de umilințe și suferințe, de riscuri și disconfort, am decis că, dacă aș fi fost Will, nici eu n-aș fi fost tocmai fericită.

Dar, o, Doamne, el era atât de crud cu mine! La tot ce spuneam avea un răspuns repezit și sarcastic. Când îl întrebam dacă îi era suficient de cald, el îmi răspundea că era capabil să-mi ceară o pătură dacă chiar ar fi avut nevoie. Când îl întrebam dacă aspiratorul era prea zgomotos pentru el – nu voiam să-l deranjez când se uita la filme –, îmi replica: „De ce, ai inventat vreun mod de a face aspiratorul să funcționeze silențios?“ Când îl hrăneam, se plângea că mâncarea era ori prea rece, ori prea fierbinte sau că-i dusesem furculița la gură deși nu terminase de mestecat. Avea capacitatea de a critica aproape orice spuneam sau făceam, pentru ca orice gest al meu să pară prostesc.

În acele prime două săptămâni am reușit să-mi păstrez un chip perfect imperturbabil, plecând în camera cealaltă ori de câte ori aveam prilejul și vorbindu-i cât mai puțin. Începusem să-l urăsc și eram sigură că el simțea asta.

Nu crezusem că era cu putință să-mi fie dor de vechea mea slujbă mai mult decât deja îmi era. Îmi era dor de Frank și de cât de bucuros părea el să mă vadă în fiecare dimineață când veneam la cafenea. Îmi era dor de clienți, de compania lor, de sporovăiala ce creștea și se domolea lent în jurul meu în fiecare zi, ca o mare liniștită la țărm. Această casă, oricât de frumoasă și de scumpă ar fi fost, era tăcută și încremenită ca o morgă. „Șase luni“, îmi repetam, respirând agale, când situația mi se părea insuportabilă. „Șase luni.“

Și apoi, într-o dimineață de joi, chiar în timp ce amestecam energizantul lui Will, am auzit pe hol vocea doamnei Traynor. Doar că, de această dată, se mai auzeau și alte voci. Am așteptat, cu mâna încremenită pe linguriță. Am deslușit glasul unei femei, tinere și vorbărețe, și glasul unui bărbat.

Doamna Traynor se ivi în pragul ușii de la bucătărie și încercă să pară preocupată, arătând cu degetul spre vasul gradat:

– Ai adăugat în băutură 60% apă și 40% lapte? întrebă ea, examinând vasul.

– Da, doamnă. E cea cu gust de zmeură.

– Prietenii lui Will au venit să-l vadă. Probabil cel mai bine ar fi ca dumneata să...

– Am o mulțime de lucruri de făcut pe aici, am replicat eu. De fapt, mă simțeam mai curând ușurată că puteam să-i evit compania timp de o oră sau mai bine, cât stătea cu prietenii. Am pus capacul pe vasul gradat. Oaspeții dumneavoastră doresc ceai sau cafea?

Femeia păru aproape surprinsă:

– Da, ar fi foarte drăguț din partea ta dacă ne-ai servi cu o cafea. Cred că...

Părea mai încordată decât de obicei, iar privirea îi fugea mereu către coridor, de unde se auzea un murmur slab de voci. Am presupus că Will nu primea mulți vizitatori.

– Cred că am să vă las singuri, zise ea, cu privirea spre coridor, dar cu gândurile duse cine știe unde. A venit Rupert, vechiul lui coleg de serviciu, urmă, întorcându-se brusc spre mine.

Am avut sentimentul că se întâmpla un lucru important și că doamna Treynor dorea să împărtășească asta cuiva, fie și doar mie.

– Și mai e și Alicia. Ei au fost... foarte apropiați... într-o vreme. Ar fi perfect dacă ai servi niște cafea. Îți mulțumesc, domnișoară Clark.

Am ezitat o clipă, înainte să deschid ușa, sprijinindu-mă în ea cu șoldul, pentru a putea echilibra mai bine tava pe care o țineam în mâini.

– Doamna Traynor a spus că poate doriți o cafea, am zis, intrând în încăpere și punând tava pe o măsuță joasă.

Pe când îi aşezam lui Will vasul gradat în suportul special de la scaun răsucind paiul spre el, astfel încât doar să-şi aplece puţin capul şi să poată bea, am tras cu ochiul la oaspeţi.

Prima pe care am observat-o a fost femeia. Blondă, cu picioare lungi, cu o piele palǎ, ca de caramel, era genul de femeie care mă făcea adesea să mă întreb dacă toţi oamenii fac parte din aceeaşi specie. Părea echivalentul uman al unui armăsar pursânge. Mai văzusem, întâmplător, asemenea femei; de obicei urcau dealul spre castel, cu copii îmbrăcaţi numai de la magazine de firmă, iar când ajungeau la cafenea, vocile lor se auzeau, preţioase şi clare, întrebând: „Harry, dragă, vrei o cafea? Să văd dacă au macchiato?“ Aceasta era, în mod evident, o femeie „macchiato“. Mirosea a bani, a titluri nobiliare şi a viaţă desprinsă din paginile revistelor pentru femei.

Apoi am privit-o mai cu atenţie şi mi-am dat seama cu surprindere că: (a) ea era femeia din fotografia de la schi a lui Will şi (b) că părea foarte, foarte stânjenită.

Îl sărutase pe Will pe obraz şi acum se dăduse câţiva paşi înapoi, zâmbind încurcată. Purta o jachetă cafenie şi miţoasă, fără mâneci, genul de haină care pe mine m-ar fi făcut să par un Yeti, iar la gât avea o eşarfă de caşmir de un gri pal, cu care începu să se joace nervoasă, ca şi cum n-ar fi putut să se decidă dacă s-o dea sau nu jos.

– Arăţi bine, îl complimentă ea. Pe cuvânt... Ţi-a mai... crescut puţin părul.

Will nu zise nimic. Se uita doar la ea, cu o expresie la fel de insondabilă ca de obicei. Am trăit imediat un sentiment de recunoştinţă la gândul că nu doar pe mine mă privea astfel.

– Ai un scaun nou, nu? Prietenul lui Will ciocăni spătarul scaunului, ţinându-şi bărbia în piept în timp ce încuviinţa, admirativ, din cap, de parcă ar fi privit o maşină sport de lux. Pare... foarte inteligent făcut... De ultimă generaţie.

Nu ştiam ce să fac. Am rămas nemişcată în picioare preţ de câteva minute, mişcându-mă de pe un picior pe celălalt, până când vocea lui Will sparse tăcerea.

– Louisa, vrei să mai pui nişte lemne pe foc, te rog? Cred că mai trebuie înteţit un pic.

Era pentru prima oară când îmi rostea prenumele întreg.

– Sigur, am bâiguit, aplecându-mă în fața șemineului să întețesc focul și să caut în coș niște lemne potrivite.

– Doamne, e chiar frig afară! rosti femeia. E super să stai lângă un foc strașnic pe o vreme ca asta!

Am deschis ușița șemineului, răscolind jăraticul cu un vătrai.

– Cred că e cu câteva grade mai rece decât la Londra.

– Da, cu siguranță, fu de acord bărbatul.

– Mă gândeam să-mi iau un șemineu din ăsta metalic... Se pare că e mult mai eficient decât cele clasice, cu foc deschis.

Alicia tăcu, inspectând curioasă șemineul, de parcă n-ar mai fi văzut până atunci unul asemănător.

– Da, am auzit și eu, încuviință bărbatul.

– Trebuie să studiez problema. E una dintre chestiile alea pe care îți tot propui să le faci și... Făcu o scurtă pauză și adăugă: Excelentă cafea!

– Deci... ce-ai mai făcut, Will?

Vocea bărbatului avea în ea un fel de jovialitate forțată.

– Nu foarte multe, dar suficient de drăguțe.

– Dar fizioterapia și celelalte? Cum merge? Vreo... îmbunătățire?

– Nu cred că am să mai schiez prea curând, Rupert, făcu Will cu o voce încărcată de sarcasm.

Aproape am zâmbit, în sinea mea. Acesta era Will pe care îl știam. Am început să curăț cenușa din vatră, cu sentimentul că privirile tuturor sunt ațintite asupra mea. Se lăsă o tăcere grea. M-am întrebat, rapid, dacă nu cumva uitasem să-mi tai eticheta de la pulover și am făcut cu greu față tentației de a verifica.

– Așadar, cărui fapt datorez această plăcere? întrebă Will, într-un sfârșit. Au trecut... cât?... opt luni?

– A, da, știu. Îmi pare rău... Am fost groaznic de ocupată. Am o slujbă nouă în Chelsea. Conduc magazinul Sashei Goldstein de acolo. O mai ții minte pe Sasha? Am muncit mult inclusiv la sfârșit de săptămână, pentru că magazinul e groaznic de aglomerat sâmbăta. N-am avut mai deloc timp liber. Vocea Aliciei deveni nesigură: Am sunat de câteva ori. Nu ți-a spus mama ta?

– Lucrurile au cam luat-o razna la Lewins, zise și Rupert. Știi... știi și tu cum e, Will. Avem un nou partener. Un amic din New York. Bains. Dan Bains. L-ai cunoscut?

– Nu.

– Afurisitul pare să muncească douăzeci și patru de ore din douăzeci și patru și se așteaptă ca toți ceilalți să facă la fel. Puteai desluși în vocea lui ușurarea că găsise, în sfârșit, un subiect care-l făcea să se simtă confortabil. Știi tu, vechea etică a muncii la yankei – fără pauze prelungite, fără glume deocheate... Îți spun, atmosfera de la muncă s-a schimbat total.

– Chiar așa?

– O, Doamne, da! Ești obligat să vii și când ești bolnav. Uneori nici nu îndrăznesc să mă ridic de pe scaun...

Tot aerul din încăpere părea să fi dispărut, atras de un aspirator nevăzut. Cineva tuși.

M-am ridicat și mi-am șters palmele de blugi.

– Eu.... mă duc să mai iau niște lemne, am șoptit către Will.

Mi-am ridicat coșul și am plecat.

Afară era groaznic de frig, dar am zăbovit cât am putut, omorându-mi timpul, fără să mă grăbesc să aleg bucățile de lemn. Încercam să calculez dacă e de preferat să rămân cu degetele degerate sau să mă întorc în cameră. Dar era, pur și simplu, prea rece, iar degetul arătător, care-mi era de mare folos la cusut, s-a învinețit primul și, în cele din urmă, a trebuit să-mi accept înfrângerea. Pe când mă apropiam de camera de zi, am auzit vocea femeii strecurându-se prin ușa întredeschisă.

– De fapt, Will, motivul pentru care am venit aici este altul, spunea ea. Avem... niște vești.

M-am oprit în fața ușii, cu coșul cu lemne de brațe.

– M-am gândit... de fapt, amândoi ne-am gândit... că ar fi corect să știi și tu... Ei bine, uite cum stau lucrurile: eu și Rupert ne căsătorim.

Am rămas nemișcată, calculând în gând dacă m-aș putea întoarce fără să fiu auzită.

Femeia continuă, cu un glas în care se citea ezitarea:

– Știu că asta te va șoca poate... De fapt, a fost un șoc și pentru mine. Relația noastră... a început, de fapt, la mult timp după...

Brațele începuseră să mă doară din cauza greutății. Am privit coșul, neștiind ce-aș fi putut face.

- Bine, știi că tu și eu... noi...

Urmară alte clipe de tăcere încordată.

- Will, te rog, spune ceva!

- Felicitări, spuse el, în cele din urmă.

- Știu ce gândești acum. Dar nici unul dintre noi nu și-a propus așa ceva. Pur și simplu s-a întâmplat. O bună bucată de vreme am fost doar prieteni. Prieteni care și-au făcut griji pentru tine. Doar că Rupert a fost cel mai bun sprijin pentru mine, după accidentul tău...

- Frumos din partea lui!

- Te rog, nu te purta așa!... E atât de ciudat... Am fost absolut îngrozită că trebuie să-ți dezvălui asta. Și Rupert a fost la fel de îngrozit.

- Evident, replică Will pe un ton tăios.

Rupert interveni:

- Will, îți spunem toate astea pentru ca amândoi te iubim. Ne pasă de tine. N-am vrut să auzi vestea de la altcineva. Dar vezi tu... viața merge înainte. Trebuie să știi asta. La urma urmei, au trecut doi ani.

Se lăsă iar tăcerea. Mi-am dat seama că nu vreau să ascult mai departe și m-am îndepărtat încet de ușă, oftând încetișor din cauza efortului. Dar, când Rupert vorbi, vocea lui izbucni așa de puternic încât n-am putut să nu-l aud:

- Haide, amice! Știu că trebuie să-ți fie extrem de greu... Dar, dacă îți pasă cu adevărat de Lissa, trebuie să-ți dorești ca ea să aibă o viață frumoasă.

- Spune ceva, Will! Te rog.

În clipa aceea mi-am închipuit fața lui. Vedeam privirea aceea a lui ce reușea să fie, în același timp, impenetrabilă și disprețuitoare.

- Felicitări! spuse el iarăși. Sunt sigur că veți fi foarte fericiți împreună.

Alicia începu din nou să protesteze, zicând ceva nedeslușit, dar Rupert o întrerupse:

- Hai, Lissa! Cred că trebuie să plecăm. Will, nu am venit aici ca să-ți cerem binecuvântarea. E un gest de politețe. Lissa a crezut - bine, amândoi am crezut - că ar trebui să știi. Îmi pare rău, bătrâne, eu... eu chiar sper ca starea ta de sănătate să se îmbunătățească și sper să vrei să păstrăm legătura atunci când situația... știi... când lucrurile se vor mai liniști puțin.

Am auzit zgomote de pași și m-am aplecat asupra coșului cu lemne ca și cum tocmai aș fi intrat în casă. I-am auzit ieșind pe coridor, și apoi Alicia apăru înaintea mea. Avea ochii înroșiți, ca și cum ar fi fost gata să izbucnească în plâns.

– Pot să merg până la baie? întrebă ea cu o voce sugrumată.

Am ridicat un deget, arătându-i, fără o vorbă, ușa de la baie. Mă privi cu răutate, și atunci mi-am dat seama că probabil figura mea exprima ceea ce simțeam pentru ea. Niciodată nu mă pricepusem prea bine să-mi ascund sentimentele.

– Știu ce gândești despre mine, făcu ea, după o pauză. Dar am încercat. Chiar am încercat. Luni de zile. Iar el pur și simplu m-a respins întruna. Gura i-era rigidă, și pe chip i se citea o expresie de furie mută. De fapt, nici n-ar fi vrut ca eu să vin aici. Și a spus asta foarte clar.

Părea să aștepte să reacționez, așa că am bâiguit, încurcată:

– Nu știu... nu e treaba mea, nu mă privește.

Am rămas câteva clipe față în față.

– Știi, nu poți ajuta pe cineva care nu vrea să fie ajutat, zise ea și se întoarse să plece.

Am zăbovit câteva minute, așteptând să aud zgomotul mașinii lor îndepărtându-se pe alee, și apoi am intrat în bucătărie. Am stat acolo și am pus ceainicul la fiert, chiar dacă nu voiam să beau ceai. Am răsfoit o revistă pe care o citisem deja și, în cele din urmă, m-am întors pe coridor; cu un icnet, am ridicat coșul cu lemne și am pătruns în camera de zi, izbind încet ușa cu coșul înainte de a intra, pentru ca Will să știe că vin.

– Mă gândeam dacă nu vrei să..., am început eu.

Dar nu mai era nimeni acolo. Încăperea era goală.

Și atunci am auzit bubuitura. Am alergat pe coridor, la timp pentru a auzi o altă bubuitură, urmată de zgomotul unei sticle sparte. Zgomotele veneau dinspre dormitorul lui Will. „Oh, Doamne, nu-l lăsa să-și facă rău!“ M-am panicat – avertismentul doamnei Traynor îmi sfredelea creierul. Îl lăsasem singur mai mult de un sfert de oră.

Am alergat pe coridor, m-am oprit în pragul ușii dormitorului și am rămas nemișcată, cu mâinile agățate de cadrul ușii. Will se afla în mijlocul camerei, ridicat în scaunul său, cu un baston sprijinit de suportul pentru braț, în așa fel încât îi depășea cu vreo treizeci de centimetri brațul stâng. Bastonul fusese transformat într-o veritabilă lance de turnir, cu care Will doborâse toate fotografiile de pe rafturile lungi; ramele scumpe zăceau, sfărâmate, pe podea, iar covorul era plin de cioburi strălucitoare de sticlă. Și poala lui Will era plină de cioburi și rame de lemn rupte. Priveam scena aceea a distrugerii simțind că inima mi se liniștește, încet-încet, pe măsură ce răsuflam ușurată că el era nevătămat. Will respira precipitat, ca și cum ceea ce făcuse îl epuizase de-a dreptul.

Scaunul lui se răsuci, zdrobind cioburile de dedesubt. Privirea lui o întâlni pe a mea, și am zărit în ochii lui o senzație cumplită de istovire. Ochii lui mă provocau să-i arăt milă.

M-am uitat în poala lui și apoi pe podeaua din jur. Am zărit-o, printre celelalte fotografii risipite, și pe cea în care el și Alicia zâmbeau fericiți – chipul ei era acum acoperit de o ramă de argint îndoită.

Am înghițit în sec uitându-mă la imaginea aceea și apoi mi-am ridicat încet ochii către el. Aceste câteva secunde au fost cele mai lungi din viața mea.

– Roțile alea se pot înțepa? am spus în cele din urmă, arătând cu capul spre scaunul lui. Fiindcă n-am idee unde ar trebui să pun cricul.

Mă privi cu ochi mari de uimire. Pentru o clipă, am crezut că într-adevăr o dădusem în bară. Dar, spre uimirea mea, am văzut cum umbra unui surâs trece peste chipul lui.

– Stai, nu te mișca! l-am sfătuit. Aduc imediat aspiratorul.

În urma mea, bastonul lui se prăbuși pe podea, și, în timp ce ieșeam din cameră, mi s-a părut că-l aud șoptind că-i pare rău.

În fiecare marți seara, localul Kings Head era ticsit de lume, iar în spate, la bar, înghesuiala era și mai mare. Stăteam înghesuită între Patrick și un bărbat al cărui nume părea să fie Rutter și care se zgâia întruna când la falerele din alamă pentru cai, atârnate de bârnele de stejar de deasupra mea, când la fotografiile castelului, lipite din loc în loc pe grinzile de lemn. Încercam să mă prefac interesată de discuția dintre ei, ce gravita mai ales în jurul raportului dintre aportul de carbohidraţi şi grăsimea corporală.

Întotdeauna fusesem de părere că întâlnirile bilunare ale clubului Hailsbury Triathlon Terrors reprezentau un coşmar pentru barman. Eram singura care bea bere, iar punga mea de chipsuri stătea, mototolită şi goală, pe masă. Ceilalţi beau fie apă minerală, fie verificau de zor procentul de îndulcitori din cutiile de Cola dietetică. Când, în cele din urmă, comandau de mâncare, nu vedeam o picătură de grăsime în salate sau vreo bucăţică de carne de pui cu piele. Adesea, eu îmi comandam chipsuri doar pentru a-i vedea pe toţi cum se prefac că nu vor aşa ceva.

Nu puteam spune că-mi plăceau reuniunile triatloniştilor, dar, din cauza programului meu încărcat şi a orarului de antrenamente al lui Patrick, erau printre puţinele ocazii când ne mai puteam vedea. Stătea lângă mine, într-o pereche de pantaloni scurţi şi mulaţi pe coapsele bine lucrate, în ciuda vremii friguroase de afară. Era o chestiune de onoare printre membrii clubului să poarte cât mai puţine haine. Bărbaţii aveau cu toţii corpuri musculoase şi purtau echipamente de sport moderne şi scumpe. Se numeau Scud sau Trig şi-şi încordau muşchii, arătându-şi unii altora rănile şi vânătăile sau lăudându-se cu pretinse creşteri de masă musculară. Fetele nu erau machiate şi aveau aspectul neîngrijit şi dur al celor care nu se gândesc decât cum să alerge kilometri întregi în condiţii extreme. Mă priveau cu un vag dispreţ – sau poate chiar cu nedumerire –, cântărind, fără îndoială, din priviri raportul grăsime/muşchi din corpul meu şi găsind că lasă serios de dorit.

– A fost groaznic, i-am zis lui Patrick, în timp ce mă întrebam în gând dacă e cazul să comand o porţie de cheesecake – caz în care aş fi riscat, desigur, ca toţi cei de acolo să-mi arunce priviri ucigătoare. Gândeşte-te, e vorba de iubita lui şi de cel mai bun prieten!

– Nu poţi s-o acuzi, răspunse el. Chiar vrei să-mi spui că ai mai sta cu mine dacă m-ai vedea paralizat de la gât în jos?

– Sigur că aş sta.

– Nu, n-ai sta! Şi nici nu m-aş aştepta să stai.

– Ei bine, şi totuşi aş face-o.

– Dar eu n-aş vrea să rămâi cu mine. N-aş vrea să stea cineva cu mine din milă.

– Cine spune că ar fi vorba de milă? În sufletul tău, ai fi aceeaşi persoană şi asta e tot ce contează.

– Nu, n-aş fi. N-aş mai fi deloc aceeaşi persoană, făcu el, strâmbând din nas. N-aş mai vrea să trăiesc, să fiu nevoit să mă bazez pe cei din jur practic pentru orice lucru, cât de mic. Să fiu şters la fund de nişte străini... Doamne Dumnezeule! Gândeşte-te la toate lucrurile pe care nu le-ai mai putea face!... murmură el şi scutură din cap. Să nu mai poţi alerga, să nu mai poţi merge pe bicicletă... Mă privi cu ochi mari, ca şi cum ar fi avut o revelaţie: Să nu mai poţi face sex.

– Ba sigur că ai putea face sex. Doar că femeia ar trebui să fie mereu deasupra.

– Atunci am fi pierduţi, clar!

– Hm, amuzant, ce să zic!

– Plus de asta, dacă eşti paralizat de la brâu în jos, presupun că... instalaţia nu mai funcţionează cum ar trebui.

M-am gândit la Alicia. „Dar am încercat", spusese ea. „Chiar am încercat. Luni de zile."

– Sunt sigură că ar funcţiona la unii. Şi oricum, ar trebui să existe vreo metodă dacă... dacă ai imaginaţie.

– Ha! făcu Patrick şi luă o gură de apă. Ar trebui să-l întrebi asta mâine. Uite care-i treaba, zici că se poartă groaznic. Dar poate că se purta la fel şi înainte de accident. Poate că ăsta-i adevăratul motiv pentru care ea l-a părăsit. Te-ai gândit la asta?

– Nu ştiu... Mi-a venit în minte fotografia şi am adăugat: Păreau atât de fericiţi împreună...

Dar ce poate dovedi o fotografie? Acasă, aveam o fotografie înrămată în care-l priveam pe Patrick cu atâta dragoste de parcă tocmai m-ar fi scos dintr-o clădire în flăcări, pe când în realitate îi spusesem cu câteva minute înainte „sculă bleagă", iar el îmi răspunsese cu un „mă calci pe nervi" din toată inima.

Patrick îşi pierduse însă interesul pentru discuţie.

– Hei, Jim!... Jim, ai văzut noul model de bicicletă ultrauşoară? E ceva de capul ei?

L-am lăsat să schimbe subiectul, gândindu-mă la ce spusese Alicia. Mi-l puteam imagina foarte ușor pe Will respingând-o. Dar, dacă iubești pe cineva, nu trebuie să-ți dorești să rămâi cu el? Să-l ajuți să învingă depresia? La bine și la rău, cum se spune?

Am început să mă simt cam jenată de felul în care discutam despre omul datorită căruia aveam o slujbă. Mai ales când am realizat că el îndura, probabil, această suferință tot timpul. Dar era aproape imposibil să nu te ducă gândul la aspectele mai intime ale vieții lui. Patrick mă înghionti, trezindu-mă din reverie.

– Mă gândesc să particip la ăla mare.

– Care ăla mare?

– La triatlon. Xtreme Viking. O sută de kilometri pe bicicletă, cincizeci de mers pe jos și o cursă zdravănă de înot prin mările înghețate din Nord.

Despre concursul Viking se vorbea cu venerație, iar cei care participaseră la el își purtau rănile cu mândrie, ca niște veterani ai unui război îndepărtat și deosebit de crud. Patrick vorbea despre asta aproape plescăind din buze de poftă. L-am privit și m-am întrebat dacă nu cumva era un fel de extraterestru. M-am gândit că aș fi preferat să lucreze în continuare în domeniul vânzărilor prin telefon, atunci când nu exista să ajungem la vreo benzinărie și să nu-și cumpere un baton de ciocolată Mars.

– Ai de gând să participi?

– De ce nu? Niciodată nu m-am simțit mai în formă.

M-am gândit la toate antrenamentele lui suplimentare și la nesfârșitele discuții despre greutate și distanță, pregătire fizică și rezistență. Era destul de greu să-i mai captez atenția lui Patrick într-o asemenea perioadă.

– Poți să participi și tu, dacă vrei, mă invită el, deși știam amândoi că nu crede o iotă din ce spune.

– Te las pe tine să încerci, i-am spus. Remarcă-te!

Și am comandat o felie de cheesecake.

Dacă crezusem că evenimentele din ziua precedentă aveau să provoace un dezgheț în Granta House, mă înșelasem.

L-am salutat pe Will cu un zâmbet larg și un „Bună!" cât se poate de prietenos, dar el nici măcar nu catadicsi să-și abată privirea de la fereastră.

– Nu are o zi prea bună, îmi șopti Nathan, luându-și haina pe el.

Era o dimineață mohorâtă și înnorată, când ploaia izbea fără milă în ferestre, una dintre diminețile acelea când ți-e greu să crezi că soarele va mai ieși vreodată. Chiar și eu mă simțeam posacă într-o asemenea zi. Nu era, așadar, deloc o surpriză că Will se simțea și mai rău. Am început să trebăluiesc prin casă, spunându-mi că oricum nu conta atitudinea lui – în definitiv nu trebuie să-ți placă neapărat de angajatorul tău, nu? Cunoșteam mulți oameni care nu-și sufereau patronul. Fotografiile stăteau făcute teanc în sertarul de jos, unde le adunasem cu o zi înainte și acum, ghemuită pe dușumea, am început să le sortez, punând-o pe fiecare în rama care i se potrivea. Sunt destul de bună la reparat lucruri prin casă. În plus, acesta era un mod folositor de a-mi omorî timpul.

Făceam asta de vreo zece minute, când zumzăitul scaunului cu rotile îmi vesti apropierea lui Will.

Se opri în pragul ușii, privindu-mă. Sub ochi avea niște cearcăne groaznice, întunecate. Uneori, îmi spusese Nathan, nu dormea deloc noaptea. Nu voiam să mă gândesc cum se simțea, prins ca într-o capcană în patul din care nu se putea mișca, singur, însoțit doar de gândurile lui sumbre, în primele ore ale dimineții.

– M-am gândit să văd dacă aș putea repara aceste rame, i-am spus, ridicând o poză.

Era o imagine a lui făcând bungee jumping. Încercam să par cât mai veselă. „Are nevoie de o persoană deschisă și plină de optimism."

– De ce?

Am clipit, surprinsă:

– Păi... Cred că unele ar putea fi reparate. Am adus niște clei de lemn, dacă-ți face plăcere o să încerc să le pun la loc. Sau, dacă vrei să schimbi ramele, aș putea merge până în oraș în timpul pauzei de prânz, să caut unele noi. Dacă vrei, putem face amândoi o plimbare...

– Cine ți-a spus să încerci să le repari?

Privirea lui era neclintită.

„Ah, ce mă fac?" m-am gândit, panicată.

– Eu… voiam doar să fiu de folos.

– Voiai să repari ce am stricat eu ieri.

– Eu…

– Ştii ceva, Louisa? Ar fi frumos din partea ta dacă, măcar de data asta, ai fi atentă la ce doresc. Faptul că am spart aceste fotografii nu a fost un accident. Nici o încercare de a schimba radical designul interior al camerei. Am făcut-o pentru că nu vreau să le mai văd vreodată.

– Îmi pare rău, nu m-am gândit că… am îngăimat eu, ridicându-mă în picioare.

– Te-ai gândit că ştii tu mai bine. Toată lumea crede că ştie ce e mai bine pentru mine. „Hai să pun afurisitele de poze la loc! Să-i ofer bietului invalid ceva la care să se uite." Nu mai vreau să văd aceste afurisite de poze privindu-mă de fiecare dată când stau ţintuit în pat şi aştept pe cineva să mă scoată de aici. Bine? Crezi că eşti în stare să pricepi asta?

Am înghiţit în sec.

– Nu voiam s-o repar pe cea cu Alicia – nu sunt atât de proastă… M-am gândit doar că, într-un fel, ai putea simţi nevoia…

– O, Doamne! făcu el, după care îşi întoarse brusc faţa de la mine şi începu să strige: Scuteşte-mă de asemenea terapii psihologice! Mai bine du-te şi citeşte prostiile tale de reviste cu bârfe despre vedete sau fă orice faci atunci când nu te ocupi de ceai!

Simţeam că obrajii îmi ard. L-am privind strecurându-se cu scaunul pe holul strâmt, şi mi-am auzit vocea înainte să-mi dau seama ce fac:

– Nu trebuie să te porţi ca un ticălos.

Cuvintele rămaseră suspendate în aerul liniştit al încăperii.

Scaunul se opri. Urmă o tăcere lungă, şi apoi Will se răsuci încet spre mine, privindu-mă atent, cu degetele pe micul comutator al scaunului.

– Ce-ai spus?

L-am înfruntat, deşi inima îmi bătea să-mi spargă pieptul.

– Prietenii tăi au avut parte de un tratament de tot rahatul. Bun. Probabil l-au meritat. Dar eu sunt aici zi de zi, dându-mi silinţa cât pot.

Aşa că aş aprecia dacă nu mi-ai face viaţa la fel de neplăcută pe cât le-o faci tuturor celor din jurul tău.

Mă privi cu ochi măriţi de mirare şi, după o scurtă pauză, îmi vorbi iar:

– Şi dacă ţi-aş zice că nu te vreau aici?

– Nu sunt angajată de tine. Mama ta m-a angajat. Şi, câtă vreme ea nu-mi spune că nu mai are nevoie de mine, voi continua să vin. Nu fiindcă mi-ar păsa în mod deosebit de tine, sau fiindcă mi-ar plăcea slujba asta stupidă, ori pentru că aş vrea să-ţi schimb viaţa într-un fel sau altul, ci fiindcă am nevoie de bani. Ai înţeles? Chiar am nevoie de banii ăştia!

Expresia de pe chipul lui Will Traynor nu se schimbă prea mult, dar mi s-a părut că zăresc pe figura lui o oarecare surprindere, ca şi cum n-ar fi fost obişnuit să fie contrazis de cineva.

„Ah, la naiba!" mi-am spus în gând, pe măsură ce începeam să înţeleg ce tocmai făcusem. „De data asta chiar am scrântit-o."

Dar Will continuă să mă fixeze cu privirea şi, când am lăsat ochii în jos, expiră adânc, ca şi cum ar fi vrut să spună ceva neplăcut, dar se abţinuse.

– Da, mi se pare corect, spuse el, în cele din urmă şi îşi răsuci iar scaunul, aruncându-mi peste umăr: Dar te rog să pui toate fotografiile în sertarul de jos. Pe toate.

Şi, cu un zumzăit prelung, dispăru din uşă.

Capitolul 5

Avantajul de a fi aruncat într-o viață cu totul nouă - sau, cel puțin, de a fi izbit atât de puternic de viața altcuiva încât să fie ca și cum ți-ai strivi fața de fereastra lui - este că te obligă să regândești concepția pe care o ai despre tine. Sau despre felul cum te percep ceilalți.

Pentru părinții mei, devenisem, în doar patru săptămâni, mult mai interesantă. Eram legătura lor cu o lume total diferită. În special mama îmi punea zilnic întrebări despre Granta House și obiceiurile casnice de acolo, așa cum un zoolog examinează vreo creatură nouă și ciudată și mediul ei. „Doamna Traynor folosește șervețele de pânză la fiecare masă?" se interesa ea, sau: „Crezi că ei dau cu aspiratorul zilnic, cum facem noi?", sau: „Cum gătesc cartofii?"

Mă trimitea, dimineața, cu instrucțiuni precise să aflu, de pildă, ce fel de hârtie igienică folosea familia Traynor ori dacă lenjeriile lor erau din bumbac sută la sută sau nu. Pentru ea reprezenta o mare dezamăgire faptul că, de cele mai multe ori, nu-mi puteam aminti asemenea informații. Mama era convinsă în secret că oamenii bogați trăiau ca niște porci - de când îi spusesem cândva, pe când aveam șase ani, despre mama unei colege de școală, care provenea dintr-o familie înstărită, că ne interzicea să ne jucăm în camera din față pe motiv că „stârnim praful".

Când veneam acasă raportând că da, câinele familiei Traynor mânca în bucătărie, și că doamna și domnul Traynor nu-și curățau zilnic pragul de la intrare, așa cum făcea ea, mama se umfla în pene și-i arunca o privire trufașă tatei, dând din cap cu satisfacție, ca și cum i-aş fi confirmat tot ceea ce bănuise despre firea îngălată a bogătaşilor.

Dependenţa lor de salariul meu sau poate faptul că ştiau că nu prea îmi place noua slujbă făcea însă ca eu să mă bucur de mai mult respect acasă. E adevărat că asta nu însemna prea mult - în cazul tatei, se traducea prin faptul că încetase să-mi mai spună „grăsana", iar în cazul mamei, prin cana cu ceai fierbinte care mă aştepta, de obicei, când mă întorceam de la muncă.

Pentru Patrick şi pentru sora mea nu eram deloc altcineva - rămăsesem tot veşnicul cal de bătaie al glumelor lor, dar şi destinatara îmbrăţişărilor, a sărutărilor, ca şi a bombănelilor. Eu însămi nu mă simţeam deloc altcineva. Arătam la fel şi mă îmbrăcam la fel - adică, după spusele Treenei, de parcă tocmai avusesem un meci de lupte în cadrul unui spectacol de caritate.

N-aveam habar ce credeau despre mine majoritatea locatarilor de la Granta House. Will era impenetrabil. Pentru Nathan eram, bănuiam eu, doar cea mai recentă dintr-un lung şir de îngrijitoare angajate. El se arăta îndeajuns de prietenos, dar rămânea totuşi un pic detaşat. Aveam sentimentul că nu era convins că voi face prea mulţi purici acolo. Domnul Traynor înclina din cap, politicos, atunci când ne întâlneam pe coridor, întrebându-mă, uneori, cum era traficul sau dacă mă acomodasem cu slujba. Nu sunt sigură însă că m-ar fi recunoscut dacă m-ar fi văzut într-un alt cadru.

Dar pentru doamna Traynor - ah, Doamne! -, pentru doamna Traynor eram, aparent, cea mai proastă şi mai iresponsabilă fiinţă de pe planetă.

Totul începuse de la ramele fotografiilor. Nimic din ce se întâmpla prin casă nu-i scăpa doamnei Traynor, şi ar fi trebuit să-mi dau seama că, pentru ea, spargerea fotografiilor înrămate echivala cu un seism devastator. Îmi puse o mulţime de întrebări: cât timp îl lăsasem singur pe Will, ce anume declanşase furia lui şi cât de repede curăţasem mizeria. De fapt, nu mă critică - era prea politicoasă chiar şi pentru a ridica tonul -, dar felul în care mă privi când i-am răspuns şi murmurele ei dezaprobatoare la adresa explicaţiilor mele vorbeau de la sine. Nu m-a surprins deloc când am aflat de la Nathan că doamna lucra în magistratură.

Fu de părere că ar fi o idee bună să nu-l mai las niciodată singur pe Will atât de mult timp, indiferent cât de stânjenitoare ar fi fost situația. Și spera ca, data viitoare când aveam să șterg praful, să nu mai pun obiectele atât de aproape de marginea rafturilor încât să poată fi doborâte accidental pe podea (prefera să creadă, am avut impresia, că totul fusese un accident). Mă făcu să mă simt ca o idioată în toată puterea cuvântului, și, prin urmare, chiar am început să mă port astfel în preajma ei. Întotdeauna apărea când tocmai scăpam ceva pe podea sau mă chinuiam să programez cuptorul cu microunde, ori se oprea în hol, privindu-mă, vag iritată, cum mă întorceam în casă cu brațele încărcate de lemne, de parcă aș fi stat afară mai mult decât ar fi trebuit.

În mod ciudat, atitudinea ei mă deranja mai mult decât bădărănia lui Will. De vreo două ori chiar am vrut s-o întreb direct dacă i se pare că am făcut ceva greșit. „Ați spus că m-ați angajat mai mult pentru atitudinea mea decât pentru calitățile profesionale", aș fi vrut să-i zic. „Ei bine, iată-mă – veselă și vioaie în fiecare zi. Robustă și optimistă, așa cum ați vrut. Și atunci, care-i problema?"

Dar Camilla Traynor nu era genul de femeie căreia să-i poți spune așa ceva. Și, în plus, aveam sentimentul că nimeni în casa aceea nu le spunea celorlalți direct ce gândește.

„Lily, ultima noastră îngrijitoare, știa cum să gătească două legume deodată la tigaie" însemna, de fapt: „Faci prea multă mizerie". „Poate vrei o ceașcă de ceai, Will", însemna, de fapt: „N-am idee ce să-ți mai spun". „Cred că am niște documente care trebuie puse în ordine" era un fel de a spune: „Ești nepoliticoasă, și o să plec din cameră".

Toate aceste cuvinte erau pronunțate cu expresia aceea ușor îndurerată și în timp ce degetele ei subțiri frământau necontenit lănțișorul de aur cu crucifix. Era atât de ascunsă, de reținută. Mama părea să fie Ozzy Osbourne în comparație cu ea. Zâmbeam din politețe, prefăcându-mă că nu observ nimic, și îmi făceam treaba pentru care eram plătită.

Sau, cel puțin, încercam să mi-o fac.

– De ce naiba încerci să-mi bagi morcovi în furculiță?

Am coborât privirea în farfurie. Mă uitasem la prezentatoarea de la televizor și tocmai mă întrebam cum mi-ar sta părul dacă l-aș vopsi în aceeași culoare.

– Poftim? Dar nu ți-am băgat nici un morcov.

– Ba da. I-ai pisat și ai încercat să-i ascunzi în sos. Te-am văzut.

M-am înroșit. Avea dreptate. Îl hrăneam pe Will în timp ce ne uitam amândoi la știrile după-amiezii. Îi serveam friptură de vită cu piure de cartofi. Deși el îmi spusese foarte clar că nu vrea deloc legume în ziua aceea, mama lui insistase să pun neapărat trei feluri de legume în farfurie. De altfel, nu cred că exista vreo masă, din cele pe care i le serveam eu, care să nu fie perfect echilibrată nutrițional – așa cum, de altfel, și fusesem instruită să-i gătesc.

– De ce încerci să bagi morcovi în mine?

– Nu încerc.

– Deci în sosul ăsta nu sunt morcovi?

Am privit bucățelele minuscule, de culoare portocalie.

– Bine... sunt câțiva...

El aștepta, cu sprâncenele încruntate.

– Știi... Cred că... am presupus că legumele ți-ar face bine.

De fapt, pusesem legume nu doar pentru că așa îmi ceruse doamna Traynor, ci și pentru că devenise o rutină. Eram obișnuită să-l hrănesc pe Thomas, căruia trebuia să-i ascund legumele pasate sub grămezi de piure sau să i le adaug, tocate extrem de mărunt, în paste. Fiecare bucățică de legumă pe care o mânca era pentru mine o mică victorie.

– Hai să vorbim direct! Crezi că o linguriță de morcov îmi va îmbunătăți cumva calitatea vieții?

Felul cum punea problema mi s-a părut de-a dreptul *prostesc*. Dar învățasem că era important să nu par copleșită de tot ce spunea sau făcea Will.

– Am înțeles ce vrei, am spus. N-o să mai fac.

Și atunci, dintr-odată, Will Traynor râse. Izbucni brusc într-un hohot copleșitor, cu totul neașteptat.

– Pentru numele lui Dumnezeu! făcu el, scuturând din cap.

M-am holbat la el.

– Ce naiba mi-ai mai pus în mâncare? Data viitoare o să-mi spui să deschid gurița pentru ca trenulețul Thomas să poate livra niște verze delicioase de Bruxelles la gara din stomăcelul meu, nu?

Am stat puțin pe gânduri.

– Nu, i-am răspuns fără să mi se clintească un mușchi pe față. Eu nu am de-a face decât cu Domnul Furculiță. Domnul Furculiță nu seamănă cu trenulețul Thomas.

Nepotul meu îmi spusese asta, foarte serios, cu doar câteva luni în urmă.

– Mama te-a pus să faci asta?

– Nu. Uite ce-i, Will, îmi pare rău. Pur și simplu... am făcut-o fără să mă gândesc.

– De parcă asta ar fi ceva neobișnuit...

– Bine, bine. O să scot afurisiții de morcovi din sos, dacă te deranjează așa de tare.

– Nu afurisiții de morcovi mă deranjează, ci faptul că mi-au fost strecurați în mâncare de o femeie nebună, care vorbește cu tacâmurile, numindu-le Domnul și Doamna Furculiță.

– A fost o glumă. Hai, lasă-mă să scot morcovii și...

El își întoarse privirea de la mine:

– Nu mai vreau să mănânc nimic. Fă-mi doar o ceașcă de ceai! Și, în timp ce ieșeam din cameră, strigă în urma mea: Și nu încerca să-mi strecori în el vreun afurisit de păstârnac.

Nathan veni tocmai când terminasem de spălat vasele.

– E într-o dispoziție bună, zise el în timp ce îi întindeam o ceașcă de ceai.

– Serios?

Îmi mâncam sendvișurile în bucătărie. Era groaznic de frig afară, și, nu știu de ce, dar în ultima vreme casa nu mi se mai păruse așa de neprietenoasă.

– Zice că încerci să-l otrăvești. Dar, știi... a spus-o în glumă.

M-am simțit măgulită într-un mod bizar de vestea asta.

– Da... bine, m-am bâlbâit, încercând să-mi ascund stânjeneala. Nu știu ce să zic...

– Și e și mai vorbăreț decât de obicei. Au fost săptămâni întregi când abia scotea un cuvânt, dar în ultimele zile chiar a prins gust de discuții.

M-am gândit la momentul în care Will îmi spusese că, dacă nu încetez cu fluieratul, o să dea cu scaunul cu rotile peste mine.

– Cred că noi doi avem definiții diferite pentru cuvântul „vorbăreț".

– Ei bine, află că am discutat cu el chiar acum despre crichet. Și trebuie să-ți spun – aici vocea lui Nathan deveni abia șoptită – că doamna T m-a întrebat acum o săptămână dacă, după părerea mea, te descurci bine. I-am spus că te consider o foarte bună profesionistă, dar știam că nu la asta se referea. Pe urmă, ieri a venit să-mi spună că v-a auzit râzând.

Mi-am amintit, instantaneu, de seara precedentă.

– El râdea de mine, i-am atras atenția lui Nathan.

Will considera amuzant faptul că nu știam ce e acela „pesto". În loc să zic „pesto", îi spusesem că are la cină „paste cu sos verzui".

– Asta pentru ea nu contează. Dar contează enorm faptul că l-a auzit râzând după atâta vreme.

Era adevărat. Eu și Will păream să fi descoperit un mod de a ne înțelege mai ușor. Un mod care implica o anumită bădărănie din partea lui, la care, uneori, răspundeam cu aceeași monedă. El îmi spunea că greșisem ceva, iar eu ripostam că, dacă greșeala conta cu adevărat pentru el, ar fi trebuit să mi-o reproșeze într-un mod mai politicos. El mă jignea, numindu-mă „o pacoste", iar eu îi spuneam că ar trebui să încerce să se descurce fără pacostea asta, să vedem cât de mult ar rezista. Era un pic forțat, dar comunicarea aceasta părea că funcționează pentru amândoi. Uneori aveam chiar impresia că acceptă cu o anumită ușurare să fiu brutală cu el, să-l contrazic sau să-i spun de la obraz că se poartă groaznic. Aveam senzația că, după accident, toți cei din jur se comportaseră cu el cu mănuși – cu excepția, poate, a lui Nathan, pe care Will părea să-l trateze cu un respect instinctiv și care oricum era probabil imun la orice fel de comentarii acide din partea lui. Nathan semăna cu un vehicul blindat în înveliș uman.

– Tu doar ai grijă să râdă cât mai mult pe seama ta, bine?

Mi-am pus ceașca în chiuvetă și i-am răspuns:

– Nu cred că asta va fi o problemă.

Cealaltă mare schimbare, în afara atmosferei din casă, era că Will nu-mi mai cerea atât de des să-l las singur și în câteva după-amieze chiar mă rugase să rămân și să văd un film cu el. Nu mă deranjase faptul că alesese *Terminatorul* – deși văzusem deja toate filmele din serie –, dar, când mi-a arătat un film franțuzesc cu subtitrare, m-am uitat lung la copertă și i-am răspuns că probabil am să-i spun „pas" de data asta.

– De ce?

Am ridicat din umeri:

– Nu-mi plac filmele cu subtitrări.

– Asta e ca și cum ai spune că nu-ți plac filmele în care joacă actori. Nu fi ridicolă! Ce nu-ți place? Faptul că ești pusă să citești în timp ce te uiți la ceva?

– De fapt, nu prea-mi plac filmele străine.

– Tot ce-a apărut în ultimii treizeci de ani e film străin. Tu crezi că Hollywoodul e o suburbie a Birminghamului?

– Foarte amuzant!

Nu-i veni să creadă când am recunoscut că nu văzusem niciodată până atunci un film cu subtitrare. Dar părinții mei aveau tendința de a pune stăpânire pe telecomandă în fiecare seară, iar Patrick ar fi fost, probabil, tot atât de puțin atras de propunerea de a vedea un film străin ca și de ideea de a urma cursuri serale de croșetat. Cinematograful multiplex din cel mai apropiat oraș nu difuza decât cele mai noi filme de acțiune sau comedii romantice și era atât de infestat de puști teribiliști care fluierau sau huiduiau pe toată durata proiecției, încât majoritatea localnicilor rareori catadicseau să-i treacă pragul.

– Trebuie să vezi filmul ăsta, Louisa! De fapt, îți poruncesc să-l vezi. Își dădu scaunul în spate și ridică bărbia, arătând spre fotoliu: Acolo. Stai acolo! Și nu te miști până nu se termină! Auzi, nu s-a uitat niciodată la un film străin... Doamne, Dumnezeule! murmură el.

Era un film vechi, despre un cocoșat care moștenea o casă la țară, iar Will îmi spuse că fusese inspirat dintr-un roman faimos[1], de care, sinceră să fiu, nu cred că auzisem. În primele douăzeci de minute, m-am simțit cam agitată, iritată de subtitrare și m-am tot gândit dacă Will o să se enerveze dacă-i spun că am nevoie la toaletă.

---

1 Referire la filmul *Jean de Florette* (1986), regizat de Claude Berri, după romanul omonim al lui Marcel Pagnol (1895–1974) (n.red.)

Și apoi s-a întâmplat ceva. Am încetat să mă gândesc la cât de dificil era să auzi și să citești în același timp, am uitat de ora la care Will trebuia să ia pastilele și că doamna Traynor ar fi putut să creadă că sunt o chiulangioaică și am început să urmăresc cu sufletul la gură soarta bietului om și a familiei sale, care fuseseră înșelați de niște vecini lipsiți de scrupule. Când cocoșatul muri, deja plângeam încetișor, ștergându-mi nasul cu mâneca.

- Deci? făcu Will, apărând brusc lângă mine și aruncându-mi o privire șireată. Nu ți-a plăcut deloc, este?

Am ridicat ochii și am văzut, spre surprinderea mea, că afară se lăsase întunericul.

- Acum o să mă tachinezi, nu-i așa? am murmurat, întinzându-mă după cutia cu șervețele.

- Un pic. Sunt doar uimit că ai putut atinge matura vârstă de... Câți ani ai?

- Douăzeci și șase de ani.

- ... matura vârstă de douăzeci și șase de ani fără să fi văzut vreodată un film cu subtitrare.

Mă privi cum îmi ștergeam ochii plânși. M-am uitat la șervețel și mi-am dat seama că-mi luasem tot rimelul.

- N-am știut că era obligatoriu, am mormăit.

- OK. Dar ce faci tu, Louisa Clark, dacă nu te uiți la filme?

Am mototolit șervețelul în pumn.

- Vrei să știi ce fac când nu sunt aici?

- Parcă tu erai cea care dorea să ne cunoaștem mai bine. Așa că, dă-i drumul, vorbește-mi despre tine!

Will avea un mod de a vorbi la care nu știai niciodată dacă e serios sau te ia peste picior. Mă așteptam să fie vreo nouă glumă de-a lui.

- De ce? l-am întrebat. De ce așa, dintr-odată, vrei să știi totul despre mine?

- Ah, pentru numele lui Dumnezeu! Sper că viața ta socială nu e secret de stat, nu? făcu el, părând deja iritat.

- Nu știu... am șoptit. Uneori mai beau o bere la bar. Mă uit la televizor... Mă duc să-l văd pe iubitul meu cum aleargă... Nimic neobișnuit.

- Te uiți la iubitul tău cum aleargă?

– Da.

– Dar tu nu alergi.

– Nu. Nu prea sunt făcută pentru așa ceva, am zis, aruncând o privire furișă spre pieptul meu.

El observă gestul și surâse.

– Și altceva?

– Cum adică „altceva"?

– Pasiuni? Călătorii? Locuri unde-ți place să mergi?

Tonul lui începea să aibă ceva din cel al fostului meu diriginte de liceu. Am încercat să mă gândesc.

– Nu cred că am o pasiune adevărată. Citesc, un pic. Și îmi plac hainele.

– Asta da pasiune! zise el pe un ton sec.

– Tu m-ai întrebat. Chiar nu sunt o persoană care să aibă pasiuni, am adăugat eu cu o voce care devenise, în mod ciudat, defensivă. Nu fac prea multe, bine? Muncesc aici, pe urmă plec acasă.

– Unde stai?

– Dincolo de castel. Pe Renfrew Road.

El păru să nu înțeleagă. Era firesc să fie așa. Nu prea mulți oameni treceau dintr-o parte într-alta a castelului.

– E dincolo de șosea. Lângă McDonald's.

Will încuviință din cap, deși nu eram sigură că știe despre ce vorbesc.

– Și vacanțele?

– Am fost în Spania, cu Patrick. Iubitul meu, am adăugat. Când eram mică, nu mergeam cu ai mei decât la Dorset. Sau la Tenby. Am o mătușă care stă la Tenby.

– Și ce vrei?

– Ce să vreau?

– De la viață, vreau să spun...

Am clipit, mirată:

– Asta e o întrebare profundă, nu?

– Nu, te întreb doar așa, în general. Nu-ți cer să te psihanalizezi. Aș vrea doar să știu ce vrei. Să te măriți? Să torni plozi? Visezi la o carieră? Vrei să călătorești prin toată lumea?

Urmă o pauză lungă. Cred că am știut că răspunsul meu avea să-l dezamăgească total, chiar înainte de a rosti cuvintele cu glas tare:

– Nu știu. Nu m-am gândit niciodată serios la asta.

*

Vineri am fost la spital. Mi-a părut bine că am aflat despre programarea lui Will la control chiar în dimineața aceea, când am sosit la Granta House, deoarece, dacă aș fi știut dinainte, cred că n-aș fi închis un ochi toată noaptea la gândul că va trebui să conduc. E adevărat, știu să conduc. Dar spun că știu să conduc la fel cum aș spune că știu franceza. Da, am dat examenul pentru permis și l-am luat, însă de atunci nu mi-am folosit cunoștințele automobilistice mai mult de o dată pe an. Gândul că trebuia să-l sui pe Will, cu tot cu scaunul lui, în dubița modificată și să-l transport în siguranță până în oraș și înapoi mă umplu de groază.

Săptămâni în șir îmi dorisem ca ziua mea de muncă să presupună și o modalitate de a evada din casa aceea. Acum aș fi dat orice să rămân înăuntru. Am găsit cardul de pacient la acel spital în dosarul special dedicat sănătății lui Will - un teanc voluminos de foi împărțite pe diverse categorii: „transport", „asigurare", „acte persoană cu dizabilități" și „programări". Am luat cardul și am verificat dacă avea pe el data din ziua respectivă. O parte din mine tot mai spera ca Will să se fi înșelat.

- Vine și mama ta?

- Nu. Ea nu vine la programările de la spital.

Nu mi-am putut ascunde surpriza. Credeam că doamna Traynor vrea să-i supravegheze fiecare aspect al tratamentului.

- Înainte venea, zise Will. Dar acum avem o înțelegere.

- Nici Nathan nu vine?

Stăteam îngenuncheată în fața lui. Fusesem atât de nervoasă în dimineața aceea, încât îi vărsasem niște mâncare în poală, și acum încercam în zadar să-l usuc, fiindcă o porțiune zdravănă din pantalonii lui era udă leoarcă. Will nu se supărase, dar îmi tot repeta să nu mă mai scuz; asta nu mă ajuta deloc să scap de panica ce mă cuprinsese.

- De ce întrebi de Nathan?

- Așa... fără un motiv anume.

Nu voiam să știe cât de speriată eram. În dimineața aceea, în loc să spăl vasele și să fac curat, ca de obicei, îmi petrecusem timpul citind și recitind manualul cu instrucțiuni al liftului pentru scaun, dar eram încă îngrozită la gândul că aveam să fiu doar eu responsabilă de ridicarea lui Will mai bine de jumătate de metru în aer.

– Hai, Clark! Ce te frământă?

– Nimic. Mă gândeam... mă gândeam doar că mi-ar fi fost mai ușor azi dacă era cineva care să-mi arate ce e de făcut. E prima oară, știi doar...

– Cineva, dar nu eu, zise el.

– Nu asta am vrut să spun.

– Fiindcă nu te poți aștepta ca un tip ca mine să știe ceva despre propria lui îngrijire, nu?

– Știi să acționezi liftul? l-am întrebat, enervată. Poți să-mi spui exact ce am de făcut?

El îmi aruncă o privire impasibilă. Dacă fusese cumva pus pe harță, își schimbă brusc starea de spirit.

– Bine punctat. Da, Nathan vine. O să ne prindă bine la nevoie. În plus, m-am gândit că n-o să mai fii atât de încordată dacă va fi aici.

– Nu sunt încordată, am protestat.

– Evident, făcu el și-și privi pantalonii, pe care îi tamponam cu o cârpă uscată.

Reușisem să scot sosul de paste, dar stofa era încă udă.

– Așadar, o să merg la spital pe post de bolnav de incontinență?

– N-am terminat, l-am repezit eu și, apucând föhnul, l-am îndreptat spre porțiunea udă a pantalonilor, lângă șliț.

Când jetul de aer cald îi pătrunse în pantaloni, Will încruntă din sprâncene.

– Ei, da, am spus. Nici eu nu mă așteptam să am așa ceva de făcut într-o după-amiază de vineri.

– Chiar ești speriată, nu-i așa?

Îl simțeam cum mă cercetează cu privirea:

– Hei, ușurel, Clark! Eu sunt cel care trebuie să suporte curentul ăsta fierbinte direct în organele genitale.

Nu i-am răspuns. Apoi i-am auzit vocea, ridicându-se deasupra vâjâielii föhnului:

– Haide, ce altceva mai rău se poate întâmpla? Să sfârșesc într-un scaun cu rotile?

Poate părea stupid, dar n-am putut să mă stăpânesc și am izbucnit în râs. Era prima oară când Will încercase să mă facă să mă simt mai bine.

*

Pe dinafară, mașina părea o dubiță obișnuită, dar, când ușa din spate se deschidea, o rampă cobora în lateral până atingea solul. Supravegheată de Nathan, am dirijat scaunul de exterior al lui Will – avea un alt scaun pentru plimbările pe afară – direct pe rampă, am verificat frâna electrică și am programat liftul să-l ridice, încet, în mașină. Nathan s-a urcat pe bancheta din spate, i-a pus lui Will centura și a blocat roțile scaunului. Încercând să opresc tremurul care mă cuprinsese, m-am așezat pe scaunul șoferului, am eliberat frâna de mână și am pornit, domol, pe drumul care ducea către spital.

Scos din casă, Will păru să se micșoreze. Afară era frig, iar eu și Nathan îl înfofoliserăm cu o haină groasă și o eșarfă, dar el stătea mai tăcut ca de obicei, strângând din dinți, parcă mai mic în spațiul lărgit din jurul său. De fiecare dată când îl priveam în oglinda retrovizoare (adică foarte des, deoarece eram îngrozită, chiar și dacă Nathan era acolo, că scaunul ar putea cumva să se desprindă din locul în care era fixat), se prefăcea că se uită pe fereastră, afișând aceeași mină de nepătruns. Chiar și când mi se oprea motorul sau când frânam brusc, ceea ce mi s-a întâmplat de câteva ori, abia tresărea și aștepta să pornesc mai departe.

Când am ajuns la spital, eram deja udă de transpirație. Am dat de trei ori ocol parcării, temându-mă să mă inserez în spațiile libere, care mi se păreau, toate, prea înguste, până când am simțit că bărbații din mașină începuseră să-și piardă răbdarea. În cele din urmă, am parcat, am lăsat rampa, și Nathan l-a ajutat pe Will să coboare cu scaunul pe asfalt.

– Te-ai descurcat bine! râse Nathan, bătându-mă pe spate în timp ce cobora, dar mi-era greu să cred că într-adevăr vorbea serios.

Sunt lucruri pe care nu le remarci până nu însoțești pe cineva aflat într-un scaun cu rotile. Unul este cât de groaznice sunt majoritatea trotuarelor, brăzdate de găuri și șănțulețe sau doar denivelate. Mergând încet pe lângă Will, pe când el își dirija scaunul pe alee, am putut vedea cum fiecare lespede strâmb așezată îl făcea să tresară și să se strâmbe de durere sau cât de des era nevoit să cârmească atelajul pentru a ocoli potențiale obstacole. Nathan se prefăcea că nu observă, dar l-am văzut și pe el privind ce se întâmplă. Will îndura toate zdruncinăturile cu câte o grimasă, fără să se vaite deloc.

Cel de-al doilea lucru pe care l-am observat a fost cât de nepăsători sunt majoritatea șoferilor. Parchează adesea chiar pe pantele făcute la marginea trotuarelor special pentru scaunele cu rotile sau atât de aproape unii de alții, încât un om imobilizat în scaunul cu rotile nici nu are pe unde traversa strada. Eram șocată și de câteva ori chiar am vrut să le scriu câteva vorbe răutăcioase pe un bilet și să-l înfig între ștergătoare. Dar Nathan și Will păreau obișnuiți cu situația. Nathan ne arătă un loc prin care puteam trece, și, flancându-l amândoi pe Will, am reușit, în cele din urmă, să traversăm.

De când ieșiserăm din casă, Will nu rostise nici un cuvânt.

Spitalul era o clădire joasă, de un alb strălucitor, iar sala imaculată în care se afla recepția părea lobby-ul unui hotel modernist - mărturie, poate, a superiorității asigurărilor private de sănătate. Cât timp Will i-a spus recepționerei cum îl cheamă, am stat în spatele lui, după care l-am urmat, împreună cu Nathan, pe un coridor lung. Nathan purta în spate un rucsac imens, cu tot ce i-ar fi putut fi de trebuință lui Will pe parcursul scurtei sale vizite - de la pahare gradate la haine de schimb. Le împachetase pe toate în fața mea dimineață, detaliind toate situațiile posibile.

- Norocul nostru că nu trebuie să facem asta prea des, spusese el, surprinzându-mi privirea îngrozită.

Nici eu, nici Nathan nu l-am urmat pe Will în cabinet, ci ne-am așezat pe scaunele confortabile din anticamera sălii de consultații. Nu mirosea deloc a spital, iar pe pervazul ferestrei se aflau flori proaspete, așezate într-o vază. Dar nu niște flori vechi, ci niște superbe plante exotice, a căror denumire nu o știam, aranjate cu artă în buchete minimaliste.

- Ce fac acolo? am întrebat, după ce trecuse o jumătate de oră.

Nathan își ridică privirile de pe cartea pe care o citea.

- E controlul lui periodic, îl face la fiecare șase luni.

- De ce, ca să vadă dacă starea i s-a îmbunătățit?

Nathan puse cartea pe scaun:

- N-o să se îmbunătățească niciodată. I-a fost afectată măduva spinării.

- Dar tu faci cu el fizioterapie și alte proceduri...

- Da, ca să-l ajut să-și păstreze, cât de cât, forma fizică - să nu i se atrofieze mușchii, să nu i se demineralizeze oasele, să nu i se umfle picioarele, lucruri de genul ăsta. Tăcu brusc, iar când vorbi din nou, am remarcat că vocea îi devenise blândă, ca și cum ar fi crezut că vorbele lui o să mă dezamăgească: N-o să mai meargă niciodată, Louisa. Asta se întâmplă doar în filmele de la Hollywood. Tot ce putem face este să încercăm să-i asigurăm o viață fără dureri și să păstrăm gama limitată de mișcări de care este în stare.

– Și face asta pentru tine? Vreau să zic, participă la ședințele de fizioterapie? Pare să nu vrea să facă nimic din ce îi sugerez eu.

Nathan strâmbă din nas:

– Participă, dar nu din toată inima. Când am venit prima oară, era hotărât să facă fizioterapie. Evoluase destul de bine la clinica de recuperare, dar, după un an în care n-a mai survenit nici o îmbunătățire, probabil a început să-i vină greu să considere că merită efortul.

– Crezi că ar trebui să continue să încerce?

Nathan lăsă ochii în podea.

– Sincer? Are tetraplegie cu leziuni la vertebrele cervicale C5-C6. Asta înseamnă că nimic din ce e sub pieptul lui nu se mai mișcă. Își apăsă o mână pe piept și murmură, vizibil preocupat: Medicii încă n-au descoperit cum să pună la loc măduva spinării.

Am rămas cu privirile ațintite asupra ușii cabinetului, gândindu-mă la chipul lui Will, pe care-l văzusem în oglinda retrovizoare pe când goneam prin lumina blândă a zilei de iarnă, același cu chipul strălucitor al omului care zâmbea din fotografia făcută cândva, într-o vacanță la schi.

– Dar se fac mereu tot felul de descoperiri medicale, nu-i așa? Vreau să spun... undeva, într-un spital ca ăsta... cineva probabil cercetează necontenit problema pentru a găsi o soluție.

– Da, e un spital foarte bun, zise el, cu o voce lipsită de expresie.

– Și apoi, știi cum se spune: unde există viață, există și speranță...

Nathan mă cercetă cu privirea și rosti, înainte de a coborî iar ochii în carte:

– Așa e.

Pe la trei fără un sfert m-am dus să-mi cumpăr o cafea, după ce îi cerusem mai întâi voie lui Nathan. Mă anunțase că vizita medicală ar putea dura mult timp, dar că va rămâne pe baricade cât voi lipsi.

Am zăbovit puțin pe la recepție, răsfoind revistele de la chioșcul de ziare de acolo și poftind la batoanele de ciocolată.

În mod poate previzibil, m-am rătăcit pe drumul de întoarcere și am întrebat mai multe asistente unde era cabinetul - două dintre ele nici n-aveau habar de el. Când l-am găsit, în cele din urmă, am văzut ușa cabinetului întredeschisă. Am ezitat să intru, dar în acea clipă am auzit parcă în urechi vocea doamnei Traynor criticându-mă că-l părăsisem pe Will. Din nou.

- Deci ne vedem peste trei luni, domnule Traynor, spunea o voce. Am redus doza de antispastice și voi ruga pe cineva să vă transmită rezultatele analizelor. Probabil le veți primi luni.

Apoi se auzi glasul lui Will:

- Pot cumpăra medicamentele de la farmacia de la parter?

- Sigur, de acolo. Pot să vă dea mai multe cutii.

- Pot să iau dosarul? interveni o voce de femeie.

Am înțeles că Will și Nathan erau pe cale să plece. Am ciocănit, și cineva m-a invitat înăuntru. Două perechi de ochi mă sfredeliră.

- Scuzați-mă! spuse medicul, ridicându-se de pe scaun. Am crezut că sunteți fizioterapeuta.

- Nu, sunt... îngrijitoarea lui Will, am bâiguit, încremenită în pragul ușii.

Will era aplecat înainte în scaunul lui, în timp ce Nathan îi punea bluza.

- Scuzați-mă, am crezut că ați terminat.

- Într-un minut suntem gata, Louisa, se auzi vocea lui Will, sfâșiind tăcerea.

Îngăimând niște scuze, m-am dat înapoi, roșie ca focul de rușine. Nu vederea trupului dezgolit al lui Will, așa slăbit și plin de cicatrici cum era, mă șocase. Nici privirea vag iritată a medicului, asemănătoare cu cea pe care doamna Traynor mi-o arunca zilnic - o privire care mă făcea să înțeleg că rămăsesem aceeași fetișcană împiedicată de odinioară, deși acum eram mai bine plătită pe oră.

Ceea ce mă îngrozise fuseseră dungile roșii și livide care brăzdau încheieturile lui Will, niște cicatrici lungi, crestate în piele, care nu puteau fi ascunse, oricât de repede i-ar fi tras Nathan în jos mânecile bluzei.

Capitolul 6

Zăpada veni atât de brusc, încât am plecat de acasă sub un cer albastru strălucitor și după nici o jumătate de oră treceam pe lângă un castel care părea o figurină decorativă de tort, înconjurată de un strat gros și alb de glazură.

Am pășit cu greu pe aleea de la Granta House, afundându-mi tălpile în covorul moale de zăpadă, cu degetele de la picioare deja amorțite de frig, și tremurând din toate încheieturile sub haina de mătase chinezească, prea subțire pentru o asemenea vreme. Un vârtej dens de fulgi albi izbucni din infinitul cenușiu al cerului, acoperind aproape complet silueta casei, înăbușind orice sunet și încetinind parcă trecerea timpului. Dincolo de gardul viu, tăiat cu multă grijă, mașinile treceau încet, iar pietonii mergeau cu dificultate pe trotuare din pricina alunecușului. Mi-am tras eșarfa peste nas și mi-am dorit în gând să-mi fi luat, la plecare, ceva mai potrivit decât balerinii ușori din picioare și fusta mini de catifea.

Spre surprinderea mea, nu Nathan îmi deschise ușa, ci tatăl lui Will.

– E în pat, spuse el, aruncând, din pragul ușii, o privire spre cer. Nu se simte prea bine. Mă întrebam dacă nu e cazul să chem un doctor.

– Unde e Nathan?

– Are liber în dimineața asta. Va veni, bineînțeles, mai târziu. Afurisita de asistentă medicală de la agenție a venit, n-a stat nici un minut și a și plecat. Dacă viscolul ăsta continuă, nu știu ce-o să facem mai încolo.

Ridică din umeri, ca și cum lucrurile n-ar fi putut avea rezolvare și dispăru înapoi pe coridor, aparent ușurat la gândul că aveam să preiau eu toate responsabilitățile.

– Știi de ce are nevoie Will, nu-i așa? îmi aruncă el peste umăr.

Mi-am scos haina și balerinii și, cum știam că doamna Traynor era la tribunal (nota datele când avea procese într-un calendar din bucătăria lui Will), mi-am pus șosetele ude pe un calorifer, la uscat. În coșul cu rufe curate era o pereche de ciorapi de-ai lui Will, pe care i-am încălțat rapid. Arătau comic de mari în picioarele mele, dar mă simțeam ca-n rai cu tălpile uscate și calde. Will nu răspunse la strigătul meu, așa că, după ce i-am pregătit ceva de băut, am ciocănit ușurel la ușa lui, am deschis-o și mi-am strecurat capul înăuntru. În lumina slabă a dimineții, am deslușit doar o siluetă vârâtă sub pilotă. Adormise.

Am făcut un pas în spate, am închis ușa după mine și am început să mă ocup de treburile mele, ca în fiecare zi.

Mama mea părea să încerce o satisfacție aproape fizică atunci când casa era pusă la punct. Deja făceam curat și dădeam cu aspiratorul la Granta House de o lună întreagă și tot nu simțeam nici o atracție față de această îndeletnicire. Bănuiam că nici nu va exista vreodată un moment în viața mea când să nu prefer ca altcineva să se ocupe de asemenea corvezi în locul meu.

Dar într-o zi ca aceasta, când Will era țintuit la pat și lumea părea să fi încremenit sub perdeaua de nea de afară, descopeream un fel de plăcere meditativă în a deretica prin încăperile anexei. Luasem micul radio portabil cu mine, dându-l foarte încet ca să nu-l deranjez pe Will, și ascultam muzică în timp ce ștergeam praful și lustruiam mobilierul. Când și când, băgam capul pe ușa dormitorului, doar cât să mă asigur că respiră liniștit, și abia când s-a făcut ceasul unu, și el tot nu se trezise am început să mă neliniștesc.

Am umplut coșul cu lemne, remarcând că afară se așternuse deja un strat de zăpadă de câțiva centimetri. I-am făcut lui Will o băutură proaspătă și apoi am ciocănit la ușă. A doua oară am bătut mult mai tare.

– Da?

Vocea lui era răgușită, ca și cum îl trezisem.

– Eu sunt, l-am anunțat și, neprimind răspuns, am continuat: Louisa. Pot să intru?

– Doar nu dansez dansul Salomeei!

Camera era cufundată în penumbră, cu draperiile încă lăsate. Am intrat, căutând să-mi obișnuiesc ochii cu lumina slabă. Will stătea pe o parte, cu un braț îndoit în față, ca și cum ar fi vrut să se sprijine în el, așa cum îl găsisem și când intrasem mai devreme în dormitor. Uneori uitam prea ușor că nu se putea întoarce singur de pe o parte pe cealaltă. Părul îi atârna într-o parte, și pilota fusese băgată cu grijă pe sub el pe toate părțile. Mirosul trupului cald și transpirat umplea încăperea – nu era neplăcut, dar încă nu mă obișnuisem să facă parte din ziua mea de lucru.

– Pot să te ajut cu ceva? Să-ți aduc băutura?

– Trebuie să-mi schimb poziția.

Am pus paharul pe un dulap și m-am apropiat de pat.

– Ce... vrei să fac?

El înghiți cu greutate, ca și cum acest lucru i-ar fi provocat durere.

– Ridică-mă și răsucește-mă pe o parte, apoi ridică spătarul patului! Așa... zise el și înclină din cap, făcându-mi semn să mă apropii. Trece-ți brațele pe sub ale mele, prinde-ți-le unul de celălalt la spatele meu și apoi trage-mă spre tine! Stai cu fundul pe pat, ca să nu-ți forțezi prea tare coloana!

Nu puteam pretinde că situația nu era un pic ciudată. L-am cuprins cu brațele, mirosul lui bărbătesc mi-a pătruns în nări și i-am simțit pielea caldă lipită de mine. Aș fi putut ajunge mai aproape de el doar dacă aș fi vrut să-i morfolesc urechea. Gândul acesta mă aduse nițel în pragul isteriei și m-am străduit din răsputeri să mă calmez.

– Poftim?

– Nimic.

Am respirat adânc, mi-am împletit degetele strâns și mi-am potrivit poziția până când am simțit că-l țin bine. Era mai larg în umeri și mai greu decât mă așteptasem. Apoi am început să număr și, când am ajuns la trei, l-am tras spre mine.

– Dumnezeule! strigă el, chiar în urechea mea.

– Ce-i? am zis, speriată, aproape să-i dau drumul de spaimă.

– Ai mâinile reci ca gheaţa!

– Normal că sunt reci! Dacă te-ai fi deranjat să te scoli din pat, ai fi văzut că afară ninge.

Încercasem o glumă, dar mi-am dat imediat seama că, sub tricou, pielea lui era fierbinte – o căldură mistuitoare ce părea că-i vine de undeva dinăuntru. Gemu uşor când l-am aşezat pe pernă, deşi am încercat să mă mişc cât mai delicat şi mai lent cu putinţă. Făcu semn spre dispozitivul cu telecomandă care ridica spătarul patului şi-i permitea să stea ridicat în şezut.

– Nu-l ridica prea mult! murmură el. Mă simt puţin ameţit.

Am aprins lumina de lângă pat, ignorându-i protestele, ca să-i pot vedea faţa.

– Will, te simţi bine?

A trebuit să repet întrebarea ca să-mi răspundă.

– N-am cea mai bună zi.

– Ai nevoie de analgezice?

– Da... unele puternice.

– Poate nişte paracetamol?

El se înfundă în perna rece cu un oftat.

I-am dat paharul gradat şi l-am privit cum îl goleşte.

– Mulţumesc, şopti după aceea, şi, brusc, m-am simţit stânjenită.

Will nu-mi mulţumise niciodată, pentru nimic.

Închise ochii, şi preţ de câteva minute am rămas în pragul uşii, privindu-l. Pieptul i se ridica şi-i cobora sub tricou, gura îi era întredeschisă. Respiraţia lui era ca un susur, poate puţin mai grea decât în celelalte zile. Dar nu-l mai văzusem niciodată până atunci altfel decât în scaunul lui cu rotile, şi nu ştiam dacă respiraţia aceea îngreunată se datora faptului că stătea pe spate.

– Du-te! murmură el.

Am ieşit.

Mama îmi trimise un mesaj pe telefon la 12.30, anunţându-mă că tata nu putuse să iasă cu maşina din curte din cauza zăpezii. „Nu veni acasă până nu mă suni mai întâi!“ mă instrui. Nu ştiam ce anume voia să facă – să-l trimită pe tata după mine cu o sanie şi un Saint Bernard?

Am ascultat ştirile locale la radio. Se vorbea despre ambuteiaje pe autostradă, trenuri blocate în câmp şi şcoli închise temporar, toate din cauza viscolului abătut pe neaşteptate asupra regiunii. M-am întors în dormitorul lui Will şi m-am uitat la el. Nu-mi plăcea cum arată. Era palid, dar în acelaşi timp avea obrajii de un roşu strălucitor.

- Will? l-am chemat, încetişor.

Nu s-a clintit.

- Will?

Am simţit că mă cuprinde panica. L-am mai strigat pe nume de două ori, de astă dată mai tare. Nici un răspuns. În cele din urmă, m-am întins lângă el. Pe chipul lui nu tresărea nici un muşchi, şi nici pieptul nu părea să i se mai mişte. „Respiraţia", mi-am spus, „ar trebui să-i simt respiraţia". Aproape mi-am lipit obrazul de faţa lui, încercând să detectez o urmă de respiraţie, dar n-am simţit nimic, şi atunci l-am pălmuit uşor.

El tresări, deschizând larg ochii la doar câţiva centimetri de ai mei.

- Scuză-mă! i-am zis, trăgându-mă înapoi de lângă el.

Will clipi şi aruncă o privire prin încăpere, ca şi cum abia se întorsese acasă dintr-o lungă călătorie.

- Sunt eu, Lou, i-am spus, căci nu ştiam dacă mă recunoscuse.

Îmi aruncă o privire aproape exasperată:

- Ştiu.

- Vrei puţină supă?

- Nu, mulţumesc, făcu el şi închise ochii.

- Dar un analgezic?

Pe obrazul lui se aşternuse o perdea fină de sudoare, iar pilota mi se părea fierbinte şi umedă, fapt care-mi provoca o stare de disconfort.

- Ar trebui să fac ceva? Vreau să spun... dacă Nathan n-o să poată ajunge aici, din cauza vremii?

- Nu... Mă simt bine, murmură el, închizând iarăşi ochii.

Am răsfoit dosarul medical, încercând să-mi dau seama dacă uitasem ceva. Am deschis dulăpiorul cu medicamente, cutiile cu mănuşi chirurgicale şi bandaje de tifon şi mi-am dat seama că n-aveam nici cea mai vagă idee ce-aş putea face cu toate ustensilele acelea. Am sunat la interfon ca să vorbesc cu tatăl lui Will, dar sunetul soneriei se pierdu într-o casă pustie – i-am auzit ecoul dincolo de ușa anexei.

Eram pe cale s-o sun pe doamna Traynor, când ușa din spate se deschise și intră Nathan, înfofolit în haine groase, cu un fular de lână și o pălărie acoperindu-i aproape complet capul. Aduse cu el un val de aer rece și o rafală ușoară de zăpadă.

Dintr-odată, mi se păru că întreaga casă se trezește dintr-un vis.

– Of, slavă Domnului că ai venit! i-am zis. Will nu se simte bine deloc. A dormit aproape toată dimineața și abia dacă a sorbit puțin energizant. Nu știam ce să mă mai fac.

Nathan își scutură pălăria.

– A trebuit să vin pe jos până aici. Nu mai circulă nici un autobuz.

Am pus ceainicul pe foc să-i fac un ceai, iar el se duse să-l vadă pe Will. Reveni rapid în bucătărie, când apa nici n-apucase să dea în clocot.

– Are febră mare, zise el. De când e în starea asta?

– Toată dimineața a fost așa. Am simțit și eu că e cam cald, dar mi-a spus să-l las în pace, că vrea să se odihnească.

– Dumnezeule! Toată dimineața? Nu știai că nu poate să-și regleze singur temperatura? strigă Nathan și, împingându-mă într-o parte, începu să cotrobăie prin dulăpiorul cu medicamente. Antibiotice! Puternice, zise și, luând niște pastile, le aruncă în mojar și începu să le macine furios.

– I-am dat paracetamol, am îndrăznit să spun, timidă, din spatele lui.

– La fel de bine puteai să-i dai dropsuri. Erau la fel de eficiente!

– N-am știut. Nu mi-a spus nimeni. Și l-am învelit.

– Cum n-ai știut? Scrie în afurisitul de dosar! Uite cum stă treaba: Will nu poate transpira așa cum o facem noi. De fapt, el nu transpiră deloc de la gât în jos, doar la față. Asta înseamnă că, și dacă are un amărât de guturai, temperatura corpului i-o ia razna. Du-te și adu ventilatorul, o să încercăm să-l mai răcorim cu el. Și un prosop umed, să i-l punem pe ceafă. N-o să-l putem duce la doctor până nu se oprește viscolul. Afurisita aia de asistentă medicală ar fi trebuit să-și dea seama încă de dimineață că e ceva în neregulă cu el!

Nathan era mai furios decât îl văzusem vreodată. Nici măcar nu mai vorbea cu mine, ci se certa cu cineva nevăzut. Am fugit după ventilator. Abia după aproape patruzeci de minute temperatura lui Will coborî la un nivel acceptabil. În vreme ce așteptam ca antipireticele extrem de puternice să-și facă efectul, i-am pus un prosop umed pe frunte și un altul pe ceafă, așa cum mă instruise Nathan. I-am dat jos tricoul, acoperindu-i pieptul cu o bucată fină de bumbac, și am pus ventilatorul să bată în ea. Fără mâneci, cicatricile de pe brațe se vedeau clar acum. Ne-am prefăcut cu toții că eu nu le observasem.

Will îndură toate acestea aproape fără un cuvânt și abia dacă răspundea monosilabic, cu un „da" sau „nu", întrebărilor lui Nathan, uneori atât de nedeslușit, încât nu eram sigură că știe cu adevărat ce spune. Mi-am dat seama acum, când îl vedeam în lumină, că arăta foarte bolnav și m-am simțit groaznic de prost că nu reușisem să observ asta de prima dată. Am început să repet întruna că-mi pare rău, până când Nathan mă repezi, spunându-mi că devenisem enervantă.

– Acum trebuie să urmărești cu atenție ce fac eu. S-ar putea să fii nevoită să faci același lucru singură, mai târziu.

Am simțit că n-aveam dreptul să protestez. Dar nu mi-am putut reprima greața când Nathan îi trase în jos lui Will pantalonii de pijama, lăsând să se vadă pielea palidă de pe burtă, și îi îndepărtă cu grijă bandajul de tifon din jurul micului tub care-i ieșea din abdomen, curățându-l atent și înlocuind pansamentul. Îmi arătă cum să schimb punga în pat, explicându-mi de ce trebuie să se afle întotdeauna mai jos decât corpul lui Will, și am fost surprinsă de cât de dezinvoltă am ieșit din cameră ținând în mână punga cu lichid cald. Mi-a părut bine că Will nu se uita după mine – nu numai pentru că ar fi avut de făcut vreun comentariu acid, ci deoarece simțeam că s-ar fi simțit și el stânjenit știindu-mă martoră la procesele lui intime.

– Și asta-i tot, spuse Nathan.

În cele din urmă, o oră mai târziu, Will ațipi – pe un cearșaf nou din bumbac și părând, dacă nu sănătos pe deplin, cel puțin nu atât de groaznic de bolnav.

– Lasă-l să doarmă! Dar trezește-l după vreo două ore și fii atentă să-și bea tot paharul cu energizant. Îi mai dai antipiretice la cinci, ai înțeles? Temperatura îi va crește probabil iar până atunci, dar mai devreme de cinci nu-i administrezi nimic!

M-am grăbit să-mi notez toate indicațiile lui într-un carnețel. Mi-era teamă să nu fi înțeles ceva greșit.

– Va trebui ca diseară să repeți tot ce am făcut acum. Crezi că te descurci? întrebă Nathan, înfofolit ca un inuit și, fără să mai aștepte răspuns, se avântă afară, în viscol, strigându-mi de pe alee:

– Citește ce scrie în dosar! Și nu intra în panică! Dacă ai vreo problemă, mă suni, îți răspund imediat, iar dacă chiar e nevoie, mă întorc aici.

După plecarea lui Nathan, am rămas în camera lui Will. Mi-era prea frică să-l las singur. Într-un colț al dormitorului se afla un fotoliu vechi acoperit cu piele, având alături o veioză și datând, probabil, din viața lui de dinaintea accidentului. M-am afundat în el și, luând din bibliotecă, la întâmplare, o carte cu povestiri, am început s-o citesc ca să-mi omor timpul.

În încăpere era o atmosferă calmă, de-a dreptul stranie. Prin deschizătura draperiilor vedeam lumea de afară, învelită în alb, splendidă și nemișcată. Înăuntru era cald și se lăsase tăcerea. Doar șuierăturile și ticăitul scoase, în răstimpuri, de centrala termică îmi întrerupeau gândurile. Am început să citesc, ridicând, din când în când, ochii către Will, care dormea liniștit pe pat. Mi-am dat seama că niciodată până atunci, în toată viața mea, nu mai stătusem în tăcere, fără să fac nimic. N-aveai cum să fii obișnuit cu liniștea într-o casă ca a mea, cu aspiratorul care mergea tot timpul, televizorul dat tare și țipete periodice de copil. În rarele momente când televizorul era închis, tata punea unul dintre vechile sale discuri cu Elvis și dădea sonorul la maximum. La fel, și la cafenea fusese mereu un amestec de zgomote de tot felul și de bârfe.

Pe când aici era atât de liniște, încât îmi puteam auzi gândurile. Aproape îmi desluşeam bătăile inimii. Și am remarcat, spre marea mea surprindere, că îmi plăcea destul de mult.

Pe la ora cinci, se auzi un clinchet scurt pe telefonul meu – semn că primisem un mesaj. Will tresări, iar eu am sărit din fotoliu, ca să apuc telefonul înainte să-l trezească de tot.

„Nu circulă trenurile. Ai putea rămâne peste noapte la noi? Nathan nu poate. Camilla Traynor."

Nici n-am mai stat pe gânduri, ci am tastat rapid:

„Nu e nici o problemă".

I-am sunat pe ai mei și le-am spus că rămân la Granta House. Mama păru ușurată auzind asta. Iar când am anunțat-o că voi fi plătită suplimentar, vocea ei avea deja un aer triumfător.

– Ai auzit, Bernard? întrebă ea, îndepărtând, pentru câteva clipe, telefonul de ureche. O plătesc acum și ca să doarmă acolo!

Am putut auzi exclamația tatei:

– Domnul fie lăudat! Asta este cariera la care a visat toată viața!

I-am trimis un mesaj lui Patrick, explicându-i că mi se ceruse să rămân la Granta House și că-l sun mai târziu. Mi-a răspuns după doar câteva clipe:

„Plec la cursa de cros pe zăpadă la noapte. E un antrenament excelent pentru Norvegia!"

Și își încheia mesajul cu un emoticon cu limba scoasă.

M-am întrebat cum de era posibil ca un om să fie atât de bucuros la gândul că va alerga, la temperaturi sub zero grade, doar într-o vestă și pantaloni scurți.

Will dormea. Mi-am făcut ceva de mâncare și am dezghețat puțină supă, în caz că el s-ar fi trezit și ar fi vrut să mănânce mai târziu. Am aprins focul în șemineul din camera de zi, dacă ar fi vrut să stăm acolo. Pe când începeam să citesc o altă povestire, m-am întrebat câți ani să fi fost de când nu-mi mai cumpărasem o carte. Când eram mică, îmi plăcea tare mult să citesc, dar nu-mi aminteam să mai fi citit, de atunci, altceva în afară de reviste. Treena era „cititoarea familiei". Atunci când luam o carte să citesc, simțeam cumva că îi invadez teritoriul. M-am gândit la plecarea ei, cu tot cu Thomas, la universitate și mi-am dat seama că nu știam dacă mă bucura sau mă întrista – ori îmi dădea o stare confuză, ceva mai complicat.

Nathan sună la șapte seara. Părea ușurat că acceptasem să rămân peste noapte.

– N-am dat de domnul Traynor, i-am zis. L-am sunat și pe numărul de fix, dar mi-a răspuns robotul.

– Mda... Înseamnă că o fi plecat.

– Plecat?

Instinctiv, am intrat în panică la gândul că aveam să rămân singură cu Will toată noaptea. Îmi era teamă că aş putea face ceva fundamental greşit sau care să-i pună sănătatea în pericol.

– Atunci s-o sun pe doamna Traynor?

Urmă o scurtă tăcere din partea lui Nathan, care spuse, într-un final:

– Nu. Mai bine nu.

– Dar…

– Lou, uite ce-i, domnul Traynor… se duce de multe ori în altă parte când doamna T rămâne în oraş peste noapte.

Îmi luă ceva timp să înţeleg ce voia să spună cu asta.

– Ah!

– E bine că eşti tu acolo, asta contează. Dacă nu apare nici o problemă cu Will, mâine dimineaţă la prima oră vin şi eu. Dacă e ceva în neregulă, mă suni imediat, bine?

Există ore pline de activitate şi ore moarte, când timpul pare că lâncezeşte, când viaţa – viaţa adevărată – pare să existe într-o altă realitate. M-am uitat la televizor, am mâncat, am făcut curat prin bucătărie şi am trebăluit prin anexa casei. În cele din urmă, m-am întors în dormitorul lui Will.

Când am închis uşa în urma mea, el tresări, ridicându-şi puţin capul.

– Cât e ceasul, Clark?

Vocea îi era uşor înăbuşită de pernă.

– Opt şi un sfert.

Îşi lăsă capul să alunece înapoi pe pernă şi rămase puţin tăcut, apoi întrebă:

– Îmi dai ceva de băut?

În glasul lui nu se mai citea nici o aroganţă, nici un cinism. Era ca şi cum boala l-ar fi făcut, în sfârşit, vulnerabil. I-am dat băutura energizantă şi am aprins veioza de lângă pat.

M-am aşezat pe marginea patului şi i-am atins fruntea, aşa cum îmi făcea, poate, mama, când eram mică. Era destul de caldă, dar nu aşa de fierbinte cum fusese.

– Ai mâinile reci.

– Te-ai plâns de asta și mai devreme.

– Chiar așa? făcu el, părând sincer surprins.

– Vrei puțină supă?

– Nu.

– Te simți confortabil?

Niciodată nu știusem cât de mare era gradul lui de disconfort, dar bănuiam că era mult peste ce lăsa să se vadă.

– Ar fi bine dacă aș mai sta și pe cealaltă parte. Răsucește-mă doar! Nu e nevoie să mă mai ridici în fund.

M-am ridicat în picioare în pat și l-am răsucit pe o parte cu toată delicatețea de care eram în stare. Nu mai radia temperatura aceea de cuptor, ci doar căldura plăcută a cuiva care a stat mult sub pilotă.

– Pot să te mai ajut cu ceva?

– N-ar trebui să pleci acasă?

– E-n ordine, stau peste noapte aici, i-am zis.

Afară se stingeau ultimele raze de lumină ale zilei. Dar continua să ningă. Când fulgii ajungeau în dreptul ferestrei, îi vedeam scăldați în lumina melancolică, de un auriu pal, a becului din verandă. Stăteam amândoi într-o liniște desăvârșită, privind cum fulgii cădeau într-o curgere nesfârșită, care parcă te hipnotiza.

– Pot să te întreb ceva? am spus, în cele din urmă.

Îi vedeam mâinile deasupra pilotei. Mi se părea straniu să le văd atât de obișnuite, de masculine, de puternice, și să le știu neputincioase.

– Bănuiesc că o să mă întrebi oricum.

– Cum s-a întâmplat?

Aș fi vrut să-l întreb despre semnele de la încheieturile mâinilor, dar era singura întrebare pe care nu i-o puteam adresa direct.

El deschise ochii:

– Cum am ajuns în halul ăsta?

Când am dat din cap în semn că asta voiam să aflu, el închise iarăși ochii.

– Un accident de motocicletă. Dar nu eu l-am provocat. Eu am fost un pieton nevinovat.

– Am crezut că de vină a fost schiul, bugee jumpingul sau ceva de genul ăsta.

– Toată lumea crede asta. Ce vrei? Dumnezeu are simţul umorului. În clipa aceea nu practicam nici un sport extrem. Pur şi simplu traversam drumul, după ce abia ieşisem din casă. Nu de aici, adăugă el. Din casa mea de la Londra.

Mă uitam la cărţile din bibliotecă. Printre romane, majoritatea cărţi broşate, vizibil folosite de la editura Penguin, se aflau şi lucrări de specialitate, de pildă *Legislaţie corporatistă*, *Exproprierea*, cataloage cu nume de care nu auzisem în viaţa mea.

– Şi n-a mai fost posibil să lucrezi în continuare?

– Nu. Mi-am pierdut apartamentul, vacanţele, viaţa... Cred că ai cunoscut-o pe fosta mea iubită, zise el cu o voce sugrumată, fără să-şi poată ascunde amărăciunea. De fapt, se pare că ar trebui să fiu recunoscător, căci într-o vreme nici măcar nu mi se mai dădeau şanse de a trăi.

– Îţi displace asta? Să trăieşti aici, vreau să spun...

– Da.

– Şi există vreo şansă să te întorci vreodată la Londra?

– În condiţiile actuale, nici măcar una.

– Dar starea ta de sănătate s-ar putea îmbunătăţi. Vreau să spun că medicina face mari progrese în tratarea acestui gen de afecţiuni.

Will închise iarăşi ochii.

Am aşteptat puţin şi apoi i-am potrivit perna sub cap şi pilota peste piept.

– Îmi pare rău dacă ţi-am pus prea multe întrebări. Vrei să plec? am spus, ridicându-mă.

– Nu. Mai rămâi! Vorbeşte cu mine! şopti el şi înghiţi cu greutate. Deschise iarăşi ochii şi-şi aţinti privirea asupra mea. Părea istovit. Spune-mi ceva frumos!

Am ezitat o clipă şi apoi m-am sprijinit iarăşi de perne, alături de el. Stăteam amândoi în semiîntuneric, privind cum fulgii de zăpadă, abia vizibili, dispar în noaptea neagră.

– Ştii... Îi spuneam asta tatălui meu, am zis, în cele din urmă. Dar, dacă-ţi spun ce-mi răspundea el, o să mă crezi nebună.

– Mai mult decât te cred deja?

– Când aveam vreun coşmar sau eram înfricoşată de ceva, el începea să cânte... Am izbucnit în râs. Ah... nu, nu pot!

– Haide, zi! Ce cânta?

– Faimosul *Cântec Molahonkey*.

– Faimosul cum?

– *Cântecul Molahonkey*. Pe atunci credeam că îl știe toată lumea.

– Crede-mă, Clark, murmură el, n-am auzit în viața mea de Molahonkey ăsta...

Am răsuflat adânc, am închis ochii și am început să cânt:

Aș fi vru-vru-vrut să trăiesc în ța-ța-ra Molahonkey,
Ța-ța-ra unde m-a născut maică-mea,
Să po-po-pot cânta la vechiul meu ba-ban-jo,
Vechiul meu ba-ban-jo niciodată nu cânta.

– Dumnezeule!

Am tras iar adânc aer în piept și am continuat:

L-am du-du-dus la meșter să-l repar,
Să va-va-dă ce-i de făcut.
Mi-a spus că-s stri-stri-cate corzile
Și vechiul ba-ban-jo e pierdut!

Urmă o scurtă tăcere.

– Ești nebună. Și ai o familie de nebuni.

– Da, dar să știi că metoda funcționa.

– Plus că ai o voce groaznică. Sper că tatăl tău cânta mai bine.

– Cred că ai vrut să spui: „Îți mulțumesc, domnișoară Clark, că ai încercat să mă distrezi".

– Hm, probabil că tratamentul tău e la fel de util ca ședințele de psihoterapie la care am fost silit să particip. Bine, Clark, făcu el, zi-mi altceva! Ceva care să nu conțină cântece!

Am rămas puțin pe gânduri.

– Buuun... să zicem... Ieri te holbai la pantofii mei.

– Era practic imposibil să nu-i remarc.

– Ei bine, află că obiceiul ăsta de a purta încălțări ciudate îl am de la trei ani. Mama mi-a spus. Mi-a cumpărat atunci o pereche de cizmulițe de culoare turcoaz, de-a dreptul țipătoare. Pe vremea aceea, era ceva cu totul neobişnuit: copiii purtau, de regulă, doar cizme verzi – sau roşii, dacă aveau noroc. Şi mi-a spus că, din ziua în care mi le-a adus acasă, am refuzat să le mai dau jos din picioare. Le purtam şi în pat, şi când mergeam la toaletă, la grădiniţă, şi toată vara. Ţinuta mea favorită erau cizmuliţele acelea strălucitoare şi colanţii ca albinele.

– Colanţi ca albinele?

– Da, cu dungi negre şi galbene.

– Superb!

– Eşti un pic cam dur.

– Da, e adevărat. Sună dezgustător.

– Poate ţie ţi se pare scandalos, Will Traynor, dar află că, în mod surprinzător, nu toate fetele se îmbracă doar ca să le facă pe plac băieţilor.

– Prostii!

– Nu-i adevărat.

– Femeile fac tot ce fac cu gândul la bărbaţi. Toată lumea face ceea ce face cu gândul la sex. N-ai citit *Regina roşie*?

– Habar n-am despre ce vorbeşti. Dar te asigur că nu stau în patul tău fredonând *Cântecul Molahonkey* doar fiindcă am de gând să mă dau la tine. Şi, când aveam trei ani, chiar îmi plăcea, să ştii, să port ciorapi cu dungi.

Mi-am dat seama că spaima care mă ţinuse prizonieră toată ziua îmi dădea câte puţin drumul cu fiecare comentariu misogin al lui Will. Nu mai eram doar o fată care trebuia să aibă singură grijă de un tetraplegic. Eram eu însămi, stând alături de un tip extrem de sarcastic şi tăifăsuind cu el.

– Şi spune-mi, până la urmă ce s-a întâmplat cu minunatele tale cizmuliţe?

– Mama a trebuit să le arunce. Făcusem o micoză groaznică din pricina lor.

– Delicios!

– Şi mi-a aruncat şi dresul cu dungi.

– De ce?

– N-am aflat niciodată. Dar asta m-a omorât. Niciodată de atunci n-am mai avut un dres pe care să-l iubesc atât. Iar azi nu se mai fabrică așa ceva. Sau, dacă se fabrică, nu se fac și pentru femei în toată firea.

– Da, ciudat lucru! De ce nu s-or mai face?

– Poți să mă iei peste picior cât vrei. Tu n-ai ținut niciodată așa de mult la ceva?

Acum de abia îl mai puteam zări, căci încăperea era învăluită aproape complet în întuneric. Aș fi putut aprinde veioza de deasupra patului, dar ceva mă oprea. Și, aproape imediat ce mi-am dat seama ce spusesem, mi-am dorit să-mi fi mușcat limba.

– Ba da, zise el, încet. Am ținut.

Am mai vorbit puțin, apoi Will a ațipit. M-am întins alături, privindu-l cum respiră și întrebându-mă, în răstimpuri, ce-ar spune dacă s-ar trezi și m-ar vedea acolo, zgâindu-mă la el, la părul lui prea lung, la ochii obosiți și barba răvășită. Dar, pur și simplu, nu mă puteam mișca. Încăperea devenise ceva suprarealist, o insulă în afara timpului, în care orele nu se mai scurgeau. Eram singura persoană din casă, în afara lui, și încă mi-era teamă să-l las singur.

Puțin după unsprezece noaptea, am văzut că începuse să transpire din nou și că respirația îi devenise șovăitoare. L-am trezit și i-am dat câteva medicamente. Nu-mi spuse nimic, doar murmură niște mulțumiri. I-am schimbat cearșaful și fața de pernă și apoi, când el adormi iarăși, m-am cuibărit la nici jumătate de metru de el pe pat, și, după mult chin, somnul mă fură și pe mine.

M-am trezit pentru că mă striga cineva. Eram în sala de clasă, dormind cu capul pe bancă, iar profesoara ciocănea în tabla neagră, repetându-mi, sacadat, numele. Știam că trebuie să fiu atentă, că profesoara va considera toropeala aceea un act de sfidare din partea mea, dar pur și simplu nu-mi puteam sălta capul de pe bancă.

– Louisa!

– Mmmmm...

– Louisa!

Banca era nespus de moale și de confortabilă. Am deschis ochii. Cuvintele îmi treceau pe deasupra capului, șuierate, dar rostite apăsat: „Louisa!“

Eram în pat. Am clipit ca să-mi lipezesc privirea și nu mică mi-a fost mirarea zărind-o pe Camilla Traynor aplecată deasupra mea. Purta o haină groasă de lână și avea geanta agațată de umăr.

– Louisa!

M-am ridicat ca împinsă de un arc. Lângă mine, Will dormea, sub pilotă, cu gura întredeschisă și cotul îndoit în unghi drept. Lumina se strecura prin ferestre, vestind o dimineață rece, dar strălucitoare.

– Da.

– Ce faci aici?

Mă simțeam de parcă fusesem surprinsă făcând o fărădelege. Mi-am frecat fața, încercând să-mi adun gândurile. De ce mă aflam acolo? Ce-aş fi putut să-i spun?

– Ce faci în patul lui Will?

– Will... am șoptit eu. Will nu s-a simțit bine... Am vrut să-l supraveghez puțin...

– Cum adică nu s-a simțit bine? Știi ce? Vino pe hol să-mi explici! murmură ea și ieși din cameră, așteptându-mă să mă adun și s-o urmez.

Am ieșit, încercând să îmi aranjez hainele mototolite. Aveam sentimentul oribil că machiajul mi se întinsese pe toată fața. Doamna Traynor închise ușa dormitorului în urma mea.

Stăteam înaintea ei, încercând să-mi îndrept părul ciufulit, în vreme ce căutam să-mi pun ordine și în gânduri.

– Will avea febră. Nathan a reușit să i-o scadă când a venit, dar eu nu mă pricepeam la fel de bine și de aceea am vrut să-l supraveghez pe Will... Nathan mi-a spus că trebuie să stau cu ochii pe el.

Vocea mea suna groasă, răgușită. Nu eram pe de-a-ntregul convinsă că formulez propoziții coerente.

– De ce nu m-ai sunat? Dacă a fost bolnav, ar fi trebuit să mă suni imediat. Pe mine sau pe domnul Traynor.

Brusc, sinapsele au început să-mi funcționeze. „Domnul Traynor. O, Doamne!“ M-am uitat la ceas. Era opt fără un sfert.

– N-am... Nathan a spus că...

– Louisa, uite ce-i! Nu-i nimic greu de înțeles. Dacă Will a fost atât de bolnav încât tu te-ai simțit nevoită să dormi în camera lui ca să-l veghezi, înseamnă că situația a fost serioasă și pentru asta trebuia să mă contactezi.

– Da.

Am clipit des, cu privirea în podea.

– Nu înțeleg de ce n-ai sunat. Ai încercat să-l suni pe domnul Traynor?

„Nathan a zis să nu spun nimic."

– Eu...

În clipa aceea, ușa anexei se deschise și pe ea intră domnul Traynor, cu un ziar împăturit sub braț.

– Deci te-ai întors! i se adresă el soției, scuturându-și zăpada de pe umeri. Abia m-am târât prin zăpadă să-mi cumpăr ziarul și niște lapte. Străzile sunt absolut groaznice. A trebuit să merg până la Hansford Corner ca să evit porțiunile cu gheață.

Ea îl privi lung, și, o clipă, m-am întrebat dacă remarcase că bărbatul ei purta aceeași cămașă și același pulover ca în ziua precedentă.

– Știai că lui Will i-a fost rău toată noaptea?

Domnul Traynor îmi aruncă o privire piezișă, încât m-am simțit obligată să las iarăși ochii în pământ. Cred că niciodată nu mă simțisem mai stânjenită.

– Ai încercat să mă suni, Louisa? Îmi pare rău, dar n-am auzit nimic. Am impresia că interfonul e defect. Mi s-a întâmplat în mai multe rânduri să nu-l aud sunând. Și nu m-am simțit nici eu bine noaptea trecută. Am dormit atât de adânc, de parcă aș fi fost în comă.

Aveam încă în picioare ciorapii lui Will. M-am uitat panicată la ei, întrebându-mă dacă doamna Traynor n-o să mă ia la rost și pentru asta.

Dar ea părea preocupată de alte lucruri.

– Sunt obosită, drumul până aici a fost extrem de greu, zise ea. Cred că... Te las pe tine să te ocupi. Dar, dacă se mai întâmplă din nou așa ceva, te rog să mă suni imediat. Ai înțeles?

N-am vrut să mă mai uit la domnul Traynor.

– Am înțeles, am îngăimat și am dispărut în bucătărie.

Capitolul 7

Primăvara sosi peste noapte, ca și cum iarna, ca un oaspete nepoftit, își pusese, brusc, haina pe ea și-și luase tălpășița, fără să mai spună nimănui la revedere. Totul deveni mai verde, drumurile erau scăldate în soare, aerul începu deodată să fie încărcat de miresme. Se simțeau în el parfumuri florale îmbietoare, și cântecul păsărilor dădea zilei un fundal sonor delicat.

Dar eu nu remarcasem nimic din toate astea. Fusesem, în seara precedentă, acasă la Patrick. Îl vedeam pentru prima oară după aproape două săptămâni din cauza programului prelungit de antrenament, dar, după ce stătuse patruzeci de minute în cada în care turnase o jumătate de pachet de săruri de baie, fusese atât de stors, încât abia mai putuse să discute cu mine. Începusem să-l masez pe spate într-o tentativă neobișnuită de seducție, dar el îmi șoptise că e prea obosit, fluturând din mână ca și cum ar fi vrut să-mi dea de înțeles că momentul de pasiune nu-și avea rostul. Patru ore mai târziu, eram încă trează, fixând tavanul din camera lui, în timp ce, lângă mine, Patrick dormea dus.

Îl cunoscusem pe Patrick la celălalt loc de muncă, pe care-l avusesem înainte de a lucra la cafenea. Mă angajasem ca frizeriță și mă aflam în perioada de stagiu la singura frizerie unisex din Hailsbury, Cutting Edge. El intrase cerând o tunsoare normală, și, fiindcă Samantha, proprietara salonului, era ocupată, îl tunsesem eu. Mai târziu avea să spună că fusese nu doar cea mai urâtă tunsoare pe care o avusese vreodată, ci cea mai urâtă din istoria omenirii. Trei luni mai târziu, realizând că pasiunea mea pentru coafuri noi nu implica neapărat și obligația de a-i tunde sau coafa pe alții, plecasem și mă angajasem la cafeneaua lui Frank.

Când am început să ieșim împreună, Patrick lucra în vânzări, iar lucrurile lui favorite erau berea, batoanele de ciocolată de prin benzinării, discuțiile despre sport și sexul (fapte, nu discuții!), în această ordine. Probabil că o noapte bună în oraș pentru amândoi le cuprindea pe toate patru. Era un tip mai degrabă banal, nicidecum chipeș, iar fundul lui era mai durduliu decât al meu, dar mie îmi plăcea. Îmi plăcea corpul lui solid, senzația pe care o aveam când îi strângeam în brațe bustul musculos. Tatăl său murise când Patrick era mic, dar îmi plăcea felul cum se purta cu mama lui, cu care era mereu protector și grijuliu. Iar cei patru frați și surori pe care îi avea erau mai uniți ca Waltonii[1]. Păreau să fie cu toții legați de o adevărată iubire frățească. Când am ieșit prima dată cu Patrick, o voce din mintea mea mi-a spus: „Acest bărbat nu-ți va face niciodată rău". Și, într-adevăr, nimic din ce făcuse, în cei șapte ani de când eram împreună, nu-mi dădea de înțeles că mă înșelasem în privința lui.

Dar apoi, Patrick s-a transformat în Domnul Maraton.

Nu mai era același când mă cuibăream în brațele lui, ci un tip nepăsător și rece, căruia îi plăcea să poarte tricouri mulate și să se izbească în abdomen cu tot felul de lucruri pentru a-mi arăta ce mușchi tari are. Chipul i se înăsprise și era mereu bronzat, din cauza orelor nesfârșite petrecute în aer liber, alergând. Avea coapsele musculoase, ceea ce i-ar fi conferit o alură sexy dacă ar fi fost înclinat spre sex. Dar nu mai făceam dragoste de mai mult de două ori pe lună, iar eu nu eram genul de fată îndrăzneață care să ceară așa ceva.

Era ca și cum, cu cât devenea mai musculos, cu atât era mai obsedat de fizicul său și mai puțin interesat de mine. L-am întrebat de mai multe ori dacă nu-l mai atrag, dar el se grăbea să nege. „Ești superbă", mă asigura de fiecare dată, „doar că sunt extenuat. Oricum, nu vreau să slăbești, nu cred că te-ai îngrășat. Fetele de la club arată groaznic – n-ai putea face o tipă apetisantă nici dacă le-ai aduna pe

---

1 Eroii din *Familia Walton*, serial american, foarte popular în anii '80 (n.tr.)

toate la un loc". Aş fi vrut să-l întreb cum ajunsese la această ecuaţie complexă, dar comparaţia mă flata, aşa că am lăsat-o baltă.

Voiam din tot sufletul să fiu interesată de lucrurile care-l pasionau pe el. Mergeam cu el în cluburile de triatlonişti, încercam să fac conversaţie cu fetele de acolo. Dar curând am realizat că, în cercul lor, eram o anomalie – nimeni nu mai avea o iubită ca mine; toţi ceilalţi fie aveau partenere cu un fizic la fel de impresionant, fie erau singuri. Cuplurile se antrenau împreună, plănuiau să-şi petreacă sfârşiturile de săptămână alergând în echipament de sport sau purtau prin portofel fotografii în care amândoi surâdeau larg, ţinându-se de mână, cu prilejul cine ştie cărui triatlon sau afişându-şi medaliile. Era ceva de nedescris.

Şi nu că aş fi fost vreo maniacă a sexului – la urma urmei, eram împreună de atâta timp. Doar că o părticică perversă din mine începea să pună sub semnul întrebării propria mea capacitate de seducţie şi de atracţie sexuală.

Patrick nu se arătase niciodată deranjat de faptul că mă îmbrăcam „inventiv", cum zicea el. Dar dacă nu-mi spunea tot adevărul? Profesia şi întreaga lui viaţă socială gravitau acum în jurul fizicului, al corpului pe care voia să-l supună, să-l controleze şi să-l fortifice. Ce-ar fi fost dacă, întâlnind zilnic acele funduleţe tonifiate, ar fi descoperit că fizicul meu lasă de dorit? Ce-ar fi fost dacă liniile sinuoase, rotunjite, ale corpului meu, pe care eu întotdeauna le considerasem plăcute şi voluptuoase, ar fi încetat să mai reprezinte un punct de atracţie pentru privirile lui tot mai exigente?

Acestea erau gândurile care-mi dădeau târcoale atunci când, într-o zi, doamna Traynor intră în cameră şi, pe un ton aproape poruncitor, ne spuse mie şi lui Will să ieşim în curte.

– Am chemat o firmă pentru curăţenia de primăvară, aşa că m-am gândit că poate vreţi să vă bucuraţi de vremea frumoasă de afară cât timp ei deretică prin casă.

Abia ridicându-şi pleoapele, Will îmi aruncă o privire pătrunzătoare.

– Asta nu e o cerere, ci mai degrabă un ordin, nu-i aşa, mamă?

– Nu, cred că pur şi simplu ar fi bine dacă ai lua puţin aer, răspunse ea. Rampa e fixată deja. Louisa, nu vrei să iei şi nişte ceai la tine?

Nu era o sugestie rea. Grădina mi se părea superbă. Era ca și cum, odată cu creșterea bruscă a temperaturii, totul din jur decisese, subit, să devină mai verde. Narcisele răsăriseră ca de nicăieri, și bulbii lor gălbui anunțau deja superbele flori ce aveau să răsară din ei. Bobocii înmugureau din tulpinile cafenii, croindu-și drum spre soare prin pământul reavăn. Am deschis ușile și am ieșit amândoi. Will își cârmi scaunul pe aleea pavată cu piatră de Yorkshire. Îmi arătă cu bărbia spre o bancă din fier forjat, acoperită cu perne, și m-am așezat acolo. Am rămas amândoi în tăcere, cu fețele ridicate spre razele blânde ale soarelui, ascultând ciripitul vrăbiilor care păreau să se ciondănească pe gardul viu.

– Ce-i cu tine?

– Adică?

– Ești prea tăcută.

– Parcă ziceai că ți-ar plăcea să fiu mai tăcută.

– Nu în felul ăsta. Mă îngrijorezi.

– Sunt bine, am șoptit, dar m-am simțit datoare să adaug: E ceva legat de iubitul meu, dacă chiar vrei să știi.

– Aha! făcu el. Alergătorul.

M-am uitat atentă la el, să văd dacă nu mă lua cumva peste picior.

– Și? Care-i problema? Hai, spune-i tot unchiului Will!

– Nu!

– Mama o să-i hăituiască pe tipii de la firma de curățenie prin casă cel puțin o oră. Trebuie să vorbești despre ceva...

M-am ridicat și m-am întors cu fața spre el. Scaunul cu rotile în care Will stătea în casă avea un buton cu care putea să-l ridice, în așa fel încât să poată vorbi de la aceeași înălțime cu oamenii care stăteau în picioare. Will nu-l folosea prea des, susținând că-i provoacă amețeli, dar acum apăsă pe el, încât am fost nevoită să-mi ridic capul ca să-l pot privi în ochi. Mi-am strâns mai bine haina pe corp și l-am întrebat:

– Bine, atunci, și ce-ai vrea să știi?

– De cât timp sunteți împreună? se interesă el.

– De ceva mai mult de șase ani.

– Hm, e destul de mult, păru Will surprins.

– Da, destul de mult, am spus posacă și l-am învelit mai bine cu pătura pe care i-o pusesem pe umeri.

Soarele primăvăratic era înşelător - promitea mai mult decât putea oferi.

– Cu ce se ocupă?

– E antrenor personal de fitness.

– Aha, deci de aici pasiunea pentru alergat.

– Da, de aici.

– Și? Cum arată? Dacă nu vrei să mi-l prezinți pe larg, descrie-l în trei cuvinte!

Am rămas puţin pe gânduri.

– Să zicem... Pozitiv. Loial. Obsedat de procentul de grăsime din corp.

– Astea sunt nouă cuvinte.

– Înseamnă că ai primit șase gratis. Dar ea cum era?

– Care ea?

– Alicia.

L-am privit dârză, direct în ochi, aşa cum o făcuse şi el când îmi pusese întrebările. Răsuflă adânc și-și îndreptă privirea asupra unui platan înalt. Părul îi cădea peste ochi, și cu greu m-am abţinut să nu-i dau şuviţele într-o parte.

– Superbă. Atrăgătoare. Extrem de îngrijită. Surprinzător de nesigură.

– Și de ce ar fi nesigură, când are de toate?

Cuvintele îmi ieşiseră din gură înainte să mă gândesc, dar Will păru mai degrabă amuzat.

– Ai să fii surprinsă, spuse el, dar fetele ca Lissa se bazează atât de mult pe aspectul lor fizic, încât li se pare că nu mai au nici o altă calitate. De fapt, sunt nedrept. Se pricepe la multe. La obiecte, de pildă - la haine sau decoraţiuni interioare. Ştie cum să facă lucrurile să pară frumoase.

M-am abţinut să nu-i spun în faţă că oricine ar putea face ca lucrurile să pară frumoase dacă ar avea un portofel adânc cât o mină de diamante.

– E în stare să mute doar câteva lucruri într-o încăpere ca s-o facă să arate cu totul altfel. Niciodată n-am înţeles cum reuşea, zise el şi dădu din cap, arătând spre casă: Ea a amenajat anexa, când m-am mutat aici.

Mi-am amintit de decorul perfect al camerei de zi și mi-am dat seama că admirația mea față de el devenise, dintr-odată, ceva mai puțin complicată.

– De cât timp erați împreună?

– De opt, nouă luni.

– Nu chiar mult.

– Mult pentru mine.

– Și cum v-ați întâlnit?

– La o petrecere. O petrecere cu adevărat groaznică. Voi?

– La frizerie. Eu eram frizerița. El a venit să se tundă.

– Ha! Deci ai fost un fel de supliment de weekend pentru el! Probabil că nu aveam o figură prea încântată, deoarece scutură din cap și zise, abia auzit: Nu-mi da atenție!

Dinăuntru se auzea vâjâitul înfundat al aspiratorului. Erau patru femei de la o firmă de curățenie, toate în halate identice. M-am întrebat ce-or fi găsit de făcut timp de două ore în mica anexă.

– Ți-e dor de ea?

Will părea că privește atent ceva în depărtare.

– Mi-a fost. Răsuci capul spre mine și rosti, pe un ton pragmatic: Dar să știi că m-am gândit la chestia asta și am ajuns la concluzia că ea și Rupert sunt o pereche potrivită.

Am încuviințat, dând din cap.

– Da, o să facă o nuntă penibilă, o să toarne doi plozi, o să-și cumpere o casă la țară și, în nici cinci ani, el o s-ajungă să și-o tragă cu secretara, am pufnit eu.

– Probabil ai dreptate.

Mă ambalasem.

– Și ea o să fie mereu puțin supărată pe el, fără să știe, de fapt, de ce, și o să-l vorbească de rău pe la petreceri, dând naștere la scene penibile cu prietenii lor, și el n-o să vrea s-o părăsească fiindcă perspectiva de a-i plăti pensie alimentară o să-l îngrozească...

Will își întoarse capul spre mine, amuzat.

– Și o să facă sex doar o dată la șase săptămâni, iar el o să-și adore copiii, deși n-o să miște un deget ca s-o ajute să se ocupe de ei. Și ea o să aibă o coafură perfectă, dar o să se ascută la față – aici mi-am țuguiat buzele, ca să exemplific mai bine – din cauză că n-o să poată spune niciodată ce gândește cu adevărat, și o să înceapă să practice în neștire exerciții Pilates sau o să-și cumpere un câine ori un cal și o să facă o pasiune pentru instructorul ei de călărie. El o să se apuce de alergat la patruzeci de ani și poate o să-și cumpere un Harley Davidson, pe care ea o să-l urască, și în fiecare zi el o să meargă la slujbă și o să se uite cu invidie la toți tinereii din birou, și o să-i asculte povestindu-și, la bar, aventurile amoroase de la sfârșit de săptămână și o să se simtă fraierit – dar fără să știe nici el de ce.

M-am întors spre el. Will se holba la mine.

– Îmi pare rău, am spus, după câteva clipe. Chiar nu știu de unde mi-au venit ideile astea.

– Încep să intuiesc o oarecare frustrare... Aproape că îmi pare rău de Alergător.

– O, nu, nu el e de vină. Mai curând e din cauza slujbei de la cafenea. Am lucrat acolo ani întregi, de dimineața până seara. Vezi și auzi totul. Fel și fel de tipologii umane. Ai fi uimit de câte poți afla.

– Și din cauza asta nu te-ai măritat până acum?

– Probabil că da, am bâiguit, clipind încurcată.

Nu voiam să-i dezvălui că, de fapt, nimeni nu mă ceruse vreodată în căsătorie.

Aparent, nu făceam prea multe împreună. Dar, de fapt, zilele petrecute cu Will difereau în mod subtil unele de altele – în funcție de starea lui de spirit și, mai important, de durerile pe care le simțea. În unele zile soseam la Granta House și îmi dădeam seama din felul cum își ținea încleștate fălcile că nu avea chef să vorbească nici cu mine, nici cu altcineva. Când observam asta, îmi făceam de lucru prin casă și încercam să-i anticipez nevoile, ca să nu-l deranjez întrebându-l direct.

Tot felul de cauze îi provocau dureri. Erau, pe de o parte, durerile resimțite în tot trupul din cauza atrofierii mușchilor – care deveneau tot mai slabi, în ciuda eforturilor depuse de Nathan cu fizioterapia. Apoi erau durerile de stomac cauzate de problemele digestive, durerile de umeri, cele provocate de infecțiile urinare – aparent inevitabile, în ciuda îngrijirilor atente de care se bucura. Făcuse un ulcer stomacal din cauza analgezicelor luate în cantități mari la începutul recuperării sale, când le ronțăia, se pare, ca pe bomboanele Tic-Tac.

Uneori, pe corp îi apăreau escare, din cauză că stătea prea mult în aceeași poziție. De vreo două ori, fu țintuit la pat pentru a le lăsa să se vindece, dar ura să stea întins pe spate. Zăcea atunci în pat, ascultând emisiunile radio, cu ochii scânteind de o furie greu stăpânită. Avea uneori și migrene - un efect secundar, bănuiam eu, al frustrării și mâniei reprimate. Avea foarte multă energie mentală și nimic asupra căreia să o răsfrângă. Trebuia să se reverse undeva.

Dar cea mai groaznică era senzația de arsură pe care o simțea în mâini și picioare; o usturime care pulsa neîncetat, împiedicându-l să-și concentreze atenția asupra a orice altceva. Atunci, umpleam un vas cu apă rece și îi tamponam ușor mâinile și picioarele cu o cârpă sau i le înfășuram în fâșii delicate de flanel, sperând să-i mai ușurez suferința. Un mușchi prelung și subțire îi zvâcnea în falcă, și uneori Will părea pur și simplu să dispară, ca și cum singurul mod în care putea face față acelei senzații era să se abstragă din propriul corp. Mă obișnuisem surprinzător cu necesitățile fizice ale existenței lui Will. Mi se părea nedrept că, deși nu le putea folosi sau simți, extremitățile lui îi provocau atâta durere.

În ciuda atâtor greutăți, el nu se plângea niciodată. De aceea am avut nevoie de săptămâni întregi ca să înțeleg că, de fapt, suferea profund. Acum îi puteam descifra imediat tensiunea din privire, tăcerile, felul cum părea că se retrage sub propria piele. Îmi spunea, pur și simplu: „Louisa, poți să-mi aduci, te rog, niște apă rece?“ sau: „Cred că ar fi bine să-mi dai un analgezic“. Uneori, durerile erau atât de crâncene, încât fața lui își pierdea culoarea, devenind palidă ca a unui mort. Acelea erau zilele cele mai dificile.

Dar în celelalte zile ne toleram destul de bine unul pe celălalt. Nu mai părea foarte supărat când îi vorbeam, așa cum fusese la început. Iar ziua aceasta primăvăratică părea să fie fără dureri. Când doamna Traynor veni să ne anunțe că femeile mai aveau de lucru cam douăzeci de minute, eu am mai făcut câte un ceai pentru fiecare și am început să ne plimbăm, încet, prin grădină. Will avea grijă să nu părăsească aleea, iar eu priveam cum pantofii ușori de satin mi se afundă în iarba umedă.

– Interesantă alegere de încălțăminte! remarcă Will.

Pantofii mei aveau o culoare verzuie ca smaraldul. Îi găsisem la un magazin cu prețuri mici, iar Patrick spunea despre ei că mă fac să arăt ca un spiriduș travestit.

– Știi, pe aici nu se îmbracă nimeni ca tine. De fiecare dată sunt curios să văd ce combinație trăsnită de haine și încălțăminte ai să mai găsești.

– Și cum ar trebui să se îmbrace „cineva de pe aici"?

El cârmi puțin spre stânga, pentru a evita o creangă de copac, și spuse:

– În general, în haine din lână. Sau, dacă ai preferințele mamei mele, cu ceva de la Jaeger sau Whistles. Așadar, de unde provin gusturile tale exotice? Unde ai mai trăit? mă întrebă el, privindu-mă curios.

– Nicăieri, unde să mai trăiesc?

– Cum, n-ai locuit decât aici?

– Doar aici, am răspuns senină, încrucișându-mi brațele peste piept, într-un gest defensiv. Ce e ciudat în asta?

– E un orășel neînsemnat. Limitat. Viața lui gravitează în jurul castelului. Ne-am oprit pe alee și am privit castelul, care se înălța în depărtare, în vârful unui deal ciudat, ca o cupolă, cu silueta lui perfectă, de ai fi zis că e desenat de o mână de copil. Întotdeauna mi s-a părut genul de loc la care oamenii revin atunci când se satură de toate. Sau când nu au suficientă imaginație ca să meargă în altă parte.

– Hm, mulțumesc!

– Nu e nimic *rău* în sine, vreau să spun... Dar, Dumnezeule! Nu se întâmplă mai nimic, nu-i așa? Nu se poate spune că mișună de oameni, de idei interesante sau de oportunități. Pe aici, e deja subversiv dacă vreun magazin de suvernire se apucă să vândă fețe de masă cu altă imagine a trenulețului electric.

Nu m-am putut abține să nu râd. În urmă cu câteva zile, în ziarul local chiar apăruse un articol pe exact aceeași temă.

– Ai douăzeci și șase de ani, Clark. Ar fi trebuit să pleci de mult de aici, să pretinzi că lumea îți aparține, să vrei s-o cucerești, să dai de bucluc prin baruri, să-ți etalezi garderoba ciudată în fața unor tipi periculoși...

– Dar sunt fericită aici, am mărturisit.

– Ei, bine, n-ar trebui să fii.

– Îți place să le spui oamenilor ce-ar trebui să facă, nu?

– Doar când știu că am dreptate, replică el. Poți să-mi potrivești cana? Nu prea ajung la ea.

I-am mutat paiul în așa fel încât să ajungă mai ușor la el și am așteptat să bea. Răcoarea de afară îi înroșise vârfurile urechilor.

– Dumnezeule, e un ceai groaznic pentru o fată care-și câștiga existența făcând așa ceva! se strâmbă Will.

– Asta pentru că ești obișnuit doar cu ceaiuri pentru lesbiene, l-am repezit eu. Lapsang Souchong și toate porcăriile alea din plante chinezești.

– Ceai pentru lesbiene! aproape că se înecă el de indignare. Hm, tot sunt mai bune decât lacul ăsta de mobilă! Dumnezeule, poți să înfigi lingurița în el!

– Deci nici măcar ceaiul meu nu e bun. M-am așezat pe bancă în fața lui. De ce e normal ca tu să ai întotdeauna ceva de comentat asupra a tot ce spun sau fac eu, și ție să nu-ți poată spune nimeni nimic?

– Dar nimic nu te împiedică să-ți spui și tu părerea. Hai, Louisa Clark, dă-i drumul!

– Părerea mea despre tine?

El oftă teatral.

– Am de ales?

– În primul rând, ai putea să te tunzi. Părul ăsta neîngrijit te face să arăți ca un vagabond.

– Ha! Parcă ai fi mama!

– Chiar arăți groaznic, să știi! Sau cel puțin ar trebui să te bărbierești. Părul ăla de pe față nu-ți dă mâncărimi?

El mă privi chiorâș.

– Ba îți dă, este? Știam eu. Dar nu-i nici o problemă, în după-amiaza asta am să ți-l dau jos.

– O, nu!

– Ba da. Mi-ai cerut părerea. Acesta e răspunsul meu. Tu nu trebuie să faci nimic.

– Și dacă spun nu?

– S-ar putea să-l tai oricum. Dacă părul ăla mai crește mult, în curând o să adun bucăți de mâncare din el. Și, sincer, dacă se întâmplă așa ceva, va trebui să te dau în judecată pentru rele tratamente aplicate angajaților!

El zâmbi ca și cum îl amuzasem. Poate că pare puțin trist, dar zâmbetele lui Will erau atât de rare, încât, atunci când reușeam să-i smulg unul, sufletul mi se umplea de mândrie.

– Hei, Clark, îmi faci o favoare? zise el.

– Ce anume?

– Mă scarpini puțin la urechea asta? Mâncărimea mă înnebunește.

– Dacă o fac, mă lași să te tund? Măcar să te îndrept puțin, pe ici, pe colo.

– Nu fi obraznică!

– Șșt, nu mă enerva! Nu mă descurc așa bine cu foarfeca...

Am găsit în baie aparatul de ras și un tub cu spumă, ascunse bine în spatele unor pungi de șervețele și de vată, ca și cum n-ar mai fi fost folosite de multă vreme. L-am pus pe Will să vină în baie, am umplut chiuveta cu apă caldă, am lăsat puțin în jos spătarul pe care-și sprijinea capul și i-am pus un prosop fierbinte pe obraji.

– Ce-i asta? Faci pe bărbierul? La ce-ți trebuie prosopul ăsta?

– Nu știu, i-am mărturisit. Așa am văzut că se procedează prin filme. E ca apa fiartă și prosoapele când cineva naște...

Nu i-am putut vedea gura, dar ochii i se îngustară, ca și cum ar fi râs. Aș fi vrut să-i păstrez așa. Îmi doream să fie fericit – ca fața lui să-și piardă aspectul acela bănuitor, bântuit de griji. Am flecărit, am spus glume, am fredonat. Totul pentru a prelungi acele clipe, înainte să-l văd iarăși încruntat.

Mi-am suflecat mânecile și am început să-i întind crema peste obraji, până la urechi. Apoi, cu aparatul de ras în mână, am ezitat preț de câteva clipe.

– E un moment bun să-ți spun că până acum n-am folosit lama decât la epilat pe picioare?

El închise ochii și se lăsă cu capul pe spate. Am început să-l bărbieresc cu grijă, trecându-i lama încet peste obraji. Tăcerea era întreruptă doar de clătitul aparatului în chiuvetă. L-am ras fără un cuvânt, studiindu-i chipul pe măsură ce-i dădeam barba jos, observându-i ridurile pornite de la colțurile gurii, care păreau prematur de adânci pentru vârsta lui. I-am înmuiat barba de pe obraji și, pe măsură ce i-o tăiam, descopeream urme de copci, probabil consecințe ale accidentului suferit. Am văzut cearcănele întunecate, dovezi mute ale nopților întregi de nesomn, ridul adânc dintre sprâncene, mărturie a durerii tăcute pe care o îndurase. Pielea lui emana o dulceață caldă, mireasma plăcută a cremei de ras, și un parfum discret și scump, pe care numai Will îl putea răspândi. De după perii țepoși ai bărbii începu să apară chipul lui, și mi-am dat seama atunci cât de ușor îi fusese să atragă o femeie ca Alicia.

Mă mișcam încet, cu delicatețe, încurajată de faptul că el părea calm, cel puțin pentru moment. O clipă mi-a trecut prin cap că toți cei care-l atinseseră pe Will până atunci o făcuseră doar ca să îndeplinească vreo procedură medicală, așa că mi-am lăsat degetele să alunece ușor peste pielea lui, încercând ca gesturile mele să fie cât mai blânde și mai diferite de mișcările brutale care caracterizau interacțiunea doctorilor și a lui Nathan cu el.

Faptul că îl bărbieream pe Will mi se părea un lucru intim și ciudat. Am realizat, pe măsură ce o făceam, cât de greșită fusese presupunerea mea că scaunul lui cu rotile avea să fie o barieră între noi, că dizabilitatea lui avea să împiedice orice fel de legătură senzuală. În mod bizar, lucrurile stăteau altfel. Era imposibil să te afli atât de aproape de cineva, să-i simți pielea încordându-se sub degetele tale, să respiri aerul pe care îl respira el, să-i vezi fața la câțiva centimetri de a ta fără să-ți simți sufletul tulburat. În clipa în care am ajuns cu aparatul de ras la urechea lui, am început să mă simt ciudat, ca și cum aș fi trecut de o barieră nevăzută.

Poate că Will era capabil să citească schimbările subtile ale felului în care îi apăsam pielea; poate că, din cauza dizabilității sale, era mai sensibil la stările sufletești ale celor din jurul lui. Pentru că deschise dintr-odată ochii, și privirea lui o întâmpină pe a mea.

Urmă o scurtă tăcere, și apoi el îmi spuse, pe un ton cât se poate de serios:

– Te rog, nu-mi spune că mi-ai ras și sprâncenele!

– Doar una! am râs eu și am început să clătesc lama în chiuvetă, sperând, când m-am întors spre el, ca roșeața din obraji să-mi fi dispărut. Gata! am spus când am terminat. Te-ai săturat? Nu trebuie să sosească Nathan?

– Și părul? întrebă el.

– Chiar vrei să ți-l tund?

– Ai putea, dacă tot te-ai apucat…

– Credeam că n-ai încredere în mine.

El ridică din umeri cât putu de mult:

– Dacă asta o să te împiedice să mă bați la cap câteva săptămâni… Nu e un preț prea mare.

– O, Doamne, mama ta va fi încântată! m-am bucurat eu, curățându-i un strop de cremă rămasă pe față.

– Să nu lăsăm gândul ăsta să ne strice bucuria…

L-am tuns pe Will în camera de zi. Am aprins focul, i-am pus un film pe DVD – un thriller american – și i-am acoperit umerii cu un prosop. Îl avertizasem deja că nu mai tunsesem de multă vreme pe nimeni, dar am simțit nevoia să adaug că n-avea cum să arate mai rău decât arăta deja.

– Mulțumesc de compliment, făcu el.

M-am apucat să-l tund, trecându-mi degetele printre șuvițele lui de păr și încercând să-mi amintesc noțiunile de bază pe care le învățasem la frizerie. Will se uita la film și părea relaxat și chiar aproape mulțumit. Când și când, îmi vorbea despre film – în ce altă peliculă mai jucase actorul din rolul principal, unde-l văzuse prima dată –, iar eu murmuram încetișor, arătându-mă vag interesată (așa cum făceam și cu Thomas când îmi arăta jucăriile lui), deși eram total concentrată asupra tunsorii. În cele din urmă, am terminat și am început să mă învârt în jurul lui ca să-l văd cum arată.

– Ei bine?

Will puse DVD-ul pe pauză.

M-am îndreptat de spate și m-am dat doi pași înapoi, privindu-l:

– Nu sunt sigură că-mi place să te văd cu chipul atât de dezgolit. Îmi dă o senzație ciudată.

– Eu am impresia că e puțin mai frig, remarcă el, mișcându-și capul într-o parte și-n alta, ca și cum ar fi testat noua senzație.

– Stai puțin, l-am rugat, o să aduc două oglinzi. Atunci o să te poți vedea cum trebuie. Dar nu te mișca! Trebuie să-ți mai curăț puțin firele de păr rămase. Și probabil o să mai fie nevoie să te îndrept aici, la ureche, puțin.

Mă aflam în dormitorul lui, căutând prin sertare o oglinjoară, când am auzit ușa deschizându-se. Apoi, niște zgomote de pași, apropiindu-se repede, și vocea doamnei Traynor, ascuțită și speriată:

– Georgina, te rog, nu face asta!

Ușa către camera de zi era dată de perete. Am luat oglinda și am ieșit în fugă din încăpere. N-aveam de gând să fiu găsită chiulind iar. Doamna Traynor stătea în ușa camerei de zi, cu palmele duse la gură, asistând, aparent, la o confruntare pe care eu n-o puteam vedea.

– Ești cel mai egoist om pe care l-am văzut în viața mea! țipa o tânără femeie. Nu pot să cred așa ceva, Will! Ai fost un egoist și acum ești și mai rău decât ai fost!

– Georgina, zise doamna Traynor, aruncându-mi o privire scurtă atunci când m-am apropiat. Georgina, te rog, încetează!

Am intrat în cameră prin spatele ei. Will, cu prosopul trecut peste umeri și smocuri de păr castaniu împrăștiate pe lângă roțile scaunului, stătea față în față cu o tânără. Ea avea părul lung și negru, prins într-un coc încâlcit la ceafă, tenul bronzat și purta blugi scumpi și cizme de velur. Ca și Alicia, avea trăsături fine și regulate, iar dinții, de o strălucire albă uimitoare, păreau desprinși din reclame. Am observat asta pentru că, roșie de furie, ea continua să-i șuiere în față:

– Nu pot să cred! Nu pot să cred că te-ai gândit măcar la asta! Ce-ți închipui…

– *Te rog*, Georgina, nu e momentul! o admonestă iar doamna Traynor, de astă dată pe un ton mai vehement.

Will, pe al cărui chip impasibil nu se putea citi nimic, o privea tăcut.

– Will? Ai nevoie de ceva? l-am întrebat încetișor.

– Tu cine ești? făcu țâfnoasă tânăra, întorcându-se brusc, și atunci am văzut că avea ochii scăldați în lacrimi.

– Georgina, interveni Will, fă cunoştinţă cu Louisa Clark, îngrijitoarea mea şi o frizeriţă uimitor de inventivă. Louisa, ea este sora mea, Georgina. Pare să fi bătut drumul din Australia şi până aici doar ca să ţipe la mine.

– Nu mai face pe victima! îl repezi Georgina. Mami mi-a spus. Mi-a spuns *totul*!

Nimeni nu se mişcă.

– Să mă retrag? am întrebat.

– Ar fi o idee bună, rosti înţepat doamna Traynor, şi am observat că încheieturile degetelor de pe braţul canapelei îi erau albe ca varul.

M-am furişat afară din cameră.

– De fapt, Louisa, cred că ar fi bine dacă ţi-ai lua acum pauza de prânz.

Avea să fie una dintre acele zile în care-mi găseam adăpost în staţia de autobuz. Mi-am luat sendvişul din bucătărie, mi-am tras haina pe mine şi am ieşit pe aleea din spatele casei.

Pe când plecam, am putut auzi vocea Georginei Traynor ridicându-se, tot mai ascuţită, înăuntru:

– Te-ai gândit vreodată, Will că, oricât ar părea de greu de crezut, situaţia asta ar putea să nu te privească *doar* pe tine?

Când m-am întors, exact după o jumătate de oră, în casă se lăsase liniştea. Nathan spăla o cană în chiuveta din bucătărie şi se întoarse, imediat ce mă zări:

– Hei, ce mai faci?

– A plecat?

– Cine?

– Sora lui.

Nathan aruncă o privire spre uşă:

– A, ea era? Da, a plecat. S-a suit în maşină şi a demarat în trombă. Vreo ceartă de familie, presupun...

– Habar n-am, am făcut eu. Tocmai îl tundeam pe Will, când a apărut această femeie, care a început să urle la el. Iniţial, am presupus că o fi vreo altă iubită.

Nathan ridică din umeri.

Mi-am dat seama că nu era interesat de detaliile vieții lui Will, chiar dacă le-ar fi știut.

– E un pic cam tăcut, totuși. A, apropo, ai făcut treabă bună cu bărbieritul. Foarte bine că l-ai scăpat de stufărișul de pe față.

M-am întors în camera de zi. Will stătea cu ochii ațintiți în ecranul televizorului, iar DVD-ul era oprit exact la secvența din film care se derula când plecasem.

– Vrei să ne uităm în continuare la film? l-am întrebat, dar, timp de aproape un minut, el nu răspunse – părea că nici nu-mi auzise cuvintele.

Capul îi era adâncit între umeri, iar expresia relaxată de până atunci fusese înlocuită cu un văl impenetrabil. Se închisese iar în sine, dincolo de un zid pe care nu-l puteam străpunge.

Clipi, ca și cum abia atunci m-ar fi observat, și șopti:

– Sigur.

Tocmai căram un coș cu rufe pe hol când le-am auzit. Ușa de la anexă era puțin întredeschisă, și vocea doamnei Traynor și a fiicei sale pluteau de-a lungul coridorului ca niște ușoare valuri sonore. Sora lui Will plângea înăbușit, și toată furia îi dispăruse din voce. Scâncind, părea aproape un copil.

– Trebuie să se poată face ceva. Trebuie să existe vreun progres medical. Nu-l poți duce în America? Acolo se descoperă întotdeauna metode revoluționare.

– Tatăl tău urmărește atent toate noile descoperiri în domeniu. Dar nu, draga mea, deocamdată nu există nimic... concret.

– Will e atât de... schimbat. Parcă e decis să nu mai vadă nimic bun în jur.

– Așa a fost încă de la început, George. Doar că tu nu l-ai mai văzut de când ai plecat de acasă. La început, cred că a fost... hotărât. Pe atunci era sigur că va putea schimba ceva.

M-am simțit puțin stingherită că trăgeam cu urechea la această conversație privată, dar discuția bizară mă făcea să ascult cu și mai mare atenție. M-am trezit împinsă ca de o mână nevăzută mai aproape de ușă, iar picioarele mele, încălțate în șosete moi, nu făcură nici un zgomot pe dușumea.

– George, uite ce... Eu și tatăl tău nu ți-am destăinuit până acum... N-am vrut să te mâhnim. Dar Will a încercat... Doamna Traynor ezită, ca și cum nu-și găsea cuvintele. Will a încercat să... a încercat să se sinucidă.

– Ce?

– Tati l-a găsit. În decembrie... A fost groaznic.

Chiar dacă vorbele ei confirmau ceea ce bănuisem deja, am simțit că tot sângele mi se scurge din obraji. Am auzit un plânset înăbușit și șoaptele încurajatoare ale mamei. Urmă o altă tăcere lungă, după care Georgina, cu vocea încărcată de jale, rosti iar:

– Și fata asta?

– Louisa este aici pentru a ne asigura că așa ceva nu se va mai întâmpla vreodată.

M-am oprit în loc. Din celălalt capăt al holului, din baie, îi auzeam pe Nathan și pe Will vorbind în șoaptă, fără să știe, evident, despre discuția dintre cele două femei, desfășurată la doar câțiva pași distanță. Am mai făcut un pas către ușă. Probabil bănuisem că Will încercase să se sinucidă încă din clipa în care îi văzusem cicatricile la încheieturile mâinilor. În definitiv, totul părea să capete sens acum – teama doamnei Traynor că l-aș putea lăsa singur pe Will, antipatia lui la gândul că-l supraveghez pas cu pas, faptul că, pentru perioade mari de timp, mă simțisem, de fapt, complet inutilă. Practic, fusesem o bonă. Eu n-avusesem habar, dar Will știuse și de aceea mă urâse.

Am întins mâna către mânerul ușii, pregătindu-mă s-o închid cât mai încet cu putință. M-am întrebat ce anume știa Nathan. M-am întrebat dacă Will era mai fericit acum. Mi-am dat seama că simțeam, în mod egoist, o oarecare ușurare la gândul că nu pe mine mă ura Will, ci faptul că eu – că cineva, pur și simplu, fusese angajat să-l păzească neîncetat.

– Nu-l poți lăsa să facă asta, mami. Trebuie să-l oprești.

– Nu este alegerea noastră, scumpo.

– Ba este. Este, dacă el ți-a cerut să iei parte, protestă Georgina.

Palma îmi înțepeni pe mâner.

– Nu pot să cred că ai fost de acord. Nu te-ai gândit la ce spune religia, credința ta? Nu te-ai gândit la tot ce-ai făcut? De ce naiba l-ai mai salvat ultima dată?

Doamna Traynor răspunse calm, deși se simțea că face un efort:

– Judeci greșit.

– Dar ai spus că o să-l duci. Ce crezi...

– Te-ai gândit, măcar pentru o clipă, că, dacă eu îl refuzam, putea cere asta altcuiva?

– Dar Dignitas[1]? E pur și simplu o greșeală. Știu că e greu pentru el, dar asta vă va distruge, pe tine și pe tati. Gândește-te cum o să vă simțiți! Gândește-te la vâlva care se va stârni! La cariera ta, la reputația ta. El n-are cum să nu știe. E o dovadă de egoism din partea lui să și ceară așa ceva. Cum poate? Cum poate să facă asta? Cum poți *tu* să faci asta? spuse ea și izbucni iarăși într-un plâns înăbușit.

– George...

– Nu mă privi așa! Mami, țin la el. Chiar țin. Este fratele meu și îl iubesc, dar nu pot suporta așa ceva. Nu suport nici măcar gândul că... El greșește când îți cere asta, iar tu greșești că-l iei în serios. Dacă o ții tot așa, nu vei distruge doar viața lui...

Am făcut un pas înapoi. Sângele îmi pulsa atât de puternic în urechi încât abia am mai putut auzi răspunsul doamnei Traynor.

– Șase luni, George. Will mi-a promis că-mi mai acordă șase luni. Uite ce-i, nu vreau să mai pomenesc de asta și în nici un caz în fața cuiva. Și trebuie să... Se opri, trăgând adânc aer în piept și continuă: Trebuie doar să ne rugăm din toată inima ca în acest timp să se întâmple ceva care să-i schimbe hotărârea.

---

[1] Asociație nonprofit elvețiană care furnizează servicii de sinucidere asistată persoanelor care suferă de boli terminale sau de boli fizice ori mintale severe (n.red.)

Capitolul 8

CAMILLA

Niciodată nu mi-am închipuit că mi-aş putea ajuta fiul să se sinucidă.

Asemenea cuvinte mi se par groaznice fie şi numai când le citesc – mi se pare ceva ce s-ar putea tipări numai prin tabloide.

Nu eram genul de om căruia să i se întâmple aşa ceva. Sau, cel puţin, nu credeam că sunt. Viaţa mea a fost mereu bine organizată – o existenţă obişnuită, după standardele moderne. Eram căsătorită de aproape treizeci şi şapte de ani, crescusem doi copii, avusesem o carieră, fusesem mereu o membră activă a comitetelor de părinţi din şcolile copiilor şi intrasem în magistratură abia după ce aceştia nu mai avuseseră nevoie de mine.

Eram judecătoare de aproape unsprezece ani. Văzusem toate tipologiile umane defilând prin faţa mea: nefericiţi lipsiţi de orice speranţă, care nu reuşeau nici măcar să vină la timp la şedinţele de judecată, recidivişti, tineri furioşi cu chipuri aspre şi mame epuizate şi înglodate în datorii. E destul de greu să rămâi calmă şi înţelegătoare când vezi aceleaşi chipuri, aceleaşi greşeli săvârşite iar şi iar. Uneori îmi dădeam seama că în vocea mea se putea citi că-mi pierdusem răbdarea. Refuzul obtuz al omenirii de a căuta măcar să funcţioneze responsabil mi se părea de-a dreptul descurajant.

Iar orăşelul nostru, în ciuda frumuseţii castelului, a numeroaselor clădiri istorice, a drumurilor pitoreşti de ţară, era departe a fi imun la infracționalitate. Piețele erau pline de adolescenți gălăgioși care beau cidru, căsuțele cochete înăbușeau strigătele și țipetele copiilor și nevestelor bătute de soți. Uneori mă simțeam ca regele Knut[1], dând proclamații în zadar, în fața unui val de haos și de distrugere care se întindea peste tot. Dar îmi iubeam meseria. O făceam deoarece credeam în ordine, într-un cod moral. Credeam cu tărie că există dreptate și fărădelege, oricât de demodată ar fi putut părea această convingere.

Pasiunea pentru grădinărit m-a ajutat să trec peste cele mai dificile zile. Pe măsură ce copiii creșteau, grădina casei devenea tot mai mult un fel de obsesie pentru mine. Știam pe de rost denumirile în latină ale oricărei plante care creștea în ea. Partea amuzantă era că nici măcar nu făcusem latina la școală – învățasem la o școală modestă de fete din cartier, unde accentul se punea pe broderii și gătit, lucruri menite să facă din noi, elevele, niște neveste bune –, dar ideea cu aceste denumiri de plante e că îți rămân în cap. Era suficient să aud o singură dată o anumită denumire ca să n-o mai uit: *Helleborus niger*, *Eremurus stenophyllus*, *Athyrium niponicum*. Pot repeta la nesfârșit asemenea denumiri, cu o fluență cum în școală n-am avut niciodată.

Se spune că ajungi să apreciezi cum se cuvine o grădină doar când ai împlinit o anumită vârstă, și presupun că e ceva adevăr în asta. Probabil are legătură cu ciclul vieții. Pare a fi ceva miraculos să vezi optimismul nestăvilit cu care natura revine la viață după iarna mohorâtă, bucuria cu care în fiecare an e altfel, felul cum alege să scoată în evidență, în toată splendoarea lor, părți ale grădinii. Au existat momente – mai ales atunci când căsnicia mea se dovedise mult mai plină de evenimente decât anticipasem – când grădina a fost un refugiu, altele când a fost o bucurie.

Dar au existat și momente când, sinceră să fiu, a fost un prilej de tristețe. Nu e nimic mai dezamăgitor decât să cultivi un nou strat de plante și să vezi că nu înfloresc sau să vezi un rând de flori abia îmbobocite distrus peste noapte de cine știe ce melci băloși. Dar chiar și când mă plângeam de eforturile și timpul cheltuite, de durerile de

---

[1] Knut cel Mare (cca 995–1035), rege al Danemarcei, Angliei și Norvegiei, unul dintre cei mai importanți conducători din Evul Mediu timpuriu (n.tr.)

glezne după o zi petrecută la smulsul buruienilor sau de faptul că unghiile mele nu erau niciodată curate, grădinăritul îmi plăcea. Îndrăgeam plăcerile senzuale ale traiului în aer liber, mirosurile feluritelor plante, îmi plăcea să simt pământul fărâmițându-mi-se sub degete, satisfacția de a vedea florile crescând și înflorind, fermecate de propria lor frumusețe efemeră.

După accidentul lui Will n-am mai intrat în grădină un an întreg. Nu doar fiindcă nu mai aveam timp, deși nenumăratele ore petrecute prin spitale sau mersul de colo până colo cu mașina, întâlnirile – o, Doamne, întâlnirile! – îmi ocupau aproape toată ziua. Chiar și după ce șase luni îmi întrerupsesem serviciul, tot simțeam că nu am timp.

Adevăratul motiv pentru care nu m-am mai apropiat de grădină era însă altul: nu mai vedeam nici un rost în această pasiune. Am plătit un grădinar să vină și să se ocupe de grădină și nu cred că am aruncat mai mult de câteva priviri florilor pe tot parcursul anului.

Doar după ce l-am adus pe Will înapoi acasă, de îndată ce anexa a fost modificată și pregătită pentru locuit, am simțit că avea rost să mă ocup iar de grădină. Trebuia să-i ofer fiului meu o priveliște frumoasă. Trebuia să-i sugerez, tacit, că lucrurile se pot schimba, dezvolta sau prăbuși, dar viața merge întotdeauna mai departe. Să-i transmit, prin intermediul plantelor, că eram cu toții parte a unui măreț ciclu, a unui proiect grandios al cărui scop doar Dumnezeu îl poate înțelege. Nu puteam să i-o spun direct, desigur – eu și Will niciodată nu ne putuserăm spune prea multe –, dar voiam să-i arăt. O promisiune tăcută, dacă vreți, că exista un tablou mai amplu, un viitor mai luminos.

Steven ințețea focul din șemineu, împingând cu pricepere în flăcări bucățile de lemn nearse cu ajutorul unui vătrai. O jerbă de scântei izbucni atunci când aruncă un butuc nou în mijlocul focului. Se dădu câțiva pași în spate, așa cum făcea întotdeauna, privind cu satisfacție cum butucul era cuprins de flăcări, și își șterse palmele de pantalonii reiați. Când am intrat în cameră, se întoarse spre mine. I-am întins un pahar.

– Mulțumesc. Coboară și George?

– Se pare că nu.

– Dar ce face?

– E în dormitorul de sus, se uită la televizor. Vrea să fie singură. Am întrebat-o.

– O să-și revină. Probabil se simte rău din cauza schimbării fusului orar.

– Sper, Steven. Nu pare foarte fericită în compania noastră, cel puțin deocamdată.

Am rămas tăcuți, privind focul din șemineu. În jurul nostru, camera era învăluită în liniște și întuneric, iar ferestrele vibrau încet, bătute de ploaie și de vânt.

– Urâtă noapte!

– Da.

Câinele pătrunse în cameră și, cu un scheunat scurt, se tolăni în fața șemineului, privindu-ne pe amândoi cu venerație.

– Ce crezi despre treaba asta cu tunsul? mă întrebă Steven.

– Nu știu. Mi-ar plăcea să cred că e un semn bun.

– Fata asta, Louisa, e un pic cam ciudățică, nu-i așa?

L-am văzut zâmbind pe sub mustață. „Nu și pe ea“, m-am trezit spunându-mi în minte, dar apoi am alungat gândul.

– Da. Da, presupun că este.

– Crezi că e fata pe care o căutam?

Am sorbit din băutură înainte să răspund. Două degete de gin, o felie de lămâie și multă apă tonică.

– Cine știe? am spus, preocupată. Nu cred că mai am nici cea mai vagă idee despre ce e bine și ce e rău să facem.

– Dar el o place. Sunt sigur c-o place. Am vorbit cu el aseară, pe când ne uitam la știri, și a pomenit-o de două ori. N-a mai vorbit astfel despre nimeni până acum.

– Da, n-aș vrea să-ți dau speranțe deșarte.

– Ar trebui?

Steven încetă să mai privească focul și se întoarse spre mine. Mi-am dat seama că mă studia, poate conștient de ridurile noi ce-mi apăruseră în jurul ochilor și de felul cum gura mea părea că se transformase, în aceste zile, într-o dungă subțire de neliniște. Îmi privea cruciulița de aur, pe care o purtam mereu la gât. Nu-mi plăcea când mă privea astfel. Nu puteam niciodată scăpa de senzația că, în aceste clipe, mă compara cu altcineva.

– Nu, sunt doar realistă.

– Vorbești ca și cum... ca și cum te aștepți deja să se întâmple.

– Îmi cunosc fiul.

– Da, fiul nostru.

– Fiul nostru, într-adevăr.

„Mai mult fiul meu", m-am trezit gândindu-mă. „De fapt, n-ai fost niciodată aici pentru el. Nu pe plan emoțional. Ai fost doar tatăl absent pe care el întotdeauna s-a străduit să-l impresioneze."

– Se va răzgândi, mă asigură Steven. Mai e încă timp destul.

Stăteam unul lângă altul, în tăcere. Am sorbit prelung din paharul meu, simțind răceala gheții simultan cu dogoarea focului.

– Mă gândesc întruna... Încă am impresia că îmi scapă ceva, am zis, cu privirile ațintite spre șemineu.

Soțul meu continua să se uite la mine. Îi simțeam privirea stăruitoare, dar nu i-o puteam înfrunta. Poate că în momentele acelea încerca să se apropie de mine. Dar cred că merseserăm prea departe pentru asta.

Luă o gură de băutură și spuse:

– Nu poți să faci decât ce-ți stă în puteri, draga mea.

– Da, sunt conștientă de asta. Dar nu e suficient, nu?

El se răsuci spre foc și începu să împingă lemnele în șemineu, deși nu era nevoie să facă asta. I-am întors spatele și am ieșit, cu pași înceți, din încăpere.

Așa cum știuse c-am s-o fac.

Când Will mi-a destăinuit pentru prima oară ce-și dorea, a trebuit să repete, fiindcă n-am fost sigură că-l auzisem bine de prima dată. Am rămas destul de calmă ascultând ce-mi propunea, după care i-am spus că e o cerere ridicolă, m-am ridicat și am ieșit imediat din cameră. Într-adevăr, e un avantaj nedrept să poți fugi de un om aflat în scaunul cu rotile. Între anexă și casa propriu-zisă sunt doar doi pași, pe care el nu-i poate străbate fără ajutorul lui Nathan. Am închis ușa anexei și am rămas pe holul de la intrarea în casă, în vreme ce cuvintele rostite de fiul meu cu atâta calm îmi răsunau încă în urechi.

Nu cred că m-am mișcat din loc timp de o jumătate de oră.

Will a refuzat să renunțe la idee. Întotdeauna voise să aibă ultimul cuvânt. Repeta cererea ori de câte ori veneam să-l văd, până când aproape ajunsesem să mă silesc să intru la el în fiecare zi. „Nu vreau să trăiesc așa, mamă. Nu asta e viața pe care am ales-o. Nu există nici o șansă să-mi revin vreodată, și de aceea e perfect rezonabil să cer să pun capăt acestei vieți într-un mod pe care îl consider potrivit." Îl ascultam vorbind și-mi imaginam cum se purta în cadrul întâlnirilor de afaceri, o carieră care-l făcuse bogat și arogant. În definitiv, era un bărbat obișnuit să se facă ascultat. Nu putea suporta că, într-un anume fel, aveam puterea de a-i dicta viitorul, că redevenisem, cumva, *mama* lui.

A fost nevoie de tentativa lui de sinucidere pentru a mă determina să accept. Nu că religia în care crescusem îmi interzicea asta - deși perspectiva ca Will să ajungă pe veșnicie în iad din cauza unui gest deznădăjduit era terifiantă. (Am ales să cred că Dumnezeu, un Dumnezeu binevoitor, avea să înțeleagă suferințele noastre și să ne ierte rătăcirea.)

Era vorba de un lucru pe care nu-l poți înțelege la o mamă până ce nu devii tu însăți una: că cel pe care-l vezi înaintea ta nu este adultul - tânărul țanțoș, nebărbierit, șleampăt și arogant, cu amenzile lui de parcare, pantofii nefăcuți și veșnicele probleme în amor. Vezi toate ființele care s-au succedat în el, întrupate într-una singură.

Îl priveam pe Will și vedeam în el bebelușul pe care-l ținusem în brațe, buimăcită de emoție, incapabilă să cred că dădusem viață unei alte ființe umane. Vedeam copilașul care se întindea să-mi prindă mâna, elevul care plângea de furie fiindcă fusese umilit de vreun derbedeu în curtea școlii. Vedeam slăbiciunile, iubirea, istoria. Asta îmi cerea el acum să suprim - copilașul, deopotrivă cu bărbatul - toată dragostea aceea, toată acea istorie.

Și apoi, pe 22 ianuarie, o zi când eram prinsă într-o sumedenie de procese, cu nenumărați hoți de magazine și șoferi care circulaseră fără asigurare, cu foști soți înlăcrimați și furioși, Steven a intrat în anexa casei și l-a găsit pe fiul nostru aproape inconștient, cu capul sprijinit de spătarul scaunului și cu o baltă de sânge întunecat și lipicios în jurul roților. Will observase un cui ruginit ieșind cu nici doi centimetri dintr-o piesă de mobilier prost finisată, în salonul din spate, și, apăsându-și încheietura mâinii de el, își mutase scaunul cu rotile înainte și înapoi până când carnea îi fusese sfâșiată până la os. Nici până în ziua de azi nu-mi pot imagina hotărârea care-l făcuse să-și ducă planul la bun sfârșit, deși probabil că era aproape leșinat de durere. Medicii ne-au spus, ulterior, că, dacă Steven mai întârzia douăzeci de minute, Will ar fi fost mort.

„Gestul nu fusese“, după cum remarcaseră ei, „un strigăt de ajutor.“

Când cei de la spital mi-au spus că Will va trăi, am ieșit în grădină și m-am dezlănțuit. M-am dezlănțuit față de Dumnezeu, de natură și de soarta care adusese familia noastră într-o asemenea prăpastie. Acum, privind înapoi, îmi dau seama că trebuie să fi fost de-a dreptul nebună. Am stat în grădină în seara aceea rece, mi-am aruncat sticla de coniac de la câțiva metri într-un tufiș de *Euonymus compactus* și am țipat, iar vocea mea a străpuns liniștea nopții, răsfrângându-se de zidurile castelului și stârnind ecouri în depărtare. Eram atât de furioasă că în jurul meu vedeam numai lucruri care se puteau mișca, și îndoi, și crește, și înmulți, iar fiul meu - băiatul meu chipeș, charismatic și plin de viață - era doar un *obiect*. Nemișcat, veștejit, însângerat, suferind. Frumusețea lucrurilor din jur mi se părea nedreaptă, de-a dreptul jignitoare. Am urlat, am urlat și am înjurat - rostind cuvinte pe care nici n-aveam habar că le cunosc - până ce Steven a ieșit din casă, a venit lângă mine și mi-a pus mâna pe umăr așteptând până când a fost sigur că voi tăcea.

El nu înțelegea. El încă nu-și dăduse seama că Will avea să încerce din nou. Și că viețile noastre urma să fie trăite într-o stare de continuă vigilență, așteptând următoarea tentativă de suicid, așteptând să vedem ce grozăvie își va mai pricinui fiul nostru. Aveam să fim obligați să vedem lumea prin ochii lui, să distingem orice potențială otravă, orice obiecte tăioase și să ne imaginăm ce-ar mai fi putut inventa ca să isprăvească nenorocirea pe care blestematul de motociclist o abătuse asupra noastră. Viețile noastre aveau să se reducă la ghicirea următorului moment în care Will ar fi încercat din nou să se sinucidă. Iar el avea avantajul că nu exista, practic, nimic altceva la care să fie silit să se gândească.

Două săptămâni mai târziu i-am spus: „Da“.

Desigur că am acceptat.

Ce altceva aș fi putut să fac?

Capitolul 9

În noaptea aceea n-am dormit. Am stat trează în mica mea încăpere de la etaj, cu ochii țintă în tavan, rememorând cu atenție evenimentele petrecute în ultimele două luni pe baza a ceea ce aflasem. Era ca și cum totul s-ar fi mișcat din loc, s-ar fi fragmentat și s-ar fi așezat apoi altfel, după un model pe care cu greu îl puteam recunoaște.

Mă simțeam înșelată, ca un accesoriu inutil, care n-avusese habar ce se întâmpla. Aveam impresia că ceilalți râseseră pe la colțuri de încercările mele de a-l hrăni pe Will cu legume sau de a-i tunde părul – lucruri mărunte cu care voiam să-l fac să se simtă mai bine. Avuseseră oare vreun rost?

Discuția pe care o auzisem îmi revenea întruna în minte, și am încercat s-o interpretez altfel, încercând să mă conving că, de fapt, o înțelesesem greșit. Dar Dignitas nu era tocmai o destinație de minivacanță. Refuzam să cred că doamna Traynor putea să conceapă o asemenea soluție pentru fiul ei. Da, considerasem comportamentul ei față de Will rece și ciudat. Mi-era greu să-mi închipui că-l strângea în brațe, așa cum făcea mama cu mine și cu Treena – cu bucurie și pasiune –, până când noi ne zbăteam, rugând-o să ne dea drumul. Ca să fiu sinceră, credeam că așa își tratau copiii cei din clasele de sus. În definitiv, tocmai ce citisem, din biblioteca lui Will, *Dragostea într-un climat friguros*[1]. Dar să joace, în mod activ și voluntar, un rol în moartea propriului fiu?

---

1 Roman al scriitoarei britanice Nancy Mitford (1904–1973), publicat în 1949, a cărui protagonistă, o tânără aristocrată, are o fire rece și arogantă (n.red.)

Privind retrospectiv, comportamentul ei mi se părea acum și mai rece, iar acțiunile ei, impregnate de intenții sinistre. Eram furioasă pe ea, dar și pe Will, fiindcă mă lăsaseră să mă implic în acest joc de fațadă. Furioasă pentru toate dățile când stătusem și mă gândisem la cum să-i fac viața mai bună, cum să-l fac să se simtă mai confortabil sau mai fericit. Când nu eram furioasă, eram tristă. Îmi aminteam de felul cum vocea doamnei Traynor tremura pe când încerca s-o consoleze pe Georgina și simțeam o imensă milă față de ea. Biata femeie se afla, știam asta, într-o situație imposibilă.

Dar cel mai adesea simțeam că mă cuprinde groaza. Eram bântuită de ceea ce aflasem. Cum ai putea să trăiești zi după zi știind că nu faci decât să numeri zilele până la propria moarte? Cum putea acest bărbat, căruia, în dimineața aceea, îi simțisem pielea sub degetele mele – caldă și vie –, să aleagă să dispară, pur și simplu? Cum era posibil ca, peste doar patru luni, cu acceptul tuturor, aceeași piele să putrezească sub pământ?

Nu puteam spune nimănui lucrurile astea. Și lucrul ăsta era, poate, cel mai greu de îndurat. Eram, de acum, complice la secretul familiei Traynor.

Am refuzat să mănânc de seară. Am rămas în pat până când gândurile negre mi s-au solidificat, încât aproape că nu le mai puteam îndura greutatea, și abia pe la opt și jumătate am coborât în camera de zi și m-am așezat să mă uit în tăcere la televizor alături de bunicul – singura persoană din familia mea care în mod sigur n-avea să mă descoasă cu întrebări. Stătea pe fotoliul lui preferat, cu privirea ațintită asupra ecranului. Dar niciodată nu știusem dacă într-adevăr se uită sau e cu mințile în cu totul altă parte.

– Ești sigură că nu vrei să-ți aduc nimic, iubito? mă întrebă mama, apărând lângă mine cu o ceașcă de ceai.

În familia noastră, pasămite, nu exista situație care să nu poată fi îndreptată cu o ceașcă de ceai.

– Nu, nu mi-e foame, mami, mulțumesc.

Am văzut privirea pe care i-o aruncă tatei și am știut că aveau să urmeze discuții de taină, în care Traynorii aveau să fie acuzați că mă muncesc prea tare, că povara îngrijirii unui asemenea invalid e prea grea pentru o fată ca mine. Știam și că aveau să se învinovățească ei înșiși pentru că mă încurajaseră să accept această slujbă.

Și trebuia să-i las să creadă că au dreptate.

În mod paradoxal, a doua zi l-am găsit pe Will într-o formă bună - neobișnuit de vorbăreț, sigur pe sine și belicos. Pălăvrăgi, probabil, mai mult decât oricând până atunci. Ai fi zis că voia să ne ciondănim și se arătă dezamăgit când am refuzat să intru în joc.

- Deci, când ai de gând să termini cu ciopârțeala?

Eu tocmai făceam curat prin camera de zi și îndreptam pernele de pe canapea.

- Ce ciopârțeală?

- Tunsoarea mea. M-ai tuns doar pe jumătate. Acum arăt ca un orfan din epoca victoriană, făcu el și-și răsuci capul, ca să-i văd mai bine frizura. Sau e cumva una dintre tunsorile tale excentrice?

- Vrei să te mai tund?

- Păi, se pare că-ți face plăcere. Și n-aș vrea să arăt de parcă aș fi ieșit de la azil.

M-am dus, tăcută, să iau foarfeca și prosopul.

- Nathan e mult mai mulțumit acum, că am freza asta de cetățean respectabil, zise el. Deși a subliniat că, de vreme ce mi-am reluat înfățișarea de odinioară, va trebui ca de-acum înainte să fiu bărbierit în fiecare zi.

- O, chiar așa?

- Nu te deranjează, nu? La sfârșit de săptămână mă mulțumesc cu o barbă țepoasă stilizată.

Nu puteam vorbi cu el. Îmi venea greu chiar și să-i întâlnesc privirea. Era ca și cum aș fi descoperit că iubitul meu mă înșală. Mă simțeam, în mod ciudat, trădată.

- Clark!

- Da.

- Ai din nou o zi în care ești enervant de tăcută. Ce s-a întâmplat cu „agasanta vorbăreață“?

- Scuză-mă! am bâiguit eu.

- Tot Alergătorul e de vină? Ce-a mai făcut? Sper că nu și-a luat de tot tălpășița, nu?

– Nu.

Am prins o șuviță din părul lui Will între degetul arătător și cel mijlociu și am ridicat foarfeca să-i tai partea care rămăsese deasupra. Dar mâna mi-a refuzt să se miște. Oare cum aveau să procedeze? Să-i facă o injecție? Să-i dea vreun medicament? Sau îl lăsau, pur și simplu, într-o cameră cu un morman de briciuri alături?

– Pari obosită. N-am vrut să-ți spun asta când ai venit, dar... la naiba... arăți groaznic.

– O, da?

Cum poate fi ajutat să se sinucidă cineva care nu-și poate mișca membrele? M-am trezit privindu-i încheieturile, întotdeauna acoperite de bluze cu mânecă lungă. Multă vreme crezusem că îl îmbrăcau așa fiindcă Will simțea frigul mai intens decât noi. Tot o minciună.

– Clark!

– Da.

Îmi părea bine că stăteam în spatele lui. Nu voiam să-mi vadă chipul.

El ezită. Locul de pe ceafa lui care fusese acoperit cu păr era chiar mai palid decât restul pielii. Părea moale, și alb, și îngrozitor de vulnerabil.

– Uite ce-i... îmi pare rău pentru scena pe care sora mea a făcut-o ieri. Era... era foarte supărată, dar asta nu-i dădea dreptul să se poarte urât. Uneori e un pic cam brutală. Nu-și dă seama cât îi poate deranja pe cei din jur. Făcu o pauză, apoi adăugă, acid: Cred că de-aia îi place în Australia.

– Adică acolo oamenii își spun unul altuia adevărul?

– Poftim?

– Nu... nimic. Ridică puțin capul, te rog!

L-am tuns cu migală, tăind fiecare șuviță care nu era la locul ei sau nu stătea cum trebuie, până când, în jurul scaunului, podeaua s-a umplut de o pânză deasă de fire de păr.

Până la sfârșitul zilei, totul devenise clar pentru mine. Pe când Will se uita la televizor alături de tatăl lui, am luat o foaie de hârtie din imprimantă și un creion dintr-un borcan aflat pe pervazul ferestrei de la bucătărie și am scris tot ce aveam pe suflet. Apoi am împăturit foaia și am pus-o într-un plic. Am scris mare, pe plic, „Pentru Doamna Traynor“ și l-am lăsat pe masa din bucătărie.

Când a venit momentul să plec, seara, Will discuta cu tatăl lui. De fapt, chiar râdea, amuzat. M-am oprit în hol, cu geanta pe umăr, și am ascultat curioasă. De ce râdea? Ce anume i-ar fi putut provoca veselia, având în vedere faptul că peste doar câteva săptămâni avea să-și curme viața?

– Eu plec, i-am anunțat prin ușă și am pornit spre ieșire.

– Hei, Clark! mă strigă el, dar deja ajunsesem afară.

Cât timp am mers cu autobuzul spre casă am încercat să mă gândesc ce-aș fi putut să le spun părinților mei. Mai mult ca sigur că aveau să fie furioși că abandonasem o asemenea slujbă potrivită și foarte bănoasă. După șocul inițial însă, probabil că mamei avea să i se facă milă de mine și avea să mă apere, susținând că îndurasem prea multe. Iar tata probabil că avea să întrebe de ce nu sunt și eu ca sora mea. Punea adesea această întrebare, deși nu eu eram cea care își distrusese viața rămânând gravidă, fiind nevoită să se bazeze apoi pe restul familiei pentru sprijin financiar și îngrijirea copilului. Dar nu aveai voie să spui nimic de genul ăsta în casa noastră, întrucât, potrivit mamei, ar fi însemnat că Thomas nu era o binecuvântare. Și toți copiii erau, credea ea, o binecuvântare de la Dumnezeu, chiar și cei care spuneau de o sută de ori pe zi „găozar“ și a căror prezență făcea ca jumătate dintre potențialii salariați din familia noastră să nu-și poată lua o slujbă decentă.

Știam că nu puteam să le spun adevărul. Nu le datoram nimic lui Will și familiei sale, dar nici nu voiam să devină subiectul principal de bârfă printre vecini.

Toate aceste gânduri mi se învârteau în minte când am coborât din autobuz și am luat-o la pas în josul dealului. Apoi am ajuns la colțul străzii noastre, am auzit strigătele și am simțit o ușoară vibrație în aer – și gândurile mi se risipiră pentru o vreme.

La poarta noastră era adunată o mică mulțime. Am grăbit pasul, temându-mă că se întâmplase ceva, dar apoi i-am văzut pe părinții mei pe verandă, uitându-se și ei spre stradă, și mi-am dat seama că nu era vorba de familia noastră. Era doar cel mai recent dintr-o lungă serie de conflicte ce caracterizau căsnicia vecinilor noștri.

Faptul că Richard Grisham nu fusese niciodată cel mai fidel dintre soți nu mai era de mult o noutate pe strada noastră. Dar, judecând după scena care avea loc în grădina din fața casei lor, vestea abia acum ajunsese la urechile soției lui:

– Mă crezi proastă? Târfa aia purta tricoul tău... Tricoul pe care ți l-am făcut eu de ziua ta!

– Iubito... Dympna... nu e ceea ce crezi.

– Am intrat în magazin ca să-ți cumpăr ouă scoțiene[1] și ce zici? Târfa aia era acolo, cu tricoul tău. Țanțoșă ca un curcan! Și mie nici măcar nu-mi *plac* ouăle scoțiene!

Am încetinit pașii, croindu-mi drum prin lumea adunată ca la bâlci, până am reușit să ajung la poarta casei noastre, chiar când Richard se eschivă, reușind să evite un DVD-player aruncat spre el. Urmă o pereche de pantofi care nu-și atinseră nici ei ținta.

– De cât timp a început balamucul ăsta?

Mama, cu șorțul legat cu grijă în talie, își desfăcu brațele de la piept și se uită la ceas.

– Să tot fie trei sferturi de oră. Bernard, nu zici că a început de vreo trei sferturi de oră?

– Depinde la ce te referi: de când ea a început să-i arunce hainele afară sau de când el a venit și le-a găsit acolo?

– De când a venit el acasă.

– Atunci aș zice că nu-i mai mult de jumătate de oră, estimă tata. Dar nu uita că primul sfert de oră ea i-a aruncat pe geam o grămadă de lucruri.

– Dacă ea îl dă afară din casă de data asta, tati zice că s-ar putea să-i facă o ofertă lui Richard pentru sculele lui Black and Decker.

Mulțimea crescuse, iar Dympna Grisham nu dădea semne că ar vrea să pună capăt scandalului. Dimpotrivă, părea chiar încurajată de înmulțirea publicului.

– Poți să-i duci târfei cărțile tale împuțite! urlă ea, azvârlind pe fereastră un vraf de reviste, ceea ce declanșă un cor de ovații în rândurile galeriei. Ia vezi dacă-i place să stai toată duminica după-amiaza pe veceu, citind *prostiile* astea! zbieră femeia, după care dispăru

---

1 Ouă învelite în carne tocată și prăjite în pesmet (n.red.)

în casă. Peste câteva clipe însă, apăru iarăşi la fereastră şi deşertă pe peluză un coş cu rufe: Nu uita să-ţi iei şi chiloţii murdari! Să vedem dacă te mai alintă... cum naiba îţi zicea?... „armăsar focos“ şi când o da brânci spălându-ţi-i în fiecare zi!

Richard se chinuia în zadar să-şi adune catrafusele, pe măsură ce acestea aterizau pe iarbă. Răcnea ceva spre fereastră, dar, pe fundalul gălăgiei generale şi al huiduielilor şi fluierăturilor, cuvintele nu i se mai distingeau. În mod ciudat însă, deşi colecţia lui de CD-uri şi de jocuri video fusese foarte apreciată de vecini, nimeni nu se arătă interesat de lenjeria lui murdară.

Cu un bufnet sec, combina lui stereo se izbi de aleea de beton. Richard ridică privirea, de parcă nu i-ar fi venit să-şi creadă ochilor:

– Curvă nebună!

– Adică tu ţi-o tragi cu nenorocita aia saşie şi plină de boli venerice de la service şi *tot eu* sunt curvă nebună?

Mama se întoarse spre tata:

– Nu vrei o ceaşcă de ceai, Bernard? Cred că începe să se facă frig.

Fără să-şi dezlipească ochii de la încăierarea de vizavi, tata îi răspunse:

– Ar fi grozav, scumpo, mulţumesc.

Abia când mama intră în casă am observat maşina. A fost ceva atât de neaşteptat, încât iniţial n-am recunoscut-o – era Mercedesul bleumarin, discret şi cu puntea foarte joasă al doamnei Traynor. Femeia trase la bordură, privi scena de pe trotuar şi ezită puţin înainte de a coborî. Stătu câtva timp nemişcată scrutând cu privirea casele din jur, poate verificând numerele. Şi apoi mă văzu.

Am ieşit de pe verandă şi m-am strecurat afară din curte înainte ca tata să apuce să mă întrebe unde mă duc. Doamna Traynor rămăsese la marginea mulţimii uitându-se la haosul din jur cam aşa cum trebuie să fi privit regina Maria Antoaneta o gloată de ţărani răsculaţi.

– O ceartă domestică, i-am explicat eu.

Ea se răsuci spre mine, ca şi cum s-ar fi simţit aproape stânjenită că o surprinsesem privind scena.

– Am înţeles.

– E o discuție constructivă, după standardele lor. Au fost deja la consiliere de cuplu.

Sacoul elegant de lână, bijuteriile cu perle și coafura scumpă erau suficiente pentru a o diferenția de ceilalți, îmbrăcați în treninguri sau în haine ieftine și țipătoare. Ea părea foarte distantă, mai înțepată chiar decât în dimineața când mă surprinsese dormind în camera lui Will. Mi-am spus, privind-o, că n-aveam să am nici un motiv să-i duc dorul.

– Mă întrebam dacă noi două am putea avea o mică discuție, spuse ea, nevoită să ridice vocea peste gălăgia din jur.

Am privit pe deasupra mulțimii și apoi în spate, spre casă. Nici nu-mi puteam imagina s-o aduc pe doamna Traynor în casa noastră, cu grămezile ei de jucării, cu bunicul sforăind încetișor în fața televizorului, cu mama care dădea cu odorizante de cameră pentru a ascunde mirosul ciorapilor tatei și cu Thomas care n-ar fi ratat să-mi impresioneze musafira cu un „găozar".

– Hm... nu e un moment tocmai bun...

– Am putea vorbi în mașina mea. Louisa, nu-ți cer decât cinci minute. Cu siguranță ne datorezi asta.

Câțiva vecini se uitară curioși la mine când m-am urcat în mașină. Noroc că familia Grisham constituia deja subiectul serii, altfel ținta tuturor bârfelor aș fi fost eu. Pe strada noastră, dacă te urcai într-o mașină luxoasă, însemna ori că ți-o tragi cu vreun fotbalist, ori că fuseseși arestat de un polițist în civil.

Portierele se închiseră cu un clinchet mut, și brusc, se lăsă liniștea. Mașina mirosea a piele veritabilă și în ea nu se afla nimic în afară de noi două. Nu erau nici ambalaje de bomboane din poleială, nici noroi uscat, nici jucării pierdute sau odorizante agățate de oglinda retrovizoare pentru a masca mirosul laptelui vărsat pe jos în urmă cu trei luni.

– Credeam că tu și Will vă înțelegeți bine. Vorbea ca și cum s-ar fi adresat cuiva care stătea chiar în fața ei. Nu i-am răspuns, și ea continuă: E vreo problemă legată de bani?

– Nu.

– Vrei o pauză de masă mai lungă? Sunt conștientă că o jumătate de oră e destul de puțin. L-aș putea ruga pe Nathan să...

– Nu e vorba de ore. Și nici de bani.

– Și atunci?...

– De fapt, nu vreau să...

– Uite ce-i, nu poți să-ți dai demisia imediat și să te aștepți ca nici măcar să nu te întreb de ce.

Am tras adânc aer în piept și i-am mărturisit:

– Am auzit, din întâmplare, discuția pe care ați avut-o cu fiica dumneavoastră. Aseară. Și nu vreau să... nu vreau să fac parte din așa ceva.

– Ah!

O tăcere de mormânt se așternu în mașină. Afară, domnul Grisham încerca să intre în casă, în vreme ce doamna Grisham se străduia să arunce pe fereastră, direct în capul lui, toate lucrurile care-i veneau la mână. Proiectilele alese – role de hârtie igienică, cutii de tampoane, o perie de toaletă, sticle de șampon – sugerau că femeia se afla acum în baie.

– Te rog, nu pleca! șopti doamna Traynor. Will se simte bine cu tine. Mult mai bine decât s-a simțit până acum. Eu... nouă ne-ar fi foarte greu să găsim pe altcineva care să facă asta.

– Dar dumneavoastră... dumneavoastră aveți de gând să-l duceți în locul unde oamenii se sinucid. La Dignitas.

– Nu, am de gând să fac tot ce pot ca să fiu sigură că el nu o să se sinucidă.

– Cum ar fi? Să vă rugați?

Doamna Traynor îmi aruncă o privire pe care mama ar fi numit-o „de modă veche".

– Probabil ți-ai dat seama până acum că, dacă Will își propune să se izoleze de toată lumea, nimeni nu prea are ce face.

– Mi-am dat seama cum stau lucrurile, am spus eu. De fapt, mă aflu în casa familiei Traynor doar pentru ca dumneavoastră să aveți siguranța că Will nu va încălca înțelegerea luându-și viața înainte de trecerea celor șase luni. Am dreptate?

– Nu. N-ai dreptate.

– De asta nu v-a păsat deloc de faptul că nu aveam nici o calificare.

– Mi s-a părut că ești veselă, inteligentă și altfel decât ceilalți. Nu arătai ca o asistentă medicală. Nu te purtai... ca toate celelalte.

Am crezut... am crezut c-o să-l poți înveseli. Și chiar ai reușit – chiar îl *înveselești*, Louisa. Când l-am văzut ieri fără barba aceea groaznică... Tu pari să fii unul dintre puținii oameni capabili să ajungă la Will.

– Nu credeți că ar fi fost mai cinstit să menționați că voi fi angajată ca să supraveghez un om dornic să se sinucidă?

Camilla Traynor oftă adânc, de parcă s-ar fi văzut obligată să explice ceva, pe un ton cât se poate de politicos, unui imbecil. M-am întrebat dacă-și dădea oare seama că tot ce spunea îl făcea pe cel din fața ei să se simtă de-a dreptul idiot și dacă făcea asta intenționat. Nu cred că eu aș fi putut vreodată face pe cineva să se simtă inferior.

– Poate că așa au stat lucrurile la început, când te-am angajat... dar am încredere că Will își va păstra cuvântul dat. Mi-a promis șase luni, și asta îmi va da. Avem nevoie de timpul ăsta, Louisa. Avem nevoie de timpul ăsta pentru a-i insufla ideea că ar putea exista o *posibilitate*. Am sperat să-i insuflu ideea că există o viață de care să se poată bucura, chiar dacă nu e viața pe care o plănuise.

– Dar toate astea sunt minciuni. M-ați mințit și pe mine și vă mințiți unul pe celălalt.

Ea nu păru să mă audă. Scoase un carnețel și un creion din geantă și se răsuci spre mine:

– Deci, ce vrei? Îți dublez salariul. Spune-mi cât vrei!

– N-am nevoie de banii dumneavoastră.

– O mașină. Niște facilități. Bonusuri...

– Nu...

– Atunci... ce-aș putea să fac ca să te răzgândești?

– Îmi pare rău, dar eu...

Am încercat să ies din mașină, însă ea mă prinse de braț cu o mână fermă, bizară, parcă electrică.

Amândouă ne-am uitat la ea.

– Ai semnat un contract, domnișoară Clark. Un contract prin care ai promis că vei munci la noi șase luni. După calculele mele, ai stat doar două. Nu-ți cer altceva decât să-ți îndeplinești obligațiile contractuale.

Vocea îi deveni ezitantă. M-am uitat la mâna ei și am văzut că începuse să tremure. Doamna Traynor înghiți în sec, șoptind:

– Te rog...

Părinții mei ne priveau de pe verandă. Îi vedeam cum stăteau acolo cu ceștile în mâini, singurii care nu păreau atrași de circul de alături. Imediat ce observară că-i zărisem, își mutară privirea, stânjeniți. Tata, mi-am dat seama, purta papucii ecosez pătați de vopsea.

Am apăsat mânerul portierei.

– Doamnă Traynor, pur și simplu nu pot să stau și să mă uit cum... e absurd. Nu vreau să particip la așa ceva.

– Te rog, gândește-te bine! Mâine este Vinerea Mare. Dacă ai nevoie doar de timp de gândire, poți sta acasă. Îi voi spune lui Will că a trebuit să rămâi cu familia ta. Profită de weekendul de Paște și gândește-te! Dar, te rog, întoarce-te! Întoarce-te și ajută-l!

Am plecat spre casă fără să mă mai uit înapoi. M-am așezat în camera de zi, cu ochii ațintiți la televizor, în vreme ce ai mei m-au urmat și, schimbând priviri cu subînțeles, s-au prefăcut că nu mă observă.

Abia după mai bine de zece minute am auzit-o, în sfârșit, pe doamna Traynor pornind mașina și plecând.

La nici cinci minute după ce ajunse acasă, sora mea urcă scările ca o vijelie și trânti de perete ușa de la camera mea.

– Da, intră! am spus.

Stăteam pe pat, cu picioarele întinse pe perete, și mă holbam la tavan. Purtam colanți și, peste ei, o pereche de pantaloni scurți, care, din cauza poziției, mi se răsfrângeau peste coapse într-un mod deloc atractiv.

Katrina se proțăpi în ușă:

– E adevărat?

– Că Dympna Grisham și-a alungat, în sfârșit, de acasă soțul afemeiat și...

– Nu face pe deșteapta cu mine! Mă refeream la slujba ta.

Am coborât, cu degetul mare, peste linia decorativă a tapetului de pe perete.

– Da, mi-am dat demisia de la familia Traynor. Da, știu, mami și tati nu sunt deloc încântați de asta. Da, da, da, îți dau dreptate la orice ai de gând să-mi spui.

Ea închise uşa cu mare grijă, se trânti pe marginea patului, lângă mine, şi trase o înjurătură de toată frumuseţea:

– La dracu', nu pot să cred că ai făcut aşa ceva.

Şi, cu o mişcare bruscă, îmi trase în jos picioarele de pe perete, încât aproape am căzut din pat. M-am ridicat, surprinsă.

– Uau! Ce-a fost asta?

Faţa ei era roşie ca focul.

– Nu pot să cred. Mami e făcută praf. Tati pretinde că nu-i pasă, dar şi el e distrus. Ce-o să se facă acum? De unde să ia bani? Ştii deja că lui tati i-e teamă că-şi va pierde slujba. De ce naiba ai renunţat la o slujbă aşa de bine plătită?

– Treen, nu-mi ţine predici!

– Cineva trebuie s-o facă! Niciodată n-o să poţi câştiga banii ăştia în altă parte. Şi cum o să arate o asemenea pată pe CV-ul tău?

– Ştii ce? Nu te preface că ţi-ar păsa de altcineva decât de tine şi de ce vrei tu!

– Poftim?

– Nu-ţi pasă ce fac, câtă vreme poţi să-ţi resuscitezi minunata ta carieră pe spinarea mea. Vrei doar ca eu să susţin finanţele familiei şi să-ţi ofer sprijin pentru creşterea copilului. După tine, potopul!

Ştiam că vorbele mele sună urât, dar nu m-am putut abţine. În definitiv, din cauza Katrinei ajunseserăm cu toţii unde ajunseserăm. Anii de resentimente şi frustrări mi se revărsau acum pe gură. Trebuie să ne agăţăm cu toţii de nişte slujbe pe care le urâm doar pentru ca draga de Katrina să-şi poată îndeplini afurisitele de ambiţii.

– Nu e vorba de *mine*.

– Nu?

– Nu, e vorba de faptul că nu eşti în stare să păstrezi singura slujbă decentă care ţi s-a oferit în ultimele luni.

– Nu ştii *nimic* despre munca mea, ai înţeles?

– Ştiu că eşti plătită cu mult peste salariul minim. Şi asta-i tot ce trebuie să ştiu.

– În viaţă, nu totul se reduce la bani.

– Da? Atunci coboară şi spune-le lui mami şi lui tati chestia asta!

– Nu-mi ţine mie predici despre bani când tu n-ai mai dat un ban în casa asta de ani de zile!

– Știi că nu-mi pot permite să dau din cauza lui Thomas.

Am început s-o împing spre ușă. Nu mai țin minte când i-am tras ultima oară o chelfăneală, dar în momentul ăla chiar îmi venea să lovesc pe cineva și mă temeam de cum aș fi putut reacționa dacă ea ar fi stat acolo în fața mea.

– Dispari de aici, Treena! Bine? Cară-te de aici și lasă-mă în pace! am repezit-o eu și i-am trântit ușa în nas.

Când am auzit-o coborând încetișor scările, am decis să nu mă gândesc deloc la ce le-ar putea spune alor noștri, la felul cum toți aveau să ia asta drept încă o dovadă a incapacității mele totale de a face vreodată ceva ca lumea. Am decis să nu mă gândesc la Syed, la Oficiul Forțelor de Muncă și la cum aveam să explic motivul pentru care abandonasem cea mai bine plătită dintre slujbele disponibile. Am decis să nu mă gândesc la fabrica de procesat carne de pui și la faptul că undeva, acolo, în măruntaiele ei, se aflau încă o salopetă de plastic și o bonetă inscripționate cu numele meu.

M-am întins pe pat și m-am gândit la Will. La furia și la tristețea lui. La ce-mi spusese mama lui – că eram unul dintre puținii oameni capabili să ajungă la sufletul lui. La felul cum încercase să nu pufnească în râs ascultând *Cântecul Molahonkey*, într-o noapte când fulgii aurii pluteau pe la ferestre. M-am gândit la pielea caldă, la părul și mâinile moi ale unui om viu, un om care era mult mai inteligent și mai amuzant decât aveam eu să fiu vreodată și care totuși nu putea concepe alt viitor decât distrugerea propriei vieți. Într-un sfârșit, cu capul afundat în pernă, am plâns, fiindcă, brusc, viața mea mi s-a părut mai neagră și mai complicată decât mi-aș fi imaginat-o vreodată. Mi-am dorit atunci să mă întorc înapoi în timp, la momentul când cea mai mare grijă a mea era dacă eu și Frank comandaserăm suficiente brioșe pentru cafea.

Se auzi un ciocănit în ușă.

Mi-am suflat nasul și am strigat:

– Dispari, Katrina!

– Îmi pare rău, iartă-mă!

Am rămas cu privirile încremenite pe ușă. Vocea ei era estompată, ca și cum și-ar fi lipit buzele de gaura cheii.

– Am adus vin. Te rog, lasă-mă să intru, altfel mă aude mami. Am două căni vârâte pe sub pulover, și știi că nu-i place să bem în camerele de sus.

M-am dat jos din pat și am deschis ușa. Katrina îmi privi chipul brăzdat de lacrimi și închise, încetișor, ușa dormitorului în urma ei.

– Așa, zise ea, scoțând dopul sticlei și turnându-mi o cană cu vin, acum zi-mi ce s-a întâmplat cu adevărat!

I-am aruncat o căutătură fioroasă:

– Jură să nu spui nimănui ce-am să-ți povestesc! Nici lui tati și, mai ales, nici lui mami.

Apoi i-am povestit.

Trebuia să spun cuiva.

Nu-mi plăcea de sora mea din multe puncte de vedere. În urmă cu câțiva ani aveam liste întregi pe tema asta. O uram pentru că are părul des și drept, în vreme ce al meu se cârlionțează dacă trece de umeri. O uram pentru că nu poți să-i spui ceva ce ea nu știe deja. O uram pentru că, în toți anii de școală, profesorii nu încetaseră să-mi dea de înțeles ce elevă strălucită era ea, de parcă strălucirea asta n-ar fi însemnat, automat, că eu eram permanent în umbra surorii mai mici. O uram pentru că, la douăzeci și șase de ani, eram silită să trăiesc într-o debara modificată, într-o casă la calcan, doar pentru ca sora mea să poată sta în dormitorul mai mare, împreună cu fiul ei ilegitim. Dar existau, din când în când, și momente când îmi părea bine că e sora mea.

Fiindcă, auzind povestea familiei Traynor, Katrina nu se oripilă, nici nu păru șocată și nu insistă să le spun și părinților. Nu-mi spuse nici măcar o dată că greșisem renunțând la slujbă.

Sorbi cu nesaț din ceașcă și exclamă:

– Doamne Dumnezeule!

– Exact.

– Și e perfect legal. Nimeni nu l-ar putea opri.

– Știu.

– La naiba, eu nu pot înțelege așa ceva! Băusem două cești de vin în timp ce-i povestisem și simțeam cum căldura îmi aprinde obrajii.

Urăsc ideea de a-l părăsi. Dar nu pot participa la așa ceva, Treen. Nu pot.

– Hmm, murmură ea, gânditoare.

De fapt, sora mea are „o față gânditoare", ceea ce îi face pe oameni să aștepte înainte de a-i vorbi. Tata spune că fața mea gânditoare mă face să arăt de parcă am nevoie la toaletă.

– Nu știu ce să fac, i-am mărturisit.

Ea mă privi și, deodată, chipul i se lumină:

– E simplu.

– Simplu?

Katrina umplu iar cănile cu vin și exclamă:

– Ups! Se pare că am terminat deja sticla. Da, Lou, e simplu. Ei au bani, nu?

– N-am nevoie de banii lor. Doamna Traynor mi-a oferit o mărire de leafă. Dar nu asta e problema.

– Taci din gură! Nu pentru tine, prostuțo. Ei au banii lor! Și probabil că Will încasează o sumă uriașă de la compania de asigurări, după accident. Ei bine, le spui că vrei un buget propriu și apoi folosești banii ăștia în cele... câte luni, patru parcă?... pe care le mai ai la dispoziție. Ca să-l faci pe Will să se răzgândească.

– Poftim?

– Îl faci să se răzgândească. Ai spus că-și petrece timpul mai ales în casă, nu? Ei bine, începi cu ceva modest și apoi, pe măsură ce reușești să-l scoți din bârlog, te gândești la toate lucrurile extraordinare pe care le-ai putea face pentru el, tot ce l-ar putea determina să-și dorească să trăiască – aventuri, călătorii în străinătate, înot cu delfinii, orice –, și apoi pui asta în practică. Te pot ajuta. O să merg la bibliotecă și o să caut pe internet lucruri și activități interesante. Pun pariu că-i putem propune lucruri minunate de făcut. Lucruri care să-l facă fericit cu adevărat.

Am rămas cu ochii holbați la ea.

– Katrina...

– Da, știu, rânji ea văzându-mă că încep să zâmbesc. Am idei geniale!

Capitolul 10

Membrii familiei Traynor părură oarecum surprinși de propunere. Ceea ce, în definitiv, era de înțeles. Doamna Traynor rămase, inițial, uimită, apoi tulburată, pentru ca în cele din urmă să se închidă în sine. Fiica ei, ghemuită alături, pe canapea, stătea încruntată – cu acel gen de căutătură pe care mi-l adresa mama atunci când făceam vreo boacănă. Nu era deloc răspunsul entuziast la care sperasem.

– Dar ce-ai vrea să faci, de fapt?

– Încă nu știu nici eu. Sora mea se pricepe la asemenea căutări. Încearcă să vadă ce ar fi potrivit pentru un tetraplegic, unde anume putem merge. Dar aș vrea să știu de la dumneavoastră dacă ați fi dispuși la așa ceva.

Ne aflam în salonul de la Granta House, aceeași încăpere unde fusesem intervievată, doar că, de data asta, doamna Traynor stătea pe canapea alături de fiica ei, cu câinele lor, bătrân și plin de bale, între ele. Domnul Traynor stătea pe fotoliu, lângă șemineu. Eu purtam jacheta mea franțuzească, de culoarea indigoului, o fustă mini și o pereche de bocanci militari. Privind retrospectiv, mi-am dat seama că aș fi putut alege o uniformă ceva mai profesională pentru a-mi expune planul.

– Hai să vorbim deschis! începu Camilla Traynor, aplecându-se spre mine. Deci vrei să-l iei pe Will din această casă.

– Da.

– Și să-l duci într-o serie de „aventuri".

Mi se adresa pe un asemenea ton de parcă i-aș fi propus să-i fac fiului ei o operație pe creier.

– Da. Așa cum spuneam, nu sunt sigură ce anume e posibil să facem. Dar e vorba de a-l scoate în lume, de a-i lărgi orizonturile. Pentru început, am putea ieși prin jur pe undeva și apoi, nu peste prea multă vreme, și ceva mai departe.

– Vrei să-l duci și în alte țări?

– În alte țări...? am clipit, mirată. Mă gândeam mai degrabă să-l duc la bar. Sau la un spectacol, pentru început.

– Will n-a părăsit casa aproape deloc în ultimii doi ani, cu excepția vizitelor la spital.

– Da, dar cred că... am să încerc să-l conving să iasă.

– Și, desigur, tu îl vei însoți în toate aceste aventuri, interveni Georgina Traynor.

– Uitați, nu e nimic extraordinar. Vreau doar să-l determin să iasă din casă, mai întâi de toate. O plimbare în jurul castelului sau o excursie la cârciumă. Dacă vom ajunge să înotăm cu delfinii în Florida, atunci cu atât mai bine. Dar pur și simplu vreau să-l scot din casă și să-l fac să se gândească și la altceva.

N-am mai adăugat că doar gândul de a-l duce pe Will singură, cu mașina, la spital, era suficient încă să-mi dea sudori reci. Iar ideea de a-l duce într-o altă țară mi se părea la fel de probabilă ca participarea mea la un maraton.

– Eu cred că e o propunere minunată, spuse domnul Traynor. Cred că ar fi extraordinar dacă l-am putea scoate pe Will în alte locuri. N-a avut cum să-i facă bine să stea zi și noapte între patru pereți.

– Am mai încercat să-l scoatem, Steven, interveni doamna Traynor. Nu că l-am fi lăsat noi să putrezească în casă. Am încercat chiar în repetate rânduri.

– Știu, scumpo, dar n-am avut prea mare succes, nu? Dacă Louisa poate sugera lucruri pe care Will e pregătit să le încerce, asta nu poate fi decât un câștig, nu-i așa?

– Da, sigur, „pregătit să le încerce“ fiind aici condiția fundamentală.

– E doar o idee, am spus. Brusc, m-am simțit iritată. Înțelegeam ce gândea doamna Traynor. Dacă nu vreți...

– Atunci? Ce-ai să faci? Ai să pleci? mă privi ea direct în ochi.

I-am înfruntat privirea. Nu mă mai speria, fiindcă de-acum știam că nu e mai bună decât mine. Era o femeie care putea sta calmă, lăsându-și fiul să moară în fața ei.

– Da, probabil că am să plec.

– Aşadar, ne şantajezi! strigă sora lui Will, dar tatăl ei n-o lăsă să continue:

– Georgina!

– Să nu ne mai ascundem după deget, tati.

Mi-am îndreptat umerii şi am spus, răspicat:

– Nu, nu şantajez pe nimeni. Doar că în asta sunt dispusă să mă implic. Nu pot sta cu mâinile încrucişate, aşteptând să treacă timpul până când Will... până când...

Vocea mi se frânse. Am rămas cu toţii tăcuţi, privindu-ne ceştile cu ceai.

– Aşa cum spuneam, rosti domnul Traynor cu fermitate, eu cred că este o idee bună. Dacă-l poţi face pe Will să accepte, nu văd ce rău s-ar putea întâmpla. Îmi place ideea ca el să plece în vacanţe. Doar că... spune-ne ce-ai vrea să facem noi!

– Am o idee, zise doamna Traynor, punându-şi palma pe umărul fiicei ei. Poate ar trebui să mergi şi tu în vacanţă cu ei, Georgina.

– Pe mine nu mă deranjează, am spus.

Şi chiar aşa era. Fiindcă şansele de a-l determina pe Will să plece într-o vacanţă erau la fel de mici ca şansele mele de a concura vreodată la Miss Univers.

Georgina Traynor începu să se foiască pe scaun, vizibil deranjată.

– Nu pot. Ştiţi că mă mut la o altă companie peste două săptămâni. După ce-o să mă angajez acolo, n-o să mai pot veni o vreme în Anglia.

– Te întorci în Australia?

– De ce pari aşa de surprinsă? Ţi-am spus că am venit doar în vizită.

– Credeam doar că... date fiind evenimentele recente, ai putea să stai ceva mai mult, zise Camilla Traynor, aruncându-i o privire cum nu-i adresase niciodată lui Will, oricât de brutal ar fi fost el cu ea.

– Mami, e o slujbă excelentă. Visez la ea de doi ani, spuse Georgina şi-i aruncă o privire tatălui ei: Tati, nu-mi pot amâna viaţa de dragul stării psihice a lui Will.

Urmă o tăcere prelungă.

– Şi nu e corect, urmă Georgina Traynor. Dacă aş fi fost eu într-un scaun cu rotile, i-aţi fi cerut lui Will să-şi abandoneze toate planurile?

Doamna Traynor nu se uita la ea. Mi-am aruncat privirea pe lista mea, citind și recitind primul paragraf.

- Și eu am o viață, să știi, izbucni Georgina, și cuvintele ei sunară ca un protest.

- Hai să discutăm despre asta altă dată! interveni domnul Traynor și o strânse ușurel de umăr.

- Da, haide! murmură doamna Traynor, îndreptând foile de hârtie dinaintea ei. Așadar... Propun să facem în felul următor. Vreau să știu absolut tot ce plănuiești, zise ea, ridicându-și ochii spre mine. Vreau să facem estimările necesare și, dacă e posibil, mi-ar plăcea să întocmești un program, pentru că aș vrea să-mi iau și eu ceva timp liber și să vin cu voi. Am câteva zile de concediu rămase de anul trecut și aș putea...

- Nu.

Ne-am întors cu toții către domnul Traynor, care, așezat pe fotoliul de lângă foc, mângâia câinele. Deși expresia sa era blajină, vocea îi era foarte fermă:

- Nu, nu cred că ar trebui să mergi și tu, Camilla. Ar trebui să-l lăsăm pe Will singur.

- Will nu se poate descurca singur, Steven. Sunt o mulțime de lucruri care trebuie luate în considerare atunci când Will are de mers undeva. E complicat. Nu cred că trebuie să le lăsăm pe toate în seama...

- Nu, draga mea, repetă el. Nathan îi poate ajuta, iar Louisa se va descurca grozav, sunt convins.

- Dar...

- Trebuie să-i permitem lui Will să se simtă ca un bărbat. Asta nu se va putea dacă maică-sa - sau soră-sa, e același lucru - nu-l scapă niciodată din ochi.

În momentul acela mi s-a făcut milă de doamna Traynor. Își păstră expresia trufașă, dar mi-am dat seama că, dincolo de această mască, se simțea puțin pierdută, ca și cum n-ar fi înțeles prea bine ce voia soțul ei. Instinctiv, își duse mâna la lănțișorul cu cruciuliță.

- O să am grijă să fie mereu în siguranță, am spus. Și o să vă înștiințez din timp despre orice plan pe care ni-l facem.

Maxilarul doamnei Tarynor era atât de rigid, încât i-am zărit un mic mușchi încordat chiar sub pometele obrazului. M-am întrebat dacă, în clipa aceea, nu cumva mă ura.

– Și eu îmi doresc ca Will să vrea să trăiască, am încheiat, privind-o direct în ochi.

– Înțelegem asta, răspunse domnul Traynor. Și îți apreciem hotărârea. Ca și discreția.

Nu mi-am dat seama dacă aceste vorbe se refereau la Will sau la cu totul altceva. El se ridică, și am înțeles că acela era semnalul că discuția se încheiase. Georgina și mama ei rămaseră pe canapea, fără să spună nimic. Am avut sentimentul că avea să urmeze o discuție îndelungată de îndată ieșeam din încăpere.

– Bine, atunci, am zis. Am să vă prezint planul de îndată ce-l pun la punct. O să mă mișc repede. Nu avem mult...

Domnul Traynor mă bătu delicat pe umăr:

– Știu. Arată-ne la ce te-ai gândit, când ești gata!

Treena își sufla în mâini, ridicându-și involuntar când un picior, când pe celălalt, ca și cum ar fi mers pe loc. Purta bereta mea kaki-închis, care, în mod supărător, îi stătea mult mai bine decât mie. Se aplecă și-mi înmână lista pe care tocmai o scosese din buzunar.

– Probabil o să fie nevoie să tai numărul trei sau să-l amâni până se face mai cald.

Am parcurs foaia cu privirea.

– Baschet pentru tetraplegici? Nu sunt sigură nici măcar că-i place baschetul.

– Nu asta-i ideea! Fir-ar să fie, e al naibii de frig aici! făcu ea și-și îndesă bereta peste urechi. Ideea este că-i va da șansa să vadă că există posibilități. O să vadă că sunt și alți oameni în situația lui care practică sporturi și lucruri de genul ăsta.

– Nu știu ce să zic. Will nu poate ridica nici măcar o ceașcă. Cred că oamenii ăia trebuie să fie paraplegici. Nu văd cum ai putea arunca o minge fără să-ți folosești brațele.

– Nu asta e ideea. El nu trebuie, de fapt, *să facă* nimic, ci doar să-și lărgească orizonturile, înțelegi? Îl lăsăm să vadă ce fac alți oameni cu handicap.

– Dacă spui tu...

Un murmur surd se ridică din mulțime. Alergătorii fuseseră zăriți în depărtare. Dacă mă ridicam pe vârfuri, îi puteam vedea și eu la vreo trei kilometri distanță, în vale, ca un mic bloc de puncte albe oscilante înaintând cu greu prin frig de-a lungul drumului ud și cenușiu. Mi-am privit ceasul. Ne aflam acolo, pe o culme numită, pe drept cuvânt, Dealul Vântos, de aproape patruzeci de minute, și deja nu-mi mai simțeam picioarele de frig.

– Am căutat evenimente pe plan local, și, dacă nu vrei să conduci prea mult, e un meci la centrul sportiv peste două săptămâni. Ar putea chiar să parieze pe rezultatul final.

– Să parieze?

– Așa ar putea să se implice un pic mai mult fără să joace. Ah, uite-i pe băieți! În cât timp crezi că ajung la noi?

Stăteam chiar lângă linia de sosire. Deasupra capetelor noastre, un afiș mare din prelată, pe care scria „Linia de sosire Triatlonul Primăverii", flutura melancolic, bătut de vântul tăios.

– Nu știu. În douăzeci de minute? Sau mai mult? Am un baton Mars pentru cazuri de urgență, dacă vrei să-l împărțim, am spus băgând mâna în buzunar. Oricât aș fi ținut-o de strâns, lista flutura întruna. Deci, ce alte idei mai ai?

– Ai spus că vrei să mergi și mai departe, nu? întrebă Katrina, după care arătă spre batonul pe care-l rupsesem în două: Ai luat bucata mai mare!

– Atunci ia-o tu pe-asta!... Îmi imaginez că Traynorii cred că aș fi o profitoare.

– De ce? Pentru că vrei să-l iei câteva zile în excursie? Dumnezeule! Ar trebui să fie recunoscători că face cineva efortul ăsta. Ei nu par să se preocupe prea mult. Treena luă celalaltă bucată de baton. Oricum, numărul cinci cred că e fezabil. Un curs de informatică pe care îl poate face. Îi lipesc o chestie pe cap, cu un fel de băț pe ea, și el trebuie să dea din cap ca să miște mouse-ul. Sunt o mulțime de grupuri de tetraplegici online. Și-ar putea face o grămadă de prieteni, ceea ce ar însemna că nu va trebui să iasă mereu din casă pentru a socializa. Eu chiar am discutat cu câțiva pe chat. Păreau drăguți. Aproape *normali*, făcu ea, ridicând din umeri.

Ne-am mâncat bucățile de Mars în tăcere, privind grupul de alergători epuizați care se apropia. Nu-l deosebeam pe Patrick. Niciodată nu puteam. Avea genul de chip care devenea instantaneu invizibil într-o mulțime de oameni.

Katrina îmi arătă iar lista:

– Oricum, uită-te la secțiunea cultură. E un concert special pentru oameni cu dizabilități aici. Ziceai că e un tânăr educat, nu? Ar putea să asculte concertul și să se lase transportat de muzică. Asta înseamnă să ieși din tine însuți, nu? Derek, tipul cu mustață de la muncă, mi-a spus despre el. Mi-a zis că uneori poate fi gălăgie, din cauza celor cu handicap mintal care se-apucă să strige pe acolo, dar sunt sigură că lui Will o să-i placă.

Am strâmbat din nas:

– Știu și eu, Treen?...

– Te-ai speriat doar fiindcă am spus „cultură". Dar nu trebuie să faci altceva decât să stai acolo cu el. Și să nu umbli la punga cu biscuiți crocanți. Sau, dacă vrei ceva mai picant... Mă privi cu un rânjet: Există și cluburi de striptease. Ai putea să-l duci la Londra pentru asta.

– Să-mi duc angajatorul la un spectacol de striptease?

– Păi spui că în rest faci totul pentru el – îi gătești, îi faci curat și toate celelalte... Nu văd de ce n-ai sta lângă el când i se scoală...

– Treena!

– Ei, probabil că-i e dor... Ai putea chiar să angajezi o stripteuză să-i danseze în poală.

Câțiva oameni din jurul nostru își întoarseră capetele. Sora mea râdea. Putea vorbi despre sex fără nici o jenă. Ca și cum ar fi fost un fel de activitate recreațională. Ca și cum era un fleac.

– Dar, pe de altă parte, poți să faci și călătorii mai lungi. Nu știu la ce te-ai gândit tu, dar puteți încerca niște degustări de vinuri pe Valea Loarei... Nu e prea departe, pentru început.

– Tetraplegicii au voie să bea?

– Nu știu. De ce nu-l întrebi?

Am privit iar lista și am pufnit:

– Deci... O să mă duc să le spun Traynorilor că am de gând să le îmbăt fiul tetraplegic sinucigaș, să-l duc la stripteuze să-i danseze în poală și apoi să-l dau de-a berbeleacul la Jocurile Paralimpice...

Treena îmi smulse lista din mână.

– Ei bine, pe *tine* în nici un caz nu te văd venind cu idei mai inspirate.

– Mă gândeam doar... Nu știu, am zis, frecându-mi nasul înghețat bocnă. Sinceră să fiu, mă simt cam copleșită. El e recalcitrant chiar și când încerc să-l conving să ieșim puțin în grădină.

– Ei, asta nu-i tocmai atitudinea potrivită, știi? A, uite-i că vin! Pune-ți un zâmbet pe față!

– Haide, Patrick! am țipat, cu o voce subțiată de frig.

El însă nu mă văzu, ci trecu mai departe, către linia de sosire.

Treena nu vorbi cu mine două zile, din cauză că nu dovedisem suficient entuziasm pentru lista ei de propuneri. Dar părinții mei nu observară; erau mai mult decât încântați aflând că hotărâsem să nu renunț la slujbă. Conducerea fabricii de mobilă convocase o serie de ședințe pentru sfârșitul acelei săptămâni, iar tata era convins că se va afla printre cei dați afară. Nici un muncitor de peste patruzeci de ani nu rezistase până atunci concedierilor.

– Îți suntem foarte recunoscători că nu renunți la slujbă, scumpo, zicea mama, atât de des, încât mă făcea să mă simt un pic stânjenită.

Fu o săptămână bizară. Treena începu să-și facă bagajele pentru plecarea la facultate, și în fiecare zi mă strecuram pe scări, uitându-mă prin gențile pe care deja le pregătise, ca să văd ce lucruri de-ale mele avea de gând să ia cu ea. Majoritatea hainelor mele erau în siguranță, dar reușisem deja să recuperez un uscător de păr, ochelarii de soare ce imitau marca Prada și gentuța pentru cosmetice decorată cu lămâi. Dacă i-aș fi arătat oricare dintre aceste obiecte, ar fi ridicat din umeri și ar fi spus: „Ei, oricum nu le foloseai“, de parcă despre asta ar fi fost vorba.

Asta era Treena. Se simțea îndreptățită. Chiar și după nașterea lui Thomas, ea tot rămăsese cu impresia că este bebelușul familiei și nu scăpase de sentimentul profund înrădăcinat că întreaga lume gravita în jurul ei. Când eram mici și ea făcea o criză de isterie pentru că-și dorea un obiect de-al meu, mami mă ruga să i-l las, doar ca să fie liniște în casă. Aproape douăzeci de ani mai târziu, nimic nu se schimbase. Eram nevoite să avem grijă de Thomas pentru ca Treena să poată ieși în oraș, să-i dăm să mănânce pentru ca Treena să nu se streseze, să-i cumpărăm cadouri foarte drăguțe de ziua ei și de

Crăciun pentru că „din cauza lui Thomas, ea rămâne fără". Ei bine, acum putea pleca și fără geanta mea de cosmetice cu lămâi. Mi-am lipit un afiș pe ușă, pe care am scris: „Lucrurile mele sunt ale MELE. Valea!" Treena l-a rupt și i-a spus mamei că sunt cel mai infantil adult pe care l-a văzut vreodată și că Thomas are în degetul lui mic mai multă maturitate decât am eu în total.

Dar asta mi-a dat o idee. Într-o seară, după ce Treena plecase la cursuri, stăteam în bucătărie, în vreme ce mama îi sorta tatei cămășile pentru călcat.

– Mami...

– Da, scumpo.

– Crezi că m-aș putea muta în camera Treenei după ce pleacă la cămin?

Mama se opri pe când tocmai împăturea pe piept o cămașă.

– Nu știu. Nu m-am gândit la asta.

– Vreau să spun că, dacă ea și Thomas n-o să mai stea aici, ar fi corect să am parte și eu de un dormitor mai cumsecade. Mi se pare o prostie să stea gol, dacă Treena tot merge la facultate.

Mama dădu din cap în semn de încuviințare și puse cămașa cu grijă în coșul de rufe.

– Da, presupun că ai dreptate.

– Și, la urma urmei, dormitorul mi se cuvine de drept, pentru că sunt mai mare. Ea l-a primit doar pentru că îl are pe Thomas.

Mama părea să înțeleagă.

– E adevărat. O să vorbesc cu Treena despre asta.

Privind retrospectiv, cred că ar fi fost o idee mai bună să fi vorbit cu sora mea mai întâi. Pentru că, trei ore mai târziu, ea dădu năvală în camera de zi cu o falcă în cer și una-n pământ.

– Chiar așa de repede ți-ai propus să dansezi pe mormântul meu?

Pe scaunul lui, bunicul râse amuzat, ducându-și instinctiv mâna la piept.

– La ce referi? am întrebat-o, ridicând ochii din ecranul televizorului.

– Unde-o să stăm eu și cu Thomas la sfârșit de săptămână? Nu încăpem în debara. Nici măcar nu e spațiu pentru două paturi.

– A, ai observat? Și imaginează-ți că eu stau înghesuită acolo de cinci ani!

Conștiința faptului că greșeam pe undeva, cât de puțin, mă făcu să par mai acidă decât intenționasem.

– Nu poți să-mi iei camera. Nu e drept.

– Nici măcar n-o să stai în ea. O să fie goală.

– Dar am nevoie de ea! Eu și Thomas nu încăpem în debara. Tati, spune-i și tu, te rog!

Tata își lăsă bărbia în jos și-și încrucișă brațele peste piept. Nu suporta să ne vadă certându-ne și avea tendința s-o lase pe mama să rezolve lucrurile.

– Hai, fetelor, lăsați-o mai moale! spuse el.

– Louisa, nu pot să cred! Acum nu mă mai mir de ce erai atât de nerăbdătoare să mă vezi iar la facultate.

– Cee? Deci faptul că tu m-ai implorat să nu-mi părăsesc slujba ca să te pot ajuta cu banii a fost un plan sinistru de-al meu, nu?

– Ești *atât* de ipocrită!

– Katrina, liniștește-te! interveni mama, apărând în pragul ușii. Din mănușile de menaj i se scurgeau picături mari de apă pe covorul din camera de zi. Putem discuta lucrurile cu calm. Nu vreau să-l tulburați pe bunicul.

Chipul Katrinei se umpluse de pete, așa cum se întâmpla și când era mică și nu-i convenea ceva.

– De fapt, ea vrea să plec, pur și simplu. Asta este problema. Abia așteaptă să mă vadă dusă de aici, fiindcă e invidioasă că eu chiar fac ceva cu viața mea. Așa că vrea să-mi pună bețe în roate, ca să nu mă întorc vreodată acasă.

– Nu există nici o garanție că o să te întorci acasă la sfârșit de săptămână! am strigat, atinsă de cuvintele ei. Am nevoie de un dormitor, nu de un dulap, și tu ai avut cea mai bună cameră tot timpul, doar pentru ai fost suficient de bleagă încât să rămâi borțoasă.

– Louisa! mă certă mama.

– Bine, dacă n-ai fi atât de înceată la minte încât să-ți găsești doar slujbe proaste, ai fi putut să ai deja locuința ta. Ești destul de mare pentru asta. Sau care-i problema? Ți-ai dat seama, în sfârșit, că Patrick n-o să te ia niciodată de nevastă?

– Gata! răcni tata. Am auzit destule! Treena, treci în bucătărie! Lou, stai jos și taci din gură! Sunt suficient de stresat ca să mai fiu nevoit să vă ascult și pe voi cum vă ciondăniți.

– Dacă tu crezi că o să te mai ajut cu lista ta stupidă, ia-ți gândul! șuieră Treena pe când mama o împingea din spate, scoțând-o din încăpere.

– Perfect! Oricum n-aveam nevoie de ajutorul tău, *profitoare* ce ești! am răspuns eu, ferindu-mă de ziarul pe care tata tocmai mi-l arunca în cap.

Sâmbătă dimineață m-am dus la bibliotecă. Cred că nu mai trecusem pe acolo de când eram elevă – foarte probabil de teamă că bibliotecara și-ar fi putut aminti de cartea lui Judy Blume[1] pe care o pierdusem prin clasa a șaptea și că o mână oficială, rece și jilavă, avea să mă ia de guler chiar când aș fi intrat pe ușile în stil victorian, somându-mă să plătesc o amendă de 3 853 de lire sterline.

Biblioteca nu mai era deloc așa cum mi-o aminteam eu. Jumătate dintre cărți fuseseră înlocuite cu CD-uri și DVD-uri, cu rafturi imense pline de audiobookuri și chiar de standuri cu felicitări. Și nu era liniște.

Dinspre colțul copiilor, unde se dezlănțuise un club al mamei și copilului, se auzeau bătăi din palme și cântece. Oamenii citeau reviste și tăifăsuiau încetișor. Secțiunea unde bătrânii ațipeau pe vremuri citind ziarele gratuite dispăruse, fiind înlocuită de o imensă masă ovală, plină de computere. M-am așezat cu precauție la unul dintre ele, sperând să nu mă urmărească nimeni. Computerele, ca și cărțile, erau apanajul surorii mele. Din fericire, se pare că cineva anticipase groaza pură care pusese stăpânire pe mine. O bibliotecară se opri la masa mea și îmi înmână un card și o foaie de hârtie laminată cu instrucțiuni. Nu se postă în spatele meu, ci îmi șopti doar că, dacă mai aveam nevoie de ajutor, o găseam la biroul de informații. După care am rămas doar eu, scaunul cu roți șubrede și ecranul negru.

Singurul computer cu care avusesem de-a face în ultimii ani era al lui Patrick. El nu-l folosea decât ca să descarce scheme de antrenamente sau ca să comande cărți de tehnici sportive de pe Amazon.

---

[1] Scriitoare americană (născută în 1938), autoare a multor romane pentru copii și adolescenți în care abordează teme controversate (n.red.)

Dacă ar mai fi fost și alte lucruri pe care le făcea pe computer chiar n-aveam habar și nici nu-mi păsa. Dar am urmat instrucțiunile bibliotecarei, dând click de două ori la fiecare etapă pe care o completam. Și, în mod uimitor, a mers. Și nu doar că a mers, dar a fost foarte *ușor*.

Patru ore mai târziu, începusem deja să-mi alcătuiesc lista.

Și nimeni nu-mi pomeni ceva de Judy Blume. Dar probabil asta din pricină că foloseam cardul de acces al surorii mele.

Pe drumul spre casă, m-am oprit la chioșcul din stația de autobuz și am cumpărat un calendar de perete - din acelea pe care le vezi, de obicei, prin birouri, cu perioadele de concedii ale angajaților încercuite cu cariocă permanentă. Ajunsă în cămăruța mea, l-am desfăcut, l-am prins cu pioneze pe spatele ușii și am însemnat data la care mă angajasem la familia Traynor, în februarie. Apoi am început să număr zilele și am încercuit ziua - 12 august - până la care mai erau doar patru luni. M-am dat un pas înapoi și am privit puțin calendarul, încercând să dau micului cerc negru ceva din greutatea și însemnătatea dramei pe care o prevestea. Și, pe măsură ce priveam, am început să-mi dau seama ce sarcină dificilă îmi asumasem.

Trebuia să umplu fiecare dintre acele mici dreptunghiuri albe cu o sumedenie de lucruri care să genereze bucurie, mulțumire, satisfacție sau plăcere. Trebuia să le umplu cu toate experiențele pozitive pe care mi le puteam imagina pentru un om ale cărui mâini și picioare neputinicioase îl împiedicau să și le mai poată procura singur vreodată. Aveam la dispoziție mai puțin de patru luni de dreptunghiuri tipărite pe care să le ticsesc cu zile de vacanță, excursii, musafiri, prânzuri și concerte. Trebuia să găsesc toate mijloacele practice pentru a transforma aceste idei în realitate și să le cercetez îndeajuns de amănunțit ca să fiu sigură că nu dau greș.

Și apoi trebuia să-l conving pe Will să facem toate acestea împreună.

Am examinat calendarul cu carioca în mână. Brusc, mi s-a părut că această mică foaie de carton ascunde un munte de responsabilități.

Aveam în față o sută șaptesprezece zile în care să-l conving pe Will Traynor că viața lui merita trăită.

Capitolul 11

Există locuri unde schimbarea anotimpurilor e vestită de păsările migratoare sau de oscilația mareelor. În orășelul nostru, venirea primăverii era marcată de întoarcerea turiștilor. Mai întâi erau doar câțiva, coborând din trenuri sau mașini în jachete impermeabile, viu colorate, și strângând în mâini ghidurile turistice sau legitimațiile de membru al National Trust[1]; apoi, pe măsură ce vremea se mai încălzea și începea sezonul estival, un șuvoi nesfârșit de turiști – americani, japonezi și clase întregi de elevi străini – se revărsa din autocarele care tușeau și șuierau, umplând strada principală și pregătindu-se să ia cu asalt castelul.

Iarna, activitatea era slabă. Cei mai bogați proprietari de magazine profitau de lungile luni mohorâte pentru a dispărea în casele lor de vacanță de peste mări și țări, în vreme ce alții găzduiau evenimente de Crăciun, făcând bani din concertele de sărbători organizate ocazional în zonă sau din târgurile de meșteșuguri tradiționale. Dar apoi, pe măsură ce temperaturile creșteau, parcările din jurul castelului se populau cu autoturisme, cârciumile locale înregistrau o creștere substanțială a amatorilor de „prânzuri țărănești" și, în doar câteva duminici însorite, orășelul se transforma din nou dintr-o urbe adormită într-o destinație turistică de tradiție.

---

[1] Principala instituție dedicată protejării patrimoniului istoric din Marea Britanie (n.tr.)

Am urcat dealul, ocolind cu grijă cei câțiva turiști timpurii, cu borsetele lor caraghioase agățate la brâu și cu ghidurile uzate de-atâta răsfoit, cu aparatele de fotografiat deja deschise pentru a imortaliza imaginea castelului în peisajul primăvăratic. Le-am zâmbit chiar unora dintre ei și am acceptat să le fac fotografii atunci când am fost rugată. Unii localnici se plângeau de sezonul turistic - cu inerentele lui ambuteiaje, toalete publice supraaglomerate și solicitări de mâncăruri bizare la cafeneaua Buttered Bun („Cum, nu aveți sushi? Nu puteți nici să preparați pe loc?“). Dar pe mine nu mă deranja. Îmi plăcea atmosfera pe care turiștii străini o aduceau cu ei și posibilitatea de a arunca o privire de aproape în viețile unor oameni atât de diferiți de mine. Îmi plăcea să aud tot felul de accente și să ghicesc de unde era originar un turist sau altul, să studiez hainele celor care nu văzuseră niciodată un catalog Next[1] și nici nu cumpăraseră seturi de cinci chiloți Marks and Spencer la reduceri.

– Pari foarte veselă, remarcă Will când mi-am lăsat geanta în hol.

O spusese ca și cum ar fi vrut să-mi aducă un afront.

– Fiindcă a venit ziua.

– Ce zi?

– Ziua când ieșim din casă. Îl ducem pe Nathan să vadă cursele de cai.

Will și Nathan se uitară unul la celălalt. Aproape m-a pufnit râsul. Răsuflasem ușurată văzând vremea frumoasă de afară; de îndată ce zărisem soarele pe cer, știusem că totul o să fie perfect.

– Curse de cai?

– Da. Curse de viteză, la... Longfield, am precizat după ce mi-am scos carnețelul din buzunar. Dacă plecăm acum, ajungem la timp ca să prindem a treia cursă. Și am pariat cinci lire pe Man Oh Man, așa că ar fi bine să ne grăbim.

– Curse de cai!

– Da. Nathan n-a mai fost niciodată.

---

1 Firmă care distribuie îmbrăcăminte, foarte populară în Marea Britanie, datorită prețurilor sale relativ mici (n.tr.)

În cinstea evenimentului, purtam minjupa mea matlasată de culoare albastră, eşarfa brodată cu siluete de cai înnodată la gât, iar în picioare aveam o pereche de cizme de călărie din piele.

Will mă studie cu atenție, apoi își întoarse scaunul cu rotile pentru a-l vedea mai bine pe însoțitorul lui:

– Asta e o mai veche dorință a ta, Nathan, nu-i așa?

I-am aruncat lui Nathan o privire care nu admitea decât un singur răspuns.

– Daaa, zise el și fața i se lăți într-un zâmbet larg. Da, este. Hai să vedem căluții!

Evident, îl avertizasem deja. Îl sunasem vineri ca să-l întreb în ce zi era disponibil. Doamna și domnul Traynor acceptaseră să-i plătească ore suplimentare (sora lui Will plecase deja în Australia și cred că doreau ca un om „de încredere“ să mă însoțească), dar n-am știut până duminică unde aveam să mergem, de fapt. Acesta părea, oricum, un start ideal – o zi frumoasă petrecută afară, sub soarele de primăvară, la doar câteva zeci de kilometri distanță.

– Și dacă spun că nu vreau să merg?

– Atunci îmi datorezi patruzeci de lire, i-am spus.

– De ce patruzeci? Cum de ai ajuns la rezultatul ăsta?

– Sunt câștigurile mele. Cinci lire la o cotă de opt la unu, am făcut eu, ridicând din umeri. Ce vrei, Man Oh Man e un cal de încredere.

Will păru descumpănit de cuvintele mele, în vreme ce Nathan se bătu cu palmele pe genunchi:

– Sună straşnic! Şi e şi o zi frumoasă, zise el. Vrei să fac nişte sendvişuri, pentru prânz?

– Nu, au acolo un restaurant drăguț. După ce calul meu favorit câștigă, vă fac cinste!

– Prin urmare, joci des la pariuri? se interesă Will, dar, până să mai apuce să spună și altceva, i-am pus haina pe umeri și am ieșit să scot mașina din garaj.

De la sine înțeles că planificasem totul. Urma să ajungem la cursa de cai într-o superbă zi de primăvară. Ingredientele nu lipseau: niște armăsari pursânge superbi, jocheii lor în costume strălucitoare de mătase, curse în mare viteză. Poate o fanfară sau chiar două. Tribunele aveau să fie pline de spectatori extaziați, și noi trebuia să ne găsim un loc din care să ne fluturăm cartonașele cu pariuri câștigătoare. Latura competitivă a lui Will cu siguranță avea să iasă la iveală, și el n-avea să se poată abține să calculeze cotele și să aibă grijă să câștige mai mult decât Nathan și decât mine. Mă gândisem la toate. Și, apoi, după ce am fi văzut suficiente curse, am fi mers la restaurantul bine cotat de lângă hipodrom pentru o masă rafinată.

Trebuia să fi ascultat însă vorbele tatei. „Vrei să știi adevărata definiție a triumfului speranței asupra experienței?" obișnuia el să spună. „Atunci plănuiește o ieșire distractivă cu familia."

Problemele începură în parcare. Am condus fără incidente, acum ceva mai încrezătoare că n-am să-l mai răstorn pe Will cu scaunul dacă mergeam cu mai mult de patruzeci de kilometri pe oră. Am menținut o atmosferă veselă aproape tot drumul, vorbind despre superbul cer albastru, peisajele rurale, traficul lejer. N-am prins cozi la intrarea pe hipodrom, care era, trebuie să recunosc, ceva mai puțin impunător decât îmi imaginasem, iar locurile de parcare erau bine delimitate.

Dar nimeni nu mă avertizase că terenul era acoperit cu iarbă, și încă o iarbă peste care trecuseră multe mașini în iarna umedă abia încheiată. Am parcat cu spatele - n-a fost greu, fiindcă parcarea era pe jumătate goală, însă, imediat ce am coborât rampa, Nathan s-a arătat îngrijorat:

- E prea moale. Scaunul o să se afunde în noroi.

M-am uitat spre pista de beton din jurul hipodromului.

- Dar dacă-l putem duce până acolo ar fi în ordine, nu?

- Scaunul ăsta cântărește o tonă, iar standurile sunt la cincisprezece metri distanță, zise Nathan.

- Ei, haide! Nu se poate să nu construiască scaunele astea în așa fel încât să nu se scufunde într-un pământ umed.

Am tras, cu grijă scaunul lui Will cu spatele în jos pe rampă, dar am văzut cum roțile se afundă câțiva centimetri în sol.

Will nu zise nimic. Părea să nu se simtă deloc confortabil și fusese tăcut aproape tot drumul.

- Haide, o să-l împingem cu mâinile. Sunt sigură că amândoi îl putem duce până acolo.

L-am aplecat pe Will pe spate. Eu am apucat de un mâner, Nathan de celălalt, și am încercat să tragem scaunul către aleea de beton. Înaintam foarte încet. Trebuia să mă opresc des, fiindcă brațele mă dureau groaznic, iar ghetele mele noi-nouțe se îngreunaseră de noroi. Când, în sfârșit, am reușit să ajungem la beton, pătura lui Will alunecase pe jumătate de pe el și se prinsese între roți, încât un colț era sfâșiat și murdar.

– Nu-ți face griji! spuse Will, caustic. Nu-i decât cașmir.

L-am ignorat.

– *Bun.* Am reușit. Acum e timpul să ne distrăm.

O, da! Era momentul distracției. Cine fusese oare cu ideea ca hipodromurile să aibă turnicheți? Era greu de crezut că și aici spectatorii trebuiau controlați, ca pe stadioane. Eu și Nathan ne-am holbat la turnichet, apoi la scaunul lui Will și, în final, unul la celălalt.

Nathan merse până la casa de bilete și-i explică problema noastră casierei. Femeia scoase capul pe ghișeu să-l vadă pe Will și apoi ne arătă cu degetul către capătul celălalt al hipodromului.

– Intrarea pentru cei cu dizabilități e acolo, ne înștiință ea.

Rosti „dizabilități" de parcă ar fi participat la un concurs de dicție. Doar că „acolo" se afla la vreo șaptezeci de metri distanță de noi. Când am reușit să ajungem, cerul albastru de deasupra fusese înlocuit de niște nori negri. Evident, nu luasem nici o umbrelă la mine. Am încercat să fac câteva comentarii amuzante despre cât de haioasă și de penibilă, în același timp, era situația, până când chiar și mie cuvintele îmi părură nelalocul lor.

– Clark, spuse Will în cele din urmă. Las-o baltă! Devii obositoare.

Am cumpărat bilete și apoi, aproape leșinată de ușurare că ajunseserăm, în sfârșit, am împins scaunul lui Will către o zonă acoperită, într-o parte a tribunei principale. În timp ce Nathan îi pregătea băutura energizantă, am profitat de prilej ca să arunc o privire celorlalți spectatori.

Deasupra noastră, într-o tribună acoperită și închisă, bărbați în costume ofereau pahare de șampanie unor femei în rochii de ocazie. Păreau cordiali și destinși, și am presupus că aceea era un fel de tribună oficială, la care prețurile, afișate pe un tabel la chioșcul de bilete, erau astronomice. Cu toții purtau ecusoane agățate de șnururi roșii, care le dezvăluiau statutul special. M-am întrebat o clipă dacă nu era posibil să colorăm șnururile noastre albastre într-o nuanță diferită, dar faptul că eram singurii cu un scaun cu rotile ar fi dat, probabil, naștere la bănuieli.

Alături de noi, răsfirați de-a lungul tribunei și purtând pahare de plastic cu cafea în mâini și termosuri agățate la brâu, se aflau bărbați în costume de tweed și femei cu jachete căptușite foarte elegante. Păreau mai puțin scorțoși decât primii și purtau tot ecusoane albastre, ca și noi. În fine, într-o parodie a ierarhiei claselor sociale, pe marginea padocului se afla un grup de bărbați în tricouri polo dungate, care țineau în mâini cutii cu bere și păreau a fi într-un fel de permisie. Capetele lor rase sugerau, de altfel, că erau militari. Când și când, începeau să cânte sau să se încaiere, zgomotos, în glumă, împungându-se unii pe alții cu capetele rase sau prefăcându-se că se strâng de gât. Când am trecut pe lângă ei să merg la toaletă, începură să mă fluiere, așa că le-am arătat, pe la spate, degetul mijlociu. Însă, în clipa în care șapte sau opt cai apărură pe pistă, grupul nu-mi mai acordă nici cea mai mică atenție, ci-și ocupă precipitat locurile în tribună, în așteptarea următoarei curse.

Și apoi am tresărit când, în jurul nostru, mica mulțime izbucni în strigăte frenetice, iar caii țâșniră de la barieră. În picioare, cu sufletul la gură, i-am privind gonind, transfigurată dintr-odată, incapabilă să-mi stăpânesc emoția la vederea cavalcadei de pe pistă, a eforturilor frenetice ale jocheilor în costume strălucitoare care-și îndemnau întruna caii, fiecare dornic să obțină primul loc. Când învingătorul trecu linia de finiș, mi-a fost imposibil să nu chiui de bucurie.

Am urmărit cursele Cupei Sisterwood, apoi cursa Maiden Stakes, iar Nathan câștigă șase lire pe un pariu cu miză dublă. Will refuză să parieze. Urmări toate cursele, dar rămase tăcut, posac, cu capul vârât în gulerul înalt al jachetei. M-am gândit că poate timpul îndelungat petrecut numai în casă îl făcea să se simtă ciudat și am decis, pur și simplu, să nu-l bag în seamă.

– Deci câte curse mai e nevoie să vedem ca să fim siguri că ne-am îndeplinit dorințele nutrite de multă vreme?

– Nu fi țâfnos! Se spune că trebuie să încerci orice fel de experiență măcar o dată, i-am replicat eu.

– Cred că totuși cursele de cai intră în categoria „încercați totul, mai puțin incestul și dansurile la bâlci".

– Tu ești cel care mi-a spus întotdeauna să-mi lărgesc orizonturile. Îți place la curse, și nu vreau să aud altceva!

Și a venit momentul nostru. Man Oh Man era în mătase purpurie, cu un diamant galben. L-am urmărit cum se apleca, luând o formă aerodinamică, pe lângă gardul alb; capul i se întinse, picioarele jocheiului săltau în scări, brațele-i fluturau, înainte și înapoi, pe lângă gâtul armăsarului.

– Du-te, băiete! strigă Nathan, entuziasmat fără să vrea. Își încleștase pumnii, și nu-și mai dezlipea ochii de grupul de cai care galopau acum în partea opusă a hipodromului, învăluiți în praf.

– Hai, Man Oh Man! am țipat și eu. Am pus la bătaie o friptură pe cinste pentru tine!

L-am privit străduindu-se în zadar să câștige teren, cu nările dilatate, cu urechile lipite de cap. Îmi simțeam inima bătându-mi parcă în gât. Și apoi, pe când se apropiau de ultima turnantă, strigătele mele începură să pălească.

– Asta e, o cafea, am zis. Mă mulțumesc cu o cafea.

În jurul meu, tribuna erupsese în strigăte și chiote. O fată țopăia de zor, la două scaune de noi, cu vocea răgușită de atâta urlat. Mi-am dat seama că și eu săream pe vârfuri. Apoi am privit în jos și am văzut că ochii lui Will erau închiși și o cută subțire i se desenase între sprâncene. Imediat, am renunțat să mai privesc cursa și am îngenuncheat lângă el.

– Te simți bine, Will? l-am întrebat, venind mai aproape de el. Ai nevoie de ceva?

– Un whisky. Unul mare, zise el și ridică ochii spre mine.

Părea sătul până-n gât de „spectacol".

– Hai să mâncăm! i-am spus lui Nathan.

Man Oh Man, patrupedul impostor, nu reuși să ocupe decât un jalnic loc șase. Urmă o nouă serie de urale, iar vocea crainicului se auzi în difuzoare: „Doamnelor și domnilor, o victorie categorică pentru Love Be a Lady, urmat de Winter Sun și de Barney Rubble, la două lungimi distanță, pe locul trei."

Am împins scaunul lui Will printre grupurile de oameni care trăncăneau nepăsători, lovindu-i fără jenă peste călcâie când nu reacționau nici la al doilea „Mă scuzați".

Am ajuns la lift, când l-am auzit pe Will întrebându-mă:

– Deci, Clark, asta înseamnă că îmi datorezi patruzeci de lire?

Restaurantul fusese renovat, iar de mâncare se ocupa acum un celebru maestru bucătar prezent în emisiunile TV, al cărui chip apărea pe afișele din jurul hipodromului. Meniul îl studiasem deja pe internet.

– Specialitatea casei este rața în sos de portocale, mi-am anunțat însoțitorii. Se pare că e o rețetă retro, din anii '70.

– Ca și hainele tale, replică Will.

Departe de cerul înnorat de afară și de mulțimea gălăgioasă, părea să se mai fi înviorat puțin. Începuse să se uite în jur, în loc să stea retras în lumea lui solitară. Stomacul începu să-mi ghiorăie de foame, anticipând o cină grozavă. Mama lui Will ne dăduse optzeci de lire ca bani de cheltuială, dar eu hotărâsem să-mi plătesc singură mâncarea și să-i arăt nota de plată și, ca urmare, nu mă temeam deloc că aveam să-mi comand ce-mi poftea inima din meniu – rață gătită în stil retro sau orice altceva.

– Îți place să mănânci la restaurant, Nathan? l-am întrebat eu.

– Nu, nu sunt genul. Un sendviș și o bere îmi sunt suficiente. Dar îmi pare bine să fiu aici, cu voi.

– Când ai ieșit ultima oară la restaurant, Will? m-am interesat.

El și Nathan schimbară o privire.

– Nu de când îl cunosc eu, răspunse Nathan.

– În mod ciudat, nu mă încântă prea tare faptul că voi fi hrănit cu lingurița în fața unor străini.

– Stai liniștit, am să cer o masă unde să poți sta cu spatele la ceilalți, l-am asigurat. Anticipasem și această problemă. Iar dacă sunt ceva celebrități pe aici, asta e, n-o să le vezi.

– Daaa, sunt sigur că plouă cu celebrități la o banală cursă de cai, în luna martie și pe noroiul ăsta.

– N-am să te las să-mi strici ziua, Will Traynor, i-am zis, pe când ușile liftului se deschideau. Ultima oară când am mâncat undeva a fost la ziua unui puști de patru ani, la singura popicărie de interior din Hailsbury, și totul acolo era mânjit cu aluat de clătite, inclusiv copiii.

Am străbătut încet coridorul acoperit cu covor, împingând scaunul lui Will. Restaurantul se afla pe una dintre laturi, dincolo de un perete de sticlă, și am văzut că erau o mulțime de mese libere.

– Bună ziua! m-am adresat chelneriței de la intrare. Aș vrea o masă pentru trei persoane, vă rog. „Și, vă rog, nu vă uitați la Will", i-am spus din priviri femeii. „Nu-l faceți să se simtă prost! E important să-i placă aici."

– Ecusonul, vă rog, îmi ceru ea.

– Poftim?

– Ecusonul dumneavoastră pentru tribuna oficială.

Am privit-o buimacă.

– Acest restaurant este doar pentru posesorii de ecusoane de tribună oficială.

Am aruncat o privire în spate, către Will și Nathan. Nu mă puteau auzi, dar așteptau, răbdători, să mă întorc. Nathan tocmai îi dădea jos haina lui Will.

– Hm... Nu știam că nu putem mânca oriunde dorim. Noi avem ecusoane albastre.

– Îmi pare rău, zâmbi femeia. E numai pentru cei de la tribuna oficială. Scrie și în pliantul de prezentare.

Am tras adânc aer în piept.

– Bine, atunci. Există și alte restaurante pe aici?

– Ar mai fi Weighing Room, dar mă tem că e în renovare acum. Există însă chioșcuri de-a lungul tribunelor hipodromului, unde se vinde mâncare.

Am simțit că-mi cade fața. Văzându-mă, femeia se simți datoare să adauge:

– Pig in a Poke e destul de bun. Puteți lua fripturi de porc la cuptor, în chifle proaspete. Și au și sos de mere.

– Un chioșc.

– Da.

M-am aplecat spre urechea ei.

– Vă rog, venim de departe, iar prietenului meu îi face rău frigul. Chiar nu există nici o soluție să putem beneficia de o masă aici? Trebuie neapărat să-l aducem la căldură. E important să aibă o zi bună.

– Îmi pare nespus de rău, strâmbă din nas recepționera. Nu pot să încalc regulile. Dar există jos o zonă pentru persoanele cu dizabilități și puteți închide ușile, ca să nu stea în frig. Nu puteți vedea cursele de cai de acolo, dar e destul de confortabil.

M-am holbat la ea. Simțeam cum mi se ridică tensiunea și obrajii încep să-mi ardă. I-am citit numele pe ecuson și i-am spus:

– Sharon, nici măcar nu vi s-au ocupat mesele. Nu-i mai bine să aveți clienți decât să stați cu jumătate dintre ele goale? Și asta doar din pricina unui regulament sclifosit care face discriminare de clasă?

Surâsul ei străluci în lumina slabă.

– Doamnă, v-am explicat situația. Dacă schimbăm regulile pentru dumneavoastră, o să fim nevoiți s-o facem pentru toată lumea.

– E o vreme ploioasă și, pe deasupra, mai e și luni. Aveți mese goale. Noi vrem să mâncăm. Să comandăm o masă scumpă, cu șervețele și tot dichisul. Nu vrem să mâncăm sendvișuri cu carne de porc și să stăm prin vestiare, fără nici o priveliște, oricât ar fi de confortabil.

Ceilalți meseni începură să se sucească pe scaune, curioși să asculte discuția tot mai aprinsă de la intrare. L-am văzut pe Will că părea stânjenit. El și Nathan își dăduseră seama că era ceva în neregulă.

– Atunci mă tem că ar fi trebuit să vă cumpărați un ecuson pentru tribuna oficială.

– Perfect, am mormăit, scotocind după portofel prin geantă. Cât costă un ecuson pentru tribuna oficială?

Șervețele, bilete vechi de autobuz și chiar o mașinuță de-a lui Thomas îmi zburară din geantă. Dar nu-mi mai păsa. Voiam cu tot dinadinsul să-i ofer lui Will o masă onorabilă la restaurant.

– Bun, cât costă? Încă zece lire? Douăzeci? am întrebat-o, întinzându-i un pumn de bancnote.

Ea îmi privi mâna:

– Îmi pare rău, doamnă, nu vindem ecusoane aici. Acesta este un restaurant. Va trebui să vă întoarceți la casa de bilete...

– Aia care se află tocmai la celălalt capăt al hipodromului?

– Da.

Ne-am privit una pe cealaltă.

– Hai să mergem, Louisa! se auzi vocea lui Will.

Am simțit că ochii mi se împăienjenesc de lacrimi.

– Nu! am spus. E ridicol. Am bătut atâta drum... Stai aici, iar eu mă duc să cumpăr toate ecusoanele pentru tribuna oficială. Și apoi vom mânca.

– Louisa, nu mi-e foame.

– O să ne simțim mai bine după ce mâncăm. O să putem urmări cursele și așa mai departe. Va fi bine.

Nathan se apropie de mine și-mi puse o mână pe umăr:

– Louisa, cred că Will chiar vrea să ne întoarcem acasă.

Eram deja centrul de interes al întregului restaurant. Privirile tuturor mesenilor erau ațintite asupra noastră, plimbându-se între mine și Will, față de care păreau să exprime un amestec de milă și dezgust. Simțeam că eșuasem total. M-am uitat la chelneriță, care avea măcar obrazul să pară ușor stânjenită acum, după ce vorbise Will.

– Mulțumesc, i-am spus. Mulțumesc pentru ospitalitatea de tot rahatul!

– Clark!

În vocea lui Will se citea un avertisment.

– Vă mulțumesc că ați fost atât de înțelegători. Cu siguranță o să vă recomand tuturor cunoscuților mei.

– Louisa!

Mi-am luat geanta și mi-am îndesat-o sub braț.

– V-ați uitat mașinuța, mă atenționă ea când m-am năpustit spre ușa pe care Nathan o ținea deschisă.

– De ce, are nevoie și ea de vreun nenorocit de ecuson? i-am strigat peste umăr și i-am urmat pe Nathan și pe Will la lift.

Cât timp am coborât în tăcere, am făcut eforturi ca să nu tremur din tot corpul de furie.

Am comandat trei chifle cu friptură de porc, jumări și sos de mere și ne-am adăpostit sub tenda în dungi în timp ce le mâncam. M-am cocoțat pe un mic coș de gunoi, ca să fiu la același nivel cu Will, și l-am ajutat să mănânce, rupându-i friptura cu degetele, când era cazul. Cele două femei care serveau la tejghea se prefăceau că nu se uită la noi, dar le vedeam cum îl studiau pe Will cu coada ochiului, șușotind între ele când li se părea că nu suntem atenți. „Bietul om!“, parcă le și auzeam. „Ce viață cumplită!“ Am încercat să nu mă gândesc prea mult la cum trebuie să se simtă Will.

Ploaia se oprise, dar pista bătută de vânt deveni dintr-odată mohorâtă, cu porțiunile sale verzi și cafenii presărate cu bilete de pariuri aruncate, cu linia orizontului deșirată și pustie. Parcarea se golise odată cu începerea ploii, iar din depărtare se auzi în difuzoare vocea distorsionată a crainicului, în timp ce un alt grup de cai fugea zguduind pământul.

– Poate ar trebui să ne întoarcem, zise Nathan, ștergându-și colțurile gurii. A fost plăcut... dar parcă e mai bine să nu prindem aglomerația, nu?

– Nu i-a plăcut? întrebă una dintre vânzătoarele de la chioșc când Nathan începu să împingă scaunul peste peluza înverzită.

– Nu știu. Poate că i-ar fi plăcut mai mult dacă n-ar fi avut și o garnitură de ochi holbați la el, i-am răspuns, îndesând ambalajele de la sendvișuri în coșul de gunoi.

Dar să ajungem la mașină și apoi să ridicăm scaunul pe rampă era mai ușor de zis decât de făcut. În cele câteva ore pe care le petrecuserăm la curse, fâțâiala de lume făcuse ca parcarea să se transforme într-o mare de noroi. Cu toată forța impresionantă a lui Nathan și cu sforțările mele, n-am putut căra scaunul pe mai mult de jumătate din distanța până la mașină. Roțile se afundau în glod, alunecând și învârtindu-se în gol, incapabile să străbată ultimii metri. Eu și Nathan alunecam în noroi, iar încălțările ne erau murdare până la glezne.

– Cred că n-o să reușiți, zise Will.

– Așa e, o să avem nevoie de ajutor, acceptă Nathan. Nu putem nici măcar scoate scaunul înapoi pe alee. E înțepenit în noroi.

Will scoase un oftat adânc. Părea mai dezgustat ca niciodată.

– Will, te-aș putea așeza pe scaunul din față, dacă îl aplec puțin pe spate. Pe urmă, eu și Louisa vom vedea ce putem face ca să aducem și scaunul cu rotile la mașină.

Will scrâșni din dinți și rosti, enervat:

– Nu vreau să-mi închei ziua cărat în cârcă.

– Îmi pare rău, amice, zise Nathan, dar atunci eu și Lou n-o să ne descurcăm singuri. Hei, Lou, tu ești mai arătoasă. Nu vrei să te duci și să chemi câțiva oameni să ne ajute?

Will închise ochii și își încleștă maxilarul, iar eu am luat-o la fugă spre tribune.

De obicei, nu sunt prea comunicativă cu străinii, dar disperarea îmi dădu curaj. Am mers de la un grup de amatori de curse la altul, rugându-i să ne dea o mână de ajutor. Mă priviră mirați și îmi studiară hainele cu suspiciune, de parcă ar fi bănuit că plănuiesc vreo farsă.

„Nu putem, așteptăm următoarea cursă“, sau: „Ne pare rău“, sau: „Nu acum, poate după două și jumătate“. M-am gândit chiar să cer sprijinul unuia sau mai multor jochei. Dar, pe când mă apropiam de țarcul unde se aflau, am văzut că erau chiar mai mărunți ca mine.

Când am ajuns la padoc, simțeam că scot flăcări pe nări. Presupun că deja rânjeam la oameni, nu le mai zâmbeam. Dar acolo, în sfârșit, din fericire, erau băieții cu tricouri polo în dungi. Aveau scris pe spate „Ultima redută a lui Marky“, iar în mâini țineau cutii cu bere Pilsner și Tennent's Extra. Când m-am apropiat, începură să chiuie, și m-am abținut cu greu să nu le arăt iarăși degetul.

– Arată-ne cum zâmbești, păpușico! E weekendul de burlac al lui Marky, zise unul cu limba împleticită, trântindu-mi pe umăr o palmă cât o lopată.

– Azi e luni, am spus, încercând să nu clipesc când i-am dat mâna la o parte.

– He, ce vorbești? E deja luni? făcu el, dându-se înapoi cu pași clătinați.

– De fapt, am venit să vă rog să mă ajutați.

– Îți dau tot ajutorul de care ai nevoie, iubițico, promise el, însoțindu-și spusele de o ocheadă lascivă.

Ceilalți se legănau încet în jurul lui, ca niște plante acvatice mișcate de curenți.

– Aș vrea să-l ajutați pe prietenul meu. În parcare.

– Îîîmi paree rrrău, da' nu sunt sigur că sunt în stare să-l ajut, iubițico, bâigui el.

– Marky, începe următoarea cursă. N-ai pariat la asta? Cred că eu am pus ceva bani! zise unul dintre amici și se întoarseră cu toții către pistă, lăsându-mă de izbeliște.

Am privit peste umăr, către parcare, și am zărit silueta lui Will, cocârjată în scaun, și pe Nathan care se căznea zadarnic să-l scoată din noroi trăgând de mânerele scaunului. M-am imaginat întorcându-mă acasă și spunându-le părinților lui Will că lăsasem scaunul superscump într-o parcare. Și-n clipa aceea am zărit tatuajul.

– E soldat, am spus tare. Fost soldat.

Unul câte unul, tipii se întoarseră spre mine.

– A fost rănit grav. În Irak. N-am vrut decât să-i oferim o zi la iarbă verde. Dar nu vrea nimeni să ne ajute, am explicat eu și, pe măsură ce vorbeam, simțeam că ochii mi se umplu de lacrimi.

– Unde e?

– În parcare. Am rugat o mulțime de oameni, dar nimeni nu vrea.

– Haidem, băieți! Nu se poate așa ceva!

Mă urmară spre parcare, într-un șir dezordonat. Când am ajuns, Nathan stătea în spatele lui Will, care își vârâse capul adânc în gulerul hainei, zgribulindu-se, chiar dacă Nathan îi mai pusese o pătură pe umeri.

– Acești domni cumsecade s-au oferit să ne ajute, am spus eu.

Nathan se uita țintă la cănile cu bere din mâinile chefliilor. Trebuie să recunosc că ar fi fost greu să ți-l imaginezi pe vreunul în armură.

– Unde trebuie să-l ducem? întrebă unul.

Ceilalți îl înconjurară pe Will, salutându-l din cap. Unul îi oferi o bere, aparent fără să-și dea seama că Will n-ar fi putut-o lua.

Nathan arătă cu mâna spre dubiță.

– În mașină, în cele din urmă. Dar pentru asta trebuie să-l cărăm până la aleea de beton și să dau mașina cu spatele.

– Nu-i nevoie, zise unul, bătându-l pe Nathan pe spinare. Îl ducem noi până la mașină, este, băieți?

Se auzi un cor de încuviințări, și ceilalți se postară în jurul lui Will.

M-am simțit cuprinsă de agitație.

– Știu eu?... E cam mult până acolo, iar scaunul e prea greu, am îndrăznit să-i avertizez.

Erau beți criță. Unii dintre ei abia se mai țineau de cutiile cu bere. Unul îmi trânti în mână cutia lui de Tennent's.

– Nu-ți face griji, iubițico! Pentru un camarad mergem până-n pânzele albe, așa-i, băieți?

– N-o să te lăsăm aici, prietene! Nu abandonăm niciodată un camarad.

M-am uitat la Nathan și am scuturat vehement din cap în fața expresiei lui întrebătoare. Will părea prea puțin dornic să mai spună ceva. Părea doar mohorât și – când soldații făcură cerc în jurul scaunului său și, cu un strigăt, se opintiră să-l ridice – vag alarmat.

– Ce regiment, micuțo?

Am încercat să zâmbesc, răscolindu-mi memoria în căutarea unui nume.

– Pușcași, am îngânat eu. Regimenul 11 Pușcași.

– Nu cunosc nici un Regiment 11 Pușcași.

– E o... unitate nouă, m-am bâlbâit. Ultrasecretă. Din Irak!

Adidașii li se afundau și lor în noroi, și am simțit că-mi stă inima. Scaunul lui Will era săltat la vreo douăzeci de centimetri de sol, ca un fel de lectică. Nathan alergă să ia geanta lui Will și să deschidă mașina înaintea noastră.

– Sunt băieții ăia care fac instrucție în Catterick?

– Chiar ei, am aprobat eu, schimbând apoi cât mai repede subiectul: Deci, care dintre voi ziceați că se însoară?

N-am reușit să scap de Marky și banda lui de petrecăreți până n-am făcut schimb de numere de telefon. S-au scotocit prin buzunare, oferindu-ne aproape patruzeci de lire pentru recuperarea lui Will și n-au acceptat să-și păstreze banii decât după ce i-am asigurat că am fi mult mai fericiți dacă ar bea o bere în cinstea noastră. A trebuit să-i sărut pe obraji pe rând și la final eram aproape amețită de damful de băutură. Am continuat să le fac cu mâna până când au dispărut înapoi în tribune, iar Nathan a claxonat, ca să mă facă să intru mai repede în mașină.

– Ne-au fost de ajutor, nu? am întrebat bucuroasă pe când porneam motorul.

– Lunganul ăla mi-a vărsat toată berea pe piciorul drept, se plânse Will. Miros ca o berărie ambulantă.

– Nu pot să cred! exclamă Nathan, în timp ce viram către intrarea principală. Ia uitați-vă! O parcare specială pentru persoane cu dizabilități, chiar lângă tribuna principală. Și e toată asfaltată!

Will nu mai rosti prea multe cuvinte în restul zilei. Își luă rămas-bun de la Nathan când l-am lăsat acasă și pe urmă rămase tăcut pe tot drumul până la castel. Traficul se diminuase odată cu scăderea temperaturii, și am ajuns într-un final la Granta House.

Am coborât scaunul lui Will, l-am condus înăuntru și i-am făcut un ceai fierbinte. I-am scos pantofii și pantalonii pătați de bere, și pe aceștia i-am pus în mașina de spălat. Fiindcă era frig, am făcut focul, și apoi am dat drumul la televizor, trăgând draperiile pentru a crea o atmosferă tihnită – probabil mai tihnită din cauza orelor petrecute în aerul rece de afară. Dar abia când m-am așezat în camera de zi, alături de el, sorbindu-mi ceaiul, mi-am dat seama că Will nu vorbea – nu din pricina oboselii sau fiindcă voia să se uite la televizor. Pur și simplu nu voia să-mi vorbească.

– E vreo problemă? l-am întrebat, văzând că nu răspunde deloc când am început să comentez știrile.

– Tu să-mi spui asta, Clark!

– Poftim?

– Se presupune că știi totul despre mine. Tu să-mi spui dacă e vreo problemă.

L-am privit cu atenție și, într-un târziu, am răspuns:

– Îmi pare rău. Știu că azi lucrurile n-au mers tocmai așa cum plănuisem. Dar am vrut doar să fie o ieșire simpatică la aer curat. M-am gândit că ți-ar putea face plăcere.

N-am mai spus că fusese în mod intenționat posac, că habar n-avea prin ce trecusem doar ca să-l fac să încerce să se simtă bine și că el nici măcar nu încercase asta. Nu i-am mai spus că, dacă m-ar fi lăsat să cumpăr afurisitele de ecusoane, am fi putut lua un prânz pe cinste și toate celelalte ar fi putut fi cu ușurință date uitării.

– Exact ce voiam să-ți spun.

– Poftim?

– Ah, nu ești cu nimic altfel decât ceilalți!

– Cum adică?

– Dacă te-ai fi deranjat să mă întrebi, Clark, dacă te-ai fi obosit să mă consulți măcar o dată în privința acestei „ieșiri simpatice la aer curat", ți-aș fi spus că urăsc caii și cursele de cai. Nu mi-au plăcut niciodată. Dar n-ai catadicsit să mă întrebi. Ai decis ce ai considerat tu că mi-ar plăcea să fac și nu te-ai lăsat până n-ai pus-o în practică. Adică ai făcut exact ce fac toți ceilalți. Ai hotărât în numele meu.

Am înghițit în sec.

– N-am vrut să...

– Dar asta ai făcut.

Se răsuci cu scaunul, plecând de lângă mine, și, după câteva minute de tăcere, am înțeles că ziua mea de lucru se încheiase.

Capitolul 12

Pot spune cu precizie care a fost ziua în care am încetat să nu mă mai tem de nimic.

S-a întâmplat cu aproape șapte ani în urmă, în ultimele zile, leneșe și moleșite de căldură, din iulie, când străzile strâmte din jurul castelului erau ticsite de turiști, iar aerul era încărcat de sunetul pașilor lor și de claxoanele omniprezentelor dubițe cu înghețată, aliniate pe vârful dealului.

Bunica murise cu o lună înainte, după o lungă suferință, și vara era acoperită de un văl subțire de tristețe care înăbușea tot ceea ce făceam, estompând tendințele mele și ale surorii mele de a dramatiza lucrurile și anulând tabieturile noastre estivale – excursii prin împrejurimi și minivacanțe. Mama își petrecea zilele aplecată deasupra albiei în care spăla rufe, cu spatele țeapăn de efortul de a-și înghiți lacrimile, în vreme ce tata dispărea la muncă în fiecare dimineață, cu o figură încruntată și hotărâtă, revenind, multe ore după aceea, cu fața înroșită de căldură și incapabil să vorbească până ce nu-și desfăcea o sticlă cu bere. Sora mea, aflată în primul ei an de facultate, era în vacanță, iar gândurile deja îi zburau departe de orășelul nostru. Eu împlinisem douăzeci de ani și aveam să-l cunosc pe Patrick peste mai puțin de trei luni. Ne bucuram de una dintre acele rare veri de libertate neîngrădită – fără responsabilități financiare, fără credite, fără timp datorat nimănui. Aveam o slujbă sezonieră și tot timpul din lume să exersez tehnici de machiaj, să umblu pe tocuri care-l făceau pe tata să se îngrozească și, în general, să încerc să-mi dau seama cine sunt.

Pe atunci mă îmbrăcam normal. Sau, mai curând, mă îmbrăcam ca orice fată din oraș – purtam părul lung, azvârlit peste umeri, blugi indigo, tricouri suficient de strâmte ca să-mi pună în evidență talia subțire și sânii ridicați. Petreceam ore întregi rujându-ne și fardându-ne. Arătam bine, dar asta nu ne împiedica să ne plângem ore în șir de riduri invizibile sau de vreo celulită inexistentă.

Și aveam idei. Aveam lucruri pe care doream să le fac. Unul dintre băieții pe care i-am cunoscut la școală făcuse o călătorie în jurul lumii și revenise complet transformat, intangibil și insondabil, de parcă n-ar mai fi fost același puștan acneic de unsprezece ani care te stropea cu salivă când te săruta pe obraz. Îmi făcusem, într-un avânt de moment, rezervare la o cursă ieftină către Australia și încercam să găsesc pe cineva dornic să vină cu mine. Îmi plăcea aura exotică pe care i-o conferiseră colegului meu călătoriile, aerul lui misterios. Se întorsese aducând cu sine briza proaspătă a unei lumi vaste și era ciudat de seducător. La urma urmei, aici toată lumea știa totul despre mine. Și, cu o soră ca a mea, n-aveam nici o șansă să uit lucrul ăsta.

Era într-o vineri, și toată ziua lucrasem ca supraveghetoare într-o parcare împreună cu alte colege, conducându-i pe vizitatorii unui târg de meșteșuguri organizat în jurul castelului. Întreaga zi fusese presărată cu râsete, cu băuturi acidulate sorbite sub un soare fierbinte, cu lumina cerului albastru reflectându-se din parapeții de piatră. Nu cred că a existat măcar un singur turist care să nu-mi fi zâmbit. De altfel, oamenii cu greu se pot abține să nu surâdă unui grup de fetișcane vesele și gălăgioase. Am fost plătite cu câte treizeci de lire, iar organizatorii se arătară atât de mulțumiți de felul cum se desfășuraseră lucrurile, încât ne-au mai dat, la final, încă cinci la fiecare. Am sărbătorit îmbătându-ne cu câțiva băieți care lucraseră în cealaltă parcare, lângă centrul de informații turistice. Erau niște tipi politicoși, cu păr lung și moale, îmbrăcați în tricouri sport. Pe unul îl chema Ed, doi erau studenți la universitate – nu-mi mai amintesc unde anume – și lucrau tot ca să câștige câte ceva în vacanță. Erau plini de bani la finalul unei săptămâni de muncă, și, când noi ne-am epuizat câștigurile din ziua aceea, ei s-au oferit bucuroși să mai ia de băut nebunaticelor fete de prin părțile locului, care-și fluturau pletele, stând unele în poala altora, țipând și glumind, și numindu-i „distinși". Vorbeau o limbă diferită de a noastră; discutau despre anul de pauză dintre liceu și facultate, despre vacanțe petrecute în America de Sud, despre excursii cu rucsacul în spate în Thailanda și despre cine avea să aplice pentru o bursă în străinătate. Îmi amintesc că, în vreme ce beam și le ascultam poveștile, sora mea s-a oprit la terasa cu grădină, unde noi stăteam întinși pe iarbă. Purta cel mai vechi hanorac cu putință și nu era machiată, iar eu uitasem că trebuia să mă întâlnesc cu ea. I-am cerut să le spună părinților că o să mă întorc acasă undeva după treizeci de ani. Nu știu de ce, dar asta mi s-a părut extrem de amuzant și am izbucnit într-un râs isteric. Ea s-a încruntat însă și a plecat de parcă aș fi fost cea mai enervantă persoană născută vreodată.

Când terasa Red Lion s-a închis, ne-am dus cu toții și ne-am așezat în mijlocul labirintului de la castel. Cineva a reușit să se cațere peste poartă și, după multe înghionteli și râsete, ne-am croit drum spre mijlocul labirintului și am băut un cidru tare, trecând din mână în mână un joint. Îmi amintesc cum am privit stelele, simțind cum dispar în profunzimile infinite ale cosmosului, pe când pământul din jurul meu se înclina și se legăna ca puntea unei corăbii uriașe. Cineva cânta la chitară, iar eu purtam o pereche de pantofi roz de satin cu toc înalt, pe care i-am azvârlit în iarba înaltă, fără să mă mai întorc vreodată după ei. Aveam impresia că stăpânesc întregul univers.

Abia după vreo jumătate de oră mi-am dat seama că toate celelalte fete plecaseră.

Sora mea m-a găsit tăcută și tremurând toată în centrul labirintului, mai târziu, mult după ce norii nocturni acoperiseră puzderia de stele. Așa cum am spus, e foarte isteață. Oricum, mai isteață decât mine.

E singura persoană din câte știu eu care a fost în stare să iasă din labirint fără probleme.

– Asta o să te amuze. Am fost la bibliotecă.

Will era lângă colecția lui de CD-uri. Răsuci spre mine scaunul cu rotile și așteptă să-i pun băutura energizantă în suportul pentru pahar.

– Zău? Şi ce citeşti?

– O, nimic deosebit. Ţie nu ţi-ar plăcea. Poveşti cu fete care se îndrăgostesc de băieţi. Dar îmi plac.

– Te-am surprins citind o carte de Flannery O'Connor din biblioteca mea mai deunăzi, când am fost bolnav, îmi atrase el atenţia, sorbind din băutură.

– A, cartea aceea de povestiri? Nu pot să cred c-ai observat asta.

– Mi-ar fi fost şi imposibil să nu observ. Ai lăsat cartea afară din raft, şi eu oricum nu puteam s-o pun la loc.

– Ah, scuză-mă!

– Aşa că nu mai citi prostii! Ia cartea lui O'Connor acasă şi citeşte mai curând aşa ceva!

Eram pe cale să mă opun, dar mi-am dat seama că nu ştiam, de fapt, de ce aş fi refuzat.

– Bine. Ţi-o aduc înapoi de îndată ce-o citesc.

– Te rog, Clark, pune-mi nişte muzică!

– Ce-ai vrea să asculţi?

Îmi spuse ce voia arătându-mi din cap cam pe unde să-l găsesc, iar eu am căutat printre CD-uri până dat de cel bun.

– Am un prieten care cântă la vioară în orchestra Albert Symphonia. M-a sunat să-mi spună că au un concert într-un oraş din apropiere de noi, săptămâna viitoare. Vor interpreta chiar piesa asta. O ştii?

– Nu ştiu nimic despre muzica clasică. Adică, tata dă uneori din greşeală radioul pe Classic FM, dar...

– N-ai fost niciodată la un concert?

– Nu.

Will păru sincer consternat.

– Adică... am fost să văd o dată trupa Westlife. Dar nu ştiu dacă asta se pune. Sora mea a vrut să mergem. A, şi aveam bilete la Robbie Williams pentru ziua când am împlinit douăzeci şi doi de ani, dar am făcut toxiinfecţie alimentară şi nu m-am mai dus.

Will îmi aruncă una dintre acele priviri care păreau să sugereze că trăisem încuiată într-o pivniţă vreme de câţiva ani.

– Ar trebui să mergi. Amicul s-a oferit să-mi ia bilete. Du-te cu mama ta!

Am râs, clătinând din cap:

– Nu prea cred. Mama nu iese nicăieri. Iar muzica simfonică nu e chiar specialitatea mea.

– Nici filmele cu subtitrare nu erau specialitatea ta...

M-am strâmbat la el:

– Nu sunt ucenica ta, Will. Nu suntem în *My Fair Lady*.

– Vrei să spui *Pygmalion*.

– Poftim?

– Piesa la care te referi. Se cheamă *Pygmalion*. *My Fair Lady* este doar o ecranizare.

I-am aruncat o privire aspră, dar nu m-a luat în seamă, așa că am dat drumul la muzică. Când m-am întors spre el, Will clătina încă din cap:

– Ești cea mai mare snoabă, Clark.

– Cee? *Eu?*

– Refuzi tot felul de experiențe pentru că îți spui că nu ești „genul de persoană".

– Dar chiar nu sunt.

– De unde știi? N-ai făcut nimic, n-ai fost nicăieri. De unde să ai chiar și cea mai vagă idee despre ce fel de persoană ești?

Dar cum ar fi putut cineva ca el să aibă habar cum mă simțeam eu în pielea mea? Aproape m-am înfuriat pe el pentru că nu voia să înțeleagă.

– Deschide-ți mintea! Nu te limita!

– Nu.

– De ce?

– Fiindcă nu m-aș simți confortabil. M-aș simți ca și cum... ca și cum s-ar ști.

– Cine să știe? Și ce?

– Toată lumea ar ști că nu acolo e locul meu.

– Și cum crezi că mă simt eu?

Ne-am privit unul pe celălalt.

– Clark, oriunde aș merge acum, oamenii mă privesc de parcă n-am ce căuta acolo.

Am tăcut amândoi, în timp ce se auziră primele acorduri ale muzicii. Tatăl lui Will vorbea la telefon în camera lui, și sunetul râsului său înfundat ajunse până în anexă, ca de la mare depărtare. „Intrarea pentru persoane cu dizabilități este dincolo", zisese casiera de la hipodrom. Ca și cum Will ar fi fost o specie diferită.

Priveam țintă coperta CD-ului.

– Merg la concert numai dacă vii și tu cu mine.

– Dar singură nu te duci…

– Nici gând.

Am rămas amândoi tăcuți cât timp el cântări situația.

– Doamne, Clark, ești o pacoste.

– Asta îmi spui mereu.

De data asta n-am mai făcut nici un plan. Nu m-am mai așteptat la nimic. Am sperat doar, în tăcere că, după dezastrul de la cursele de cai, Will era încă dispus să părăsească anexa. Prietenul lui, violonistul, ne-a trimis biletele gratuite promise, alături de o mică notă despre sala unde avea să se desfășoare concertul. Era la vreo patruzeci de minute de mers cu mașina de noi. Mi-am făcut temele – am aflat unde era situată parcarea pentru persoanele cu dizabilități și am sunat la sală ca să mă interesez cum anume putea Will să ajungă la locul său cu scaunul pe rotile. Aveau să ne așeze chiar în față, și eu urma să stau pe un scaun pliant, lângă Will.

– De fapt, e cel mai bun amplasament, mă asigură, veselă, femeia de la casa de bilete. Când ești în imediata apropiere a orchestrei, simți cu adevărat impactul muzicii. Adesea, am fost tentată să stau chiar eu acolo.

Mă întrebă chiar dacă vrem să fim așteptați în parcare de cineva care să ne conducă la locurile noastre. De teamă ca Will să nu simtă că iese prea mult în evidență, i-am mulțumit și am refuzat.

Pe măsură ce seara evenimentului se apropia, nu știu cine devenea mai emoționat, eu sau Will. Resimțeam din plin eșecul ultimei noastre ieșiri, iar doamna Traynor nu mă ajută deloc, intrând și ieșind din anexă de paisprezece ori ca să întrebe unde și când are loc concertul și ce anume vom face acolo.

Îngrijirea de seară a lui Will avea să ia și ea timp după concert, spuse ea. Trebuia să fie sigură că avea să existe cineva care să ne ajute. Nathan își făcuse alt program mai târziu în seara aceea, iar domnul Traynor nu era acasă.

– Durează cel puțin o oră și jumătate, mă atenționă ea.

– Și e incredibil de plictisitor, zise Will.

Mi-am dat seama că el căuta, de fapt, o scuză ca să nu meargă.

– O să mă ocup eu de el, m-am oferit. Dacă Will îmi spune ce anume trebuie făcut, nu mă deranjează să rămân să-l ajut, am adăugat eu, mai înainte să-mi dau seama la ce mă înhămam, de fapt.

– Cred că vom arde amândoi de nerăbdare să colaborăm, zise morocănos Will, după ce doamna Traynor plecă. Tu o să ai parte de vederea fundului meu gol, în toată splendoarea lui, iar eu voi fi spălat cu dușul de cineva care leșină la vederea cărnii goale.

– Nu leșin la vederea cărnii goale.

– Clark, n-am văzut pe nimeni care să se simtă mai stânjenit de un trup omenesc decât tine.

– Atunci să te spele mama ta! i-am replicat.

– Da, fiindcă asta face ideea de a merge la concert mult mai atractivă.

Era apoi problema garderobei. Nu știam cu ce să mă îmbrac.

Purtasem o ținută cu totul nepotrivită la curse. Cum puteam fi sigură că n-aveam să dau iar greș? L-am întrebat pe Will ce s-ar potrivi mai bine, iar el mă privi de parcă mi-aș fi pierdut mințile.

– Luminile o să fie stinse, îmi explică el. N-o să se uite nimeni la tine. Toți o să fie concentrați asupra muzicii.

– Nu știi *nimic* despre femei, l-am repezit eu.

Până la urmă, mi-am adus trei variante de îmbrăcăminte, cărându-le în autobuz în vechea husă pentru costum a tatei. A fost singurul mod de a mă convinge să merg, totuși.

Nathan sosi să mă înlocuiască la ora ceaiului, 5.30 și, cât el avu grijă de Will, eu am dispărut în baie, să mă pregătesc. Mai întâi mi-am pus ceea ce consideram a fi „ținuta mea artistică“ – o rochie scurtă, cu talie înaltă și fustă largă, cu niște mărgele imense de chihlimbar cusute în țesătură. Îmi imaginam că oamenii care merg la concerte sunt genul boem, flamboaiant. Când am intrat în camera de zi, Will și Nathan se holbară la mine.

– Nu, făcu, scurt, Will.

– Cred că așa ceva ar purta maică-mea, râse Nathan.

– Nu mi-ai spus niciodată că pe maică-ta o cheamă Nana Mouskouri, adăugă Will.

I-am auzit chicotind pe înfundate în vreme ce intram iarăși în baie.

A doua opțiune era o rochie neagră foarte sobră, mulată pe trup, cu guler și manșete albe atașate, pe care mi-o făcusem singură. Îmi dădea un aer șic și parizian – sau cel puțin așa credeam eu.

– Arăți de parcă ai fi fata care servește înghețată, zise Will.

– A, cred că ai fi o menajeră grozavă, îi ținu Nathan isonul. Lou, poartă mai bine rochia asta ziua, nu seara! Sincer.

– Mâine o să vă pun la amândoi detergent de vase în ceai! am spus.

Am apelat atunci la a treia opțiune – o rochie vintage de satin roșu-închis. Era făcută pentru o generație mult mai suplă și întotdeauna trebuia să mă rog în taină ca fermoarul să-mi treacă de talie, dar îmi dădea silueta unei starlete de cinema din anii '50 și era o rochie „de efect", una dintre acele ținute în care e imposibil să nu te simți atrăgătoare. Mi-am pus un bolero argintiu peste umeri, mi-am legat la gât o eșarfă gri de mătase ca să-mi acopăr decolteul, m-am rujat și apoi am intrat în camera de zi.

– Uaaaau! făcu Nathan, admirativ.

Ochii lui Will mă măsurară de sus până jos. Abia atunci mi-am dat seama că se schimbase și el, într-o cămașă albă și un sacou elegant. Proaspăt bărbierit și cu părul tuns, arăta surprinzător de chipeș și, văzându-l, nu m-am putut abține să nu surâd. Și nu atât pentru cum arăta, ci pentru că-și dăduse silința.

– Asta e! zise el cu o voce calmă și lipsită de expresie, adăugând însă, atunci când m-am aplecat să-mi aranjez decolteul: Dar renunță la jacheta de deasupra!

Avea dreptate. Știusem că e ceva în neregulă. Mi-am scos boleroul, împăturindu-l cu grijă, și l-am pus pe scaun.

– Și eșarfa.

Am dus instinctiv mâinile la gât:

– Eșarfa? De ce?

– Nu se asortează. Și arăți de parcă ai vrea să ascunzi ceva sub ea.

– Dar altfel... O să fiu numai decolteu!

– Așa, și? râse el. Clark, uite ce-i: dacă vrei să porți o rochie ca asta, va trebui să fii sigură pe tine. Trebuie să te îmbraci cu ea nu doar fizic, ci și mental.

– Doar tu, Will Traynor, poți spune unei femei cum să poarte o afurisită de rochie!

Dar mi-am scos eşarfa.

Nathan plecă să pregătească geanta lui Will. Mă gândeam la ce să adaug despre cât era de condescendent dar, când m-am întors, mi-am dat seama că încă se uita la mine.

– Arăţi superb, Clark, zise el încetişor. Absolut superb.

Observasem la oamenii de rând – cei pe care Camilla Traynor i-ar fi numit probabil „clasa muncitoare" – câteva stereotipuri în comportamentul faţă de Will. Majoritatea se holbau. Câţiva zâmbeau a milă, îşi exprimau compasiunea sau mă întrebau, în şoaptă, ce se întâmplase. Adesea, eram tentată să răspund: „O despărţire nefericită de serviciile secrete", doar ca să le observ reacţia, dar mă abţineam.

Cât despre cei din clasa de mijloc, ei se prefăceau că nu se uită, dar se uitau. Erau prea politicoşi ca să se zgâiască. Îl reperau în câmpul lor vizual şi *nu* se uitau intenţionat. Până când treceam de ei, moment în care privirea lor fugea către el, chiar şi dacă discutau în continuare cu altcineva. Dar nu vorbeau deloc despre el. Fiindcă aşa ceva ar fi însemnat o lipsă de bună-cuviinţă.

Pe când înaintam prin foaierul sălii de spectacol, unde oameni elegant îmbrăcaţi, adunaţi în mici grupuri, stăteau de vorbă, cu poşete sau genţi într-o mână şi cu pahare de gin tonic în cealaltă, am văzut reacţia aceasta trecând ca o undă uşoară peste ei în urma noastră, în timp ce ne îndreptam către stal. Nu ştiu dacă el a remarcat. Uneori mi se părea că singura modalitate în care o putea înfrunta era să facă abstracţie de ea.

Ne-am ocupat locurile. Eram singurii doi oameni de pe primul rând din secţiunea centrală. În dreapta noastră se mai afla un bărbat în scaunul cu rotile, care flecărea vesel cu cele două femei aşezate alături de-o parte şi de alta. M-am uitat la ei, sperând ca şi Will să-i observe. Dar el privea numai înainte, cu capul cufundat între umeri ca şi cum ar fi încercat să devină invizibil.

„N-o să iasă nici de data asta", am auzit o voce în minte şi l-am întrebat pe Will:

– Ai nevoie de ceva?

– Nu, scutură el din cap şi înghiţi în sec. De fapt, da. Mă roade ceva la guler.

M-am aplecat și mi-am strecurat degetele pe dinăuntrul gulerului; o etichetă de nailon fusese uitată acolo. Am tras de ea, sperând s-o pot smulge, dar s-a dovedit incredibil de rezistentă.

– E o cămașă nouă, a rămas eticheta pe ea. Chiar te deranjează?

– Nu. Am zis așa, doar ca să ne distrăm.

– Avem vreo foarfecă prin geantă?

– Nu știu, Clark. Crezi sau nu, dar rareori îmi fac singur bagajele.

Nu exista nici o foarfecă. M-am uitat în spatele meu, unde ceilalți melomani își ocupau încă locurile, murmurând și răsfoind pliantele cu programul. Dacă Will nu se putea relaxa și concentra asupra muzicii, și această ieșire ar fi fost compromisă. Nu-mi puteam permite încă un dezastru.

– Nu te mișca! i-am zis.

– De ce...?

Înainte să apuce să termine, m-am aplecat asupra lui, i-am tras gulerul într-o parte, mi-am lipit gura de el și am apucat afurisita de etichetă cu dinții din față. După câteva secunde, am reușit s-o sfâșii și am închis ochii, încercând să ignor mirosul de bărbat curat, senzația de piele proaspătă lipită de buzele mele, caracterul total deplasat al gestului meu. Și, într-un final, am simțit cum eticheta se rupe cu totul. M-am tras înapoi și am deschis ochii triumfătoare, cu micul petic de nailon în dinți.

– Gata! i-am zis, apucând eticheta cu două degete și aruncând-o peste scaune.

– Cum? se zgâi Will la mine.

M-am răsucit fulgerător pe scaun, ca să-i surprind pe acei membri ai audienței care deveniseră dintr-odată fascinați de pliantele lor. Apoi m-am întors spre Will.

– Ei, hai, n-o să-mi spui că n-au mai văzut niciodată o fată mușcând gulerul unui tip!

Cuvintele mele părură să-l lase câteva clipe fără grai. Will clipi de câteva ori și dădu să scuture din cap. Am observat, amuzată, că gâtul i se făcuse stacojiu.

Mi-am aranjat rochia și i-am spus:

– Oricum, cred că putem fi amândoi recunoscători că nu era în pantaloni.

Înainte să apuce să-mi răspundă, membrii orchestrei apărură pe scenă, în costumele lor elegante, și toată lumea tăcu. Am simțit că mă străbate un fior de emoție și nerăbdare. Mi-am strâns palmele în poală și mi-am îndreptat spatele în scaun. Muzicienii începură să-și acordeze instrumentele și, brusc, sala se umplu de un singur sunet – cel mai viu și mai atotcuprinzător pe care-l auzisem vreodată. Am simțit cum mi se zbârlește părul pe mine și cum îmi țin răsuflarea.

Will mă privi pieziș și pe chipul lui am zărit încă amuzamentul pe care i-l stârniseră momentele precedente. „E în regulă, o să ne simțim bine", spunea expresia lui.

Dirijorul urcă la pupitru, bătu de două ori în el, și se lăsă o tăcere profundă. Am simțit încordarea în aer, toată sala ținându-și parcă răsuflarea, așteptând. Apoi, el își coborî bagheta și totul se transformă în sunet pur. Simțeam melodia ca pe ceva fizic, material; nu îmi flutura doar pe la ureche, ci mă pătrundea, curgea prin mine, în jurul meu, îmi făcea simțurile să vibreze. Îmi făcea pielea să se înfioare și palmele să mi se umezească. Will nu-mi descrisese nimic din toate acestea. Crezusem că o să mă plictisesc de moarte. Dar era cel mai frumos lucru pe care-l auzisem vreodată.

Și, în același timp, îmi stârni imaginația în moduri neașteptate; stând acolo, m-am trezit gândindu-mă la lucruri de care nu-mi mai amintisem de ani de zile; emoții vechi începură să mă cuprindă, noi gânduri și idei mi se nășteau în cap, ca și cum însăși percepția mea și-ar fi pierdut forma, lărgindu-se în toate părțile. Mă simțeam aproape copleșită, dar nu voiam ca senzația să înceteze. Aș fi vrut să rămân acolo pentru totdeauna. Mi-am furișat privirile spre Will. Era transportat cu totul în lumea muzicii, își pierduse orice stinghereală. Mi-am răsucit capul, fiindcă brusc mi se făcuse frică să-l privesc. Mi-era frică de ceea ce ar fi putut simți în acele clipe, de profunzimea suferinței sale, de amploarea spaimelor lui. Viața lui Will Traynor fusese, până atunci, dincolo de experiențele trăite de mine. Cine eram eu să-i spun cum ar dori să și-o trăiască?

Prietenul lui Will ne trimise un bilețel, rugându-ne să mergem în culise ca să mai stăm de vorbă după concert, dar Will refuză. Am insistat, dar mi-am dat seama, după felul cum își ținea fălcile încleştate, că nu se va lăsa convins. Nu puteam să-l învinuiesc. Mi-am amintit de felul cum fostul lui coleg, Rupert, îl privise în ziua aceea - cu un amestec de milă, repulsie şi, pe undeva, o profundă uşurare că el scăpase de o astfel de lovitură cumplită a destinului. Am bănuit că Will suporta cu greu astfel de întâlniri.

Am aşteptat până când sala se goli, apoi am împins scaunul cu rotile până în parcarea subterană, urcându-l pe Will în maşină fără incidente. N-am vorbit prea mult; în urechi încă îmi răsuna muzica şi nu voiam să se destrame. Continuam să mă gândesc la ea, la cât de transfigurat păruse prietenul lui Will atunci când cânta. Nu-mi imaginasem, până atunci, că muzica poate descătuşa sentimente nebănuite în tine şi te poate purta spre tărâmuri pe care nici măcar compozitorul nu le întrevăzuse. Îşi lăsa amprenta în spaţiul din jurul tău, ca şi cum ai fi dus cu tine urmele ei oriunde ai fi mers. Nu de puţine ori, pe când stăteam în sală, uitasem complet că Will era lângă mine.

Am parcat maşina lângă anexă. În faţa noastră, abia vizibil dincolo de zid, se înălţa castelul, inundat de lumina lunii pline, privind cu seninătate în jos din vârful dealului.

- Aşadar, nu eşti genul căruia să-i placă muzica clasică.

Am privit în oglinda retrovizoare. Will zâmbea.

- Nu mi-a plăcut absolut deloc.

- Sunt convins.

- Şi în special nu mi-a plăcut bucata de la final, când a intrat vioara singură.

- Mi-am dat seama. De fapt, cred că aveai lacrimi pe obraji tocmai fiindcă ţi s-a părut insuportabilă.

M-am strâmbat în oglindă către el şi am recunoscut:

- Mi-a plăcut la nebunie. Nu sunt sigură că mi-ar plăcea *toată* muzica clasică, dar concertul ăsta a fost uimitor. Îţi mulţumesc. Mulţumesc că m-ai luat, am zis eu, frecându-mi nasul.

Am rămas în tăcere, privind castelul maiestuos. În mod normal, noaptea era scăldat în strălucirea portocalie a luminilor din lungul zidului fortăreţei. Dar, în noaptea aceea, sub o lună plină, părea învăluit într-un albastru eteric.

– Ce fel de muzică s-o fi cântat pe vremuri, acolo, la castel? l-am întrebat pe Will. Presupun că şi atunci se asculta muzică.

– La castel? Muzică medievală. Lăute, instrumente cu coarde... Nu e chiar domeniul meu, dar aş putea să-ţi dau să asculţi ceva dacă vrei. Ar trebui să te plimbi prin castel cu căştile pe urechi, dacă vrei să trăieşti pe deplin experienţa.

– Nu. Nu prea mă duc la castel.

– Hm, aşa se întâmplă când locuieşti în preajma unui obiectiv turistic.

Am mai rămas o clipă în tăcere, ascultând cum motorul maşinii se stinge încet.

– Buun, acum hai înăuntru! i-am spus, dându-mi jos jos centura de siguranţă. Ne aşteaptă ritualul de seară.

– Mai stai puţin, Clark!

M-am răsucit pe scaun. Will stătea în umbră şi nu-i puteam zări bine chipul.

– Aşteaptă puţin! Doar un minut.

– Te simţi bine? m-am îngrijorat.

Privirea îmi coborî spre scaunul lui. Mă temeam să nu se fi prins sau înţepenit în ceva sau ca eu să fi făcut ceva greşit.

– Nu, sunt bine. Doar că...

Îi vedeam gulerul pal pe fundalul costumului negru.

– Nu vreau să urcăm încă. Vreau doar să stau aici şi să nu mă mai gândesc la... făcu el şi înghiţi în sec.

Nu-l puteam vedea bine, dar îmi dădeam seama că face un efort să vorbească.

– Vreau doar... vreau doar să fiu un bărbat care a mers la concert cu o fată în rochie roşie. Mai lasă-mă câteva minute!

Am luat mâna de pe portiera pe care tocmai mă pregăteam s-o deschid.

– Sigur, Will.

Cu ochii închişi, mi-am sprijinit capul de tetieră, şi am rămas acolo, împreună, minute bune, doi oameni pierduţi în reverie, rememorând muzica, pe jumătate ascunşi în umbra unui castel de pe un deal luminat de lună.

*

Eu şi sora mea n-am discutat niciodată cu adevărat despre cele întâmplate în noaptea aceea în labirint. Nu ştiu dacă am fi găsit cuvintele necesare. Ea mă ţinu, câteva minute, la piept, apoi mă ajută să-mi găsesc hainele şi multă vreme încercă în zadar să dea şi de pantofii mei, până când i-am spus că nu conta. Oricum nu i-aş mai fi purtat vreodată. Şi apoi ne-am îndreptat încet spre casă - eu în picioarele goale, ea cu braţul petrecut pe după al meu, deşi nu mai merseserăm aşa de când Treena era în primul an de şcoală, iar mama insistase să n-o scap din mână.

Când am ajuns acasă, ne-am oprit pe verandă şi ea mi-a şters părul şi faţa cu un şerveţel umed, după care am descuiat uşa şi am intrat în casă ca şi cum nimic nu s-ar fi întâmplat.

Tata era încă treaz, urmărind un meci de fotbal.

- Aţi cam întârziat, fetelor! strigă el. Ştiu că e vineri seara, dar totuşi...

- Bine, tati, am răspuns noi într-un glas.

Pe atunci, eu dormeam în camera unde acum stă bunicul. Am urcat rapid scările şi, înainte ca sora mea să apuce să-mi mai zică vreun cuvânt, am închis uşa în urma mea.

Săptămâna următoare m-am tuns scurt. Mi-am anulat biletul de avion. N-am mai ieşit nicăieri cu colegele de clasă. Mama era prea măcinată de tristeţe ca să observe ceva, iar tata puse, ca de obicei, această schimbare, ca şi noul meu obicei de a mă încuia în dormitor, pe seama „problemelor femeieşti". Îmi dădusem seama, în sfârşit, cine sunt - o persoană foarte diferită de fata veselă care se îmbătase cu nişte străini. O persoană care nu purta nimic ce ar fi putut fi catalogat drept revelator. În orice caz, erau haine care ar fi atras atenţia unor bărbaţi de genul clienţilor de la Red Lion.

Viaţa reveni la normal. M-am angajat ca frizeriţă, apoi la Buttered Bun şi am lăsat totul în urmă.

Probabil că, din ziua aia, am trecut pe lângă castel de cel puţin cinci mii de ori.

Dar niciodată n-am mai mers în labirint.

Capitolul 13

Patrick stătea pe marginea pistei, alergând pe loc, îmbrăcat cu noul lui echipament Nike, care i se lipea ușor de membrele ude. Mă oprisem doar ca să-l salut și să-l anunț că nu voi putea merge la întâlnirea Triathlon Terrors din seara aceea. Nathan își luase liber, și eu mă oferisem să-l ajut pe Will cu programul de seară.

– E deja a treia întâlnire de la care lipsești.

– Serios? m-am mirat eu și am început să număr pe degete. Da, probabil că e a treia.

– Va trebui să vii neapărat săptămâna viitoare. Facem planurile de călătorie pentru concursul Xtreme Viking. Și nu mi-ai spus ce vrei să faci de ziua ta, observă el, în timp ce își începu încălzirea, ridicându-și piciorul și apăsându-și pieptul pe genunchi. Poate vrei să mergem la cinema? Nu vreau să mănânc mult câtă vreme sunt cu antrenamentele.

– Ah! Ai mei vor să dea o masă.

El își prinse călcâiul cu mâna, îndreptându-și genunchiul în jos. N-am putut să nu remarc că piciorul îi devenise ciudat de vânos.

– Adică nu ieșim în oraș?

– Nici la cinema nu e tocmai o ieșire. Și, oricum, simt că trebuie să le fac pe plac, Patrick. Mama e cam deprimată...

Treena se mutase la sfârșitul săptămânii trecute (fără geanta mea de cosmetice decorată cu lămâi). Mama era devastată; de fapt, era mai rău decât atunci când Treena plecase pentru prima oară la facultate. Thomas îi lipsea de parcă ar fi avut o mână amputată. Jucăriile lui, împrăștiate mereu pe dușumeaua din camera de zi, încă de când era mic, fuseseră puse în cutii și puse la păstrare. Pe dulap nu mai erau urme de degete cu ciocolată și nici cutii goale de sucuri. Nu mai avea nici un motiv să meargă la școală la ora 3.15 după-amiază și nimeni cu care să mai stea de vorbă pe scurtul drum către casă. Era singurul prilej cu care mama mai ieșea. Acum nu se mai ducea nicăieri, în afară de supermarketul unde mergea la cumpărături cu tata, la sfârșit de săptămână.

Timp de trei zile, se plimbă de colo colo prin casă, dezorientată, apoi se apucă de curățenia de primăvară cu o vigoare care-l sperie chiar și pe bunicul. Acesta protesta, mormăind ceva nedeslușit, când mama încerca să dea cu aspiratorul sub scaunul pe care el încă stătea sau să-i scuture vreo scamă de pe umeri cu cârpa de praf. Treena ne anunțase că n-avea să vină acasă timp de câteva săptămâni, pentru ca Thomas să se poată acomoda. Ne suna în fiecare seară, și mama vorbea cu amândoi și apoi plângea o jumătate de oră, închisă în dormitorul ei.

– Lucrezi mereu până târziu zilele astea. Abia mai am timp să te văd, îmi reproșă Patrick.

– Dar și tu te antrenezi mereu. Oricum, câștig bani frumoși, Patrick. Nu pot spune nu când e vorba de ore suplimentare.

La acest argument nu mai avea ce să obiecteze. De fapt, câștigam mai mult decât oricând în viața mea. Am dublat suma de bani pe care o dădeam părinților, reușeam în fiecare lună să mai pun și ceva deoparte în contul meu de economii și tot îmi rămânea mai mult decât puteam cheltui. E drept, asta și datorită faptului că, lucrând atâtea ore pe zi, eram întotdeauna la Granta House cât timp magazinele erau deschise. Un alt motiv era că, pur și simplu, nu mai aveam chef să cheltuiesc. Puținele ore libere pe care le aveam mi le petreceam în bibliotecă, unde căutam diverse chestii pe internet.

O întreagă lume mi se deschidea prin intermediul computerului, pagină cu pagină, atrăgându-mă precum cântecul unei sirene.

Totul pornise de la scrisoarea de mulțumire. La câteva zile după concert, i-am spus lui Will că ar trebui să-i scriem violonistului, prietenul lui, ca să-i mulțumim.

– Am cumpărat o felicitare drăguță până să vin aici. Spune-mi ce vrei să-i transmiți și îi scriu eu. Mi-am adus chiar și stiloul cel bun.

– Nu mi se pare o idee bună, făcu Will.

– Poftim?

– Așa cum ai auzit.

– Nu ți se pare o idee bună? Dar omul ăla ne-a dat cele mai bune locuri la concertul lui! Chiar tu ai spus că te-ai simțit excelent. Măcar atâta ai putea face – să-i mulțumești.

Will rămăsese cu maxilarele încleștate, neclintit.

Am pus stiloul jos.

– Sau ești atât de obișnuit ca oamenii să-ți dea încât nu mai simți nevoia să le mulțumești?

– Clark, n-ai idee cât e de frustrant ca altcineva să aștearnă pe hârtie cuvinte pentru tine. Propoziția „vă scriu în numele lui..." mi se pare umilitoare.

– Serios? Oricum, tot e mai bine decât nimic, am pufnit. Eu o să-i mulțumesc, în orice caz. N-am să menționez numele tău, dacă chiar vrei să fii mitocan.

Am scris felicitarea și am expediat-o și n-am mai pomenit nimic de ea. Dar cuvintele lui Will mi se învârteau încă în cap, așa că, în seara aceea, plecând acasă, m-am trezit că trec pe la bibliotecă. Am căutat pe internet dacă exista vreun dispozitiv pe care el să-l poată folosi pentru a scrie singur. În mai puțin de o oră, găsisem deja trei – un software pentru recunoașterea vocii, un altul care se baza pe clipitul din ochi și, așa cum spusese sora mea, un dispozitiv pe care Will îl putea purta pe cap.

În mod previzibil, se arătă recalcitrant față de această ultimă variantă, dar acceptă că programul de recunoaștere a vocii putea fi folositor, și în câteva zile am reușit, cu ajutorul lui Nathan, să instalăm programul pe computer, așezându-l pe Will în așa fel încât, cu suportul de computer fixat de scaunul cu rotile, nu mai avea nevoie ca altcineva să tasteze pentru el. Inițial, a fost cam stingherit, dar, după ce l-am tachinat, sfătuindu-l să înceapă de fiecare dată cu: „Ia o foaie, domnișoară Clark", și-a învins sfiala.

Nici măcar doamna Traynor nu s-a putut plânge de ceva. „Dacă mai există vreo mașinărie care crezi că ar fi utilă, te rog să ne informezi", zise ea, cu buzele încă țuguiate, ca și cum nu prea i-ar fi venit să creadă că era un lucru bun pur și simplu. Trei zile mai târziu, chiar când plecam de acasă la slujbă, poștașul îmi aduse o scrisoare. Am deschis-o în autobuz, crezând că o fi vreo felicitare de ziua mea trimisă mai devreme de cine știe ce văr îndepărtat. Era, de fapt, o foaie scoasă la imprimantă, pe care scria:

Dragă Clark,

Îți scriu ca să-ți dovedesc că nu sunt întru totul un mitocan egoist. Și chiar apreciez eforturile tale.

Îți mulțumesc,

Will

Am izbucnit atât de tare în râs, încât șoferul autobuzului mă întrebă dacă nu cumva câștigasem la loterie.

După ani de zile petrecuți în debara, cu hainele atârnate pe un suport de umerașe pe holul de la etaj, dormitorul Treenei mi se păru imperial. În prima noapte petrecută în el, m-am întins în pat, cu brațele desfăcute, jubilând la gândul că nu mai ajungeam la amândoi pereții simultan. Am fost la supermarket și am cumpărat vopsea și jaluzele noi, dar și o nouă veioză de pat și niște rafturi, pe care le-am montat singură. Și nu pentru că m-aș fi priceput la asta, ci doar pentru că am vrut să văd dacă mă descurcam singură.

M-am apucat să redecorez camera, zugrăvind timp de o oră în fiecare seară, după ce veneam de la slujbă, iar la sfârșitul săptămânii până și tata a fost obligat să admită că făcusem treabă bună. S-a uitat puțin la îmbinările dintre tavan și pereți, a verificat jaluzele pe care le montasem chiar eu și apoi m-a bătut cu palma pe umăr:

– Slujba asta a scos tot ce era mai bun în tine!

Am cumpărat o față nouă pentru pilotă, o pătură și câteva perne mari – doar pentru cazul că ar fi trecut cineva pe la mine și i-ar fi venit să se tolănească pe ele. Nu că asta s-a întâmplat vreodată. Am pus un calendar pe spatele ușii. Nimeni nu l-a văzut, în afară de mine. Și, oricum, nimeni altcineva n-ar fi știut ce înseamnă sublinierile făcute pe el.

Mergeam la muncă în fiecare zi gândindu-mă în ce locuri l-aş mai fi putut duce pe Will. Nu aveam un plan general, ci mă concentram zilnic doar să ies cu el, plimbându-l prin împrejurimi şi încercând să-i întreţin buna dispoziţie. Erau unele zile – când membrele îl mâncau insuportabil sau când făcea vreo infecţie şi zăcea, febril şi suferind, în pat – mai grele decât altele. Dar, în zilele bune, reuşisem de câteva ori să-l scot din casă, sub soarele primăvăratic. Ştiam acum că unul dintre lucrurile pe care le ura cel mai mult era mila altora, şi de aceea îl duceam în locurile frumoase şi izolate din natură, unde o oră şi ceva stăteam singuri, doar noi doi. Eu pregăteam ceva de mâncare în aer liber şi poposeam la marginea câmpurilor, bucurându-ne de vânticelul cald şi de ieşirea în peisaj.

– Iubitul meu ar dori să te cunoască, l-am anunţat într-o după-amiază, în timp ce-i rupeam în bucăţi un sendviş cu brânză şi castraveţi muraţi.

Ne aflam la câţiva kilometri depărtare de oraş, pe o colină, de unde castelul se zărea pe cealaltă parte a văii, despărţit de noi printr-un covor de verdeaţă, plin de oi şi miei.

– De ce?

– Vrea să ştie cu cine-mi petrec serile târzii în vremea din urmă.

În mod ciudat, l-am văzut mai degrabă că se amuză.

– Alergătorul.

– Şi cred că şi părinţii mei sunt curioşi.

– Mă neliniştesc când o fată îmi spune că părinţii ei vor să mă cunoască. Apropo, cum mai e mama ta?

– La fel de deprimată.

– Şi tatăl tău, cu slujba? Vreo veste?

– Nu. Săptămâna viitoare o să-l anunţe. Oricum, m-au întrebat dacă nu vreau să te invit vineri la petrecerea de ziua mea. O să fie o atmosferă foarte relaxată. Doar noi, cei din familie. Dar e în regulă… I-am anunţat că nu vrei să vii.

– Cine-a zis că nu vreau să vin?

– Urăşti străinii. Nu-ţi place să mănânci în faţa altora. Şi nu pare să-ţi placă de iubitul meu. E la mintea cocoşului.

Deja începusem să-l cunosc pe Will. Cea mai bună cale de a-l determina să facă un lucru era să-i spui că ştiai că oricum n-ar fi vrut să-l facă. O parte din el, încăpățânată și veșnic în opoziție, nu suporta asta.

Will rămase pe gânduri, mestecând o bucată de sendviș.

– Ba nu. O să vin la ziua ta. Măcar o s-o mai scot pe mama ta din gândurile negre.

– Chiar așa? O, Doamne, dacă-i spun, o să înceapă din seara asta să șteargă și să lustruiască totul prin casă.

– Ești sigură că e mama ta biologică? N-ar trebui să existe măcar o minimă asemănare genetică între voi? Te rog, Clark, mai vreau o bucată de sendviș! Și mai mult castravete murat la următoarea îmbucătură!

Glumisem doar pe jumătate. Mama intră aproape în panică la gândul că va avea musafir un tetraplegic. Își acoperi fața cu palmele și apoi începu să aranjeze lucrurile pe dulap, de parcă oaspetele ar fi urmat să sosească în câteva minute.

– Dar dacă are nevoie la toaletă? N-avem baie la parter. Și nu cred că tatăl tău o să-l poată căra pe scări. Eu aș putea să-l ajut... dar cred că n-aș ști prea bine... de unde să-l apuc cu mâinile. Oare Patrick l-ar căra?

– Nu trebuie să-ți faci griji în privința asta. Serios.

– Și mâncarea? N-o să trebuiască să i-o pasăm? E ceva ce nu poate să mănânce?

– Nu, trebuie doar ajutat să ia și să ducă la gură.

– Și cine o să facă asta?

– Eu. Liniștește-te, mami! E simpatic, o să-ți placă de el.

Așa că a rămas stabilit. Nathan avea să-l ia pe Will cu mașina și să-l aducă la noi, urmând să vină iar, după două ore, ca să-l ducă înapoi și să-l ajute cu ritualul de seară. Mă oferisem s-o fac eu, dar amândoi insistaseră că, de ziua mea, ar trebui „să-mi fac de cap". În mod evident, nu-i cunoscuseră pe părinții mei.

La ora șapte și jumătate punct, am deschis ușa și am dat cu ochii de Will și Nathan pe veranda din față. Will purta cămașa lui elegantă și o jachetă. Nu știam dacă să fiu mulțumită că făcuse efortul să vină sau să mă îngrijorez că mama avea să-și petreacă acum prima oră a serii stingherită că nu se îmbrăcase suficient de elegant.

– Salut!

Tata apăru în hol, în spatele meu.

– Aha, ați venit... Rampa a fost în regulă, băieți?

Își petrecuse toată după-amiaza construind o rampă de acces din pal melaminat pentru scara exterioară.

Cu mare atenție, Nathan manevră scaunul lui Will ca să intre în holul nostru strâmt.

– E bună. E chiar foarte bună. Am văzut rampe mult mai proaste la spitale, zise Nathan în timp ce eu închideam ușa în urma lui.

– Bernard Clark, se prezentă tata, strângându-i cu fermitate mâna lui Nathan. O întinse și spre Will, dar și-o retrase imediat, înroșindu-se brusc la față. Bernard. Îmi pare rău, eu... nu știu cum aș putea să... Nu-ți pot strânge mâna... începu el să se bâlbâie.

– O reverență ar fi perfectă.

Tata se holbă la el și, când înțelese că Will glumea, izbucni într-un hohot puternic de ușurare.

– Ha! Ha! făcu el și îl bătu pe umăr pe Will. Da, o plecăciune. Asta a fost bună. Ha! Ha!

Gheața se spărsese. Nathan îmi făcu cu ochiul și se retrase, iar eu am împins scaunul lui Will până în bucătărie. Din fericire, mama ținea în mâini o tavă cu mâncare, ceea ce o scăpă de stânjeneala prin care trecuse tata.

– Mamă, el este Will. Will – Josephine.

– Spune-mi Josie, te rog! se înclină ea, cu mănușile de cuptor trase până la coate. Îmi pare bine să te cunosc, în sfârșit, Will.

– Plăcerea e de partea mea, zise el. N-aș vrea să vă întrerup însă...

Ea puse tava pe masă și își trecu mâna prin păr, semn că era în toane bune. Din păcate, nu-și aminti și să-și scoată, mai întâi, mănușile.

– Îmi pare rău, trebăluiesc cu friptura. Totul e să știi cât anume trebuie s-o ții.

– Ei, nu chiar, răspunse Will. Eu nu sunt bucătar, dar îmi place mâncarea bună. De aceea am și așteptat seara asta cu nerăbdare.

– Deci, cu ce începem? întrebă tata, deschizând frigiderul. Ai vreo cană specială... pentru bere, Will?

Dacă tata ar fi fost în locul lui, i-am spus lui Will, ar fi avut o cană specială de bere înainte să aibă scaun cu rotile.

– Trebuie să-ți stabilești prioritățile, zise tata, așa că am început să caut în geanta lui Will până i-am găsit paharul gradat.

– O bere ar merge la fix, mulțumesc! înclină din cap Will și luă o sorbitură.

Stând acolo în bucătărie, am devenit dintr-odată conștientă în mod acut de casa noastră înghesuită și sărăcăcioasă, cu tapetul ei din anii '80 și bufetul zgâriat. Locuința lui Will era decorată cu eleganță, cu piese de mobilier puține, dar frumoase. Casa noastră arăta de parcă 90% din conținutul ei ar fi provenit de la magazinul local de chilipiruri. Capetele cu urechi mâzgălite de Thomas ocupau fiecare colțișor liber de pe pereți. Dar, și dacă remarcase asta, Will nu zise nimic. El și tata găsiseră rapid un subiect comun de discuție, și anume neîndemânarea mea generică. Nu mă deranja câtă vreme îi făcea pe amândoi fericiți.

– Știi, o dată, la volan, a dat cu spatele, a intrat într-o cutie poștală și s-a jurat că fusese vina cutiei...

– Ar trebui s-o vedeți cum îmi coboară rampa. Uneori am impresia că fac sporturi extreme!

Tata izbucni în râs. I-am lăsat în pace. Mama mă urmă afară din bucătărie, foarte agitată. Așeză o tavă cu pahare pe masă, apoi se uită la ceas:

– Unde-o fi Patrick?

– Vine direct de la antrenament, am lămurit-o eu. Poate a stat mai mult.

– Chiar n-o putea să facă o excepție măcar de ziua ta? Friptura de pui n-o să mai fie bună de nimic dacă el mai întârzie mult.

– Mami, stai liniștită, totul o să fie bine!

Am așteptat-o să așeze toate paharele pe masă și apoi am luat-o în brațe și am strâns-o la piept. Era țeapănă de nervozitate, și am simțit, brusc, un val de compasiune față de ea. Probabil nu era ușor să fii mama mea.

– Îți promit. O să fie bine.

Ea se desprinse din îmbrățișare, mă sărută în creștet și-și șterse palmele de șorț.

– Aș fi vrut să fie și sora ta aici. Mi se pare un păcat să avem o aniversare fără ea.

Mie nu mi se părea deloc. Măcar o dată în viață, mă bucuram și eu că sunt în centrul atenției. Poate sună a răutate copilărească, dar chiar asta simţeam. Îmi plăcea să-i aud pe tata şi pe Will făcând glume pe seama mea. Îmi plăcea faptul că fiecare fel de mâncare - de la friptura de pui până la spuma de ciocolată - se număra printre favoritele mele. Îmi plăcea faptul că puteam fi ceea ce voiam să fiu, fără ca vocea surorii mele să-mi aducă aminte de cine fusesem.

Se auzi soneria de la intrare, şi mama aplaudă scurt, uşurată.

- El e! Lou, ce-ar fi să începi să pui mâncarea în farfurii?

Patrick era încă îmbujorat din cauza exerciţiilor de alergare.

- La mulţi ani, iubito! zise el, aplecându-se să mă sărute.

Mirosea a deodorant şi aftershave şi a piele caldă, abia ieşită din duş.

- Du-te direct la masă! i-am zis, făcând semn din cap spre camera de zi. Mama îşi face griji că i se prăpădeşte mâncarea.

- Ah, făcu el, uitându-se la ceas, scuze! Cred că mi-am pierdut noţiunea timpului.

- Dacă nu e timpul tău...

- Poftim?

- Nimic.

Tata instalase masa rabatabilă în camera de zi. La sfatul meu, lipise una dintre canapele de celălalt perete, pentru ca Will să poată intra fără probleme în cameră. Will îşi manevră scaunul până în locul pe care i l-am indicat şi apoi se ridică puţin, pentru a fi la aceeaşi înălţime cu ceilalţi. M-am aşezat în stânga lui, iar Patrick s-a instalat vizavi de noi. El, Will şi bunicul se salutară. Îl avertizasem deja pe Patrick să nu încerce să dea mâna cu Will. Chiar pe când mă aşezam, l-am simţit pe Will studiindu-l pe Patrick şi m-am întrebat, pentru o clipă, dacă avea să i se pară şi iubitului meu la fel de fermecător pe cât li se păruse părinţilor mei.

Will îşi înclină capul spre mine:

- Caută în spatele scaunului şi o să găseşti ceva pentru cină.

M-am aplecat şi am băgat mâna în geanta lui. Am pipăit o sticlă şi, când am scos-o, am văzut că era o şampanie Laurent-Perrier.

- Şampania n-ar trebui să lipsească niciodată de ziua ta, surâse el.

- Aaa! se miră mama, care intra cu farfuriile, văzând sticla. Ce frumos! Din păcate, nu avem pahare de şampanie.

- Cele de pe masă sunt foarte bune, spuse Will.

– O desfac eu, se oferi Patrick și, cu un gest rapid, rupse poleiala, desfăcu sârma și-și puse degetele sub dop.

Îi tot arunca priviri lui Will, de parcă acesta n-ar fi fost cum se așteptase el să fie.

– Dacă o ții așa, o să țâșnească în toate părțile, îl avertiză Will și ridică brațul câțiva centimetri, într-un gest vag. Cred că ar fi mai sigur să ții dopul nemișcat și să încerci să rotești sticla.

– Iată un om care se pricepe la șampanie, zise tata. Ia vezi, Patrick... Cum ziceai, să răsucească de sticlă? Ei, cine să fi știut?

– Eu știam, mormăi Patrick. Și chiar așa aveam de gând să fac.

Șampania fu desfăcută în siguranță și turnată în pahare, și toată lumea toastă în cinstea mea.

Bunicul murmură ceva ce ar fi putut însemna: „Ei poftim!"

M-am ridicat și am făcut o plecăciune. Purtam o rochie mini evazată, de culoare galbenă, cu o croială ca-n anii '60, pe care o luasem de la reduceri. Vânzătoarea credea că e de firmă, deși cineva tăiase eticheta.

– Fie ca anul acesta Lou a noastră să se maturizeze, în sfârșit! închină tata paharul. Era să zic „să facă în sfârșit ceva în viață", dar se pare că a început deja. Trebuie să-ți spun, Will, că, de când are această slujbă... a înflorit parcă.

– Suntem foare mândri, adăugă mama. Și recunoscători. Ție. Pentru că ai angajat-o, vreau să spun.

– Eu vă sunt recunoscător, se înroși Will și-mi aruncă o privire piezișă.

– Pentru Lou! închină tata. Și pentru ca succesul ei să continue!

– Și pentru membrii absenți ai familiei, adăugă mama.

– Uau! Ar trebui să fie mai des ziua mea de naștere. În restul zilelor nu aud decât critici.

Începură să discute. Tata povesti o altă întâmplare cu mine care îi făcu pe el și pe mama să râdă zgomotos. Mă bucuram să-i văd veseli. Tata păruse istovit și preocupat în ultimele săptămâni, iar mama fusese îngândurată și absentă, ca și cum s-ar fi aflat de fapt în altă parte. Voiam să savurez momentele acestea, când își uitau, pentru o vreme, necazurile râzând și simțindu-se o familie. Pentru o clipă, mi-am dat seama că nu mi-ar fi părut rău să fie și Thomas acolo. Și chiar și Treena.

Eram atât de dusă pe gânduri, încât mi-a trebuit ceva timp să observ expresia lui Patrick. Îl hrăneam pe Will, în vreme ce-i răspundeam ceva bunicului, îndoind o bucată de somon afumat între degete și ducându-i-o lui Will la gură. Era deja o parte atât de firească a vieții mele zilnice încât am devenit brusc conștientă de intimitatea gestului doar când am zărit chipul stupefiat al lui Patrick.

Will tocmai îi spunea ceva tatei, iar eu am rămas cu ochii ațintiți asupra lui Patrick, ca și cum aș fi vrut să-i dictez mental să înceteze. În stânga lui, bunicul mânca din farfurie cu o plăcere lacomă, scoțând ceea ce noi numeam „mormăieli de mâncău" – mici murmure și gemete de încântare.

– Somonul e delicios, o lăudă Will pe mama. Plin de savoare.

– Ei, nu mâncăm așa ceva în fiecare zi, zâmbi ea. Dar am vrut ca azi să fie altfel.

„Încetează să te mai holbezi!" i-am spus în gând lui Patrick și, în cele din urmă, el îmi surprinse privirea și se uită în altă parte. Părea furios.

I-am mai dat lui Will o bucată de somon și apoi și o feliuță de pâine, când l-am văzut că aruncase o privire către ea. În clipa aceea mi-am dat seama că devenisem atât de receptivă la nevoile lui, încât aproape nici nu mai era nevoie să mă uit la el ca să-mi dau seama ce dorea.

– Așadar, Patrick, zise Will, probabil simțindu-mi stânjeneala, Louisa mi-a spus că ești antrenor personal. Ce înseamnă asta?

Cât mi-aș fi dorit să nu fi pus întrebarea asta! Căci Patrick se lansă în clasicul său discurs despre motivația personală și despre cum un corp bine antrenat te ajută să ai și o minte sănătoasă. Apoi își prezentă programul de antrenament pentru concursul Xtreme Viking. În mod normal, în stadiul ăsta deja nu-l mai ascultam, dar acum, cu Will lângă mine, nu mă puteam gândi decât la cât de nepotrivită era vorbăria lui. De ce nu putea să spună doar ceva vag despre pasiunea sa și apoi să schimbe subiectul?

– De fapt, când Lou mi-a spus că vii, m-am gândit să arunc o privire prin cărțile mele și să văd dacă nu există vreo metodă de fizioterapie pe care ți-aș putea-o recomanda.

M-am înecat cu șampanie.

– Patrick, asta e o chestiune pentru specialiști. Nu cred că ești chiar persoana potrivită să dai sfaturi.

– Dar și eu sunt specialist. Mă ocup cu rănile sportivilor. Am pregătire medicală.

– Asta nu e o gleznă luxată, Pat. Chiar nu este.

– Un tip cu care am colaborat acum vreo câțiva ani a avut un pacient paraplegic. Zice că acum și-a revenit aproape complet. Participă la curse de triatlon și chestii de genul ăsta.

– Ca să vezi! interveni mama.

– Mi-a vorbit despre niște cercetări făcute în Canada care au demonstrat că mușchii pot fi antrenați să-și reamintească activitatea anterioară. Dacă îi pui să lucreze suficient de mult, în fiecare zi, sunt ca niște sinapse cerebrale, își pot reveni. Pariez că, dacă te-ai supune unui regim de antrenamente supertare, ai vedea o diferență în memoria musculară. La urma urmei, Lou mi-a spus că ai fost un tip foarte activ înainte de accident.

– Patrick, nu știi nimic despre așa ceva! am spus tare.

– Încercam doar să...

– Nu mai încerca nimic! Nu e cazul.

La masă se așternu tăcerea. Tata tuși și se scuză. Bunicul arunca priviri furișate în stânga și-n dreapta.

Mama dădu să mai ofere pâine, apoi se răzgândi.

Când Patrick vorbi iar, în tonul lui se simți o vagă nuanță de martiriu.

– Sunt doar niște cercetări care credeam că ar putea fi utile. Dar gata, nu mai zic nimic pe tema asta.

Will își luă chipul lui impenetrabil, surâse și îl asigură, pe un ton politicos:

– Cu siguranță o să le am în vedere.

M-am ridicat să strâng farfuriile. Îmi venea să fug de la masă. Dar mama mă certă și mă îndemnă să stau jos:

– Tu ești sărbătorita, zise ea, ca și cum n-ar fi lăsat vreodată pe nimeni să facă ceva în casă. Bernard, vrei să aduci, te rog, puiul?

Restul cinei trecu fără incidente. Părinții mei erau în mod evident cu totul vrăjiți de Will. Patrick, mai puțin. El și Will abia dacă mai schimbară două vorbe toată seara. Cam la vremea când mama puse pe masă cartofii gătiți la cuptor – iar tata, ca de obicei, încercă să mai ia câțiva în plus –, am încetat să-mi mai fac griji. Tata îi punea lui Will tot felul de întrebări despre viața lui de dinainte, chiar și despre accident, și acesta părea suficient de relaxat ca să-i răspundă direct. De fapt, am aflat destul de multe lucruri pe care mie nu mi le spusese niciodată. Mi se păru, de pildă, că avusese o slujbă importantă, chiar dacă el o minimaliza. Cumpăra și vindea companii, făcând din asta profit. Tatei îi trebuiră câteva încercări ca să afle că ideea lui Will de profit avea șase sau șapte cifre. M-am pomenit privindu-l lung, încercând să împac imaginea omului pe care-l cunoșteam cu cea a omului de finanțe necruțător despre care vorbea acum. Tata îi povesti despre compania ce urma să preia fabrica de mobilă și, când îi rosti numele, Will dădu din cap aproape spăsit și zise că da, îi știa. Și că probabil ar fi cumpărat-o și el. Felul în care o spuse nu sună prea încurajator pentru slujba tatei.

Mama gângurea întruna la Will și se tot agita în jurul lui. Privindu-i zâmbetul, mi-am dat seama că, la un moment dat, în timpul cinei, el devenise un tânăr inteligent așezat la masa ei. Nu era de mirare că Patrick părea de-a dreptul agasat.

– Și tortul? rosti bunicul în timp ce mama începuse să strângă farfuriile.

Vorbise atât de clar și de surprinzător, încât eu și tata ne-am uitat unul la celălalt șocați. Toți cei de la masă înmărmuriră.

– N-avem tort, bunicule, i-am spus eu și, ridicându-mă, am ocolit masa și l-am sărutat pe frunte. Dar avem spumă de ciocolată. Știi că îți place.

El dădu din cap, în semn de aprobare. Mama radia de fericire. Nu cred că vreunul dintre noi i-ar fi putut face un cadou mai frumos.

Prăjitura poposi pe masă și, împreună cu ea, o cutie paralelipipedică, de mărimea unei cărți de telefon, învelită în hârtie.

– Deci e timpul cadourilor, nu? Iată-l și pe al meu! zise Patrick și, cu un zâmbet larg, îl puse pe al lui chiar în mijlocul mesei.

I-am întors zâmbetul. La urma urmei, nu era momentul pentru discuții în contradictoriu.

– Haide, deschide-le! mă îndemnă tata.

Le-am deschis prima dată pe ale lor, desprinzând ușor hârtia de ambalaj, ca să n-o rup. Era un album de fotografii, și pe fiecare pagină am găsit o poză dintr-un an al vieții mele. Eu bebeluș, eu și Treena pe post de școlărițe serioase, bucălate; eu în prima zi de gimnaziu, cu o grămadă de agrafe în păr și o fustă prea mare. Mai încolo era o fotografie cu mine și cu Patrick, cea în care îl repezeam. Și, în fine, o poză cu mine într-o fustă gri, în prima zi la noua slujbă. Printre pagini erau presărate desene ale familiei noastre făcute de Thomas, scrisori pe care mama le păstrase din excursiile mele cu școala, o compunere de școlăriță în care povesteam despre zilele petrecute în vacanță, la plajă, despre înghețate căzute în nisip și pescăruși hoți. Am parcurs albumul și am ezitat puțin doar când am văzut-o pe fata cu păr lung și negru, aruncat peste umeri. Am întors pagina.

– Pot să văd și eu? întrebă Will.

– N-a fost… cel mai bun an, îl lămuri mama, stingherită, pe măsură ce eu dădeam paginile înaintea lui. Vreau să spun… bine că suntem sănătoși, dar în rest… Lucrurile sunt cum sunt… Noroc că bunicul a văzut ceva la televizor despre cum să faci singur un cadou frumos și m-am gândit că ar putea fi un lucru care… știi… chiar să însemne ceva…

– Chiar înseamnă, mami, am asigurat-o, și ochii mi s-au umplut de lacrimi. Îmi place foarte mult. Vă mulțumesc.

– Bunicul a ales unele poze, să știi, îmi zise ea.

– E frumos, încuviință Will, iar eu am simțit nevoia să repet:

– Îmi place foarte mult.

Privirea ușurată pe care mama și tata o schimbară atunci a fost cel mai trist lucru pe care-l văzusem vreodată.

– Acum al meu, interveni Patrick, împingând cutia în fața mea.

Am deschis-o încet, simțindu-mă, pe moment, vag panicată că ar fi putut fi un inel de logodnă. Nu eram pregătită de așa ceva. Abia dacă mă acomodasem cu ideea că am propriul meu dormitor, gândul de a avea un soț mă îngrozea de-a dreptul. Am deschis cutiuța, și înăuntru, pe o bucată de catifea albastru-închis, era un lănțișor subțire de aur cu un medalion în formă de stea. Era drăguț, delicat, dar nici pe departe genul meu. Nu purtasem în viața mea genul acesta de bijuterii.

Mi-am lăsat ochii să se odihnească asupra lui, în vreme ce mă gândeam ce-aș putea să spun.

– E foarte frumos, am îngânat, în vreme ce Patrick se aplecă peste masă și mi-l prinse la gât.

– Mă bucur că-ți place, zise el și mă sărută pe gură.

Jur că nu mă mai sărutase niciodată astfel în fața părinților până atunci.

Will mă privea cu chipul impasibil.

– Cred că e momentul să mâncăm prăjitura, propuse tata. Înainte să se facă prea fierbinte, adăugă el și râse singur de propria glumă.

Șampania îl făcuse extrem de binedispus.

– Am și eu în geantă un cadou pentru tine, șopti Will. Geanta din spatele scaunului. E învelit în hârtie portocalie.

Am scos cadoul lui Will din geantă. Mama se opri, cu paleta de servit prăjituri în mână.

– I-ai luat lui Lou un cadou, Will? Ah, ce drăguț! Nu e drăguț din partea lui, Bernard?

– Sigur că e.

Hârtia de împachetat avea pe ea kimonouri japoneze strălucitoare. Nici n-a trebuit să mă uit la ea ca să știu că aveam s-o păstrez. Poate chiar aveam să-mi fac ceva de purtat pe baza modelului. Am scos panglica, punând-o alături, cu gând s-o păstrez, de asemenea. Am desfăcut hârtia și apoi foița subțire de dedesubt, și sub ochii mei au apărut niște dungi negru cu galben ciudat de familiare.

Am scos țesătura din pachet. Țineam în mâini două perechi de colanți cu dungi negre și galbene. Erau de mărimea mea și dintr-o lână mai groasă, mată și moale, care aproape îmi alunecă printre degete.

– Nu pot să cred, am bâiguit eu și apoi am început să râd, bucuroasă, ca la vederea unui lucru încântător, dar neașteptat. O, Doamne! De unde ai cumpărat colanții ăștia?

– I-am comandat. O să-ți pară bine să afli că am instruit-o pe femeia care i-a țesut prin intermediul noului program de recunoaștere a vocii.

– Colanți? se mirară, într-un glas, tata și Patrick.

– Da, dar cei mai frumoși colanți făcuți vreodată!

Mama îi privi cu atenție.

– Louisa, cred că ai avut o pereche exact ca ăștia când erai foarte mică.

Am schimbat o privire cu Will.

Simțeam că explodez de fericire.

– Vreau să-i probez chiar acum, am zis.

– Dumnezeule mare, o să arate ca Max Wall[1] într-un stup! zise tata, clătinând din cap.

– Hai, Bernard, e ziua ei! Poate să poarte orice are chef.

Am fugit din cameră și mi-am pus o pereche chiar pe hol. Mi-am rășchirat degetele de la picioare, admirându-i cât erau de caraghioși. Nu cred că primisem vreodată vreun cadou care să mă facă mai fericită.

M-am întors în camera de zi, și Will scoase un chiuit scurt, iar bunicul plesni masa cu palmele, vesel. Mama și tata izbucniră în râs, Patrick mă privi fix.

– Nici nu-ți pot spune cât de mult îmi plac! Mulțumesc, mulțumesc! i-am zis lui Will, mângâindu-l ușor pe spate. Mulțumesc mult.

– Ai și o felicitare acolo, mă anunță el. Deschide-o altă dată!

Părinții mei făcură mare caz de Will când veni ora să plece. Tata, care se cherchelise de-a binelea, îi mulțumea întruna că mă angajase și-l făcu să promită că va mai veni pe la noi.

– Dacă-mi pierd slujba, poate trec pe la tine să ne uităm amândoi la un meci de fotbal zise el.

– Mi-ar plăcea, îl asigură Will, deși nu-l văzusem niciodată urmărind vreo partidă de fotbal.

Mama puse o bucată din prăjitura rămasă într-o casoletă de plastic și i-o întinse:

– Am văzut că ți-a plăcut mult.

„Ce domn!“ aveau să spună încă o oră după plecarea lui. „Un adevărat domn!“

Patrick ieși în hol, cu mâinile vârâte adânc în buzunare, poate pentru a-și înfrâna intenția de a-i strânge mâna lui Will. Sau mă rog, aceasta a fost concluzia cea mai generoasă la care am putut ajunge eu.

---

1 Renumit actor britanic de comedie (1908–1990) (n.tr.)

– Îmi pare bine că te-am cunoscut, Patrick, zise Will. Și mulțumesc pentru... sfat.

– O, încercam doar s-o ajut pe iubita mea să-și facă meseria cât mai bine, atâta tot, rosti el, accentuând cuvântul „mea".

– Ești un bărbat norocos, făcu Will, în timp ce Nathan îi îndrepta scaunul către ieșire. Se pricepe să facă o baie la pat!

Cuvintele se rostogoliră atât de repede, încât Patrick le prinse sensul abia după ce ușa se închise în urma lui Will.

– Nu mi-ai spus niciodată că-l speli cu dușul la pat.

Ne duseserăm acasă la Patrick, un apartament nou construit la marginea orașului. Clădirea unde se afla fusese catalogată drept „bloc", deși dădea spre parcarea unor supermarketuri și avea doar trei niveluri.

– Ce înseamnă asta? Că-i speli și scula?

– Nu-i spăl scula.

Am scos dopul demachiantului – unul dintre puținele lucruri pe care Patrick îmi dăduse voie să le țin la el – și am început să mă șterg cu el pe față.

– Tocmai ce-a spus că asta faci.

– A vrut să te necăjească. Și, după cât l-ai bătut la cap despre cum înainte de accident era un om de acțiune, nu pot să-l învinuiesc.

– Deci, ce faci, de fapt, pentru el? În mod clar nu mi-ai spus tot.

– Îl spăl, uneori, dar numai până la brâu.

Patrick mă țintui cu o privire care vorbea de la sine. În cele din urmă, începu să se uite în altă parte, își scoase ciorapii și-i aruncă în coșul cu rufe murdare.

– Slujba ta nu presupune așa ceva. Fără proceduri medicale, așa ți s-a spus. Fără chestii intime. Astea nu făceau parte din fișa postului, zise el și, brusc, îi veni o altă idee: L-ai putea da în judecată. Demisie forțată de angajator am impresia că se numește... E atunci când angajatorul îți schimbă condițiile de muncă.

– Nu fi ridicol! Fac asta pentru că Nathan nu poate fi mereu acolo și e groaznic pentru Will să fie spălat de cine știe ce îngrijitor complet străin de la agenție. În plus, m-am obișnuit acum și chiar nu mă deranjează.

Cum i-aş fi putut explica lui Patrick că un corp care nu e al tău îţi poate deveni atât de familiar? Eram deja în stare să schimb tuburile lui Will ca o adevărată asistentă medicală, să-l spăl cu buretele pe bustul gol fără măcar o pauză în conversaţie. Şi nu mă mai deranjau nici măcar cicatricile lui Will. O vreme, nu văzusem în el decât un potenţial sinucigaş. Acum era pur şi simplu Will - un tânăr amuzant, inteligent, enervant, schimbător - care voia să mă educe şi căruia îi plăcea să se joace cu mine de-a profesorul Higgins. Trupul lui era doar o parte din „pachet", un lucru de care trebuia să am grijă când şi când, înainte de a ne întoarce la discuţiile noastre. Devenise, cred, cea mai puţin interesantă parte a lui Will.

- Nu-mi vine să cred... după câte am trăit împreună... Cât mi-a luat până să mă laşi să mă apropii de tine... Şi acum vine un străin cu care eşti foarte fericită să devii intimă şi...

- N-ai vrea să discutăm despre asta altă dată? Azi e ziua mea.

- Nu eu am început cu discuţiile despre duşuri la pat şi chestii de-astea.

- Eşti gelos pe el fiindcă e atât de chipeş? l-am întrebat direct. Despre asta e vorba? Ţi-ar fi fost mult mai uşor dacă el ar fi arătat... cum să-ţi spun... ca o adevărată legumă?

- Deci tu chiar crezi că arată bine.

Mi-am scos rochia şi am început să-mi dau jos colanţii cu grijă. Ultimele fărâme de bună dispoziţie mi se topeau văzând cu ochii.

- Nu pot să cred că te comporţi aşa! Nu-mi vine să cred că eşti gelos!

- Nu sunt gelos, făcu el, pe un ton dispreţuitor. Cum aş putea fi gelos pe un schilod?

În noaptea aceea am făcut dragoste cu Patrick. De fapt, „am făcut dragoste" e spus puţin forţat. A fost o partidă de sex, un maraton în care el păru hotărât să-şi demonstreze caracterul atletic, forţa şi vigoarea. Ore în şir. Dacă m-ar fi putut agăţa de un candelabru, cred că ar fi făcut-o. Îmi plăcea să mă simt atât de dorită, să simt că toată atenţia lui Patrick este, în sfârşit, concentrată asupra mea, după atâtea luni când aproape mă ignorase complet. Dar o mică parte din mine rămase deoparte în tot acest timp. Bănuiam că nu pentru a-mi face mie plăcere se comporta Patrick aşa. Mi-am dat seama foarte rapid. Micul spectacol era menit să-mi demonstreze superioritatea lui față de Will.

– Ei, cum a fost? mă întrebă după aceea, sărutându-mă pe frunte și înlănțuindu-mă cu brațele, în timp ce corpurile ni se lipeau unul de altul, umede de transpirație.

– Super!

– Te iubesc, scumpo.

Și, satisfăcut, se retrase pe perna lui, își puse un braț sub cap și în câteva minute adormi buștean.

Cum nu mă lua deloc somnul, m-am dat jos din pat și am coborât în holul de la intrare să-mi iau geanta. Am scotocit prin ea, căutând cartea de povestiri a lui Flannery O'Connor. Pe când o scoteam, îmi căzu din geantă și un plic.

L-am privit atent. Era felicitarea de la Will. N-o deschisesem la masă. Am făcut-o acum, simțind la mijloc o suprafață moale, ca un burete. Am scos ilustrata cu grijă din plic și am desfăcut-o. Înăuntru erau zece bancnote noi-nouțe de câte 50 de lire sterline. Le-am numărat de două ori, căci nu-mi venea să cred. Pe felicitare scria:

Bonus de ziua de naștere. Nu-ți face probleme! E o cerință legală. W.

Capitolul 14

Mai a fost o lună ciudată. Ziarele și emisiunile de televiziune erau pline de titluri despre ceea ce fusese numit „dreptul de a muri". O femeie care suferea de o maladie degenerativă ceruse ca legea să fie clarificată pentru a-și proteja soțul, în cazul în care acesta avea s-o însoțească la Dignitas, atunci când ea nu și-ar mai fi putut îndura suferințele. Un tânăr jucător de fotbal se sinucisese convingându-și părinții să-l ducă acolo. Fusese implicată și poliția, și urma să aibă loc o dezbatere în Camera Lorzilor.

Urmăream știrile și ascultam argumentele legale venite din partea adversarilor eutanasiei și a unor reputați filosofi și nu știam de ce parte să mă situez. Totul părea să nu aibă nici o legătură cu Will.

Între timp, numărul excursiilor lui Will crescuse treptat – ca și distanțele pe care era dispus să le parcurgă. Fuseserăm la teatru, apoi la un spectacol de dansuri populare (Will rezistă eroic când dansatorii începură să zdrăngăne din clopoței și să-și fluture batistele, dar după ceva vreme prinse să se înroșească la față), la un concert în aer liber la un conac din apropiere (interesant mai mult pentru el decât pentru mine) și chiar la cinema, unde, din cauză că nu-mi făcusem tema suficient dinainte, am ajuns să vedem un film despre o fată cu o boală incurabilă.

Dar știam că și el vedea știrile. Începuse să folosească mult mai mult computerul de când aveam noul program și aflase cum putea să miște mouse-ul pe ecran deplasându-și degetul pe touchpad. Cu prețul acestui efort, reușea să parcurgă zilnic ziarele online. Într-o dimineață, când i-am adus o ceașcă de ceai, l-am găsit citind despre tânărul fotbalist - era un articol detaliat despre pașii pe care îi avusese de făcut pentru a se sinucide. Will închise ecranul când își dădu seama că sunt în spatele lui. Dar văzusem deja ce citea și gestul lui mă făcu să simt parcă o piatră pe inimă, senzație care nu mă părăsi mai bine de o oră.

Am citit apoi și eu articolul la bibliotecă. Începusem să citesc ziare și să-mi dau seama care dintre argumente tindeau să fie mai profunde, să înțeleg că informația redusă la faptele goale, concrete nu era neapărat cea mai utilă.

Părinții tânărului fotbalist fuseseră atacați cu sălbăticie de tabloide. „Cum de l-au putut lăsa să moară?" țipau titlurile de-o șchioapă. Iar eu gândeam la fel. Leo McInerney avea douăzeci și patru de ani. Trăise, după accidentul suferit, aproape trei ani, deci nu mult mai mult decât Will. În mod sigur fusese prea tânăr pentru a decide că nu mai are nici un motiv să trăiască. Și apoi am citit ceea ce citise și Will - nu un articol de opinie, ci un reportaj bine documentat despre ce se întâmplase, de fapt, în viața tânărului. Se pare că reporterul reușise să discute cu părinții.

Leo, spuneau ei, jucase fotbal încă de la trei ani. Fotbalul era viața lui. Se accidentase în timpul unui duel banal pentru minge, când șansa de a se răni atât de grav fusese de unu la un milion. Părinții făcuseră tot posibilul să-l încurajeze, să-i dea sentimentul că viața lui are încă valoare, dar el căzuse în depresie. Era un sportiv rămas nu doar fără posibilitatea de a face sport, dar și fără capacitatea de a se mișca și, uneori, chiar de a și respira fără ajutorul altora. Nu mai găsea plăcere în nimic. Viața lui era o continuă suferință, marcată de infecții și dependentă de grija constantă a celor din jur. Îi era dor de prietenii lui, dar refuza să-i vadă. Își anunțase iubita că relația lor trebuie să înceteze. Le spunea în fiecare zi părinților că nu vrea să mai trăiască, că vederea altor oameni trăind chiar și jumătate din viața pe care și-o dorise pentru el îi era de nesuportat, o tortură.

Încercase de două ori să se sinucidă refuzând hrana, până când trebuise să fie spitalizat, iar când revenise acasă își implorase părinții să-l sufoce în somn. Când am citit asta, am stat la bibliotecă și mi-am acoperit ochii cu palmele până când am reuşit să mă opresc din plâns.

Tata îşi pierdu, până la urmă, slujba. Dar înfruntă situaţia cu mult curaj. Veni acasă în după-amiaza aceea, îşi puse o cămaşă curată şi o cravată şi se întoarse în oraş cu următorul autobuz ca să se înscrie la Oficiul Forţei de Muncă.

Hotărâse deja – îi spuse el mamei – să aplice pentru orice fel de slujbă, deşi era un meseriaş calificat, cu mulţi ani de experienţă. „Nu cred că ne permitem să facem nazuri în momentul ăsta", spuse el, ignorând protestele mamei.

Dar, dacă mie îmi fusese greu să-mi găsesc de muncă, perspectivele pentru un bărbat de cincizeci şi cinci de ani, care muncise toată viaţa într-o singură fabrică, erau şi mai sumbre. Nu-şi putu găsi de lucru nici măcar ca magazioner sau paznic, aşa cum ne înştiinţă, disperat, când se întoarse acasă după încă o rundă de interviuri. Firmele preferau nişte mucoşi de şaptesprezece ani pentru că guvernul le plătea salariile, dar n-ar fi angajat un om matur, cu o experienţă şi o seriozitate dovedite. După două săptămâni de refuzuri, el şi mama se deciseră să ceară ajutor social până când situaţia avea să se rezolve şi-şi petrecură câteva seri completând un formular încâlcit de vreo cincizeci de pagini, în care erau întrebaţi, printre altele, câţi oameni foloseau maşina lor de spălat sau când fuseseră ultima oară în străinătate (tata credea că asta se întâmplase prin 1988). Am pus banii pe care Will mi-i dăruise de ziua mea în cutia cu mărunţiş din dulapul din bucătărie. M-am gândit că părinţilor mei le-ar face bine să ştie că au o mică rezervă.

Dar, când m-am trezit dimineaţă, am văzut că banii îmi fuseseră băgaţi pe sub uşa dormitorului, într-un plic.

Veniră turiştii, şi oraşul începu să se umple. Domnul Traynor era tot mai puţin acasă, iar pe măsură ce numărul vizitatorilor creştea, programul lui de lucru se prelungi. L-am văzut în oraş într-o joi după-amiază, când veneam acasă după ce trecusem pe la curăţătorie. Faptul n-ar fi fost, în sine, neobişnuit dacă el nu şi-ar fi ţinut braţul pe după umerii unei femei roşcate care în mod clar nu era doamna

Traynor. Când mă văzu, își luă imediat mâna de pe ea, de parcă ar fi scăpat un cartof fierbinte.

Mi-am întors privirea, prefăcându-mă că mă uit în vitrina unui magazin, nesigură dacă voiam să știe că-l observasem, și am încercat din răsputeri să nu mă mai gândesc la asta.

În prima vineri după ce tata își pierduse slujba, Will primi o invitație la nuntă din partea lui Rupert și a Aliciei. La drept vorbind, venea din partea colonelului Timothy Dewar și a soției sale, părinții Aliciei, care îl invitau pe Will să participe la sărbătorirea căsătoriei fiicei lor cu Rupert Freshwell, și sosi într-un plic greu, din hârtie de pergament, cu un program al evenimentului și o listă groasă, împăturită, cu obiecte pe care oaspeții le puteau cumpăra pentru tinerii căsătoriți din magazine despre care nu auzisem în viața mea.

– Alicia are tupeu, am remarcat, studiind literele scrise cu caractere aurite și cartonul tivit cu dungă aurie. Vrei să arunc invitația?

– Fă ce vrei! spuse Will, silindu-se să arboreze indiferența.

Am rămas cu ochii căscați citind programul.

– Ce naiba e o cușcușieră?

Poate a fost viteza cu care Will se întoarse și începu să-și facă de lucru pe internet. Poate tonul lui. Cert e că n-am aruncat invitația, ci am pus-o cu grijă în dosarul medical al lui Will din bucătărie.

El îmi împrumută o altă carte de povestiri, pe care o comandase pe Amazon, și un exemplar din *Regina roșie*[1]. Știam însă că n-avea să fie deloc genul meu de carte.

– Nici măcar nu-i o poveste, am spus, după ce am examinat coperta a patra.

– Și ce? Ia-o ca pe o provocare! replică Will.

Am încercat – și nu fiindcă aș fi avut vreun apetit pentru genetică, ci fiindcă n-aș fi putut suporta gândul că altfel Will avea să mă bată întruna la cap. Începuse să aibă acest obicei. De fapt, era puțin despotic. Și – ceea ce chiar mă deranja – îmi tot punea întrebări despre ce citisem, doar ca să fie sigur că nu săream.

---

[1] Titlul complet al cărții este *The Red Queen: Sex and the Evolution of Human Nature* (*Regina roșie: sexul și evoluția naturii umane*). Este un volum de popularizare a geneticii scris de Matt Ridley. (n.red.)

– Nu eşti profesorul meu, protestam eu.

– Slavă Cerului că nu! răspundea el, cu patos.

Cartea aceasta – care se dovedi, de fapt, surprinzător de uşor de citit – vorbea despre un soi de luptă pentru supravieţuire. Autorul pretindea că femeile nu-i aleg pe bărbaţi pentru că i-ar iubi, ci că femelele speciei noastre se dăuriau întotdeauna celui mai puternic mascul pentru a avea cele mai mari şanse de procreare. Nu puteau face altfel, pentru că aşa le dicta natura.

N-am fost de acord cu o asemenea ipoteză. Şi nu-mi plăceau argumentele. Exista un substrat neplăcut în ceea ce încerca să dovedească autorul. În ochii lui, Will era un individ deteriorat, slab din punct de vedere fizic, ceea ce îl făcea irelevant biologic. Viaţa lui n-ar fi avut, în felul acesta, nici o valoare.

Will îmi vorbi despre această carte aproape o după-amiază întreagă, până când am simţit nevoia să-l întrerup:

– Există un singur lucru pe care acest domn Matt Ridley nu l-a luat în calcul.

– Da? Care anume? se interesă Will, ridicând privirea de pe ecranul computerului.

– Dacă masculul superior genetic este, de fapt, un cretin?

În a treia sâmbătă din mai, Treena și Thomas veniră acasă. Mama ieșise deja pe poteca din grădină înainte ca ei să fi ajuns până la jumătatea străzii. Thomas – jură ea, strângându-l întruna în brațe – crescuse cu câțiva centimetri de când nu-l mai văzuse. Se schimbase, se maturizase și arăta deja ca un băiat mare. Treena se tunsese scurt și părea ciudat de sofisticată. Purta o jachetă pe care n-o mai văzusem până atunci și niște sandale cu multe barete. M-am trezit întrebându-mă, malițioasă, de unde avusese bani.

– Ei, cum e? am întrebat-o, pe când mama îl luă pe Thomas prin grădină să-i arate broscuțele din micul heleșteu.

Tata se uita la un meci de fotbal alături de bunicul, scoțând exclamații de frustrare de câte ori jucătorii ratau.

– E bine. E chiar bine. Vreau să spun, mi-e greu să nu am nici un ajutor în privința lui Thomas, iar lui i-a luat ceva timp să se acomodeze la grădiniță. Deși, îmi șopti ea aplecându-se la urechea mea, te rog să nu-i spui asta mamei. I-am zis că totul merge de minune.

– Dar îți place la facultate?

Chipul Treenei se lăți într-un zâmbet.

– E super! Nici nu pot să-ți spun, Lou, cât de bine mă simt să-mi pot folosi iarăși mintea. Simt că mi-a lipsit ani întregi această parte din mine, iar acum parcă am regăsit-o. Ți se pare că sună a fandoseală?

Am clătinat din cap. De fapt, îmi părea bine pentru ea. Am vrut să-i povestesc despre bibliotecă, despre computere și despre tot ce făcusem pentru Will. Dar m-am gândit că acela trebuia să fie momentul ei. Ne-am așezat pe scaunele pliante sub umbrarul învechit din curte și am sorbit din ceștile de ceai. Degetele ei, am observat, erau date cu ojă și foarte bine îngrijite.

– Mamei îi e foarte dor de tine, am spus.

– De acum o să venim acasă aproape la fiecare sfârșit de săptămână. Doar că aveam nevoie... Lou, n-a fost vorba doar de acomodarea lui Thomas. Simțeam nevoia să mă depărtez o vreme de toate. Îmi trebuia timp ca să devin altcineva.

Chiar părea puțin altcineva. Era straniu. Câteva săptămâni petrecute departe de casă puteau transforma pe oricine într-o persoană prea puțin cunoscută. Am simțit că sora mea era pe cale să devină cineva de care nu mai eram sigură. M-am simțit, în mod ciudat, lăsată în urmă.

– Mama mi-a spus că tipul tău paralizat a venit la cină.

– Nu e tipul meu paralizat. Îl cheamă Will.

– Scuze, Will. Așadar, lista cu ce poate să facă merge bine?

– Așa și așa. Unele lucruri au fost mai reușite decât altele.

I-am relatat despre dezastrul de la cursele de cai și despre succesul neașteptat al concertului pentru vioară. I-am vorbit despre picnicurile noastre, și a râs când i-am povestit și despre cina festivă de la ziua mea de naștere.

– Crezi că... începu ea, și mi-am dat seama că-și caută cuvintele pentru a pune cât mai bine întrebarea. Crezi că vei câștiga?

De parcă ar fi fost un fel de concurs.

Am smuls un cârcel de caprifoi și am început să-i jumulesc frunzele.

– Nu știu. Cred că va trebui să-mi îmbunătățesc jocul.

I-am dezvăluit ce-mi spusese doamna Traynor despre călătoriile în străinătate.

– Totuși, nu-mi vine să cred că ai fost la un concert simfonic. Tocmai tu!

– Dar mi-a plăcut.

Ea încruntă din sprâncene.

– Zău, chiar mi-a plăcut. A fost... emoționant.

Treena mă studie cu atenție.

– Mama spune că e un tip foarte de treabă.

– Chiar este.

– Și frumușel.

– Un accident la coloana vertebrală nu te transformă în cocoșatul de la Notre-Dame...

„Te rog, nu-mi spune că e o pierdere tragică!“ am implorat-o în gând.

Dar poate că sora mea era mai isteață decât credeam.

– Oricum, mama a fost extrem de surprinsă. Cred că era pregătită să vadă un Quasimodo.

– Tocmai asta-i problema, Treen, i-am zis și am aruncat restul de ceai din ceașcă peste stratul de flori. Toată lumea gândește așa.

Mama fu foarte veselă la cina din seara aceea. Gătise lasagna, mâncarea favorită a Treenei, iar lui Thomas i se permise, drept cadou de bun venit, să rămână treaz până mai târziu. Am mâncat, am râs și am vorbit despre subiecte care nu puneau probleme, precum meciurile de fotbal sau slujba mea, iar Treena ne povesti despre colegii ei. Mama o întrebă, cred, de o sută de ori dacă sigur se descurcă de una singură sau dacă mai are nevoie de ceva pentru Thomas - ca și cum ai mei ar fi avut ce să-i dea. Îmi părea bine că o avertizasem pe Treena că erau aproape faliți, pentru că ea îi refuză, în mod delicat, dar cu convingere. Abia mai târziu mi-a trecut prin cap s-o întreb dacă era adevărat.

La miezul nopții mă trezi un plânset. Era Thomas, care dormea în debara. Am auzit-o pe Treena cum încerca să-l liniștească, să-l mângâie, cum aprindea și stingea lumina, apoi cum scârțâia patul. Am rămas în întuneric, privind razele de lumină ale felinarului de pe stradă filtrate printre jaluzele pe tavanul proaspăt zugrăvit al dormitorului meu și am așteptat să se termine totul. Dar același plâns mocnit a reînceput pe la două. De data asta am auzit-o pe mama traversând holul și șușotind ceva. Apoi, într-un final, Thomas se potoli.

Pe la patru mă trezi scârțâitul ușii. Am clipit buimacă, întorcându-mă spre lumina de pe hol. Thomas stătea în pragul ușii, măturând parchetul cu pantalonii prea mari de pijama și cu pătura pe jumătate revărsată pe podea. Nu-l distingeam prea bine, dar el rămase acolo, ezitant, parcă neștiind ce să facă.

– Vino încoace, Thomas! i-am șoptit.

Când se apropie, l-am văzut că era pe jumătate adormit. Veni șovăitor lângă pat, cu degetul mare în gură și pătura mototolită sub braț. Am ridicat pilota, și el se sui lângă mine, în pat; într-o clipă, capul lui ciufulit se cuibărise deja în pernă, și el se ghemui în poziție fetală. Am tras pilota peste el și am stat acolo, privindu-l și minunându-mă de cât de repede adormise.

– Noapte bună, iepurașule! i-am șoptit, sărutându-l pe frunte.

Și atunci o mână grăsuță ieși de sub pilotă și se agăță de tricoul meu, de parcă ar fi vrut să fie sigură că nu plec nicăieri.

– Care a fost cel mai frumos loc pe care l-ai vizitat vreodată?

Stăteam sub acoperișul chioșcului, așteptând ca ploaia de vară să se oprească ca să ne putem plimba prin grădinile din spatele castelului. Lui Will nu-i plăcea să meargă în zona principală, fiindcă prea mulți oameni s-ar fi holbat la el. Dar grădinile de legume erau una dintre comorile ascunse ale castelului, vizitate de foarte puțini turiști. Livezile și grădinile de pomi fructiferi retrase erau despărțite prin niște alei cu pietriș gălbui, pe care scaunul lui Will se putea deplasa destul de ușor.

– Frumos, în ce sens? Și ce e asta?

I-am turnat puțină supă din termos și i-am dus ceașca la gură.

– Supă de roșii.

– Bine... Dumnezeule, frige! Mai las-o un minut! zise el și rămase cu ochii în depărtare. Când am împlinit treizeci de ani, am escaladat Kilimanjaro. A fost incredibil.

– Până la ce altitudine?

– Cam până la trei mii de metri – până pe vârful Uhuru. De fapt, pe ultima mie de metri mai mult m-am târât. Altitudinea e nasoală.

– Era frig?

– Nu, îmi zâmbi el. Nu e ca Everestul. Cel puțin nu în perioada din an în care am fost eu. Continuă să privească, nostalgic, în zare, amintindu-și: A fost minunat. Acoperișul Africii, așa i se spune. Când ajungi acolo sus, ai impresia că vezi până la capătul lumii.

Will tăcu, preț de câteva clipe. L-am privit, întrebându-mă unde se afla, de fapt, în acele momente. De câte ori aveam astfel de discuții, devenea parcă băiatul acela de la mine din clasă, care se distanțase de noi călătorind prin lume.

– Și unde ți-a mai plăcut?

– Golful Trou d'Eau Douce, Mauritius. Oameni foarte drăguți, plaje superbe, excelente pentru scufundări... Hmm... Parcul Național Tsavo din Kenya, unde tot pământul e roșu și mișună animalele sălbatice. Parcul Yosemite, în California. Niște pereți de stâncă așa de înalți, încât nici nu-i poți cuprinde cu mintea.

Îmi povesti despre o noapte pe care o petrecuse cățărându-se, cocoțat pe un prag de rocă la vreo două sute de metri înălțime, cum fusese nevoit să se prindă cu ace de sacul de dormit și pe acesta să-l fixeze de suprafața stâncii, fiindcă, dacă s-ar fi răsucit în somn, ar fi riscat un dezastru.

– Tocmai ai descris cel mai groaznic coșmar al meu.

– Îmi plac și zonele mai populate. Mi-a plăcut enorm Sydney. Apoi Teritoriile din Nord[1]. Islanda. Acolo, nu departe de aeroport, e un loc unde te poți scălda în gheizere. E ca un un peisaj ciudat, nuclear. Ah, și îmi place să merg prin centrul Chinei. Am fost într-un loc situat la două zile de mers de capitala provinciei Sichuan, iar localnicii m-au scuipat ca pe necuratul, fiindcă nu mai văzuseră niciodată un om alb.

---

[1] Fost protectorat britanic în nordul Ghanei (n.red.)

– Există vreun loc unde n-ai fost?

El mai luă o sorbitură din supă.

– Coreea de Nord. Rămase pe gânduri și apoi: A, și n-am fost niciodată la Disneyland. Asta se pune? Nici măcar la cel din Paris.

– Eu mi-am luat odată bilet pentru Australia. Dar n-am mai plecat.

Will își răsuci capul spre mine, surprins.

– Mi s-au întâmplat niște lucruri... Dar asta e. Poate voi ajunge într-o zi.

– Nu „poate". Trebuie să ieși din orășelul ăsta, Clark. Promite-mi că nu-ți vei petrece tot restul vieții în parodia asta de loc turistic!

– Să-ți promit? De ce? am spus, încercând să fiu cât mai relaxată: Unde ai de gând să pleci?

– Eu... pur și simplu nu suport ideea să rămâi aici pentru totdeauna, spuse el, înghițind în sec. Ești prea inteligentă. Prea interesantă. Își feri privirea și continuă: N-ai decât o singură viață. E datoria ta s-o trăiești cât mai din plin.

– Bine, am încuviințat eu, pe un ton foarte calm. Atunci spune-mi unde aș putea să plec. Unde ai merge tu, dacă ar fi să mergi undeva?

– Chiar acum?

– Chiar acum. Și nu ai voie să spui Kilimanjaro. Trebuie să fie un loc unde mi-aș putea imagina să merg și eu.

Când chipul i se destinse, Will părea să fi devenit cu totul altcineva. Un zâmbet i se întipări pe față, iar ochii i se îngustară de plăcere.

– Paris. Aș sta pe terasa unei cafenele din Le Marais să beau cafea și să mănânc o farfurie întreagă de croasanți calzi, cu unt nesărat și gem de căpșune.

– Le Marais?

– E un mic cartier în centrul Parisului. E plin de străduțe întortocheate și de bloculețe șubrede, de homosexuali și de evrei ortodocși și de femei trecute de o anumită vârstă care arătau cândva ca Brigitte Bardot. Dacă mergi la Paris, trebuie să stai acolo.

M-am întors spre el și i-am spus încet:

– Am putea merge acolo. Cu trenul Eurostar ar fi foarte simplu. Nu cred că e necesar să-i cerem lui Nathan să ne însoțească. N-am fost niciodată la Paris, dar mi-ar plăcea să merg. Chiar mi-ar plăcea. Mai ales cu cineva care a mai fost acolo. Ce spui, Will?

Deja mă imaginam în cafeneaua de care-mi vorbise. Stăteam la o masă, poate admirându-mi perechea de pantofi franțuzești noi-nouți, cumpărați dintr-un butic șic, sau ciugulind dintr-un croasant cu unghiile date cu ojă roșie. Simțeam gustul cafelei și mirosul de țigări Gauloises de la masa alăturată.

– Nu.

– Poftim?

Îmi trebuiră câteva clipe să mă smulg din reverie și să revin cu picioarele pe pământ.

– Nu.

– Dar abia ce mi-ai spus...

– N-ai înțeles, Clark. Nu vreau să merg acolo în... în chestia asta, zise el pe un ton mai scăzut și înclină din cap spre scaun. Vreau să merg la Paris eu însumi, cum eram înainte de accident. Vreau să stau relaxat, rezemat de spătar, în hainele mele preferate, iar tinerele franțuzoaice drăguțe să mă privească așa cum l-ar privi pe oricare bărbat de acolo. Nu să-și întoarcă privirea îngrozite când își dau seama că sunt un bărbat într-un blestemat de cărucior cât toate zilele.

– Dar am putea încerca, m-am aventurat eu. Nu trebuie să fie...

– Nu, n-am putea. Fiindcă în momentul ăsta pot să închid ochii și să știu exact cum ar fi să fiu pe Rue des Francs Bourgeois, cu țigara în mână, cu un pahar mare de suc de portocale în fața mea pe masă, simțind mirosul fripturii comandate de cineva de alături și auzind pârâitul unui scuter care se pierde pe străduțe. Cunosc fiecare senzație, făcu Will și înghiți iar în sec. În ziua în care vom merge, iar eu voi fi în mașinăria asta blestemată, toate amintirile, toate senzațiile mele se vor risipi, anulate de efortul de a mă așeza la masă, de a merge pe întortocheatele străzi pariziene, de șoferii de taxi care vor refuza să ne ia și de nenorocitul de încărcător electric care nu se potrivește la prizele franțuzești. Înțelegi?

Vocea i se înăsprise. Am înșurubat la loc capacul termosului, privindu-mi vârfurile pantofilor, fiindcă nu voiam ca Will să-mi vadă chipul.

– Înțeleg, am îngânat.

– Bine, făcu Will și inspiră adânc.

Lângă noi, un autobuz opri să descarce un grup nou de vizitatori la porțile castelului. I-am privit în tăcere cum ieșeau din vehicul și pătrundeau în vechea fortăreață într-un singur șir ordonat, dornici să admire ruinele altor epoci.

Will își dădu seama poate că eram puțin abătută, căci se apropie puțin de mine, iar expresia încruntată i se șterse de pe chip.

– Așadar, Clark... Ploaia pare să se fi oprit. Unde să mergem în după-amiaza asta? În labirint?

– Nu.

Cuvântul îmi țâșni de pe buze mai repede decât aș fi vrut și am surprins privirea mirată a lui Will îndreptată asupra mea.

– Suferi de claustrofobie?

– Ceva de genul ăsta, i-am răspuns și am început să strâng lucrurile. Hai mai bine să ne întoarcem acasă!

La sfârșitul săptămânii următoare, am coborât în bucătărie în miez de noapte să beau niște apă. Nu prea puteam adormi și descoperisem că era vag de preferat să mă ridic în loc să zac în pat, luptându-mă cu vârtejul amețitor de gânduri din minte.

Nu-mi plăcea să fiu trează noaptea. Nu mă puteam opri să nu mă întreb dacă la ora aceea Will nu era și el treaz de cealaltă parte a castelului, și imaginația mea căuta, aproape împotriva voinței, să-i pătrundă în gânduri. Iar acela era un loc întunecat.

Adevărul era că nu reușisem mare lucru cu el. Timpul se scurgea. Nu-l putusem nici măcar convinge să facem o excursie la Paris. Și, când îmi spusese de ce, îmi venise greu să-l contrazic. Avea câte un motiv întemeiat să refuze aproape orice călătorie mai lungă pe care i-o sugeram. Și, fără să-i pot spune de ce eram atât de dornică să-l iau cu mine, nu aveam nici o posibilitate de a-l influența.

Tocmai treceam pe lângă camera de zi când am auzit un zgomot – o tuse înăbușită sau poate o exclamație. M-am oprit, m-am dat câțiva pași înapoi și am rămas în prag, împingând ușor ușa. Pe podeaua camerei de zi, cu pernele de pe canapea așezate într-un fel de pat improvizat, zăceau părinții mei, sub cuvertura pentru musafiri, cu capetele la nivelul focului din şemineu. Ne-am privit câteva clipe în semiîntunericul din cameră – eu nemişcată, cu paharul în mână.

– Ce... ce faceţi aici?

Mama se ridică într-un cot:

– Şşşt! Mai încet! Noi... Se opri şi privi spre tata. Am avut chef de o schimbare.

– Poftim?

– Am avut chef de o schimbare, repetă ea, cerând, din priviri, ajutorul tatei.

– I-am dat Treenei dormitorul nostru, interveni tata. Purta un tricou albastru uzat, rupt la un umăr, iar părul îi stătea lipit pe o parte a capului. Ea şi Thomas nu se simţeau prea bine în debara. Le-am zis să doarmă la noi în cameră.

– Dar nu puteţi dormi aici! Nu e comod pe jos!

– Suntem bine, scumpo, mă linişti tata. Serios! Şi apoi, în timp ce eu continuam să-i privesc, buimăcită, încă încercând să înţeleg ce se întâmplă, adăugă: Doar la sfârşit de săptămână. Iar tu nu mai poţi dormi iar în debara. Trebuie să te odihneşti bine, fiindcă... înghiţi el în sec. Tu eşti singura din familie care mai aduce un ban în casă.

Nu mă putea privi în ochi.

– Acum mergi şi te culcă, Lou! Hai, du-te! Suntem bine, mă izgoni, practic, mama.

Am urcat scările fără zgomot, căci picioarele mi se afundau în covor, în timp ce până la mine răzbătea slab scurta discuţie şoptită pe care o lăsasem în urmă.

Am ezitat în faţa dormitorului părinţilor, percepând acum ceea ce nu auzisem până atunci – sforăitul înfundat al lui Thomas înăuntru. Apoi am luat-o încet pe palier către camera mea şi am închis cu grijă uşa după mine. Întinzându-mă pe patul imens, am rămas cu privirea aţintită asupra felinarului de pe stradă, până ce zorii – în sfârşit, din fericire – mi-au adus câteva ore preţioase de somn.

Pe calendarul meu rămăseseră şaptezeci şi nouă de zile. Am început să mă simt din nou înspăimântată.

Şi nu eram singura.

Doamna Traynor aşteptă într-o zi, la prânz, până când Nathan veni să-l ia pe Will şi apoi mă rugă s-o însoţesc în clădirea principală a casei. Mă pofti să mă aşez pe canapeaua din camera de zi şi mă întrebă cum mi se părea că merg lucrurile.

– Păi, ieşim mult mai des, i-am spus eu.

Ea înclină din cap a încuviinţare.

– Will vorbeşte mult mai mult ca până acum.

– Cu tine, poate, încercă ea să râdă, dar fără să reuşească, de fapt. I-ai spus că ai vrea să mergi cu el în străinătate?

– Nu încă. Dar îi voi spune. Doar că... ştiţi cum e el.

– Nu e nici o problemă dacă vrei să mergi undeva, mă asigură ea. Ştiu că n-am fost cei mai entuziaşti adepţi ai ideii tale, dar am discutat mult cu Steven şi am căzut amândoi de acord că...

Se aşternu tăcerea. Doamna Traynor îmi adusese cafea, într-o ceaşcă, pe o farfurioară. Am sorbit din ea. A ţine o ceşcuţă în echilibru instabil în poală mă făcea întotdeauna să mă simt de şaizeci de ani.

– Aşadar... Will mi-a spus că a fost acasă la tine.

– Da, de ziua mea. Părinţii mei au pregătit o masă.

– Şi? Cum s-a comportat?

– Bine. Chiar foarte bine. A fost foarte drăguţ cu mama, i-am spus, şi nu m-am putut opri să nu zâmbesc la gândul acestei amintiri plăcute. E puţin tristă fiindcă sora mea şi fiul ei s-au mutat de la noi şi îi e foarte dor de ei. Cred că Will... a vrut să-i mute gândurile.

Doamna Traynor păru surprinsă:

– A fost foarte... binevoitor din partea lui.

– Da, şi mama a fost de aceeaşi părere.

Amestecă în ceaşca de cafea cu linguriţa şi murmură:

– Nici nu mai ţin minte de când Will n-a mai vrut să mănânce împreună cu noi.

Mai sondă terenul o vreme, dar fără să-mi pună întrebări directe – pentru că nu era stilul ei. Nu-i puteam însă oferi răspunsurile pe care şi le dorea. În unele zile mi se părea că Will e relativ fericit – accepta să ieşim fără să protesteze, mă tachina, mă provoca intelectual, părea ceva mai implicat în lumea din afară –, dar ce ştiam eu, de fapt, despre el? Simţeam în el un teritoriu vast şi greu de pătruns, o lume care nu-mi dădea nici un fel de indiciu despre ea. Iar în ultimele câteva săptămîni avusesem sentimentul neplăcut că acest teritoriu se lărgea.

– Pare ceva mai fericit, spuse doamna Traynor ca și cum încerca să se liniștească pe ea însăși.

– Da, și eu cred asta.

– A fost foarte... reconfortant pentru noi – privirea ei mă fixă pentru o clipă – să-l vedem regăsind ceva din Will cel de odinioară. Și sunt perfect conștientă că toate aceste îmbunătățiri ți se datorează ție.

– Nu chiar toate.

– Eu n-am putut pătrunde în sufletul lui. Nu mi-a permis nici măcar să mă apropii de el, spuse doamna Traynor, așezându-și ceșcuța și farfurioara pe genunchi. Este o persoană aparte. Încă de când a intrat în adolescență, a trebuit să mă lupt constant cu sentimentul că, în ochii lui, făcusem cumva ceva greșit. Niciodată n-am reușit să-mi dau seama ce anume.

Încercă să râdă, dar râsul îi îngheță pe buze, și privirile ei se opriră doar o clipă asupra mea, îndreptându-se, apoi, în altă parte.

M-am prefăcut că sorb din ceașcă, deși cafeaua mi se terminase.

– Te înțelegi bine cu mama ta, Louisa?

– Da, am încuviințat eu și am adăugat: Sora mea e cea care mă scoate din minți.

Doamna Traynor privea afară pe fereastră, unde prețioasa ei grădină începuse să înflorească într-o combinație elegantă de tonuri de roz, mov și albastru.

– Ne-au mai rămas doar două luni și jumătate, zise ea, fără să se întoarcă spre mine.

Mi-am pus ceașca de cafea pe masă cu mare grijă, ca să nu facă zgomot.

– Fac tot ce-mi stă în puteri, doamnă Traynor.

– Știu, Louisa, știu, înclină ea din cap.

Am ieșit singură.

Leo McInerney a murit pe 22 mai în camera unui apartament anonim din Elveția, îmbrăcat cu tricoul lui preferat de fotbal și având-i alături pe părinții lui. Fratele lui mai mic a refuzat să vină, dar a făcut publică o declarație prin care susținea că nimeni nu fusese mai iubit și mai susținut decât fratele lui. Leo a băut soluția lăptoasă de barbiturice letale la ora 3.47 după-amiază, și părinții lui au afirmat că în câteva minute părea deja adâncit într-un somn profund. A fost declarat mort la puțin timp după ora 4 în după-amiaza aceea de către un observator care asistase la întreaga scenă, înregistrat de o cameră video menită să contracareze orice posibilă acuzație.

„Părea împăcat. E singurul lucru de care mă pot agăța", a declarat mama în fața reporterilor.

Părinții lui Leo fuseseră interogați de trei ori de poliție și riscau să fie urmăriți în justiție. Primiseră scrisori de amenințare. Mama părea îmbătrânită cu douăzeci de ani. Și totuși, atunci când vorbea, pe chipul ei se citea și altceva decât jalea, furia, spaima și epuizarea – o senzație de profundă ușurare.

„În sfârșit, arăta ca Leo cel adevărat."

Capitolul 15

– Atunci ia spune, Clark, ce evenimente incitante ai mai plănuit pentru diseară?

Eram în grădină. Nathan făcea cu Will exerciții de fizioterapie, mișcându-i cu blândețe genunchii în sus, către piept, apoi în jos. Will zăcea pe o pătură, cu fața la soare și brațele întinse în lături ca și cum ar fi făcut plajă. Eu stăteam pe iarbă lângă ei și-mi mâncam sendvișurile. Ajunsesem să mai plec doar rareori la orele prânzului.

– De ce?

– Sunt curios. Mă interesează să știu cum îți petreci timpul când nu ești aici.

– Păi... diseară am un curs scurt de arte marțiale cu un mare maestru chinez, apoi iau un elicopter până la Monte Carlo pentru cină. Și apoi s-ar putea să rămân la un cocktail la Cannes – în drum spre acasă. Dacă te uiți pe cer pe la... să zicem, 2 noaptea, o să-ți fac cu mâna când mă întorc, i-am spus, după care, desfăcând cele două felii ale sendvișului, ca să văd cu ce erau umplute, am adăugat: O să termin, probabil, cartea.

Will îi aruncă lui Nathan o privire și spuse, rânjind:

– Ha! Zece lire.

– Din nou, spuse Nathan, băgând mâna în buzunar și dându-i lui Will o bancnotă.

M-am holbat la ei.

– Din nou ce? am spus.

– Will a pariat zece lire că diseară o să stai să citești. Eu am zis că o să te uiți la televizor. El câștigă tot timpul, mă lămuri Nathan.

Am rămas înlemnită, cu sendvișul la gură:

– Tot timpul? Voi pariați pe cât de plictisitoare e viața mea?

– Noi n-am spune asta, zise Will, dar sentimentul vag de vinovăție din ochii lui îmi spunea altceva.

M-am ridicat în picioare.

– Hai să spunem lucrurilor pe nume! Voi doi pariați pe bani că vineri seara eu o să stau acasă, fie citind, fie uitându-mă la televizor?

– Nu, zise Will. Eu am pariat și că o să mergi să-l vezi pe Alergător antrenându-se pe pistă.

Nathan lăsă jos piciorul lui Will, apoi îi luă brațul și începu să-l maseze de la încheietură în sus.

– Și dacă v-aș spune că fac cu totul altceva?

– Dar nu faci niciodată altceva, remarcă Nathan.

– De fapt, asta mi se cuvine, am spus, smulgând bancnota din mâna lui Will. Pentru că în privința serii de azi v-ați înșelat amândoi.

– Dar ai spus că o să citești cartea! protestă el.

– Acum am asta! i-am strigat, fluturându-i prin față bancnota. O să mă duc la cinema. Pune-ți pofta-n cui! Legea consecințelor neintenționate sau oricum s-o mai chema...

Am băgat banii în buzunar și mi-am pus resturile de sendviș în punga de hârtie. Zâmbeam când am plecat de lângă ei, dar, în mod bizar și fără vreun motiv inteligibil, ochii mi se umpluseră de lacrimi.

În dimineața aceea stătusem o oră să lucrez la calendar, înainte să vin la Granta House. În unele zile stăteam doar și mă uitam la el din pat, cu carioca în mână, încercând să-mi dau seama unde anume l-aș mai fi putut duce pe Will. Încă nu eram convinsă că pot merge cu el prea departe și, chiar și cu Nathan, gândul unei excursii de două zile mi se părea descurajant.

Răsfoiam ziarul local, urmărind știrile legate de meciurile de fotbal și sărbătorile sătești, dar mi-era teamă, după dezastrul de la curse, că scaunul lui Will s-ar fi putut iarăși împotmoli în iarbă. Eram îngrijorată că prezența atâtor oameni i-ar fi dat un sentiment de vulnerabilitate. Trebuia să exclud orice activitate legată de cai – iar într-o regiune ca a noastră, asemenea activități erau foarte numeroase. Știam că nu i-ar plăcea să-l vadă pe Patrick alergând, iar sporturi precum crichet sau rugby îl lăsau cu totul rece. În unele zile mă simțeam neputincioasă din pricina incapacității mele de a veni cu idei noi.

Poate că Nathan și Will aveau dreptate. Poate eram o ființă plictisitoare. Poate că eram persoana cea mai puțin în măsură să născocească lucruri care i-ar fi putut stârni lui Will pofta de viață.

O carte sau o emisiune la televizor.

În formula asta, părea greu de crezut că aș fi într-adevăr în stare de altceva.

După ce Nathan plecă, Will mă găsi în bucătărie. Stăteam la măsuță, curățând cartofi pentru masa lui de seară, și n-am ridicat ochii când se postă în dreptul ușii. Mă privi îndeajuns de mult pentru ca, știindu-mă analizată, urechile să mi se înroșească de emoție.

– Știi, Will, i-am zis, în cele din urmă. Aș fi putut fi brutală cu tine în grădină. Ți-aș fi putut răspunde că nici tu nu faci prea multe.

– Hm, nu cred că Nathan ar fi pariat vreodată pe varianta că am să ies diseară la club să dansez, ripostă el malițios.

– Știu că ați glumit, am spus, continuând să curăț coaja unui cartof. Dar chiar m-ați făcut să mă simt aiurea. Dacă aveați de gând să puneți pariuri pe viața mea plicticoasă, chiar trebuia să-mi aduceți asta la cunoștință? N-ați fi putut, tu și Nathan, s-o faceți în particular?

Câteva clipe, Will tăcu. Când am ridicat, într-un târziu, ochii spre el, mă privea țintă.

– Îmi pare rău, se scuză el.

– Nu arăți ca și cum ți-ar părea rău.

– Ei... bine, poate am vrut să afli. Ca să te determin să te gândești la ceea ce faci.

– La felul cum las viața să treacă pe lângă mine...

– Da, cam așa ceva.

– Doamne, Will! Aș vrea să încetezi să-mi mai spui tu ce am de făcut. Ce dacă îmi place să mă uit la televizor? Ce dacă nu vreau să fac mai nimic altceva decât să citesc o carte? Vocea îmi deveni stridentă. Ce dacă sunt obosită când ajung acasă? Ce dacă nu simt nevoia să-mi umplu zilele cu o activitate frenetică?

– Dar într-o zi s-ar putea să-ți dorești să ți le fi umplut, șopti el. Știi ce-aș face dacă aș fi în locul tău?

Am lăsat jos răzătoarea de cartofi.

– Bănuiesc că ai să-mi spui oricum.

– Da. Și o fac fără nici o jenă. Aș face niște cursuri serale. M-aș pregăti să devin croitoreasă sau designer de modă sau orice are legătură cu ceea ce-ți place cel mai tare, zise el, înclinând din cap spre rochia mea mini, o creație inspirată de rochiile Pucci din anii '60, pe care o făcusem dintr-o draperie veche de-a bunicului.

Când o văzuse pentru prima oară, tata strigase la mine: „Lou, vino-ți fire, zăpăcito!" Și nu se oprise din râs decât după vreo cinci minute.

– Aș încerca să găsesc ceva ce-aș putea face și care să nu coste prea mult – cursuri de fitness, înot, voluntariat, orice. În locul tău aș învăța să cânt la vreun instrument, sau aș plimba câinele cuiva, sau...

– Bine, bine, am înțeles ideea, l-am întrerupt, iritată. Dar eu nu sunt tu, Will.

– Din fericire pentru tine.

Am rămas în tăcere o vreme, apoi Will intră în bucătărie și își ridică scaunul la același nivel cu mine, peste masă.

– Bine, i-am spus, și ce făceai tu după slujbă? Atât de valoros?

– Nu aveam prea mult timp după slujbă, dar încercam să fac ceva în fiecare zi. Mergeam la panouri de cățărare, jucam squash, mergeam la concerte, încercam restaurante noi...

– Da, e ușor să faci toate astea dacă ai bani, am protestat eu.

– Și alergam. Da, serios, zise el pentru că eu ridicasem o sprânceană. Încercam să învăț limbi vorbite în locurile unde visam să ajung cândva. Ieșeam cu prietenii – sau, mă rog, cu cei pe care îi consideram prieteni... Ezită un moment, apoi continuă: Și plănuiam călătorii. Căutam locuri unde nu mai fusesem niciodată, care mă înfricoșau sau mă puneau la încercare. O dată am străbătut înot Canalul Mânecii. Da, adăugă el repede, căci mă pregăteam să-l întrerup. Știu că multe dintre lucrurile astea necesită bani, dar există și unele pentru care n-ai nevoie de bani. Și, în plus, cum crezi că am făcut eu bani?

– Jefuindu-i pe alții cu afacerile tale?

– Am stat să înțeleg ce mă putea face fericit și ce anume voiam să fac și m-am antrenat să lucrez într-un domeniu care să îmbine aceste două lucruri.

– Dacă totul ar fi așa de simplu precum spui...

– Chiar este simplu, insistă el. Adevărul e că trebuie să și muncești mult. Iar oamenii nu prea sunt dispuși să muncească pe brânci.

Terminasem de curățat cartofii. Am aruncat cojile la gunoi și am pus tigaia pe plită. M-am întors și, sprijinindu-mă în brațe, m-am așezat pe tăblia mesei, așa încât să stau față în față cu Will, dând din picioare sub masă.

– Ai avut o viață superbă, nu?

– Da, am avut, zise el și se apropie, ridicându-și scaunul în așa fel încât ochii noștri să fie aproape la același nivel. De asta mă enervezi, Clark. Pentru că eu văd tot talentul tău, toată această... Ridică din umeri și continuă: Această energie... inteligență și...

– Nu spune „potențial"...

– Ba da, potențial. Și nu pot înțelege sub nici o formă cum de te poți mulțumi cu o asemenea existență măruntă. O existență întinsă pe o rază de doar câțiva kilometri, unde nu există nimeni care să te surprindă, sau să te stimuleze, sau să-ți arate lucruri fantastice sau tulburătoare.

– Acesta e felul tău de a-mi spune că ar trebui să fac și lucruri mult mai valoroase decât să-ți curăț cartofii, nu?

– Îți spun că există o lume întreagă afară. Dar că ți-aș fi foarte recunoscător dacă mi-ai pregăti mai întâi cartofii.

Îmi zâmbi, și n-am putut să nu-i zâmbesc și eu.

– Nu crezi că...? am început eu, dar m-am oprit brusc.

– Ce să cred? Continuă!

– Nu crezi că, de fapt, acum ți-e mai greu... să te adaptezi... tocmai pentru că ai făcut atâtea?

– Mă întrebi dacă îmi doresc să nu le fi făcut niciodată?

– Mă întreb doar dacă nu ți-ar fi acum mai ușor. Dacă ai fi dus o viață mai măruntă. Mai ușor să trăiești acum, vreau să spun.

– N-am să regret niciodată – niciodată – lucrurile pe care le-am făcut. Fiindcă în majoritatea zilelor, atunci când ești țintuit într-un scaun din ăsta, tot ce-ţi rămâne este să mergi cu gândul în locurile în care ai mai fost. Will surâse, dar cu un zâmbet încordat, ca şi cum asta l-ar fi costat un mare efort. Deci, în caz că mă întrebi dacă mi-ar plăcea, mai curând, să-mi amintesc cum arată castelul văzut de la magazin sau superbul şir de buticuri de lângă sensul giratoriu de mai jos, atunci răspunsul meu e „nu". Viaţa mea a fost foarte în regulă, mulţumesc.

M-am ridicat de la masă. Nu-mi dădeam seama cum, dar aveam iarăşi impresia că Will mă înghesuise într-un colţ. M-am întins după tocătorul de lemn de pe uscător.

– Şi, Lou, îmi pare rău în legătură cu pariul...

– Da, bine, m-am întors spre el şi am început să spăl tocătorul sub jetul de apă de la chiuvetă. Nu-ţi imagina că o să primeşti cele zece lire înapoi!

Două zile mai târziu, Will ajunse la spital din cauza unei infecţii. O măsură de precauţie, spuneau medicii, deşi era evident pentru toată lumea că avea dureri mari. Unii tetraplegici nu au senzaţii tactile, dar, deşi era insensibil la temperatură, Will simţea, sub piept, atingerea şi durerea. Am mers să-l văd de două ori, aducându-i muzică şi dulciuri şi oferindu-mă să-i ţin companie, dar, în mod ciudat, am simţit că nu sunt tocmai bine-venită şi mi-am dat seama rapid că Will nu voia, de fapt, prea multă atenţie acolo. Mi-a spus să plec acasă şi să profit cât mai mult de timpul liber.

Cu un an înainte, aş fi irosit aceste zile; aş fi căscat gura prin magazine, poate aş fi ieşit cu Patrick să mâncăm, la prânz, în oraş. Poate m-aş fi uitat toată ziua la televizor şi aş fi avut o vagă tentativă de a-mi face ordine prin haine. Şi cred că aş fi şi dormit foarte mult.

Acum însă mă simţeam ciudat de neliniştită şi înstrăinată. Îmi lipsea un motiv pentru care să mă trezesc de dimineaţă, un scop al zilei.

Îmi luă o jumătate de dimineaţă ca să-mi dau seama că puteam folosi timpul liber în mod util. Am plecat la bibliotecă şi am început să cercetez. Am căutat pe toate site-urile despre paraplegici pe care le-am putut găsi şi am identificat lucruri pe care le puteam face când Will avea să se simtă mai bine. Am scris liste, adăugând la fiecare eveniment echipamentele sau lucrurile care ar fi fost necesare.

Am descoperit cluburi virtuale unde conversau cei cu leziuni ale măduvei spinării și am aflat că existau mii de bărbați și de femei la fel ca Will, trăind, neștiuți, la Londra, Sydney, Vancouver sau chiar în imediata noastră apropiere - ajutați de prieteni sau familie, iar uneori sfâșietor de singuri.

Nu eram singura îngrijitoare interesată de astfel de site-uri. Am dat de iubite care întrebau cum și-ar putea ajuta partenerii să capete încrederea de a ieși iar în lume, de soți care căutau sfaturi despre cele mai noi dispozitive medicale. Am găsit reclame la scaune cu rotile care puteau merge pe nisip sau pe drumuri accidentate, la macarale inteligente și la căzi de baie gonflabile.

Existau și anumite prescurtări în discuțiile lor. Am aflat că LMS însemna „leziune a măduvei spinării", PDFF - „persoană în deplinătatea facultăților fizice" sau ITU - „infecție a tractului urinar". Am citit că leziunile la vertebrele C4-C5 erau mult mai grave decât leziunile la C11-C12, care păreau să permită majorității bolnavilor să-și folosească brațele sau bustul. Am întâlnit povești de dragoste și despărțiri, parteneri care se chinuiau să se adapteze dramei prin care treceau soții sau soțiile lor, dar și cazuri de copii tetraplegici. Erau soții care se simțeau vinovate că se rugaseră ca soții să nu le mai bată - și apoi descoperiseră că aceștia n-aveau să se mai miște niciodată. Existau soți care ar fi vrut să-și părăsească soțiile tetraplegice, dar care se temeau de reacția comunității. Am văzut epuizare, disperare și mult umor negru - glume despre pungi de cateter care explodează, tâmpenii comise de oameni bine intenționați sau aventuri la beție sfârșite prost. Căderile din scaunele cu rotile păreau să fie o temă recurentă. Și existau și postări despre sinucidere - unele scrise de cei care doreau să recurgă la ea, altele de cei care-i încurajau să-și mai acorde o șansă, să învețe să-și privească altfel existența. Am citit fiecare postare și am simțit că pătrund, printr-o ușiță secretă, în mecanismele creierului lui Will.

Am răsuflat adânc și am scris și eu un mesaj.

Salut! Sunt prietena/îngrijitoarea unui tetraplegic C5-C6 de 35 de ani. A fost un om foarte dinamic și de succes până la accidentul suferit și are probleme să se adapteze la noua lui viață.

De fapt, știu că nu mai vrea să trăiască și încerc să găsesc modalități de a-l determina să se răzgândească. Vă rog, poate cineva să-mi spună ce ar trebui să fac? Aveți idee ce lucruri i-ar putea face plăcere sau l-ar putea face să gândească altfel? Sunt recunoscătoare pentru orice sfat.

M-am semnat Albinuța Ocupată. Apoi m-am lăsat pe spate în scaun, mi-am ros o unghie o vreme și, în cele din urmă, am apăsat „Trimite".

Când m-am așezat la calculator a doua zi dimineață, aveam paisprezece răspunsuri. M-am logat pe chat și am rămas uimită văzând lista de nume și răspunsurile venite, peste noapte, de la oameni din toată lumea. Primul spunea așa:

Dragă Albinuță Ocupată,

Bine ai venit printre noi! Sunt sigur că prietenul tău se va simți foarte ușurat dacă va ști că există cineva care are grijă de el.

„Nu sunt prea convinsă", m-am gândit.

Cei mai mulți dintre noi, cei de aici, au trecut printr-o perioadă dificilă în viața lor. Poate că și prietenul tău trece prin ea. Nu-l lăsa să te respingă! Fii optimistă! Și reamintește-i că nu el are dreptul de a decide când să vină și când să plece din această lume, ci doar Dumnezeu. El a decis să schimbe viața prietenului tău, în înțelepciunea Lui, și aceasta poate fi o lecție prin care El...

Am trecut deja la următorul mesaj.

Dragă Albinuță,

Nu încape îndoială, viața unui tetraplegic poate fi oribilă. Dacă prietenul tău a fost și tipul competitiv și aventuros, atunci cu siguranță îi e și mai greu. Iată ce m-a ajutat pe mine. Multă lume în jur, chiar și când nu simțeam nevoia. Mâncarea bună.

Medicii buni. Medicamentele bune, antidepresive la nevoie. Nu ne-ai spus unde locuiești, dar, dacă l-ai putea convinge să discute cu alți membri ai comunității LMS, s-ar putea să-i fie de folos. Și eu am fost destul de refractar la început (cred că o parte din mine nu voia să admită că eram tetraplegic), dar e foarte util să știi că nu ești singur.

A, și nu-l lăsa să se uite la filme precum Scafandrul și fluturele[1]*! Risc mare de depresie!*

Dă-ne de veste cum te descurci!

Toate cele bune!

Ritchie

Am căutat pe internet *Scafandrul și fluturele*. „Povestea unui bărbat care rămâne complet paralizat, în urma unui accident cerebral, și a tentativelor lui de a comunica, ulterior, cu lumea exterioară", scria un site web. Mi-am notat titlul în carnețel, neștiind precis dacă făceam asta ca să mă asigur că Will nu va vedea filmul sau ca să-mi reamintesc să-l văd eu.

Următoarele două răspunsuri erau de la un adventist de ziua a șaptea și de la un bărbat care-mi sugera că l-aș putea bucura pe Will în moduri care cu siguranță nu erau trecute în contractul meu de muncă. M-am înroșit toată și am trecut repede mai departe, temându-mă ca nu cumva cineva aflat în spatele meu să citească frazele de pe ecran. Și apoi am ezitat în fața următorului răspuns.

Bună, Albinuțo Ocupată!

De ce crezi că prietenul/angajatorul/cine o fi ar trebui să se răzgândească? Dacă aș putea găsi un mod de a muri cu demnitate și aș ști că asta nu mi-ar distruge familia, aș face-o fără să stau pe gânduri. Sunt țintuit în scaunul cu rotile de opt ani și viața mea e un șir nesfârșit de umilințe și frustrări. Te poți pune cu adevărat în pielea lui? Știi cum e să nu fii capabil nici

---

1 Film realizat în 2005 de către Julian Schnabel după cartea omonimă a jurnalistului francez Jean-Dominique Bauby (1952–1997), care a suferit un atac cerebral și a rămas complet paralizat la vârsta de 43 de ani (n.red.)

măcar să-ți golești intestinele fără ajutorul cuiva? Să știi că ești condamnat pentru totdeauna să rămâi legat de scaunul tău, incapabil să mănânci, să te îmbraci, să comunici cu lumea exterioară fără ajutorul cuiva? Să nu mai faci niciodată sex? Pari o persoană drăguță și sunt convins că îi vrei binele. Dar poate că de săptămâna viitoare nu tu vei mai avea grijă de el. Poate va fi cineva care o să-l deprime sau chiar n-o să-l sufere. Iar asta, ca orice altceva, e în afara voinței lui, el nu-l poate controla. Noi, cei cu LMS, știm că putem controla extrem de puține lucruri – în rest, alții ne hrănesc, ne îmbracă, ne spală, ne dictează ce medicamente să luăm. E cumplit de greu să trăiești cu acest gând.

Prin urmare, cred că ai pus greșit întrebarea. Cine sunt PDFF să decidă cum ar trebui să fie viețile noastre? Dacă viața pe care o duce prietenul tău nu este potrivită pentru el, atunci întrebarea pe care ar trebui să ți-o pui n-ar fi, mai curând: Cum l-aș putea ajuta să-i pună capăt?

Îți urez toate cele bune!

ForțaG, Missouri, SUA

Am rămas cu privirea încremenită asupra mesajului și cu degetele înțepenite pe tastatură. Apoi am citit mai departe. Următoarele mesaje erau răspunsurile altor tetraplegici către ForțaG, care îi criticau cuvintele sumbre, susținând că ei găsiseră un mijloc de a merge mai departe, că viața lor merita trăită. Era o mică dispută care părea să nu aibă nimic de-a face cu Will.

Apoi răspunsurile reveneau la postarea mea. Mi se sugerau antidepresive, masaje, unii povesteau despre recuperări miraculoase, despre cum viețile membrilor clubului ajunseseră să dobândească o nouă valoare. Existau și câteva sugestii practice: degustări de vinuri, muzică, tastaturi special adaptate.

„Un partener de viață", spunea Grace31 din Birmingham. „Dacă prietenul tău va avea parte de dragoste, va simți că poate merge mai departe. Fără dragoste, eu m-aș fi scufundat de multe ori până acum."

Aceste cuvinte îmi rămaseră întipărite în minte multă vreme după ce am plecat de la bibliotecă.

*

Will ieși din spital joi. L-am luat cu mașina lui modificată și l-am adus acasă. Era palid și extenuat și privi, placid, pe geam pe toată durata călătoriei.

– Nu se poate dormi în spitale, îmi explică el atunci când l-am întrebat dacă se simte bine. Întotdeauna în patul de alături e cineva care geme.

I-am spus că avea la dispoziție zilele de la sfârșitul săptămânii să se întremeze, dar că, după aceea, plănuisem o serie de ieșiri. I-am mărturisit că îi urmasem sfatul și încercam lucruri noi și că el trebuia să mă însoțească. Era o schimbare subtilă de accent, dar știam că aceasta era singura modalitate de a-l determina să vină cu mine.

De fapt, întocmisem un program detaliat pentru următoarele săptămâni. Fiecare eveniment era marcat cu grijă în calendarul meu cu carioca neagră. Cu roșu scrisesem măsurile de precauție pe care trebuia să le iau, iar cu verde, accesoriile necesare. De fiecare dată când mă uitam spre ușă simțeam fiori de emoție și nerăbdare, nu doar pentru că fusesem, în sfârșit, atât de organizată, ci și pentru că unul dintre evenimentele acelea ar fi putut să fie placa turnantă care să-i schimbe lui Will percepția asupra lumii.

După cum spune întotdeauna tata, sora mea este creierul familiei.

Excursia la galeria de artă nu dură nici douăzeci de minute. Și asta incluzând și ocolirea clădirii de trei ori, în căutarea unui loc de parcare potrivit. Am intrat, și nici nu apucasem să închid ușa în urma noastră, când Will îmi spuse că toate tablourile sunt groaznice. L-am întrebat de ce crede asta și mi-a spus că, dacă nu pot înțelege singură, el nu e în stare să-mi explice. Ieșirea la cinema a trebuit abandonată după ce personalul și-a cerut scuze că ascensorul lor era defect. Alte proiecte, precum tentativa de a merge la înot, au cerut mai mult timp și organizare – a trebuit să sun în prealabil la bazinul de înot, să-l rog pe Nathan să rămână peste program –, pentru ca, după ce am ajuns la piscină și a băut în liniște un termos cu ciocolată caldă în parcare, Will să refuze categoric să mai intre.

Miercurea următoare ne-am dus să-l vedem pe un cântăreț la al cărui concert Will mai asistase cândva la New York. A fost o excursie reușită.

A doua zi l-am dus la o degustare de vinuri, parte a unui eveniment promoțional organizat de o podgorie într-un magazin specializat de vinuri. A trebuit să-i promit lui Nathan că n-aveam să-l aduc pe Will acasă beat. I-am dat să miroasă fiecare pahar, și el știa ce fel de vin e chiar înainte să-l guste. M-am stăpânit cât am putut să nu izbucnesc în râs atunci când a scuipat o gură de vin în paharul gradat (mi s-a părut foarte amuzant), iar el m-a privit mirat și mi-a spus că eram de o naivitate copilărească. Patronul magazinului, care inițial a fost cam speriat să aibă drept oaspete un bărbat într-un scaun cu rotile, a sfârșit prin a fi impresionat de cunoștințele lui Will. Pe măsură ce timpul trecea, s-au așternut la vorbă, desfăcând tot alte și alte sticle, discutând despre vinuri și regiuni viticole, în vreme ce eu mă fâțâiam încoace și încolo, zgâindu-mă la etichete și începând, sinceră să fiu, să mă plictisesc.

– Vino, Clark! Ai ocazia să-ți dezvolți cunoștințele despre vinuri, mă invită el din cap să mă așez alături.

– Nu pot. Mama mi-a spus că e urât să scuipi.

Cei doi bărbați se priviră unul pe celălalt de parcă eu aș fi fost cea nebună. Și totuși, Will nu scuipa de fiecare dată. L-am urmărit. Deveni însă suspicios de vorbăreț pentru tot restul după-amiezii – gata tot timpul să izbucnească în râs și mai combativ ca de obicei.

Pe drumul spre casă, am trecut printr-un oraș prin care nu mergeam de obicei și, stând în șirul de mașini, am văzut un salon de tatuaje.

– Întotdeauna mi-am dorit un tatuaj, am spus.

Trebuia să-mi fi dat seama că nu puteai vorbi despre asemenea lucruri în prezența lui Will fără să te aștepți ca el să te descoasă. Imediat, vru să știe de ce nu-mi făcusem încă un tatuaj, dacă-mi doream atât.

– Ah, cred că de teamă. Ce vor spune ceilalți?

– De ce? Ce-ar putea să spună?

– Tata nu suportă tatuajele.

– Stai puțin... Câți ani ziceai că ai?

– Nici Patrick nu le suferă.

– Daaa, și el nu face niciodată nimic din ceea ce nu ți-ar plăcea.

– Poate că aş deveni claustrofobă. Poate m-aş răzgândi după ce mi l-aş face.

– Atunci ţi l-ai putea îndepărta cu laser, nu ştiai?

L-am privit în oglinda retrovizoare. Ochii îi sclipeau de bucurie.

– Haide! Ce tatuaj ţi-ai dori? făcu el.

M-am trezit că zâmbeam.

– În nici un caz un şarpe. Sau numele cuiva.

– Nici nu mă aştept să-ţi doreşti o inimă cu o panglică pe care să scrie „Mama".

– Promiţi să nu râzi de mine?

– Ştii că nu pot face asta. O, Doamne, sper că nu vrei vreun proverb indian în sanscrită sau ceva de genul ăsta!... „Ce nu mă ucide mă face mai puternic."

– Nu. Mi-aş dori o albină. O albinuţă cu negru şi galben. Îmi plac foarte mult albinele.

El încuviinţă din cap, ca şi cum dorinţa mea i s-ar fi părut perfect rezonabilă.

– Şi unde ţi-ai face tatuajul? Sau n-ar trebui să îndrăznesc să întreb?

Am ridicat din umeri.

– Habar n-am! Pe umăr poate... pe şold...

– Trage pe dreapta! zise el.

– De ce? Nu te simţi bine?

– Opreşte odată! E un loc liber acolo. Uite, în stânga ta!

Am tras maşina pe dreapta şi l-am privit, îngrijorată.

– Haide! Nu mai avem altceva plănuit pentru azi.

– Haide unde?

– La salonul de tatuaje.

– O, da, chiar aşa! am spus eu, începând să râd.

– De ce nu?

– Cred că ai băut vinul în loc să-l scuipi.

– Nu mi-ai răspuns la întrebare.

M-am răsucit pe scaun. Will vorbea serios.

– Nu pot pur şi simplu să mă duc şi să-mi fac un tatuaj. Hodoronc-tronc.

– De ce nu?

– Fiindcă...

Am privit pe stradă, către vitrina salonului de tatuaje. Pe ferestrele cam murdare se vedeau o inimă mare din neon și niște fotografii înrămate cu Angelina Jolie și Mickey Rourke.

Vocea lui Will îmi întrerupse gândurile.

– Bun, dacă îți faci un tatuaj, îmi fac și eu.

M-am întors spre el, uimită:

– Ți-ai face un tatuaj?

– Da. Dacă asta te-ar convinge măcar o dată să ieși din cochilia ta...

Am oprit motorul. Am rămas nemișcați, ascultând cum ticăitul i se stinge, în vreme ce dinspre mașinile care continuau să treacă pe stradă pe lângă noi se auzea un murmur surd.

– Tatuajul e relativ permanent.

– Nu „relativ".

– Patrick nu suportă tatuajele.

– Ai mai spus asta.

– Și probabil ne vom îmbolnăvi de hepatită C de la acele nesterilizate. Și vom muri lent, în chinuri oribile. M-am întors către Will. De altfel, cred că nici nu ni le pot face pe loc. Nu chiar în clipa asta, adică.

– Probabil că nu. Dar ce-ar fi să mergem și să verificăm?

Două ore mai târziu, ieșeam din salonul de tatuaje, eu cu douăzeci de kilograme mai slabă și purtând un bandaj chirurgical peste șold, unde cerneala nu se uscase încă. Artistul tatuator îmi spusese că, dată fiind mărimea lui mică, tatuajul putea fi trasat și colorat într-o singură ședință, ceea ce, de altfel, și făcuse. Așa că iată-mă tatuată. Sau, cum Patrick avea, fără îndoială, să spună, „însemnată pe viață". Sub pansamentul alb se afla o albinuță grasă, aleasă din catalogul cu planșe laminate pe care artistul ni-l întinsese imediat ce trecuserăm pragul salonului. Eram aproape nebună de emoție și mă tot aplecam să-mi admir imaginea imprimată pe șold până când Will îmi spuse să mă opresc, ca să nu risc să-mi disloc ceva.

În mod ciudat, Will fusese relaxat și fericit înăuntru. Cei de la salon nu-l priviseră nici măcar o clipă ca pe o ciudățenie. Mai tatuaseră tetraplegici, ceea ce explica ușurința și rapiditatea cu care lucraseră. Fuseseră însă surprinși când Will le spuse că simțea acul intrându-i în piele. Cu șase săptămâni în urmă, terminaseră de făcut un tatuaj unui paraplegic, desenându-i acestuia pe un picior, de sus și până jos, un model ce părea tridimensional.

Un artist tatuator cu urechea străpunsă de un ac gros îl dusese pe Will în încăperea de alături și, cu ajutorul celui care mă tatua pe mine, îl așezase pe o masă specială, astfel că tot ce putusem vedea prin ușa deschisă erau doar picioarele lui, de la genunchi în jos. Îi auzeam pe cei doi artiști murmurând și râzând pe fundalul bâzâitului constant produs de acul de tatuaj, în timp ce mirosul înțepător de antiseptic îmi pătrundea în nări.

Când acul îmi străpunse pentru prima oară pielea, mi-am mușcat buza, hotărâtă să nu-l las pe Will să mă audă cum mă vait. Încercam să-mi imaginez ce tatuaj ceruse el să i se facă și mă străduiam să trag cu urechea la discuția dintre ei.

– Ai o influență extrem de rea asupra mea, Will Traynor, i-am zis, deschizând portiera și coborând rampa.

Nu mă puteam opri să nu surâd satisfăcută.

– Arată-mi!

M-am uitat în stanga și-n dreapta pe stradă, apoi m-am întors și mi-am tras puțin fusta în jos de pe șold.

– Ha, super! Îmi place albinuța ta. Chiar îmi place.

– Acum o să fiu nevoită să port pantaloni cu talie înaltă în prezența părinților pentru tot restul vieții, m-am prefăcut eu supărată, în timp ce-l ajutam să-și ghideze scaunul pe rampă și ridicam rampa. Și gândește-te, dacă mama ta află că și tu ți-ai făcut unul...

– O să-i spun că tu m-ai adus pe drumul pierzaniei.

– Bine, bine, Traynor... Hai, arată-mi și tu tatuajul!

El mă privi atent, cu un început de zâmbet întipărit pe chip.

– Va trebui să pui un pansament nou pe el când ajungem acasă.

– Da, de parcă aș face-o prima oară! Hai! Nu pornesc mașina până nu mi-l arăți.

– Ridică-mi bluza, atunci! În dreapta. Dreapta ta.

M-am aplecat printre scaunele din față ale mașinii și i-am tras în sus bluza, dând deoparte și bucata de tifon ce acoperea tatuajul. Acolo, negru pe pielea lui albă, se afla un dreptunghi alb-negru vărgat, suficient de mic cât să fiu nevoită să mă uit de două ori la el ca să-mi dau seama ce scria.

Termen de valabilitate: 19 martie 2007

Am rămas cu privirile aţintite asupra inscripţiei, am dat să râd, apoi am simţit cum ochii mi se umplu de lacrimi.

- E data...?

- Exact. Data accidentului, spuse el şi-şi ridică privirile spre cer. O, pentru numele lui Dumnezeu, Clark, nu deveni sentimentală! Am vrut să fie amuzant.

- E amuzant. Într-un mod teribil de cinic.

- Lui Nathan o să-i placă. Ei, hai, te rog, nu mai sta aşa! Nu mi-am mutilat trupul perfect, nu-i aşa?

I-am tras bluza în jos, m-am răsucit pe scaun şi am pornit motorul. N-aveam habar ce-aş mai fi putut spune. Nu ştiam ce însemnau toate astea. Oare în sfârşit Will îşi acceptase soarta? Sau era doar un alt mod de a-şi arăta dispreţul faţă de propriul trup?

- Clark, te rog, fă-mi o favoare! zise el, chiar pe când mă pregăteam să demarez. Întinde-te după rucsacul din spatele scaunului meu! Caută în buzunarul cu fermoar.

Am privit în oglinda retrovizoare şi am tras iarăşi frâna de mână. Aplecându-mă printre scaune, am băgat mâna în rucsac, căutând prin el, conform instrucţiunilor primite.

- Vrei analgezice? l-am întrebat.

Eram la câţiva centimetri de faţa lui. Îl vedeam pentru prima dată roşu în obraji de când venise de la spital. Am câteva pastile în...

- Nu. Caută, caută!

Am scos o bucată de hârtie şi m-am aşezat la loc pe scaunul şoferului. Era o bancnotă împăturită de zece lire sterline.

- Ei, aia e! Bancnota de urgenţă.

- Deci?

- E a ta.

- Pentru ce?

- Pentru tatuaj, rânji el. Până nu te-am văzut pe scaunul tatuatorului n-am crezut nici o secundă că ai să ţi-l faci.

Capitolul 16

Nu găseam nici o soluție. Nici o variantă de dormit nu funcționa. La fiecare sfârșit de săptămână când Treena venea acasă, familia Clark începea nesfârșitul joc nocturn al paturilor scârțâitoare. Vineri seara, după cină, mama și tata își cedau dormitorul, iar Treena îl accepta, după ce ei o asigurau că nu-i deranjează câtuși de puțin situația și că Thomas va dormi foarte bine într-o cameră cu care era obișnuit. Asta însemna, după spusele lor, că toată lumea va avea parte de un somn bun.

Dar faptul că mama dormea la parter însemna că ea și tata aveau nevoie de pături, de perne și de cearșafuri, căci ea nu putea dormi dacă patul nu era făcut cum trebuie. Așa că, după cină, ea și Treena strângeau așternuturile de pe patul părinților și-i puneau altele noi, dar și o folie protectoare pentru saltea, în caz că Thomas ar fi făcut, întâmplător, pipi în pat. Cearșafurile mamei erau, între timp, împăturite și puse într-un colț în camera de zi, unde Thomas se vâra printre ele, țopăia pe deasupra sau le întindea peste scaune, încropindu-și un cort.

Bunicul se oferi să-și cedeze și el camera, dar pe care n-o vru nimeni. Mirosea a ziare vechi și a tutun Old Holborn și ar fi trebuit aerisită vreo două zile. Mă simțeam, pe undeva, vinovată - căci, la urma urmei, totul se petrecea din cauza mea –, deși, pe de altă parte știam că n-am cum să-i dau Treenei dormitorul înapoi. Cămăruța nearisită, fără ferestre, în care locuisem ani de zile devenise un fel de amenințare pentru mine. Doar gândul că aș fi putut dormi din nou în ea mă sufoca. Aveam douăzeci și șapte de ani. Eram cea care aducea cei mai mulți bani din familie. Nu puteam dormi în ceea ce era, la drept vorbind, doar un dulap ceva mai mare.

O dată m-am oferit să dorm la Patrick, și cred că au răsuflat cu toții ușurați. Dar, cât am fost eu plecată, Thomas și-a pus degetele murdare pe jaluzele mele noi-nouțe și a desenat pilota pe care tocmai mi-o cumpărasem cu carioca permanentă, moment în care părinții mei au decis că ar fi mai bine să doarmă ei în camera mea, iar Treena și Thomas în dormitorul lor, unde vechiul obicei al mâzgălitului peste tot părea că nu mai contează.

Până la urmă, ținând cont de câte lenjerii de pat trebuiau spălate în plus după toate aceste mutări, faptul că eu dormeam vinerile și sâmbetele la Patrick nu era de mare folos, recunoscu mama.

Și mai era și Patrick, care devenise de-a dreptul obsedat. Mânca, bea, trăia și respira Xtreme Viking. Apartamentul lui, în mod normal mobilat minimalist și foarte curat, era acum plin de liste și hârtii cu programe de antrenament și diete speciale. Avea o nouă bicicletă ultraușoară, pe care o ținea pe hol și pe care nu-mi dădea voie s-o ating, pe motiv că i-aș fi afectat performanțele perfect calibrate.

El însuși era rareori acasă, chiar și vineri sau sâmbătă noaptea. Date fiind antrenamentele lui și orele mele de muncă, păream să ne fi obișnuit să petrecem mai puțin timp împreună. Puteam să-l însoțesc pe pista de alergări și să-l urmăresc cum dă tură după tură, până completa numărul necesar de kilometri, sau puteam să rămân acasă, uitându-mă la televizor, ghemuită într-un colț al imensei sale canapele de piele. În frigider nu găseam nici un fel de mâncare, cu excepția unor felii de piept de curcan și băuturi energizante de consistența ouălor de broască. Eu și Treena încercaserăm o dată să bem așa ceva și scuipaserăm instantaneu, prefăcându-ne, teatral, ca niște copii, că abia ne abținem să nu vomăm.

Adevărul era însă că nu-mi plăcea apartamentul lui Patrick. Îl cumpărase în urmă cu un an, când simțise, în sfârșit, că mama lui se va putea descurca de una singură. Afacerile îi merseseră bine, și îmi spusese că era important ca unul dintre noi să devină proprietar. Am presupus că era un fel de aluzie la faptul că ar trebui să avem o discuție privitoare la traiul în comun, dar lucrul acesta nu s-a mai întâmplat, și nici unul dintre noi nu e genul care să pună pe tapet subiecte stânjenitoare pentru amândoi. Ca urmare, în apartamentul acesta nu era nimic din mine, în ciuda anilor petrecuți alături de Patrick. Nu avusesem niciodată curajul să-i spun, dar mai curând aș fi locuit în casa mea, cu toată gălăgia și dezordinea de acolo, decât în cuibul acela de burlac, fără formă și fără suflet, cu spațiile de parcare bine delimitate din fața blocului și cu vedere administrativă spre castel.

În plus, mă simțeam cam singură acolo.

„Trebuie să mă țin cu dinții de program, iubito", îmi spunea el dacă-i ceream să stea mai mult cu mine. „Dacă alerg mai puțin de patruzeci de kilometri în stadiul acesta, n-o să-mi mai pot reveni niciodată." Și apoi îmi oferea ultimele detalii despre durerile sale musculare sau îmi cerea să-i dau sprayul pentru încălzirea mușchilor.

Când nu se antrena, Patrick avea nesfârșite întâlniri cu ceilalți membri ai echipei, cu care își compara echipamentele și finaliza detaliile legate de expediție. În mijlocul lor, aveam impresia că mă aflu lângă niște vorbitori de coreeană. Nu înțelegeam o mulțime dintre termenii de specialitate pe care-i foloseau, dar nici nu eram curioasă să aflu.

Și se presupunea că urma să-i însoțesc în Norvegia peste doar șapte săptămâni. Nu știam încă nici măcar cum i-aș putea spune lui Patrick că nu cerusem familiei Traynor concediu. Și cum aș fi putut? După zilele când se desfășura concursul Xtreme Viking ar mai fi rămas doar o săptămână până la încheierea contractului meu. Îmi dădeam seama că era pueril din partea mea să nu privec lucrurile în față, dar adevărul e că nu mă gândeam decât la starea lui Will - un fel de bombă cu ceas. Aproape nimic altceva nu părea să mai conteze.

Ironia supremă era că nici măcar nu dormeam bine în apartamentul lui Patrick. Nu știu de ce, dar, când plecam la muncă direct de acolo, mă simțeam de parcă aș fi vorbit printr-un borcan de sticlă și arătam de parcă aș fi încasat doi pumni în ochi. Am început să mă pudrez din abundență cu fond de ten ca să-mi ascund cearcănele negre.

– Ce se întâmplă, Clark? mă descusu Will.

Am deschis ochii. El era chiar lângă mine, cu capul înclinat într-o parte, privindu-mă curios. Am avut sentimentul că se afla acolo de ceva vreme. Mi-am dus instantaneu mâna la gură, de teamă să nu-mi fi curs saliva printre buze cât timp ațipisem.

Filmul la care, teoretic, ar fi trebuit să mă uit se terminase, și pe ecran rula acum genericul.

– Nimic. Scuză-mă!... Doar că aici e atât de cald și bine, că m-a furat somnul.

– E a doua oară în trei zile când adormi. Și arăți groaznic, spuse el, după ce mă studie cu atenție.

Așa că i-am spus totul. I-am povestit despre sora mea, despre aranjamentele de dormit și despre cum nu voiam să fac mare caz de asta, pentru că, de fiecare dată când mă uitam la tata, vedeam pe chipul lui disperarea abia ascunsă a omului care nu poate oferi familiei sale o casă unde să poată dormi cu toții.

– Încă nu și-a găsit nimic de lucru?

– Nu. Cred că vârsta e de vină. Dar noi nu discutăm despre asta. Este... e prea neplăcut pentru toată lumea, am făcut eu, ridicând din umeri.

Simțeam, cumva, că greșesc dezvăluindu-i lui Will problemele mele, care păreau neînsemnate în comparație cu ale lui.

– O să mă obișnuiesc. O să fie bine, serios, l-am asigurat.

Will păru însă preocupat tot restul după-amiezii. Am spălat vasele, apoi m-am întors la el și l-am instalat la computer. Când i-am adus o băutură energizantă, el își răsuci scaunul spre mine.

– E foarte simplu, spuse, ca și cum nici nu ne opriserăm din conversație. Poți dormi aici la sfârșit de săptămână. Există o cameră liberă, pe care oricum n-o folosește nimeni.

Am încremenit, cu paharul gradat în mână.

– Nu se poate.

– De ce nu? Stai liniștită, n-o să-ți plătesc timpul cât o să dormi aici ca ore suplimentare.

Am pus paharul în suport.

– Dar ce-o să creadă mama ta?

– Habar n-am. Probabil arătam foarte tulburată, căci simți nevoia să adauge: E în regulă. N-o să sar pe tine.

– Poftim?

– Dacă te temi că aş avea vreun plan dubios de a te seduce, poţi să-mi scoţi acumulatorul de la scaun.

– Ha, ha, ce amuzant!

– Vorbesc serios! Gândeşte-te! Chiar şi ca variantă de rezervă. Lucrurile s-ar putea schimba mai rapid decât crezi. În definitiv, sora ta s-ar putea hotărî să nu-şi mai petreacă toate weekendurile acasă. Sau poate cunoaşte pe cineva la care să se mute. O mulţime de lucruri se pot schimba.

„Iar tu s-ar putea să nu mai fii aici peste două luni", am rostit în gând şi imediat m-am urât pentru asta.

– Spune-mi, te rog, mi se adresă Will înainte să iasă din cameră, de ce nu s-a oferit Alergătorul să te găzduiască?

– Ah, ba s-a oferit deja.

El mă privi ca şi cum ar fi avut de gând să continue discuţia, dar, brusc, păru să se răzgândească.

– Atunci, făcu el, ridicând din umeri, oferta mea rămâne valabilă.

– L-ai văzut pe tata în oraş, săptămâna trecută.

– A, da, am răspuns eu, întinzând rufele pe sârmă în ceea ce doamna Traynor numea „grădina de zarzavaturi".

Cred că nu voia ca un lucru atât de prozaic ca rufele să umbrească priveliştea grădinii din faţa casei. Mama mea, dimpotrivă, îşi întindea rufele pe sârmă în văzul lumii aproape ca pe un motiv de mândrie. Era un fel de provocare adresată vecinelor: „Hai, fetelor, să văd, puteţi mai mult?" Tata abia reuşise s-o convingă să nu mai monteze un al doilea uscător de rufe în faţă.

– M-a întrebat dacă ai spus ceva.

– Aha, am mormăit eu, încercând să-mi păstrez o expresie cât mai neutră. Şi apoi, simţindu-l pe Will că aşteaptă, am adăugat: Nu, evident.

– Era cu cineva?

Am pus ultimul cârlig în pungă, am înfăşurat-o şi am aşezat-o în coşul gol de rufe. Apoi m-am întors spre el şi i-am zis direct:

– Da.

– Cu o femeie.

– Da.

– Roşcată?

– Da.

Will rămase câteva clipe pe gânduri.

– Îmi pare rău dacă crezi că ar fi trebuit să-ți spun, am zis, dar... mi s-a părut că nu e treaba mea.

– Și nici nu e o conversație ușor de purtat.

– Nu.

– Dacă te consolează cu ceva, Clark, află că nu e prima oară, zise el și se întoarse, îndreptându-se spre casă.

În fiecare zi, în vreme ce Will se uita la televizor sau făcea altceva, stăteam la computerul lui și continuam să caut evenimentul magic care l-ar fi putut face fericit. Dar, pe măsură ce timpul trecea, îmi dădeam seama că lista de lucruri pe care nu le puteam face, de locuri unde nu puteam merge începuse să fie considerabil mai lungă decât cea a lucrurilor și locurilor posibile. Când am remarcat pentru prima oară treaba asta, reacția mea a fost să revin pe forumurile de discuții și să cer ajutor. „Ha! Bine ai venit în lumea noastră, Albinuțo!" mi-a răspuns Ritchie.

Din discuțiile care au urmat am aflat că a te îmbăta într-un scaun cu rotile venea cu o serie de riscuri, între care probleme grave cu cateterul, căderi și faptul că puteai fi condus pe căi greșite de către însoțitori băuți. Am aflat că nu existau locuri unde oamenii să fie semnificativ mai amabili decât în altele, dar că Parisul era, cu siguranță, cel mai puțin prietenos loc de pe planetă pentru cei imobilizați în scaunul cu rotile. Acest lucru m-a dezamăgit, căci o mică parte optimistă din mine sperase încă să putem ajunge acolo.

Am început să alcătuiesc o nouă listă: lucruri pe care nu le poți face cu un tetraplegic.

Să mergi cu metroul (majoritatea stațiilor subterane nu au lifturi), ceea ce anula în mare măsură orice posibilă activitate în jumătate din Londra – în afară de cazul când apelam la taxiuri, pentru că eu nu aveam de gând să conduc prin capitală.

Să-l duci la piscină – fără ajutor și dacă temperatura apei nu era suficient de ridicată pentru a opri tremuratul involuntar în mai puțin de câteva minute. Chiar și vestiarele pentru persoane cu dizabilități nu sunt prea de folos fără o macara pentru piscină. Nu că Will s-ar fi lăsat coborât în bazin cu o macara.

Să mergi la cinema, dacă nu aveai garantat locuri pe primul rând sau dacă Will avea spasme puternice în ziua respectivă. Când fuseserăm să vedem *În spatele ferestrei*, îmi petrecusem cel puțin douăzeci de minute în patru labe, adunând de printre scaune popcornul din punga pe care un spasm involuntar al genunchiului lui Will o risipise peste tot.

Să mergi la plajă, dacă scaunul cu rotile nu avea „roți late". Al lui Will nu avea.

Să mergi la cumpărături, dacă magazinele nu aveau instalate rampele obligatorii. Proprietarii multor magazine din jurul castelului profitau de clasificarea lor drept clădiri istorice pentru a susține că nu au cum să monteze rampe. Unii chiar spuneau adevărul.

Să mergi în locuri unde era fie prea cald, fie prea frig (din cauza problemelor de sănătate pe care le generau).

Să mergi într-un loc imediat ce-ți venea ideea să pleci acolo (aveai nevoie să faci din timp bagajele, să te asiguri că traseele erau accesibile pentru scaunul cu rotile).

Să ieși la un restaurant, dacă nu-ți plăcea să fii hrănit în public sau - în funcție de starea cateterului - dacă toaleta localului era situată la subsol.

Să-ți vizitezi prietenii, dacă ei nu aveau rampe de acces. Majoritatea caselor au scări. Majoritatea oamenilor nu au și rampe. Oricum, Will susținea că nu simte nevoia să vadă pe nimeni.

Să mergi pe orice teren deluros în zilele ploioase (frânele nu erau întotdeauna sigure, iar scaunul era prea greu ca să-l pot controla).

Să mergi în orice loc unde riscai să dai de oameni beți. Will avea parcă magnet la bețivi. Toți se lăsau pe vine, suflându-i în față un damf de băutură și îmbrățișându-l din priviri, cu o simpatie nedisimulată. Unii încercau chiar să-l plimbe ei.

Să mergi în locuri aglomerate. Asta făcea ca, pe măsură ce se apropia vara, ieșirile în jurul castelului să devină tot mai dificile, iar jumătate din locurile unde am fi putut fi merge - târguri, piese de teatru în aer liber, concerte - să fie excluse din start.

*

Când, în disperarea mea de a născoci noi și noi planuri, le ceream tetraplegicilor de pe forum să-mi spună care e lucrul pe care și l-ar dori mai mult decât orice pe lume, răspunsul era aproape întotdeauna: „Să fac sex“. Și primeam o mulțime de amănunte nesolicitate.

Dar, în general, forumurile nu mi-au fost de prea mare ajutor. Mai aveam opt săptămâni la dispoziție și rămăsesem fără idei.

La câteva zile după discuția de lângă sârma pentru rufe, m-am întors acasă și l-am găsit pe tata stând în hol. Faptul în sine ar fi fost el însuși neobișnuit (în ultimele câteva săptămâni, tata păruse să se retragă ziua pe canapea, aparent pentru a-i ține companie bunicului), dar, în plus, purta o cămașă călcată, era proaspăt bărbierit, iar în hol plutea un abur de parfum Old Spice. Sunt sigură că avea sticla încă din 1974.

– Te-ai întors!

Am închis ușa în urma mea:

– Da, m-am întors.

Mă simțeam obosită și îngrijorată. Pe tot drumul de întoarcere cu autobuzul vorbisem la telefon cu un agent de turism despre locurile unde l-aș fi putut duce pe Will, dar nu găsisem nimic concret.

– Te deranjează dacă diseară mănânci singură?

– Nici o problemă. Pot să mă duc cu Patrick mai târziu, la cârciumă. De ce? l-am întrebat, agățându-mi haina în cuier – mult mai gol de când Treena și Thomas plecaseră.

– O scot pe maică-ta în oraș, la cină.

Am făcut rapid un calcul mental:

– E ziua mamei și eu am uitat?

– Nu. Sărbătorim, făcu el, apoi își coborî tonul vocii, ca și cum ar fi vrut să-mi destăinuie un secret: Mi-am găsit de lucru.

– Nu mai spune!

Abia atunci l-am văzut de-a binelea; radia din tot corpul. Stătea din nou drept și bățos, cu un surâs larg întipărit pe față. Părea cu ani de zile mai tânăr.

– Tati, e o veste fantastică!

– Știu. Maică-ta e în al nouălea cer! Și știi că a avut niște luni tare grele, cu mutarea Treenei, cu bunicul și toate celelalte... Așa că am invitat-o în oraș, să sărbătorim.

– Și? De spre ce slujbă e vorba?

– O să fiu șeful echipei de întreținere. Sus, la castel.

Am clipit din ochi:

– Dar acolo e...

– Domnul Traynor, corect. El m-a sunat și mi-a spus că are nevoie de cineva cu experiență, iar amicul tău Will i-a sugerat că aș fi persoana potrivită. Am mers în după-amiaza asta și i-am arătat cam ce știu, iar acum sunt în luna de probă, așa e regula. Sâmbătă încep munca.

– O să lucrezi pentru tatăl lui Will?

– Mi-a spus că trebuie să stau o lună în probe, să îndeplinim toate procedurile legale, știi tu... Dar mi-a zis că nu vede nici un motiv pentru care n-aș primi postul.

– E extraordinar! am exclamat eu. Mă simțeam totuși, în mod bizar, afectată. Nici nu știam că aveau un post liber.

– Nici eu. Oricum, e super. E un om care cunoaște și apreciază calitatea, Lou. Am discutat cu el despre lemnul tânăr de stejar și mi-a arătat unele lucrări făcute de fostul angajat. Nici nu-ți vine să crezi! Un dezastru! I-am arătat și eu ce pot. A fost impresionat.

Era plin de viață, cum nu-l mai văzusem de luni întregi.

Mama apăru în spatele lui. Își dăduse cu ruj și purta pantofii ei cei buni, cu toc.

– O să primească și o dubiță. Și leafa e bună, Lou. Mai mare decât primea la fabrica de mobilă, mă lămuri mama, privindu-l ca pe un erou atotcuceritor.

Când se întoarse spre mine, chipul ei îmi spunea că ar trebui să fac și eu la fel. Chipul mamei mele putea transmite un milion de mesaje, iar mesajul de atunci asta transmitea: că era momentul de glorie al tatei.

– E super, tati, e grozav! i-am zis și l-am îmbrățișat cu putere.

– Ei, de fapt cred că lui Will ar trebui să-i mulțumești. Ce băiat de ispravă! Îi sunt recunoscător din tot sufletul că s-a gândit la mine.

*

I-am auzit pe când se pregăteau să plece: mama se agita în fața oglinzii de pe hol, în ciuda asigurărilor date de tata, care-i spunea că arată minunat, că e frumoasă ca întotdeauna. L-am auzit pe tata scotocindu-se prin buzunare după chei, portofel, bani mărunți și apoi izbucnind într-un hohot de râs. Ușa se deschise. Am auzit mașina demarând și apoi doar sonorul în surdină al televizorului din camera bunicului. M-am așezat pe scări, am scos telefonul mobil și am format numărul lui Will.

I-a luat ceva timp să răspundă. Mi l-am închipuit îndreptându-și scaunul spre dispozitivul hands-free și apăsând butonul cu degetul mare.

– Alo?

– E isprava ta?

Urmă o scurtă pauză.

– Clark, tu ești?

– Tu i-ai găsit tatei slujbă?

Mi s-a părut că gâfâie și m-am întrebat, absentă, dacă nu cumva nu stătea bine în scaun.

– M-am gândit că o să-ți facă plăcere.

– Îmi face plăcere. Doar că... Nu știu, mă simt ciudat.

– N-ar trebui. Tatăl tău avea nevoie de o slujbă. Al meu avea nevoie de un muncitor priceput.

– Chiar avea? am întrebat, fără să-mi pot înfrâna scepticismul din voce.

– Poftim?

– Chestia asta nu are nimic de-a face cu ce m-ai întrebat ieri? Despre tatăl tău și cealaltă femeie?

Urmă o pauză lungă. Mi-l închipuiam în camera de zi, privind afară prin uriașele ferestre franțuzești. În cele din urmă, rosti, pe un ton precaut:

– Crezi că mi-am șantajat tatăl ca să-i pot oferi o slujbă tatălui tău?

Formulată astfel, ipoteza părea exagerată.

– Scuză-mă!... Nu știu. E pur și simplu ciudat. Parcă s-au potrivit toate... într-un mod convenabil, ce-i drept.

– Atunci fii mulțumită, Clark! E o veste bună. Tatăl tău o să se descurce de minune. Și asta înseamnă...

Se opri brusc, ezitând să vorbească mai departe.

– Ce înseamnă?

– Că într-o zi o să-ți poți desface aripile ca să pleci de aici fără să-ți mai faci griji dacă părinții tăi se vor putea descurca fără tine.

Am simțit că vorbele lui mă izbesc în față. Că rămân fără aer.

– Lou!

– Da.

– Ești groaznic de tăcută.

– Sunt... Am înghițit în sec. Will, îmi pare rău, a intervenit ceva. Mă cheamă bunicul, mă duc să văd ce vrea. Dar... da, îți mulțumesc că... ai pus o vorbă bună pentru tata.

A trebuit să închid telefonul. Căci, de nicăieri, o piatră uriașă mi se prăvălise parcă pe piept și nu eram sigură că aș mai fi putut spune ceva.

Am plecat la cârciumă. Aerul era greu de parfumul pomilor înfloriți și oamenii îmi zâmbeau trecând pe lângă mine, pe stradă. N-am putut să salut pe nimeni. Știam doar că nu mai puteam sta în casă, singură cu gândurile mele. I-am găsit pe membrii Triathlon Terrors pe terasa localului, bând bere. Alăturaseră două mese într-un colț și stăteau la taclale, etalându-și picioarele și brațele musculoase. Am fost întâmpinată cu câteva înclinări politicoase din cap (nici una din partea fetelor), iar Patrick se ridică, făcându-mi loc lângă el. Mi-am dat seama că mi-aș fi dorit mult ca Treena să fie cu mine.

– Salut, nu mă așteptam să vii. Vrei ceva de băut?

– Nu chiar acum.

Voiam doar să stau acolo, să-mi sprijin capul pe umărul lui Patrick. Să mă simt așa cum mă simțeam de obicei – normală, netulburată. Să nu mă gândesc la moarte.

– Astăzi mi-am depășit recordul. Am alergat douăzeci și cinci de kilometri în doar șaptezeci și nouă de minute.

– Tare!

– Mergi pe benzină acum, Pat? întrebă cineva, iar Patrick își încleștă pumnii și începu să huruie din gură ca un motor turat.

– E chiar tare, am repetat eu, încercând să par cât mai mulțumită de el.

Am luat o bere, apoi încă una, în timp ce ascultam discuțiile lor despre kilometri parcurși, genunchi zdreliți și crize de hipotermie cauzate de înot. M-am detașat cumva și am început să-i privesc și pe ceilalți oameni din cârciumă, întrebându-mă ce fel de vieți duceau. Fiecare avea, cu siguranță, întâmplări majore în familie – copii iubiți și pierduți, secrete întunecate, mari bucurii și mari necazuri. Dacă ei puteau să privească totul cu calm și să se bucure de o seară plăcută de primăvară pe o terasă, atunci cu siguranță și eu trebuia să pot.

Apoi i-am spus lui Patrick despre slujba tatei. El făcu o față foarte mirată – așa cum probabil făcusem și eu când aflasem vestea –, și trebui să repet, doar ca să fiu sigură că înțelesese cum trebuie.

– Asta-i... foarte convenabil. Acum lucrați amândoi pentru el.

Am vrut atunci să-i spun tot, chiar am vrut. Am vrut să-i explic că atât de multe lucruri se împleteau în lupta mea pentru salvarea lui Will. Să-i spun cât de teamă mi-era că Will părea să încerce să-mi cumpere libertatea. Dar știam că nu pot. Aveam să-i spun însă și restul poveștii cu tata, cât mai puteam.

– Hm... și nu e numai asta. Will spune că aș putea rămâne la ei oricând, fiindcă au o cameră liberă. Ca să rezolv problema cu dormitul.

Patrick se holbă la mine:

– Adică o să locuiești în casa lui?

– Aș putea. E o ofertă avantajoasă, Pat. Știi care e situația la noi. Iar tu nu ești mai niciodată acasă. Mi-ar plăcea să stau la tine, dar... sinceră să fiu, nu mă simt ca acasă.

El nu-și dezlipea privirile de mine.

– Atunci aranjează totul ca să te simți ca acasă!

– Poftim?

– Mută-te la mine! Adu-ți lucrurile, hainele! A cam venit vremea să stăm împreună.

Abia după aceea, când m-am gândit la discuția noastră, mi-am dat seama că Patrick păruse mai curând nefericit spunând asta. Adică nu arăta deloc ca un bărbat care în sfârșit își dă seama că nu mai poate trăi fără iubita lui şi care e dornic să-şi unească viaţa cu a ei. Dimpotrivă, părea să se simtă mai curând tras pe sfoară.

– Chiar vrei să mă mut la tine?

– Da, sigur, zise el şi începu să se scarpine pe lobul urechii. Vreau să spun... nu mă refer la căsătorie sau ceva de genul ăsta. Dar e logic, nu?

– Vai, cât eşti de romantic!

– Vorbesc serios, Lou! E timpul. Probabil că trebuia să spun de mult chestia asta, dar am fost încurcat, vezi şi tu, cu totul felul de lucruri. Mută-te la mine! O să fie bine, zise el şi mă strânse la piept. O să fie super.

În jurul nostru, membrii clubului Triathlon Terrors îşi reluaseră, în mod diplomatic, pălăvrăgeala. Urale scurte izbucniră atunci când mai mulţi turişti japonezi făcură o poză de grup reuşită. Păsărelele cântau, soarele se scufunda undeva în zare, planeta continua să se rotească. Voiam să fac parte din toate acestea, nu să stau prizonieră a propriei mele minţi într-o cameră tăcută, făcându-mi griji pentru un om în scaun cu rotile.

– Da, i-am răspuns. O să fie super.

Capitolul 17

Cel mai rău lucru în activitatea de îngrijitoare nu e ceea ce vă închipuiți. Nu ridicatul și spălatul, medicamentele și șervețelele umede sau mirosul distant, dar cumva mereu perceptibil, de dezinfectant. Nu e nici măcar faptul că majoritatea oamenilor presupun că faci treaba asta fiindcă n-ai fost suficient de inteligentă să poți face altceva. Cel mai rău e că, atunci când îți petreci toată ziua în preajma unui om țintuit într-un scaun cu rotile, nu ai cum să scapi de oscilațiile stării lui de spirit. Sau de ale tale.

Will se purtase distant cu mine toată dimineața, încă de când îi vorbisem despre planurile mele. Un străin n-ar fi observat poate nimic ieșit din comun, dar fuseseră mai puține glume, poate mai puțină conversație relaxată. Nu mă întrebă nimic nici despre ce mai scriau ziarele în ziua aceea.

– Și asta... vrei să faci?

Ochii îi sclipiseră, dar fața lui nu trăda nimic.

Am ridicat din umeri, dar apoi am încuviințat din cap, mai convinsă. Simțeam că în reacția mea era o atitudine copilărească, de neimplicare.

– De fapt, era timpul. Adică... am douăzeci și șapte de ani.

El îmi studie chipul, și am văzut cum maxilarul i se încleștează. M-am simțit, deodată, cuprinsă de o oboseală insuportabilă. Am simțit o nevoie bizară de a spune că îmi pare rău, deși nu eram sigură pentru ce.

Will înclină ușurel din cap și schiță un zâmbet.

– Mă bucur că ai rezolvat situația, spuse și-și cârmi scaunul către bucătărie.

Începeam să fiu chiar supărată pe el. Niciodată nu mă simțisem judecată de cineva așa cum o făcuse Will în acest moment. Era ca și cum decizia mea de a mă muta la Patrick mă făcea mai puțin interesantă în ochii lui. Ca și cum n-aș mai putut fi animăluțul lui de companie. Desigur, lui nu i-am spus nimic din toate astea, dar m-am purtat la fel de rece pe cât se purta el cu mine.

Sinceră să fiu, era epuizant.

După-amiază se auzi un ciocănit în ușa din spate. M-am grăbit pe hol, cu mâinile încă ude de la spălat vase, și am deschis. În prag stătea un bărbat într-un costum închis la culoare, cu o servietă în mână.

– A, nu! Suntem budiști! am spus cu fermitate, închizându-i ușa în nas, în ciuda protestelor lui.

Cu două săptămâni în urmă, doi martori ai lui Iehova îl ținuseră prizonier pe Will, la ușa din spate, timp de aproape cincisprezece minute, cât timp el se chinuise să-și întoarcă scaunul peste preșul de la intrare, care se mișcase din loc. Când, în cele din urmă, închisesem ușa, ei strigaseră că „el, mai mult decât oricine" ar trebui să înțeleagă ce înseamnă să privești cu speranță spre viața de apoi.

– Ă... aș putea să-l văd pe domnul Traynor? întrebă bărbatul.

Am deschis ușa cu precauție. De când eram angajată la Granta House, nimeni nu venise vreodată să-l vadă pe Will pe la ușa din spate.

– Lasă-l să intre! spuse Will, apărând în spatele meu. Eu l-am invitat să vină. Și, cum stăteam încă în ușă, nedumerită, adăugă: E în ordine, Clark... e un prieten.

Bărbatul păși peste prag și îmi strânse cu putere mâna într-a lui:

– Michael Lawler.

Ar mai fi vrut să spună ceva, dar Will își băgă scaunul între noi, retezând, efectiv, orice altă discuție.

– Noi mergem în camera de zi. Ai putea să ne faci o cafea și apoi să ne lași puțin singuri?

– Aaaa... da, bine...

Domnul Lawler îmi zâmbi puțin cam stânjenit și îl urmă pe Will în camera de zi. Când am intrat, cu o tavă cu cafele în mâini, câteva minute mai târziu, ei discutau despre crichet. Conversația despre puncte și lovituri continuă până când mi-am dat seama că n-avea rost să le mai pândesc vorbele.

Scuturând niște fire de praf invizibile de pe bluză, mi-am îndreptat umerii și am spus:

– Bun, atunci. Eu mă retrag...

– Mulțumim, Louisa.

– Sigur nu mai aveți nevoie de nimic? O gustare?

– Mulțumim, Louisa.

Will nu-mi spunea niciodată „Louisa". Și niciodată nu mă alungase din preajma lui până atunci.

Domnul Lawler rămase cu el aproape o oră. Mi-am încheiat treburile casnice și apoi am pierdut vremea prin bucătărie, întrebându-mă dacă aveam suficientă îndrăzneală să trag cu urechea. Nu aveam. Am stat pe scaun, am mâncat doi biscuiți cu ciocolată, mi-am ros unghiile, am ascultat murmurul vocilor și m-am întrebat de cel puțin cincisprezece ori de ce Will îi ceruse individului să nu folosească intrarea din față.

Tipul nu părea să fie nici doctor, nici consultant. Ar fi putut fi consilier financiar, deși nu avea aerul. Cu siguranță nu arăta însă a medic, terapeut ocupațional sau dietetician – sau a vreunul dintre nenumărații oameni angajați de autoritățile locale pentru a-l vizita pe Will și a-i estima necesitățile în continuă schimbare. Pe aceștia îi ghiceai de la un kilometru. Purtau haine de lână în culori discrete, pantofi eleganți și conduceau mașini prăfuite, pline de dosare și cutii cu echipamente. Domnul Lawler avea un BMW bleumarin, iar luxoasa sa limuzină de serie 5 nu părea genul cu care se deplasau funcționarii locali.

Într-un final, vizitatorul ieși din cameră. Își închise servieta și își puse haina pe braț. Nu mai părea deloc stânjenit.

Am ajuns în hol în câteva secunde.

– A, aici erai! făcu el. Poți să-mi spui unde-i baia, te rog?

I-am arătat ușa de la baie și am rămas pe loc, agitată, până când a ieșit.

– Bun. Deci deocamdată asta e tot.

– Mulțumesc, Michael! îl salută Will, fără să mă bage în seamă. Aștept vești de la tine.

– Te contactez spre sfârşitul săptămânii, îl asigură Lawler.

– Aş prefera să-mi trimiţi un e-mail, nu o scrisoare – cel puţin pentru moment.

– Da, sigur că da.

Am deschis uşa din spate şi l-am privit cum pleacă. Apoi, în timp ce Will dispărea înapoi, în camera de zi, l-am urmat pe Lawler în curte şi l-am întrebat pe un ton relaxat:

– Şi? Aveţi mult de mers?

Hainele lui aveau o croială perfectă şi urmau linia elegantă a modei urbane; costaseră, fără îndoială, o grămadă de bani.

– La Londra, din păcate. Oricum, sper ca traficul să nu fie chiar aşa de groaznic în după-amiaza asta.

Lawler avea soarele în spate, şi trebui să-mi îngustez ochii ca să-l pot vedea bine.

– Şi... unde anume în Londra lucraţi?

– Pe Regent Street.

– Uau, chiar pe Regent Street? Super!

– Da, nu-i un loc rău... În regulă, deci... Îţi mulţumesc pentru cafea, domnişoară...

– Clark. Louisa Clark.

Se opri în loc şi mă cercetă cu privirea, preţ de câteva clipe. M-am întrebat dacă nu cumva îi păruseră suspecte tentativele mele inadecvate de a-l descoase.

– Aha. Domnişoara Clark, zise el, iar zâmbetul de complezenţă îi reapăru pe chip. Mulţumesc încă o dată.

Îşi puse cu grijă geanta pe bancheta din spate a maşinii, se urcă la volan şi demară în viteză.

În seara aceea, în drum spre apartamentul lui Patrick, m-am oprit la bibliotecă. Aş fi putut apela la computerul lui, dar încă mă simţeam obligată să-i cer permisiunea pentru asta, aşa că varianta cu biblioteca mi se părea mai uşoară. M-am aşezat pe scaun şi am tastat „Michael Lawler, Regent Street, Londra" într-un motor de căutare. „Cunoaşterea este putere, Will", mi-am spus în gând.

Am primit 3 290 de rezultate. Primele trei îmi dezvăluiau că exista un „Michael Lawler, avocat, specialist în testamente, atestate şi împuterniciri", cu sediul pe strada respectivă. Am rămas cu ochii ţintă la ecran preț de câteva minute, apoi am repetat căutarea, de data aceasta după imagini, și l-am găsit iar, prezidând la un fel de masă rotundă, într-un costum închis la culoare - Michael Lawler, specialist în testamente și atestate, același om care stătuse o oră întreagă să discute cu Will.

În seara aceea m-am mutat la Patrick, în ora și jumătate cât am avut la dispoziție de la venirea mea de la muncă până la plecarea lui Patrick la antrenament. Mi-am luat totul, cu excepția patului și a jaluzelelor. El veni cu mașina, și am încărcat amândoi lucrurile în saci negri de gunoi. În două curse le-am dus pe toate, mai puțin manualele mele de școală, care rămaseră în pod.

Mama plângea; i se părea că ea mă obligase să plec.

- Doamne Dumnezeule, dragă, dar e timpul să se mute! Are douăzeci și șapte de ani, o consolă tata.

- E încă fetița mea, zise ea printre lacrimi, punându-mi în brațe o pungă cu produse de curățat și două cutii cu prăjituri cu fructe.

N-am știut ce să-i spun. Nici măcar nu-mi plac prăjiturile cu fructe.

A fost surprinzător de ușor să-mi așez lucrurile în apartamentul lui Patrick. Oricum, el n-avea aproape nici un fel de mobilier și nici eu n-aveam prea multe, după anii petrecuți în debara. Singurul lucru la care am întâmpinat greutăți a fost colecția mea de CD-uri, pe care el n-a vrut s-o adauge la a lui decât după ce am lipit pe fiecare CD numele formației și le-am sortat apoi în ordine alfabetică.

- Simte-te ca acasă! îmi tot repeta el, de parcă aș fi fost vreun musafir.

Eram nervoși, stingheriți, în mod ciudat, unul de celălalt, ca doi oameni aflați la prima întâlnire. Pe când despachetam, el îmi aduse o ceașcă de ceai și zise:

- M-am gândit ca asta să fie de acum cana ta. Îmi arătă unde se aflau toate ustensilele casnice din bucătărie, după care repetă de mai multe ori: Desigur, poți să pui lucrurile unde vrei, nu mă deranjează.

Eliberase două sertare și șifonierul din camera unde până atunci nu dormise nimeni. Celelalte două sertare erau pline de echipamente sportive. Abia atunci mi-am dat seama câte combinații de lână și lycra pot exista. Toate hainele mele colorate nu fură suficiente să umple tot șifonierul, iar mai multe umerașe rămaseră goale, zăngănind parcă a jale.

– Va trebui să-mi mai cumpăr haine, ca să umplu şifonierul, am zis, iar el a râs nervos, mormăind:

– Ce-i asta?

Prinsesem pe uşă calendarul, cu ideile scrise cu verde, iar evenimentele deja planificate cu negru, iar Patrick îl privi îndelung. Acolo unde avusesem succes (fie că era vorba de un concert sau de o degustare de vinuri), desenasem o figură zâmbăreaţă, de culoare galbenă. Când ceva mersese prost (ca la cursa de cai sau la galeria de artă), nu desenasem nimic. Pentru următoarele două săptămâni erau puţine date marcate – Will se plictisise de locurile din apropiere şi încă nu reuşisem să-l conving să ne aventurăm mai departe. Am tras cu ochiul spre Patrick şi am observat că se uita la data de 12 august, subliniată de mine cu semne de exclamare scrise cu negru.

– Ăăăă... atunci se termină contractul meu, am simţit nevoia să-i explic.

– Şi nu crezi că o să ţi-l reînnoiască?

– Nu ştiu, Patrick.

El luă un pix, se uită pe calendar la următoarea lună şi scrise sub săptămâna cu numărul douăzeci şi opt: „Începi să-ţi cauţi o altă slujbă".

– Aşa eşti acoperită pentru orice s-ar întâmpla, zise el, apoi mă sărută şi ieşi din încăpere.

Mi-am aşezat cu grijă cremele în baie şi am pus lamele de ras, cremele hidratante şi tampoanele, în ordine, în dulăpiorul lui de deasupra căzii. Cărţile pe care le adusesem cu mine – inclusiv noile titluri pe care Will mi le comandase pe Amazon – le-am aşezat într-un şir ordonat pe podeaua camerei libere, sub fereastră. Patrick îmi promise că-mi va monta nişte rafturi pentru ele, cu prima ocazie când avea să aibă puţin timp liber.

Şi apoi, după ce el plecă să alerge, m-am aşezat şi am privit peste zona industrială a oraşului către castel, exersând în şoaptă cuvântul „acasă".

Nu mă pricep deloc să păstrez secrete. Treena spune că încep să mă frec la nas imediat ce doar îmi trece prin cap să spun o minciună. Acesta e semnalul care mă dă, invariabil, de gol. Părinţii mei încă glumesc pe tema învoirilor pe care mi le scriam singură, după ce chiulisem de la școală. „Dragă domnișoară Trowbridge, vă rog să o învoiți pe Louisa Clark de la lecțiile de azi, întrucât am unele probleme femeiești." Tata se căznise să rămână calm chiar dacă ar cam fi trebuit să mă zvânte în bătaie.

Să ascund familiei mele planul lui Will fusese una – știam să țin secrete față de părinții mei (la urma urmei, e unul dintre lucrurile pe care le învățăm cu toții atunci când creștem) –, dar să fac față anxietății ce mă măcina era cu totul altceva.

În următoarele două nopți am încercat să-mi imaginez ce avea Will de gând să facă și ce-aș fi putut face eu ca să-l împiedic. Gândurile îmi dădeau târcoale chiar și când găteam și sporovăiam cu Patrick în mica noastră bucătărie (deja descoperisem lucruri noi despre el – de pildă, faptul că știa într-adevăr o sută de metode de a găti pieptul de curcan). Noaptea făceam dragoste – părea aproape obligatoriu în stadiul acesta, ca și cum voiam să profităm din plin de avantajele libertății noastre. Era ca și cum Patrick simțea că îi sunt cumva datoare, dată fiind constanta mea apropiere fizică de Will. Dar, de îndată ce pe el îl cuprindea somnul, eu mă scufundam din nou în gânduri.

Mai erau doar șapte săptămâni.

Iar Will făcea planuri, în vreme ce eu nu aveam nici măcar unul.

Săptămâna următoare, dacă Will își dădu seama că eram preocupată, nu-mi spuse totuși nimic. Ne făceam amândoi programul zilnic – eu îl luam în scurte plimbări cu mașina în natură, îi pregăteam mâncarea, îl supravegheam când eram acasă. El nu mai făcea glume despre Alergător.

Am discutat cu el despre ultimele cărți pe care mi le recomandase: *Pacientul englez* (mă îndrăgostisem de cartea asta) și un thriller suedez (care nu-mi plăcuse). Ne arătam binevoitori unul față de celălalt, aproape excesiv de politicoși. Îmi era dor de insultele lui, de ieșirile lui arțăgoase – absența lor îmi sporea sentimentul de teamă, senzația că o amenințare nevăzută plutește asupra mea.

Nathan ne privea pe amândoi ca un zoolog care studiază niște specii noi.

– V-ați certat cumva? mă întrebă el într-o zi în bucătărie, pe când scoteam din pungi produsele cumpărate de la băcănie.

– Mai bine l-ai întreba pe Will, i-am răspuns.

– Ha! Și el mi-a spus să te întreb pe tine.

Mă privi pieziș și apoi dispăru în baie, să descuie dulăpiorul cu medicamente.

Între timp, la trei zile după vizita lui Michael Lawler, am sunat-o pe doamna Traynor. Am întrebat-o dacă ne putem întâlni într-un alt loc decât în casa ei și am stabilit să ne vedem într-o cafenea micuță, care se deschisese în grădina castelului. Ironia sorții – aceeași din cauza căreia îmi pierdusem slujba de la Frank.

Era o clădire mult mai mică decât Buttered Bun – toată numai cu mese și scaune din lemn negeluit. Vindea supă de casă, plină cu legume eco, și prăjituri sofisticate. Și nu-ți puteai cumpăra o cafea normală, ci doar latte, cappuccino și macchiato. Pe la mese nu vedeai zidari și nici coafeze. M-am așezat la o masă, în fața unei cești de ceai, și m-am întrebat pe unde o mai fi doamna Păpădie și dacă ea s-ar fi simțit confortabil stând aici să citească ziarul toată dimineața.

– Louisa, scuză-mă că am întârziat!

Camilla Traynor dădu buzna înăuntru, cu geanta strânsă sub braț și purtând o bluză elegantă de mătase, de culoare gri, și pantaloni bleumarin.

M-am împotrivit cu greu instinctului de a mă ridica, supusă, în picioare. Nu era dată să vorbesc cu ea și să nu mă simt de parcă m-aș fi aflat la un interviu.

– Am fost reținută cu treburi la tribunal.

– Îmi pare rău. Că v-am deranjat programul, vreau să spun… Dar… eu… nu știam dacă mai puteam aștepta.

Ea ridică mâna și-i comandă ceva chelneriței, apoi se așeză pe un scaun în fața mea. Simțeam arsura privirii ei străbătându-mă de parcă aș fi fost transparentă.

– Will a chemat un avocat acasă, i-am spus. Am descoperit că avocatul e specialist în testamente și atestate.

Nu reușisem să găsesc un mod mai delicat de a începe discuția.

Doamna Traynor mă privi de parcă aș fi plesnit-o peste față. Mi-am dat seama, prea târziu, că sperase poate să-i dau vești bune.

– Un avocat? Ești sigură?

– Da, i-am căutat numele pe internet. Are cabinetul pe Regent Street. La Londra, am adăugat, complet inutil. Îl cheamă Michael Lawler.

Ea clipi des din pleoape, ca şi cum ar fi încercat să-şi revină din şoc.

– Ţi-a spus Will asta?

– Nu. Nu cred că voia ca eu să ştiu. Eu... l-am întrebat cum îl cheamă şi apoi i-am căutat numele.

Sosi cafeaua ei. Chelneriţa i-o puse pe masă, dar doamna Traynor nu păru să observe.

– Mai doriţi şi altceva? întrebă fata.

– Nu, mulţumesc.

– Astăzi avem la ofertă prăjitură cu morcovi. O preparăm chiar aici. Are o delicioasă umplutură de cremă de unt şi...

– Nu, ripostă doamna Traynor pe un ton ascuţit. Mulţumesc.

Fata nu plecă imediat, ca şi cum ar fi vrut să ne dea de înţeles că refuzul o ofensase, dar în cele din urmă se îndepărtă, fluturând în mână carneţelul pe care nota comenzile.

– Îmi pare rău, am repetat eu. Mi-aţi spus însă să vă anunţ orice mi se pare important. Am stat trează aproape toată noaptea, întrebându-mă dacă e cazul să vă spun sau nu...

Chipul ei se albise, de parcă tot sângele îi dispăruse din obraji. Ştiam cum se simţea.

– El cum mai este? Ai mai... ai mai venit cu alte idei? Ceva excursii, ieşiri?

– Nu mai pare deloc dornic să ieşim.

I-am povestit despre dorinţa mea de a-l duce la Paris şi despre lista cu lucruri pe care aş fi dorit să le facem. Dar, pe măsură ce vorbeam, o simţeam tot mai îndepărtată, pierdută în gânduri, estimând, calculând.

– Du-l oriunde! zise ea, în cele din urmă. Plătesc tot. Orice călătorie vrei. Plătesc şi pentru tine. Şi pentru Nathan. Doar... doar vezi dacă îl poţi convinge pe Will.

Am încuviinţat, dând din cap.

– Dacă mai e ceva care să-ţi treacă prin cap... doar pentru a mai câştiga puţin timp. Evident, o să-ţi plătesc salariul pentru mai mult de şase luni.

– Nu salariul meu ar fi o problemă.

Ne-am terminat de băut ceştile, în tăcere, fiecare pierdută în propriile gânduri. Am privit-o pe furiş şi am remarcat că în părul de obicei impecabil coafat și vopsit avea fire albe, iar ochii îi erau la fel de încercănați ca ai mei. Mi-am dat seama că nu mă simțeam deloc mai bine după ce-i dezvăluisem ce aflasem, trecând, practic, greutatea care mă apăsa pe umerii ei – dar ce altceva aş fi putut face? Miza era tot mai ridicată cu fiecare zi. Sunetul pendulei din cafenea, bătând ora două după-amiază, păru s-o trezească din amorțire.

– Cred că trebuie să mă întorc la tribunal. Te rog, anunță-mă imediat ce... găsești ceva... ceva ce am putea încerca, Louisa. Ar fi mai bine dacă am avea aceste discuții în afara casei.

M-am ridicat.

– O, mi-am amintit eu, trebuie să vă dau noul meu număr de telefon fix. Tocmai m-am mutat. Pe când căutam în geantă un stilou, am simțit nevoia să adaug: M-am mutat la Patrick, iubitul meu.

Nu ştiu de ce, dar această veste o surprinse cu totul. Părea bulversată și abia într-un târziu îmi întinse stiloul:

– Nu ştiam că ai un iubit.

– N-am ştiut că trebuia să vă spun.

Ea rămase în picioare, sprijinindu-se într-o mână de tăblia mesei.

– Will mi-a spus ieri că tu... el credea că o să te muți în anexă. La fiecare sfârşit de săptămână.

Am scris pe o foaie numărul de telefon de la apartamentul lui Patrick.

– Da, dar m-am gândit că ar fi mai bine pentru toată lumea dacă m-aş muta la Patrick, am zis eu și i-am înmânat micul petic de hârtie. Nu e departe – chiar lângă zona industrială. Și n-o să-mi afecteze programul. Nici punctualitatea.

Ne-am privit una pe alta. Doamna Traynor părea, dintr-odată, foarte agitată: când își trecea mâna prin păr, când își pipăia lănțișorul de la gât. Într-un final, ca și cum nu s-ar mai fi putut abține, izbucni:

– Chiar te-ar fi afectat atât de tare dacă mai aşteptai? Doar câteva săptămâni?

– Poftim?

– Will... Cred că lui Will îi place foarte mult de tine, zise ea şi-şi muşcă buza. Nu văd... nu văd cum mutarea ta ne poate ajuta...

– Stați puțin!... Vreți să-mi spuneți că n-ar fi trebuit să mă mut cu iubitul meu?

– Vreau să spun că nu ți-ai ales momentul potrivit. Will se află într-o stare dificilă, e extrem de vulnerabil. Facem tot posibilul să-i menținem optimismul... iar tu...

– Eu ce?

Am văzut-o pe chelneriță ciulind urechile și privindu-ne, cu mâna în care ținea carnețelul nemișcată în aer.

– Eu ce? Am îndrăznit să am o viață a mea în afara orelor de program?

– Louisa, fac tot ce pot ca să împiedic... lucrul ăsta, spuse ea pe un ton foarte scăzut. Știi cu ce ne confruntăm. Și îți spun doar că aș fi vrut – dat fiind faptul că îi ești foarte dragă lui Will – să mai fi așteptat puțin înainte de a... de a-ți etala fericirea în fața lui.

Nu-mi venea să cred ce auzeam. Am simțit cum tot sângele îmi năvălește în obraji și am tras adânc aer în piept înainte de a vorbi din nou.

– Cum îndrăzniți să insinuați că aș face ceva ca să-i rănesc sentimentele lui Will? Am făcut pentru el tot ce-mi stătea în putință, am șuierat, furioasă. Am făcut tot ce mi-am putut imagina. Am venit cu idei, l-am scos din casă, i-am vorbit, i-am citit, am avut grijă de el. Ultimele cuvinte îmi explodară, efectiv, din piept. Am făcut curat după el. I-am schimbat blestematul de cateter, l-am făcut să râdă. Am făcut mai mult decât tot ce a putut face toată afurisita voastră de familie.

Doamna Traynor primi tot acest potop de jigniri cu un calm desăvârșit. Se îndreptă de spate și, dintr-odată, redeveni maiestuoasă, apoi își așeză geanta sub braț și, cu cel mai politicos ton cu putință, îmi spuse:

– Cred că discuția noastră a luat sfârșit, domnișoară Clark.

– Da. Da, doamnă Traynor. Cred că a luat sfârșit.

Se răsuci pe călcâie și ieși grăbită din cafenea.

Când ușa se închise, zguduindu-se din țâțâni, mi-am dat seama că și eu tremuram.

Discuția avută cu doamna Traynor îmi răsună neplăcut în urechi zile întregi. Parcă o auzeam încă, și mă durea convingerea ei că „îmi etalam fericirea în fața lui Will". Nu crezusem că Will ar putea fi afectat de ceea ce făceam în viața mea personală. Când el păruse că dezaprobă decizia mea de a mă muta la Patrick, mă gândisem că atitudinea lui era provocată mai curând de faptul că nu-l suferea pe iubitul meu decât că ar nutri vreun sentiment pentru mine. Și, mai important, nu mi se păruse deloc că, în momentele acelea, mă arătasem din cale-afară de fericită.

Acasă n-am putut scăpa de acest sentiment de anxietate. Era ca un curent slab care trecea prin mine și influența tot ce făceam. L-am întrebat pe Patrick:

– Oare ne-am fi mutat împreună dacă Treena n-ar fi avut nevoie de camera mea?

El mă privi ca pe o nătângă, se aplecă asupra mea și mă strânse la piept, sărutându-mă pe frunte. Apoi privirile îi căzură pe îmbrăcămintea mea de seară:

– Chiar trebuie să porți pijamaua asta? Urăsc să te văd în pijama.

– E foarte confortabilă.

– Parcă numai maică-mea ar purta așa ceva.

– N-am de gând să port furou sexy și ciorapi din plasă în fiecare seară doar ca să te fac pe tine fericit. Și tot nu mi-ai răspuns la întrebare.

– Nu știu. Probabil. Da.

– Dar n-am vorbit niciodată despre asta înainte, nu?

– Lou, majoritatea oamenilor se mută cu partenerul lor fiindcă așa pare mai logic. Poți să iubești pe cineva și să vezi în același timp latura practică și financiară a lucrurilor.

– N-aș vrea... să crezi că am făcut eu special să se întâmple așa. Nu vreau să simt că s-a întâmplat din cauza mea.

El oftă și se tolăni pe spate în pat.

– De ce femeile trebuie să analizeze mereu și mereu o anumită situație până când ea devine o problemă? Eu te iubesc, tu mă iubești, suntem împreună de șapte ani și nu mai aveai loc în casa părinților tăi. E cât se poate de simplu.

Dar mie nu mi se părea deloc simplu.

Simțeam că duc o viață pe care nu avusesem posibilitatea s-o prevăd.

În vinerea aceea plouă toată ziua - o ploaie caldă, căzând în perdele grele, ca la tropice, făcând jgheaburile să gâlgâie, pline de apă, iar straturile de flori să se îndoaie ca într-o plecăciune tăcută. Will stătea cu ochii aţintiţi pe geam asemenea unui câine ţinut în casă cu de-a sila. Nathan veni şi plecă, cu o pungă de plastic pe cap pe post de pavăză contra ploii. Will se uită la un documentar despre pinguini, şi după aceea, cât timp el căuta ceva pe computer, eu mi-am făcut de lucru prin cameră, în aşa fel încât să nu fim obligaţi să vorbim unul cu celălalt. Simţeam acut starea de disconfort dintre noi, şi faptul că ne aflam tot timpul în aceeaşi cameră nu făcea decât să agraveze situaţia.

Începusem, în sfârşit, să înţeleg consolările curăţeniei. Am dat cu mopul, am şters geamurile şi am schimbat aşternuturile. N-am stat o clipă. Nu mi-a scăpat nici un fir de praf, nici un cerc lăsat de cănile de ceai n-a rămas necurăţat. Tocmai curăţam petele de calcar de pe robinete cu şerveţele de hârtie înmuiate în oţet (un secret ştiut de la mama), când am auzit scaunul lui Will în spatele meu.

- Ce faci?

Eram aplecată peste cadă, dar nu m-am întors.

- Îţi curăţ robinetele.

Îi simţeam privirea în ceafă.

- Mai spune o dată! zise el, după câteva clipe.

- Poftim?

- Mai spune o dată!

M-am ridicat şi m-am întors spre el.

- De ce? Ai probleme cu auzul? Îţi curăţ robinetele.

- Nu, voiam doar ca tu să te auzi ce spui. N-are nici un rost să cureţi robinetele, Clark. Mama n-o să observe. Mie nu-mi pasă, iar chestia cu care le cureţi face baia să miroasă a chioşc unde se vinde peşte cu cartofi prăjiţi. În plus, mi-ar plăcea să ieşim.

Mi-am tras într-o parte o şuviţă de păr ce-mi căzuse pe faţă. Era adevărat. În aerul din baie se simţea un vag iz de peşte sărat.

- Haide! În sfârşit, s-a oprit ploaia. Tocmai am vorbit cu tata. Mi-a spus că după cinci, când pleacă toţi turiştii, ne dă cheile de la castel.

Nu m-am simţit grozav la ideea că vom face o conversaţie politicoasă în timpul unei plimbări prin castel. Dar propunerea de a ieşi din anexă suna atrăgător.

– Bine, lasă-mă cinci minute. Trebuie să-mi scot mirosul de oțet de pe mâini.

Diferența dintre felul cum fusesem crescută eu și cel în care fusese crescut Will era că el avea impresia că totul i se cuvine. Cred că, dacă provii dintr-un mediu ca al lui, cu părinți bogați, o casă superbă, dacă mergi la școli de renume și restaurante de lux, probabil ai sentimentul că lucrurile bune vin de la sine și că poziția ta în lume este automat una superioară.

Will hoinărise prin tainițele castelului toată copilăria, îmi spuse. Tatăl lui îl lăsa să se plimbe peste tot, având încredere că nu va distruge nimic. După ora 5.30 după-amiază, când plecau ultimii turiști, grădinarii începeau să tundă gazonul, iar îngrijitorii goleau coșurile de gunoi și făceau curățenie măturând cutiile goale de băuturi răcoritoare și pungile cu dulciuri. Atunci, castelul devenea terenul de joacă al lui Will.

– Uite, în fața podului mobil am sărutat pentru prima oară o fată, îmi arătă el, privind într-acolo, pe când străbăteam aleea pietruită.

– I-ai spus că e castelul tău?

– Nu. Dar poate că ar fi trebuit. M-a părăsit după o săptămână pentru un băiat care lucra la alimentară.

M-am întors spre el și l-am privit contrariată:

– Nu era Terry Rowlands? Un tip cu părul negru, dat pe spate, cu tatuaje până la coate?

– Ba da, zise el, încruntând o sprânceană.

– Încă lucrează aici, să știi. Tot la alimentară, dacă asta te face să te simți mai bine.

– Nu sunt sigur că el s-ar simți tocmai invidios pe mine dacă m-ar vedea acum, zise Will, și eu am încetat discuția.

Era straniu să văd castelul astfel, cufundat într-o tăcere deplină. Cu excepția grădinarului ursuz care se vedea în depărtare, la ora aceea eram singurii oameni prin preajmă. În loc să mă holbez la turiști, să mă las fermecată de accentele și de poveștile lor de viață, m-am pomenit privind castelul poate pentru prima oară și începând să absorb o parte din istoria lui. Zidurile masive din piatră dăinuiau de peste opt sute de ani. Oameni se născuseră și muriseră acolo, inimi se umpluseră de dragoste și se sfărâmaseră. Acum, în liniștea așternută, aproape le puteam auzi vocile și pașii călcând apăsat pe poteci.

– Buuun, ora confesiunilor! am decretat eu. Te-ai plimbat vreodată pe aici pretinzând în secret că ești un prinț războinic?

Will mă privi pieziș:

– Sincer?

– Desigur.

– Da. O dată am luat chiar una dintre săbiile din sala mare. Cântărea o tonă. Îmi amintesc că am încremenit de spaimă că n-am s-o pot ridica s-o pun înapoi pe panoplie.

Atinsesem vârful dealului și de aici, din fața șanțului cu apă, vedeam sub noi pajiștea înverzită până la zidul ruinat care marca hotarul proprietății castelului. Dincolo de el se afla orașul, cu reclame de neon și șiruri lungi de mașini pe străzi – aglomerația specifică orelor de vârf. Aici însă era liniște, o liniște destrămată doar de ciripitul păsărelelor și de zumzăitul ușor al scaunului lui Will.

El își opri scaunul și îl roti în așa fel încât să poată admira toată priveliștea ce se desfășura dedesubt.

– Mă mir că nu ne-am întâlnit niciodată pe aici, zise. Când eram copii, vreau să spun. Drumurile noastre trebuie să se fi încrucișat.

– De ce crezi asta? Nu ne învârteam în aceleași cercuri. Și poate că, în vreme ce tu îți fluturai sabia prin castel, eu eram doar un bebeluș în cărucior.

– Ah, am uitat! Sunt considerabil mai bătrân decât tine.

– Opt ani în plus te-ar fi calificat, în mod clar, drept „un tip mai în vârstă", i-am spus. Nici măcar când eram adolescentă, tata nu mă lăsa să ies cu un tip mai în vârstă.

– Nici măcar dacă avea propriul lui castel?

– Ei, asta ar fi schimbat lucrurile, evident.

Pe când înaintam pe potecă simțeam că ne împresoară mirosul dulceag al ierbii. Roțile scaunului cu rotile plescăiau prin câte-o băltoacă. Mă simțeam ușurată. Conversația noastră nu mai era așa cum fusese odată, dar poate că asta era de așteptat. Doamna Traynor avusese dreptate – lui Will avea să-i vină întotdeauna greu să-i vadă pe alții ducându-și propria viață mai departe. Mi-am notat în minte să mă gândesc mai atent la impactul pe care acțiunile mele l-ar fi putut avea asupra vieții lui. Nu voiam să mai fiu furioasă.

– Hai să mergem la labirint! N-am mai fost de mulţi ani pe acolo.

Cuvintele lui îmi risipiră imediat gândurile.

– A, nu! Nu, mulţumesc, am spus eu şi, ridicând privirile, mi-am dat brusc seama unde ajunseserăm.

– De ce? Ţi-e frică să nu te rătăceşti? Haide, Clark! Va fi o provocare pentru tine. Vom vedea dacă eşti capabilă să memorezi traseul şi să ieşi tot pe el afară. O să te cronometrez. Eu aşa făceam mai mereu când eram puşti.

Am privit înapoi, spre casă.

– Aş prefera să nu.

Până şi gândul la labirint mă făcea să simt un nod în stomac.

– Ah, veşnicele tale precauţii!

– Nu e vorba de asta.

– Nici o problemă. O să ne continuăm plimbarea plictisitoare şi apoi o să ne întoarcem la mica noastră anexă, la fel de plictisitoare.

Ştiam că glumeşte. Dar ceva din tonul lui mă atinse. M-am gândit la părinţii mei, la sora mea, cu noua ei viaţă promiţătoare. Existenţa mea avea să fie măruntă, cu ambiţii modeste.

Am privit labirintul, cu gardurile sale vii dense şi întunecate. Mă purtam ridicol. Poate aşa mă comportasem timp de ani de zile. În definitiv, totul se terminase de mult. Şi atunci m-am decis să intru.

– Aminteşte-ţi în ce direcţie coteşti şi la întoarcere o iei invers. Nu e aşa de greu pe cât pare, te asigur.

L-am lăsat pe potecă şi am pornit fără să mai stau pe gânduri. Am tras adânc aer în piept şi am trecut de un indicator pe care scria „Interzis copiilor neînsoţiţi", păşind hotărâtă printre zidurile umede şi întunecate ale gardului viu, pe care străluceau încă picături de ploaie.

„Nu e chiar atât de rău, nu e chiar atât de rău", m-am trezit murmurând în ritmul respiraţiei. „Sunt doar nişte tufe de gard viu." Am luat-o la dreapta, apoi la stânga, printr-o deschizătură în gard. Iar la dreapta, apoi o curbă la stânga şi, pe măsură ce mergeam, recapitulam în minte traseul pe care urma să-l străbat la întoarcere. „Dreapta. Stânga. Deschizătură. Dreapta. Stânga."

Inima începu să-mi bată puţin mai repede, şi auzeam sângele pompându-mi în urechi. M-am străduit să mă gândesc la Will, aflat în capătul celălalt al labirintului, uitându-se întruna la ceas. Era doar un test copilăresc. Nu mai eram adolescenta naivă de odinioară. Aveam douăzeci și șapte de ani. Locuiam cu iubitul meu. Aveam o slujbă plină de responsabilități. Eram o persoană total diferită.

M-am întors, am mers drept înainte și m-am întors iarăși.

Și apoi, aproape de nicăieri, panica a crescut în mine ca o avalanșă. Am crezut că văd un om holbându-se la mine, la capătul gardului viu. Deși mi-am spus că e doar imaginația mea, încercarea de a mă convinge mă făcu să uit instantaneu toate indicațiile de până atunci. „Dreapta. Stânga. Deschizătură. Dreapta. Dreapta?" Dacă apucasem pe un drum greșit? Simțeam inima că-mi bate direct în esofag. M-am silit să merg înainte, doar ca să-mi dau seama că-mi pierdusem complet direcția. M-am oprit și am privit în jur la direcția umbrelor, încercând să-mi dau seama încotro era vestul.

Și, pe când stăteam acolo, îmi încolți în cap gândul că n-aveam să reușesc. Nu puteam rămâne acolo. M-am smuls din nemișcare și am început să merg în direcția care credeam a fi sudul. Trebuia să ies din labirint. Aveam douăzeci și șapte de ani. Dar apoi am auzit vocile băieților, fluierăturile lor, râsetele batjocoritoare. I-am văzut ivindu-se din deschizăturile gardului viu și dispărând la loc, am simțit cum picioarele mi se înmoaie, ca și cum aș fi fost beată, și alunecă într-o parte, pe pantofii cu tocuri înalte, am răbdat înțepăturile spinilor când m-am prăvălit peste gardul viu, încercând să-mi țin echilibrul.

– Vreau să ies afară acum, le spusesem, cu glas împleticit și nesigur. Ajunge, băieți!

Și apoi toți dispăruseră. Labirintul era tăcut, se auzeau doar niște șoapte îndepărtate care ar fi putut fi ale lor dinspre cealaltă parte a gardului viu – sau poate că era doar vântul care împrăștia frunzele.

– Vreau să ies acum, zisesem, iar vocea îmi păruse chiar și mie ezitantă.

Ridicasem ochii spre cer, amețind, pentru câteva clipe, din cauza întinsului negru, presărat cu stele, de deasupra mea. Și apoi sărisem cât colo când cineva mă prinsese de mijloc – cel cu părul negru. Cel care fusese în Africa.

– Nu poți pleca încă, ne strici jocul, zisese el.

Știusem atunci, doar din felul cum mâinile lui se încolăciseră în jurul șoldurilor mele. Îmi dădusem seama că echilibrul se stricase, că deja băieții nu-și mai puteau stăpâni pornirile. Și râsesem, împingându-i brațele ca și cum aș fi continuat jocul, nevrând să-i dau de înțeles că știam deja. Îl auzisem strigându-și prietenii. Și atunci mă desprinsesem din îmbrățișare, luând-o, brusc, la fugă și încercând să-mi croiesc drum spre ieșire, deși picioarele mi se înfundau în iarba mustind de apă. Îi auzisem peste tot în jurul meu, cu vocile ascuțite, deși nu-i puteam vedea, și simțisem că mi se taie respirația de spaimă. Eram prea dezorientată ca să-mi pot da seama unde mă aflam. Gardurile vii, înalte, se legănau înspre mine. Continuasem să merg împleticit prin labirint, repezindu-mă să cotesc, strecurându-mă prin deschizături, încercând să scap de vocile lor. Dar ieșirea nu se vedea nicăieri. Oriunde m-aș fi dus, alte șiruri de gard viu îmi apăreau înainte, și alte voci batjocoritoare îmi răsunau în urechi.

Mă năpustisem, poticnit, către o deschizătură, exultând, pentru câteva clipe, că aveam să fiu curând liberă. Dar apoi înțelesesem că mă aflam iar în centrul labirintului, de unde plecasem. Mă clătinasem pe picioare când îi văzusem pe toți stând acolo, de parcă pur și simplu m-ar fi așteptat.

– Ei, iată-te, în sfârșit! zisese unul din ei și mă apucase de braț. V-am spus eu că-i place. Hai, Lou-lou, dă-mi un sărut și-ți arăt cum se iese de aici.

Vocea lui era moale și tărăgănată.

– Dă-ne la toți câte un sărut și-ți arătăm drumul.

Înaintea mea, fețele lor se încețoșau.

– Eu... vreau doar să...

– Hai, Lou! Îți place de mine, nu? Ai stat în poala mea toată seara. Un sărut. Cât de greu poate să fie?

Unul dintre ei râsese pe înfundate.

– Și-mi arătați cum să ies de aici?

Vocea mea îmi păruse jalnică până și mie.

– Doar un sărut, ceruse el și se apropie mai mult de mine.

Îi simțisem gura strivind-o pe a mea, în vreme ce mâna lui îmi strânsese cu putere coapsa.

Se desprinsese, și auzisem cum tonul vocii i se schimbă:

– Acum e rândul lui Jack.

Nu mai știu ce spusesem atunci. Cineva mă prinsese de mână. Auzisem un hohot de râs, simțisem o mână în păr, o altă gură căutându-mi buzele, insistentă, invadatoare, și apoi...

– Will...

Plângeam acum, ghemuită pe vine.

– Will...

Îi strigam numele, iarăși și iarăși, cu o voce întretăiată, venindu-mi de undeva din adâncul pieptului. Și l-am auzit răspunzând de dincolo de gardul viu, ca de la mare depărtare:

– Louisa? Louisa, unde ești? Ce s-a întâmplat?

Mă așezasem într-un colț, mă băgasem în gardul viu cât mai mult. Lacrimile îmi împăienjeneau vederea, îmi încolăcisem trupul cu brațele. Nu puteam ieși. Aveam să rămân pentru totdeauna captivă acolo. Nimeni n-avea să mă găsească vreodată.

– Will...

– Unde ești?...

Și deodată l-am văzut, chiar în fața mea.

– Îmi pare rău, i-am spus, ridicând ochii spre el, cu fața desfigurată de plâns. Îmi pare rău... Nu pot... nu reușesc.

Își ridică brațul câțiva centimetri – atât cât era în stare.

– Dumnezeule, dar ce se întâmplă?... Vino-ncoace, Clark! Înaintă cu scaunul, apoi își privi, frustrat, brațul. Ah, afurisenie inutilă!... E în regulă, Clark. Respiră adânc! Vino-ncoace! Respiră pur și simplu! Încetișor.

Mi-am șters ochii. La vederea lui, panica începu să mi se risipească. M-am ridicat, nesigură pe mine, și am încercat să-mi revin.

– Îmi pare rău... nu știu ce s-a întâmplat.

– Ești claustrofobă?

Fața lui, la doar câțiva centimetri de a mea, era brăzdată de îngrijorare.

– Am văzut că nu voiai să intri... Dar am crezut că...

Am închis ochii.

– Vreau doar să plec.

– Ține-te de mine! Ieșim imediat.

Mă scoase de acolo în câteva minute. Cunoştea labirintul pe de rost, îmi spuse pe când mergeam, iar glasul îi era calm şi liniştitor. Fusese o provocare pentru el, în copilărie, să înveţe drumul înapoi. Mi-am înlănţuit degetele într-ale lui şi i-am simţit căldura liniştitoare a palmei. M-am simţit stupidă când am realizat cât de aproape de ieşire fusesem tot timpul.

Ne-am oprit la o bancă, lângă intrarea în labirint, şi am scotocit în rucsacul din spatele scaunului după pachetul de şerveţele. Am stat acolo în tăcere, eu pe un capăt al băncii, lângă el, aşteptând amândoi să mă opresc din sughiţat.

Will îmi arunca priviri furişate.

– Deci? zise el într-un final, când am părut capabilă să vorbesc fără să izbucnesc iar în plâns. Vrei să-mi spui ce s-a întâmplat?

– Nu pot, am şoptit eu, mototolind şerveţelul între degete.

El vru să mai spună ceva, dar se răzgândi şi închise gura. Am înghiţit în sec.

– Nu eşti tu de vină, l-am asigurat. N-am mai discutat cu nimeni despre... Este.. e ceva prostesc. Şi s-a întâmplat cu mult timp în urmă. Nu m-am gândit că...

I-am simţit ochii aţintiţi asupra mea şi mi-am dorit să nu mă mai privească. Mâinile continuau să-mi tremure, iar în stomac simţeam un milion de noduri.

Am scuturat din cap şi am vrut să-i spun că există lucruri pe care nu i le pot destăinui. Am vrut să-i ating iarăşi mâna, dar am simţit că nu eram în stare. Simţeam că privirea lui continuă să mă fixeze şi aproape îi puteam auzi întrebările nerostite.

Mai jos de noi, două maşini se opriseră lângă porţi. Două siluete ieşiră din ele – de unde ne aflam îmi era imposibil să le disting trăsăturile – şi se îmbrăţişară. Rămaseră acolo preţ de câteva minute, poate vorbind, şi apoi fiecare se sui în maşina cu care venise, iar vehiculele plecară în direcţii opuse. Le-am privit, dar nu mă puteam gândi la nimic. Îmi simţeam mintea îngheţată. Nu ştiam ce să mai spun.

– În regulă. Uite cum facem! zise Will într-un sfârşit. M-am întors, dar nu se mai uita la mine. O să-ţi spun şi eu ceva ce n-am mai spus nimănui, e bine?

– E bine, am încuviințat, făcând șervețelul ghemotoc între palme, în așteptarea destăinuirii lui.

Will trase aer adânc în piept.

– Mi-e foarte frică de cum vor decurge lucrurile, rosti el și făcu o pauză lungă, ca și cum ar fi vrut să lase cuvintele să se așeze între noi. Apoi, cu o voce înceată și calmă, continuă: Știu că majoritatea oamenilor cred că o viață ca a mea e cel mai groaznic lucru din lume. Dar s-ar putea și mai rău. Aș putea ajunge să nu mai pot nici măcar respira sau vorbi singur. Aș putea avea probleme circulatorii care să-i oblige pe medici să-mi amputeze membrele. Aș putea fi spitalizat pe termen nedefinit. Viața mea de acum nu mai e chiar viață, Clark. Dar, când mă gândesc cât de mult s-ar putea agrava lucrurile, în unele nopți stau în pat și simt că mi se taie respirația. Înghiți în sec și urmă: Și știi ce? Nimeni nu vrea să audă așa ceva. Nimeni nu vrea să discute despre faptul că mi-e teamă, că durerile mă macină sau că mă îngrozește faptul că aș putea muri dintr-o infecție oarecare. Nimeni nu vrea să afle cum te simți știind că nu vei mai face niciodată sex, că niciodată nu vei mai gusta mâncăruri făcute cu mâinile tale, că niciodată nu-ți vei putea ține în brațe propriul copil. Nimeni nu vrea să știe că uneori mă simt atât de cuprins de claustrofobie, țintuit în scaunul acesta, încât îmi vine să urlu ca un nebun la gândul că voi mai petrece încă o zi în el. Mama se agață de un fir de păr și nu mă poate ierta pentru că îmi iubesc încă tatăl. Sora mea nu mă suferă fiindcă am eclipsat-o încă o dată și fiindcă situația în care am ajuns o împiedică să mă urască pe deplin, așa cum mă urăște de când eram copii. Tata vrea, pur și simplu, ca necazurile să ia sfârșit. În ultimă instanță, toți vor să vadă partea frumoasă a lucrurilor și vor ca și eu să fac la fel. Will se opri o clipă, apoi încheie: Au nevoie să creadă că există o parte frumoasă.

Am clipit des în întuneric.

– Chiar și eu? l-am întrebat, încetișor.

– Tu, Clark, spuse el, privindu-și palmele, ești singura persoană cu care am simțit că pot discuta de când am ajuns în nenorocitul ăsta de scaun.

Așa că i-am povestit.

L-am prins de mână, aceeași mână care mă condusese afară din labirint și, cu privirea în pământ și trăgând aer în piept, i-am povestit tot ce se întâmplase în noaptea aceea, cum băieții își bătuseră joc de mine și râseseră de cât de băută și de drogată fusesem și cum îmi pierdusem cunoștința, iar mai târziu Treena îmi zisese că poate că era mai bine așa, că nu-mi puteam aminti absolut nimic din ce-mi făcuseră, dar cum jumătate de oră de absență mă bântuise mereu de atunci. Am umplut-o, înțelegi? Am umplut-o cu râsul lor, cu trupurile și cuvintele lor. Am umplut-o cu propria mea înjosire. I-am spus cum le revăd chipurile ori de câte ori trec de hotarul orașului și cum Patrick, mama, tata și viața mea modestă fuseseră cu totul în regulă pentru mine, cu toate problemele și limitările lor. Mă făcuseră să mă simt în siguranță.

Atunci când am terminat de vorbit, cerul se întunecase, iar pe mobil aveam deja paisprezece mesaje în care eram întrebată unde suntem.

– Nu cred că e nevoie să-ți spun că n-a fost vina ta, îmi zise Will încet.

Deasupra noastră, cerul se întindea la nesfârșit.

Am răsucit șervețelul în palmă.

– Da, nu știu... Încă mă simt vinovată... Am băut prea mult ca să mă dau mare. A fost un flirt groaznic. A fost...

– Nu. Ei au fost de vină.

Nimeni nu-mi mai spusese vreodată asemenea cuvinte cu glas tare. Chiar și privirea plină de simpatie a Treenei ascundea un fel de acuzație mută. „Dacă nu te îmbătai și nu te prosteai cu niște tipi pe care nu-i cunoști..."

Degetele lui încercară să le strângă pe ale mele. O mișcare abia simțită, dar reală.

– Louisa, nu a fost vina ta.

Am izbucnit în plâns. Nu un plâns mocnit, de data asta. Lacrimile mi se scurgeau în neștire și, odată cu ele, dispărea și ceva din mine. Vinovăția. Teama. Alte câteva sentimente pentru care nu găsisem cuvinte. Mi-am plecat ușor capul pe umărul lui și el și l-a înclinat pe al său până l-a sprijinit de al meu.

– Acum totul e în regulă. Mă asculți?

Am murmurat un „da".

- Atunci am să-ți spun ceva frumos, zise el și mai așteptă câteva clipe, ca și cum ar fi vrut să fie sigur că sunt atentă. Știi, Louisa, unele greșeli... au consecințe mai însemnate decât altele. Dar nu trebuie să lași noaptea aceea să te definească.

Simțeam cum capul lui se sprijinea încă de al meu.

- Tu, Clark, ai șansa de a nu lăsa să se întâmple așa ceva.

Am oftat lung, înfiorată. Apoi, în tăcerea care se așternu între noi, am încercat să pătrund cât mai bine sensul cuvintelor lui. Aș fi putut sta acolo toată noaptea, deasupra restului lumii, simțind căldura palmei lui Will în palma mea, simțind cum tot ce era mai rău în mine se destramă.

- Mai bine ne-am întoarce, propuse el, în cele din urmă. Înainte să cheme cineva echipele de căutare.

Mi-am desprins mâna dintr-a lui și m-am ridicat, aproape fără să vreau, în timp ce aerul rece al brizei mă lovi drept în față. Și apoi, cu un gest aproape extravagant, mi-am întins brațele deasupra capului, cât am putut de sus. Mi-am răschirat degetele în aerul nopții și am avut impresia că tensiunile acumulate în săptămâni, luni, poate ani de zile, se risipesc puțin. Am răsuflat adânc.

În vale, luminile orașului sclipeau, formând un cerc în mijlocul ținutului întunecat din jur. M-am răsucit spre el:

- Will!

- Da.

Abia îl puteam zări în lumina slabă, dar știam că mă privește.

- Îți mulțumesc. Îți mulțumesc că ai venit să mă scoți de acolo.

El scutură din cap și-și întoarse scaunul înapoi, către potecă.

Capitolul 18

– Disney World ar fi perfect.

– V-am spus, fără parcuri tematice.

– Știu că ați spus asta, dar nu sunt doar montaignes russes și farfurii zburătoare care se rotesc. În Florida există studiouri de filme și un centru de știință. E chiar educativ.

– Nu cred că un fost director de companie, în vârstă de treizeci și cinci de ani, mai are nevoie de educație.

– Au toalete pentru persoane cu dizabilități în toate colțurile. Iar personalul este extraordinar de atent. Nici un deranj nu i se pare prea mare.

– Urmează să-mi spuneți că au și caruseluri speciale pentru persoane cu handicap, nu-i așa?

– Au oferte și facilități pentru toată lumea. De ce nu încercați Florida, domnișoară Clark? Dacă nu vă place, puteți merge la SeaWorld. Iar vremea acolo e superbă.

– În „Will contra balena ucigașă", cred că știu deja cine o să iasă mai șifonat...

El nu păru să mă audă, ci continuă:

– Și sunt una dintre companiile de top în privința activităților pentru oamenii cu dizabilități. Știți că au o colaborare foarte bună cu Fundația Make-A-Wish, pentru bolnavii în stadiu terminal?

– El nu este în stadiu terminal!

I-am trântit telefonul în nas agentului de la compania de turism chiar în clipa când Will intră în încăpere. De furie, n-am putut pune din prima receptorul în furcă, ci am bâjbâit câteva clipe, apoi mi-am închis cu zgomot carnetul de notițe.

– E totul în regulă, Clark?

– Da, am spus eu, cu un zâmbet strălucitor.

– Bun. Ai vreo rochie drăguță?

– Poftim?

– Ce faci sâmbătă? mă întrebă el.

Aștepta, curios. Creierul meu era încă setat pe duelul dintre balena ucigașă și agentul de turism.

– Ăăă... nimic. Patrick e plecat toată ziua la antrenamente. De ce?

El așteptă câteva clipe înainte să vorbească, ca și cum amânarea aceasta i-ar fi sporit plăcerea de a mă surprinde:

– Mergem la o nuntă.

Niciodată n-am să pot ști cu adevărat de ce Will s-a răzgândit în privința participării la nunta Aliciei cu Rupert. Am bănuit că probabil responsabilă era dorința lui permanentă de a surprinde – nimeni nu s-ar fi așteptat ca el să meargă, cu atât mai puțin Alicia și Rupert înșiși. Poate voia să se împace cu ideea despărțirii lor. Dar cred că, oricum, în ultimele luni, ea își pierduse puterea de a-l răni.

Am decis că ne puteam descurca și fără ajutorul lui Nathan. Am sunat să mă asigur că uriașul cort deschis unde urma să se desfășoare ceremonia era accesibil pentru scaunul lui Will, și Alicia a părut atât de uluită când a înțeles că, de fapt, nu refuzăm invitația, încât mi-am cam dat seama că o trimisese doar pentru a păstra aparențele.

– Ăăă... da... există o treaptă mică la intrarea în cort, dar parcă îmi amintesc că oamenii care au instalat-o spuneau că pot monta și o rampă... făcu ea, încurcată.

– Ar fi excelent. Mulțumesc. Ne vedem la nuntă!

Am intrat cu Will pe internet și am ales un cadou. Will a cumpărat o ramă de fotografii din argint, cu 120 de lire, și un vas despre care spunea că e „absolut groaznic" cu 60 de lire. Eram consternată să văd că putea cheltui atâția bani pentru cineva față de care nu mai simțea nimic, dar înțelesesem deja, în săptămânile de când eram angajată la familia Traynor, că ei aveau idei complet diferite de ale mele în privința banilor.

M-am hotărât să port rochia mea roșie – în parte fiindcă lui Will îi plăcuse atât de mult (și mi-am dat seama că avea să aibă nevoie de toate micile încurajări pe care le-ar fi putut primi) –, dar și pentru că, de fapt, nu aveam altă rochie pe care să mă simt în stare s-o port la o asemenea ceremonie. Will nici n-avea habar cât mi-era de frică la gândul că voi participa la o nuntă din înalta societate, cu atât mai mult cu cât mă duceam în calitate de „însoțitoare". De fiecare dată când mă gândeam la vocile stridente sau privirile piezișe aruncate spre noi, simțeam că aș fi preferat să-mi petrec ziua urmărindu-l pe Patrick cum dă ture de stadion. Poate că nu merita să-mi pese deloc, dar nu mă puteam stăpâni. Imaginea invitaților care ne-ar fi privit de sus îmi dădea deja crampe la stomac.

Nu i-am spus nimic lui Will, dar mi-era teamă pentru el. Să mergi la nunta unei foste iubite părea un act de masochism chiar și în condiții normale, dar să mergi la o adunare publică la care participă și o sumedenie de vechi prieteni și foști colegi, ca s-o vezi măritându-se cu prietenul tău cel mai bun, mi se părea calea cea mai sigură către depresie. Am încercat să-i sugerez asta în ziua premergătoare nunții, dar lui nici nu-i păsa.

– Nu-mi fac griji în privința asta, Clark, și nu cred că e cazul să-ți faci tu, spuse.

Am sunat-o pe Treena și i-am povestit și ei.

– Verifică-i scaunul cu rotile!... Vezi să nu aibă ascunse plicuri cu antrax sau explozibili, mă sfătui ea pe un ton cât se poate de serios.

– E prima oară când merg cu el într-un loc mai îndepărtat de casă și mi-e teamă că o să fie un dezastru.

– Poate vrea să-și aducă aminte că există și lucruri mai rele decât moartea.

– Ha, ha, amuzant!

– Bine, atunci. Distrați-vă! A, și nu cumva să porți rochia aia roșie! E prea decoltată.

În dimineața nunții, soarele răsări strălucitor peste aerul plin de miresme, așa cum știusem că se va întâmpla. Fetele ca Alicia nu se puteau mărita într-o altfel de zi.

– E un comentariu neobișnuit de răutăcios din partea ta, Clark, zise Will când i-am dezvăluit acest gând.

– Normal, am de la cine învăța.

Nathan venise devreme să-l pregătească, ca să putem pleca la nouă dimineața. Până la destinație făceam vreo două ore, și planificasem cu grijă drumul ca să fiu sigură că avem la dispoziție cele mai bune facilități. M-am aranjat în baie, trăgându-mi ciorapii lungi peste picioarele proaspăt epilate, m-am machiat abundent, dar apoi mi-am șters tot fardul, de teamă ca nu cumva sclifosiții de la nuntă să mă creadă prostituată. Am îndrăznit să nu-mi pun nici un batic în jurul gâtului, dar mi-am luat un șal la mine, în care aș fi putut să mă învelesc dacă m-aș fi simțit prea expusă privirilor.

– Ei, nu-i rău deloc, nu? mă întrebă Nathan, făcând un pas în spate, iar în urma lui apăru Will, cu costum negru, o cămașă albăstruie și cravată.

Era proaspăt bărbierit și tenul îi părea ușor bronzat. Cămașa îi scotea în evidență ochii – de aceeași nuanță. Brusc, mi s-a părut că în ei se reflecta ceva din scânteierea soarelui.

– Nu-i rău, am încuviințat eu, fiindcă, în mod bizar, nu voiam să spun cât de chipeș arăta Will, de fapt. Oricum, Aliciei o să-i pară rău că s-a măritat cu butoiul ăla de untură.

Will ridică spre mine privirea, de parcă nu i-ar fi venit să creadă ce auzea.

– Nathan, avem totul pus în rucsac?

– Da. Totul e pus la punct și gata de drum. Acum, te rog, nu te apuca să săruți domnișoarele de onoare! i se adresă el lui Will.

– Ha! De parcă ar vrea așa ceva, am răspuns eu. Toate o să poarte gulere scrobite și o să miroasă a grajd!

Părinții lui Will ieșiră să-l vadă. Am bănuit că tocmai avuseseră o ceartă grozavă, căci doamna Traynor n-ar fi stat mai la distanță de soțul ei nici dac-ar fi locuit în comitate separate. Ne privi rece, cu brațele încrucișate, și rămase astfel chiar și când am întors mașina pentru ca Will să se poată urca; de prisos să mai adaug că nu-mi adresă nici măcar o privire.

Abia într-un târziu îmi zise, în timp ce scutura o scamă imaginară de pe umărul fiului ei:

– Să nu-l aduci prea băut, Louisa!

– De ce, mamă? întrebă Will. Nu eu conduc.

– Ai dreptate, Will, interveni tatăl lui. Întotdeauna la nuntă am avut nevoie de vreo două pahare de tărie ca să pot rezista.

– Da, chiar și la propria ta nuntă, îngână doamna Traynor, abia auzit, apoi rosti, ceva mai tare: Arăți foarte bine, dragul meu. Apoi se aplecă, îi netezi puțin pantalonii și repetă: Foarte, foarte bine.

– Și tu arăți bine, spuse domnul Traynor, atunci când am coborât de pe scaunul șoferului. Atragi imediat privirea. Poți face o piruetă, Louisa?

Will își întoarse scaunul spre el:

– N-are timp, tată. Hai, Clark, la drum! Cred că nu se cade să ajungi în urma miresei.

M-am urcat în mașină răsuflând ușurată și, după ce m-am asigurat că scaunul lui Will era bine ancorat pe bancheta din spate, iar jacheta lui atârna pe spătarul scaunului din dreapta mea ca să nu se șifoneze, am pornit motorul.

Aș fi putut descrie casa părinților Aliciei chiar înainte să ajung la ea. De fapt, imaginația mea funcționase atât de bine, încât, atunci când am ajuns, Will chiar m-a întrebat de ce râd. Un vechi conac în stil georgian, cu ferestrele înalte umbrite în parte de ramuri pale de glicină și aleea principală din prundiș cafeniu – o locuință perfectă pentru un colonel. Mi-o imaginam deja pe Alicia crescând aici, cu părul prins în două codițe blonde, stând cu picioarele răschirate în șaua primului ei ponei, pe peluză.

Doi bărbați îmbrăcați cu veste reflectorizante îndrumau mașinile către pajiștea dintre casă și biserica de lângă ea. Am coborât geamul și i-am întrebat:

– Există vreo parcare în preajma bisericii?

– Invitații trebuie să o ia pe aici, doamnă.

– Noi avem un scaun cu rotile și aici se va afunda în iarbă, le-am spus. Trebuie să coborâm chiar lângă biserică. O să merg până acolo.

Cei doi se priviră unul pe celălalt și își șoptiră ceva. Înainte să apuce să-mi răspundă, am pornit mai departe și am parcat într-un loc izolat, imediat lângă biserică. „Ei, și acum începe“, mi-am zis în gând, surprinzând privirea lui Will în oglinda retrovizoare când am oprit motorul.

– Liniștește-te, Clark! Totul o să fie bine.

– Sunt perfect relaxată. De ce crezi că n-aș fi?

– Ești ridicol de transparentă. În plus, ți-ai ronțăit patru unghii până să ajungem aici.

– Deci... ce rol vom juca azi?

Will îmi urmări privirea:

– Sincer?

– Da. Trebuie să știu. Te rog, nu-mi spune că vom fi Domnul Șoc și Doamna Groază! Pui la cale ceva terifiant?

Ochii lui Will, albaștri și de nepătruns, îi întâlniră pe ai mei. Am simțit că un roi întreg de fluturi îmi aterizează în stomac.

– Ne vom purta extraordinar de politicos, Clark.

Aripile fluturilor începură să bată năvalnic, ca și cum ar fi fost prinse în cușca coastelor. Am dat să spun ceva, dar el mă întrerupse:

– Știi ce? O să facem tot ce trebuie ca să ne simțim bine.

„Să ne simțim bine." Ca și cum prezența la nunta unei foste iubite ar fi putut fi mai puțin dureroasă decât o obturație de canal. Dar era alegerea lui Will. Ziua lui Will. Am tras adânc aer în piept, încercând să mă adun.

– Cu o singură excepție, i-am spus, aranjându-mi, pentru a nu știu câta oară, șalul peste umeri.

– Care?

– N-o să faci pe Christy Brown[1]. Dacă faci pe Christy Brown, plec acasă și te las aici cu înțepații ăștia.

Pe când Will se întoarse și o porni spre biserică, mi se păru că-l aud murmurând: „Fata asta îmi strică tot cheful".

Pe parcursul ceremoniei religioase n-a avut loc nici un incident. Alicia arăta exact așa cum mi-o imaginasem, adică de o frumusețe ridicolă, cu tenul lucios, de un caramel pal, cu rochia de mătase sidefie mulată perfect pe silueta ei suplă. Am privit-o cum aproape plutea spre altar, întrebându-mă cum e să fii înaltă și cu picioare

---

1 Celebru pictor și scriitor irlandez (1932–1981) care a suferit de paralizie cerebrală și a scris și pictat numai cu degetele de la piciorul stâng (n.tr.)

lungi și să arăți ca în afișele pe care cei mai mulți dintre noi le văd doar prelucrate în Photoshop. M-am întrebat dacă purta chiloți modelatori. Bineînțeles că nu. Probabil că avea pe ea niște chiloți tanga minusculi, din dantelă pală – lenjerie intimă pentru femei care n-au nici un fel de grăsime de ascuns, mai scumpă, probabil, decât salariul meu pe o săptămână.

Pe când vicarul își îngâna litania, iar micuțele domnișoare de onoare, încălțate cu balerini albi, se foiau în strană, am aruncat o privire către ceilalți invitați. N-am văzut nici măcar o femeie care să nu arate ca decupată din paginile revistelor pentru femei. Pantofii lor, asortați la rochii până la nuanță, ai fi jurat că abia fuseseră scoși din cutie. Cele mai tinere purtau tocuri de zece–doisprezece centimetri și aveau pedichiura perfect făcută. Cele mai în vârstă, cu tocuri joase, îmbrăcaseră costume sobre, cu umeri largi și căptușeală de mătase, în culori contrastante, iar pălăriile lor păreau că sfidează gravitația.

Bărbații arătau mai puțin spectaculos, dar aproape toți aveau acel aer pe care uneori îl puteam sesiza și la Will – de bogăție și prestanță, lăsând impresia că viața fusese generoasă cu ei. M-am întrebat ce fel de companii conduceau, în ce lumi se învârteau. M-am întrebat dacă observau vreodată persoanele umile ca mine, care le îngrijeau copiii sau îi serveau prin restaurante. „Sau dansau la bară pentru partenerii lor de afaceri", m-am gândit, amintindu-mi de interviurile de la Oficiul Forțelor de Muncă.

La nunțile la care fusesem până atunci exista obiceiul ca familia mirelui să fie separată de a miresei, de teamă ca nu cumva vreunii dintre ei să se ia la bătaie.

Slujba se termină. Will își croia deja drum către ieșirea din biserică. L-am privit din spate, cum stătea drept, într-o postură ciudat de demnă, și am vrut să-l întreb dacă venirea noastră aici i se părea o greșeală. Dacă mai simțea ceva pentru Alicia. Am vrut să-i spun că era prea bun pentru femeia aceea prostuță cu ten bronzat, indiferent ce spuneau aparențele, și că... nu mai știam ce altceva aș fi vrut să-i spun.

Voiam doar să-l fac să se simtă mai bine.

– Ești în regulă? l-am întrebat, prinzându-l din urmă.

În concluzie, ar fi trebuit să fie el.

Will clipi de câteva ori.

– Da, sunt în regulă, făcu el și răsuflă lung, ca și cum până atunci și-ar fi ținut respirația. Apoi ridică privirea: Haide, să mergem să bem ceva!

Cortul fusese amplasat într-o grădină înconjurată de ziduri. Poarta de acces, din fier masiv, era decorată cu ghirlande de flori de un roz pal. Barul, aflat la celălalt capăt al grădinii, se aglomerase deja, așa că i-am propus lui Will să mă aștepte până-i aduc o băutură. M-am strecurat cu greu printre mesele largi, acoperite cu pânzeturi de un alb impecabil și încărcate cu mai multe tacâmuri și pahare decât văzusem în toată viața mea. Scaunele aveau spătarele aurite, cum se văd numai la prezentările de modă, iar de stâlpii împodobiți cu frezii și crini, amplasați în mijlocul meselor, atârnau lampioane albe. Aerul era atât de greu de parfumul florilor, încât aveai impresia că te înăbuși.

– Cocktail de fructe? mă întrebă barmanul când am ajuns la tejghea.

– Hmm...

Am privit în jur și mi-am dat seama, că, de fapt, era singura băutură din ofertă.

– Da, două cocktailuri, te rog.

El îmi zâmbi:

– Se pare că restul băuturilor se vor servi mai târziu. Dar domnișoara Dewar a dorit ca toată lumea să înceapă petrecerea cu un cocktail Pimm's.

Privirea pe care mi-o aruncă avea în ea ceva conspirativ. Ridicându-și, abia sesizabil, sprânceana, îmi dădu de înțeles ce credea el despre asta.

Am rămas cu ochii la limonada rozalie. Tata îmi spunea că oamenii bogați sunt întotdeauna și cei mai cărpănoși, dar eram uimită că nici măcar o petrecere de nuntă n-o începeau cu alcool.

– Atunci înseamnă că n-avem de ales, i-am spus chelnerului, luând paharele.

Când am revenit, l-am găsit pe Will discutând cu un bărbat. Tânăr, cu ochelari, stătea pe jumătate ghemuit, cu mâna sprijnită de scaunul cu rotile. Soarele stătea deja sus pe cer și a trebuit să mijesc ochii ca să-i pot vedea bine. Am înțeles dintr-odată utilitatea acelor pălării caraghioase cu boruri largi.

– Ce bine-mi pare că te văd, Will! zise necunoscutul. Biroul nu mai e la fel fără tine. Nu s-au schimbat prea multe, dar... pur și simplu nu mai e cum a fost.

Părea să fie un tânăr contabil – genul de om care nu se simte confortabil decât în costum.

– Frumos din partea ta să spui asta.

– A fost atât de ciudat... De parcă ai fi căzut de pe o stâncă. Azi erai acolo, organizând totul, și a doua zi a trebuit deja să... Își ridică privirile când simți că mă oprisem lângă ei. A, bună! bâigui el, și i-am observat privirile oprindu-se pe decolteul meu.

– Louisa Clark, fă cunoștință cu Freddie Derwent!

I-am pus lui Will paharul în suport și i-am strâns mâna tânărului. El își ridică, în sfârșit, privirea spre ochii mei.

– Aaaa. Și...

– Sunt o prietenă a lui Will, l-am lămurit și, fără să știu de ce, mi-am pus palma ușor pe umărul acestuia.

– Ei, atunci viața nu e chiar așa de grea, bătrâne! spuse Derwent, cu un râs ce semăna mai mult a tuse seacă, și se înroși puțin la față. Oricum... trebuie să merg să-i salut și pe alții. Știi cum sunt evenimentele de genul ăsta... se presupune că trebuie să le luăm ca pe o oportunitate de a ne face noi cunoștințe. Dar chiar îmi pare bine să te revăd, Will! Și îmi pare bine de cunoștință, domnișoară Clark.

– Părea drăguț, am spus, după ce tipul se îndepărtă.

Mi-am ridicat mâna de pe umărul lui Will și am sorbit lung din cocktailul meu. Era mult mai gustos decât arăta. Fusesem puțin alarmată de prezența unei felii de castravete în pahar.

– Da, e un puști de treabă.

– Și nu pari să te simți stânjenit.

Ochii lui Will licăriră, căutându-i pe ai mei:

– Nu, Clark, nu sunt deloc stânjenit.

Ca și cum venirea lui Freddie Derwent ar fi spart gheața, în următoarele ore mai multe persoane veniră să-l salute pe Will. Unii rămaseră la o distanță politicoasă, ca și cum asta i-ar fi scutit de dilema strângerii de mână, în vreme ce alții, suflecându-și pantalonii la genunchi, se lăsară pe vine aproape la picioarele lui. Stăteam alături, mai mult tăcută, și l-am văzut deodată pălind când zări doi bărbați care veneau spre el.

Unul dintre ei, un om înalt și voinic, cu o țigară în mână, păru să nu știe ce să spună când ajunse în fața lui Will.

– O nuntă frumoasă, nu? Și mireasa arăta superb, zise el în cele din urmă.

Am presupus că nu știa despre relația lui Will cu Alicia.

Celălalt, care părea să fie vreun rival de afaceri al lui Will, adoptă un ton mai diplomatic, dar în privirea lui tranșantă, în întrebările directe referitoare la starea lui Will se simțea o notă arogantă, încât mi-am dat seama imediat că Will devenise tensionat. Erau ca doi câini care se învârt unul în jurul celuilalt, neștiind dacă să-și arate colții sau nu.

– Noul director executiv al fostei mele companii, îmi explică Will când cei doi plecară, în sfârșit, dând din mâini în semn de rămas-bun. Cred că a vrut doar să se asigure că nu pun la cale vreun complot ca să-i iau locul.

Alicia, care părea că plutește prin grădină – o siluetă eterică, trimițând bezele și exclamații în toate părțile –, nu se apropie de noi.

L-am văzut pe Will dând pe gât două pahare de Pimm's și, în taină, m-am bucurat.

Prânzul fu servit la ora 4 fix. Mi s-a părut o oră destul de neobișnuită pentru prânz, dar, așa cum îmi reaminti Will, ne aflam la o nuntă. Oricum, timpul părea să se fi dilatat și să devină lipsit de sens, căci trecerea lui era estompată de nenumăratele pahare cu băutură și de conversațiile în zigzag. Nu știu dacă de vină era căldura sau atmosfera, dar, când am ajuns la masă, mă simțeam aproape amețită. Și, când m-am trezit vorbind împleticit cu bătrânelul aflat în stânga mea, am înțeles că nu era exclus să mă fi îmbătat.

– E vreun pic de alcool în cocktailul ăsta? l-am întrebat pe Will, după ce reușisem performanța de a-mi vărsa solnița cu sare în poală.

– Da, cam tot atâta cât și în vin. Câte pahare ziceai că ai băut?

L-am privit cu groază – în dublu exemplar.

– Sper că glumeşti! Era cu fructe. Am crezut că asta înseamnă că n-are deloc alcool. Cum te mai duc acasă?

– Halal îngrijitoare! pufni el în glumă şi apoi întrebă, ridicând o sprânceană: Ce-mi dai să nu te spun mamei?

Eram uimită de modul cum Will reacţionase pe tot parcursul zilei. Crezusem că o să merg la nuntă cu Will Taciturnul sau Will Sarcasticul. Sau, cel puţin, cu Will Tăcutul. Dar el se arătase a fi fermecător cu toată lumea. Nici măcar sosirea supei, la prânz, nu-l tulburase. Întrebase doar, politicos, dacă e cineva dispus să-şi schimbe pâinea pe supa lui, şi cele două fete de la capătul celălalt al mesei – care pretindeau că au „intoleranţă la gluten" – se repeziseră să-i arunce chiflele.

Cu cât eu îmi făceam mai multe griji că n-aveam să mă pot trezi din ameţeala provocată de alcool, cu atât mai vesel şi mai lipsit de griji devenea Will. Doamna în vârstă din dreapta lui era o fostă deputată care pledase pentru drepturile persoanelor cu dizabilităţi şi se dovedi a fi una dintre puţinele persoane, din câte văzusem până atunci, care vorbi cu Will fără nici cea mai mică urmă de disconfort. La un moment dat chiar am văzut-o hrănindu-l cu o felie de ruladă. Când ea se ridică să plece până la toaletă, el îmi şopti că femeia escaladase în tinereţe muntele Kilimanjaro.

– Îmi place genul ăsta de femeie, zise el. Mi-o pot imagina trăgând de căpăstru un catâr şi ducând în spate un rucsac plin cu sendvişuri. E rezistentă ca o cizmă veche.

Am avut mai puţin noroc cu vecinul din stânga. Îi trebuiră cam patru minute – timp în care mă supuse unui interogatoriu rapid, aflând cine eram, unde locuiam şi pe cine cunoşteam la nuntă – ca să-şi dea seama că n-am nimic de spus care să-l poată interesa. Aşa că se întoarse spre femeia din stânga lui, lăsându-mă să-mi înfulec prânzul în tăcere. La un moment dat, când începusem să mă simt deja penibil, am simţit că braţul lui Will alunecă de pe scaunul de lângă mine, iar palma lui aterizează pe a mea. Am ridicat privirea şi el îmi făcu cu ochiul, şi atunci i-am strâns mâna, recunoscătoare că-mi observase stinghereala. Apoi el îşi dădu scaunul câţiva centimetri mai în spate şi mă invită să discut cu fosta deputată, Mary Rawlinson.

– Will mi-a spus că tu ai grijă de el, zise femeia.

Avea niște ochi albaștri pătrunzători și riduri pronunțate, mărturie a unei atitudini ostile față de practicile moderne de îngrijire a pielii.

– Încerc, am spus, aruncându-i lui Will o privire.

– Și ai lucrat întotdeauna în acest domeniu?

– Nu, înainte am lucrat... într-o cafenea.

Nu știu dacă i-aș fi spus asta altcuiva de la nuntă, dar Mary Rawlinson dădu din cap aprobator.

– Întotdeauna mi s-a părut o slujbă interesantă. Dacă îți plac oamenii și ești mai degrabă băgăcioasă, așa, ca mine, zâmbi ea radioasă.

Will își retrase brațul la loc pe scaunul cu rotile.

– Încerc să o încurajez pe Louisa să facă și altceva, să-și lărgească puțin orizontul.

– La ce te-ai gândit, de pildă? mă întrebă ea.

– Habar n-are, răspunse Will în locul meu. E una dintre cele mai inteligente persoane pe care le cunosc, dar nu reușesc s-o fac să-și vadă propriile capacități.

Mary Rawlinson îi aruncă o uitătură aspră:

– N-o mai dădăci, dragule! E capabilă să răspundă și singură.

Am clipit, încurcată.

– Cred că, dintre toți, tu în primul rând ar trebui să știi asta, Will, adăugă ea.

Will dădu să deschidă gura, dar se răzgândi și tăcu. Rămase cu privirile ațintite într-un punct al mesei și scutură din cap, dar nu-și pierdu surâsul de pe chip.

– Louisa, îmi imaginez că slujba aceasta te solicită enorm, mai ales pe plan psihic. Și bănuiesc că acest tânăr domn nu este cel mai abordabil dintre pacienți.

– Nici nu știți câtă dreptate aveți!

– Dar și Will are dreptate în privința posibilităților tale. Trebuie să-ți lărgești orizontul, draga mea. Iată cartea mea de vizită! Fac parte din conducerea unei organizații caritabile care încurajează recalificarea în muncă. Poate ți-ar plăcea să faci altceva, pe viitor.

– Vă mulțumesc, dar îmi place să lucrez cu Will.

Am luat cartea de vizită pe care ea mi-o întinse oricum, puțin uimită că femeia aceasta manifesta interes față de ce făceam eu cu viața mea. Dar, chiar în momentul în care o puneam în poșetă, m-am simțit o impostoare. În nici un caz n-aveam cum să renunț la muncă, chiar dacă aș fi știut ce vreau să învăț. Nu eram convinsă că sunt genul de persoană care să poată începe o meserie nouă. Și, în plus, prioritatea mea pe moment era să-l țin pe Will în viață. Eram atât de pierdută în gânduri, încât pentru scurtă vreme n-am mai ascultat ce se vorbea lângă mine.

– ... e foarte bine că ai trecut hopul, ca să zic așa. Știu că poate fi devastator să fii nevoit să-ți realiniezi viața atât de dramatic ca să poți răspunde noilor provocări.

Am rămas înmărmurită, uitându-mă la bucata de somon fiert din farfurie. Nu mai auzisem pe nimeni vorbindu-i astfel lui Will.

El se încruntă și apoi se întoarse spre ea, șoptind:

– Nu sunt sigur că am trecut hopul.

Mary Rawlinson îl cercetă cu privirea, apoi îmi aruncă o căutătură pătrunzătoare.

M-am întrebat dacă fața mă dădea de gol.

– Orice are nevoie de timp, Will, zise ea, punându-i scurt mâna pe braț. Și asta e o realitate pe care generația ta o acceptă mult mai greu. Voi toți ați crescut cu ideea că lucrurile trebuie să se petreacă așa cum vreți, instantaneu. Vă așteptați să trăiți viețile pe care le vi le doriți. Mai ales un tânăr de succes ca tine. Dar asta cere timp.

– Doamnă Rawlinson... Mary, nu cred să-mi mai revin vreodată.

– Nu mă refer la latura fizică, îl lămuri femeia. E vorba să înveți să accepți o nouă viață.

Dar, în clipa aceea, chiar când mă pregăteam să ascult răspunsul lui Will, se auzi un ciocănit puternic de linguriță într-un pahar de sticlă, și sala amuți, în așteptarea toasturilor.

N-am auzit mare lucru din ce s-a spus. Mi s-au părut toți niște bărbați umflați în pene, în costume ca de pinguin, care vorbeau despre persoane și locuri necunoscute mie și stârneau râsete politicoase. Am stat la masă și am înfulecat trufele cu ciocolată neagră care sosiseră în coșulețe argintii și am băut rapid trei cafele, una după alta, încât acum nu mă mai simțeam doar cherchelită, ci și nervoasă și agitată. Pe de altă parte, Will era întruchiparea calmului. Îi privi pe invitați cum o aplaudă pe fosta lui iubită și-l ascultă pe

Rupert debitând un discurs plictisitor despre ce femeie minunată și perfectă era Alicia. Nimeni nu-l pomeni. Nu știu dacă pentru a-i menaja sentimentele sau fiindcă prezența lui era, de fapt, un pic stânjenitoare. Uneori, Mary Rawlinson se apleca să-i murmure ceva la ureche, iar el dădea din cap în semn de aprobare.

Când, în cele din urmă, discursurile luară sfârșit, o armată de chelneri apăru ca din senin și începu să elibereze spațiul din mijloc pentru dans. Will se aplecă spre mine.

– Mary m-a informat că există un hotel bun în apropiere. Sună la recepție și vezi dacă ne putem caza acolo.

– Poftim?

Mary îmi înmână un nume și un număr de telefon, scrijelite pe o bucată de șervețel.

– E în ordine, Clark, îmi spuse el încetișor, ca ea să nu-l audă. Plătesc eu tot. Sună, și încetează să-ți mai faci griji că ai băut prea mult! Ia-mi cardul de credit din rucsac! Probabil o să-ți ceară numărul.

Am luat cardul și telefonul meu mobil și m-am dus să vorbesc într-un colț mai îndepărtat al grădinii, unde nu era așa gălăgie. Aveau două camere libere – una cu un pat și alta cu două paturi, la parter. Și da, aveau toate facilitățile necesare pentru accesul persoanelor cu dizabilități.

– Perfect, am spus și am înghițit în sec, îngrozită, auzind cât costa o noapte de cazare.

Le-am dat numărul cardului, deși simțeam că-mi vine rău citind cifrele.

– Deci? mă întrebă Will când m-am întors la masă.

– Am rezervat, dar...

Și i-am spus cât de mult costaseră cele două camere.

– E perfect, zise el. Acum sună-ți iubitul și spune-i că rămâi toată noaptea aici! Pe urmă, mai comandă-ți o băutură! De fapt, nu una, ci șase. Mi-ar face o plăcere deosebită să te îmbeți criță pe banii tatălui Aliciei.

Și chiar așa am făcut.

Ceva se întâmplă în seara aceea. Luminile scăzură în intensitate, astfel că mica noastră masă abia se mai observa, parfumul îmbătător al florilor se mai atenuă, dus de briza serii, iar muzica, vinul și dansul făcură ca, într-un loc atât de improbabil, să ne simțim cu adevărat bine. Will nu-mi păruse niciodată mai relaxat. Între mine și Mary, vorbea și zâmbea mereu, iar faptul că îl vedeau pentru scurtă vreme fericit îi ținea la distanță pe cei care poate altfel l-ar fi privit pieziș sau l-ar fi compătimit din priviri. Mă convinse să-mi dau șalul jos și să mă îndrept de spate. I-am dat jos haina și i-am slăbit nodul de la cravată, și amândoi am încercat să nu pufnim în râs văzând perechile caraghioase de dansatori. Nici nu vă pot spune cât de mult mai bine m-am simțit văzând cum dansează acea mulțime de fandosiți. Bărbații se mișcau ca electrocutați, iar femeile ridicau spre cer degetele arătătoare și păreau groaznic de stingherite, chiar și când se roteau în dans.

Mary Rawlinson murmură de mai multe ori „O, Doamne sfinte!" și-mi aruncă o privire. Limbajul ei devenea tot mai piperat cu fiecare pahar.

– Nu vrei să mergi și să te bâțâi și tu, Louisa?

– Doamne ferește!

– Foarte înțelept din partea ta! Am văzut dansatori mai buni și la nenorocitul ăla de Club al Văcarilor.

La ora nouă, am primit un mesaj pe telefon de la Nathan.

„Totul în regulă?"

I-am răspuns:

„Da. N-o să-ți vină să crezi, dar e super. Will se distrează de minune."

Și chiar se distra. L-am văzut râzând în hohote de ce-i spusese Mary la un moment dat și am avut un sentiment ciudat. Aici îmi dădusem seama că se poate. Ar fi putut fi fericit dacă era înconjurat de oamenii potriviți, dacă i se permitea să fie Will, și nu Omul din Scaunul cu Rotile, o listă de simptome sau ținta milei generale.

Și apoi, pe la 10 seara, începură dansurile lente. Ne-am uitat cum Rupert o conducea pe Alicia pe ringul de dans, în aplauzele politicoase ale invitaților. Coafura ei elaborată începea să se prăbușească, și ea își petrecu brațele pe după gâtul lui ca și cum ar fi avut nevoie de un punct de sprijin. Rupert o prinse în brațe, strângându-i talia cu palmele. Oricât de frumoasă și de bogată ar fi fost, nu mi-am putut reprima un sentiment de milă. Probabil n-avea să înțeleagă ce pierduse decât atunci când avea să fie prea târziu.

La jumătatea melodiei, li se alăturară alte cupluri, încât i-am pierdut din vedere și m-am lăsat atrasă de discuția dintre Will și Mary despre alocațiile îngrijitorilor, până când, brusc, ridicând privirea, am văzut-o pe Alicia chiar în fața noastră – supermodel în rochia ei albă de mătase. Am simțit că îmi sare inima din piept.

Alicia înclină ușor din cap spre Mary, în semn de salut, și se aplecă puțin, pentru ca Will s-o poată auzi, fiindcă volumul muzicii era dat cam tare. Pe chipul ei am citit o oarecare încordare, ca și cum și-ar fi luat inima în dinți să vină la masa noastră.

– Îți mulțumesc că ai venit, Will, zise ea și-mi aruncă o privire piezișă, fără să-mi adreseze însă măcar un cuvânt.

– Cu plăcere, răspunse domol Will. Arăți superb, Alicia. A fost o zi foarte frumoasă.

Un licăr de surpriză trecu peste chipul ei. Și apoi i-am citit în ochi un licăr de melancolie.

– Da? Chiar crezi asta? Eu cred... vreau să spun... sunt atât de multe lucruri...

– Nu e nevoie, o opri Will. Ți-o amintești pe Louisa?

– Da.

Urmă o scurtă tăcere.

L-am văzut pe Rupert adăstând în fundal, uitându-se spre noi cu ochi scrutători, îngrijorat. Alicia îi aruncă o privire scurtă și flutură din mână către el.

– Îți mulțumesc încă o dată, Will. E un gest extraordinar din partea ta că ai venit. Și îți mulțumesc pentru...

– Oglindă.

– Desigur. Îmi place la nebunie.

Alicia se ridică și se întoarse la soțul ei, care îi luă mâna într-a lui și se răsuci imediat pe călcâie, îndepărtându-se.

I-am urmărit amândoi cum traversau ringul de dans.

– Dar nu i-ai cumpărat nici o oglindă!

– Știu.

Proaspeţii soţi vorbeau încă. Rupert trăgea din când în când cu coada ochiului spre noi. Parcă nu i-ar fi venit să creadă că Will fusese, pur şi simplu, atât de amabil. De fapt, nici mie nu-mi venea.

– Te... te-a deranjat? l-am întrebat.

Will îşi întoarse privirea de la ei.

– Nu, zise el şi-mi zâmbi.

Era un zâmbet puţin strâmb din cauza băuturii, iar ochii îi erau trişti şi contemplativi în acelaşi timp.

Şi apoi, când ringul de dans se goli pentru câteva minute în aşteptarea următorului dans, m-am trezit spunând:

– Ce spui, Will? Facem o tură? Mă învârţi?

– Poftim?

– Haide! Hai să le dăm panaramelor ăstora ceva despre care să bârfească!

– O, da! zise Mary, ridicând paharul. O idee beton!

– Vino! Acum, cât sunt melodii lente. Nu cred că te poţi zbânţui în scaunul ăla.

Nu i-am dat de ales. M-am aşezat cu grijă în poala lui şi l-am cuprins cu braţele de după gât, ca să mă ţin cât mai bine. Will mă privi în ochi preţ de câteva secunde, ca şi cum s-ar fi hotărât dacă mă poate refuza. Apoi, în chip uluitor, se avântă cu scaunul pe ringul de dans şi începu să se mişte în cercuri mici, sub luminile strălucitoare ale globurilor de sticlă de deasupra.

M-am simţit, deopotrivă, stingherită şi vag isterică. Stăteam într-o poziţie care îmi ridicase rochia până la jumătatea coapselor.

– Las-o! îmi murmură Will în ureche.

– Dar e...

– Hai, Clark, nu mă lăsa baltă tocmai acum!

Am închis ochii şi mi-am încolăcit braţele pe după gâtul lui, lipindu-mi obrazul de al lui, respirând cu nesaţ mireasma de lămâi a aftershave-ului. Îl auzeam murmurând în ritmul muzicii.

– Nu s-au îngrozit încă? întrebă el.

Am deschis un ochi şi am privit, sub lumina slabă, în jurul nostru.

Câţiva zâmbeau încurajator, dar majoritatea păreau descumpăniţi. Mary mă salută, închinând paharul către mine. Apoi am zărit-o pe Alicia ţintuindu-ne cu privirea, cu chipul consternat preţ de o clipă.

Când privirile noastre se încrucişară, se întoarse şi-i spuse ceva în şoaptă lui Rupert. Acesta scutură din cap, ca şi cum am fi făcut ceva absolut dizgraţios.

Am simţit că un surâs drăcesc îmi înfloreşte pe chip.

- O, da! am zis.

- Ah! Dă-te mai aproape de mine, Lou! Miroşi superb.

- Şi tu la fel! Deşi, dacă ai să mă învârţi în continuare numai spre stânga, s-ar putea să vomit.

Will inversă direcţia. Mi-am arcuit braţele pe după gâtul lui şi m-am tras puţin în spate ca să mă uit la el, simţind cum toată timiditatea îmi dispare. El rămase cu privirile fixate pe sânii mei. Adevărul e că, în poziţia în care eram, nici nu putea să se uite în altă parte. Apoi îşi ridică ochii din decolteu şi-şi ridică o sprânceană.

- Nu ţi-ai fi lăsat niciodată sânii ăştia atât de aproape de mine dacă nu eram într-un scaun cu rotile, murmură el.

L-am privit insistent:

- Iar tu nu te-ai fi uitat niciodată la ei dacă n-ai fi fost într-un scaun cu rotile.

- Poftim? Ba sigur că m-aş fi uitat.

- Nu-i adevărat. Ai fi fost mult prea ocupat să admiri fete înalte şi blonde, cu picioare interminabile şi coafuri elegante, care pot mirosi un cont gras de la un kilometru. Şi, oricum, eu n-aş fi fost aici. Aş fi servit băuturile. Aş fi fost invizibilă.

El clipi.

- Ce? N-am dreptate?

Will aruncă o privire spre bar, apoi se uită iarăşi la mine:

- Ba da. Dar, în apărarea mea, pot spune, Clark, că am fost o pramatie.

Am izbucnit într-un hohot de râs atât de puternic, încât şi mai mulţi nuntaşi au început să se uite în direcţia noastră.

Am încercat să iau o figură cât mai sobră.

- Îmi pare rău, am mormăit. Cred că devin isterică.

- Ştii ceva?

Aş fi putut să mă uit la chipul lui toată noaptea. La felul cum ochii i se încreţeau la colţuri. La locul unde gâtul i se unea cu umerii.

- Ce să ştiu?

– Uneori, Clark, ești singurul lucru care mă face să vreau să mă mai trezesc dimineața.

– Atunci hai să mergem undeva!

Cuvintele îmi țâșniră de pe buze aproape înainte să-mi dau seama ce voisem să spun.

– Poftim?

– Hai să mergem undeva! O săptămână în care să ne simțim pur și simplu bine! Doar noi doi. Cu nici unul dintre acești...

– Căcănari?

– Căcănari. Spune „da", Will! Hai!

Ochii lui nu se mai dezlipeau de pe chipul meu.

Nu știu ce i-am mai spus. Nu știu de unde-mi ieșise. Știam doar că, dacă nu-l conving să spună „da" în noaptea aceea, plină de stele, de frezii, de râsete și de farmecul simpaticei Mary, nu mai aveam altă șansă.

– Te rog!

Trecură câteva secunde care mi s-au părut o veșnicie.

– S-a făcut.

Capitolul 19

NATHAN

Ei credeau că n-o să ne dăm seama. Se întoarseră, în cele din urmă, de la nuntă în jurul prânzului, a doua zi, iar doamna Traynor era atât de supărată, încât abia mai putea vorbi.

– Ați fi putut să mă sunați, le spuse.

Rămăsese acasă doar ca să se asigure că se întorc teferi. O auzisem măsurând cu pași mari holul acoperit cu gresie încă de când venisem acolo, la 8 dimineața.

– Cred că v-am sunat și v-am dat mesaje de optsprezece ori. Abia când am sunat la familia Dewar, cineva mi-a spus că „tânărul în scaun cu rotile" plecase la un hotel și am răsuflat ușurată că nu avuseserăți vreun accident pe autostradă.

– „Tânărul în scaun cu rotile", remarcă Will. Drăguț!

Dar se vedea pe fața lui că nu-i păsa. Era liniștit și relaxat, purtându-și mahmureala cu umor, deși am avut sentimentul că nu se simțea prea bine. Abia când maică-sa începu s-o certe pe Louisa, zâmbetul îi pieri de pe chip. Interveni imediat și-i spuse doamnei Traynor că, dacă are ceva de reproșat, să-i reproșeze lui, căci el luase decizia de a rămâne peste noapte la hotel, iar Louisa pur și simplu se supusese.

– Din câte îmi dau seama, mamă, în calitate de bărbat de treizeci și cinci de ani, nu cred că trebuie să dau socoteală nimănui când hotărăsc să-mi petrec o noapte la hotel. Nici măcar părinților mei.

Ea îi privi lung pe amândoi, murmurând ceva despre „politețea elementară", apoi părăsi încăperea.

Louisa părea tulburată, dar Will trecuse deja peste incident și îi șopti ceva. Atunci mi-am dat seama. Ea se înroși la față și râse înfundat, ca atunci când știi că n-ar trebui s-o faci. Genul de râs care ascunde o conspirație. Și apoi Will se întoarse spre ea și-i spuse să se relaxeze pentru restul zilei. Să meargă acasă, să se schimbe, poate să tragă un pui de somn.

– Nu mă pot plimba prin castel cu cineva care a făcut plimbarea rușinii[1].

– Plimbarea rușinii? am întrebat eu, fără să-mi pot ascunde surpriza.

– Nu aia la care te gândești tu, zise Louisa, plesnindu-mă, în glumă, cu eșarfa, și apoi își luă haina, pregătindu-se să plece.

– Ia mașina! îi strigă Will din urmă. O să-ți fie mai ușor să te întorci.

L-am urmărit cum se uită după Louisa până când ea ieși pe ușa din spate.

Doar judecând după acea privire, și aș fi băgat mâna în foc că între ei se înfiripase ceva.

El se dezumflă puțin după plecarea Louisei. Era ca și cum s-ar fi ținut până când și doamna Traynor, și fata părăsiseră anexa. Îl priveam deja atent și, de îndată ce zâmbetul îi dispăru de pe chip, mi-am dat seama că nu-mi place cum arată. Mi se păru că-i zăresc niște pete pe față și, în două rânduri, când credea că nu se uită nimeni, îl văzusem strâmbându-se, și chiar de la distanță am observat că i se făcuse pielea ca de găină. O mică alarmă începu să-mi sune, slab, dar strident, în creier.

– Te simți bine, Will?

– Sunt bine, nu te agita!

– Nu vrei să-mi spui unde te doare?

---

1 „A face turul rușinii" înseamnă, în jargonul studențesc anglo-saxon, a te plimba prin campus în aceleași haine ca în ziua precedentă, după ce ai petrecut noaptea în camera unui coleg/unei colege. (n.tr.)

Mă privi cu un aer resemnat, ca şi cum ar fi ştiut că-l cunosc prea bine. Colaboram de prea multă vreme.

– În regulă, mă doare puţin capul. Şi... cred că trebuie să-mi schimbi tuburile. Probabil cât mai repede.

Îl mutasem de pe scaun pe pat, şi m-am apucat să pregătesc ustensilele.

– La ce oră le-a schimbat Lou de dimineaţă?

– Nu le-a schimbat, spuse Will şi se crispă. Părea fâstâcit, se simţea vinovat. Şi nici aseară.

– Poftim?

I-am luat pulsul şi am scos repede tensiometrul. Evident, avea o tensiune alarmantă. I-am pus mâna pe frunte şi mi s-a umezit de sudoare. M-am dus imediat la dulapul cu medicamente şi am sfărâmat câteva pastile vasodilatatoare. I le-am dat într-un pahar cu apă, asigurându-mă că le bea până la ultima picătură. Apoi l-am săltat în capul oaselor, coborându-i picioarele peste marginea patului, şi i-am schimbat imediat tuburile, fără să-l scap din ochi.

– Disreflexie?

– Cam aşa ceva. N-a fost cea mai înţeleaptă idee să mergi la nuntă, Will.

Disreflexia autonomă era cel mai negru coşmar al nostru. Reprezenta reacţia exagerată a organismului la durere, disconfort sau, uneori, la un cateter negolit la timp, o tentativă haotică şi zadarnică a sistemului său nervos zdruncinat de a păstra controlul asupra corpului. Putea să se declanşeze din senin, afectându-i grav întregul organism. Will arăta palid şi respira greu.

– Cum îţi simţi pielea?

– Mă înţeapă puţin.

– Vederea?

– E în regulă.

– Ah, bătrâne, crezi că ar trebui să chemăm ajutoare?

– Mai lasă-mă zece minute, Nathan! Sunt sigur că ai făcut tot ce era necesar. Mai lasă-mă zece minute!

Închise ochii. I-am luat din nou tensiunea, întrebându-mă dacă nu era cazul să chem cât mai grabnic o ambulanţă. Disreflexia autonomă mă îngrozea, fiindcă era o afecţiune imprevizibilă de fiecare dată. Will mai avusese o dată o criză, chiar când începusem să lucrez la familia Traynor, și atunci petrecuse două zile la spital.

– Nathan, stai liniștit, îți spun dacă simt că lucrurile se agravează.

Oftă, și l-am ajutat să se întindă iar pe spate, rezemându-se de căpătâiul patului.

Îmi spuse că Louisa se îmbătase așa de rău, încât el nu voise să riște lăsând-o să umble la cateter.

– Dumnezeu știe unde mi-ar fi putut vârî blestematele alea de tuburi, spuse el, pufnind în râs.

Fata avusese nevoie de o jumătate de oră ca să-l dea jos de pe scaun și să-l instaleze în pat. Se prăvăliseră amândoi pe podea în două rânduri.

– Din fericire, eram amândoi atât de beți, încât nu cred că vreunul dintre noi a simțit vreo durere.

Ea avusese însă prezența de spirit să sune la recepție, de unde venise îndată un hamal, care o ajutase să-l ridice.

– Un băiat tare de treabă. Îmi amintesc vag că am insistat ca Louisa să-i lase bacșiș o bancnotă de cincizeci de lire. Și știu că era beată criță, fiindcă a acceptat.

Will se temuse, după plecarea ei, că Louisa n-avea să mai ajungă în camera unde se cazase ea, și toată noaptea o visase stând chircită pe scări.

Viziunea mea despre Louisa Clark era ceva mai puțin generoasă în clipa aceea.

– Will, amice, cred că data viitoare ar fi cazul să-ți faci mai multe griji pentru tine.

– Sunt în ordine, Nathan. Deja mă simt mai bine.

I-am simțit privirea scrutându-mă pe când îi verificam iarăși pulsul.

– Vorbesc serios, Nathan. N-a fost vina ei.

Tensiunea îi scădea, iar culoarea pielii îi revenea, încet-încet, la normal. Am răsuflat ușurat – nu-mi dădusem seama că aproape îmi ținusem respirația de spaimă.

Am mai discutat puțin despre evenimentele din ziua precendentă, lăsând să mai treacă timpul până ce Will își reveni pe deplin. Nu părea să-i mai pese de fosta lui iubită. Nu vorbi prea mult, dar, cu toate că era evident epuizat, deja arăta mai bine.

I-am lăsat brațul în jos și am arătat spre încheietura mâinii:

– Apropo, e tare tatuajul.

El mă privi cu un aer bizar.

– Dar ai grijă să nu treci la „Expirat la data de...“, bine?

În ciuda transpirației, a durerii și a infecției, arăta în sfârșit de parcă nu se mai gândea numai la boală. Nu m-am putut abține să nu mă gândesc că, dacă doamna Traynor ar fi știut, poate că ar fi început discuția cu mai puțină duritate.

Nu i-am spus Louisei nimic despre cele întâmplate – Will m-a pus să-i promit că o să-mi țin gura –, dar, când reveni, spre sfârșitul după-amiezii, ea era foarte tăcută. Arăta rău, era palidă, avea părul proaspăt spălat și legat la spate, ca și cum încerca să pară o elevă conștiincioasă.

Dar, după o vreme, deveni clar că nu doar mahmureala îi făcea probleme.

Will o întreba întruna de ce este atât de tăcută, până când, în cele din urmă, ea îi răspunse:

– Ei bine, am descoperit că nu e cel mai înțelept lucru să rămâi undeva toată noaptea când abia te-ai mutat în apartamentul iubitului tău.

Spuse asta zâmbind, dar era un zâmbet forțat, iar eu și Will ne-am dat seama că discuția dintre ea și iubitul ei trebuie să fi fost mult mai serioasă.

Nu-l puteam blama pe tip. Nici mie nu mi-ar fi convenit ca iubita mea să rămână peste noapte cu alt băiat, chiar și cu unul tetraplegic. Și individul încă nu văzuse cum se uita Will la Louisa.

N-am mai făcut prea multe în după-amiaza aceea. Louisa goli rucsacul lui Will, scoțând la iveală toate mostrele de șampon, gel, ață și ac și cască de duș de la hotel pe care putuse pune mâna. („Nu râde“, îmi zise, „la cât a plătit, Will ar fi putut să-și cumpere o întreagă fabrică de șampon!“) Ne-am uitat la un film japonez de animație, despre care Will susținea că e remediul perfect pentru mahmureală, și am stat cu ei – în parte fiindcă voiam să-i supraveghez tensiunea, în parte, recunosc, pentru că mă simţeam puţin răutăcios. Eram curios să văd cum va reacţiona Will când i-aş fi spus că aveam de gând să le mai ţin companie.

– Serios? făcu el. Îţi place Miyazaki?

Îşi luă seama imediat, spunând că bineînţeles că avea să-mi placă... e o creaţie genială... etc. Dar îl prinsesem. Într-un fel, mă bucuram pentru el. Mintea lui fusese prea mult timp obsedată de un singur lucru.

Aşa că ne-am uitat la film. Am tras jaluzelele, am închis telefonul şi am văzut un desen animat bizar, despre o fată care ajunge într-un univers paralel, populat de o sumedenie de creaturi hidoase, despre care nu-ţi puteai da seama dacă erau bune sau rele. Lou se aşeză lângă Will, oferindu-i energizantul şi, la un moment dat, curăţându-i ochiul, când el pretinse că îl înţeapă ceva sub pleoapă. Erau înduioşători, deşi o mică parte din mine se întrebă unde Dumnezeu aveau să ducă toate astea.

Şi apoi, pe când Louisa se duse să ridice jaluzelele şi să ne facă un ceai, se priviră unul pe celălalt ca doi oameni care nu ştiu dacă să te facă sau nu părtaş la secretul lor şi-mi spuseră că voiau să plece timp de zece zile. Nu ştiau încă unde anume, dar probabil avea să fie o călătorie lungă şi frumoasă. Eram de acord să-i însoţesc şi să-i ajut?

Mănânci, calule, ovăz?

A trebuit să-mi scot pălăria în faţa fetei. Dacă mi-ar fi zis cineva, în urmă cu patru luni, că vom reuşi să-l ducem pe Will într-o călătorie – sau măcar să-l scoatem din casă –, i-aş fi spus că n-are toate ţiglele pe casă. Urma însă să am o scurtă discuţie cu ea în privinţa îngrijirilor medicale ale lui Will înainte să plecăm. Nu ne mai puteam permite asemenea incidente primejdioase dacă ne-am fi aflat cine ştie pe unde.

Îi destăinuiră planul chiar şi doamnei T., când aceasta veni în trecere, cu puţin timp înainte ca Louisa să plece. Will vorbi despre asta ca şi cum ar fi fost o simplă plimbare prin jurul castelului.

În ceea ce mă privea, eram chiar mulţumit. Blestematul de poker online îmi mâncase toţi banii, şi nu-mi mai făcusem nici un plan de vacanţă până la sfârşitul anului. Am iertat-o chiar şi pe Louisa că fusese suficient de nătângă încât să-l asculte pe Will când el îi spusese că n-are nevoie să-i schimbe tuburile. Şi, credeţi-mă, fusesem destul de şucărit din cauza asta. Prin urmare, viitorul arăta cum nu se poate mai bine, şi m-am pomenit că fluier o melodie veselă pe când îmi îmbrăcam haina, văzând deja, cu ochii minţii, mări albastre şi plaje de nisip alb. Chiar mă gândeam dacă n-aş fi avut timp să dau o scurtă raită şi pe acasă, prin Auckland.

Şi apoi le-am văzut – pe doamna Traynor stând în pragul uşii din spate, iar pe Louisa instalată la volan, aşteptând să pornească motorul. Nu ştiu ce fel de discuţie avuseseră deja, dar amândouă păreau încruntate. N-am auzit decât ultima replică a doamnei Traynor, dar, sincer să fiu, pentru mine a fost suficient:

– Sper că ştii ce faci, Louisa.

Capitolul 20

– Poftim?

Eram pe dealurile din afara orașului când i-am spus. Patrick ajunsese la jumătatea unei curse de douăzeci și cinci de kilometri și voia să-l cronometrez, mergând în spatele lui pe bicicletă. Cum știam să merg cu bicicleta ceva mai puțintel decât știam fizica particulelor elementare, asta însemna că mă clătinam la fiecare apăsare pe pedală și că eram leoarcă de transpirație, în vreme ce el nu înceta să strige, exasperat, la mine.

Când am ajuns în vârful dealului Sheepcote pufăind ca o locomotivă și cu picioarele grele ca plumbul, m-am hotărât să-i spun. M-am gândit că mai avea destui kilometri până acasă ca să-și revină din șoc.

– Pat, nu vin la Xtreme Viking.

El nu se opri, dar veni mai aproape. Își întoarse fața spre mine, continuând să dea din picioare, și păru atât de uluit, încât, cu ochii la el, fu cât pe-aci să intru într-un copac.

– Cum? De ce?

– Lucrez...

Pat îmi întoarse spatele și începu să alerge cu toată viteza. Ajunseserăm pe coama dealului și trebui să strâng puțin maneta frânei ca să nu-l depășesc.

– Și când ai decis asta?

Picături mari de sudoare i se scurgeau pe frunte și tendoanele i se bombaseră pe gambe. Nu mă puteam uita prea mult la ele, pentru că riscam să mă împleticesc.

– În weekend. Dar nu eram încă sigură.

– Dar am rezervat biletele de avion și...

– E o cursă low-cost. O să-ți dau înapoi cele treizeci și nouă de lire dacă te deranjează așa de tare.

– Nu e vorba de bani. Credeam că vii ca să mă susții. Ai spus că vii să mă susții.

Patrick poate să se bosumfle destul de tare. Când începuserăm să ieșim împreună, îl tachinam adesea pe tema asta, spunându-i „Domnul Pantaloni Țâfnoși". Pe mine mă distra grozav, dar pe el îl enerva așa de tare, încât înceta să mai fie ursuz doar ca să-mi închidă gura.

– Ei, haide! Dar acum nu te susțin? Urăsc să merg cu bicicleta, Patrick, știi bine. Dar am venit să te susțin.

Am mai parcurs un kilometru și jumătate înainte ca el să mai spună ceva. Poate aveam eu iluzii auditive, dar tropotul pașilor săi pe drum păru să devină mai puternic, mai îndârjit. Ne aflam acum sus pe deal, deasupra orașului, și eu gâfâiam la urcuș, încercând, fără succes, să-mi opresc goana inimii de câte ori vreo mașină trecea în viteză pe lângă noi. Luasem vechea bicicletă a mamei (Patrick nu mă lăsa nici măcar să mă apropii de superbicicleta lui de curse), care nu avea schimbător de viteze, așa că adesea rămâneam mult în urma lui.

El privi înapoi și încetini nițel ritmul, ca să-l pot ajunge.

– Și de ce, mă rog, nu pot aduce pe cineva de la agenție în locul tău? mă întrebă.

– Cineva de la agenție?

– Da, să lucreze la familia Traynor câtă vreme tu ești plecată. Dacă muncești la ei de șase luni, ai dreptul la concediu.

– Nu e chiar atât de simplu.

– Nu văd de ce n-ar fi. În definitiv, și tu, când te-ai angajat, nu știai nimic.

Mi-am ținut respirația – lucru destul de greu, având în vedere că pedalatul îmi luase aproape complet suflul.

– Fiindcă Will trebuie să plece într-o călătorie.

– Ce?

– Trebuie să plece într-o călătorie. De aceea are nevoie de mine și de Nathan.

– Nathan? Cine naiba e Nathan?

– Asistentul lui medical. Tipul pe care l-ai cunoscut când Will a venit la ziua mea. Şi, ca să nu te mai osteneşti să mă întrebi, am adăugat eu, nu, nu m-am încurcat cu Nathan.

El încetini paşii, cu privirile aţintite asupra asfaltului, până când rămase, practic, să alerge pe loc.

– Ce înseamnă asta, Lou? Pentru că... – dădu el din umeri –, pentru că mi se pare că slujba ta încetează să mai fie o slujbă normală.

– Slujba mea nu e deloc normală, ştii asta.

– Dar mi se pare că, în ultima vreme, Will Traynor are prioritate în faţa oricui.

– A, şi asta nu are? am spus, luându-mi mâinile de pe ghidon şi arătând cu un gest larg spre picioarele lui.

– E altceva. Când sună el, fugi imediat la apel.

– Şi, când tu alergi, alerg cu tine, am schiţat eu un zâmbet.

– Ha, ha! Foarte amuzant! făcu el şi-mi întoarse spatele.

– E vorba de şase luni, Pat. Şase luni. În definitiv, tu ai fost cel care a insistat să accept slujba asta. Nu poţi să te superi pe mine că te-am luat în serios.

– Nu cred că... nu cred că e vorba despre slujbă. Cred mai curând... că e vorba despre altceva, pe care nu mi-l spui.

Am ezitat, poate o clipă prea mult:

– Nu-i adevărat.

– Dar nu vii cu mine la Viking.

– Ţi-am spus, eu...

El clătină din cap încet, ca şi cum nu m-ar fi auzit bine, apoi începu să alerge pe drum, îndepărtându-se de mine. Îmi dădeam seama după cum îşi ţinea spatele cât de supărat era.

– Hai, Patrick! Nu ne putem opri puţin să discutăm?

– Nu, mi-ar strica timpul de alergare, spuse el cu un soi de îndărătnicie.

– Atunci hai să oprim cronometrul! Doar cinci minute.

– Nu. Trebuie să alerg ca şi cum aş fi în cursă, pufni el şi mări viteza, ca şi cum ar fi dobândit un nou impuls.

– Patrick! am strigat, chinuindu-mă să ţin ritmul cu el. Tălpile îmi alunecau pe pedale şi am înjurat, lovind o pedală spre spate, pentru a încerca să pun iar piciorul pe ea. Patrick! Patrick! Mi-am fixat privirea în ceafa lui, și cuvintele mi-au ieșit din gură aproape înainte să-mi dau seama ce spun: Will vrea să moară. Vrea să se sinucidă. Iar această călătorie e ultima mea încercare de a-l face să se răzgândească.

Pașii lui Patrick deveniră tot mai mici și apoi se răriră. În cele din urmă, se opri pe drum înaintea mea, cu spinarea dreaptă, fără să se întoarcă spre mine. Apoi se răsuci încet. Încetase în sfârșit să fugă.

- Mai spune o dată!

- Vrea să meargă la Clinica Dignitas. În august. Încerc să-l fac să se răzgândească. Este ultima șansă pe care o mai am.

Patrick se uită la mine de parcă n-ar fi știut dacă să mă creadă sau nu.

- Știu că pare ceva absurd. Dar trebuie să-l fac să se răzgândească. Așa că... nu pot... nu pot merge cu tine la Viking.

- Și de ce nu mi-ai spus asta până acum?

- Familia lui m-a pus să le promit că n-am să spun nimănui. Pentru ei ar fi groaznic dacă s-ar afla. Groaznic. Nici măcar el nu știe că eu cunosc adevărul. Totul e atât de... complicat. Mi-am întins brațul spre el: Ți-aș fi spus dacă aș fi putut.

Patrick nu-mi răspunse. Părea zdrobit, ca și cum ar fi săvârșit ceva groaznic. Se încruntă abia vizibil și înghiți în sec de două ori.

- Pat...

- Nu... Trebuie... Am nevoie doar să alerg acum, Lou. Singur. Își trecu mâna prin păr: Bine?

Am înghițit, la rândul meu, în sec:

- Bine.

Pentru o clipă, păru debusolat, ca și cum ar fi uitat aproape de ce eram acolo. Apoi porni iar, și l-am văzut cum dispare înaintea mea, fără să-și miște capul nici într-o parte, nici într-alta, înghițind drumul de sub el.

Postasem cererea pe forum a doua zi după ce ne întorseserăm de la nuntă.

Îmi poate spune cineva un loc unde tetraplegicii se pot aventura? Caut lucruri pe care să le poată face și o persoană în deplinătatea facultăților fizice, lucruri care să-l poată face pe prietenul meu deprimat să uite, pentru o vreme, de limitările vieții sale. Nu știu prea sigur ce caut, dar orice sugestie va fi primită cu recunoștință. E foarte urgent. Albinuța Ocupată.

M-am logat și am rămas cu privirea ațintită asupra ecranului. Nu-mi venea să cred. Aveam optzeci și nouă de răspunsuri. Am parcurs pagina în sus și-n jos, nesigură, inițial, dacă toate erau răspunsuri la solicitarea mea. Apoi am aruncat o privire furișă în jur, la ceilalți utilizatori din bibliotecă, rugându-mă cu disperare ca măcar unul să se uite la mine și să-i pot spune: „Optzeci și nouă de răspunsuri! La o singură întrebare!"

Am citit povești despre bungee jumping pentru tetraplegici, despre înot, caiac-canoe, chiar și călărie, cu ajutorul unui cadru special. (Când am văzut filmulețul de la linkul atașat am fost puțin dezamăgită că Will nu suferea caii, fiindcă părea să fie o experiență extraordinară.)

Alții scriau despre înot cu delfini și scufundări cu instructori specializați. Existau scaune plutitoare din care putea să pescuiască și biciclete adaptate pentru tetraplegici, cu care putea parcurge trasee pe dealuri. Unii membri ai grupului postaseră chiar fotografii sau filmulețe cu ei înșiși luând parte la asemenea activități. Câțiva, inclusiv Ritchie, își amintiseră de postările mele anterioare și voiau să afle ce mai făcea Will.

Pare o veste bună. Se simte mai bine?

Am scris un răspuns rapid:

Poate. Dar sper ca această călătorie să producă o schimbare majoră.

Ritchie îmi răspunse:

Bravo, fată! Dacă ai suficiente fonduri să aranjezi totul, poți face practic orice!

Scootagirl scrise:

Nu uita să postezi niște poze cu el când face bungee jumping. Îmi place să văd fețele tipilor când se aruncă în hău cu capul în jos!

Mi-erau dragi oamenii aceștia - tetraplegicii și îngrijitorii lor - pentru curajul, generozitatea și imaginația de care dădeau dovadă. În seara aceea am stat două ore să-mi notez sugestiile lor, urmând linkurile date de ei către site-urile web pe care le încercaseră și le testaseră, discutând chiar cu câțiva pe chat. Când, în sfârșit, am plecat de la bibliotecă, aveam deja o destinație: urma să mergem în California, la ferma Four Winds, un centru specializat care oferea asistență de calitate „într-un fel care vă va face să uitați că ați avut vreodată nevoie de ajutor", potrivit site-ului de internet. Ferma însăși, o clădire scundă, din lemn, aflată într-un luminiș de pădure de lângă Yosemite, fusese înființată de un fost cascador care refuzase să lase accidentul în urma căruia rămăsese paralizat să-i limiteze posibilitățile. Registrul online al vizitatorilor era plin de turiști fericiți și recunoscători, care jurau că gazda lor le schimbase modul în care se raportau la dizabilitatea lor - și la ei înșiși. Cel puțin șase dintre utilizatorii chatului fuseseră acolo, și toți spuneau că vizita le transformase viețile.

Centrul era accesibil celor aflați în scaun cu rotile, dar fusese amenajat ca un hotel de lux. Existau piscine exterioare dotate cu macarale discrete pentru scaune și specialiști în masaj. Existau personal medical calificat și un cinematograf cu spații pentru scaunele cu rotile, pe lângă locurile normale. Era și un jacuzzi în aer liber, ușor accesibil, în care puteai sta să privești stelele. Aveam să petrecem o săptămână acolo și apoi câteva zile pe coasta californiană, la un complex hotelier unde Will putea înota și admira litoralul stâncos. Mai presus de toate, găsisem și apogeul unei vacanțe pe care Will n-avea s-o uite niciodată - un salt cu parașuta, asistat de instructori special pregătiți pentru a-i ajuta pe tetraplegici să sară. Aveau un echipament special cu ajutorul căruia Will era legat de instructori (se pare că era esențial să-i fixeze picioarele, pentru ca genunchii să nu i se ridice reflex și să-l izbească peste față).

Aveam să-i arăt pliantul de reclamă al hotelului, dar nu voiam să-i spun despre saltul cu parașuta. Urma pur și simplu să mergem acolo și eu să-l urmăresc de la sol cum sare. Timp de câteva minute neprețuite, Will avea să se simtă ușor ca o pasăre, complet liber. Avea să scape de groaznicul lui scaun. Avea să se elibereze de sub povara gravitației.

Am scos la imprimantă toate informațiile și am pus deasupra foaia despre saltul cu parașuta. Ori de câte ori mă uitam la ea, simțeam cum cresc în mine nerăbdarea și curiozitatea - atât pentru că era prima mea călătorie într-un loc atât de îndepărtat, cât și pentru că ea s-ar fi putut dovedi decisivă.

Ar fi putut să-l facă pe Will să se răzgândească.

A doua zi de dimineață i-am arătat foile lui Nathan, pe când ne beam cafelele în bucătărie, cu aerul că punem la cale ceva clandestin. El le răsfoi, studiindu-le cu atenție.

– Am discutat și cu alți tetraplegici despre parașutism. Nu există nici un motiv medical să nu poată sări. Și la fel pentru bungee jumping. Au niște hamuri speciale care elimină orice potențiale puncte de presiune asupra coloanei vertebrale.

L-am privit cu nerăbdare. Știam că Nathan nu prea aprecia cunoștințele mele în domeniul medical. Era important ca el să fie mulțumit de ceea ce plănuisem.

– Locul ăsta din California are tot ce ne trebuie. Mi-au spus că, dacă sunăm din timp și aducem și o rețetă de la medic, pot să aducă și medicamentele necesare, așa încât nu există riscul ca Will să rămână fără medicație.

Nathan se încruntă, dar în cele din urmă spuse:

– Mda, pare în regulă. Ai făcut o treabă excelentă.

– Crezi că o să-i placă?

Nathan ridică din umeri:

– N-am idee. Dar, zise el, înapoindu-mi hârtiile, până acum ne-ai surprins în mod plăcut, Lou. Mă privea cu un zâmbet ironic, pieziș: Nu văd nici un motiv pentru care n-ai putea să ne surprinzi din nou.

I-am arătat proiectul şi doamnei Traynor, seara, înainte să plec. Tocmai intrase cu maşina pe alee, şi am ezitat înainte să mă apropii - ştiam că Will nu mă poate vedea de la fereastra lui.

- Ştiu că e foarte scump, i-am zis eu, în cele din urmă, luându-mi inima în dinţi. Dar... cred că arată excepţional. Chiar cred că Will ar putea să se distreze de minune. Dacă... dacă înţelegeţi ce vreau să spun.

Ea răsfoi, tăcută, foile şi apoi examină calculele pe care le făcusem.

- Îmi pot plăti singură cheltuielile, dacă doriţi. Pentru cazare şi masă. N-aş vrea să creadă cineva că...

- Nu, e în ordine, mi-o reteză ea, scurt. Fă ce trebuie să faci! Dacă eşti convinsă că-l poţi face să vină, fă rezervările! Plătesc eu tot.

Am înţeles ce voia să spună. Nu mai era timp pentru altceva.

- Crezi că-l vei putea convinge? mă întrebă ea.

- Dacă... dacă voi reuşi să-l fac să creadă, am spus, înghiţind în sec, că e şi în folosul meu. Will crede că n-am făcut niciodată suficient de mult pentru mine. Îmi spune mereu că ar trebui să călătoresc. Că ar trebui... să încerc tot felul de lucruri.

Ea mă privi suspicioasă, dar încuviinţă din cap.

- Da, nu mă miră, murmură şi-mi întinse hârtiile.

- De fapt, eu... Am tras adânc aer în piept şi, spre surprinderea mea, am descoperit că rămăsesem fără grai. Am înghiţit în sec de două ori. În legătură cu ce aţi spus mai demult. N-am vrut să zic că... Adică... fericirea lui Will e importantă pentru mine. Eu...

Dar doamna Traynor nu părea dispusă să mă mai asculte. Îşi înclină capul şi îşi căută, cu degetele, lănţişorul aurit de la gât.

- Da, am înţeles. Acum trebuie să intru în casă. Ne vedem mâine. Să mă anunţi ce-ţi răspunde!

În seara aceea nu m-am mai dus la Patrick. De fapt, voisem să merg la el, dar ceva mă făcu să mă îndepărtez de zona industrială şi să mă îndrept spre staţia de autobuz, ca să merg acasă. Am făcut cei 180 de paşi şi am intrat fără să fac zgomot. Era o seară caldă, şi toate ferestrele erau deschise pentru a prinde ceva din briza răcoroasă. Mama gătea, cântând, în bucătărie. Tata era pe canapea, cu o cană de ceai în mână, iar bunicul moţăia în fotoliul său, cu capul într-o parte. Lângă el, Thomas tocmai îi desena cu o cariocă neagră papucii. Am salutat și am trecut pe lângă ei, mirându-mă de cât de rapid se instalase în sufletul meu sentimentul că locul meu nu mai era acolo.

Treena învăța în camera mea. Am ciocănit la ușă și am intrat. Era la birou, aplecată deasupra unui teanc de caiete, cu niște ochelari noi pe nas. Mi se părea ciudat s-o văd înconjurată de lucruri pe care le alesesem pentru mine, printre desenele lui Thomas ce acopereau deja pereții pe care mă chinuisem atât de mult să-i zugrăvesc, cu mâzgăleala lui cu carioca rămasă pe jaluzelele mele. M-am străduit să-mi adun gândurile, încercând să alung reflexul resentimentar.

– Mama are nevoie de mine? întrebă ea peste umăr și se uită la ceas. Cred că trebuie să-i pregătească masa lui Thomas.

– Chiar acum i-o pregătește. Îi prăjește batoane de pește.

Treena se uită la mine, după care își scoase ochelarii:

– Ești bine? Arăți ca naiba.

– Și tu la fel.

– Știu. Țin o tâmpenie de dietă de dezintoxicare. M-am umplut de pete, zise ea, mângâindu-și bărbia cu degetele.

– Dar n-ai nevoie de dietă.

– Mda, dar... e un tip care-mi place de la Contabilitate. M-am gândit că aș putea să fac efortul... Dar cu petele astea de urticarie de pe față arăt grozav, nu-i așa?

Nu i-am răspuns, ci m-am așezat pe pat, pe husa de pilotă pe care o cumpărasem. Știusem că lui Patrick n-o să-i placă, fiindcă avea modele geometrice, și de aceea o lăsasem acasă. Mă surprindea însă faptul că pe Katrina nu o deranja modelul.

Își închise cartea și se tolăni pe scaun.

– Deci, care-i treaba?

Mi-am mușcat buza, neștiind cum să încep, iar ea repetă întrebarea.

– Treen, crezi că m-aș putea recalifica?

– Să te recalifici? În ce fel de meserie?

– Nu știu. Ceva care să aibă legătură cu moda. Design. Sau poate doar croitorie.

– Păi... ar trebui să existe cursuri pentru așa ceva. Am impresia că la noi la universitate sunt. Mă pot interesa, dacă vrei.

– Dar primesc și oameni ca mine? Care nu au nici un fel de calificare?

Ea aruncă stiloul în aer și-l prinse, cu un gest de iluzionist.

– Ah, le plac studenții adulți. Mai ales cei cu referințe bune de la fostele locuri de muncă. Poate că va trebui să faci un curs de conversie profesională, dar nu văd de ce nu l-ai face. Dar de ce întrebi? Ce s-a întâmplat?

– Nu știu. E ceva ce mi-a spus Will mai demult. Despre... despre ce-ar trebui să fac cu viața mea.

– Și?

– Și mă tot gândesc... poate e timpul să-ți calc pe urme. Acum, că tata are din nou un salariu stabil, poate că nu vei rămâne tu singura capabilă să reușească în ceea ce și-a propus.

– Da, dar cursurile astea costă.

– Știu. Am făcut niște economii.

– Cred că o să coste mai mult decât ai reușit tu să strângi.

– Aș putea aplica pentru o bursă. Sau pentru un împrumut. Și am destui bani să mă descurc deocamdată. Am întâlnit o fostă deputată care mi-a spus că are cunoștințe la o agenție și m-ar putea ajuta. Mi-a lăsat cartea ei de vizită.

– Stai puțin, făcu Katrina, sucindu-se pe scaun, nu pricep. Credeam că vrei să ai în continuare grijă de Will. Că toate strădaniile tale aveau ca scop să-l țină în viață, iar tu să-ți păstrezi slujba.

– Da, așa voiam, dar...

M-am oprit brusc, ridicând privirile spre tavan.

– Dar ce?

– E complicat.

– La fel sunt și politicile monetare neconvenționale, despre care învăț acum. Și tot am reușit să-mi dau seama că e o chestie care se referă la tipărirea de bani. Se ridică de pe scaun și făcu câțiva pași, ca să închidă ușa de la dormitor. Apoi spuse, pe un ton foarte scăzut, pentru ca nimeni în afară de mine să n-o poată auzi.

– Crezi că ești pe cale să pierzi partida? Crezi că el o să...

– Nu, am spus repede. Adică... sper că nu. Am planuri mari. O să-ți arăt imediat.

– Dar...

Mi-am prins palmele una de alta, întinzându-le spre tavan și împletindu-mi degetele.

– Dar îmi place de Will. Mult de tot.

Treena mă studie, afișând figura ei gânditoare. Nu e nimic mai terifiant decât figura gânditoare a surorii mele când ea te privește drept în ochi.

– Ah, fir-ar!

– Să nu-mi...

– Deci devine interesant, reflectă ea.

– Știu.

Mi-am lăsat brațale în jos.

– Tu vrei o slujbă. Ca să...

– Asta mi-au spus ceilalți tetraplegici. Cei cu care vorbesc pe forumul de internet. Ei spun că nu le poți avea pe amândouă. Nu poți fi și îngrijitoare, și...

M-am oprit și mi-am acoperit fața cu palmele.

Simțeam privirile Treenei ațintite asupra mea.

– El știe?

– Nu. Și nu sunt sigură că eu știu, de fapt. Pur și simplu... M-am aruncat pe pat și mi-am înfundat fața într-o pernă. Purta în ea mirosul lui Thomas, accentuat de un ușor iz de cremă de ciocolată. Nu știu ce să cred. Tot ce știu este că mi-aș petrece timpul mai curând cu el decât cu oricine altcineva.

– Inclusiv Patrick?

Și atunci, în clipa aceea, adevărul pe care nu-l putusem admite până atunci nici față de mine însămi ieși la iveală.

Am simțit că tot sângele îmi năvălește în obraji.

– Da, am spus, pe un ton înfundat, fără să-mi ridic capul din pernă. Uneori, da.

– Drace! zise ea, după câteva clipe de uimire. Și eu care credeam că doar mie îmi place să-mi complic viața.

Se așeză alături de mine în pat, și ne-am ațintit amândouă privirea în tavan. Jos, la parter, îl auzeam pe bunicul fluierând fals, în vreme ce o mașinuță cu telecomandă a lui Thomas se izbea întruna de o denivelare din parchet. Fără să știu de ce, ochii mi se umplură de lacrimi. După puțin timp, am simțit cum brațul Treenei mi se încolăcește pe după talie.

– Ești o femeie nebună, asta ești! zise ea, și am izbucnit amândouă în râs.

– Nu-ți face griji! i-am spus, ștergându-mi obrajii de lacrimi. N-am de gând să fac nimic prostesc.

– Foarte bine! Căci, cu cât mă gândesc mai mult la asta, cu atât mai mult mi se pare că e vorba despre intensitatea situației. Nu e real, e doar o dramă.

– Poftim?

– Bine, în definitiv e o problemă de viață și de moarte, și tu ești prinsă în viața acestui om zi de zi, ești captivă a acestui secret bizar. Asta creează automat un fel de falsă intimitate. Ori asta, ori ai dobândit un fel de complex Florence Nightingale[1].

– Nici vorbă!

Am rămas amândouă în tăcere, cu ochii în tavan.

– Dar e ceva cam nebunesc... să iubești pe cineva care nu poate... știi... nu-ți poate răspunde. Poate că e doar o reacție de panică față de faptul că tu și Patrick v-ați mutat, în sfârșit, împreună.

– Știu. Ai dreptate.

– Și voi sunteți împreună de multă vreme. E normal să vă mai simțiți atrași de alții.

– Mai ales că Patrick a devenit de-a dreptul obsedat să fie Domnul Maraton.

– Iar tu s-ar putea să te saturi iarăși la un moment dat de Will. Îmi amintesc când îmi spuneai că ți se pare un nesuferit.

– Încă mi se mai pare câteodată.

Treena se întinse după un șervețel și îmi tamponă ochii, apoi îmi șterse cu degetul mare ceva de pe obraz.

– Oricum ar fi, ideea de a-ți completa studiile e bună. Fiindcă, hai să fim cinstite, indiferent dacă Will își va face sau nu de petrecanie, tot vei avea nevoie de o slujbă ca lumea. Nu cred c-o să-ți dorești să fii îngrijitoare toată viața.

---

1 Infirmieră britanică (1820–1910), precursoarea serviciilor de îngrijire moderne (n.tr.)

– N-o să-și facă de petrecanie, cum zici tu. Will este... o să fie bine.

– Sigur că o să fie.

Mama îl striga pe Thomas. O auzeam cântându-i numele din bucătărie:

– Thooomas! Tomtomtom Thooomas...

Treena oftă și se frecă la ochi.

– Te duci în seara asta la Patrick?

– Da.

– Până atunci, n-ai vrea să bem repede ceva la Spotted Dog și să-mi arăți planurile tale? O s-o rog pe mama să-l culce pe Thomas. Hai, acum, că ai făcut economii să mergi la facultate, poți să-mi faci cinste, nu?

Când m-am întors la Patrick, ceasul era deja zece fără un sfert. În mod uimitor, planurile mele de vacanță fuseseră aprobate în totalitate de Treena. Nici măcar nu încercase să adauge, cum făcea de obicei: „Da, dar cred că ar fi fost mai bine dacă..." La un moment dat chiar mă întrebasem dacă nu cumva își propusese doar să fie amabilă, fiindcă mă vedea că sunt extrem de stresată. Dar exclama întruna: „Uau, nu pot să cred că ai găsit așa ceva! Trebuie să-l pozezi neapărat când o să facă bungee jumping" sau: „Imaginează-ți ce mutră o să aibă când ai să-i spui de saltul cu parașuta! O să fie super!" Oricine ne-ar fi văzut la cârciumă ar fi crezut că suntem două prietene care chiar se plac foarte mult una pe cealaltă.

Cugetând încă la toate astea, am intrat, în tăcere, în apartamentul lui Patrick. De afară nu se vedea nici o lumină la geamuri, și m-am întrebat dacă nu-și programase deja să se culce, în spiritul antrenamentelor sale stricte. Mi-am aruncat geanta pe podea, în hol, și am împins ușa de la camera de zi, gândindu-mă că ar fi fost drăguț din partea lui să fi lăsat aprins măcar un bec, ca să nu mai bâjbâi prin beznă.

Și atunci l-am văzut. Stătea la o masă pe care pusese două farfurii, cu o lumânare pâlpâind între ele. Când am închis ușa în urma mea, se ridică. Lumânarea era arsă aproape pe jumătate.

– Îmi pare rău, zise.

L-am privit buimăcită.

– Am fost un idiot. Ai dreptate. Slujba asta a ta e doar pentru șase luni, și eu m-am purtat ca un copil. Ar fi trebuit să fiu mândru că faci un lucru atât de nobil și că-ți iei treaba atât de tare în serios. Am fost însă un pic... surprins. Chiar îmi pare rău.

Îmi întinse mâna, și eu i-am luat-o.

– E frumos din partea ta că încerci să-l ajuți. E admirabil.

– Mulțumesc, i-am zis, strângându-i mâna.

Răsuflă adânc, ca și cum ar fi dus la bun sfârșit un discurs repetat înainte, și apoi vorbi din nou:

– Am pregătit cina. Dar avem tot salată. Se întinse pe lângă mine spre frigider și scoase de acolo două farfurii.

– Îți promit că ieșim la o masă pe cinste după ce se termină Viking. Sau poate de îndată ce trec la dieta cu carbohidrați. Vreau doar să... Se opri în mijlocul propoziției și-și umflă obrajii. Cred că în ultima vreme nu prea m-am mai gândit la altceva. Probabil că și asta e de vină. Și ai dreptate. N-are nici un rost să te ții după mine în Norvegia. E o chestie care mă privește doar pe mine. Ai tot dreptul să-ți vezi de treabă.

– Patrick... am spus, dar el mă opri:

– Nu vreau să mă cert cu tine, Lou. Mă ierți?

I-am putut citi teama în ochi. Răspândea în jur un subtil miros de parfum. Aceste două constatări mi se lămuriră încet, greoi, în minte.

– Stai jos, te rog! făcu el. Hai să mâncăm și pe urmă... Nu știu. Hai să vorbim despre altceva! Nu despre alergat, în orice caz, încheie el cu un râs forțat.

M-am așezat și am privit farfuriile, apoi am zâmbit.

– E chiar frumos, i-am zis.

Patrick știa să facă o sută de mâncăruri din pieptul de curcan.

Am mâncat salată verde, salată de paste, salată de fructe de mare și o salată de fructe exotice pe care o pregătise pentru budincă și eu am băut vin, iar Patrick apă minerală. Ne-a luat ceva timp, dar până la urmă ne-am relaxat. Acolo, înaintea mea, se afla un Patrick pe care nu-l mai văzusem de multă vreme. Era amuzant și curtenitor. Se abținu cu strictețe să mai aducă măcar vorba despre alergări sau maratoane și râdea ori de câte ori simțea că discuția se îndrepta într-acolo. Am simțit cum picioarele lui se lipesc de ale mele pe sub masă şi le înlănţuie şi am simţit cum o greutate care mă apăsa în piept începe să scadă.

Sora mea avea dreptate. Viaţa mea devenise ciudată, şi mă înstrăinasem de toţi cei pe care-i cunoşteam. Ştiam însă motivul - suferinţa lui Will şi secretele lui mă absorbiseră cu totul. Trebuia să mă asigur că, din prea multă grijă faţă de soarta lui, nu-mi neglijam total propria mea viaţă.

Am început să mă simt vinovată pentru discuţia avută mai devreme cu Treena. Patrick nu mă lăsă să mă ridic de la masă, nici măcar ca să spăl vasele. La unsprezece şi un sfert, duse farfuriile şi bolurile de salată în bucătărie şi începu să le aşeze în maşina de spălat vase. Am rămas pe scaun, ascultându-l cum îmi vorbea prin uşa întredeschisă. Îmi masam un punct dureros, la linia dintre umăr şi gât, încercând să detensionez un muşchi care părea înţepenit acolo. Am închis ochii şi am încercat să mă relaxez, şi abia după câteva minute mi-am dat seama că discuţia se oprise.

Am deschis ochii. Patrick stătea în faţa mea, ţinând în mâini dosarul cu planurile de vacanţă, din care scosese câteva foi.

– Ce-s astea? murmură el.

– Sunt... planurile de călătorie. Cea despre care ţi-am vorbit.

L-am privit frunzărind printre hârtiile pe care i le arătasem Treenei şi care cuprindeau traseul, imaginile, descrierea plajei din California.

– Credeam că... Vocea îi era parcă gâtuită de surprindere. Am crezut că vrei să-l duci la Lourdes[1].

– Poftim?

– Sau... nu ştiu... la Stoke Mandeville[2] sau în altă parte. Atunci când mi-ai spus că nu poţi veni fiindcă trebuie să-l ajuţi pe el am crezut că te referi la muncă. La fizioterapie, vindecare spirituală, ceva de genul ăsta. Dar o asemenea călătorie mi se pare... Se opri, scutu-

---

1 Orăşel în sud-vestul Franţei, unde Sfânta Bernadette ar fi avut viziuni ale Fecioarei Maria în 1858. Este un important centru de pelerinaj, în particular pentru bolnavi. (n.red.)

2 Spital din Marea Britanie, unul dintre cele mai importante centre medicale în domeniul neurologiei (n.tr.)

rând din cap, ca și cum nu i-ar fi venit să creadă și apoi continuă: Mi se pare o vacanță cum se întâmplă numai o dată în viață.

– Într-un fel, chiar este. Dar nu pentru mine. Pentru el.

Patrick se strâmbă.

– Nuuu, făcu el, clătinând iarăși din cap. Ție n-o să-ți placă deloc. Jacuzzi sub cerul înstelat, înot cu delfinii... A, ia uite ce scrie... „condiții de cinci stele" și „room-service 24 de ore din 24". Mă privi în ochi: Lou, asta nu e o călătorie de serviciu. E o afurisită de lună de miere!

– Nu fi ridicol!

– Dar asta este. Tu... tu chiar te aștepți să stau cu mâinile încrucișate în timp ce tu te cari cu alt bărbat într-o asemenea vacanță?

– Vine și asistentul lui medical.

– Aaa, da. Vine Nathan. Și asta face ca totul să fie în ordine, nu?

– Patrick, te rog... E complicat.

– Atunci explică-mi! strigă el și-mi aruncă în față foile pe care le scosese din dosar. Explică-mi, Lou! Explică-mi în așa fel încât să pot înțelege!

– Pentru mine contează ca Will să vrea să trăiască, să creadă că viitorul îi va aduce și bune, nu doar rele.

– Și printre aceste bune te numeri și tu?

– Nu e drept ce faci. Ți-am cerut eu vreodată să renunți la slujba pe care o iubești?

– Slujba mea nu-mi cere să stau prin jacuzzi cu bărbați ciudați.

– Ei, află că nu m-ar deranja! N-ai decât să stai în jacuzzi cu bărbați ciudați! Cât poftești! Ce zici de asta? i-am spus și am încercat să zâmbesc, cu speranța că și el va face la fel.

Dar nici un mușchi nu i se clinti pe chip.

– Cum te-ai simți, Lou? Cum te-ai simți dacă ți-aș spune că trebuie să petrec ceva timp cu... nu știu... cu Leanne din clubul triatloniștilor, de pildă, fiindcă are nevoie de cineva care să-i ridice moralul?

– Să-i ridice moralul?

Mi-am imaginat-o pe Leanne, cu părul ei strâns în coadă și picioarele perfect lucrate, și m-am întrebat, într-o doară, de ce numele ei îi trecuse primul prin minte.

– Şi cum te-ai simţi dacă ţi-aş zice că voi ieşi mereu la restaurant cu ea să mâncăm şi poate că vom petrece şi nişte nopţi în jacuzzi şi nişte zile în tot felul de excursii. Undeva, la vreo nouă mii de kilometri distanţă, şi asta doar fiindcă ea e puţin deprimată. Chiar nu te-ar deranja deloc?

– Will nu este doar puţin deprimat, Pat. Vrea să se sinucidă. Vrea să plece la Dignitas şi să pună capăt afurisitei lui de vieţi. Simţeam sângele bubuindu-mi în urechi. Şi nu poţi să te suceşti aşa. Tu ai fost cel care l-a numit pe Will „un schilod". Tu ai fost cel care a spus că un asemenea om nu poate reprezenta o ameninţare pentru tine. „Şeful perfect", spuneai, îţi aminteşti? „Cineva în privinţa căruia nici nu merită să-ţi faci griji."

El aşeză dosarul pe masă.

– Ei bine, Lou... uite că acum îmi fac griji.

Mi-am cuprins faţa în palme şi am stat aşa timp de aproape un minut. Afară, pe holul blocului, se auziră o uşă deschizându-se şi nişte voci, curmate atunci când uşa se închise la loc în urma vorbitorilor.

Patrick îşi plimba palma înainte şi înapoi peste tăblia mesei. Stătea încruntat, iar în falcă îi zvâcnea un muşchi.

– Ştii cum mă simt, Lou? Mă simt de parcă alerg din toate puterile, dar mă trezesc tot în urma plutonului. Ca şi cum... Trase adânc aer în piept, ca şi cum ar fi încercat să-şi adune gândurile. Ca şi cum în aer ar pluti o primejdie pe care pare s-o cunoască toată lumea în afară de mine. Îşi ridică ochii spre mine: Nu cred că sunt absurd. Dar nu vreau să pleci cu el. Nu-mi pasă dacă nu vrei să mă însoţeşti în Norvegia, dar nu vreau să pleci în această... vacanţă. Cu el.

– Dar eu...

– Suntem împreună de aproape şapte ani. Şi tu l-ai cunoscut pe acest tip şi ai această slujbă de doar cinci luni. Cinci luni. Dacă pleci cu el acum, înseamnă că îmi spui ceva despre relaţia noastră. Despre ceea ce simţi tu în privinţa ei.

– Asta n-are nimic de-a face cu noi, am protestat eu.

– Ba are, dacă eu îţi spun asta, şi tu insişti să pleci cu el.

Micul apartament părea încremenit în jurul nostru. Patrick se uita la mine cu o privire pe care nu i-o mai văzusem vreodată. Când, în cele din urmă, am reuşit să deschid gura, cuvintele îmi ieşiră în şoaptă:

– Dar Will are nevoie de mine.

Mi-am dat seama aproape imediat, mi-am auzit cuvintele şi felul cum ele se răsuciseră şi se regrupaseră în aer şi am ştiut cum m-aş fi simţit dacă el mi-ar fi spus acelaşi lucru.

Pat înghiţi în sec şi scutură din cap, ca şi cum ar fi vrut să respingă, pur şi simplu, vorbele mele. Îşi sprijini mâna de masă şi apoi mă privi.

– Orice-aş spune tot nu voi putea schimba nimic, este?

Asta era treaba cu Patrick. Era întotdeauna mai isteţ decât l-aş fi crezut.

– Patrick, eu…

Închise ochii, pentru o clipă doar, şi apoi se întoarse şi ieşi din cameră, lăsând ultimele vase murdare pe bufet.

Capitolul 21

STEVEN

Fata se mută la noi în weekend. Will nu ne spusese nimic, nici Camillei, nici mie, dar, când am venit sâmbătă de dimineață în anexă, încă în pijama, să văd dacă Will avea nevoie de ceva, căci Nathan întârzia, am dat nas în nas cu ea. Era pe coridor, cu un bol de cereale într-o mână și cu ziarul în cealaltă. Se înroși toată când mă văzu. Nu știu de ce, căci peste pijama aveam halatul, totul foarte decent. Îmi amintesc că m-am gândit după aceea că fusese o vreme când mi se părea perfect normal să găsesc tinere drăguțe furișându-se, diminețile, afară din dormitorul lui Will.

– Tocmai îi aduceam lui Will corespondența, am spus, fluturând scrisorile.

– Nu s-a trezit încă. Vreți să-l strig?

Își duse mâna la piept, ținând ziarul strâns între degete. Purta un tricou cu Minnie Mouse și genul de pantaloni tricotați pe care-i vezi la chinezoaicele din Hong Kong.

– Nu, nu. Dacă doarme, lasă-l să se odihnească!

Când i-am spus Camillei, am crezut că vestea o să-i facă plăcere. La urma urmei, fusese groaznic de supărată auzind că fata se mutase la iubitul ei. Dar ea păru acum un pic surprinsă și apoi adoptă acea expresie tensionată care însemna că deja își imaginează tot felul de posibilități și consecințe nedorite. Nu se exprimă, dar eram sigur că nu era prea încântată de Louisa Clark. De fapt, nici nu știu pe cine ar fi primit în acele zile cu brațele deschise. Starea ei generală părea să fie de „dezaprobare".

N-am reușit niciodată să aflăm ce anume o determinase pe Louisa să se mute în anexă - Will ne informă doar că era vorba de „chestiuni familiale" -, dar prezența ei acolo nu mă deranja. Era o fată foarte harnică. Atunci când nu se ocupa de Will, deretica peste tot, curățând și spălând, fugind de la agentul de turism până la bibliotecă și înapoi. Aș fi recunoscut-o pretutindeni în oraș fiindcă ieșea în evidență. Purta cele mai fistichii culori, cum nu mai văzusem decât la tropice - fuste scurte și colorate și niște ciudățenii de pantofi.

I-aș fi spus Camillei că fata aceea era capabilă să înviorează orice loc. Dar nu mai puteam face asemenea remarci față de Camilla.

Will îi spusese, se pare, că poate folosi computerul lui, dar ea refuză în favoarea celor de la bibliotecă. Nu știu dacă se temea să nu o creadă cineva profitoare sau pur și simplu nu voia ca Will să o vadă ce caută pe internet.

Oricare ar fi fost adevărul, Will părea ceva mai fericit atunci când ea era prin preajmă. De câteva ori le-am auzit discuțiile prin fereastra deschisă a camerei mele și sunt convins că l-am auzit pe Will râzând. Am discutat cu Bernard Clark doar ca să fiu sigur că situația îi pică bine, iar el mi-a spus că lucrurile erau ceva mai complicate, întrucât fata se despărțise de băiatul cu care era împreună de multă vreme și tot felul de lucruri păreau să se întâmple la ei în casă. Clark îmi destăinui de asemenea că fata se înscrisese la un fel de curs de reconversie profesională pentru a-și continua studiile. Am decis să nu-i spun nimic Camillei despre asta. Nu voiam să o fac să se gândească la ce ar fi putut însemna o asemenea decizie. Will îmi spusese că fata e pasionată de modă și lucruri de genul ăsta. Era, cu siguranță, plăcută la vedere și avea o siluetă atrăgătoare - dar, sincer să fiu, nu știu cine naiba ar fi putut cumpăra genul de haine pe care le purta.

Luni seara, Louisa Clark ne rugă pe mine, pe Camilla și pe Nathan să venim în anexă. Pusese pe o masă broșuri, programe, documente de asigurare și alte lucruri pe care le scosese de pe internet. Existau copii pentru fiecare dintre noi, în folii de plastic transparente. Totul era pus la punct în cele mai mici detalii.

Voia, ne informă ea, să ne prezinte nouă și lui Will planurile pentru o vacanță. (Deși o avertizase pe Camilla că va face în așa fel încât să pară că principala beneficiară a călătoriei va fi chiar ea, am văzut, în câteva rânduri, ochii Camillei îngustându-se când fata detalia toate lucrurile pentru care făcuse rezervare.)

Din câte am înțeles, era o călătorie extraordinară, care părea să implice tot felul de activități neobișnuite, lucruri pe care nu mi-aș fi imaginat că Will le-ar fi putut face chiar și înainte de accident. Dar, de fiecare dată când menționa ceva – de pildă, plimbări cu caiacul pe râuri de munte, sau bungee jumping, sau orice altceva –, ea îi prezenta lui Will fotografii cu alți tineri paralizați care participau cu plăcere la asemenea activități și spunea: „Dacă o să încerc toate aceste lucruri pe care tu susții că ar trebui să le fac, atunci trebuie să le faci și tu cu mine".

Trebuie să recunosc, eram, în taină, mai mult decât impresionat. Era plină de inventivitate.

Will o ascultă și l-am văzut citind documentele pe care le întinsese în fața lui.

– De unde ai luat toate informațiile astea? o întrebă el, în cele din urmă.

– Cunoașterea e putere, Will, făcu ea, ridicând din sprâncene.

Iar fiul meu surâse, ca și cum fata ar fi spus ceva din cale-afară de inteligent.

– Așadar, spuse Louisa, după ce toate întrebările fuseseră puse, vom pleca peste opt zile. Sunteți mulțumită, doamnă Traynor?

În tonul ei se simți o oarecare nuanță de sfidare, ca și cum ar fi provocat-o pe Camilla să îndrăznească să spună „nu".

– Dacă asta e ceea ce vreți să faceți, din partea mea este perfect, răspunse Camilla.

– Nathan? Ești gata de drum?

– Poți conta pe mine.

– Și... Will?

L-am privit cu toții pe fiul meu. Cândva, nu cu mult timp în urmă, oricare dintre aceste activități ar fi fost de neimaginat. Pe atunci, Will găsea o plăcere deosebită în a spune „nu" doar pentru a-și supăra mama. Fusese, de fapt, întotdeauna așa - capabil de a face exact opusul a ceea ce era bine din simplul motiv că nu voia să fie văzut că se supune în vreun fel. Nu știu de unde-i venea această dorință de a submina. Poate ea îl făcuse un negociator atât de strălucit.

Will mă privi cu ochi inscrutabili, și am simțit tensiunea în aer. Apoi se uită către fată și îi zâmbi.

– De ce nu? zise el. Abia aștept s-o văd pe Clark cum se aruncă într-o cascadă.

Fata păru să se dezumfle puțin - dar de ușurare -, ca și cum s-ar fi așteptat, în parte, ca el să refuze.

E haios. Recunosc că, atunci când a intrat prima dată în casa noastră, am fost puțin suspicios în privința ei. Will, în ciuda izbucnirilor sale nervoase, era vulnerabil. Mă temusem că ar putea fi manipulat. În ciuda a toate, e un tânăr bogat, iar trădarea Aliciei, care se căsătorise cu cel mai bun prieten al lui, îl făcuse să se simtă absolut inutil.

Dar am văzut felul cum Louisa l-a privit în ziua când a prezentat călătoria, cu un amestec straniu de mândrie și recunoștință pe chip, și, dintr-odată, am simțit că îmi pare extraordinar de bine că fata aceasta apăruse în viețile noastre. Deși niciodată nici unul din noi nu spusese așa ceva, fiul meu era în cea mai ingrată situație. Iar Louisa, orice ar fi făcut, părea să-l facă să uite, pentru puțin timp, de ea.

Timp de câteva zile, în casă se instală o atmosferă vagă, dar sesizabilă, de sărbătoare. Camilla părea să spere în tăcere, deși refuza să admită în fața mea că simțea asta. Știam deja explicația ei: Ce am fi avut, cu adevărat, de sărbătorit, la urma urmei? Într-o noapte, târziu, am auzit-o vorbind la telefon cu Georgina și justificându-și acceptul pentru călătorie. Georgina - așchia nu sare departe de trunchi! - căuta deja să descopere în ce fel Louisa profita de situația lui Will în propriul interes.

– S-a oferit să-și plătească singură vacanța, Georgina, o lămuri Camilla. Nu, dragă, nu cred că avem de ales. Mai este doar foarte puțin timp, iar Will a fost de acord să meargă în vacanța asta, așa că nu pot decât să sper la ce e mai bun. Cred că și tu ar trebui să faci același lucru.

Ştiam cât îi e de greu să o apere pe Louisa, ba chiar şi să se poarte frumos cu ea. Dar o tolera pentru că ştia, ca şi mine, că Louisa era singura noastră şansă de a-l vedea cât de cât fericit pe fiul nostru.

Deşi nici unul dintre noi nu recunoştea, Louisa Clark devenise unica noastră şansă de a-l ţine pe Will în viaţă.

Am ieşit aseară cu Della la un restaurant. Camilla era în vizită la sora ei, aşa că, la întoarcere, ne-am permis să facem o plimbare de-a lungul râului.

– Will o să plece într-o vacanţă, am anunţat-o.

– E minunat, răspunse ea.

Biata Della! Vedeam că se luptă cu dorinţa instinctivă de a mă întreba despre viitorul nostru – de a analiza modul în care această evoluţie neaşteptată a lucrurilor l-ar fi putut afecta –, dar bănuiam că n-o s-o facă. Nu până ce lucrurile n-aveau să se rezolve în vreun fel.

Ne-am plimbat agale, uitându-ne la lebede, zâmbindu-le turiştilor care se plimbau cu barca pe râu în soarele amiezii târzii, şi ea îmi vorbi despre cât de bune sunt perspectivele pentru Will şi despre cum atitudinea lui dovedea că era gata să înveţe să se adapteze la situaţie. A fost frumos din partea ei, mai ales pentru că ştiam că, într-un anumit sens, Della avea tot dreptul să spere că lucrurile se vor sfârşi cât mai grabnic. La urma urmei, accidentul lui Will fusese cel care ne zădărnicise planul de a ne uni destinele. Probabil Della nădăjduia în taină că responsabilităţile mele faţă de Will se vor încheia într-o zi, şi atunci aş fi putut fi, în sfârşit, un om liber, doar pentru ea.

Şi am mers mai departe alături de ea, simţindu-i mâna sprijinită în îndoitura braţului meu, ascultându-i vocea melodioasă. Nu-i puteam spune adevărul pe care doar câţiva dintre noi îl cunoşteam: că, dacă fata eşua, cu toate fermele ei californiene, cu toate salturile cu coarda şi băile în jacuzzi sub clar de lună, în mod paradoxal, m-ar fi eliberat. Fiindcă singura situaţie în care aş fi fost în stare să-mi părăsesc familia ar fi fost dacă Will decidea, într-un final, că e încă hotărât să meargă în locul acela infernal din Elveţia.

Ştiam asta, ştia şi Camilla. Deşi nici unul din noi n-ar fi recunoscut în sinea lui. Doar prin moartea fiului meu aş fi putut deveni liber să duc viaţa pe care o doream.

- Nu te mai gândi! zise ea, surprinzându-mi expresia îngrijorată.

Draga de Della! Intuia la ce mă gândeam, chiar și când eu însumi nu știam.

- Asta-i o veste bună, Steven. Chiar grozavă! N-ai de unde să știi că excursia asta nu va fi începutul unei noi vieți, independente pentru Will.

I-am acoperit mâna cu palma mea. Un bărbat mai curajos poate că i-ar fi destăinuit atunci adevăratele lui gânduri. Un bărbat mai curajos ar fi lăsat-o să plece de multă vreme - pe ea și poate și pe soția mea.

- Ai dreptate, i-am zis, cu un zâmbet forțat. Să sperăm că se va întoarce cu tolba plină de povești despre salturi în gol cu coarda elastică și alte orori după care sunt înnebuniți tinerii din ziua de azi.

Ea îmi dădu un ghiont:

- Ha, poate o să agațe o coardă elastică și de castel, ce-ai zice?

- Și să se plimbe cu canoea în șanțul cu apă? Aș putea trece asta ca posibilă atracție turistică pentru următorul sezon estival.

Imaginându-ne această scenă ireală, am continuat să mergem, izbucnind, când și când, în râsete, până la debarcader.

A doua zi, Will se îmbolnăvi de pneumonie.

Capitolul 22

Am dat buzna la Urgențe. A trebuit să întreb de trei ori până când cineva să mă îndrume în direcția corectă. Într-un final, am deschis ca un uragan ușile salonului C12, icnind și răsuflând întretăiat, și în coridor l-am găsit pe Nathan, care stătea pe un scaun, citind ziarul. Când m-am apropiat, ridică ochii spre mine.

– Cum se simte? l-am întrebat.

– E conectat la masca de oxigen, dar starea lui e stabilă.

– Nu pot să înțeleg! Vineri noaptea a fost foarte bine. A tușit puțin sâmbătă dimineața, dar… așa ceva? Ce s-a întâmplat?

Inima îmi bătea nebunește. M-am așezat pe un scaun, pentru câteva clipe, încercând să-mi trag sufletul. De când primisem mesajul alarmant de la Nathan, cu aproape o oră în urmă, o ținusem mai mult într-o fugă. El se ridică, împăturindu-și ziarul.

– Nu e prima oară când se întâmplă, Lou. Probabil că niște bacterii i-au ajuns la plămâni și, fiindcă mecanismul lui de producere a tusei nu funcționează cum ar trebui, starea i s-a agravat rapid. Sâmbătă după-amiaza am încercat câteva tehnici medicale ca să-i curăț plămânii, dar avea dureri mari. Mai întâi a făcut, ca din senin, febră, apoi s-a plâns de un junghi foarte puternic în piept. A trebuit să chemăm o ambulanță sâmbătă noaptea. Îmi pare rău, trebuia să te fi sunat, dar Will a insistat să nu te deranjăm.

– Drace! am pufnit eu, aplecându-mă pe scaun. Fir-ar al naibii! Fir-ar! Fir-ar! Pot să intru să-l văd?

– E cam ameţit. Nu cred că poţi să scoţi prea multe de la el. Şi doamna T. e înăuntru.

Mi-am lăsat geanta la Nathan, mi-am spălat mâinile cu loţiune antibacteriană, apoi am împins uşa salonului şi am intrat.

Will se afla pe un pat de spital, cu trupul acoperit cu o pătură albastră, cu perfuzie la braţ şi înconjurat de tot felul de dispozitive care piuiau când şi când. Avea chipul parţial acoperit de o mască de oxigen şi ochii închişi. Tenul lui părea cenuşiu, cu o nuanţă alb-albăstruie care mă făcu să mă cutremur. Doamna Traynor stătea lângă el, cu o mână sprijinită pe braţul lui acoperit cu pătură şi cu ochii aţintiţi asupra unui punct fix pe peretele de vizavi.

– Doamnă Traynor! am îndrăznit eu.

Ea tresări, parcă trezită din visare:

– Ah, Louisa!

– Cum... cum se simte?

Am vrut să merg şi să iau cealaltă mână a lui Will între palmele mele, dar am simţit că nu m-aş fi putut aşeza. Am rămas în picioare lângă uşă. Pe chipul Camillei Traynor se vedea o asemenea deprimare, încât până şi faptul că intrasem în salon mă făcea să mă simt o intrusă.

– E un pic mai bine. I-au administrat antibiotice foarte puternice.

– E ceva... e ceva ce aş putea face pentru el?

– Nu cred că poţi face ceva. Trebuie... să aşteptăm. Medicul o să vină la vizită cam peste o oră. Sper să poată să ne ofere mai multe detalii.

Lumea părea să se fi oprit. Am stat acolo, tăcută, lăsând piuitul constant al aparatelor să bată ca un ritm arzător în creierul meu.

– Vreţi să vă ţin eu locul? Ca să vă puteţi odihni puţin?

– Nu, cred că mai bine rămân.

O parte din mine spera ca Will să-mi poată auzi vocea. Ca ochii lui să se deschidă deasupra acelei măşti de plastic, şi el să murmure: „Clark, vino şi stai jos, pentru numele lui Dumnezeu! Prezenţa ta pare să fi produs dezordine în cameră".

Dar el continua să zacă.

Mi-am şters faţa.

– Vreţi să... să vă aduc ceva de băut?

Doamna Traynor ridică privirea.

– Cât e ceasul?

– Zece fără un sfert.

– Atât de târziu? făcu ea, clătinând din cap, ca și cum i-ar fi venit greu să creadă. Mulțumesc, Louisa. Ar fi... foarte drăguț din partea ta. Se pare că stau aici de ceva timp.

Avusesem liber în vinerea aceea – în parte, fiindcă familia Traynor insistase să-mi iau o zi de concediu, dar mai ales fiindcă nu puteam să-mi scot pașaportul decât mergând la Londra cu trenul și stând la coadă. Trecusem pe la ei vineri seara, la întoarcere, să-i arăt lui Will „prada de război" și să mă asigur că pașaportul lui este valabil. Am observat că stătea ceva mai tăcut decât în ultimele zile, dar nu era nimic din cale-afară de neobișnuit în asta. În unele zile se simțea mai rău decât în altele, și am presupus că are o astfel de zi proastă. Ca să fiu sinceră, mintea mi-era atât de plină de planuri de călătorie, încât nu prea mai aveam vreme să mă gândesc și la altceva.

Mi-am petrecut dimineața de sâmbătă luându-mi lucrurile de la Patrick cu dubița de la serviciu a tatei și apoi, după-amiaza, am plecat cu mama la cumpărături pe strada principală, ca să-mi iau un costum de baie și câteva lucruri necesare călătoriei. Sâmbătă și duminică am rămas peste noapte la ai mei. Am stat puțin cam înghesuiți, pentru că Treena și Thomas veniseră și ei. Luni dimineața m-am trezit la șapte, pregătindu-mă să ajung la familia Traynor pe la opt. Am sosit acolo, dar am găsit totul închis, iar ușile, cea din față, cât și cea din spate, încuiate. Nu lăsaseră nici un bilet. Am intrat în veranda din față și l-am sunat pe Nathan de trei ori, dar n-am primit nici un răspuns. Apelurile către telefonul doamnei Traynor intrau direct în căsuța vocală. În cele din urmă, după ce stătusem pe treptele casei mai bine de jumătate de oră, am primit un mesaj de la Nathan:

„Suntem la spital. Will are pneumonie. Salonul C12."

De îndată ce am ajuns acolo, Nathan a plecat, și eu am rămas la ușa salonului lui Will încă o oră. Am răsfoit niște reviste pe care se pare că cineva le lăsase pe masă cam prin 1982 și apoi mi-am scos o carte din ruscac, încercând să citesc, dar mi-a fost imposibil să mă concentrez.

Medicul sosi, dar am avut sentimentul că nu era cazul să mă țin după el în salon câtă vreme mama lui Will se afla acolo. Când el ieși, un sfert de oră mai târziu, doamna Traynor își făcu apariția în urma lui. Nu știu dacă mi-a vorbit pentru că simțea nevoia se descarce în fața cuiva și eu eram singura persoană disponibilă, dar îmi zise, cu o voce ușurată, că medicul considera că infecția e ținută sub control. Fusese o tulpină bacteriană deosebit de virulentă, iar Will avusese mare noroc că ajunsese la spital în timp util, căci altfel...

Acest „altfel" rămase în aer, în tăcerea ce se așternu între noi.

– Și acum ce facem? am întrebat.

– Așteptăm, zise ea, ridicând din umeri.

– Nu vreți să vă aduc ceva de mâncare? Sau poate vreți să mergeți la masa de prânz. Pot să stau eu aici, cu Will.

Doar foarte rar, ceva apropiat de înțelegerea reciprocă se manifesta între mine și doamna Traynor. Chipul ei încruntat se destinse trecător, și – în lipsa expresiei rigide obișnuite – am văzut cât de groaznic de obosită părea. Cred că îmbătrânise cu zece ani în lunile cât stătusem cu ei.

– Mulțumesc, Louisa, spuse ea. Aș vrea foarte mult să merg până acasă și să mă schimb, dacă ești de acord să rămâi tu cu Will. Nu vreau să-l lăsăm singur tocmai acum.

După ce plecă, am intrat în salon, închizând ușa după mine, și m-am așezat lângă patul lui. Părea ciudat de absent, ca și cum Will pe care îl cunoșteam ar fi plecat într-o scurtă călătorie, lăsând în urmă doar o mască. M-am întrebat, pentru câteva clipe, în gând dacă așa e când oamenii mor. Și apoi mi-am impus să nu mă mai gândesc deloc la moarte.

Am început să privesc limbile ceasului, care ticăia încet, în vreme ce de afară se auzeau, în răstimpuri, șușoteli și zgomote estompate de pași pe linoleum. În două rânduri, o asistentă veni și verifică diferitele niveluri ale aparatelor, apăsă pe câteva butoane, îi luă temperatura lui Will, dar acesta nici nu se clinti.

– E... e bine, nu? am întrebat-o.

– Doarme, încercă ea să mă calmeze. Probabil e cel mai bun lucru pe care îl poate face acum, ca să se întremeze. Încearcă să nu te mai îngrijorezi!

Ușor de spus. Pentru că aveam o mulțime de timp să mă gândesc, acolo în camera de spital. M-am gândit la Will și la viteza înspăimântătoare cu care se îmbolnăvise grav. La Patrick și la faptul că până și atunci când îmi adunasem lucrurile din apartamentul lui, dând jos calendarul de pe ușă, împăturind și împachetând hainele pe care le pusesem cu atâta grijă în șifonierul lui, tristețea pe care o simțisem nu fusese atât de covârșitoare pe cât mă așteptasem. Nu mă simțeam dezolată sau copleșită, nu aveam nici una dintre stările pe care le-ai putea avea atunci când renunți la o iubire veche de șapte ani. Eram calmă, un pic tristă și poate puțin vinovată – atât pentru contribuția mea la ruptură, cât și pentru că nu simțeam ce ar fi trebuit să simt într-o asemenea situație. Îi trimisesem lui Patrick două mesaje, spunându-i că îmi pare extrem de rău de cele întâmplate și dorindu-i succes la concursul Xtreme Viking. Dar nu-mi răspunsese deloc.

După o oră, m-am aplecat, am ridicat pătura de pe mâna lui Will și i-am văzut brațul – o fâșie de un cafeniu palid pe albul imaculat al cearșafului. De el era prinsă, cu bandă adezivă, o canulă. Când l-am întors, am văzut cicatricele, livide, la încheietura mâinii și m-am întrebat dacă aveau să dispară vreodată sau urma să rămână mereu acolo, ca un memento a ceea ce voise să facă.

I-am luat degetele cu blândețe în palma mea și le-am strâns între ale mele. Erau calde, erau degetele cuiva plin de viață. Grație acelei atingeri am simțit o încredere atât de mare că totul va fi bine, încât am continuat să le țin astfel, privindu-i bătăturile care-mi spuneau că viața lui Will nu fusese trăită doar în spatele unui birou și unghiile rozalii care aveau să-i fie, pentru totdeauna, tăiate de altcineva.

Will avea mâinile unui bărbat vânjos – bine făcute și atrăgătoare, cu degete pătrățoase. Ți-era greu să le privești și să crezi că nu era vlagă în ele, că n-aveau să mai ia niciodată vreun obiect de pe masă, să mângâie un braț ori să se strângă în pumn.

Mi-am plimbat degetele peste încheieturile degetelor lui. O mică parte din mine se întrebă dacă n-ar fi trebuit să mă simt stânjenită în caz că Will ar fi deschis ochii chiar atunci, dar cert e că nu simțeam așa ceva. Eram aproape sigură că lui Will îi făcea bine să-i țin palma strânsă între palmele mele. Cu speranța că, într-un fel sau altul, conștiința lui, trecând peste bariera somnului indus de sedative, știa și ea, mi-am închis pleoapele și am așteptat.

*

Will se trezi, în sfârșit, puțin după ora patru. Eram afară, pe hol, întinsă pe scaune și citind un ziar uitat de cineva, și am sărit imediat în picioare când doamna Traynor mă strigă. Mi se păru ceva mai puțin posomorâtă atunci când mă anunță că Will vorbise și ceruse să mă vadă. Îmi spuse că ea avea să coboare să-l sune pe domnul Traynor.

Și, înainte să plece, ca și cum nu s-ar fi putut abține, mă atenționă:

– Te rog să nu-l obosești!

– Desigur, doamnă, am asigurat-o cu un surâs fermecător.

– Bună! am făcut eu, strecurându-mi capul prin ușa întredeschisă.

Will își întoarse lent privirea către mine:

– Bună și ție!

Avea vocea răgușită, ca și cum în ultimele treizeci și șase de ore n-ar fi dormit, ci ar fi strigat întruna. M-am așezat pe scaun și l-am privit. Ochii lui clipiră, obosiți.

– Vrei să-ți ridic puțin masca de oxigen?

El încuviință din cap. Am apucat masca, foarte atentă, și i-am ridicat-o ușor peste cap. Pe locul unde stătuse fixată pe piele se întrezărea o peliculă ușoară de umezeală. Am luat un șervețel și i-am curățat, cu delicatețe, toată fața.

– Cum te simți?

– Am fost și mai bine.

În gât mi se puse un nod uriaș, pe care am încercat din răsputeri să-l înghit.

– Nu știu ce să mai cred. Faci orice numai ca să ți se acorde atenție, Will Traynor. Pariez că și asta a fost doar o...

El închise ochii, și fraza cu care voiam să-l înveselesc mi se opri la jumătate. Când îi deschise iar, aveau în ei un fel de remușcare, ca și cum ar fi vrut să-și ceară scuze.

– Îmi pare rău, Clark, nu cred că sunt în măsură să fac glume azi.

Am rămas amândoi nemișcați. Apoi eu am început să-i povestesc, vrând să alung tăcerea din camera zugrăvită în verde pal, cum îmi luasem lucrurile de la Patrick și cât de ușor îmi fusese să-mi găsesc CD-urile în colecția lui, pentru că el insistase să le cataloghez.

– Acum ești bine? mă întrebă el când am terminat.

Mă privea cu simpatie, ca și cum s-ar fi așteptat ca plecarea de la Patrick să mă fi rănit mai mult decât o făcuse.

– Da, sigur, am ridicat eu din umeri. Nu-i chiar aşa de rău. Oricum, am avut alte lucruri la care să mă gândesc.

Will tăcu.

– Adevărul este, zise el, într-un final, că nu ştiu dacă o să pot face bungee jumping prea curând.

Ştiam. Aproape că mă aşteptasem la aşa ceva încă de când primisem mesajul de la Nathan. Dar acum, că auzeam din gura lui Will cuvintele care mi-o confirmau, am simţit-o ca pe o lovitură.

– Nu-ţi face griji! i-am zis, încercând să nu-mi las vocea să tremure. O să fie bine. O să mergem altă dată.

– Îmi pare rău. Ştiu că ţi-ai dorit enorm de mult.

Mi-am trecut palma peste fruntea lui şi i-am netezit părul peste cap.

– Ssst! Gata, nu e important. Fă-te bine pur şi simplu!

Tresărind uşor, el închise pleoapele. Ştiam ce spun ridurile din jurul ochilor lui, acea expresie de resemnare. Îmi spuneau că poate n-o să mai existe nicicând o „altă dată". Îmi spuneau că Will nu credea că se va mai face bine vreodată.

Venind de la spital, m-am oprit la Granta House. Îmi deschise domnul Traynor, care părea aproape la fel de extenuat ca şi soţia lui. Purta o jachetă matlasată, ca şi cum tocmai s-ar fi pregătit să plece undeva. I-am spus că doamna Traynor rămăsese cu Will şi că medicii considerau că antibioticele dau rezultate, dar că ea îmi ceruse să-l anunţ că va rămâne din nou peste noapte la spital. Nu ştiu de ce nu-i putuse da de ştire ea însăşi despre toate astea. Poate avea prea multe pe cap.

– Cum se simte Will?

– Un pic mai bine decât azi-dimineaţă, am spus. Am reuşit să-i dau o băutură energizantă cât am fost acolo. Şi a zis ceva urât despre una din asistente.

– Ah, tot egoul lui imposibil!

– Da, tot egoul lui imposibil.

Pentru o clipă, am văzut că domnul Traynor îşi ţuguie buzele, iar ochii îi scânteiază. Privi pe fereastră şi apoi se uită iar la mine. Nu ştiam dacă ar fi preferat să mă uit în altă parte.

– Al treilea acces. În doi ani.

Îmi luă ceva timp până să-mi dau seama la ce se referea:

– De pneumonie?

El încuviință din cap.

– Perfidă boală! El e curajos, știi bine. Dincolo de comportamentul ăsta dificil. Înghiți în sec și înclină iar din cap, spunând, ca pentru sine: Mă bucur că înțelegi, Louisa.

Nu știam ce să fac. Am întins mâna și l-am atins pe braț:

– Chiar înțeleg, să știți.

Încuviință ușor din cap și apoi își luă pălăria din cuierul din hol. Mormăind ceva ce ar fi putut fi și „mulțumesc", și „la revedere!", trecu pe lângă mine și ieși pe ușa din față.

Anexa părea groaznic de tăcută fără Will. Mi-am dat seama cât de mult mă obișnuisem cu bâzâitul îndepărtat al scaunului motorizat mișcându-se încoace și încolo, cu discuțiile în șoaptă pe care le avea cu Nathan, în camera de alături, cu zumzetul scăzut al radioului. Acum, anexa era încremenită, și aerul părea un vid în jurul meu.

Am umplut un rucsac cu tot ceea ce i-ar fi putut trebui lui Will a doua zi, inclusiv haine curate, periuța de dinți, peria de păr și medicamentele, plus căștile, în caz că s-ar fi simțit suficient de bine încât să poată asculta muzică. Pe când împachetam, a trebuit să mă lupt cu o ciudată senzație de panică. O voce răutăcioasă îmi tot răsuna în cap, spunându-mi: „Așa te-ai simți dacă ar fi mort". Ca să n-o mai aud, am deschis radioul, încercând să readuc anexa la viață. Am făcut puțin curat, am întins așternuturi noi pe patul lui Will și am cules câteva flori din grădină, punându-le într-o vază, în camera de zi. Și apoi, când am terminat tot, am aruncat o privire în jur și am observat pe masă dosarul pregătit pentru vacanță.

A doua zi aveam să mi-o petrec parcurgând toate acele hârtii și anulând fiecare călătorie, fiecare excursie pe care o programasem. Nimeni nu putea spune când Will avea să fie iarăși îndeajuns de sănătos ca să poată merge undeva. Medicul ne atenționase că are nevoie de odihnă, că trebuia să termine tratamentul cu antibiotice, să stea într-un loc cald și uscat. Expedițiile pe râu, în canoe, și scufundările n-aveau cum să facă parte din planul lui de convalescență.

Am rămas cu privirile ațintite asupra dosarului, gândindu-mă la toate eforturile depuse, la munca și imaginația de care avusesem nevoie ca să-l alcătuiesc. M-am uitat la paşaportul pentru care stătusem atât la coadă, amintindu-mi entuziasmul crescând cu care urcasem în trenul către Londra. Pentru prima oară de când demarasem acel plan m-am simţit deznădăjduită. Mai erau doar trei săptămâni, iar eu eşuasem. Contractul meu se apropia de sfârşit, şi nu făcusem nimic notabil spre a-i schimba lui Will starea de spirit. Mi-era frică şi s-o întreb pe doamna Traynor ce mai puteam face în continuare. Brusc, m-am simţit copleşită. Mi-am luat capul în palme şi am rămas aşa, în clădirea mută.

– Bună seara!

Am ridicat instantaneu capul. Nathan stătea înaintea mea, umplând bucătăria cu silueta lui masivă. Avea un rucsac petrecut pe după umăr.

– Am venit să aduc nişte medicamente pentru când se întoarce Will. Eşti bine?

Mi-am şters ochii înlăcrimaţi şi am bâiguit:

– Sigur... Îmi pare rău. Sunt... sunt doar puţin copleşită că trebuie să anulez toate excursiile şi programările.

Nathan îşi dădu jos rucsacul şi se aşeză pe un scaun, în faţa mea.

– Nasol de tot, spuse el. Luă dosarul şi începu să-l frunzărească. Ai nevoie de o mână de ajutor mâine? La spital nu trebuie să mă duc, aşa că dimineaţă aş putea trece o oră pe aici să te ajut cu telefoanele.

– Drăguţ din partea ta. Dar nu, stai liniştit, mă descurc. Probabil o să fie mai simplu dacă le fac eu singură pe toate.

Nathan pregăti ceaiul, şi am stat împreună să-l bem. Cred că era prima oară când vorbeam cu adevărat unul cu celălalt – cel puţin fără ca Will să fie prezent. El îmi povesti despre un alt pacient al său, un tetraplegic C3-C4 care era dependent de un aparat de respirat şi care fusese bolnav cel puţin o dată pe lună în tot timpul cât Nathan lucrase pentru el. Îmi spuse despre crizele anterioare de pneumonie ale lui Will, dintre care prima fusese cât pe ce să-l omoare şi de pe urma căreia îşi revenise pe deplin după multe săptămâni.

– Are licărul acela în ochi, zise el. Când e bolnav rău. E înfricoşător. Ca şi cum s-ar retrage din lume. Ca şi cum n-ar mai fi prezent.

– Ştiu. Şi eu urăsc privirea aia.

– E un… începu Nathan, dar se opri brusc, privindu-mă pe furiş şi apoi lăsându-şi ochii în jos.

Am rămas tăcuţi, cu ceştile de ceai în mâini. Îl urmăream pe Nathan cu coada ochiului, cercetându-i chipul prietenos, care, pentru scurt timp, păru că se închide în el. Şi mi-am dat seama că aveam să-i pun o întrebare la care ştiam deja răspunsul.

– Ştii, nu?

– Ce să ştiu?

– Despre… ce vrea Will să facă.

Tăcerea din cameră deveni deodată pătrunzătoare. Nathan mă privi precaut, ca şi cum ar fi vrut să-şi cântărească bine răspunsul.

– Ştiu, i-am răspuns. N-am vrut să aflu, dar am aflat întâmplător. De aceea… de aceea voiam să plecăm în călătoria asta. De aceea tot încercam să-l plimb cu mine peste tot. Voiam să-l fac să se răzgândească.

Nathan îşi puse ceaşca pe masă.

– Mi-am imaginat eu, şopti. Păreai să fii o adevărată misionară.

– Chiar eram. Sunt.

Îşi scutură capul, ca şi cum ar fi vrut să-mi dea de înţeles fie să nu mă dau bătută, fie că nu mai era nimic de făcut – nu mi-am dat seama precis.

– Ce-o să facem acum, Nathan?

Trecură câteva clipe până când el se hotărî să-mi răspundă.

– Ştii ceva, Lou? Chiar îmi place de Will. Ţi-o spun deschis. Îmi place de tipul ăsta. Sunt alături de el de aproape doi ani. L-am văzut în cele mai negre şi în cele mai bune zile ale lui, şi tot ce pot să-ţi spun e că n-aş vrea să fiu în pielea lui pentru toţi banii din lume. Luă o gură de ceai şi urmă: Au fost dăţi când am rămas aici peste noapte şi el se trezea ţipând, fiindcă în visele lui încă mergea, schia, făcea tot ce făcuse cândva, iar în acele câteva minute, când era total dezarmat şi totul părea foarte viu, nu putea, pur şi simplu, să suporte gândul că n-o să mai facă nimic din toate astea vreodată. Nu putea. Şi am stat acolo, lângă el, şi n-am ştiut ce să-i spun, n-aveam nimic în minte care să-l ajute să se simtă mai bine. A avut cea mai blestemată soartă din câte se pot imagina. Şi ştii ce? M-am uitat la el aseară şi m-am gândit la viaţa lui şi la ce ar putea deveni… şi, deşi nu mi-aş dori nimic mai mult pe lume decât să-l văd pe băiatul ăsta fericit…

nu-l pot condamna pentru ceea ce vrea să facă. E alegerea lui. Ar trebui să fie alegerea lui.

Simțeam că mi se pune un nod în gât.

– Dar... asta a fost înainte. Ați recunoscut cu toții că asta a fost înainte să apar eu. Acum e altfel. E altfel cu mine, nu?

– Desigur, însă...

– Dacă noi nu avem convingerea că se poate simți mai bine sau chiar că se poate face mai bine, cum să-și păstreze el încrederea că i s-ar putea întâmpla și lucruri bune?

Nathan lăsă iar cana pe masă și mă privi în ochi.

– Lou, n-o să se facă mai bine.

– N-ai de unde să știi.

– Ba am. Dacă nu va avea loc vreo descoperire revoluționară în domeniul celulelor stem, pe Will îl mai așteaptă un deceniu în scaunul cu rotile. Cel puțin un deceniu. El știe asta, chiar dacă părinții lui nu vor să recunoască. Și asta nu e tot. Doamna Traynor vrea să-l țină în viață cu orice preț. Soțul ei însă crede că va trebui să-l lăsăm pe Will să decidă.

– Normal că el trebuie să decidă, Nathan. Dar el trebuie să vadă și care sunt opțiunile lui, în momentul de față.

– E un tip deștept. Știe exact care-i sunt opțiunile.

Vocea mea sparse liniștea micii încăperi:

– Nu! Te înșeli. Îmi spui că Will e tot acolo unde era când am venit eu. Că nu și-a schimbat deloc perspectiva în toate lunile de când sunt eu aici.

– Nu pot să văd ce-i în mintea lui, Lou.

– Dar știi că felul lui de a gândi s-a schimbat.

– Nu, știu doar că ar face orice ca să te știe pe tine fericită.

M-am încruntat spre el.

– Crezi că a acceptat totul doar ca să mă facă pe mine fericită? Eram furioasă pe Nathan, furioasă pe toată lumea. Dacă tu consideri că vacanța asta nu i-ar fi putut aduce nici un beneficiu, de ce aveai de gând să vii cu noi? De ce ți-ai pus măcar problema să vii? Ți se părea o vacanță frumoasă, nu-i așa?

– Nu. Vreau ca Will să trăiască.

– Dar...

– Dar vreau să trăiască doar dacă și el vrea să trăiască. Dacă nu vrea, atunci, obligându-l să ducă viața asta mai departe, tu, eu – oricât am ține la el – nu vom ajunge decât niște indivizi jalnici, care-i răpesc opțiunile.

Cuvintele lui Nathan răsunară în tăcerea care se lăsase. Mi-am șters o lacrimă solitară de pe obraz și am încercat să-mi temperez bătăile inimii. Aparent stânjenit de lacrimile mele, el se scărpină, absent, pe ceafă și, după câteva clipe, îmi întinse un șervețel de hârtie.

– Pur și simplu nu pot să permit așa ceva, Nathan.

El nu spuse nimic.

– Nu pot.

M-am uitat țintă la pașaportul meu, rămas pe masa din bucătărie. Poza era oribilă. Arătam de parcă aș fi fost cu totul altă persoană. O persoană a cărei viață, al cărei fel de a fi nu semănau deloc cu viața și felul meu de a fi. Am rămas cu privirile ațintite asupra ei, gândindu-mă.

– Nathan!

– Da, ce e?

– Dacă aș planifica o altfel de excursie, ceva ce doctorii ar accepta, ai veni cu noi? Ai vrea să mă ajuți?

– Sigur că aș vrea. Se ridică în picioare, clătindu-și ceașca, apoi își săltă rucsacul pe umăr. Înainte să iasă din bucătărie, se întoarse spre mine. Dar trebuie să fiu sincer, Lou. Nu sunt sigur că vei reuși nici măcar să-l convingi.

Capitolul 23

Exact zece zile mai târziu, coboram din mașina domnului Traynor în fața aeroportului Gatwick. Nathan se luptă să așeze bagajele pe un cărucior, iar eu am verificat și răsverificat dacă Will se simțea bine - până când am reușit să-l enervez până și pe el.

– Aveți grijă de voi! Călătorie plăcută! Și să nu faci prea multe drăcii, amice! zise domnul Traynor, bătându-l pe umăr pe Will și făcându-mi cu ochiul.

Doamna Traynor nu se putuse învoi de la tribunal ca să ne însoțească. De fapt, bănuiam că această absență se datora mai curând faptului că nu voia să petreacă două ore în mașină alături de soțul ei.

Will încuviință din cap, dar nu zise nimic. Fusese dezarmant de tăcut în mașină, uitându-se pe geam cu privirea sa impenetrabilă și ignorând discuția dintre mine și Nathan despre trafic și despre ce știam deja că uitaserăm să luăm la noi.

Încă în timp ce traversam mulțimea bulucită în sălile de așteptare m-am întrebat dacă luasem decizia corectă. Doamna Traynor se opusese din răsputeri plecării. Dar, din ziua în care Will acceptase planul meu modificat, am știut că ea se temuse să-i spună fiului ei că n-ar fi trebuit să accepte. În ultima săptămână, păruse chiar că se teme să discute cu noi. Stătea cu Will fără să-i adreseze un cuvânt și vorbea doar cu medicii. Sau își făcea de lucru prin grădină, tăind iarba, crengile și gardul viu cu o eficiență înspăimântătoare.

– Trebuie să ne întâlnim cu cei de la compania aeriană. Am stabilit să ne vedem cu ei pe aeroport, i-am anunțat pe ceilalți pe când ne croiam drum către biroul de check-in, răsfoind prin foile mele.

– Liniștește-te, nu cred că o să posteze pe cineva la ușă să se uite după noi! glumi Nathan.

– Dar scaunul trebuie transportat în condiții speciale, ca „dispozitiv medical fragil“. I-am cerut funcționarei cu care am vorbit la telefon să-mi confirme de trei ori lucrul ăsta. Și trebuie să ne asigurăm că echipamentul medical al lui Will n-o să incomodeze pe nimeni.

Comunitatea virtuală a tetraplegicilor îmi dăduse o mulțime de informații, avertismente, liste și amănunte privind legislația. Ulterior, verificasem de trei ori cu reprezentanta companiei aeriene că puteam să stăm într-un separeu al avionului și că Will putea să fie îmbarcat primul și nu avea să fie mutat din scaunul cu rotile până ce nu ajungeam la poarta de îmbarcare. Nathan urma să rămână la sol, să comute maneta scaunului pe modul manual și apoi să-l lege cu grijă și să-l proptească, fixându-i pedalele. Pentru a preîntâmpina orice posibilă stricăciune, trebuia să supervizeze personal încărcarea scaunului la bord și să-i avertizeze pe hamalii de pe aeroport să fie foarte atenți. Ni se repartizaseră trei locuri pe același rând, pentru ca Nathan să-i poată oferi lui Will orice fel de asistență medicală necesară fără să fim ținta eventualelor priviri curioase. Cei de la compania aeriană mă asiguraseră că scaunele aveau cotiere ce se puteau ridica, pentru a nu-i răni șoldurile lui Will atunci când îl transferam de pe scaunul cu rotile pe locul lui din avion. Pe toată durata zborului, Will urma să stea între mine și Nathan, și noi trei aveam să coborâm primii din avion.

Toate aceste amănunte se aflau pe lista mea intitulată „Aeroport“, aflată înaintea listei „Hotel“, dar după „Ziua dinaintea plecării“ și a traseului. În ciuda tuturor acestor prevederi, tot simțeam un nod în stomac.

De fiecare dată când mă uitam la Will, mă întrebam dacă luasem decizia corectă. Medicul îi dăduse avizul de călătorie doar cu o seară înainte. Mânca puțin și în cea mai mare parte a zilei dormea. Părea nu doar istovit din cauza bolii, ci vlăguit de viață, obosit de insistențele noastre, de tentativele noastre de a discuta cu el, de hotărârea noastră neobosită de a încerca să-l facem să se simtă mai bine. Pe mine mă tolera, dar adesea aveam impresia că-și dorea să stea singur. Nu știa că acesta era singurul lucru pe care nu-l puteam face.

– Iat-o pe doamna de la compania aeriană! am zis când o tânără în uniformă, cu un surâs strălucitor și ținând în mâini un dosar, ne ieși în întâmpinare.

– Da, cred că o să ne ajute tare mult să-l urcăm pe Will în avion, murmură Nathan. Arată de parcă n-ar fi în stare să care nici o cutie de creveţi congelaţi.

– Ne descurcăm. O să ne ajutăm între noi.

Acesta devenise laitmotivul excursiei încă de când stabilisem ce vreau să fac. După discuţia avută cu Nathan în anexă, mă simţisem însufleţită de un nou zel, de a le dovedi că se înşelaseră cu toţii. Faptul că nu puteam merge în vacanţa pe care o plănuisem iniţial nu însemna că Will nu putea merge nicăieri.

Postasem pe forum o mulţime de întrebări. Unde ar fi fost un loc potrivit pentru convalescentul Will? Ştia cineva unde puteam merge? Temperatura era principalul factor pe care-l luam în considerare – clima britanică era prea schimbătoare (nimic mai deprimant decât o staţiune englezească de pe litoral atunci când plouă). Cea mai mare parte a Europei era prea călduroasă la finele lui iulie, ceea ce excludea din start Italia, Grecia, sudul Franţei şi alte zone de coastă. Ideea e că aveam o viziune. Mi-l imaginam pe Will relaxându-se la malul mării. Problema era însă că, având la dispoziţie atât de puţine zile pentru a planifica excursia, şansele ca viziunea mea să devină realitate se diminuau constant.

Unii membri ai forumului îşi exprimară compasiunea pentru cele întâmplate şi mulţi, foarte mulţi, postară poveşti despre pneumonie. Părea un spectru care-i bântuia pe toţi. Am primit câteva sugestii de locuri unde am fi putut merge, dar nici una nu m-a inspirat. Sau, mai important, nu eram convinsă că vreuna l-ar fi putut inspira pe Will. Nu ştiam, de fapt, ce vreau, dar am inspectat lista cu sugestii şi am simţit că nici una nu se potrivea.

În cele din urmă îmi veni în ajutor Ritchie, stâlpul forumului. În după-amiaza în care Will fu externat din spital, el îmi scrise:

Dă-mi adresa ta de e-mail. Vărul meu este agent turistic. O să-l rog să caute ceva potrivit.

Am sunat la numărul de telefon pe care mi-l lăsase şi am vorbit cu un bărbat între două vârste, cu un puternic accent din Yorkshire. Când îmi spuse ce avea în minte, un mic clopoţel al recunoştinţei îmi sună în adâncurile memoriei. În mai puțin de două ore, puseserăm totul la punct. Îi eram atât de recunoscătoare, încât îmi venea să plâng.

– Nu te gândi la așa ceva, drăguță! zise el. Ai grijă doar ca prietenul tău să se distreze de minune!

Acestea fiind spuse, am plecat în vacanță aproape la fel de epuizată ca și Will. Petrecusem zile întregi luptându-mă cu dificultățile pe care le întâmpina călătoria unui tetraplegic, și nici măcar în dimineața în care am plecat nu eram pe deplin convinsă că Will va fi suficient de întremat pentru a putea merge. Acum, așezată pe bagaje, îl vedeam tăcut și palid, în mijlocul aeroportului aglomerat, și mă întrebam, încă o dată, dacă nu mă pripisem. Am trăit un scurt moment de panică. Dacă avea să se îmbolnăvească din nou? Dacă n-o să-i placă absolut deloc vacanța, cum se întâmplase la cursele de cai? Dacă intepretasem greșit întreaga conjunctură, și el nu avea nevoie de o călătorie de pomină, ci de zece zile liniștite acasă, în patul lui?

Dar nu mai aveam zece zile de pierdut. Asta era. Singura mea șansă.

– Au anunțat zborul nostru, zise Nathan, venind dinspre magazinele duty-free.

Mă privi suspicios și încruntă o sprânceană. Am răsuflat adânc

– Bine, am zis. Hai să mergem!

Drumul în sine, în ciuda celor douăsprezece ore lungi petrecute în văzduh, nu se dovedi a fi tortura la care mă așteptasem. Nathan își demonstră dexteritatea ocupându-se de toaleta lui Will sub acoperirea unei pături. Însoțitoarele de zbor se arătară grijulii și discrete și foarte atente cu scaunul. Așa cum ni se promisese, Will fu îmbarcat primul, transferat pe scaunul din avion fără probleme și instalat între noi.

După o oră de zbor, mi-am dat seama că, în mod ciudat, deasupra norilor, în scaunul său bine fixat și stabil, Will nu se deosebea de nici un alt pasager din avion. Țintuit în fața unui ecran, neavând unde să se miște și nimic de făcut, nimic nu-l diferenția, la zece mii de metri altitudine, de ceilalți călători. Mâncă și se uită la un film, iar în rest dormi.

Eu și Nathan ne zâmbeam complice și încercam să ne comportăm ca și cum totul ar fi fost cât se poate de bine. Mă uitam pe fereastră, cu gândurile la fel de întortocheate ca și norii de sub noi, incapabilă încă să conștientizez faptul că trăiam nu doar o provocare logistică, ci și o aventură - că eu, Louisa Clark, tocmai mă îndreptam spre capătul celălalt al lumii. Nu puteam înțelege asta. Nu mă gândeam la nimic în afară de Will. Mă simțeam ca sora mea atunci când îl născuse pe Thomas. „E ca și cum m-aș uita printr-o pâlnie", îmi spusese ea, sorbindu-și din priviri bebelușul. „Lumea s-a îngustat acum și nu ne mai cuprinde decât pe mine și pe el."

Treena îmi dăduse un mesaj când eram în aeroport.

„Ai să reușești. Sunt foarte mândră de tine. Pupici."

Am deschis acum telefonul doar ca să-l recitesc, simțindu-mă, dintr-odată, copleșită de emoție, poate din pricina cuvintelor pe care le alesese Treena. Sau poate fiindcă eram obosită și speriată și încă mi-era greu să cred că ajunsesem atât de departe cu Will. În cele din urmă, ca să-mi alung gândurile, am pornit micul ecran TV de pe spatele scaunului din fața mea, uitându-mă, absentă, la niște seriale americane de comedie, până când în jurul nostru cerul a început să se întunece.

Apoi m-am trezit observând că însoțitoarea de zbor venise lângă noi cu micul dejun, că Will vorbea cu Nathan despre un film pe care tocmai îl văzuseră împreună și că - în mod uimitor și împotriva tuturor așteptărilor - ne aflam la mai puțin de o oră de aterizarea în Mauritius.

Nu cred că mi-aș fi imaginat măcar că așa ceva mi se poate întâmpla până nu am ajuns pe aeroportul internațional Sir Seewoosagur Ramgoolam. Am ieșit cam buimacă prin poarta de debarcare, încă înțepenită din cauza orelor petrecute pe scaun și aproape am plâns de bucurie la vederea taxiului special adaptat care ne aștepta. În prima dimineață, în timp ce șoferul ne ducea către hotel, n-am văzut mare lucru din insulă. E adevărat, culorile păreau mai strălucitoare decât în Anglia, cerul mai senin, de un azuriu care se accentua către linia orizontului. Mi-am dat seama că insula era verde și luxuriantă, presărată cu plantații de trestie de zahăr, iar marea se vedea ca o dâră de mercur printre dealurile vulcanice. În aer se simțea un miros de fum și ghimbir, iar soarele era atât de puternic, încât trebui să mijesc ochii ca să văd ceva în orbitoarea lumină albă. Fiind atât de obosită, mă simțeam de parcă cineva m-ar fi trezit brusc și mi-ar fi vârât sub ochi paginile multicolore ale unei reviste pentru femei.

Dar, pe când încercam din răsputeri să mă familiarizez cu peisajul, nu-l scăpam din ochi pe Will. Avea chipul palid și istovit și capul căzut într-o parte, pe umăr, iar aspectul lui mă îngrijora. În cele din urmă, mașina intră pe o alee străjuită de palmieri și se opri în fața unei clădiri scunde. Șoferul coborî și, cu o repeziciune formidabilă, descărcă bagajele. Am refuzat oferta unui ceai cu gheață și a unui tur prin hotel. Am găsit camera lui Will, i-am adus bagajele acolo, l-am așezat pe pat, și, aproape înainte să apuc să trag draperiile, l-am văzut adormind. Ajunseserăm deci la destinație. Reușisem. Am rămas pe hol, la ușa camerei lui Will, răsuflând ușurată, în vreme ce Nathan admira pe fereastră valurile albe care se spărgeau de reciful de corali. Nu știu dacă era din pricina călătoriei epuizante sau fiindcă mă aflam în cel mai frumos loc în care fusesem în viața mea, dar dintr-odată am izbucnit în lacrimi.

– E în regulă, Lou, zise Nathan, observându-mă. Și apoi, cu totul pe neașteptate, veni spre mine și mă îmbrățișă cu putere. Liniștește-te! Va fi bine. Chiar va fi. Ai făcut o treabă pe cinste.

Dar abia după aproape trei zile am început să-l cred. În primele patruzeci și opt de ore, Will dormi aproape continuu, însă apoi, în mod uluitor, începu să arate mai bine. Tenul lui își recăpătă culoarea, iar cearcănele albăstrui din jurul ochilor îi dispărură. Spasmele se domoliră, și el începu să mănânce din nou, înaintând în scaunul cu rotile pe lângă bufetul extravagant ce părea fără sfârșit și dictându-mi ce să-i pun pe farfurie. Știam că se simte mai aproape de adevăratul Will când mă îndemna, aproape obligându-mă, să încerc lucruri pe care altfel nu le-aș fi mâncat – preparate picante și fructe de mare ale căror denumiri nu le cunoșteam. Părea să se simtă mult mai în largul lui într-un asemenea loc decât mine. Și nu era de mirare. Nu trebuia să uit că, în cea mai mare parte a vieții, acesta fusese teritoriul lui – călătoriile în jurul lumii, țărmurile largi, și nu mica anexă de la poalele castelului.

Hotelul ne pusese la dispoziție, așa cum promisese, un scaun special, cu roți late, și de obicei dimineața, Nathan îl transfera pe Will în scaunul acesta, şi ne îndreptam toţi trei către plajă. Eu duceam o umbrelă care să-l apere pe Will, în caz că razele soarelui ar fi devenit prea fierbinţi. Dar n-am folosit-o niciodată; partea sudică a insulei era renumită pentru brizele marine şi, în afara sezonului turistic, temperaturile rareori depăşeau 23 de grade Celsius. Ne opream pe o plajă mică, lângă o îngrămădire de stânci, nu departe de hotel. Îmi desfăceam scaunul pliant şi mă aşezam lângă Will, sub un palmier, şi, de la locul nostru de pe plajă, ne uitam amândoi la Nathan cum face surfing sau schi nautic – și uneori îl încurajam, adăugând câte un cuvânt care ar fi putut face firile mai puritane să roşească.

La început, angajaţii hotelului se repeziră să facă aproape prea multe pentru Will, oferindu-se să-i împingă scaunul şi să-l hidrateze permanent cu băuturi răcoritoare. Le-am explicat că nu era necesar, și au renunțat bucuroşi. Mă bucuram însă, atunci când nu eram cu Will, să-i văd pe hamali sau pe fetele de la recepție discutând cu el ori indicându-i anumite locuri unde, susţineau ei, s-ar fi putut distra de minune. Mai ales un tânăr costeliv, pe nume Nadil, părea să-şi fi asumat rolul de îngrijitor neoficial al lui Will când Nathan nu era prin preajmă. Într-o zi, l-am găsit aşezându-l, împreună cu un coleg, pe un pat pliant sub palmierul „nostru".

– Mai bine aşa, râse el, ridicând degetul mare, când mă văzu venind. Mă chemaţi când domnul Will vrea iar în scaun.

Mă pregăteam să protestez și să le spun că n-ar fi trebuit să-l mute. Dar Will închisese ochii și stătea acolo cu un chip neaşteptat de mulțumit, aşa că am tăcut doar și am încuviințat din cap.

Cât despre mine, pe măsură ce neliniștea în privința sănătății lui Will începea să se risipească, simțeam tot mai mult că nimerisem în paradis. Niciodată în viață nu-mi imaginasem că aş putea ajunge într-un asemenea loc. În fiecare dimineață mă trezeam în sunetul valurilor ce se spărgeau domol de țărm și în ciripitul păsărelelor exotice, care se strigau unele pe altele prin copaci. Priveam tavanul camerei, vedeam razele de soare jucându-se printre frunze și auzeam, din camera de alături, murmur de voci, semn că Nathan și Will se sculaseră mult mai devreme. Mă îmbrăcam în costume de baie și saronguri, bucuroasă că pot simți mângâierea soarelui pe umeri și spate. Pielea mi se umplu de pistrui, unghiile mi se albiră, și am început să simt o fericire nemaiîntâlnită, grație plăcerilor simple de care aveam parte – să merg pe plajă, să mănânc tot felul de ciudățenii, să înot în apele limpezi și călduțe, unde pești negri priveau timizi de sub rocile vulcanice, sau să privesc soarele cum se scufundă la orizont ca un glob de metal topit, incandescent. Încet-încet, ultimele luni începură să se topească. Spre rușinea mea, nu mă gândeam aproape deloc la Patrick.

Zilele noastre intraseră deja într-o rutină. Luam micul dejun împreună, la mesele discret umbrite de pe marginea piscinei. De obicei, Will voia salată de fructe, din care îl hrăneam cu mâna, iar pe urmă, când pofta de mâncare îi reveni, cerea câteodată și o clătită cu banane. Apoi mergeam la plajă, unde stăteam ore întregi – eu citind, Will ascultând muzică, iar Nathan exersându-și priceperea la sporturi nautice. Will mă tot bătea la cap să încerc și eu, dar inițial am refuzat categoric. Nu voiam decât să stau alături de el. Pentru că insista, într-o dimineață am făcut windsurfing și canoe, dar cu adevărat fericită eram când zăceam lângă el pe plajă.

Uneori, când Nadil era prin preajmă, iar prin hotel nu mai era așa vânzoleală, el și Nathan îl scufundau pe Will în apa călduță a piscinei. Nathan îl sprijinea pe dedesubt, ca să poată pluti. Will nu vorbea prea mult în asemenea momente, dar părea mulțumit, ca și cum corpul său și-ar fi reamintit senzații de mult uitate. Bustul lui, prelung și pal, devenea auriu. Cicatricele prinseră o nuanță argintie și începură să se atenueze, și el se simțea din ce în ce mai confortabil și fără tricou.

La prânz, o porneam spre unul dintre cele trei restaurante ale hotelului. Suprafața întregului complex era pavată cu gresie, și nu existau decât foarte puține pante și trepte, ceea ce făcea ca Will să se poată deplasa cu scaunul singur, fără probleme. Părea un detaliu minor, dar faptul că se putea servi el însuși cu un pahar cu băutură, fără să fie nevoie ca Nathan sau eu să-l însoțim permanent, nu însemna neapărat câteva clipe de răgaz pentru noi, ci mai ales dispariția, cel puțin temporară, a acelei frustrări zilnice de a fi cu totul dependent de alți oameni pe care o resimțea Will. Nu că vreunul dintre noi ar fi trebuit să depună prea multe eforturi. Oriunde am fi mers, la plajă, la piscină sau chiar la spa, unul dintre angajații hotelului apărea ca din senin cu o băutură care credea că ne-ar fi fost pe plac, ornată cu un pai și o floare rozalie înmiresmată. Chiar și când stăteam tolăniți pe nisip, la plajă, un chelner zâmbitor trecea din când în când cu o tonetă mică pe roți, gata să ne ofere apă, suc de fructe sau vreo băutură cu alcool.

După-amiezele, când temperatura era cea mai ridicată, Will revenea în camera lui și dormea vreo două ore. În răstimpul acesta, eu înotam în piscină sau citeam, iar seara ne revedeam pentru a lua cina la un restaurant de pe malul mării. Am prins rapid gustul cocktailurilor. Nadil descoperise că, dacă îi dădeam lui Will un pai de mărimea potrivită și îi puneam un pahar înalt pe stativul scaunului, nu mai era deloc nevoie de ajutorul meu sau al lui Nathan. Când se lăsa înserarea, vorbeam cu toții despre copilărie, despre persoanele importante din viața noastră, despre primele slujbe și despre familiile noastre sau despre alte vacanțe în care fuseserăm, și, încet-încet, îl vedeam pe Will revenind la viață.

Doar că era un alt Will. Locul unde ajunseserăm părea să-i fi adus o pace interioară ce-i lipsise în toate lunile de când îl cunoșteam.

– Se simte bine, nu ți se pare? mă întrebă Nathan, întâlnindu-mă la bufet.

– Da, cred că da.

– Știi, făcu el, aplecându-se către mine, atent ca Will să nu-și dea seama că discutăm despre el, cred că povestea cu ferma californiană și toate aventurile de acolo ar fi fost extraordinare. Dar, dacă mă uit la el acum, nu pot să nu constat că locul ăsta parcă i-a făcut și mai mult bine.

Nu i-am spus ce hotărâsem în prima zi, când ne aflam încă în aeroport și eu simțeam goluri în stomac, calculând deja câte zile mai aveam până să ne întoarcem acasă. Trebuia să încerc în fiecare dintre cele zece zile să uit de ce ne aflam, de fapt, acolo – contractul meu pe șase luni, calendarul atent întocmit, tot ce se întâmplase până atunci. Trebuia să trăiesc doar clipa și să încerc să-l încurajez pe Will să facă la fel. Trebuia să fiu fericită, în speranța că-l voi face și pe el fericit.

Mi-am mai pus pe farfurie o felie de pepene și am zâmbit:

– Și ce facem mai târziu? Mergem la karaoke? Sau urechile tale nu și-au revenit încă după seara trecută?

*

În a patra seară, Nathan mă anunţă, oarecum stânjenit, că are o întâlnire. Karen era o compatrioată neozeelandeză, cazată la hotelul din apropiere, şi el acceptase să iasă cu ea în oraş.

– Doar ca să fiu sigur că n-o să aibă probleme. Ştii... nu sunt convins că e locul potrivit pentru o femeie singură.

– Aşa e, zise Will, încuviinţând din cap, cu un aer înţelept. Un gest foarte cavaleresc din partea ta, Nate.

– Mi se pare o atitudine foarte responsabilă. Civică, am adăugat eu.

– Întotdeauna l-am admirat pe Nathan pentru altruismul lui. Mai ales când e vorba de femei.

– Hai, valea, voi doi! rânji Nathan şi plecă.

Foarte repede, Karen deveni parte din program. Nathan dispărea cu ea aproape seară de seară şi, deşi revenea pentru a-şi îndeplini îndatoririle faţă de Will, îi dădeam, tacit, cât mai mult timp să se simtă bine alături de noua iubită.

În plus, în taină, mă bucuram. Îmi plăcea de Nathan şi îi eram recunoscătoare că venise cu noi, dar de obicei preferam să fiu singură cu Will. Îmi plăcea apropierea care se crea între noi atunci când nu mai era nimeni prin preajmă, intimitatea comodă în care ne instalam. Îmi plăcea felul în care mă privea, amuzat, ca şi cum ar fi descoperit în mine mai mult decât se aşteptase.

În penultima seară i-am spus lui Nathan că nu m-ar deranja dacă vrea s-o aducă pe Karen în hotelul nostru. Îşi petrecuse nopţile la hotelul ei şi ştiam că-i e greu să meargă pe jos, dus-întors, câte douăzeci de minute pentru a putea să-i facă, seară de seară, toaleta lui Will şi a-l pregăti de culcare.

– Nu mă deranjează. Dacă în felul ăsta o să ai... ştii... un pic de intimitate.

Nathan era bucuros, deja cucerit de perspectiva nopţii ce se apropia, şi-mi mulţumi imediat, de parcă s-ar fi temut să nu mă răzgândesc.

– Drăguţ din partea ta, mă felicită Will când i-am povestit.

– Drăguţ din partea ta, vrei să spui, l-am corectat. Pentru cauza lui Nathan am donat camera ta.

În noaptea aceea l-am adus în camera mea. Nathan îl instală în pat și-i dădu medicamentele, în vreme ce Karen aștepta în camera învecinată. Am intrat în baie, să-mi iau pe mine un tricou și o pereche de pantaloni scurți, apoi am deschis ușa și, cu o pernă în mână, m-am îndreptat spre canapeaua aflată într-un colț al camerei. Am simțit privirea lui Will ațintită asupra mea și m-am rușinat deodată foarte tare pentru cineva care-și petrecuse cea mai mare parte a ultimelor zile mergând în bikini prin fața lui, pe plajă sau la pisicină. Am sprijinit perna de brațul canapelei și mă pregăteam să mă culc, când i-am auzit glasul:

– Clark!

– Da, ce e?

– Chiar nu e cazul să dormi chircită acolo. În patul ăsta ar putea încăpea lejer o echipă de fotbal.

Adevărul e că nici nu m-am gândit măcar. Lucrurile decurseseră firesc. Poate că zilele pe care le petrecuserăm stând pe plajă, aproape goi, ne făcuseră mai relaxați unul față de altul. Poate era și gândul că Nathan și Karen se aflau alături, înlănțuiți ca într-un cocon. Poate pur și simplu voiam să fiu lângă el. Așa că m-am îndreptat spre pat, dar m-am oprit brusc când afară se auzi un tunet cumplit. Luminile începură să pâlpâie, și cineva din hotel țipă. Din camera cealaltă se auziră Nathan și Karen izbucnind într-un hohot de râs.

Am mers la fereastră și am tras perdeaua, simțind brusc briza puternică și scăderea abruptă a temperaturii. În largul mării se dezlănțuise furtuna. Fulgere spectaculoase brăzdau cerul ca niște ramuri uriașe de copaci și apoi, ca un răspuns întârziat, o răpăială puternică de ploaie izbi acoperișul micului nostru bungalou, atât de sălbatică, inițial, încât acoperi orice alt zgomot.

– Mai bine aș trage jaluzelele, am spus.

– Nu, nu le trage!

M-am întors și l-am zărit pe Will făcându-mi semn din cap:

– Deschide ușile larg! Vreau să văd furtuna.

Am ezitat, apoi am deschis încet ușile de sticlă dinspre terasă. Ploaia cădea în rafale peste complexul hotelier, scurgându-se de pe acoperiș și trimițând șuvoaie înspumate de pe terasă către mare. Am simțit umezeala pe obraji și electricitatea din aer, și firișoarele de păr de pe brațe mi s-au ridicat ca niște ace.

– Simți? întrebă Will, din spatele meu.

– Zici că-i sfârșitul lumii.

Am rămas acolo, lăsând tensiunea să curgă prin mine și simțind, cu răsuflarea aproape tăiată, cum mici scântei albe mi se imprimă pe pleoape.

M-am întors apoi în cameră și m-am așezat pe marginea patului. Will privea furtuna, și m-am aplecat cu blândețe, înclinându-i gâtul ars de soare către mine. De acum știam cum să-l mișc, cum să-i folosesc greutatea și soliditatea corpului pentru a-l mișca mai ușor. Ținându-l lipit de mine, m-am aplecat peste el și i-am așezat o pernă albă, dolofană, sub umeri, apoi l-am eliberat în îmbrățișarea ei moale. Will mirosea a soare, ca și cum razele calde pătrunseseră adânc în pielea lui, și m-am pomenit inhalând cu nesaț parfumul acesta, ca și cum ar fi fost o mireasmă delicioasă.

Apoi, deși eram puțin plouată, m-am suit în pat, alături de el, atât de aproape încât picioarele mele le atinseră pe ale lui, și împreună am privit la frământarea valurilor alb-albăstrui, luminate, în răstimpuri, de fulgere, la rafalele argintii scurse din cer, la masa imensă de culoarea turcoazului ce se izbea, într-o continuă mișcare, de țărm, la doar câteva zeci de metri depărtare de noi.

Lumea se contractă în jurul nostru, până ce nu se mai auziră decât zgomotul furtunii, foșnetul perdelelor transparente și răsuflarea mea domoală. Am mirosit parfumul de flori de lotus adus de vântul nopții, am auzit, undeva, sunet de pahare ciocnite, de scaune adunate în grabă, și o melodie cântată la vreo aniversare îndepărtată, am simțit forța naturii dezlănțuite. I-am căutat palma lui Will și am prins-o în palma mea. Și mi-a trecut prin minte, preț de câteva clipe, că niciodată n-aveam să mai fiu atât de intens contectată la lumea din jur, la o altă ființă umană, ca în acel moment.

– Nu e rău, nu-i așa, Clark? zise Will, destrămând tăcerea dintre noi.

În plină furtună, chipul îi era liniștit și calm. Își întoarse puțin capul și îmi zâmbi, iar în ochii lui am zărit un aer triumfător.

– Nu, nu-i rău deloc, am răspuns.

Am rămas acolo, ascultându-i respirația înceată și profundă, sunetul ploii de afară, simțind degetele lui calde împletite cu ale mele. Nu voiam să mă mai întorc acasă. M-am gândit că aș putea să nu mai plec niciodată. Aici, eu și Will eram în siguranță, înlănțuiți unul de altul în micul nostru paradis. De fiecare dată când mă gândeam la întoarcerea în Anglia, o gheară a spaimei îmi sfâșia stomacul și începea să mă strângă, puțin câte puțin.

„Va fi bine." Am încercat să-mi repet cuvintele lui Nathan. „Va fi bine."

În cele din urmă, m-am răsucit pe o parte, cu spatele către mare, și l-am privit pe Will. El își mișcă puțin capul ca să-mi întoarcă privirea în lumina slabă, și am simțit că îmi spune același lucru. „Va fi bine." Pentru prima oară în viață am încercat să nu mă mai gândesc la viitor. Am încercat doar să trăiesc, să las, pur și simplu, senzațiile acelei seri să mă străbată. Nu pot spune cât de mult am rămas amândoi așa, sorbindu-ne din ochi unul pe celălalt, dar treptat, pleoapele lui Will au devenit mai grele, până când el murmură, ca o scuză, că s-ar putea... Respirația îi deveni mai adâncă și în cele din urmă adormi. Am continuat să-i studiez chipul, urmărind felul cum genele i se despărțeau lângă colțurile ochilor și pistruii ce-i apăruseră în ultimele zile pe nas.

Mi-am spus că trebuia să am dreptate. Trebuia să reușesc.

Furtuna încetă pe la ora unu noaptea, dispărând undeva în largul mării; furia, manifestată prin fulgere și tunete, îi slăbi tot mai mult, până când se risipi cu totul, ducând tirania meteorologică spre cine știe ce alt loc nevăzut. Încet, aerul se liniști în jurul nostru, perdelele încetară să mai fâlfâie, și ultimele pârâiașe de apă de ploaie se scurseră bolborosind vesel. Spre dimineață m-am ridicat, eliberându-mi cu delicatețe palma dintr-a lui Will, și am închis ferestrele, iar camera rămase învăluită în tăcere. Will dormea – un somn profund și blând, așa cum rareori reușea să aibă acasă.

Eu n-am mai putut adormi. Am rămas acolo, privindu-l și încercând să nu mă mai gândesc la nimic.

În ultima zi se întâmplară două lucruri importante. Primul fu acela că, la insistențele lui Will, am acceptat să fac scufundări. El mă pisase la cap zile în șir, susținând că e imposibil să fi bătut atâta drum până aici și să nu mă scufund în apele oceanului. La windsurfing mă dovedisem o catastrofă, abia reușind să ridic pânza din valuri, iar majoritatea tentativelor mele de schi nautic se încheiaseră dezastruos - fusesem târâtă de funie prin apă în lungul golfului. Dar Will insistase și, cu o zi în urmă, sosise la prânz anunțându-mă că mă înscrisese la un curs de scufundări pentru începători care dura jumătate de zi.

Debutul nu fu însă prea promițător. Will și Nathan stăteau pe marginea piscinei, și instructorul meu încerca să mă convingă că voi putea respira sub apă, dar, știindu-mă privită de ei, m-am zăpăcit toată. Nu sunt bătută în cap - înțelesesem că butelia de oxigen din spate avea să-mi asigure suficient aer, că echipamentul funcționa perfect, că n-aveam să mă înec -, dar, de fiecare dată când intram cu capul sub apă, mă panicam și țâșneam rapid la suprafață. Era ca și cum corpul meu ar fi refuzat să creadă că puteam respira chiar și câteva mii de litri din cea mai fină apă cu clor din Mauritius.

- Nu cred c-am să reușesc, am bolborosit, ieșind pentru a șaptea oară din piscină.

James, instructorul meu de scufundări, se uita, peste mine, la Will și Nathan.

- Pur și simplu nu pot, am repetat. Nu e pentru mine!

James se întoarse cu spatele la cei doi bărbați și mă bătu ușurel pe umăr, arătându-mi, cu un gest larg, marea.

- Unii sunt de părere că e mai ușor acolo, șopti el.

- În ocean?

- Unii se descurcă mai ușor dacă sunt aruncați în apă adâncă. Hai! Hai să mergem cu barca!

Trei sferturi de oră mai târziu, admiram, cu ochii largi de uimire, multicolorul peisaj submarin, până atunci ascuns privirilor, uitând, ca prin farmec, să mă mai tem că butelia de oxigen ar fi putut cădea, că, în ciuda tuturor măsurilor de precauție, riscam să mă scufund în ocean și să mă înec, uitând chiar și că îmi fusese vreodată frică. Eram, pur și simplu, entuziasmată de misterele unei lumi cu totul noi. Priveam, în liniștea deplină, întreruptă, când și când, de bolboroselile propriei mele respirații, bancurile de peștișori fosforescenți şi peştii mai mari, coloraţi în negru şi alb, care mă urmăreau cu feţele lor inexpresive şi curioase, actiniile ce se legănau uşor, filtrând curenţii submarini cu tentaculele lor minuscule. Vedeam peisaje îndepărtate, mult mai viu colorate şi mai variate decât cele de la suprafaţă. Vedeam grote şi bârloguri submarine din care pândeau creaturi necunoscute, forme distante ce licăreau în bătaia razelor de soare. Nu voiam să mai ies la suprafaţă. Aş fi putut sta acolo pentru totdeauna, în enigmatica şi tăcuta lume a apelor. Doar atunci când James începu să gesticuleze, ducând mâna la cadranul ceasului, mi-am dat seama că venise timpul să ies.

Când am ajuns pe plajă, aproape nu mai puteam vorbi de emoţie. M-am îndreptat, radiind de fericire, către Will şi Nathan. Mintea mi-era încă populată de imaginile fantastice pe care le văzusem, iar braţele şi picioarele îmi zvâcneau, de parcă m-aş fi aflat încă sub apă.

– Este că a fost excelent? întrebă Nathan.

– De ce nu mi-ai spus până acum? m-am răţoit la Will, aruncându-mi labele de scafandru pe nisip în faţa lui şi prefăcându-mă supărată. De ce nu m-ai obligat s-o fac mai devreme? Toate astea... toate au fost, în tot acest timp, chiar sub nasul meu!

Will mă privi lung. La început nu spuse nimic, dar pe faţă i se lăţise un zâmbet.

– Nu ştiu, Clark. Unii oameni pur şi simplu nu vor să primească sfaturi.

În ultima noapte, m-am îmbătat. Nu doar fiindcă ştiam că a doua zi urma să plecăm. Era pentru prima oară când simţeam cu adevărat că Will era bine şi puteam să-mi fac de cap. Mi-am luat pe mine o rochie albă din bumbac (pielea mi se înnegrise de acum, aşa că, purtând alb, nu mă transformam, automat, într-un cadavru înfăşurat în giulgiu), iar în picioare mi-am pus o pereche de sandale cu barete argintii. Când Nadil îmi oferi o floare stacojie şi mă sfătui s-o pun în păr, nu l-am refuzat, aşa cum aş fi făcut cu o săptămână în urmă.

– Bun venit, Carmen Miranda[1]! râse Will, când ne-am întâlnit la bar. Arăţi fantastic!

---

[1] Cântăreaţă, dansatoare de samba şi actriţă pe Broadway, populară în anii 1930–1950 (n.red.)

Mă pregăteam să-i dau o replică sarcastică, dar mi-am dat seama că vorbise cu o plăcere sinceră.

– Mulțumesc, i-am răspuns. Nici tu nu arăți prea rău.

În hotel funcționa o discotecă, așa că, puțin după zece seara – când Nathan plecă împreună cu Karen –, ne-am îndreptat către plajă cu muzica încă răsunându-ne în urechi. Amețeala plăcută provocată de trei cocktailuri îmi împleticea puțin pașii.

Dar cât era de frumos aici! Noaptea era caldă, purtând pe aripile brizei mirosuri îndepărtate de grătare, de uleiuri parfumate pe piele, de aer oceanic încărcat de sare. Ne-am oprit lângă copacul nostru favorit. Cineva făcuse un foc pe plajă, poate pentru a găti ceva, dar acum acolo nu mai rămăsese decât o grămăjoară de jăratic incandescent.

– Nu vreau să plec acasă, se auzi vocea mea în bezna nopții.

– Da, e greu să părăsești un asemenea loc.

– Credeam că asemenea peisaje există doar în filme, am zis eu, întorcându-mă către Will. M-a făcut să mă gândesc dacă nu cumva spuneai adevărul și în privința celorlalte locuri pe care le-ai văzut.

El îmi zâmbi. Părea relaxat și fericit, iar ochii i se îngustară când se uită la mine. M-am uitat adânc în ochii lui, și pentru prima oară am simțit că mă cuprinde o ușoară teamă.

– Îți pare bine că ai venit, nu-i așa? l-am întrebat cu sfială, iar el încuviință din cap:

– O, da!

– Ha! am strigat eu, lovind aerul cu pumnul.

Și apoi, cum cineva pornise muzica la bar, mi-am aruncat sandalele în nisip și am început să dansez. Părea stupid – genul de comportament de care altă dată te-ai fi putut simți jenat. Dar acolo, în întunericul ca de cerneală, pe jumătate beată din cauza lipsei de somn, cu tăciunii fumegând alături, cu marea nesfârșită și cerul infinit, cu sunetul muzicii în urechi și Will care-mi surâdea, cu inima cuprinsă de un sentiment pe care nu-l puteam defini, simțeam doar nevoia să dansez. Am dansat, chiuind, renunțând la timiditate, fără să-mi fac griji că ne-ar putea vedea cineva. Simțeam ochii lui Will coborâți asupra mea și știam că el știe – că era singurul răspuns ce se putea da ultimelor zece zile. Ba chiar ultimelor șase luni!

Cântecul încetă, și m-am aruncat, fără suflare, la picioarele lui.

– Tu... zise el.

– Ce? am spus, cu un surâs malițios întipărit pe chip.

Mă simțeam fluidă, ca străbătută de un curent electric. Parcă nu mai eram responsabilă de ceea ce făceam.

Will scutură din cap.

M-am ridicat, încet, în picioarele goale și m-am așezat în poala lui, încât obrazul mi-era la doar câțiva centimetri de al lui. După seara precedentă, un asemenea gest nu părea prea greu de făcut.

– Tu...

Ochii lui albaștri, sclipind în lumină, se fixară asupra mea. Mirosea a soare, a foc arzând și a parfumuri incitante de lămâie. Am simțit cum ceva se mișcă, undeva, în adâncul meu.

– Tu ești... cu totul deosebită, Clark.

Și atunci am făcut singurul lucru care mi-a trecut prin cap. M-am aplecat peste el și mi-am lipit buzele de ale lui. Inițial, el ezită, dar în cele din urmă îmi răspunse la sărut. Pentru o clipă, am uitat tot – cele un milion de motive pentru care n-ar fi trebuit să fac asta, temerile mele, pentru ce ne aflam acolo. L-am sărutat, inspirându-i mirosul pielii, simțindu-i părul moale sub degete, și, când el mă sărută, toate gândurile mi se risipiră, și am rămas doar noi doi, eu și Will, pe o insulă din mijlocul oceanului, sub o mie de stele care sclipeau pe cer.

Apoi el se trase înapoi.

– Eu... Îmi pare rău. Nu...

Am deschis ochii și i-am mângâiat, cu palma, conturul frumos al feței, simțind broboanele de transpirație sub degete.

– Will... am început. Poți să mă săruți. Tu...

– Nu, zise el, cu o voce metalică, rece. Nu pot.

– Nu înțeleg.

– Nu vreau să merg mai departe.

– Hm... Cred că va trebui să mergi.

– Nu pot pentru că nu... șopti el, înghițind în sec. Nu pot să fiu omul care aș vrea să fie cu tine. Ceea ce înseamnă, făcu el, uitându-se direct în ochii mei, că n-ar fi... decât încă o dovadă a ceea nu sunt.

Nu l-am lăsat să-și plece ochii în pământ. Mi-am sprijinit fruntea de a lui, astfel încât respirațiile noastre să se împletească, și i-am spus încet, pentru ca doar el să mă poată auzi:

– Nu mă interesează ce crezi... ce crezi tu că poți și nu poți face. Viața nu e făcută doar din alb și negru. Sincer... am vorbit cu alți oameni aflați în aceeași situație ca tine… și există lucruri care se pot face. Moduri în care amândoi putem fi fericiți.

Am început să mă bâlbâi, pentru că nu știam ce să mai spun. L-am privit în ochi și i-am șoptit:

- Will Traynor, să știi că… Eu cred că putem…

- Nu, Clark, ripostă el.

- Cred că putem face tot felul de lucruri. Știu că nu e o poveste de dragoste ca oricare alta. Știu că există tot felul de motive pentru care n-ar trebui să spun lucrurile pe care ți le spun. Dar te iubesc. Te iubesc cu adevărat. Am știut încă de când l-am părăsit pe Patrick. Și cred că și tu m-ai putea iubi un pic.

Will nu răspunse. Privirile lui le căutau pe ale mele, și am văzut în ele o uriașă încărcătură de tristețe. I-am dat deoparte șuvițele de păr de pe tâmple, ca și cum aș fi vrut să-i îndepărtez tristețea, iar el își sprijini capul de mâna mea și înghiți în sec:

- Trebuie să-ți spun ceva.

- Știu, am șoptit eu. Știu totul.

Gura lui Will se încleștă, nemaiputând să rostească nimic din ce ar fi vrut să-mi spună. Aerul părea să fi încremenit în jurul nostru.

- Știu despre Elveția. Știu… de ce am fost angajată doar pentru șase luni.

Își ridică fruntea din palma mea, mă privi puțin, apoi își lăsă ochii să alunece spre cer. Umerii îi căzuseră, și părea acum o statuie a deznădejdii.

- Știu totul, Will. De luni de zile am aflat adevărul. Și te rog să mă asculți… I-am luat mâna dreaptă într-a mea și i-am așezat-o pe pieptul meu. Sunt sigură că putem. Știu că nu e așa cum ai fi ales tu să fie, dar sunt convinsă că te pot face fericit. Și tot ce pot spune e că tu ai reușit… ai reușit să mă transformi într-o persoană cum niciodată nu mi-aș fi imaginat că voi ajunge. Mă faci fericită, chiar dacă ești într-o situație îngrozitoare. Aș vrea să fiu cu tine - chiar dacă tu crezi că nu mai ești nimic din ce ai fost - mai mult decât cu oricine altcineva de pe lumea asta.

Am simțit, pentru o fracțiune de secundă, degetele lui prinzându-le ceva mai tare pe ale mele, și asta mi-a dat curaj.

- Dacă ți se pare prea ciudat ca noi doi să avem o relație, atunci am să plec și am să mă angajez în altă parte. Voiam să-ți spun: m-am înscris la facultate, pentru un curs. Am căutat foarte mult pe internet, vorbind cu alți tetraplegici și îngrijitori de tetraplegici și am aflat multe, enorm de multe despre cum să fac această relație să meargă. Deci pot face asta și pot rămâne cu tine. Am ajuns să te iubesc, și e doar vina ta. Tu m-ai schimbat cu totul, i-am spus și am încheiat, aproape râzând: M-ai transformat, pur și simplu, în sora mea. Doar cu ceva mai mult bun-gust în materie de modă.

El își închisese ochii. I-am luat palmele între ale mele, i le-am dus la gură și i le-am sărutat. Am simțit pielea lui delicată pe buze și am știut că n-aș mai fi putut niciodată să-l las să plece de lângă mine.

– Ce ai de spus? am șoptit.

M-aș fi putut oglindi în ochii lui pentru veșnicie. Răspunsul lui veni atât de încet, încât, pentru câteva clipe, n-am fost sigură că îl auzisem bine.

– Poftim?

– Nu, Clark.

– Nu?

– Îmi pare rău. Nu e suficient.

I-am tras mâna în jos.

– Nu înțeleg.

El nu răspunse pe dată, ca și cum ar fi vrut să-și adune gândurile și să găsească vorbele potrivite.

– Nu e suficient pentru mine. Lumea mea, vreau să spun, nu e suficientă, nici măcar cu tine în ea. Și crede-mă, Clark, întreaga mea viață s-a schimbat în bine de când tu ai pătruns în ea. Dar nu e destul pentru mine. Nu este viața pe care o doresc.

Acum era rândul meu să bat în retragere.

– Adevărul este că mi-am dat seama că ar putea fi o viață bună, urmă el. Mi-am dat seama că, avându-te pe tine alături, poate ar fi chiar o viață foarte bună. Dar nu ar fi viața mea. Nu sunt ca oamenii aceia cu care vorbești tu pe internet. Iar asta nu e deloc viața pe care mi-aș dori-o. Nici măcar pe aproape.

Vocea îi era gâtuită, întretăiată. Înfățișarea lui mă sperie.

Am înghițit în sec, clătinând din cap.

– Will, mi-ai spus cândva că... noaptea din labirint n-ar trebui să fie lucrul care să mă definească. Ai spus că stă în puterea mea să aleg ce anume să mă definească. Ei bine, eu vin acum și-ți spun că nici tu n-ar trebui să lași acest... acest scaun să te definească.

– Dar mă definește, Clark. Tu nu mă știi cu adevărat. Nu m-ai văzut niciodată înaintea acestui accident blestemat. Mi-am iubit viața, Clark. Chiar am iubit-o. Mi-am iubit slujba, călătoriile, lucrurile care mă caracterizau. Îmi plăcea să fiu o persoană în carne și oase. Îmi plăcea să merg cu motocicleta, să mă arunc cu parașuta. Îmi plăcea să-mi zdrobesc rivalii în afaceri. Îmi plăcea să fac sex. Mult sex. Am avut o viață pe picior mare. Tonul vocii i se ridicase. Nu sunt făcut să trăiesc în chestia asta – și totuși, practic vorbind, el mă definește acum cel mai bine. De fapt, e singurul lucru care mă mai definește.

– Dar nu dai nici măcar o șansă vieții tale, am bâiguit eu, ca și cum vocea n-ar fi vrut să-mi mai iasă din piept. Nu-mi dai nici măcar mie o șansă.

– Nu e vorba de a-ți da o șansă. Te-am privit, în aceste șase luni, devenind o cu totul altă persoană, o persoană care abia începe să-și înțeleagă posibilitățile. N-ai idee cât de fericit m-a făcut asta. Nu vreau să fii legată de mine, de programările mele la spital, de restricțiile pe care le implică viața mea. Nu vreau să pierzi toate lucrurile pe care ți le-ar putea oferi altcineva. Și, sincer să fiu, nu vreau să ajungi să mă privești într-o zi și să simți chiar și cel mai mic dram de regret sau de milă pentru că...

– Niciodată n-aș gândi așa ceva!

– Nu poți să știi asta, Clark. Nici nu-ți imaginezi cum ar putea evolua lucrurile. N-ai de unde să știi nici măcar cum te vei simți peste șase luni de acum înainte. Și nu vreau să mă uit la tine în fiecare zi, să te văd goală, să te privesc plimbându-te prin anexă în hainele tale aiurite și să nu... să nu fiu capabil să fac ceea ce vreau să fac cu tine. Ah, Clark, dacă ai ști cât de mult aș vrea să fac acum dragoste cu tine! Și eu... eu nu pot trăi cu gândul că n-am să mai fiu niciodată un bărbat normal. Nu pot. Nu acesta sunt eu. Nu pot fi genul de bărbat care doar... acceptă. Își privi cu dispreț scaunul și rosti, cu o voce spartă: Niciodată n-am să accept asta.

Începusem să plâng.

– Te rog, Will, nu spune asta! Mai dă-mi o şansă! Mai dă o şansă relaţiei noastre!

– Ssst! Ascultă-mă! Dintre toţi oamenii, vreau ca tu să mă asculţi. Ascultă ce vreau să spun! Această noapte... e cel mai frumos lucru pe care mi l-ai fi putut dărui. Tot ce mi-ai spus, tot ce ai făcut pentru a mă aduce aici... a şti că ai reuşit, cumva, să faci din ticălosul care eram iniţial un om în stare să iubească sunt lucruri uimitoare pentru mine. Dar – zise el, şi am simţit că degetele i se strâng pe mâna mea – trebuie să pun capăt acestei vieţi aici. Nu mai vreau să stau în scaun cu rotile. Nu mai vreau pneumonie. Nu mai vreau braţe şi picioare care să mă ardă. Nu mai vreau durere şi oboseală, nu mai vreau să mă trezesc în fiecare dimineaţă dorindu-mi ca totul să se fi sfârşit. După ce ne vom întoarce acasă, voi pleca în Elveţia. Şi, dacă mă iubeşti, Clark, aşa cum spui, lucrul care m-ar face mai fericit decât orice altceva este să vii cu mine.

Am simţit cuvintele lui ca pe o lovitură în plină figură.

– Ceee?

– Lucrurile n-au cum să se îmbunătăţească. Dimpotrivă, există posibilitatea ca suferinţa mea să crească, iar viaţa mea, aşa meschină cum este, să devină şi mai îngrozitoare. Medicii ne-au spus. Sunt pândit de o mulţime de boli. Le simt deja. Nu vreau să mai fiu chinuit de dureri, sau ţintuit în scaunul ăsta, sau dependent de altcineva, nu mai vreau să mă tem în orice clipă. De aceea te rog: dacă simţi ceea ce susţii că simţi, vino cu mine! Ajută-mă să capăt sfârşitul la care sper.

L-am privit îngrozită, simţind cum sângele îmi năvăleşte în urechi. Abia mai puteam rezista presiunii.

– Cum poţi să-mi ceri aşa ceva?

– Ştiu că nu e...

– Eu îţi spun că te iubesc şi că vreau să ne construim împreună un viitor, iar tu îmi ceri să vin să văd cum te sinucizi?

– Iartă-mă, n-am vrut să sune atât de dur. Dar nu-mi pot permite să fiu altfel, nu mai am prea mult timp la dispoziţie.

– Ceee? De ce, ţi-ai făcut cumva rezervare la Dignitas? Ai vreo programare pe care ţi-e teamă că o vei pierde?

Îi vedeam pe oamenii din hotel oprindu-se, probabil alarmați de vocile noastre ridicate, dar nu-mi păsa.

- Da, zise el, după o pauză. Mi-am făcut deja programare. Am fost deja la o consultație, iar cei de la clinică au acceptat că reprezint un caz de competența lor. Iar părinții mei au fost de acord să aleg data de 13 august. Vom pleca acolo cu o zi înainte.

Am simțit o amețeală cumplită. Mai erau doar câteva zile.

- Nu cred așa ceva.

- Louisa...

- Am crezut... am crezut că te făceam să te răzgândești.

El își lăsă capul pe o parte și mă privi cu atenție. Vocea i se domolise, ochii îi erau blânzi.

- Louisa, nimic nu m-ar putea face să mă răzgândesc. Le-am promis părinților mei șase luni și chiar atât le-am dat. Tu ai făcut ca tot acest timp să fie mai prețios pentru mine decât ți-ai putea imagina. Mulțumită ție, aceste șase luni nu mi s-au mai părut un test de rezistență...

- Nu mai...

- Poftim?

- Nu mai spune nimic! i-am strigat, aproape sufocându-mă de indignare. Ești atât de egoist, Will! Atât de idiot! Chiar și dacă ar exista fie și cea mai mică șansă să vin cu tine în Elveția... chiar și dacă tu consideri că, după tot ce am făcut pentru tine, aș fi în stare de așa ceva, asta e tot ce-mi poți spune acum? Mi-am sfâșiat inima, mi-am pus-o pe tavă înaintea ta. Și tot ce-mi poți spune este: „Nu, nu e suficient pentru mine, vreau în plus să vii și să privești cel mai groaznic lucru pe care ți l-ai putea imagina“? E ceea ce m-a îngrozit încă de când am aflat. Ai idee ce-mi ceri, de fapt? Nu mă mai puteam controla. Stând în fața lui, țipam ca o nebună. Să te ia naiba, Will Traynor! Să te ia naiba! Aș vrea să nu fi primit niciodată această slujbă nenorocită! Aș vrea să nu te fi cunoscut niciodată!

Am izbucnit în lacrimi și am fugit de pe plajă în camera mea de hotel, ca să fiu cât mai departe de el. Vocea lui strigându-mă îmi răsună în urechi multă vreme după ce am închis ușa în urma mea.

Capitolul 24

Nu există nimic mai tulburător pentru trecătorii întâmplători decât să vadă un om în scaunul cu rotile rugându-se de femeia care ar trebui să aibă grijă de el. Un acces de furie față de cel pe care ar trebui să-l îngrijești nu e tocmai ceea ce se așteaptă ceilalți să vadă.

Mai ales atunci când persoana din scaunul cu rotile nu se poate, în mod evident, mişca şi te imploră cu blândețe:

– Clark, te rog! Te rog, vino încoace! Te rog!

Dar nu puteam. Nici măcar nu mă puteam uita la el. A doua zi dimineață, Nathan împachetase singur lucrurile lui Will, și m-am întâlnit cu ei în holul hotelului. Nathan era încă mahmur după beția din seara precedentă. Din momentul în care ne-am aflat iar în formație completă, am refuzat să mai am de-a face cu Will. Eram furioasă și nefericită. În sufletul meu un glas mă îndemna, insistent, să mă îndepărtez cât mai mult de el. Să merg acasă, la ai mei. Să nu-l mai văd niciodată.

– Ești bine? mă întrebă Nathan, făcându-și apariția lângă mine.

De îndată ce ajunseserăm la aeroport, plecasem de lângă ei către biroul de check-in.

– Nu. Și nu vreau să vorbesc despre asta.

– Mahmură?

– Nu.

Urmă o scurtă tăcere.

– Asta înseamnă ceea ce cred eu? întrebă el pe un ton serios, de parcă s-ar fi trezit dintr-odată din beție.

Nu puteam vorbi. Am încuviințat din cap și am văzut cum maxilarul i se contractă, instinctiv. El era însă mai puternic decât mine. În definitiv, era un profesionist. În câteva minute, reveni lângă Will, arătându-i ceva ce văzuse într-o revistă și discutând cu voce tare despre perspectivele unei echipe de fotbal pe care o știau amândoi. Privindu-i, n-ai fi bănuit nimic despre importanța veștii pe care tocmai i-o dădusem lui Nathan.

Am reușit să-mi fac de lucru tot timpul cât a trebuit să mai stăm în aeroport. Am găsit o sută de mărunțișuri – să verific etichetele bagajelor, să cumpăr cafea, să citesc ziarele, să merg la toaletă –, toate ca să nu fiu nevoită să-l supraveghez pe Will. Nu simțeam nevoia să-i vorbesc. Dar, când Nathan mai pleca de lângă noi lăsându-ne singuri, unul lângă celălalt, izbucneam în discuții aprinse, cu acuze nerostite.

– Clark! începea el.

– Nu vreau să discut cu tine, i-o retezam eu, imediat.

Mă surprindea faptul că puteam fi atât de rece. Și cu siguranță acest fapt le surprindea și pe însoțitoarele de zbor. Le-am văzut în timpul cursei șușotind între ele despre felul aspru în care-l tratam pe Will, punându-mi căștile pe urechi ca să nu-l mai aud vorbind sau uitându-mă cu încăpățânare pe geam.

Dar, surprinzător, Will nu se înfurie. Acesta era, poate, lucrul cel mai enervant. Nu se înfurie și nu deveni sarcastic, ci pur și simplu amuți tot mai tare, până ce aproape nu mai vorbi deloc. Rămase în sarcina bietului Nathan să încerce să însuflețească discuția, să întrebe când se servesc cafeaua și ceaiul sau pachetele de alune prăjite ori să ne ceară să-i facem loc ca să meargă la toaletă.

Poate că acum pare ceva copilăresc, dar nu era doar o chestiune de mândrie. Nu puteam suporta. Nu puteam suporta gândul că aveam să-l pierd, că era atât de încăpățânat și hotărât să nu vadă lucrurile frumoase sau care ar fi putut fi frumoase, că nu-l puteam face să se răzgândească. Nu puteam crede că se agăța de data aceea ca și cum ar fi fost dăltuită în piatră. Un milion de gânduri tăcute mi se învârteau prin cap. „De ce nu e suficient pentru tine? De ce eu nu sunt suficientă pentru tine? De ce nu poți avea încredere în mine? Dacă am fi avut ceva mai mult timp, lucrurile ar fi putut sta altfel?“

Când și când mă pomeneam privindu-i mâinile bronzate, degetele pătrățoase, la câțiva centimetri de ale mele, și îmi aminteam senzația când ni le înlănțuiserăm - căldura acelui trup, impresia de forță pe care o degaja, deși era amorțit și nemișcat. Simțeam cum mi se pune un nod în gât până aproape nu mai puteam respira și trebuia să merg la toaletă, unde mă aplecam peste chiuvetă și scânceam în tăcere sub tubul de neon. În câteva rânduri, când cuvintele lui Will despre intențiile sale îmi reveniră în minte, m-am simțit atât de disperată și de neputincioasă, încât cu greu m-am abținut să nu țip; mă simțeam copleșită de un fel de nebunie și îmi venea să mă așez pe jos și să urlu și să tot urlu până când altcineva ar fi venit să-mi dea o mână de ajutor. Până când cineva s-ar fi îngrijit ca el nu-și poată duce planul la îndeplinire.

Așa că, deși era, poate, un comportament infantil și deși însoțitoarele de zbor aveau impresia (întrucât refuzam să discut cu Will, să mă uit la el ori să-l hrănesc) că aș fi cea mai lipsită de suflet femeie din lume, a mă preface că el nu se află acolo mi s-a părut singurul mod de a rezista în acele ore de apropiere forțată. Dacă l-aș fi crezut pe Nathan în stare să se ocupe singur de toate, aș fi luat alt avion, poate chiar aș fi dispărut până aș fi fost sigură că între noi se află cel puțin un continent, și nu doar câțiva centimetri de nesuportat.

Will și Nathan adormiră, și am respirat ușurată, căci pentru mine era un scurt moment de detensionare. Am rămas cu ochii ațintiți asupra ecranului din fața mea și, cu fiecare kilometru cu care mă apropiam de casă, simțeam că inima îmi devine mai grea și neliniștea mai intensă. În mintea mea prindea tot mai mult contur gândul că n-aveam să fiu singura afectată de eșec; părinții lui Will aveau să fie devastați și probabil aveau să mă învinuiască pe mine. Sora lui putea probabil să mă dea chiar în judecată. Și era un eșec și pentru Will. Nu reușisem să-l conving. Îi oferisem tot ce puteam, inclusiv pe mine însămi, și nimic din toate acestea nu-l determinase să găsească un motiv de a mai trăi.

Mă surprindeam gândind că poate merita pe cineva mai bun decât mine. Pe cineva mai inteligent. Poate cineva precum Treena s-ar fi gândit la lucruri mai bune de făcut. Poate ar fi găsit vreo cercetare medicală rarisimă sau altceva de genul ăsta care l-ar fi putut ajuta, care l-ar fi făcut să se răzgândească. Faptul că urma să-mi trăiesc tot restul vieții cu această idee aproape mă amețea.

- Vrei ceva de băut, Clark? mă întrebă Will, risipindu-mi gândurile.

- Nu, mulțumesc.

- Cotul meu e sprijinit prea mult pe cotiera ta?

- Nu, stă bine.

Doar în acele ultime ore, în întuneric, mi-am permis să mă uit la el. Privirea mea se furișă, pe nesimțite, dinspre micul ecran strălucitor, până când l-am văzut în lumina slabă din avion. Și, pe când cercetam acel chip, atât de frumos și de bronzat, atât de liniștit în somn, o lacrimă solitară mi se scurse pe obraz. Poate, prin cine știe ce miracol, conștient de faptul că îl priveam, Will tresări prin somn, dar nu se trezi. Și, fără ca vreo însoțitoare de zbor sau Nathan să mă vadă, l-am învelit, încet, cu pătura în jurul gâtului, ca să fiu sigură că, în aerul condiționat, nu simțea frigul.

Familia Traynor ne aștepta la aeroport. Cumva, intuisem că vor veni. Simțisem cum se naște în mine o senzație de rău încă de când împingeam scaunul lui Will către biroul de control al pașapoartelor, zorită de un funcționar binevoitor, în ciuda faptului că mă rugam să fim obligați să așteptăm la o coadă care să dureze ore, dacă nu cumva zile întregi. Dar nu, am traversat uriașa sală acoperită cu linoleum, eu împingând căruciorul cu bagaje, Nathan împingând scaunul lui Will, iar când ușile de sticlă se deschiseră, i-am văzut pe părinții lui așteptând dincolo de gărdulețul de metal, unul lângă celălalt, într-o rară aparență de conviețuire. Pentru scurt timp, am remarcat cum doamna Traynor se aprinde la față de bucurie la vederea lui Will și m-am gândit, cu un aer absent: „Desigur, doar el arată atât de bine". Și, spre rușinea mea, mi-am pus ochelarii de soare - nu ca să-mi ascund epuizarea, ci pentru ca ea sa nu-și poata da seama, doar după expresia mea facială, ce avea să trebuiască să-i spun.

- Hei, ia te uită! exclamă ea. Will, arăți minunat! Pur și simplu minunat.

Domnul Traynor se aplecă peste Will, cu fața toată un zâmbet, și-l bătu încetișor pe genunchi:

– Nu ne-a venit să credem când Nathan ne-a spus că ești zilnic la plajă. Și că înoți! Ei, cum era apa pe acolo, caldă și minunat de frumoasă, nu? Acolo e raiul pe pământ. La noi a plouat în rafale. Tipic pentru luna august!

Bineînțeles. Nathan le telefonase sau le trimisese mesaje. De parcă ei ar fi putut să ne lase să mergem undeva fără să încerce să țină permanent legătura!

– A fost... un loc cu adevărat uimitor, zise Nathan.

Și el devenise tăcut, dar acum încerca să surâdă, să-și ia aerul obișnuit.

Mă simțeam înghețată, cu mâna înțepenită pe pașaport, de parcă aș fi vrut să merg în altă parte. A trebuit să-mi amintesc să respir.

– Ei bine, ne-am gândit că v-ar plăcea o cină specială, propuse tatăl lui Will. E un restaurant drăguț aici, Intercontinental Champagne. Ce ziceți? Will, eu și mama ta ne-am gândit că ar putea fi o seară reușită.

– Sigur, acceptă Will.

Îi surâse doamnei Traynor, iar ea îi întoarse zâmbetul, sorbindu-l din ochi. „Cum poți să faci așa ceva?" îmi venea să-i strig în față. „Cum poți s-o privești astfel când știi deja ce ai de gând să-i faci?"

– Atunci haideți! Am mașina în parcarea pentru persoane cu dizabilități, e foarte aproape de aici. Eram sigur că o să aveți puțin rău de avion. Nathan, vrei să te ajut cu bagajele?

Le-am întrerupt conversația și, luându-mi geanta din cărucior, am spus:

– De fapt, eu cred că am să plec direct acasă. Vă mulțumesc, oricum.

Și m-am prefăcut preocupată de bagajul meu, evitând în mod deliberat să mă uit la vreunul din ei, deși chiar și în iureșul de voci de pe aeroport am simțit tăcerea subită pe care o stârniseră vorbele mele.

Vocea domnului Traynor fu prima care destrămă liniștea.

– Hai, Louisa, o să sărbătorim puțin. Vrem să auzim toate aventurile prin care ați trecut. Vreau să știu totul despre insulă. Și îți promit că nu trebuie să ne destăinuiești chiar totul, făcu el, aproape chicotind.

– Da, vino și tu, Louisa! mă invită doamna Traynor, cu o umbră de îndoială în glas.

– Nu, am spus eu, înghițind în sec și încercând să schițez un zâmbet amabil. Ochelarii mă apărau ca un scut. Vă mulțumesc, dar simt nevoia să mă întorc cât mai repede.

– Unde să te întorci? întrebă Will.

Am înțeles ce voia să spună. De fapt, nu aveam unde să mă duc, cu adevărat.

– O să merg la ai mei. O să fie bine.

– Vino cu noi! zise el, cu o voce blândă. Nu pleca, te rog!

În clipa aceea mi-a venit să plâng. Dar am fost sigură că n-aș fi putut rămâne nicăieri în preajma lui.

– Nu, mulțumesc. Vă doresc o cină minunată!

Mi-am luat geanta pe umăr și, înainte ca altcineva să mai spună vreun cuvânt, m-am îndepărtat de ei, lăsându-mă înghițită de mulțimea de pe terminal.

Aproape ajunsesem în stația de autobuz când am auzit-o. Camilla Traynor, cu pantofii țăcănind pe asfalt, venea, mai mult alergând, după mine.

– Stai, Louisa! Te rog, stai!

M-am întors și am văzut-o cum încerca să-și facă loc printr-un grup gălăgios de adolescenți cu rucsacuri în spate, dându-i de o parte și de alta precum Moise despărțind valurile mării. Părul de culoarea aramei îi strălucea parcă, reflectând luminile aeroportului. Purta un șal cenușiu, azvârlit cu eleganță peste umăr. Mi-am imaginat, pentru câteva clipe, cât de frumoasă trebuie să fi fost această femeie până în urmă cu doar câțiva ani.

– Te rog! Te rog, stai!

Am rămas pe loc, privind în urma mea către drum și dorindu-mi din toată inima ca un autobuz să apară în clipa aceea, să mă urc în el și să dispar pentru totdeauna din viața familiei Traynor. Aș fi vrut să se întâmple orice în momentul ăla, chiar și un cutremur, numai să scap.

– Louisa!

– Will s-a simțit de minune, i-am spus, cu vocea gâtuită de emoție.

„Și foarte asemănătoare cu vocea ei“, m-am surprins gândind.

– Da, arată bine. Foarte bine, încuviință ea, privindu-mă țintă, nemișcată pe trotuar.

Se oprise brusc, parcă încremenită în loc, în ciuda valurilor de oameni care treceau pe lângă ea.

Am tăcut amândouă.

Apoi eu i-am spus:

– Doamnă Traynor, aș vrea să vă anunț că-mi dau demisia. Nu pot... nu pot să mai rămân în aceste ultime câteva zile. Renunț la toți banii pe care mi-i datorați. De fapt, nu vreau salariul pe luna asta. Nu vreau nimic. Doar...

Ea păli dintr-odată. Am văzut cum culoarea i se scurge din obraji și mi s-a părut chiar că se clătină sub razele soarelui matinal. L-am văzut pe domnul Traynor venind spre noi cu pași iuți, ținându-și cu o mână pe cap pălăria panama. Murmurând scuze, se strecură prin mulțime, fără să-și dezlipească privirile de pe noi, care stăteam ca două statui, la câțiva pași una de alta.

– Ai spus... ai spus că Will ți se pare fericit. Că excursia asta ar putea să-l facă să se răzgândească.

Glasul ei părea disperat, ca și cum ar fi vrut să mă implore să-i comunic altceva, un alt rezultat al călătoriei noastre.

Nu puteam vorbi. Am privit-o în tăcere și n-am fost în stare decât să clatin ușor din cap.

– Îmi pare rău, am șoptit, atât de încet încât poate ea nici nu mă auzi.

Domnul Traynor o prinse în brațe chiar în momentul când ea se prăbuși. Fu ca și cum picioarele i-ar fi fost retezate de o forță nevăzută, iar soțul ei întinse brațul stâng și o apucă înainte să cadă. Cu trupul sprijinit de al lui, doamna Traynor avea zugrăvită pe buze o exclamație mută.

Pălăria panama căzuse pe trotuar. Tatăl lui Will se uită la mine cu o expresie de profundă mirare, încă nedându-și seama ce se întâmplase.

Și nu i-am mai putut privi. M-am răsucit pe călcâie, aproape amorțită, și am început să merg mecanic, punând un picior înaintea celuilalt, ca și cum amândouă mi s-ar fi mișcat fără știința mea, cât mai departe de locul acela și fără să știu măcar încotro mă îndreptam.

Capitolul 25

KATRINA

Louisa nu ieși din camera ei timp de o zi și jumătate după ce se întoarse din vacanță. Veni de la aeroport duminică seara, târziu, palidă ca o stafie, deși avea pielea bronzată - dar nu ne-am dat seama, de la bun început, ce se întâmplase, pentru că ne promisese că aveam să ne vedem neapărat luni dimineață la prima oră. „Mi-e foarte somn acum", zisese, apoi se închisese în cameră și se dusese direct la culcare. Comportamentul ei ni se păru puțin ciudat, dar ce știam noi? În definitiv, Lou fusese încă de la naștere o fire mai neobișnuită.

Mama îi duse, luni dimineață, o ceașcă de ceai la ea în cameră, dar Lou nu se trezi. La ora cinei, mama deveni de-a dreptul îngrijorată și se apucă s-o zgâlțâie, ca să vadă dacă mai trăiește. (Mama poate fi un pic melodramatică, deși, sinceră să fiu, tocmai gătise plăcintă cu pește și cred că nu voia ca Lou să n-o guste măcar.) Dar Lou nu mâncă, nici nu vorbi, nici nu coborî din cameră.

– Mami, vreau doar să mai stau puțin în pat, bâgui ea, cu capul băgat în pernă.

Așa că, în cele din urmă, mama o lăsă în pace.

– Parcă nu mai e ea, se plânse. Crezi că are vreun fel de reacție întârziată fiindcă s-a despărțit de Patrick?

– Nu cred că mai dă doi bani pe relația cu Patrick. I-am spus că el a sunat să ne anunțe că s-a clasat pe locul 157 la concursul Viking și n-a părut deloc interesată, interveni tata și, după ce sorbi puțin din ceai, ţinu să adauge: La o adică, are dreptate. Nici pe mine nu m-ar da pe spate un tip care iese abia pe locul 157 la un triatlon.

– Crezi că o fi bolnavă? Somnul ăsta nu e normal. Dacă o fi luat vreo afurisită de boală tropicală?

– Îi e doar rău de la diferenţa de fus orar, le-am zis cu o oarecare autoritate, ştiind că ai mei aveau tendinţa să mă considere expertă în toate lucrurile despre care nici unul dintre noi nu ştia, de fapt, mare lucru.

– Diferenţa de fus orar! Ei, dacă aşa te simţi după ce zbori atâtea ore cu avionul, atunci prefer să nu calc mai departe de Tenby. Ce crezi, Josie, scumpo?

– Nu ştiu... Cine s-ar fi gândit că o vacanţă te poate face să arăţi aşa rău? făcu mama, clătinând din cap.

După cină, am urcat la Louisa. N-am ciocănit. (La urma urmei era, teoretic vorbind, camera mea şi, dat fiind faptul că stătusem acolo o săptămână încheiată, s-ar fi cuvenit ca tot eu să mă fi aflat acolo.) Aerul era stătut, aşa că am tras jaluzelele şi am deschis fereastra. Încă buimacă de somn, Lou scoase capul de sub pilotă, ferindu-şi ochii de lumina puternică, în vreme ce fire de praf minuscule se roteau pretutindeni în jurul ei.

– Ai de gând să-mi spui ce s-a întâmplat? am întrebat-o, aşezând o ceaşcă de ceai pe măsuţa de la căpătâiul patului.

Ea clipi des din ochi.

– Mama crede că ai luat Ebola. Tocmai le avertizează pe prietenele ei de la clubul de bingo, care şi-au cumpărat bilete de vacanţă în Spania.

Ea nu spuse nimic.

– Lou?

– Mi-am dat demisia, şopti, în cele din urmă.

– De ce?

– De ce crezi?

Se ridică în capul oaselor şi se întinse după ceaşcă, sorbind cu nesaţ o gură mare de ceai.

Pentru cineva care tocmai petrecuse aproape două săptămâni în Mauritius, arăta de-a dreptul groaznic. Avea ochii mici şi încercănaţi, iar pielea, dacă nu i-ar fi fost bronzată, ar fi părut şi mai pătată. Dar, mai presus de toate, părea copleșită de tristețe. Niciodată n-o văzusem atât de deznădăjduită.

– Chiar crezi că Will o să...

Ea încuviință din cap, apoi înghiți cu greutate în sec.

– Of, fir-ar să fie, Lou! Îmi pare nespus de rău.

Am împins-o puțin mai încolo și m-am așezat lângă ea, pe pat. Bău iar din ceai și apoi își sprijini capul pe umărul meu. Purta unul dintre tricourile mele, dar nu i-am reproșat nimic. Atât de rău îmi părea pentru ea.

– Ce mă fac, Treen?

Avea o voce slabă, ca a lui Thomas când se lovea și încerca să pară curajos și să nu izbucnească în plâns. De afară se auzea câinele vecinului alergând după pisici cât îl lăsa lanțul cu care era legat. Uneori lătra furios și, când sărea, îi vedeam, de la fereastră, capul ivindu-se peste gard, cu ochii bulbucați de frustrare.

– Nu sunt sigură că mai poți face ceva. Doamne, cu toate lucrurile pe care le-ai făcut pentru el... Cu toate eforturile tale...

– I-am spus că-l iubesc, zise ea, abia auzit. Și el mi-a răspuns că asta nu-i de ajuns. Mă privea cu ochi largi și posomorâți și întrebă, mai mult ca pentru sine: Cum o să pot trăi cu gândul ăsta?

Sunt singura din familie care știe totul. Am citit mai mult decât oricine altcineva din casă. Merg la facultate. Sunt singura despre care ai mei presupun că aș avea toate răspunsurile. Dar, de data asta, am privit-o pe sora mea, am clătinat din cap și am îngânat:

– Habar n-am, Lou...

În cele din urmă, ea ieși din cameră a doua zi, făcu un duș și-și puse haine curate; bineînțeles că îi instruisem pe mama și pe tata să nu încerce s-o descoasă. Le-am dat de înțeles că e supărată din cauza lui Patrick, iar tata își încruntă sprâncenele și făcu o față ca și cum asta ar fi explicat totul și Dumnezeu știa de ce ne agitaserăm aiurea. Imediat, mama dădu fuga să sune la clubul de bingo, anunțând că poate exagerase cu temerile ei în privința riscurilor unor excursii exotice.

Lou ronțăi o bucată de pâine prăjită (în rest nu se atinse deloc de mâncare), își puse pe cap o pălărie de soare cu boruri largi, și am plecat spre castel cu Thomas, să hrănim rățuștele. Nu cred că voia într-adevăr să iasă, dar mama insistă că aveam toți trei nevoie de aer curat. Asta, în limbajul ei, însemna că era nerăbdătoare să intre în dormitor, să aerisească și să schimbe așternuturile. Thomas țopăia și sărea înaintea noastră, agitând o pungă de plastic plină cu coji de pâine, și am reușit să ne strecurăm printre grămezile de turiști cu o ușurință născută din ani întregi de practică, ferindu-ne din calea rucsacurilor purtate neglijent pe umăr, despărțindu-ne în fața cuplurilor care se fotografiau și reunindu-ne dincolo de ele. Castelul se cocea sub soarele fierbinte al verii, pământul se crăpase, iar smocurile de iarbă păreau ultimele fire de păr ale unui om pe cale să chelească. Florile din jardiniere arătau învinse de arșiță, ca și cum deja se pregăteau de venirea toamnei.

Eu și Lou n-am vorbit prea mult. Ce-ar mai fi fost de spus?

Pe când treceam pe lângă parcarea pentru turiști, am văzut-o trăgând cu ochiul către casa familiei Traynor. O clădire elegantă, din cărămidă roșie, cu ferestre înalte, ascunzând drama zguduitoare care se petrecea înăuntru, poate chiar în clipa aceea.

– Te-ai putea duce să discuți cu el, i-am propus. Te aștept aici.

Ea nu spuse nimic; coborî privirile în pământ și își încrucișă brațele peste piept. Am mers mai departe.

– N-are nici un rost, murmură într-un târziu.

Știam ce gândește, deși poate îi era teamă să o spună cu glas tare: „Probabil că el nici nu-i acolo".

Ne-am plimbat agale în jurul castelului, privindu-l pe Thomas cum se rostogolea pe povârnișurile dealului și hrănind rațele care, în acel stadiu al sezonului, erau deja atât de îmbuibate, încât nici nu se mai deranjau să vină după coji de pâine. Am urmărit-o pe sora mea mergând, i-am văzut spinarea bronzată, expusă de tricoul decupat la spate, umerii încovoiați ca de o povară și mi-am dat seama că, deși poate nu-și dădea seama, totul se schimbase pentru ea. N-avea să mai rămână aici, indiferent ce se întâmpla cu Will Traynor. Avea o atitudine nouă, o cunoaștere mai bogată, fiindcă văzuse deja alte lucruri și locuri. În sfârșit, își lărgise orizonturile.

– A, mi-am amintit, pe când ne îndreptam înapoi, spre porți. Am uitat să-ți spun, ai primit o scrisoare. De la facultate, cât ai fost plecată. Scuză-mă, am deschis-o... credeam că e pentru mine.

– Ai deschis-o?

Sperasem ca în plic să se afle banii de bursă.

– Ai fost chemată la un interviu.

Ea clipi încurcată, ca și cum ar fi primit o veste dintr-un trecut foarte îndepărtat.

– Da. Iar vestea cea mare e că interviul e programat pentru mâine. Așa că m-am gândit că poate ar fi bine să simulăm unele posibile întrebări diseară.

Ea scutură din cap cu putere:

– Nu pot să mă duc la nici un interviu mâine.

– Și ce-ai să faci?

– Nu pot, Treen, înțelege! zise ea, cu o voce chinuită. Cum aș putea să mă gândesc la altceva într-un astfel de moment?

– Ascultă, Lou! Interviurile nu se dau cu aceeași ușurință cu care dăm noi pâine la rațe, prostuțo! E o șansă imensă. Ei știu că ești o studentă mai mare ca vârstă și, deși ai aplicat într-o perioadă nepotrivită, te cheamă totuși la interviu. Nu poți să le dai, pur și simplu, cu tifla!

– Nu-mi pasă. Nu pot să mă gândesc la asta.

– Dar...

– Lasă-mă în pace, Treena, bine? Nu pot!

– Hei! am strigat și m-am proptit în fața ei, ca s-o împiedic să mai înainteze.

Thomas vorbea cât se poate de serios cu un porumbel, la câțiva pași distanță de noi.

– Lou, este exact momentul când trebuie să te gândești la asta. E momentul când, fie că-ți place sau nu, trebuie să decizi ce ai de gând să faci cu restul vieții tale.

Mi-am dat seama că blocam drumul și că turiștii trebuiau să se despartă ca să ne ocolească – și o făceau fie fără să ne bage în seamă, fie aruncând priviri vag curioase celor două surori care se certau.

– Nu pot.

– Nasol atunci! Fiindcă, în caz că ai uitat, nu mai ai o slujbă. Şi nici un iubit care să te sprijine. Iar dacă ratezi interviul ăsta, atunci în cel mult două zile trebuie să te prezinţi la Oficiul Forţei de Muncă şi să te hotărăşti dacă vrei să lucrezi la fabrica de pui, sau vrei să fii stripteuză, sau poate să ştergi pe cineva la cur ca să-ţi câştigi existenţa. Şi, chiar dacă îţi vine sau nu să crezi, te îndrepţi spre treizeci de ani, şi viaţa ta cam la asta se va reduce. Şi tot ce ai învăţat în ultimele şase luni nu va fi decât o pierdere de timp. Totul!

Ea mă privea cu acea căutătură de furie mută pe care o avea când ştia că am dreptate şi nu mă poate contrazice. Thomas apăru între noi şi mă trase de mână:

– Mami, ai spus „cur“!

Louisa rămăsese cu ochii holbaţi la mine, dar îmi dădeam seama că prin minte îi trec o mie şi unul de gînduri. M-am întors spre cel mic:

– Nu, drăguţule, am spus „tur“! Acum o să mergem acasă, căci trebuie să ne bem ceaiul, nu-i aşa, Lou? Deci dăm un tur prin bucătărie, poate bunica ne-a făcut gogoşi! Şi apoi, în timp ce bunica îţi face baie, eu am s-o ajut pe mătuşa Lou să-şi facă temele.

A doua zi, mama rămase să aibă grijă de Thomas, iar eu am condus-o pe Lou la staţia de autobuz. Nu-mi făceam prea mari speranţe pentru interviu, aşa că mi-am petrecut restul zilei la bibliotecă, îngrijorată mai curând pentru viitorul meu. La cină, în seara aceea, am studiat-o atentă. Nu-şi ridica ochii din farfurie, împingând bucata de carne de pui prin ea ca şi cum ar fi încercat s-o camufleze. Am răsuflat, exasperată.

– Nu ţi-e foame, scumpo? o întrebă mama, urmărindu-mi privirea.

– Nu chiar, mormăi ea.

– Da, e cam cald pentru friptură la cuptor, acceptă mama. M-am gândit însă că ar trebui să te mai întremezi.

– Deci... ai de gând să ne spui cum a mers interviul? întrebă tata, oprindu-se cu furculiţa între farfurie şi gură.

– A, interviul! pufni ea neatentă, ca şi cum ar fi trebuit să vorbească despre ceva ce făcuse cu cinci ani în urmă.

– Da, interviul.

– A mers bine, zise ea, luând o bucată mică de friptură în furculiță.

Tata mă privi, contrariat, iar eu am ridicat din umeri:

– Cum așa, bine? Nu ți-au dat nici un răspuns?

– Ba da. Am fost acceptată.

– Poftim?

Louisa nici măcar nu-și ridică ochii din farfurie, în vreme ce eu am rămas cu mâncarea în gură, oprindu-mă din mestecat, de surpriză.

– Mi-au zis că sunt exact genul de candidat pe care-l caută. Trebuie să urmez un fel de curs de bază, care durează un an, și apoi pot să-mi continui studiile.

– Dar e o veste excelentă! exclamă tata, lăsându-se pe spătarul scaunului.

Mama se aplecă spre Lou și o mângâie pe umăr:

– A, bravo ție, scumpete! Asta e minunat!

– Nu chiar. Nu cred că pot să plătesc patru ani de facultate.

– Nu-ți face griji în privința asta acum! Zău așa! Uită-te cât de bine se descurcă Treena! Hei, făcu ea și o zgâlțâi puțin de umăr, o să găsim noi o soluție. Întotdeauna există o soluție, nu?

Tata ne privi pe amândouă cu mândrie.

– Cred că începe să iasă soarele și pe strada noastră, fetelor. Cred că și familia noastră o să aibă parte de vremuri bune.

Și atunci, ca din senin, Louisa izbucni în plâns. Într-un plâns adevărat. Plângea cum plânge Thomas, jelindu-se, fără să-i pese de noi, iar suspinele ei tăiau tăcerea micii încăperi ca un cuțit.

Thomas o privea cu gura căscată, așa încât trebui să-l iau în brațe și să încerc să-l distrez, de teamă să nu se pună și el pe bocit. Și, pe când îi distrăgeam atenția, jucându-mă cu bucăți de cartofi și vorbind cu boabele de mazăre cu o voce caraghioasă, ea le spuse.

Le destăinui totul – despre Will, și despre contractul pe șase luni, și despre ce se întâmplase în Mauritius. Pe măsură ce vorbea, mama o privea tot mai îngrozită, ducându-și palmele la gură. Singurul care nu părea prea impresionat era bunicul. Puiul se răcea, iar sosul se închega în farfurie.

Tata clătină din cap, ca și cum nu i-ar fi venit să creadă. Și apoi, după ce sora mea le povestise în amănunt despre zborul spre casă, peste Oceanul Indian, vocea ei deveni abia o șoaptă în momentul când rosti ultimele cuvinte pe care i le adresase doamnei Traynor. Tata își împinse scaunul în spate și se ridică. Păși încet, ocolind masa, și o îmbrățișă cu putere pe Lou, așa cum făcea când era mică. Rămase acolo, ca și cum n-ar mai fi vrut să o lase din brațele lui, de teamă că ar putea păți ceva rău.

– O, Doamne, bietul băiat! Și biata de tine! O, Doamne!

Nu știu dacă-l mai văzusem vreodată atât de tulburat.

– Ce treabă urâtă!

– Ai trecut prin toate astea și nu ne-ai spus nimic? Nu ne-ai trimis decât o felicitare despre cât de bine faci scufundări? Mamei nu-i venea să creadă. Lou, noi eram convinși că ai parte de cea mai frumoasă vacanță din viața ta.

– N-am fost singură. Treena a știut, zise ea, privindu-mă în ochi. Mi-a fost un sprijin extraordinar.

– Eu n-am făcut nimic, m-am apărat, îmbrățișându-l pe Thomas, care își pierduse tot interesul pentru discuție imediat ce mama îi pusese în față o cutie de bomboane desfăcută. Eu doar te-am ascultat, Lou. Tu ai făcut totul. Tu ai venit cu toate ideile.

– Da, halal idei! zise ea tristă, aplecându-se peste umărul tatei.

Tata îi ridică bărbia ca s-o privească în ochi:

– Dar ai făcut tot ce-ai putut.

– Și am dat greș.

– Cine spune că ai dat greș? întrebă tata și-i îndepărtă de pe frunte o șuviță de păr rebelă cu un gest tandru. Mă gândesc doar la ce știu despre Will Traynor, despre oameni ca el. Și am să-ți spun un singur lucru. Nu sunt sigur că există vreun om pe lumea asta care să-l facă pe unul ca Will să se răzgândească dacă el a luat deja o hotărâre. Este cine este. Nu poți să-i faci pe oameni să-și schimbe firea.

– Dar părinții lui? Nu-l pot lăsa să se omoare! interveni mama. Ce fel de oameni sunt?

– Sunt oameni normali, mamă. Doar că doamna Traynor pur și simplu nu mai știe ce să facă.

– Asta nu înseamnă că ar trebui să-l ducă la nenorocita aia de clinică! izbucni mama, cu obrajii roșii de indignare. Eu aș lupta pentru voi două și pentru Thomas până la ultima suflare.

– Chiar și dacă el ar fi încercat deja să se omoare? Într-un mod de-a dreptul teribil? am întrebat eu.

– E bolnav, Katrina. E deprimat. Oamenilor vulnerabili n-ar trebui să li se dea șansa să facă un lucru pe care... Vorbele i se pierdură într-o furie tăcută, și începu să-și șteargă ochii plânși cu un șervețel. Cred că femeia aia nu are inimă. Sau are o inimă de piatră. Și când te gândești că au atras-o și pe Louisa în toată treaba asta murdară! E judecătoare, pentru numele lui Dumnezeu! Ai crede că o judecătoare ar trebui să știe ce e bine și ce e rău. Mai ales ea. Eu aș fi știut să-l fac să se răzgândească.

– E complicat, mamă.

– Nu, nu este. El este vulnerabil, și ea n-ar trebui nici măcar să conceapă așa ceva pentru nimic în lume. Sunt șocată. Bietul om! Ah, bietul om!

Se ridică de la masă, strângând resturile de friptură, și se îndreptă spre bucătărie.

Louisa o privi ieșind, și pe chipul ei am zărit o expresie de uimire. Mama nu se înfuria niciodată. Și cred că ultima oară când o auzisem ridicând tonul fusese prin 1993.

Tata clătină din cap, aparent absorbit de gânduri.

– M-am gândit eu... Nu-i de mirare că nu l-am mai văzut pe domnul Traynor. Mă miram unde o fi. Am presupus că o fi plecat într-o vacanță, cu toată familia.

– Ceee?... Au plecat?

– N-a mai fost la serviciu în ultimele două zile.

Lou se prăbuși pe scaun.

– Ah, fir-ar să fie! am zis, astupând cu palmele urechile lui Thomas.

– E mâine.

Lou mă privi, și imediat mi-am aruncat ochii spre calendarul de pe perete.

– Da, mâine e 13 august.

În acea ultimă zi, Lou nu făcu nimic. Se trezi înaintea mea, și am găsit-o privind undeva, fără țintă, pe fereastra bucătăriei. Dimineața plouă, apoi se însenină, pentru ca spre amiază să plouă iar. Lou stătu pe canapea, alături de bunicul, apoi bău ceaiul pe care mama i-l făcuse, și aproape la fiecare oră o surprindeam trăgând cu ochiul la ceasul de deasupra șemineului. Era groaznic s-o vezi cum se frământă. L-am luat pe Thomas la înot și am încercat s-o conving să vină cu noi. I-am spus că îl las pe Thomas cu mama dacă voia să meargă cu mine la cumpărături, mai târziu. Am invitat-o la bar, doar noi două, dar ea mi-a refuzat fiecare ofertă.

– Dacă am făcut vreo greșeală, Treen? mă întrebă, dar atât de încet, încât abia am auzit-o.

L-am privit pe bunicul, dar el era cu totul absorbit de cursele de cai de la televizor. Cred că tata încă punea pariuri pentru el, chiar dacă refuza să recunoască asta față de mama.

– Ce vrei să spui?

– Dacă ar fi trebuit să merg cu el?

– Dar... ai spus că nu te simțeai în stare.

Cerul era cenușiu. Ea privi prin geamul curat ca lacrima al bucătăriei spre ziua mizerabilă de afară.

– Știu ce am spus. Dar pur și simplu nu suport să nu știu ce se întâmplă. Chipul i se schimonosi într-un rictus de durere. Nu suport să nu știu ce simte. Nici măcar nu mi-am luat rămas-bun de la el.

– N-ai putea pleca acum? Să prinzi un zbor spre Elveția?

– E prea târziu, zise ea și închise ochii. Nu mai pot ajunge la timp. Nu mai sunt decât două ore până... la sfârșitul programului. Am căutat pe internet.

Am așteptat.

– Nu mai... lucrează... după cinci și jumătate, îmi explică Louisa și clătină din cap de parcă ar fi vrut să-și manifeste nemulțumirea. Are legătură cu funcționarii elvețieni care trebuie să fie prezenți. Nu le place... să muncească... după orele de program.

Aproape am izbucnit în râs. Dar nu știam ce să-i spun. Nu-mi puteam închipui cum e să aștepți așa cum aștepta ea atunci, știind ce s-ar fi putut întâmpla la mii de kilometri distanță, chiar în clipa aceea. Niciodată nu iubisem un bărbat așa cum ea părea să-l iubească pe Will. Firește, îmi plăcuse de mulți și voisem să mă culc cu ei, dar uneori mă întrebam dacă nu cumva sufletul meu e prea lipsit de sensibilitate. Nu mă vedeam plângând vreodată după un bărbat. Singurul echivalent pe care mi-l puteam închipui era ca Thomas să vrea să moară în vreo țară îndepărtată și, de îndată ce gândul acesta îmi venea în minte, ceva înăuntrul meu se revolta și-l alunga imediat, căci era o imagine prea groaznică. Așa că am clasat și gândul despre moartea lui Will într-un sertar al creierului meu, sub eticheta: „De neimaginat".

M-am așezat alături de Louisa pe canapea și am urmărit, în tăcere, câteva curse de cai, aparent cu atâta atenție, încât ai fi putut jura că pariasem toți banii din lume pe caii învingători.

Țârâitul soneriei ne trezi din amorțeală. Louisa țâșni de pe canapea, iar în secunda următoare era deja pe hol, trântind ușa de perete cu atâta putere încât aproape mă aduse în pragul infarctului. Dar pe trepte nu era Will, ci o tânără elegantă, cu un machiaj perfect și o tunsoare scurtă ce-i învăluia obrajii. Își strânse umbrela și zâmbi, ducând mâna către geanta imensă pe care o ținea pe umăr. M-am întrebat, preț de o clipă, dacă nu cumva era sora lui Will Traynor, despre care îmi vorbise Louisa.

– Louisa Clark?

– Da!

– Sunt de la *Globe*. Putem sta puțin de vorbă?

– De la *Globe*?

În glasul Louisei se citea confuzia.

– De la ziar? am întrebat, pășind în spatele surorii mele, și atunci am văzut că femeia scosese un blocnotes.

– Pot să intru? Vreau doar să discutăm puțin despre William Traynor. Lucrați pentru William Traynor, nu-i așa?

– Nu avem nimic de spus, am înfruntat-o și, înainte să mai apuce să spună ceva, i-am trântit ușa în nas.

Sora mea rămăsese înlemnită, în hol, dar tresări când soneria se auzi din nou.

– Nu mai răspundem, am șoptit.

– Dar cum...

Am început s-o împing în sus, pe scări, dar era groaznic de înceată – se mișca de parcă ar fi fost pe jumătate adormită.

– Bunicule, să nu deschizi ușa! am strigat. Cui i-ai vorbit despre Will? am întrebat-o pe Louisa atunci când am ajuns pe palierul de la etaj. Cineva trebuie să le fi spus ziariștilor. Cine mai știe?

– Domnişoară Clark, se auzi vocea femeii prin cutia poştală de pe uşă. Dacă mi-aţi acorda doar zece minute... Înţelegem că e un subiect foarte sensibil... dar am vrea să aflăm şi versiunea dumneavoastră în privinţa acestei poveşti...

– Asta înseamnă că e mort? mă întrebă ea, şi ochii i se umplură de lacrimi.

– Nu, înseamnă că nişte jigodii din presă încearcă să facă bani din asta, i-am răspuns şi am rămas pe gânduri.

– Cine a fost, fetelor? se interesă mama de la parter.

– Nimeni, mami. Te rog să nu deschizi.

Am privit-o peste balustradă. Ţinea în mâini o cârpă de bucătărie şi se uita la silueta întunecată, vizibilă prin planşeul de sticlă al uşii de la intrare.

– Nu răspundeţi?

Am prins-o de braţ pe Louisa:

– Doar nu i-ai zis ceva lui Patrick?

Nici n-am mai aşteptat răspunsul. Chipul ei devastat spunea totul.

– Bine. Nu te speria! Nu te apropia de uşă! Să nu răspunzi la telefon şi să nu spui un cuvânt ziariştilor, bine?

Mama nu era deloc amuzată. Şi se arătă şi mai puţin amuzată după ce telefonul începu să sune. După al cincilea apel, am pus aparatul pe robot, dar tot n-am putut scăpa de vocile curioase ale ziariştilor, care se auzeau în tot holul. Erau patru sau cinci, mereu aceiaşi. Toţi îi ofereau Louisei şansa de a spune „varianta“ ei. De parcă Will Traynor ar fi fost un fel de marfă pe care voiau s-o obţină cu orice preţ. Telefonul bâzâia întruna, la uşă soneria suna întruna. Am tras draperiile şi jaluzelele, ascultând cum jurnaliştii stăteau pe trotuarul din faţa casei noastre, pălăvrăgind unii cu alţii sau vorbind la telefoanele mobile.

Parcă ne aflam sub asediu. Mama îşi frângea mâinile şi, când vreun ziarist mai îndrăzneţ se aventura dincoace de poartă, le striga invadatorilor, prin cutia poştală de pe uşă, să plece naibii din grădina casei noastre. Thomas urmărea scena de la fereastra băii de la etaj şi era curios să afle ce căutau oamenii aceia la noi în curte. Ne sunară şi patru vecini, dornici să ştie ce se întâmplă. Tata parcă maşina pe Ivy

Street și intră în casă prin grădina din spate. Am avut cu el o discuție foarte serioasă despre castele asediate și cazane cu apă clocotită.

Apoi, după ce m-am mai gândit puțin, l-am sunat pe Patrick și l-am întrebat câți bani luase pentru că se purtase ca un turnător ordinar. El ezită puțin, apoi negă, dar reacția lui îmi fu de ajuns.

– Ești un ticălos de tot rahatul! i-am strigat în receptor. O să-ți dau atât de tare la țurloaiele alea de alergător când o să pun mâna pe tine, încât o să zici că locul 157 la nenorocitul de maraton a fost chiar bine.

Lou stătea în bucătărie și plângea întruna. Nu se mai jelea, ci lacrimile i se scurgeau, tăcute, peste obraji, iar ea și le ștergea fără încetare cu dosul palmei. Nu găseam nimic să-i spun s-o liniștesc.

Ceea ce era bine, pentru că aveam o mulțime de lucruri de spus altora.

Până la șapte și jumătate, în fața casei noastre nu mai rămăsese decât un reporter. Nu știam dacă se dăduseră bătuți sau obiceiul lui Thomas de a arunca bucăți de lego prin cutia poștală ori de câte ori ei strecurau un bilețel pe acolo îi plictisise, până la urmă. Am rugat-o pe Louisa să-i facă baie lui Thomas, în primul rând pentru că voiam s-o scot din bucătărie, dar și pentru că așa puteam să parcurg toate mesajele înregistrate de robotul telefonic și să le șterg pe cele venite din partea ziarelor, fără ca ea să mă poată auzi. Erau douăzeci și șase. Douăzeci și șase de găozari. Și toți păreau atât de drăguți și de înțelegători. Unii chiar îi ofereau bani Louisei.

Le-am șters, unul câte unul, pe toate. Chiar și pe cele care vorbeau de bani, deși recunosc că aș fi fost un pic tentată să văd cam cât ar fi putut oferi ticăloșii. În răstimp, o auzeam pe Lou vorbind cu Thomas în baie, pe când acesta izbea cu putere apa cu mașina sa de jucărie, declanșând, mai mult ca sigur, veritabile trombe în cadă. Asta e ceea ce nu știi despre copii decât după ce-i ai – baia, jucăriile lego și bastonașele de pește nu-ți permit să zăbovești prea mult asupra unei tragedii. Și apoi am ajuns la ultimul mesaj.

– Louisa? Aici Camilla Traynor. Poți să mă suni când ai un minut liber?

Am rămas cu ochii holbați la telefon. Am derulat iar mesajul, ca să-l aud mai bine, după care m-am năpustit pe trepte și l-am smuls pe Thomas aşa de repede din cadă, încât el nici nu-şi dădu seama ce se întâmpla. L-am lăsat pe Thomas lângă cadă, înfăşurat într-un prosop de baie ca într-un bandaj, şi am zorit-o spre telefon pe Lou, care, uluită şi confuză, era deja la jumătatea scărilor.

– Dar dacă mă urăşte?

– Vocea ei nu părea să spună că te urăşte.

– Dar dacă presa i-a înconjurat şi pe ei, acolo? Dacă au impresia că totul e din vina mea, pentru că nu mi-am ţinut gura? întrebă ea, ridicând spre mine nişte ochi largi, terorizaţi de groază. Dacă mă sună ca să mă anunţe că Will e mort?

– Doamne, Dumnezeule, Lou! Măcar o dată în viaţă stăpâneşte-te! N-o să ştii nimic dacă n-o suni. Sun-o! Pur şi simplu sun-o! N-ai de ales.

M-am întors în fugă la baie să-l eliberez pe Thomas. I-am dat pijamalele şi l-am anunţat că străbunicul o să-i dea biscuiţi dacă fuge super repede la bucătărie. Şi apoi am tras cu ochiul prin uşa întredeschisă de la baie, să văd ce face Louisa în hol.

Stătea cu spatele la mine, netezindu-şi cu o mână părul la spate, în vreme ce cu cealaltă forma numărul.

– Da, am auzit-o spunând. Da, înţeleg. E în ordine. Apoi, după o pauză, zise iar: Da.

Puse telefonul în furcă, dar rămase nemişcată, cu privirile în pământ.

– Ei, cum e? am strigat eu, nerăbdătoare.

Ea ridică privirea ca şi cum abia atunci şi-ar fi dat seama că sunt acolo şi clătină din cap.

– Nu era vorba despre ziare, făcu ea, cu o voce încă amorţită din cauza şocului. El... el e încă în viaţă. Zâmbi amar, înainte de a continua: Doamna Traynor m-a rugat... m-a implorat... să plec urgent în Elveţia. Mi-a cumpărat deja bilet de avion, la ultima cursă din seara asta.

Capitolul 26

În alte circumstanţe presupun că ar fi părut straniu ca eu, Lou Clark, o fată care rareori făcuse, în douăzeci de ani, vreo călătorie cu autobuzul în afara oraşului, să zbor în a treia ţară străină în mai puţin de o săptămână. Dar mi-am făcut rapid bagajul cu îndemânarea unei însoţitoare de zbor, luându-mi doar strictul necesar. Treena se învârtea în jurul meu, aducându-mi lucrurile de care credea că o să am nevoie, şi apoi am coborât la parter. Ne-am oprit însă la jumătatea treptelor. Mama şi tata erau deja în hol, unul lângă celălalt, cu o expresie vag ameninţătoare, aşa cum îi găseam de obicei când ne strecuram în casă spre dimineaţă, după o noapte petrecută în club.

– Ce se întâmplă? mă întrebă mama.

Treena se oprise în faţa mea şi dădu ea răspunsul:

– Lou se duce în Elveţia. Şi trebuie să plece chiar acum. Nu mai are decât o singură cursă azi.

Am dat să păşim mai departe, când mama făcu un pas înainte.

– Nu. Îşi ţinea braţele încrucişate stângaci la piept, iar gura ei avea o cută neobişnuită, care o făcea să pară încruntată. Serios, Lou, nu vreau să te mai amesteci în aşa ceva. Dacă e ceea ce cred eu că e, atunci nu.

– Dar... începu Treena, privindu-mă peste umăr.

– Nu, repetă mama pe un ton neobişnuit, metalic. Fără obiecţii. M-am gândit la asta şi la tot ce ne-ai spus. E o greşeală. Un lucru incorect din punct de vedere moral. Şi, dacă te amesteci, şi lumea află că ai ajutat un om să se sinucidă, s-ar putea să ai tot felul de necazuri.

– Mama are dreptate, interveni tata.

– Am văzut deja la știri. Ți-ar putea afecta întreaga viață, Lou. Interviul de la facultate, totul... Dacă te alegi cu cazier, n-o să mai poți urma niciodată cursurile unui universități și nimeni n-o să-ți mai ofere o slujbă bună...

– Dar Will a rugat-o să vină. Nu poate să-l ignore, pur și simplu, o întrerupse Treena.

– Ba da, ba da, poate. A oferit șase luni din viața ei acestei familii. Și mare folos a tras, n-am ce spune! Mare noroc ne-a adus familia Traynor, numai uită-te la ăștia cum stau ciorchine la ușa noastră și la toți vecinii care cred, probabil, că am păcălit statul cu banii de șomaj sau mai știu eu ce. Când Lou are, în sfârșit, ocazia să facă ceva cu viața ei, se trezește și familia Traynor s-o cheme în locul ăla oribil din Elveția și s-o amestece în Dumnezeu știe ce grozăvie. Ei bine, eu nu sunt de acord. Nu, Louisa.

– Dar trebuie să plece, insistă Treena.

– Nu, nu trebuie să plece nicăieri. A făcut destule pentru ei. Lou cu gura ei ne-a spus aseară că a făcut tot ce i-a stat în puteri, zise mama și scutură cu încăpățânare din cap. Traynorii n-au decât să-și bată joc de viețile lor cu această... această... cu ce au de gând să-i facă fiului lor, dar eu nu vreau ca Louisa să se amestece. Nu vreau să-și distrugă toată viața.

– Cred că sunt și eu în stare să știu ce e mai bine pentru mine și ce nu, am spus.

– Nu sunt chiar așa de sigură că ești în stare. E prietenul tău, Louisa. Un tânăr care are toată viața înainte. Tu nu poți să iei parte la grozăvia asta. Sunt... sunt consternată că te poți gândi la așa ceva. Vocea mamei avea un ton nou, aspru. Lou, noi nu te-am crescut ca să ajuți un om să-și ia viața. Așa i-ai face oare și bunicului tău? Crezi că ar trebui să-l ducem și pe el la Dignitas?

– Cu bunicul e cu totul altceva.

– Nu, e același lucru. Nici el nu mai poate face ce făcea înainte de accidentul cerebral. Dar viața lui e prețioasă. La fel de prețioasă ca a lui Will.

– Mami, nu e decizia mea. E a lui Will. Și ideea principală aici e că Will trebuie susținut.

– Trebuie susținut? În viața mea n-am auzit o asemenea bazaconie! Ești un copil, Louisa. N-ai făcut nimic, n-ai văzut nimic. N-ai idee cât te-ar putea costa o asemenea susținere, cum spui tu. Pentru numele lui Dumnezeu, cum ai mai putea dormi noaptea știind că l-ai ajutat pe Will să-și pună capăt zilelor? Ai ajuta un om să moară. Înțelegi ce înseamnă asta? L-ai ajuta pe Will, pe tânărul acela inteligent și fermecător, să moară.

– Aș dormi noaptea, căci am încredere că Will știe ce e mai bine pentru el și fiindcă nimic nu l-a afectat mai rău decât pierderea capacității de a face fie și cel mai mic lucru singur, de a lua măcar o singură decizie în ce-l privește. M-am uitat la părinții mei, încercând să-i fac să înțeleagă. Nu sunt un copil. Îl iubesc. Îl iubesc, și nu l-aș putea lăsa niciodată singur. Și nu suport gândul de a nu fi acolo și de a nu ști ce... vrea... Am înghițit în sec: Așa că plec. N-am nevoie să-mi purtați de grijă sau să mă înțelegeți. Mă descurc și singură. Plec în Elveția indiferent de ce spuneți voi.

În micul hol se așternu o tăcere apăsătoare. Mama mă privea ciudat, de parcă eram o străină nimerită, cine știe cum, în casa ei. Am făcut un pas spre ea, încercând să-i explic, încă o dată, că aveam dreptate, dar ea se retrase, instinctiv.

– Mami! Îi datorez asta lui Will. Cine crezi că m-a convins să mă înscriu la facultate? Cine crezi că m-a încurajat să încerc să fac ceva cu mine, să călătoresc, să am ambiții? Cine mi-a schimbat modul de a vedea lumea și chiar pe mine însămi? Will. Am făcut mai multe, am trăit mai multe, în ultimele șase luni, decât în toată viața mea. Așa că, dacă el vrea să merg în Elveția, atunci am să mă duc. Indiferent care va fi deznodământul.

Ne-am uitat una la alta, fără să mai rostim un cuvânt. Tata și Treena schimbau priviri furișate, ca și cum fiecare l-ar fi așteptat pe celălalt să spună ceva.

Dar cea care rupse tăcerea fu mama:

– Dacă pleci, Louisa, să nu te mai întorci!

Cuvintele căzură din gura ei ca niște pietre. Am privit-o uluită, dar chipul ei părea de gheață, în așteptarea răspunsului meu. Era ca și cum un zid despre care nu știam să fi existat vreodată se ridicase brusc între noi.

– Mami...

– Vorbesc serios. Ceea ce faci nu e decât o crimă.

– Josie...

– Ăsta e adevărul, Bernard. Nu mă faceți părtașă la așa ceva!

Îmi amintesc că m-am gândit atunci că n-o văzusem niciodată pe Katrina părând atât de nesigură ca atunci. Tata o apucă de braț pe mama, dar n-aș fi putut spune dacă în semn de reproș sau de mângâiere. Mintea mi se goli, pe moment, de orice gând. Apoi, aproape fără să știu ce fac, am coborât încet restul scărilor și am trecut pe lângă părinții mei, către ușa din față. După o secundă, sora mea mă urmă.

L-am văzut pe tata frământat, cu buzele încordate, ca și cum s-ar fi luptat să se stăpânească. Se întoarse spre mama și o apucă pe după umeri. Ochii ei îi căutau privirea, și am avut impresia că ea știa deja ce avea să audă.

Tata îi întinse Treenei cheile de la mașină, iar aceasta le prinse cu o mână:

– Poftim! zise el. Ieșiți pe ușa din spate, prin grădina doamnei Doherty, și luați dubița! Dacă plecați acum și nu prindeți aglomerație pe drum, s-ar putea să mai prindeți avionul.

– Ai idee unde o să ducă toate astea? întrebă Katrina privindu-mă cu coada ochiului, în timp ce conducea dubița pe autostradă.

– Nu, i-am răspuns fără să mă uit la ea, căci scotoceam prin geanta de voiaj, încercând să-mi dau seama dacă uitasem ceva.

În urechi auzeam parcă întruna cuvintele rostite de doamna Traynor la telefon. „Louisa! Te rog, vino! Știu că am avut divergențe, dar... te implor! E esențial să vii acum."

– Fir-ar să fie! Niciodată n-am văzut-o pe mama așa, continuă Treena.

„Pașaport, portofel, cheile de la casă." Cheile de la casă? Pentru ce? Nu mai aveam nici o casă.

Katrina mă privi iar și urmă:

– E furioasă, dar e în stare de șoc. Știi că până la urmă o să-și revină, nu? De pildă, când am venit acasă și i-am zis că am rămas gravidă am crezut că n-o să mai vorbească niciodată cu mine. Dar i-a trebuit doar... cât? – două zile să-i treacă supărarea.

O auzeam sporovăind lângă mine, dar nu eram atentă la ce spunea. Pur şi simplu nu puteam lua seamă la mai nimic. Terminaţiile mele nervoase păreau să fi prins viaţă; aproape îmi zvâcneau, anticipând momentul revederii cu Will. Aveam să-l reîntâlnesc. Indiferent de orice altceva, măcar aveam asta. Aproape că simţeam cum distanţa dintre noi se micşorează, ca şi cum ne-am fi aflat la capetele unui elastic invizibil.

- Treen!

- Da.

Am înghiţit în sec:

- Te rog, ajută-mă să nu pierd avionul!

Dacă sora mea are o calitate fundamentală, aceea e hotărârea. Începu să gonească nebuneşte, fentând şirurile de maşini, trecând peste linia continuă, depăşind limita de viteză şi căutând, la radio, rapoartele despre trafic, până ce, în cele din urmă, am văzut luminile aeroportului. Opri cu scrâşnet de frâne, şi eram deja pe jumătate afară din maşină când am auzit-o strigând:

- Lou!

- Scuză-mă! am făcut şi m-am întors spre ea.

Mă îmbrăţişă cu putere şi-mi zise:

- Să ştii că faci ceea ce trebuie făcut. Aproape că o bufnea plânsul. Acum şterge-o! Dacă pierzi şi avionul după ce că m-am ales cu şase puncte amendă, nu mai vorbesc niciodată cu tine!

Nu m-am uitat înapoi. Am alergat fără oprire până la biroul Swiss Air şi abia după trei încercări am reuşit să-mi spun numele corect ca să-mi cer biletul de călătorie.

Am ajuns la Zürich puţin după miezul nopţii. Dată fiind ora târzie, doamna Traynor îmi rezervase deja, aşa cum promisese, cameră la un hotel de lângă aeroport, spunându-mi că va trimite a doua zi dimineaţă, la 9, o maşină să mă ia. Crezusem că n-o să pot dormi, dar am căzut într-un somn greoi şi frământat, din care m-am trezit a doua zi la 7, buimacă, fără să am habar unde mă aflam.

M-am uitat cu mirare în jur, prin încăperea nefamiliară, la draperiile grele de brocart roşu, menite să ascundă lumina, la televizorul cu ecran imens, la rucsacul pe care nici nu mă obosisem să-l desfac.

M-am uitat la ceas și am văzut că era abia trecut de 7, după fusul orar elvețian. Și, când mi-am dat seama, brusc, unde mă aflam, am simțit că stomacul mi se strânge de spaimă.

M-am dat jos din pat la timp pentru a voma în baie. Am rămas prăbușită pe pardoseala de gresie, cu șuvițe de păr lipite pe frunte și obrajii apăsați de porțelanul rece al toaletei. În minte auzeam vocea mamei, protestele ei, și am simțit cum mă cuprinde o groază întunecată, atotpătrunzătoare. Nu eram pregătită pentru asta. Nu voiam să dau greș din nou. Nu voiam să fiu nevoită să-l privesc pe Will murind. Cu un horcăit prelung, m-am aplecat asupra vasului de toaletă, vomând iar.

N-am putut mânca nimic. Am reușit să beau o ceașcă de cafea neagră, mi-am făcut un duș și m-am îmbrăcat. Se făcuse 8. M-am uitat la rochia verde pal pe care mi-o aruncasem în geantă și m-am întrebat dacă era potrivită pentru locul unde mergeam. Oare toți purtau veșminte negre acolo? Să aleg, poate, ceva mai viu și mai vibrant, ca rochia roșie care știam că-i plăcuse lui Will? De ce mă chemase doamna Traynor? Mi-am verificat telefonul mobil, întrebându-mă dacă era cazul s-o sun pe Katrina. La noi trebuia să fie 7 dimineața. Dar probabil ea tocmai îl îmbrăca pe Thomas pentru grădiniță, iar gândul de a vorbi cu mama era prea mult. M-am machiat discret și m-am așezat la fereastra camerei, numărând încet trecerea minutelor.

Nu cred că m-am simțit vreodată mai singură în toată viața mea.

Când n-am mai suportat să rămân acolo, mi-am strâns toate lucrurile în geantă și am ieșit. Voiam să-mi cumpăr un ziar și să aștept în holul hotelului. Nu putea fi mai rău decât să stau în cameră, cu știrile fade de la televizor și draperiile acelea sufocante. Tocmai treceam de recepție, când am văzut un computer plasat discret într-un colț. Pe el scria: PENTRU UZUL CLIENȚILOR. VĂ RUGĂM ÎNTREBAȚI LA RECEPȚIE.

– Pot să-l folosesc? m-am interesat.

Recepționera încuviință, dând din cap, și am cumpărat o fisă de o oră. Brusc, am știut cu cine voiam să vorbesc. Am știut instinctiv că era unul dintre puținii pe care mă puteam baza să fie online la ora aceea. M-am logat pe camera de chat și am tastat în caseta de mesaje:

Ritchie, ești?
'Neața, Albinuțo! Ești matinală azi.

Am ezitat o clipă, apoi am scris:

Sunt la începutul cele mai stranii zile din viața mea. Sunt în Elveția.

El intui imediat ce voiam să spun. Toți tetraplegicii știau. Clinica elvețiană fusese subiectul multor dezbateri aprinse. Am tastat:

Sunt îngrozită.
Și atunci de ce ai venit?
Fiindcă nu puteam să nu vin. El m-a rugat. Sunt la hotel și aștept să merg să-l văd.

Am stat puțin pe gânduri înainte de a scrie:

N-am idee cum se va încheia ziua de azi.
Of, Albinuțo...
Ce-aș putea să-i spun? Cum să-l fac să se răzgândească?

Se scurseră câteva minute până am primit răspunsul, și cuvintele apărură pe ecran mai lent ca de obicei, de parcă Ritchie s-ar fi străduit să și le aleagă cu grijă.

Albinuțo, dacă e deja în Elveția, nu sunt sigur că s-ar mai putea răzgândi.

Am simțit un nod uriaș în gât și am înghițit cu greutate. Ritchie tasta încă.

*Nu asta e alegerea mea și a celor mai mulți dintre noi de pe forumul ăsta. Îmi iubesc viața, chiar dacă mi-aș fi dorit să fie altfel. Dar înțeleg de ce prietenul tău s-a săturat de ea. Să duci o asemenea viață e obositor, într-un mod pe care o persoană *fără deficiențe fizice nu l-ar putea înțelege niciodată. Dacă e hotărât, dacă nu vede nici o cale prin care să-și îmbunătățească situația, cred că lucrul cel mai bun pe care l-ai putea face e să fii, pur și simplu, lângă el. Nu-i nevoie să-i dai dreptate. Dar trebuie să-i fii alături.*

Mi-am dat seama că îmi țineam respirația.

Baftă, Albinuțo! Și te rog să mă contactezi după ce se termină totul. S-ar putea să ai o perioadă dificilă. În orice caz, mi-ar plăcea să pot ajuta o prietenă ca tine.

Degetele îmi încremeniseră pe tastatură. Am scris:

Așa voi face.

În acel moment, recepționera mă anunță că mașina sosise în fața hotelului.

Nu știu la ce mă așteptam - poate la o clădire albă lângă un lac sau pe fundalul unor munți înzăpeziți. Poate la vreo fațadă cu aspect de spital și cu o placă aurită pe zid. În mod sigur nu mi-aș fi închipuit că aveam să fiu condusă printr-un fel de parc industrial până la o clădire ce semăna foarte mult cu o locuință obișnuită, înconjurată de fabrici și, în mod bizar, vecină cu un teren de fotbal. Am traversat un pod, peste un heleșteu cu peștișori aurii, și am ajuns.

Femeia care îmi deschise ușa știu imediat pe cine caut:

– Este aici. Vreți să vă conduc?

Am rămas nemișcată. Am privit ușa închisă dinaintea mea, ciudat de asemănătoare cu cea în fața căreia stătusem, în anexa lui Will, cu șase luni în urmă, și am răsuflat adânc, încuviințând din cap.

Am zărit patul înainte să-l văd pe el; domina încăperea cu lemnul său de mahon, tăblia sculptată și niște perne care nu prea-și găseau locul în acel cadru. Domnul Traynor stătea pe o margine a patului, doamna Traynor, pe cealaltă.

Ea mi s-a părut de-a dreptul străvezie la față, ca o stafie. Se ridică imediat ce mă văzu:

- Louisa!

Georgina stătea pe un scaun de lemn, într-un colț al camerei, aplecată peste genunchi, cu palmele împreunate ca și cum s-ar fi rugat. Își ridică privirea spre mine când am intrat, și i-am văzut cearcănele mari și ochii triști, înroșiți de plâns. Brusc, am simțit un val de simpatie față de ea. Ce-aș fi făcut dacă Treena ar fi insistat că are dreptul de a face ceea ce făcea Will?

Camera era luminoasă și bine aerisită, dând impresia că te afli într-o luxoasă casă de vacanță. Podeaua era placată cu gresie, peste care fuseseră așternute covoare scumpe, iar la un capăt se afla o canapea, de pe care puteai vedea o mică grădină. Nu știam ce să spun. Era un cadru atât de prozaic și de obișnuit - ei trei stând acolo, ca o familie care încerca să decidă ce obiective turistice să viziteze în ziua aceea.

M-am îndreptat spre pat.

- Deci, presupun că serviciul de cameră nu e chiar așa de grozav, am zis, trăgându-mi geanta peste umăr.

Ochii lui Will se fixară asupra mea și, în ciuda a toate, în ciuda temerilor mele, a faptului că vomasem de două ori în dimineața aceea și că mă simțeam groaznic, de parcă n-aș mai fi dormit de un an, brusc, mi-a părut bine că venisem. De fapt, nu m-am simțit bine, ci eliberată. Ca și cum o parte dureroasă și sâcâitoare din mine fusese excizată și îndepărtată.

Și atunci el îmi zâmbi. Surâsul lui era fermecător, lent și plin de recunoștință.

În mod bizar, m-am trezit că-i întorc zâmbetul.

- E frumoasă camera, am spus și imediat mi-am dat seama că era o remarcă idioată.

Am văzut-o pe Georgina Traynor închizând ochii, exasperată, și m-am înroșit la față.

Will își întoarse capul spre mama lui.

- Aș vrea să vorbesc cu Lou. Se poate?

Ea încercă să zâmbească. În felul în care mă privea am simțit un milion de sentimente - ușurare, recunoștință, o vagă obidă că era alungată în aceste câteva momente, poate chiar o speranță îndepărtată că venirea mea însemna ceva, că soarta lui Will putea fi încă schimbată.

– Sigur.

Trecu pe lângă mine ca să iasă pe coridor și, când m-am tras puțin în spate să-i fac loc, ea întinse palma și mă atinse ușurel pe umăr. Privirile ni se întâlniră, și n-am mai văzut în ochii ei expresia aceea rece, așa încât, pentru câteva clipe, am avut impresia că am în față o cu totul altă persoană. Apoi ea se întoarse cu spatele la mine.

– Vino, Georgina! spuse ea, văzând că fiica ei n-avea de gând să se ridice.

Tânăra se ridică încet și o urmă fără un cuvânt, deși se vedea clar o oarecare aversiune în atitudinea ei. Domnul Traynor o luă de după umăr, și ieșiră amândoi.

În sfârșit, rămăseserăm singuri.

Will era ridicat în capul oaselor pe perne și putea vedea afară, pe fereastra din stânga lui, fântâna decorativă din mijlocul heleșteului, din care un fir subțire și vesel de apă se scurgea sub platforma de lemn. Pe peretele camerei se găsea o imagine printată și prost înrămată reprezentând niște dalii. Îmi amintesc cum m-am gândit, privind-o, că era un tablou tare prost la care să te uiți în ultimele ore de viață.

– Deci...

– N-ai de gând să...

– N-am de gând să încerc să te fac să te răzgândești.

– Dacă ești aici, înseamnă că ai consimțit că e alegerea mea. E primul lucru pe care-l decid singur de la accident încoace.

– Știu.

Asta era. Știa și el, știam și eu. Nu-mi mai rămânea nimic de făcut.

Știți cât e de greu să nu spui nimic când fiecare atom din corpul tău se luptă parcă să vorbească? Pe tot drumul de la aeroport mă pregătisem sufletește să nu rostesc un cuvânt, dar senzația tot mi se părea ucigătoare. Am dat din cap. Când, în cele din urmă, am reușit să vorbesc, vocea mi-era răgușită și slabă, și singurul lucru pe care l-am putut scoate a fost:

– Mi-a fost dor de tine, Will.

El păru să se relaxeze.

– Vino încoace! Și, fiindcă eu ezitam, repetă: Te rog, vino! Aici, pe pat. Lângă mine.

Mi-am dat seama atunci că avea pe chip o expresie de ușurare. Că era bucuros să mă vadă într-un fel pe care n-avea să fie în stare să-l exprime. Și mi-am spus că asta trebuia să fie destul. Aveam să fac ceea ce-mi ceruse. Asta trebuia să ajungă.

M-am așezat pe pat, lângă el, și l-am cuprins cu brațul. Mi-am aplecat capul pe pieptul lui, lăsându-mă legănată de mișcările sacadate ale respirației care-l înălța ușor. Simțeam greutatea palmei lui Will pe spinare și respirația lui caldă în părul meu. Am închis ochii, trăgând în nări cu nesaț mirosul lui, același parfum scump de cedru, care se simțea în ciuda aerului proaspăt din cameră și a izului vag deranjant de dezinfectant. Am încercat să nu mă mai gândesc la nimic. Pur și simplu am încercat să exist, atunci și acolo, să absorb omul pe care-l iubeam ca printr-o osmoză, să imprim în mine ce-mi mai rămăsese din el. N-am mai spus nimic. Și apoi i-am auzit vocea. Eram atât de aproape de el, încât, atunci când vorbi, i-am simțit cuvintele vibrând parcă prin mine.

– Clark! Spune-mi ceva frumos!

Am privit pe fereastră, la cerul de un albastru strălucitor, și i-am spus povestea a doi oameni. Doi oameni care n-ar fi trebuit să se întâlnească niciodată și care nu se plăcuseră, la prima vedere, dar care apoi descoperiseră că erau singurii pe lume care s-ar fi putut înțelege unul pe celălalt. Și i-am destăinuit prin ce aventuri trecuseră, ce locuri străbătuseră și ce lucruri la care nu s-ar fi așteptat niciodată văzuseră. I-am amintit de ceruri încărcate de electricitate, de mări fosforescente și de seri pline de râsete și de jocuri amuzante. Am desenat pentru el o lume aflată departe de acel tărâm elvețian rece și plin de coșuri de uzine și fabrici, o lume în care el era, cumva, persoana care ar fi vrut să fie. I-am creionat lumea pe care el o creașe pentru mine, plină de minuni și de șanse. I-am dat de înțeles că o rană din sufletul meu se vindecase într-un fel pe care el n-avea cum să-l știe și că, fie doar și pentru asta, o părticică din mine avea să-i fie mereu îndatorată. Și, pe măsură ce vorbeam, știam că acestea aveau să fie cele mai importante cuvinte pe care le rostisem vreodată și că era important că veneau din suflet și nu erau doar vorbe goale, nu erau o încercare de a-l face să se răzgândească, ci, dimpotrivă, manifestau respectul meu față de hotărârea pe care o luase.

I-am spus o poveste frumoasă.

Timpul își încetini curgerea, apoi se opri de tot. Eram doar noi doi și șoaptele mele, murmurate în liniștea încăperii luminate de soare. Will nu spuse prea multe. Nu-mi răspunse, nu adăugă nici un comentariu sec, nici o remarcă ironică. Uneori încuviința tăcut, cu capul apăsat pe capul meu, și șoptea sau ofta prelung, cuprins, probabil, de nostalgie la cine știe ce amintire de demult.

– Au fost cele mai frumoase șase luni din viața mea, i-am mărturisit eu.

Urmă o tăcere prelungă.

– Ai să râzi, Clark, dar și din viața mea.

Și apoi, dintr-odată, am simțit că mi se sfâșie inima. Chipul mi se schimonosi a plâns, toată stăpânirea de sine de până atunci îmi pieri, l-am strâns în brațe și nu mi-a mai păsat că el avea să-mi simtă trupul zguduindu-se, inundat de durere. Durerea mă copleșea și îmi sfredelea inima și stomacul și capul și mă zdrobea, mă apăsa, fără ca eu să-i mai pot face față. Am crezut sincer că nu mai rezistam.

– Te rog, Clark, nu! rosti el încet, și i-am simțit buzele lipite de părul meu. Te rog, nu face asta! Uită-te la mine!

Mi-am strâns pleoapele cât am putut și am scuturat din cap.

– Te rog, uită-te la mine!

Dar nu puteam.

– Ești furioasă... Te rog! Nu vreau să te rănesc sau să te fac să...

– Nu, am refuzat eu, dând iarăși din cap. Nu e vorba de asta. Dar nu vreau... Mi-am lipit tare obrazul de pieptul lui și am șoptit: Nu vreau ca ultimul lucru pe care îl vezi să fie fața mea jalnică și umflată de plâns.

– Tot nu înțelegi, Clark, nu? spuse el, și am simțit o nuanță veselă în glasul lui. Nu este alegerea ta.

Mi-a trebuit ceva timp ca să-mi recapăt cumpătul. Mi-am suflat nasul și am tras adânc aer în piept. În cele din urmă, m-am ridicat într-un cot și l-am privit pe Will dintr-o parte. Ochii lui, atât de multă vreme triști și obosiți, păreau acum uimitor de clari și de liniștiți.

– Arăți absolut minunat.

– Foarte amuzant!

– Vino-ncoace! mă rugă el. Aici, lângă mine.

M-am aplecat din nou peste el, îmbrățișându-l. Deasupra ușii am zărit ceasul, cu limbile lungi, argintii, mișcându-se încet, și am avut sentimentul că timpul mi se scurge printre degete. Am luat brațul lui Will, trecându-l lin peste umărul meu, și i-am înlănțuit corpul cu mâinile și picioarele, până când trupurile noastre părură să se împletească. I-am apucat mâna – cea în care mai avea puțină vlagă – și mi-am strecurat degetele printre ale lui, sărutându-i încheieturile când am simțit că încearcă să mă strângă. Corpul lui îmi era, acum, atât de familiar... Îl cunoșteam, într-un fel cum nu-l cunoscusem niciodată pe al lui Patrick – cu puterile și slăbiciunile sale, cu mirosurile și cicatricele sale. Mi-am apropiat fața atât de tare de a lui Will încât trăsăturile i-au devenit neclare, și am început să mă dizolv în ele. Mi-am lipit nasul de al lui, i-am mângâiat părul, pielea, fruntea cu vârfurile degetelor, în vreme ce lacrimile mi se scurgeau șiroaie pe obraji. Și-n tot acest timp, el mă privi tăcut, studiindu-mă intens, de parcă ar fi vrut să rețină în memorie fiecare moleculă din mine. Îl simțeam deja dând înapoi, retrăgându-se pe un tărâm unde n-aveam să-l mai pot ajunge.

L-am sărutat, încercând, disperată, să-l întorc înapoi, în lumea mea. L-am sărutat și mi-am lăsat buzele să se odihnească peste ale lui, așa încât respirațiile noastre se împletiră și lacrimile mele depuseră o pojghiță sărată pe pielea lui, și mi-am spus în gând că, undeva, particule minuscule din el aveau să devină particule minuscule din mine, ingerate, înghițite, vii, perpetue. Aș fi vrut să-mi apăs fiecare atom de trupul lui, să-l strivesc de el. Să-i induc voința mea. Să-i dau fiecare picătură de viață pe care o simțeam curgându-mi prin vene și să-l oblig să trăiască.

Mi-am dat seama că mi-era frică să trăiesc fără el. „De ce tu ai dreptul să-mi distrugi viața, iar eu nu am dreptul să decid nimic într-a ta?“ aș fi vrut să-l întreb.

Dar îi promisesem.

Așa că m-am mulțumit să-l strâng în brațe pe el, Will Traynor, fost copil minune al finanțelor, fost scufundător și practicant de sporturi extreme, fost călător și iubit. L-am strâns în brațe și n-am mai zis nimic, spunându-i însă în tăcere, fără încetare, că era iubit. O, chiar era iubit!

N-aş putea spune cât timp am rămas astfel. Auzeam tulbure şoapte dincolo de uşă, târşâitul unor pantofi şi undeva, departe, clopotul unei biserici. Într-un târziu, l-am simţit pe Will răsuflând adânc, aproape scuturându-se, şi el îşi trase capul puţin în spate, ca să ne putem privi în ochi.

Am clipit.

Will schiţă un surâs slab, ca şi cum ar vrut să-şi ceară iertare.

– Clark, şopti el, poţi să-i chemi pe părinţii mei?

Capitolul 27

PARCHETUL COROANEI
ÎN ATENȚIA PROCURORULUI GENERAL
RAPORT CONFIDENȚIAL
REFERITOR LA: WILLIAM JOHN TRAYNOR
09.04.2009

Anchetatorii au interogat toate persoanele implicate în acest caz, și, în consecință, anexez dosarele care conțin toate documentele legate de el.

Subiectul anchetei este domnul William Traynor, în vârstă de treizeci și cinci de ani, fost coproprietar al firmei Madingley Lewins, cu sediul la Londra. În 2007, domnul Traynor a suferit un accident rutier, în urma căruia i-a fost afectată măduva spinării, fiind diagnosticat cu tetraplegie C5-C6, cu posibilitate foarte limitată de mișcare doar la un singur braț, fapt pentru care a necesitat îngrijire permanentă. Anexez dosarul lui medical.

Documentele dezvăluie că domnul Traynor a depus toate eforturile pentru a-și rezolva problemele legale înaintea călătoriei în Elveția. Ni s-a trimis o declarație de intenție, semnată și confirmată de avocatul lui, domnul Michael Lawler, ca și copii ale tuturor actelor relevante privitoare la discuțiile pe care le-a avut cu clinica elvețiană.

Familia și prietenii domnului Traynor și-au exprimat în unanimitate opoziția față de dorința acestuia de a-și pune capăt vieții prematur, dar, date fiind istoricul lui medical și tentativa anterioară de sinucidere (detaliată în dosarul său medical, anexat), ca și intelectul și tăria lui de caracter, ei au fost, aparent, incapabili să-l determine să se răzgândească, chiar și în timpul unei perioade de șase luni care a fost negociată cu el special în acest scop.

Trebuie remarcat că unul dintre beneficiarii testamentului domnului Traynor este îngrijitoarea sa, domnișoara Louisa Clark. Dată fiind durata scurtă a asocierii ei cu domnul Traynor, au apărut unele suspiciuni în privința generozității dovedite de acesta față de ea, dar toate părțile au declarat că nu doresc să conteste ultimele dorințe exprimate de domnul Traynor, care sunt legalizate. Domnișoara Traynor a fost interogată amănunțit în mai multe rânduri, iar anchetatorii au stabilit că ea a depus toate eforturile spre a-l împiedica pe domnul Traynor să-și pună în practică intenția (vezi „calendarul de aventuri" alcătuit de ea și inclus printre probe).

Trebuie, de asemenea, remarcat că mama lui, doamna Camilla Traynor, care a fost un respectat judecător timp de mulți ani, și-a înaintat demisia din cauza publicității nedorite care s-a făcut acestui caz. Se pare că ea și domnul Traynor s-au separat curând după moartea fiului lor.

Deși utilizarea sinuciderii asistate în clinicile străine nu este un fapt încurajat de Parchetul Coroanei, judecând după probele administrate, este evident că acțiunile familiei și îngrijitorilor domnului Traynor au respectat legislația referitoare la sinuciderea asistată și la posibila urmărire în justiție a apropiaților defunctului.

Domnul Traynor a fost considerat în deplinătatea facultăților mintale și a manifestat o dorință „voluntară, clară și în cunoștință de cauză" de a lua această decizie.

Nu există dovezi ale vreunei maladii psihice sau ale vreunei coerciții exercitate de vreuna din părți.

Domnul Traynor a indicat fără echivoc că dorește să se sinucidă.

Dizabilitatea domnului Traynor era severă și incurabilă.

Acțiunile însoțitorilor domnului Traynor au avut numai o influență minoră asupra acestuia și nu l-au ajutat din punct de vedere medical în mod semnificativ.

Acțiunile apropiaților domnului Traynor pot fi caracterizate drept sprijin dezaprobator adus dorinței ferme manifestate de victimă.

Toate părțile implicate au colaborat pe deplin cu poliția în investigarea cazului.

Date fiind faptele menționate, caracterul anterior ireproșabil al părților implicate și probele atașate la dosar, o eventuală urmărire penală în acest caz nu pare îndreptățită din punctul de vedere al interesului public.

Dacă și când se vor face declarații publice în acest caz, este recomandabil ca Procurorul General să afirme clar că dosarul Traynor nu stabilește un fel de precedent și că Parchetul Coroanei va continua să judece fiecare caz în parte, cu elementele și circumstanțele proprii.

Cu stimă,
Sheilagh Mackinnon
Parchetul Coroanei

Epilog

29 SEPTEMBRIE

N-am făcut altceva decât să urmez instrucțiunile.

M-am așezat în umbra tendei verde-închis a cafenelei, privind țintă în lungul Rue des Francs Bourgeois, în vreme ce soarele blând al toamnei pariziene îmi încălzea obrajii. În fața mea, chelnerul așezase, cu o eficiență galică, o farfurie plină cu croasanți și o ceașcă mare de cafea la filtru. La câteva zeci de metri distanță, doi bicicliști se opriră lângă un semafor și intrară în vorbă. Unul purta în spate un rucsac albastru, din care două baghete ieșeau în unghiuri ciudate. Aerul era cald și înăbușitor, și, rareori, o adiere de vânt mai aducea pe aripile ei miresme de cafea și de produse de patiserie, ca și izul înțepător al vreunei țigări.

Am terminat de citit scrisoarea de la Treena (m-ar fi sunat, susținea ea, dar nu-și putea permite convorbirile în roaming). La sfârșitul anului universitar era cea mai bună studentă din grupa de contabilitate și avea un nou iubit, Sundeep, care nu se hotăra dacă să se angajeze sau nu la firma de import-export a tatălui său, undeva pe lângă aeroportul Heathrow, și care, în materie de muzică, avea gusturi chiar mai proaste decât ea. Thomas aștepta cu nerăbdare să treacă în clasa următoare la școală. Tatei îi mergea foarte bine la slujbă și îmi trimitea salutări. Treena era destul de încrezătoare că mama avea să mă ierte curând. „Sigur a primit scrisoarea de la tine. Și știu că a și citit-o. Dar mai dă-i timp!“

Am sorbit din cafea, închipuindu-mă, pentru o clipă, pe Renfrew Road, în casa părinților mei, care mi se părea acum la un milion de kilometri depărtare. M-am gândit la scrisoarea primită de la doamna Traynor cu o săptămână în urmă. „Presupun că disperarea m-a făcut să par lipsită de politețe", îmi scria ea. „Dar vreau să știi că-ți voi fi mereu recunoscătoare pentru eforturile tale, Louisa. Mă liniștește gândul că Will a avut pe cineva cu care a putut să fie sincer. Știu că ți-e dor de el la fel de mult cum îmi e și mie." M-am întins pe scaun și am închis puțin ochii, orbită de razele soarelui. O femeie cu ochelari de soare își aranja părul, oglindindu-se în vitrina unui magazin. Am văzut-o cum își țuguie buzele, admirându-și reflexia în geam, apoi se îndreptă de spate și-și continuă drumul.

Am pus ceașca jos, am tras adânc aer în piept și apoi am scos cealaltă scrisoare, de care nu mă despărțisem în ultimele șase săptămâni.

Pe plic, cu litere mari, scria, dedesubtul numelui meu:

A SE CITI DOAR ÎN CAFÉ MARQUIS,
RUE DES FRANCS BOURGEOIS,
LÂNGĂ O FARFURIE CU CROASANȚI
ȘI O CAFEA CU LAPTE.

Prima dată când citisem textul râsesem printre lacrimi - era un mesaj tipic pentru Will, dominator până la capăt.

Chelnerul, un tinerel înalt și subțire, cu zeci de post-it-uri colorate lipite pe șorț, se întoarse și-mi surprinse privirea. „E totul în regulă?" păreau să mă întrebe sprâncenele lui ridicate.

– Da, am răspuns, după care m-am corectat, stingherită: *Oui.*

Scrisoarea era bătută la mașină. Am recunoscut fontul de literă, același de pe o felicitare trimisă de el cu mult timp în urmă. M-am cuibărit în scaun și am început să citesc.

Clark,

La momentul când vei citi aceste rânduri, vor fi trecut deja câteva săptămâni (cu toată priceperea ta, nou descoperită, de organizatoare, mă îndoiesc că vei reuși să ajungi la Paris înainte de începutul lui septembrie). Cafeaua este, sper, bună și tare, croasanții, proaspeți, iar vremea încă suficient de însorită ca să poți ședea afară, pe unul dintre scaunele acelea metalice care nu stă niciodată fix pe caldarâm. La Marquis nu e rău, trebuie să recunoști. Și friptura e bună, dacă-ți propui să revii aici pentru prânz. Și, dacă te uiți pe stradă, în stânga vei vedea, probabil, magazinul L'Artisan Parfumeur, unde, după ce vei citi aceste rânduri, ai putea merge să încerci un parfum care se numește Papillons Extrême (sau ceva de genul ăsta, nu mai știu precis). Întotdeauna mi s-a părut un parfum ideal pentru tine.

Bun, cam astea sunt instrucțiunile. Mai am câteva lucruri pe care aș fi vrut să ți le spun, și ți le-aș fi spus personal, dar (a) ai fi devenit excesiv de sentimentală și (b) nu m-ai fi lăsat să ți le spun cu voce tare. Întotdeauna ai vorbit prea mult.

Așadar, iată despre ce e vorba: cecul pe care l-ai primit în primul plic de la Michael Lawler nu reprezintă întreaga sumă de bani, ci doar un mic dar, ca să te poți descurca în primele săptămâni de șomaj și să poți ajunge la Paris.

Când te vei întoarce în Anglia, du-te cu această scrisoare la Michael, în biroul lui de la Londra, și el îți va da documentele necesare pentru a căpăta acces la contul deschis de mine pe numele tău. Suma e suficient de mare ca să-ți găsești un loc drăguț unde să stai, să-ți plătești facultatea și să-ți asiguri traiul zilnic pe toată durata studiilor.

Părinții mei trebuie să-ți fi vorbit despre asta. Cu ajutorul lor și al lui Michael Lawler, sper ca totul să se rezolve cu cât mai puțină bătaie de cap pentru tine.

Clark, practic pot să văd că emoțiile încep deja să ți-o ia razna. Nu începe să te panichezi sau, dacă asta s-a întâmplat deja, încearcă să te liniștești – banii nu sunt îndeajuns de mulți încât să-ți permită să huzurești toată viața. Dar ar trebui să-ți cumpere suficientă libertate ca să nu mai fii legată nici de plictisitorul orășel pe care-l numim amândoi „acasă", nici de genul de alegeri pe care până acum ai simțit că trebuie să le faci.

Nu-ți ofer banii fiindcă aș vrea să te simți îndatorată față de mine ori nostalgică sau să-i consideri vreo blestemată de amintire.

Ți-i ofer pentru că nu mai există prea multe lucruri care să mă facă fericit, dar tu reușești să mă faci.

Faptul că m-ai cunoscut ți-a provocat multă suferință și amărăciune – sunt conștient de asta și sper ca într-o zi, când vei fi mai puțin supărată și deja nu atât de furioasă pe mine, să înțelegi nu doar că n-aș fi putut proceda altfel decât am făcut-o, ci și că asta te va ajuta să duci o viață cu adevărat fericită, o viață mai bună decât ai fi avut dacă nu m-ai fi cunoscut niciodată.

La început, o să te simți puțin stânjenită în noua ta lume. Întotdeauna te simți ciudat când ești izgonit din zona ta de confort. Dar sper ca asta să te și însuflețească un pic. Chipul tău când ai ieșit din mare după cursul de scufundări mi-a dezvăluit totul; în tine, Clark, există o dorință nesățioasă de cunoaștere. O lipsă de teamă. Doar că până acum ai îngropat-o, cum fac majoritatea oamenilor.

N-o să-ți cer chiar să te arunci de pe zgârie-nori sau să înoți cu balenele ori ceva de genul ăsta (deși, în taină, mi-ar plăcea să știu că nu te-ai da în lături), ci doar să trăiești îndrăzneț. Să-ți depășești limitele. Nu rămâne în loc! Poartă cu mândrie colanții cu dungi! Și, dacă insiști să te stabilești undeva, cu vreun tip penibil, asigură-te că ascunzi ceva din toate astea undeva bine. Faptul că ai încă atâtea oportunități este un lux. Faptul că te-am ajutat poate să le cunoști îmi mai ușurează suferința.

Asta e tot. Clark, ești pentru totdeauna întipărită în inima mea. Ai fost din prima zi în care te-ai ivit în casa noastră, cu hainele tale ridicole, cu glumele tale proaste și incapacitatea totală de a ascunde ceea ce simțeai. Mi-ai schimbat viața mult mai mult decât ți-o vor schimba vreodată pe a ta banii aceștia.

Nu te gândi prea des la mine! Nu vreau să mi te închipui mereu picată în butoiul cu melancolie. Trăiește pur și simplu frumos!

Pur și simplu trăiește!

Te iubesc,

Will

O lacrimă mare căzuse pe tăblia subțire a mesei din fața mea. Mi-am șters obrajii cu palma, lăsând scrisoarea să-mi cadă pe masă. Îmi trebuiră câteva minute până să văd iarăși limpede.

– Vă mai aduc o cafea? întrebă chelnerul, care se ivise iar în fața mea.

L-am privit, clipind des. Era mai tânăr decât mi se păruse inițial și parcă nici nu mai degaja acel vag aer trufaș de prima dată. Sau, cine știe, poate că la Paris chelnerii sunt instruiți să se poarte delicat cu femeile care vin să plângă prin cafenele.

– Poate doriți... un coniac? făcu el, cu o privire furișată spre scrisoare, și surâse, de parcă ar fi bănuit ceva.

– Nu, i-am zis, întorcându-i zâmbetul. Mulțumesc. Am... am treabă de făcut.

Am plătit consumația și mi-am pus, cu grijă, scrisoarea în buzunar.

Apoi, ridicându-mă de la masă, mi-am așezat mai bine geanta pe umăr și am pornit pe stradă, spre parfumerie și spre Parisul de dincolo de ea.

În colecția Blue MOON au apărut:

Jojo Moyes, *Ultima scrisoare de dragoste*
Danielle Steel, *Învingătorii*
Elin Hilderbrand, *Zvonul*
Jacqueline Susann, *Valea păpușilor*
Tatiana de Rosnay, *Se numea Sarah*
Jojo Moyes, *Înainte să te cunosc*
Nora Roberts, *Obsesia*
Jojo Moyes, *Fata pe care ai lăsat-o în urmă*
Danielle Steel, *Daruri de preț*
Danielle Steel, *Sub acoperire*
Kristin Hannah, *Privighetoarea*
Jojo Moyes, *După ce te-am pierdut*
Danielle Steel, *O viață perfectă*
Danielle Steel, *Jocuri de putere*
Martha Hall Kelly, *Când înflorește liliacul*
Danielle Steel, *Fiul risipitor*
Danielle Steel, *Aripile destinului*
Kristin Hannah, *A doua șansă*
Barbara Taylor Bradford, *Cavendon Hall*
Jojo Moyes, *Un bărbat și o femeie*
Jodi Picoult, *Pactul*
Nora Roberts, *Secrete și minciuni*
Jojo Moyes, *În căutarea unui destin*
Tracy Brogan, *Nebunie de-o vară*
Jojo Moyes, *Silver Bay*
Danielle Steel, *Moștenirea secretă*
Danielle Steel, *Blue*

wisse, dass Tristan sie unglücklich machen werde. An dieser Stelle stockte Adèle kurz. Es gab einen Moment der Irritation, in dem sie ihren Blick ins Dunkel des Zuschauerraumes richtete. Isa hatte das unangenehme Gefühl, dass ihre Mutter sehr genau wusste, wo sie saßen.

Sie wandte sich um, weil sie ihren Vater ansehen wollte. Er saß stocksteif da, hatte beide Hände um die Armlehnen seines Sitzes gekrallt und den Mund halb offen. Wenn Isa noch einen Beweis dafür gebraucht hätte, wie sehr ihr Vater ihre Mutter auch nach all den Jahren immer noch liebte, dann hätte sie ihn jetzt gehabt. Es tat ihr fast körperlich weh, die Sehnsucht zu spüren, die von ihm ausstrahlte. Wie Radioaktivität, dachte sie, und das war der Moment, in dem sie ihm verzieh, was er alles getan hatte. Er hatte versucht, sie zu schützen, und dafür hatte er schrecklich viel aufgegeben. Vielleicht hatte er ja sogar dieselbe Sorge gehabt wie sie auch – dass eines seiner beiden Kinder, oder beide, Adèles gesundheitliche Probleme geerbt hatte. Der Gedanke ließ ein warmes Gefühl für ihren Vater in Isa keimen. Sie hieß sein Verhalten immer noch nicht gut, aber sie begann langsam, es zu verstehen.

Sie spürte, dass Alexanders Blick auf ihr ruhte. Er folgte dem Geschehen auf der Bühne nur mit halber Aufmerksamkeit, die andere Hälfte hatte er auf sie gerichtet.

»Alles okay?«, wisperte er und um die anderen Zuschauer nicht zu stören, brachte er seinen Mund dabei dicht an ihr Ohr.

Sie schauderte unter seinem warmen Atem auf ihrer Haut.

»Ja«, wisperte sie zurück. Und drückte seine Hand.

Beide wandten sich wieder der Bühne zu, wo Tristan und Isolde gerade den ersten Kuss tauschten.

Adèle, die es, hinter einer Wand verborgen, mit ansah, rang

theatralisch die Hände. Um die Dramatik der Szene zu untermalen, zuckte ein greller Blitz über die Bühne. Der Donner, der gleich darauf grollte, war so laut, dass Isa vor Schreck zusammenfuhr.

»Ich halte das nicht mehr aus!«, flüsterte Isa Alexander ungefähr zehn Minuten später zu. Das Theaterstück war zu motorradüberladener Action übergegangen und das gesamte Zelt roch wie die Boxengasse eines Formel-1-Events. Obwohl der Zuschauerraum gut gelüftet war, war Isa schwindelig, was natürlich auch daran liegen konnte, dass sie seit Beginn des Stückes nur flach geatmet hatte.

Sie signalisierte Alexander, dass er sie durchlassen sollte, dann stand sie auf und drängte sich an ihm vorbei zum Gang. »Ich bin gleich wieder da«, versprach sie.

Während auf der Bühne die Action zu Ende ging und Adèle mit einer verblüffend vertraut aussehenden goldenen Schatulle in den Armen wieder auftrat, eilte Isa den Gang hinunter in Richtung Ausgang. Ein Mann, der dort als Ordner stand, schaute sie fragend an.

»Ich muss kurz wohin«, erklärte sie ihm und er zog ihr nickend den Vorhang vor dem Eingang beiseite.

In der sonnigen, heißen Luft angekommen, füllte Isa ihre Lungen, so tief es eben ging. Ihr Kopf schwirrte von den Dingen, die sie gesehen hatte, vor allem aber von der Tatsache, dass es ihre Mutter war, die dort unten auf der Bühne das Theaterstück ihres Lebens aufführte.

Ihre Mutter.

Die Frau, von der sie mehr als zehn Jahre lang geglaubt hatte, dass sie ihr vollkommen egal war. Mehr noch: die sie all die Jahre verachtet zu haben geglaubt hatte. Ihr wild klopfendes

Herz bewies nur zu deutlich, dass das ein Irrtum gewesen war. Sie verachtete diese Frau nicht. Im Gegenteil. Wie sehr sie sie auf einmal kennenlernen wollte, wie sehr mehr über sie erfahren!

Die Entscheidung fiel schnell und unerwartet. »Hallo?« Isa winkte einer Frau, die gerade dabei war, mit einem Arm voll Kostüme hinter das Zelt zu eilen. »Entschuldigen Sie. Können Sie mir sagen, welcher Wagen Adèle gehört?«

Die Frau war zu beschäftigt, um sich zu erkundigen, warum Isa das wissen wollte. Im Laufen deutete sie vage in eine Richtung. »Dahinten. Er ist golden angemalt, Sie können ihn nicht verfehlen.«

»Danke!«, rief Isa der Frau hinterher, aber die hörte es schon nicht mehr.

Drinnen im Zelt wurde die Musik lauter. Das Stück steuerte auf irgendeinen seiner zahlreichen Höhepunkte zu.

Sollte sie?

Adèle war mit ihrem Spiel beschäftigt. Eine günstigere Gelegenheit würde Isa nicht bekommen. *Jetzt oder nie,* dachte sie.

Adèles Wohnwagen war tatsächlich nicht zu übersehen, auch wenn die Beschreibung der Frau nicht ganz stimmte. Eigentlich war der Wagen, genau wie der von Cécil Bartoc in einem dunklen Nachtblau angemalt. Allerdings hatte jemand sämtliche Fensterrahmen, die Tür und auch mehrere der hölzernen Latten mit goldener Farbe bemalt, sodass das Gefährt wie ein übergroßes Schatzkästchen im Sonnenlicht glitzerte.

Als Isa die drei Holzstufen vor dem Eingang hochstieg und die Hand nach dem Türgriff ausstreckte, was sie sicher, dass der Wagen abgeschlossen sein würde. Aber zu ihrer Verblüffung schwang die Tür ohne Mühe nach außen auf. Isa wich zurück, sodass sie sie weit genug öffnen konnte, um hindurchzuschlüpfen. Mit klopfendem Herzen wollte sie sie hinter sich wieder zuziehen, doch eine Hand schob sich in den Spalt und verhinderte das.

Isa konnte einen erschrockenen Ausruf nur mit Mühe unterdrücken. Erleichtert schnaufte sie durch, als der Besitzer der Hand sich ebenfalls ins Innere des Wagens schob. Es war Alexander.

»Echt jetzt?«, fragte er leise.

Sie fühlte sich ertappt, missverstanden, peinlich berührt, alles gleichzeitig. Und darum rettete sie sich in Ärger. »Was machst du hier?«, zischte sie.

Er grinste, aber nur einen Sekundenbruchteil lang. »Selbe Frage an dich.«

Darauf wusste sie nichts zu erwidern.

»Vielleicht habe ich gedacht, ich muss zur Stelle sein«, sagte er vieldeutig. »Falls ich dich noch mal beschützen muss.«

Sie wusste nicht, ob sie wütend auf ihn sein sollte, weil er das sagte, oder ob es ihr gefiel. Ein wenig von dem alten Dramagefühl wehte sie an, verging aber sofort wieder. Sie war einfach froh, dass er da war. Das hier mit ihm gemeinsam zu tun, fühlte sich gut an. »Halt einfach die Klappe!«, zischte sie ihn an. Dann sah sie sich um.

Der Wagen sah genau so aus, wie sie ihn sich vorgestellt hatte. Die Wände waren tapeziert mit Plakaten, von denen die meisten Theaterstücke ankündigten. Aber auch einige Filmplakate waren darunter, hauptsächlich von alten Filmen aus den 60er- und 70er-Jahren des vergangenen Jahrhunderts. Und dieselbe Reproduktion des Selbstbildnisses von van Gogh mit dem abgeschnittenen Ohr, die auch in Isas Zimmer hing.

Isa schluckte bei dem Anblick. Van Gogh hatte sich in

einem Anfall von geistiger Umnachtung so schwer verstümmelt. Was sagte es über sie und ihre Mutter, dass sie beide dieses Bild besaßen?

Alexander, der bemerkt hatte, wohin sie blickte, stieß Luft durch die Nase. »Ihr seid euch echt ähnlich«, hörte sie ihn murmeln und das war nun so ziemlich das Letzte, was sie hören wollte.

Ihr Blick schweifte über die winzige Küchenzeile, die die Wand rechts von ihr bedeckte und die peinlich sauber und aufgeräumt war. Nur eine Schale mit Äpfeln stand auf der Arbeitsfläche. Ihr Geruch erfüllte die Luft mit diesem typischen Duft, der zeigte, dass mindestens einer der Äpfel angefangen hatte zu faulen. Die Schale selbst war aus dunkelgrauem Ton und mit einem Netz aus goldenen Rissen überzogen, die aussahen, als sei das Gefäß einmal zerbrochen und auf diese Weise wieder repariert worden. Isa kannte diese traditionelle japanische Flicktechnik. Sie hieß Kintsugi und es ging dabei darum, die Dinge wertzuschätzen, auch wenn sie Risse hatten. Dass Adèle so eine Schale besaß, rührte Isa an. Sie griff nach einer kleinen Karte, die an einen der Äpfel gelehnt dastand. Adèle hatte mit ihrer typischen Handschrift ein Zitat daraufgeschrieben.

We are all broken. That's how the light gets in.

(Ernest Hemingway)

Isa musste schlucken.

Alexander, der ihr über die Schulter geschaut hatte, streifte die Schale beiläufig mit den Fingerspitzen. »Ich habe das vor einiger Zeit mal im Netz gesucht«, sagte er. »Vermutlich stammt es nicht von Hemingway.«

»Aha«, machte Isa.

Alexander klopfte mit dem Fingernagel gegen den Rand der

Schale. »Aber es gibt eine ganz ähnliche Zeile in einem Song von Leonhard Cohen.«

»Aha«, machte Isa erneut.

Da lächelte Alexander. »Egal, oder?«

Das war es. Das Zitat gefiel Isa, völlig gleichgültig, von wem es stammte. Die Vorstellung, dass vielleicht sogar Adèle selbst es sich ausgedacht hatte, fühlte sich schön an. Berührend. Und auf eine warme Weise tröstlich.

Risse. Licht im Innersten.

Sie spürte, wie ihre Kehle eng wurde.

Alexander strich ihr kurz über den Arm, dann wandte er sich einer Anrichte zu, die der Küchenzeile gegenüber an der anderen Wagenwand stand. Ein überraschter Pfiff kam über seine Lippen.

Isa sah zu ihm hinüber. Auf der Anrichte standen mehrere silbergerahmte Fotos.

Alexander deutete auf eines davon.

Isa trat neben ihn und schaute genauer hin. Das Foto zeigte Adèle und eine weitere Frau, die erst auf den zweiten Blick zu erkennen war, weil sie wohlgenährt und braun gebrannt war – ganz anders als auf dem Foto, das Madame Hiver ihnen gegeben hatte. »Naïa«, sagte Isa und unterdrückte ein Zittern, weil sie immer noch nicht sicher wussten, wer von den beiden Frauen auf dem Bild Alexanders Mutter war. »Da muss sie noch gesund gewesen sein.« Adèle und Naïa hatten sich gegenseitig die Arme um die Schultern gelegt. Ihre Wangen berührten sich und beide lachten sie aus vollem Herzen in die Kamera. Am unteren Rand hatte jemand mit einem schwarzen Filzstift *Beste Freundinnen für immer!* quer über das Bild geschrieben, später dann aber mit mehreren wütenden Linien durchgestrichen. Am auffälligsten allerdings war das Spinnennetz aus Rissen, das sich quer über das Glas zog. »Das muss irgendwann mal runtergefallen sein«, vermutete Isa.

Alexander tippte auf die schwarzen Filzstiftstriche. »Oder jemand hat es gegen die Wand geknallt.«

Oder das, dachte sie. Sie nahm das Bild in die Hand, betrachtete es genauer. Die Augen ihrer Mutter waren auch hierauf voller brennender Energie. Um Adèles Blick zu entgehen, drehte Isa das Foto um. »He!«, entfuhr es ihr. »Guck mal.«

Sie drehte den Rahmen so, dass auch Alexander seine Rückseite betrachten konnte – und den Zettel, der aussah, als hätte ihn jemand schon vor vielen Jahren dort angebracht. Der Klebstoff war vergilbt und durch das Papier geschlagen. Die Schrift wirkte verblasst, aber dennoch war gut zu erkennen, dass es sich um mit Schreibmaschine geschriebene Zeilen handelte.

hab dich mir unters schlüsselbein graviert …

»Könnt ihr mir mal sagen, was ihr hier macht?«

Die schrille Frauenstimme hinter ihnen ließ sie beide herumfahren.

Isas Herz überschlug sich förmlich. Im Gegenlicht stand eine schmale, nicht besonders große Gestalt. Ihr Gesicht lag im Schatten, aber Isa hatte dieses wallende, bodenlange Gewand eben noch auf der Bühne gesehen.

»Maman!«, keuchte sie.

KAPITEL 26

Adèle trat einen Schritt vor, sodass das Sonnenlicht sie nicht mehr wie einen Schattenriss umspielte und ihre Züge sichtbar wurden. Zum ersten Mal, seit sie sich erinnern konnte, sah Isa in das Gesicht ihrer Mutter und es war, als schaue sie in einen Spiegel, der ihr auf magische Weise ihre eigene Zukunft zeigte. Das dort waren ihre eigenen Züge, die schmale Nase, die etwas vollere Unterlippe und die im Vergleich dazu schmale Oberlippe. Das feine blonde Haar. Und die hellen blau-grauen Augen.

Der Blick aus diesen Augen schien zu knistern. Die Art, wie Adèle dastand, wie sie ihre Blicke zwischen Isa und Alexander hin- und herwandern ließ, still, irgendwie fasziniert, faszinierend in ihrer Präsenz, sodass ...

Isas Gedanken zerfaserten, als Adèle noch einen Schritt näher kam. Sie glaubte schon, dass ihre Mutter jetzt das Wort an sie richten würde, aber das tat sie nicht. Noch einmal forschte sie so intensiv in Isas Gesicht herum, dass Isa ihr nur mit äußerster Mühe standhalten konnte. Und dann wandte sie sich Alexander zu.

Was zum ...?

Isa spürte einen fiesen Stich, als Adèle nun auch Alexander musterte. Auf einmal wirkten ihre Züge nicht mehr radioaktiv, sondern weich. Zärtlich. Langsam hob sie die Hand, näherte sie Alexanders Wange. Hielt inne.

Alexander stand da, als habe eine überirdische Macht ihn gebannt. Nur sein Kehlkopf bewegte sich ruckartig auf und ab.

»Alexander, nicht wahr?« Ganz leise und liebevoll war Adèles Stimme und etwas in Isa krümmte sich.

In ihren geheimsten Träumen von ihrem Wiedersehen hatte ihre Mutter so mit ihr gesprochen. In der Realität jedoch beachtete sie sie nicht einmal richtig. Ein, zwei Sekunden vergingen, dann berührte Adèle Alexanders Wange. Er zuckte zusammen, aber er wich ihr nicht aus. Isa sah allerdings, wie er die Fäuste ballte. Ganz blass war er. Verhext. Ein Geräusch kam aus Adèles Mund, das Isa an das Wimmern eines verletzten Tieres erinnerte.

Ihr war kalt und sie verspürte Traurigkeit und Enttäuschung, die sich wie ein Schraubstock um sie legten. Bevor sie ihre Erstarrung überwinden konnte, ließ Adèle die Hand sinken. »Warum nur haben sie dich mir weggenommen?«, seufzte sie.

Wie bitte?

Die Frage ließ eine ganze Legion von Gedanken in Isa aufblitzen und sie vertrieben wenigstens für den Moment die traurigen Emotionen. Alexander. Ihr weggenommen? Was bedeutete das? Lagen sie falsch mit ihrer Vermutung, dass Naïa Alexanders Mutter war? War er doch Adèles Sohn? Waren Alexander und sie etwa doch Bruder und Schwester …? Isa stieß ein leises Wimmern aus bei diesem Gedanken.

Alexander schaffte es, einen Schritt vor Adèle zurückzuweichen. Hilflos sah er Isa an und sie konnte sich in seiner Verwirrung spiegeln. Noch während sie versuchte, unter dem Gewicht ihrer Emotionen nicht in die Knie zu gehen, wurden draußen Stimmen laut. »Adèle?«, schrie ein Mann. »Wo bist du? Dein Einsatz kommt gleich, du musst auf die Bühne, verdammt!«

Adèle wirbelte auf dem Absatz herum und stürzte aus dem Wohnwagen.

Verblüfft und geschockt blieben Isa und Alexander zurück.

»Alter!«, wisperte Isa. Und dann, sehr leise: »Alexander?«

»Ja«, krächzte er. »Ich weiß.«

Mehr gab es nicht zu sagen. Isa schloss die Augen.

»Adèle!«, schrie der Mann. »Wo willst du hin?«

Isa riss die Augen wieder auf.

Adèle war die Bühne jetzt völlig egal. Durch die weit offen anstehende Tür konnte Isa sehen, wie sie zwischen den bunt angemalten Wohnwagen hindurch wegrannte. Und sie sah auch, wie Bartoc sie abfing und festhielt. Adèle wehrte sich. Wild um sich schlagend versuchte sie, sich aus der Umklammerung zu befreien, und erst als Isas Vater hinzutrat, ihr Gesicht in beide Hände nahm und sie ansprach, da beruhigte sie sich. Ganz weich wurde sie in Bartocs Armen und aus großen Augen hörte sie Isas Vater zu, was er sagte.

Isa war an eine Wand zurückgewichen. Mühsam klammerte sie sich an einer Kante fest, weil sich ihr Herz schmerzhaft zusammengezogen hatte. Sie wusste nicht, was sie erwartet hatte, wenn sie Adèle endlich gegenüberstehen würde, aber bestimmt nicht das, was da soeben geschehen war. Hatte sie sich ausgemalt, dass Adèle ihr um den Hals fallen, sie festhalten und »Meine Tochter!« seufzen würde? Irgendwie schon, auch wenn natürlich klar war, dass das eine ziemlich unrealistische Vorstellung gewesen war. Aber so völlig emotionslos gemustert zu werden, wie Adèle es eben getan hatte, nur um sie dann Alexanders wegen völlig links liegen zu lassen – das tat weh. Es tat so schrecklich weh, dass Isa nicht wusste, wohin mit sich. Mit einer Hand ließ sie die Kante los, berührte sich an der Wange, die ganz nass war.

Alexanders Augen ruhten auf ihr. »Isa ...«, murmelte er.

Sie hob die Hand in einer abwehrenden Geste. »Lass!«

»Ich wusste es schon immer«, brummelte Ben. »Lass Erwachsene in der Geschichte mitmischen und die Kids sind außen vor!«

Als Geschwisterkleeblatt versammelt saßen sie zu viert in Adèles Wohnwagen in der Sitzecke. Bartoc hatte sie gebeten, dort auf sie zu warten, solange er und Isas Vater sich um Adèle kümmerten. Er hatte die Vorstellung abgebrochen, die Zuschauer nach Hause geschickt und ihnen versprochen, dass ihre Eintrittskarten gültig bleiben würden. Danach hatten die beiden Männer Adèle in ein modernes Wohnmobil geführt, das direkt hinter Bartocs Bürowohnwagen stand.

Nachdem Isa den ersten Anflug von bitterer Enttäuschung über Adèles Verhalten überwunden hatte, fühlte sie sich innerlich zwar immer noch wund, aber sie hatte sich – und vor allem ihre Tränen – jetzt wieder im Griff.

Alexander saß ihr gegenüber und konnte ihr nicht in die Augen sehen. Isa wusste, er dachte an nichts anderes als an das, was Adèle eben gesagt hatte.

Warum haben sie dich mir weggenommen?

Die Erinnerung daran fuhr als scharfer Schmerz durch Isa hindurch und plötzlich fielen ihr all die Warnungen ihres Vaters und ihrer Tante ein: *Sie ist nicht gut für uns. Sie macht Menschen unglücklich ...*

Und genau das war Isa an dieser Stelle. Sie war sogar todunglücklich, weil sie sich endlich eingestanden hatte, dass sie unsterblich in Alexander verliebt war. Nur, um nun erfahren zu müssen, dass er und sie blutsverwandt waren und niemals zusammenkommen konnten ...

»Noch mal«, sprach Ben das an, worüber sie jetzt schon dreimal gesprochen hatten. »Sie hat dich nur kurz angesehen und dann nur noch Alexander ...«

»Hör auf!«, fuhr Isa ihn an. »Es wird nicht besser dadurch, dass du es andauernd wiederholst.«

Ben zog die Schultern hoch. »Ich sag ja nur ...«, murmelte er.

Sera warf ihm einen mitfühlenden Blick zu, aber natürlich wusste sie auch nicht, was es in einer solchen Situation zu sagen gab.

Isa starrte gegen die Wohnwagentür. Seit mindestens einer Stunde waren ihr Vater, Bartoc und ihre Mutter in diesem Wohnmobil verschwunden und es dauerte auch noch eine weitere halbe Stunde, bis sich endlich die Tür von Adèles Wagen öffnete und der Anführer der Schauspieltruppe hereinkam.

Ben, der am Rand der Sitzecke saß, sprang auf und wollte etwas fragen, doch Bartoc bedeutete ihm, den Mund zu halten.

»Sie hat sich jetzt einigermaßen beruhigt«, sagte er. »Sie will mit euch reden.« Er winkte sie hinter sich her. »Kommt.«

Zu viert folgten sie ihm zu dem Wohnmobil, das, ähnlich wie der nachtblaue Bürowagen, eher spartanisch und funktional eingerichtet war. Der hintere Bereich wurde von einem großen Bett dominiert, das fast die gesamte Wagenbreite einnahm. Adèle saß aufrecht in den Kissen und hatte eine Decke bis zur Brust hochgezogen. Genau wie Isas Vater, der auf dem Rand der Matratze Platz genommen hatte, blickte sie den Kindern entgegen und Isa hatte schlagartig das Gefühl, keine Luft mehr zu bekommen.

Was doch mit Sicherheit nur daran lag, dass der Wagen jetzt mit sieben Menschen völlig überfüllt war. Oder?

Oder?

»Du musst einen Höllenschrecken bekommen haben.« Das war das Erste, was Adèle sagte, und wieder sprach sie ausschließlich zu Alexander. Der scharfe Schmerz der Enttäuschung in Isa wuchs noch.

Adèle wirkte jetzt sehr viel klarer und gefasster als noch eben. So, als ob Bartoc ihr irgendein Beruhigungsmittel gegeben hätte.

Alexander biss die Zähne zusammen.

»Johann hat mir gesagt, dass du Bescheid weißt. Darüber, wer deine Mutter ist,« meinte Adèle.

»Sag es mir«, flüsterte Alexander.

Über Adèles Züge glitt ein Lächeln, das Isa frösteln ließ. Sie wollte, dass Adèle Alexander antwortete, sie wollte endlich wissen, mit wem er wirklich verwandt war. Und gleichzeitig war da eine wimmernde Kleinkinderstimme in ihr, die schluchzte: *Hier bin ich, Maman! Beachte mich!*

Ben, der neben ihr stand, war blass, seine Miene ausdruckslos. Einmal kurz schüttelte er den Kopf, dann lehnte er sich an Isa und sie hielten sich aneinander fest wie zwei Schiffbrüchige auf hoher See.

Isas Vater sah es, biss die Zähne zusammen.

»Sag du, was du denkst«, stellte Adèle eine Gegenfrage an Alexander. Sie wirkte wie eine Katze, die sich an einen Kanarienvogel heranschlich. So, als bereite es ihr Freude, Alexander so vor sich zu sehen.

»Naïa«, sagte Alexander und sprach damit aus, was auch Isa am meisten bewegte.

Für einen Sekundenbruchteil verzerrte sich Adèles Gesicht vor Wut. Es sah gruselig aus. Dann legte sie den Kopf zurück ins Kissen und lächelte. »Heute ist der Tag, an dem die Geheimnisse enden«, murmelte sie. Die Geschwindigkeit, mit der ihre Stimmungen wechselten, und die Art, wie sie alle Anwesenden im Raum hinhielt, mit ihnen spielte, machten Isa ganz schwindelig. Sie sah zu, wie die Finger ihrer Mutter über die Decke tasteten, bis sie die Hand ihres Vaters fanden. Ganz zaghaft berührte sie sie und mit einer Selbstverständlichkeit, die Isa die Kehle zuschnürte, ergriff er ihre Finger und umschloss sie mit seinen. Auch er wirkte gequält, aber er schien jetzt akzeptiert zu haben, dass das alles hier nötig war.

Alexander hielt die Anspannung nicht mehr aus. »Sag mir, ob ich recht habe!«, flehte er. »Sag mir, dass Naïa meine Mutter ist!«

Da geschah etwas Unheimliches. Als habe sie sich übergangslos in eine Furie verwandelt, warf Adèle sich nach vorne. »Ja!« Sie schrie das Wort, kreischte es fast. »Ja! Ja! Ja!«

Isas Vater brauchte seine ganze Kraft, um sie davon abzuhalten, sich auf Alexander zu stürzen. Beruhigend redete er auf sie ein und endlich sank sie zurück in die Kissen. Ihr Blick flammte.

Isa schauderte.

Irgendwann hatte ihre Mutter sich gefangen. »Es geht schon«, murmelte sie und wirkte wieder völlig ruhig.

Isas Vater zögerte dennoch. »Sag ihm, was du mir eben erzählt hast«, bat er sie.

Sie jedoch schloss nur die Augen.

»Isa und Ben haben genauso wie ich ein Recht darauf zu erfahren, warum du ...« Er schluckte. Er schien Skrupel zu haben weiterzusprechen.

»Verrückt geworden bist«, beendete Adèle seinen Satz und als er widersprechen wollte, riss sie die Augen auf. »Doch, Johann! Nennen wir das Kind ruhig beim Namen!« Sie heftete den Blick auf Isa und Ben. »Aber ihr müsst euch keine Vorwürfe machen. Es war nicht eure Geburt, die das hier oben durcheinandergebracht hat.« Mit der freien Hand schlug sie sich gegen die Stirn. »Welche Mutter droht, mit ihren Kindern von einer Klippe zu springen, wenn sie nicht verrückt ist?«

Isa wehrte sich gegen die Bilder, die in ihr aufflackerten. Sie glaubte, wieder auf der Klippe zu stehen, glaubte, sich selbst weinen zu hören, aber die Geräusche und Stimmen, die aus der Vergangenheit zu ihr wehten, waren schwach und gedämpft.

»Akute Psychose«, sagte Adèle. »Das haben die Ärzte in der Klinik diagnostiziert. Ausgelöst durch eine Retraumatisierung mittels schwerer Verlusterfahrung.«

Isa verstand kein Wort.

Es war ihr Vater, der es erklärte. »Eure Mutter war ungefähr zehn, als man sie aus ihrer Familie geholt hat.« Er seufzte, dann sprach er weiter. »Ihre Eltern waren schwer drogenabhängig und völlig unfähig, sich um sie zu kümmern.«

Isa ging ein Gedanke durch den Kopf. »Seit wann weißt du das?« So, wie er klang, hatte er das selbst gerade erst erfahren, und dass mit dieser Vermutung richtiglag, zeigten Adèles nächste Worte.

»Seit eben. Ich habe es niemandem erzählt.« Adèle lächelte, diesmal sah in sich gekehrt aus. Abwesend. »Niemandem. Es war mein Geheimnis.«

Also nicht einmal Bartoc oder all den anderen Menschen hier.

Isa betrachtete das schmale Gesicht ihrer Mutter. Diese Frau – sie war für alle in ihrer Umgebung ein Rätsel. Und sie schien es zu genießen. Isas Blick wanderte in die Runde, zu Ben, Sera. Alexander. Und zu ihrem Vater, den sie langsam immer besser verstehen konnte. So viele Dinge, die in dieser Familie ungesagt geblieben waren.

Plötzlich verspürte sie eine unendliche Traurigkeit über all die verpassten Gelegenheiten und Momente.

»Bartoc hat sie zu sich und zu seiner Truppe genommen und sich um sie gekümmert«, fuhr ihr Vater fort und riss Isa damit aus ihren Gedanken.

»Guter Cécil«, murmelte Adèle. »Bei ihm ging es mir gut. Ich konnte meine furchtbaren Eltern und meine Vergangenheit hinter mir lassen. Dann habe ich Naïa kennengelernt.« Sie lächelte wieder dieses verlorene Lächeln. Dann blitzte erneut Wut in ihren Augen auf. Gleich darauf kehrte das Lächeln zurück.

Isa war kalt.

»Wir waren seelenverwandt, verbrachten nahezu unsere ganze Zeit miteinander, aber dann bekam Naïa ihre Krebsdiagnose und nur wenige Tage später stellte sie fest, dass sie schwanger war. Mit dir, Alexander.«

Alexander wich unter dem Ansturm ihrer Worte ein Stück zurück und auch Isa wollte irgendwas tun. Weglaufen. In einer Ecke zusammensinken, die Knie vor die Brust ziehen und den Kopf darauflegen. Sie rührte keinen Muskel, aber in ihrem Kopf kreiste nur ein einziger Gedanke: Alexander war nicht ihr Bruder!

Er. Ist. Nicht. Mein. Bruder!

Sie suchte Alexanders Blick, fand ihn. Er hatte Tränen in den Augen.

Adèles Stimme verschwand fast hinter der unendlichen Erleichterung, die Isa empfand. »Sie hat sich geweigert, eine Therapie zu machen. Die Ärzte konnten ihr nicht versprechen, dass die Behandlung dich nicht schädigen würde, und sie wollte unbedingt, dass du gesund zur Welt kommst.« Zitternd holte Adèle Luft. »Kurz nach deiner Geburt ist sie dann gestorben.«

Isa wollte weg von hier. Sie wollte Alexander bei der Hand nehmen, mit ihm über die Felder laufen, stehen bleiben, ihn küssen. Aber gleichzeitig wollte sie, dass ihre Mutter sie beachtete, sie – endlich, endlich – in den Arm nahm. Die widersprüchlichen Gefühle zerquetschten sie fast. Sie rückte ein Stück zu Alexander hin. Sie nahm seine Hand und wie ihr Vater und Adèle gerade eben verschränkte Alexander seine Finger mit ihren.

Adèle sah es. Ein gespenstischer Ausdruck glitt über ihre Miene und diesmal wechselte er nicht sofort wieder, sondern blieb so lange, dass es Isa eisig den Rücken herunterrann. Sie konnte sich nicht mehr an das Gesicht erinnern, das ihre Mutter oben auf der Klippe gemacht hatte, aber so ähnlich musste es ausgesehen haben. Das hier, das wurde ihr klar, war die Adèle, vor der ihr Vater versucht hatte, sie zu schützen.

»Du hättest mein Sohn sein sollen«, flüsterte Adèle mit hohler Stimme. Einen Moment war es sehr still in dem Wohnwagen, dann kam der nächste Ausbruch. Wieder schoss Adèles Oberkörper nach vorn, wieder verzerrte sich ihr Gesicht zu einer geifernden Fratze. »Mein Sohn!«, kreischte sie.

Diesmal war es Bartoc, der die Sache hatte kommen sehen, der sie festhielt und zurück in die Kissen drückte.

Adèle wimmerte auf. »Mein Sohn!« Jetzt wimmerte sie nur noch. »Mein Sohn! Meiner!« So oft wiederholte sie es, dass ihre Worte in Isas Ohren dröhnten.

Bartoc setzte sich auf die andere Seite neben Adèle, zog sie in ihre Arme und wiegte sie wie ein kleines Kind. »Ihr solltet jetzt besser gehen«, sagte er zu Isa und ihren Geschwistern. »Sie braucht Ruhe.«

Isas Vater schien derselben Meinung zu sein. »Kommt«, sagte Isa zu Ben, Sera und Alexander und kurz darauf saßen sie alle zusammen in dem Wohnwagen von Adèle. Isa setzte sich neben Alexander, sie wollte auch wieder seine Hand nehmen, aber diesmal verweigerte er sich ihr. Er hatte beide Hände vor sich auf der Tischplatte liegen und die Finger so sehr ineinanderverkrampft, dass es schmerzhaft aussah. Was hatte er?, dachte Isa. Er hätte erleichtert sein müssen wie sie, dass wirklich Naïa seine Mutter war. Stattdessen wirkte er nachdenklich, irgendwie geschockt.

Sera beugte sich zu ihm hinüber und strich über seinen Arm, aber das schien er kaum wahrzunehmen.

Ein paar Minuten wusste keiner, was er sagen sollte, dann öffnete sich die Wagentür und Bartoc kam herein. Er ließ die Tür offen und lehnte sich an eine Wand. »Euer Vater ist noch bei ihr.« Mit beiden Händen fuhr er sich über das Gesicht und es war deutlich, dass noch etwas kommen würde. »Als klar war, dass Naïa sterben würde, kam Adèle auf die Idee, dass sie dich adoptieren könnte, Alexander. Sie war ganz beseelt von dem Gedanken, aber Naïa war es nicht.«

»Was für ein Wunder!«, entfuhr es Ben.

Bartoc lächelte traurig. »Ja. Es war unzweifelhaft, dass Adèle unfähig sein würde, eine gute Mutter zu sein. Dazu war sie viel zu labil. Naïa muss große Angst um dich gehabt haben, Alexander, jedenfalls brachte sie dich zu den *Brüdern des heiligen Augustinus vom Berge*. Das ist ein kleiner Mönchsorden außerhalb von Avignon. Sie legte dich heimlich dort auf die Kirchenstufen. So wusste niemand, wer du bist, und sie hatte dich damit Adèles Zugriff entzogen. Adèle ist ausgerastet. Sie fühlte sich hintergangen und im Stich gelassen.«

Das erklärte die Wut, die immer wieder in ihrer Mutter aufblitzte, wenn der Name Naïa fiel. Isa dachte an den roten Lippenstift in dem Buch und sie schaute auf den zersprungenen Bilderrahmen auf der Anrichte. *Beste Freundinnen für immer …*

Mittlerweile fühlte sich die Traurigkeit in ihr an wie etwas, das nie wieder weggehen würde.

»Wir …« Bartoc unterbrach sich, weil Isas Vater in der Tür des Wagens aufgetaucht war.

»Sie schläft jetzt.« Isas Vater betrat den Wagen und setzte sich zu ihnen. Als sich alle Blicke auf ihn richteten, fügte er hinzu: »Ich habe Gilles und eine der Frauen gebeten, auf sie aufzupassen.«

Bartoc schien zufrieden damit. Er fuhr mit seiner Erzählung fort. »Natürlich wurden von Amts wegen Nachforschungen angestellt und versucht, Alexanders Mutter zu finden«, erklärte er. »Vergeblich, denn wie bei uns fahrendem Volk immer noch üblich, war Alexander nicht in einem Krankenhaus geboren worden und es gab dementsprechend keine Unterlagen über ihn. Trotzdem muss es Adèle irgendwie gelungen sein rauszufinden, wer Alexander adoptiert hatte.«

»Gemma«, warf Alexander ein.

Bartoc nickte und Isas Vater sprach weiter.

»Wir haben uns das in den letzten Stunden alles aus dem zusammengereimt, was Adèle uns erzählt hat. Wir vermuten, dass Adèle Gemma irgendwie ausfindig gemacht und sich mit ihr angefreundet hat.«

Alexander schüttelte den Kopf. »Aber dann hätte ich sie doch irgendwann mal kennenlernen müssen!«

»Nicht, wenn du zu dem Zeitpunkt noch sehr klein warst«, widersprach Isas Vater.

Doch Alexander wirkte nicht überzeugt. »Gemma hätte mir das all die Jahre bis zu ihrem Tod nie verschwiegen.« Er biss sich auf die Lippen und Isa ahnte, dass er einen Satz herunterschlucken musste.

Weil sie nicht so ist wie du, Dad!

Der Vorwurf jedoch schwang auch so in seinen Worten mit und Isas Vater hörte ihn. Das sah man seinem betroffenen Gesicht an.

»Gemma hat erst an dem Tag mit mir reden wollen, an dem sie gestorben ist«, fuhr Alexander fort. »Ich glaube eher, dass Adèle kurz vorher Kontakt zu ihr aufgenommen hat. Sie war ja ziemlich aufgewühlt an dem Morgen.« Er senkte den Blick, schluckte, und Isa dachte daran, wie Gemma ihm das Gedicht gegeben hatte und daran, dass sie kurz vor ihrem tödlichen Unfall mit ihm über das hatte sprechen wollen, was sie kurz zuvor erfahren hatte. War sie gestorben, weil das unerwartete Treffen mit Adèle sie so sehr aufgewühlt hatte, dass sie diesen Unfall gebaut hatte? Möglich war es.

»Es wäre auch eine Erklärung dafür, warum Adèle dieses Parfüm in die goldene Schatulle gelegt hat«, warf Ben ein. »Wenn sie sich kurz vor Gemmas Tod mit ihr getroffen hat, hat sie vielleicht diesen Duft an ihr gerochen und hielt es für eine gute Idee, das Parfüm in die Kiste zu legen.«

Weil sie dramatische Spielchen mit uns spielen wollte … Isa lehnte sich zurück und legte den Kopf an die Wand.

Alexander schloss die Augen.

»Wie dem auch sei: Adèle hat es als Verrat empfunden, dass Naïa ihr Kind vor ihr in Sicherheit gebracht hat.« Bartoc betonte das Wort *Verrat* überdeutlich. »Das hat Adèles kindliches Trauma wieder aufleben lassen: die Erfahrung, dass sie den Menschen in ihrer Umgebung völlig egal ist, dass man ihr das zum Leben Notwendigste jederzeit verwehren kann. Dann allerdings traf sie euren Vater und kurz dachte ich, es würde ihr durch ihn besser gehen. Aber sie war unfähig zu einer Beziehung mit ihm.«

»Sie verließ mich«, ergänzte Isas Vater.

»Als sie merkte, dass sie von ihm schwanger war, ja. Da ging sie mit unserer Truppe fort in die Bretagne. Aber sie hielt es nicht aus ohne dich, Johann. Sie bestand darauf, zu dir zurückzukehren.«

Hochschwanger mit mir, dachte Isa. Diesen Teil der Geschichte kannten sie ja schon von Tante Claire. Adèle war zu ihrem Vater zurückgekehrt, sie selbst war geboren worden, aber Adèle hatte sich nicht darüber freuen können.

»Sie hatte mich«, murmelte sie, »aber sie konnte mich nicht lieb haben.« Ihr Blick glitt zu Alexander. »Weil ich nicht du war.« Was empfand sie dabei, dass der Junge, den sie liebte, der Grund für die Qualen ihrer eigenen Mutter war? Selbst wenn man ihr eine Pistole an die Schläfe gesetzt hätte, hätte sie es nicht sagen können und das wunderte sie nach all den Emotionen der letzten Tage und Wochen. Vielleicht hatte sie einfach ihr Kontingent an Gefühlen aufgebraucht, sodass es in ihr plötzlich ganz taub war. Konnte man zu viel fühlen? Vermutlich schon.

Adèle jedenfalls tat es.

Alexander hatte die Augen inzwischen wieder geöffnet. Sie sah, wie er die Zähne aufeinanderpresste, so heftig, dass sie nicht nur die Muskeln an seinem Kiefer, sondern auch die an seinem Hals sehen konnte.

»Sie hatte sich in die Idee verrannt, dass du ihr gehören würdest, Alexander. Sie war felsenfest davon überzeugt, dass Naïa dich ihr weggenommen hatte«, erklärte Bartoc. »Das hat sich zu einer Psychose ausgewachsen. Und als sie merkte, dass deine Geburt ihren Schmerz nicht lindern konnte, Isa, da hoffte sie, dass ein zweites Kind es vielleicht könnte.«

»Darum wurde sie so schnell wieder schwanger. Mit mir«, sagte Ben. Auch er starrte Alexander an. »Ich war ihr zweiter Versuch, dich zu ersetzen.«

Isas Blick suchte den ihres Vaters. Stocksteif und gerade saß er da, so blass, wie sie ihn noch nie zuvor gesehen hatte. *»Wenn ihr nach ihr sucht, wird euch das unglücklich machen«*, flüsterte sie. »Das hast du uns immer wieder gesagt.«

Es war der eine Tropfen zu viel. Mit einem Ruck sprang Alexander auf. »Sorry«, stieß er hervor. Dann stürzte er aus dem Wohnwagen.

Isa und alle anderen schauten ihm erschrocken hinterher.

»Lauf ihm nach, Isa!«, riet Bartoc ihr.

Und genau das tat sie.

Wo war er?

Isa rannte zwischen den Wohnwagen entlang auf der Suche nach Alexander, aber sie konnte ihn nirgends entdecken. Sie lief bis zum Ende des Lagers, wo eine dichte Hecke aus Dornengestrüpp jedes Durchkommen unmöglich machte. Als sie auf den Platz vor dem Zelt zurückkehrte, standen dort mehrere Besucher, die auf die nächste Vorstellung von *Tristan und Isolde* warteten.

Isa lief an ihnen vorbei.

»Hey!« Gilles' Ruf scholl hinter ihr her. Er blockierte den Haupteingang des Zeltes und offenbar hatte er jemand anderen zur Bewachung von Adèle abkommandiert. Jedenfalls war er gerade damit beschäftigt, mit ein paar Schaustellern zu diskutieren, ob sie die zweite Vorstellung des Tages besser gleich ganz ausfallen lassen sollten. Als Isa stehen blieb und sich umdrehte, kam er auf sie zu. »Das war ja ein ziemliches Drama, das ihr da verursacht habt.«

Sie war jetzt weder in der Stimmung für Scherze noch dafür, ihm irgendwelche Erklärungen zu liefern. Und schon gar nicht wollte sie mit Gilles über ihre Familiendramen reden. »Hast du Alexander gesehen?«, fuhr sie ihn an.

Er schüttelte den Kopf.

»Das ist der große junge Mann mit den schwarzen Locken, der bei dir war, oder?«, ergriff eine Frau aus seiner Gesprächsrunde das Wort.

»Ja.«

»Der ist Richtung Straße gelaufen«, informierte sie die Frau.

»Danke!« Isa ließ Gilles und die anderen stehen und rannte in die angegebene Richtung. Die Sonne brannte auf sie nieder, ließ die Luft flimmern, sodass es aussah, als würde der Asphalt schmelzen. Mehrere Autos fuhren vorbei und wirbelten heißen Staub auf, aber da war nirgends eine Spur von Alexander.

»Mist, verdammter!«, fluchte sie. Keine zwei Sekunden später entdeckte sie ihn.

Er saß auf einem gefällten Baumstamm am Straßenrand, dessen verdorrtes Laub im Wind raschelte. Er hatte den Blick in die Ferne gerichtet und wirkte tief in Gedanken versunken. Isa vergeudete keine Zeit. Ohne ihn zu fragen, ob er es wollte, setzte sie sich neben ihn.

Er warf ihr nur einen kurzen Seitenblick zu.

»Schöne Scheiße, das alles, oder?«, fragte sie leise.

Sein Auflachen war trocken. »Immerhin bin ich nicht dein Bruder«, murmelte er heiser.

Ja! Immerhin das. Trotzdem ahnte sie, was in ihm vorging. Sie wollte seine Hand nehmen, aber er zog seine mit einem so heftigen Ruck weg, dass er ihr genauso gut auch eine Ohrfeige hätte geben können. »Wie es aussieht, ist das jetzt nicht mehr unser Problem.«

Schlagartig wurde ihr die Kehle so eng, dass sie keinen Ton mehr hervorbrachte. »Was bedeutet das für uns beide?«, fragte sie mit so ruhiger Stimme, wie sie nur konnte.

Diesmal schaute er sie lange an. Radioaktivität schlug ihr aus seinen Augen entgegen, machte ihr Angst. »Du und Ben, ihr beide existiert, weil Adèle euch als Ersatz für mich wollte. Ich bin der Grund, warum eure Mutter unfähig ist, euch zu lieben ...« Sein Gesicht verzerrte sich und kurz ähnelte er Adèle mit ihren gruseligen Stimmungsschwankungen. »Die ganze Zeit hattest du Angst zu erfahren, wer deine Mutter wirklich ist, und jetzt bin ich derjenige, der nicht weiß, woher er kommt und wer er eigentlich ist. Außer, dass ich der Grund dafür bin, dass sie dich und Ben damals verlassen hat.«

Er hatte recht, dachte Isa betäubt. Aber was bedeutete das schon? Er war ein Baby gewesen damals, er konnte nichts für Adèles Probleme, auch wenn er der Grund dafür war.

»Und wennschon«, sagte sie, aber es klang flach. Unsicher.

Alexander lachte auf, es war ein bitteres Lachen. »Ich wüsste nicht, wie das alles nicht zwischen uns stehen sollte. So viel Drama! Gott, das alles hier klingt wie ein Drehbuch, bei dem zu viel Leute reingequatscht haben!«

Isas Herz zog sich so fest zusammen, dass es wehtat. »Was willst du jetzt machen?« Sie konnte nur flüstern. Verlor sie hier etwa gerade den Jungen, den sie liebte, noch bevor er und sie überhaupt eine Chance gehabt hatten, sich richtig nahezukommen? Er war das einzig Beständige in ihrem Leben. Einer der ganz wenigen Menschen, auf die sie sich immer hatte verlassen können, und jemand, der sie nie angelogen hatte. »Ich möchte dich nicht verlieren«, wisperte sie, als er nicht antwortete.

Alexander schnaufte nur und sie wusste nicht mehr weiter.

Irgendwann kam ihr Vater die Straße entlang. Auch seine Gestalt zerfloss in der flirrenden Hitze. »Hier seid ihr.« Dicht vor ihnen blieb er stehen, schien aber nicht zu wissen, was er sagen sollte.

»Eins ist mir immer noch nicht klar«, sagte Alexander zu ihm. »Die Tatsache, dass du und Gemma euch kanntet ... ist das Zufall oder steckt noch ein weiteres Geheimnis dahinter, das du mir verschweigst?«

Isas Vater verzog schmerzlich das Gesicht. »Keine Geheimnisse mehr. Das musst du mir glauben. Gemma und ich kannten uns über das Theater. Ich habe ein Stück geschrieben, das sie aufgeführt hat. Ich wusste nichts davon, dass du und Adèle ... dass ihr diese Geschichte ...« Er zuckte mit den Schultern. »Adèle würde vermutlich sagen, dass alles vorherbestimmt war.«

Ja, dachte Isa. *Das würde zu ihr passen.*

Ihr Vater räusperte sich. »Cécil hat uns angeboten, in einem der Wohnwagen zu übernachten, aber ich denke, es ist besser, wenn wir zurück zu Claire fahren.«

Isa erhob sich von dem Baumstamm. Das Rillenmuster der Rinde hatte sich tief in ihre Handflächen gegraben. Sie rieb sie aneinander, weil sie kribbelten. »Was ist mit Maman?«

»Was soll mit ihr sein? Sie bleibt bei ihren Leuten, wo es ihr besser geht.«

Es gab keinen Hinweis, was ihr Vater bei diesen Worten dachte oder empfand, und sie fragte auch nicht nach.

»Alexander?«, flüsterte sie.

Ohne Worte erhob er sich, aber sie konnte das nicht so einfach stehen lassen. Sie schüttelte den Kopf. »Ich werde nicht von hier wegfahren, ohne wenigstens einmal in Ruhe mit ihr gesprochen zu haben.« Sie spürte, dass ihr Vater widersprechen wollte, und sie funkelte ihn an. »Ohne dich!«, fügte sie hinzu. »Ich weiß, du willst uns beschützen, aber ich bin kein kleines Kind mehr. Ich will mit ihr reden. Und Ben mit Sicherheit auch.«

Anders als sie gedacht hatte, war Ben sich nicht so sicher, ob er mit Adèle reden wollte, also betrat Isa zunächst allein das Wohnmobil, in dem ihre Mutter immer noch in dem Bett lag und gegen die Decke starrte.

Mit klopfendem Herzen blieb Isa in der Tür stehen und wartete darauf, dass Adèle reagierte. Sie wusste, dass Alexander, Ben und Sera draußen warteten. Und auch ihr Vater stand vor dem Wohnwagen und wäre sofort da gewesen, wenn etwas Unvorhergesehenes geschehen sollte. Trotzdem fühlte sie sich schutzlos, irgendwie ausgeliefert. Das Ganze hier fühlte sich völlig irre an, überdramatisch, aber auf eine ungute Art, und vielleicht war das genau richtig so. Denn wie es aussah, hatte sie endlich genug von Dramen und war in den vergangenen Tagen doch irgendwie erwachsen geworden.

»Maman?«, sagte sie leise.

Adèle wandte ihr den Kopf zu. Sie wirkte matt und eingefallen. »Kind«, murmelte sie.

KAPITEL 27

Gegen Abend an diesem langen, schmerzhaften Tag saß Alexander auf seinem Bett in Tante Claires Gewächshaus und kritzelte ziellos in seinem Notizbuch herum.

Erratisch hatte er geschrieben und danach alle Worte notiert, die ungefähr das Gleiche bedeuteten. *Schlingernd. Irrlichternd. Unvorhersehbar.*

Unberechenbar.

Flatterhaft.

Das Letzte strich er wieder durch. Ihm war übel, kein Wunder bei all den Gedanken, die seit Stunden wie ein dröhnender Strudel in seinem Kopf herumwirbelten. So vieles, das er heute über sich erfahren hatte, und gleichzeitig wusste er noch nicht einmal die Hälfte. Wer war Naïa gewesen, seine Mutter? Wer war sein Vater? Wie sollte er rausfinden, wer er selbst war, wenn er plötzlich keine Wurzeln mehr hatte?

Und – nicht zuletzt – wie sollte er sich selbst je verzeihen, dass er der Grund für all das Leid war, das Isa durch ihre Mutter erfahren hatte? Allein der Gedanke daran bohrte sich wieder und wieder wie ein Messer in seinen Verstand.

Als Isa allein zu ihrer Mutter in dieses Wohnmobil geklettert war, hatte er sie richtiggehend beneidet. Sie hatte ihre Mutter wieder. Er hingegen würde weder Gemma noch Naïa jemals wiedersehen. Als Isa dann nach einer halben Ewigkeit zurück ins Freie getreten war, hatte sie ganz leicht gelächelt und er hatte geahnt, dass sie und Adèle einen Weg finden würden, mit der Vergangenheit zu leben. Wie dieser Weg aussehen würde, lag zwar noch in der Zukunft und niemand konnte es wissen. Aber klar war: Isa würde sich nicht mehr von ihrem Vater vorschreiben lassen, ob sie ihre Mutter treffen würde oder nicht. Diese Geschichte war zu Ende. Für Isa begann jetzt eine neue und es würde sich rausstellen, ob sie freundlich oder düster werden würde.

Mit schwerem Herzen nahm er den Zettel mit dem Gedicht, das Gemma ihm gegeben hatte. Das Gedicht, das Naïa vermutlich für Adèle geschrieben hatte. Zeile für Zeile las er es.

`zieh du mir die Gefühle aus`
`mondblume`
`gleiche dem vogel der an dein`
`fenster`
`prallt`

Er schloss die Augen, dachte an die Frau, die ihn adoptiert und bei der er bis zu seinem neunten Geburtstag gelebt hatte. Isas Geschichte war zu Ende, aber seine eigene war an einem Punkt angekommen, an dem er in sein eigenes Abenteuer aufbrechen musste. Vor ihm lag der Nebel der Zukunft. Würden Isa und er sie miteinander teilen? Oder war ihre gemeinsame Geschichte zu Ende, bevor sie richtig begonnen hatte?

Als sie vorhin gemeinsam auf diesem verdorrten Baumstamm gesessen hatten, da hatte Isa seine Schuld an ihrem Schicksal abgetan und er wusste, dass sie es in diesem Augenblick auch wirklich so gemeint hatte. Aber würde die Sache nicht von nun an wie etwas Drohendes zwischen ihnen stehen? Würde sie das wirklich aushalten können?

Und wichtiger: Konnte er es?

Eine Erinnerung durchschnitt das Chaos der Gedanken in seinem Kopf. Er und Ben und Isa vor dem Fernseher. Ein Serienabend. Er erinnerte sich nicht mehr daran, was sie geschaut hatten, aber an ihre Diskussion danach erinnerte er sich.

»Ich hasse Happy Ends bei Liebesgeschichten«, hatte Isa gesagt.

Ben hatte es kaum glauben können. »Wieso um Himmels willen das denn?«

»Weil sie unrealistisch sind! Ich meine: Sie lebten glücklich bis an ihr Ende? Danach geht das Leben doch erst los.«

Alexander hatte darauf verzichtet, ihr zu erklären, dass das Leben danach nicht Teil der Geschichte war. So funktionierte Geschichtenerzählen nicht. Er hatte einen metallischen Geschmack im Mund. Er hatte sich die Lippe blutig gebissen. In einem Anflug von Selbstmitleid saugte er an der Wunde und ihm wurde noch ein bisschen schlechter.

Nachdem sie an diesem Abend wieder auf Tante Claires Hof angekommen waren, hatte Isa einen langen Spaziergang gemacht, denn die Unruhe in ihr war so groß geworden, dass ihr ganzer Körper kribbelte. Als sie den Hof wieder erreichte, standen längst die Sterne am Himmel.

Weil sie nicht wusste, was sie sonst tun sollte, ging sie in Tante Claires Salon, wo ihr Vater auf einem der Sofas saß und las. Auf der Fahrt zurück hierher hatte er wissen wollen, was Adèle und sie so lange in dem Wohnmobil geredet hatten, aber sie hatte es ihm nicht verraten. Sie hatte überhaupt mit niemandem darüber gesprochen, weil dies eine Erinnerung war, die sie für sich ganz allein behalten wollte.

»Hast du mit Papa zusammen entschieden, dass du uns verlässt?« Das war die erste Frage gewesen, die sie ihrer Mutter gestellt hatte. Sie erschien ihr wichtig, denn an ihr hing alles andere, sie war das Zentrum dieses fragilen Gebildes, das mühsam austariert werden musste und das sich Familie nannte.

Adèle hatte lange Zeit nach einer passenden Antwort gesucht. »Es war besser für euch«, sagte sie dann.

Isa war damit nicht hundertprozentig zufrieden, aber vermutlich würde sie mehr vorerst nicht bekommen, das war ihr klar. »Darf ich mich zu dir setzen?«, fragte sie.

Da hatte Adèle gelächelt und es war ein offenes, warmes Lächeln gewesen. Eines, das Isa tief ins Herz fuhr. Sie hatte einen Stuhl ans Bett ziehen wollen, aber ihre Mutter hatte auf den Rand des Bettes geklopft, also hatte sie sich dorthin gesetzt.

Der Rest ihres Gespräches war nicht viel befriedigender gewesen. Auf jede Frage hatte Adèle ausweichend oder geheimnisvoll geantwortet und trotzdem hatte Isa am Ende das Gefühl gehabt, dass ein Anfang gemacht war. Es war dieses eine warme Lächeln ihrer Mutter, an das sie sich klammerte. Die Finsternis war nicht allesbeherrschend, das zeigte ihr dieses Lächeln. Wie es weitergehen würde?

Sie wusste es noch nicht.

Sie hatte Ben überredet, ebenfalls mit Adèle zu reden. Er hatte es nur unter der Bedingung getan, dass sie dabei war, und dieses Gespräch war sehr viel kürzer gewesen als ihr eigenes. Als sie beide wieder gegangen waren, hatte Ben gesagt: »Ich weiß nicht, ob ich das alles irgendwann mal klarkriege.«

»Wir werden sehen«, hatte Isa geantwortet.

Jetzt stand sie einen Moment lang ratlos in Tante Claires Salon und betrachtete ihren Vater mit seinem Buch in der Hand. »Was liest du?«, fragte sie.

Ihr Vater schlug das Buch zu und betrachtete den Umschlag. Es war sein eigener Debütroman *Die Frau in Rot.* »Das hier.« Er seufzte er so tief, dass Isa schon glaubte, er würde ihr jetzt

Vorwürfe machen. Etwas in der Art: *Seht ihr? Ich habe doch gesagt, dass es nicht klug ist, nach Adèle zu suchen.* Aber er verkniff sich diese Worte und sie war ihm dankbar dafür.

Sie setzte sich in einen Sessel und rutschte ganz nach vorn an die Kante.

Ihr Vater tippte auf das Buch. Er hatte das Foto darin liegen, das Adèle in die goldene Kiste gelegt hatte. Er zog es hervor und zeigte Isa seine Rückseite.

Ich und Ben!

Isa starrte auf die Unterstreichung und das Ausrufezeichen. Mit großer Kraft hatte Adèle beides ins Papier gekratzt, als müsste sie sich selbst einreden, dass das Foto auf der Vorderseite ihren eigenen Sohn zeigte und nicht den schmerzlich vermissten Alexander. »Das Foto wurde kurz vor Naïas Tod gemacht«, sagte sie.

Ihr Vater nickte. »Sie hat sich verzweifelt eingeredet, dass das Baby Ben ist. Natürlich völlig vergeblich.«

»Sie kann nicht anders, sie muss sich die Realität nach ihren Bedürfnissen umdeuten, sonst geht sie kaputt daran«, murmelte Isa und einen ganz kurzen Moment fühlte sie sich ihrer Mutter unendlich nah. »Glaubst du, das liegt an ihren Eltern und wie sie sie vernachlässigt haben?«

»Eine Überlebensstrategie«, vermutete ihr Vater. »Ja.«

»Was wirst du jetzt machen?«, fragte sie. »Mit ihr, meine ich?«

»Was meinst du?«

»Na ja. Sie hat ja sehr deutlich geschrieben, dass sie uns zurückhaben will. Wirst du ihr eine neue Chance geben?«

»Würdest du das denn wollen?« Es war das erste Mal, dass er ihr so eine Frage stellte, und irgendwie fühlte sich das richtig gut an. Als wäre sie jetzt wirklich erwachsen.

»Ich weiß es nicht, ehrlich gesagt.«

»Du hast mir immer noch nicht erzählt, worüber ihr beide so lange gesprochen habt.«

»Nein.«

»Ben kommt nicht so gut mit allem klar wie du.«

Kam sie gut klar? Auch darüber war sie sich unsicher, aber das schien irgendwie normal zu sein. Es kam ihr vor, als würde es zum Erwachsensein dazugehören.

»Ich bin nicht sicher, ob das eine gute Idee wäre«, sagte ihr Vater. »Wenn deine Mutter und ich wieder zusammenkämen, meine ich.«

»Weil du glaubst, dass es ihr bei ihren Leuten besser geht, oder weil du weiter unverständliche und melancholiegeschwängerte Bücher schreiben willst?« Es war heraus, bevor Isa sich auf die Lippe beißen konnte. Ihr Vater warf ihr einen verletzten Blick zu und sie schämte sich. »Du hast sie sehr geliebt, oder?«

Sein Mund verzog sich.

»Du liebst sie immer noch«, sagte Isa.

»Vielleicht liebe ich es, wie sie mein Schreiben inspiriert.« Er grinste verlegen. »Vielleicht hast du ja recht und ich bin doch der fiese Autor, der die Realität für seine Bestseller ausschlachtet.«

Die Bestseller, die er geschrieben hatte, dachte Isa. Sie waren alle nach Mamans Verschwinden entstanden. Und trotzdem ... »Nein«, sagte sie. »Bist du nicht.«

»Danke. Auch wenn ich nicht weiß, ob ich meine Bestseller hätte schreiben können, wenn ich deine Mutter all die Jahre nicht so sehr vermisst hätte.«

»Du kommst mir jetzt aber nicht mit diesem Klischee, dass ein Autor nur gute Bücher schreiben kann, wenn er leidet!« Automatisch dachte sie an Alexander, als sie das sagte.

»Keine Sorge. Alles, was ich sagen will, ist, dass ich ein glücklicher Mann bin. Weil ich euch habe, dafür bin ich Adèle dankbar. Und weil ich mein Schreiben habe. Es gibt allem einen Sinn, egal, was auch immer passiert.«

Isa verspürte einen Anflug von Traurigkeit. Falsch, keine Traurigkeit, dachte sie. Es war Sehnsucht. Sehnsucht nach Alexander. »Klingt kitschig«, sagte sie. »Aber auch beneidenswert.«

Da lachte er. »Ach, Isa!«

Der Ausruf ließ Isa zu ihm auf das Sofa rücken. Sie kuschelte sich an ihn, wie sie es früher getan hatte. Erwachsenwerden hin oder her, gerade tat es einfach nur gut, noch eine Weile lang Kind zu sein. Tief sog sie seinen Geruch ein. Er roch genauso wie immer und das war tröstlich.

Ein dicker Nachtfalter prallte gegen die Scheibe neben der Terrassentür. Isa dachte an die Fledermäuse, die draußen herumflogen und jagten. Ein Geräusch an der Terrassentür ließ sie aufmerksam werden. Alexander stand dort. Wie viel von ihrem Gespräch hatte er mit angehört? Das fragte sie sich, als er sich abwandte und davonging.

Sie lief ihm nach, aber sie traute sich nicht, ihn einzuholen. Unter der großen Platane blieb sie stehen und wollte schon zurück zum Salon gehen, da rief er nach ihr.

»Isa!«

Sie blieb stehen. Wartete, bis er zu ihr zurückkam. Jede Faser ihres Körpers sehnte sich danach, dass er sie in den Arm nahm und küsste, aber alles, was er tat, war, ihre Schultern zu umfassen und ihr sanft seine Lippen auf die Stirn zu drücken. Die Geste hatte etwas schrecklich Endgültiges an sich.

»Was bedeutete das?«, fragte sie leise.

Er trat einen Schritt zurück. »Dein Vater wird morgen mit euch nach Paris zurückfahren«, sagte er etwas zusammenhanglos.

Isas Herz wurde schwer. »Mit uns? Und was ist mit dir?«

»Keine Ahnung. Vielleicht bleibe ich hier bei den Spielleuten und versuche, ein bisschen etwas über meine Mutter rauszufinden.« Sein Lächeln war herzzerreißend traurig. »Über Naïa.«

Das konnte sie verstehen. So sehr verstand sie es, dass ihr nicht einmal die Tränen kamen, obwohl sie sich einfach nur elend fühlte. *Ich will dich nicht verlieren!*, sagte die Stimme in ihr und sie klang überhaupt nicht mehr finster, sondern einfach nur bekümmert. »Und was ist mit uns beiden?«

Ein Schatten flog über sein Gesicht. »Ehrlich, Isa? Ich weiß es nicht.« Er lehnte sich gegen den Stamm der Platane, als fehle ihm plötzlich die Kraft, aufrecht zu stehen. »Mir gefällt das, was Dad da eben gesagt hat.«

Dad. Es war schön, dass er das immer noch sagte.

»Dass er ein glücklicher Mann ist, weil das Schreiben allem einen Sinn gibt«, fuhr Alexander fort. Ein sehr feines, sehr wehmütiges Lächeln glitt über sein Gesicht. »Die Antwort auf deine Frage ist: Vielleicht muss ich erst mal rausfinden, wer ich bin. Bevor ich entscheiden kann, wer ich für dich sein will.«

Isas schweres Herz wurde noch ein bisschen schwerer. »Vielleicht musst du das. Aber ich weiß, was du für mich bist.«

Er schaute sie erwartungsvoll an.

Sie bekam schlagartig keine Luft mehr, doch sie schaffte es endlich, die Worte herauszubringen. »Der Junge, den ich liebe«, sagte sie.

Ganz kurz, eine Sekunde nur, schloss Alexander die Augen. Als er sie wieder öffnete, glänzten sie verdächtig hell. »Ich liebe dich auch«, sagte er.

Die Landschaft rauschte am Fenster von Alexanders Wagen vorbei, den Sera an seiner Stelle zurück nach Hause fuhr. Lyon lag lange hinter ihnen und rechts von ihnen konnte Isa am Horizont die Umrisse von Dijon sehen. Noch dreieinhalb Stunden, dann würden sie in Paris sein. Ihr Vater fuhr mit seinem eigenen Auto hinter ihnen her.

Isa wandte den Blick von der Landschaft ab und der goldenen Schatulle zu, die zwischen ihr und Ben auf der Rückbank stand. Ben hatte sie aufgeklappt und die Gegenstände herausgenommen, die sie vor der Abfahrt wieder dort hineingelegt hatten. Es waren nur noch drei. Ein aus trockenen Stängeln bestehender Lavendelstrauß, das Foto und die Spieluhr. Den Parfümflakon hatte Alexander behalten. *Zur Erinnerung an Gemma,* hatte er gesagt.

»Wenn Alexander das Parfüm behält, könntest du das Foto oder die Spieluhr nehmen«, schlug Ben vor.

Isa presste die Lippen aufeinander. Sie hatte sich mit ihrem kleinen Bruder noch kaum über Adèle und die Dinge unterhalten, die sie erfahren hatten. Sie spürte, dass Ben noch nicht bereit dafür war, und das zeigte ihr, dass es vermutlich noch eine ganze Weile dauern würde, bis alle endlich wirklich ehrlich miteinander sein würden. Ben jedenfalls wirkte am Ende dieser Geschichte stiller als zuvor. Stiller, aber auch erwachsener. Sie alle waren es, dachte sie.

»Ich will die Spieluhr nicht«, sagte sie. »Die Melodie macht mir Gänsehaut.«

»Dann kriegst du das Foto.« Ben reichte es ihr.

Widerwillig nahm sie es, aber als sie es anschaute und der jüngeren Ausgabe ihrer Mutter darauf in die Augen blickte, da fühlte es sich irgendwie richtig an. Sie berührte das Baby auf dem Bild.

Alexander.

Ihr Herz tat jetzt schon weh vor lauter Sehnsucht nach ihm, und sie legte das Foto mit dem Gesicht nach unten auf die goldene Kiste.

Ben tippt auf seinen Namen. »Sie muss verzweifelt versucht haben, sich einzureden, dass ich das bin auf dem Bild.«

Das Gleiche hatte Isa ja auch schon vermutet. Sie nickte nur.

Im Rückspiegel tauschte sie einen langen Blick mit Sera. Sie freute sich auf die langen Abende, die sie mit ihrer großen Schwester in Ruhe über all diese Dinge reden würde. Eine Schwester war schließlich besser als ein Psychotherapeut. Sie lächelte Sera zu.

Die zwinkerte zurück. Kurz bevor sie vom Zirkus aufgebrochen waren, hatte Isa sie ziemlich lange mit diesem Gilles reden sehen. Ob sich zwischen den beiden etwas anbahnte? Sie würde Sera das fragen. Später.

Mit einem Seufzen stellte Ben die Spieluhr in die Kiste zurück. »Wie geht es dir?«

»Keine Ahnung.« Isa dachte an Alexander. Und sie dachte daran, wie er ihr vorhin zum Abschied einen Kuss gegeben hatte. Einen echten auf die Lippen, nicht auf die Stirn wie gestern Abend.

»Da vorne kommt eine Toilette«, erklang Seras Stimme. »Soll ich da rausfahren?«

Isa nickte stumm und starrte dabei auf den leeren Beifahrersitz, wo Alexander eigentlich hätte sitzen sollen.

KAPITEL 28

Anderthalb Jahre später

Das Zimmer war klein, aber gemütlich eingerichtet. Er atmete tief durch, bevor er an das Bett der alten Frau trat. Die Altenpflegerin hatte ihm gesagt, dass Suzanne bettlägerig war, aber völlig klar im Kopf.

Sein Herz klopfte unnatürlich stark.

Wie lange hatte er gebraucht, um hierherzukommen? Wochen. Würde er jetzt endlich erfahren, was für ein Mensch seine leibliche Mutter gewesen war?

Er machte sich mit einem leisen Räuspern bemerkbar.

Suzanne schlug die Augen auf. »Sie haben mir gesagt, dass du kommen wirst.«

»Hallo, Grand-mère«, sagte er …

Es klopfte an Isas Zimmertür, gleich darauf flog sie auf und Ben stürmte herein. Er sah erhitzt aus, seine Augen leuchteten. »Wo bleibst du denn, verdammt noch mal? Alle warten nur auf dich …« Er blieb stehen wie angewurzelt, schaute auf Isa runter, die auf dem Bett saß, und auf den Stapel bedruckter Blätter, die sie vor sich liegen hatte.

»Oh«, machte er. »Du liest sein Buch.«

Isa starrte auf die letzten Sätze des letzten Blattes. Heute Morgen hatte der Postbote ein dickes Paket für sie gebracht. Es hatte diesen Stapel Papier enthalten, ein Manuskript, und beim ersten Durchsehen hatte Isa wie unter Schock bemerkt, dass Alexander es geschrieben hatte. Es war die Geschichte seiner Suche nach seinen Wurzeln. Er hatte sie aufgeschrieben und schenkte sie ihr. Isa hatte sich gleichzeitig darüber gefreut und war abgrundtief traurig gewesen. Gefreut hatte sie sich, dass er an ihren 18. Geburtstag gedacht hatte. Und traurig war sie gewesen, weil es natürlich bedeutete, dass er nicht kommen würde. Dabei hatte sie so darauf gehofft! Seit Wochen schon träumte sie von nichts anderem, als dass er endlich aus der Provence zurück nach Hause kommen würde, dass er ihnen die Chance gab, herauszufinden, ob sie nur Geschwister waren – wenn auch nicht blutsverwandt – oder ein Liebespaar.

Wie lange war es nun schon her, dass sie sich nicht gesehen hatten?

Seufzend setzte sie sich auf.

Ben sah sie voller Mitgefühl an. »Ich weiß, dass es schwer ist, aber … die anderen warten auf dich. Sie wollen mit dir anstoßen und feiern und du kannst nicht ewig hinter Alexander hertrauern.«

»Ich weiß«, sagte sie. »Ich komme gleich.«

Zufrieden mit dieser Antwort schob Ben ab. Isa musste alle Energie aufbringen, um einfach nur die Beine aus dem Bett zu schwingen. Eine Weile lang saß sie antriebslos auf der Bettkante, aber irgendwann stand sie doch auf. Kurz warf sie van Gogh auf dem Plakat einen finsteren Blick zu. Vielleicht sollte sie dieses melodramatische Bild mal abhängen. Sie trat vor den Spiegel, den sie neben der Tür hängen hatte. Sie war blass, aber das war sie doch eigentlich immer, oder? Sie zwang sich, die Mundwinkel zu einem Lächeln zu heben. Es sah ein bisschen spooky aus, also ließ sie es lieber bleiben. Mit ein paar schnellen Strichen zog sie sich die Bürste durch die blonden Haare. Das musste reichen für die kleine Geburtstagsparty, die Ben und Sera für sie organisiert hatten.

Mit einem tiefen Durchatmen verließ sie ihr Zimmer.

Sie waren alle da. *Alle bis auf Alexander.* Isa verbot ihrer Finsterstimme den Mund, dann betrat sie das Wohnzimmer. Es fühlte sich an, als würde sie in ein Meer aus Gesichtern tauchen, dabei waren da eigentlich nur Ben und Sera und ein paar Freunde. Und auch ihr Vater hatte sich von seinem Schreibtisch wegbewegt, an dem er seit ein paar Wochen an einem neuen Buch schrieb.

Isa nahm eine Menge Glückwünsche, Küsse und Geschenke entgegen. Unter den fröhlichen Blicken der anderen packte sie aus, was man sich für sie ausgedacht hatte: Bücher, ein Seidentuch irgendeiner neuen, offenbar angesagten Modemarke. Ihr Vater hatte ihr einen neuen Skizzenblock für ihre Malerei gekauft und auch die sauteuren Malkreiden, auf die sie schon so lange sparte. Sie bedankte sich überschwänglich bei ihm und beschloss, ihm auf keinen Fall zu verraten, dass sie neuerdings mit dem Gedanken spielte, mit der Malerei aufzuhören.

Dass sie angefangen hatte, selbst zu schreiben, weil sie sich dann Alexander näher fühlte.

»Und jetzt noch das hier«, sagte Ben und reichte ihr ein winziges Paket. »Das ist von Sera und mir zusammen.« Er wirkte regelrecht begeistert und auch Sera schien begierig darauf zu erfahren, was sie sagen würde. Isa nahm sich vor, das Geschenk gebührend zu feiern, egal, was es war.

Sie packte es aus. Es enthielt eine Streichholzschachtel.

Sie war leer.

Bevor Isa fragen konnte, was es damit auf sich hatte, lachte

Sera auf. »Unser Geschenk ließ sich nicht so richtig gut einpacken.«

Ben kicherte, durch die kleine Gruppe ihrer Freunde ging ein Raunen, und als Isa sich umdrehte, stand Alexander in der Tür. Seine schmale dunkle Gestalt ließ ihr Herz stillstehen.

Was machst du …

Ohne das zu Ende zu denken, flog sie zu ihm, fiel ihm um den Hals. Er roch nach *Fierce* und nach Vertrautheit. Nach Herzklopfen und … Ihr wurde bewusst, dass sie sich kaum Zeit gelassen hatte, ihn anzusehen. Herauszufinden, als wer er zurückgekommen war. Unsicher wich sie ein Stück von ihm zurück und meinte testhalber: »Hallo, großer Bruder.«

Er schüttelt den Kopf. »Hallo, Isa«, sagte er und das reichte ihr. Sie umarmte ihn und hielt ihn so fest, wie sie nur konnte. Er schlang ihr die Arme um die Schultern, sie spürte seine Hände auf ihrem Rücken, seinen Atem in ihrem Haar. Seinen Herzschlag in seiner Brust, der genauso dahinjagte wie ihrer. Sie wollte, dass er sie küsste, aber als sie ihrerseits Anstalten machte, es zu tun, wisperte er: »Nicht hier vor allen anderen.«

Da nickte sie und ging ein Stück auf Abstand.

Die ganze Feier über saß sie wie auf heißen Kohlen. Sie hörte zu, wie die anderen Alexander ausfragten darüber, wie es ihm in den vergangenen Monaten ergangen war, ob er etwas über seine leibliche Familie herausgefunden hatte. Einiges davon wusste sie, denn ganz hatte er den Kontakt zwischen ihnen nicht abgebrochen. Ab und an hatte er ihr eine Nachricht geschickt, kleine, kostbare Lebenszeichen, die sie die Trennung noch schmerzhafter hatten spüren lassen. Trotzdem hörte sie zu, wie er allen erzählte, dass von Naïas Verwandten nur noch ihre Mutter gelebt hatte.

»Ich habe sie in einem Pflegeheim gefunden«, sagte er. »Sie hat mir ein bisschen was über Naïa erzählt.«

Isa hörte, was er sagte, aber es kam nicht richtig bei ihr an, denn in Gedanken war sie bei seinem Manuskript. Seine Begegnung mit seiner Großmutter bildete die Rahmenhandlung für Naïas Geschichte und diese Geschichte war die einer ganz normalen jungen Frau ohne große Geheimnisse. Eine junge Frau, die das Leben genießen wollte und ungewollt schwanger wurde. Eine junge Frau, die zu früh an Krebs starb. Es war eine sehr traurige, aber auch sehr schöne Geschichte geworden.

»Was wirst du jetzt tun?«, fragte Isas Vater, nachdem Alexander zu Ende erzählt hatte und alle im Raum ein bisschen ergriffen waren.

Alexander sah Isa an. »Wir werden sehen«, antwortete er.

Zwei Stunden später war Isa endlich mit ihm allein in ihrem Zimmer. Plötzlich fühlte sie sich hilflos und befangen und ihm schien es nicht anders zu ergehen.

»Bist du wütend auf mich?«, fragte er.

»Weil du so lange weg warst?«

Er nickte. Seine Locken waren ein ganzes Stück länger als damals. Ihr Herz war kurz davor, den Dienst zu quittieren. *Tod durch eine Überdosis Glückseligkeit,* dachte sie. Sie sagte: »Nein. Ich kann verstehen, dass du rausfinden musstest, wer du bist. Gut, dass du deine Großmutter gefunden hast.«

»Ja«, murmelte er und versank kurz in seinen Gedanken.

Isa ging zum Bett, wo noch immer sein Manuskript lag. Sie nahm es, las noch einmal die Widmung auf der ersten Seite.

Für Isa, die an die Macht von Geschichten glaubt.
We are all broken. That's how the light gets in.

Sie reichte ihm das Manuskript. »Danke, dass du mich das hast lesen lassen.«

Er nickte nur. »Ich sitze schon an was Neuem. Und ich glaube, es wird unsere Geschichte.« Verlegen senkte er den Blick, als habe er Angst davor, wie sie darauf reagieren würde.

Ihr Herz floss über. »Und wie endet sie?«, fragte sie ihn.

Da hob er den Blick wieder. Sie glaubte, in seine dunklen Augen gezogen zu werden. Es fühlte sich an wie Fallen. »Sag du es mir!«

Sie spürte, wie ein Lächeln ihre Mundwinkel hob. »Du weißt, ich stehe nicht auf kitschige Happy Ends in Liebesgeschichten.«

»Keine weißen Ritter mehr?«, sagte er.

»Nein. Na ja, vielleicht noch ab und zu mal.«

Er lachte. Unbewusst zog er seine Unterlippe zwischen die Zähne und biss darauf.

Kurz dachte sie an die Pascal-Episode. Das alles lag so weit hinter ihnen, dass es sich schon längst banal anfühlte. Wie etwas, das man als Jugendliche hochdramatisch fand und über das man später nur milde lächeln konnte.

»Sie lebten glücklich und zufrieden bis an ihr Lebensende?«, schlug sie vor.

Er lachte leise. »Gar nicht kitschig! Außerdem sagt das nicht, ob als Bruder und Schwester oder als ...«

»Dummkopf!«, fiel sie ihm ins Wort. »*Glücklich und zufrieden*, habe ich gesagt.«

Er nickte. »Ah!«, machte er. »Verstehe.«

Ganz kurz war da der Impuls, ihn zu warnen: *Wenn du dich auf mich einlässt, ist die Dramagefahr ziemlich hoch.* Sie behielt es für sich, auch wenn die Vampire in ihr leise mit den Flügeln raschelten. Das war vermutlich etwas, mit dem sie leben musste. Trotzdem war sie nicht Adèle, das hatte sie mittlerweile begriffen. Sie dachte an ihren Vater, der wahrscheinlich schon wieder nebenan in seinem Zimmer an seinem Laptop saß und schrieb.

Mit einem Lächeln legte sie Alexanders Manuskript weg. »Unsere Geschichte fängt hier erst an«, sagte sie.

Hinweis zu sensiblen Themen

Achtung: Diese Hinweise enthalten Spoiler!

Dieses Buch enthält Themen, auf die du sensibel reagieren könntest: versuchter Suizid und Kindeswohlgefährdung.

Falls es dir nicht gut geht, findest du unter der Nummer der Telefonseelsorge rund um die Uhr kostenlose und anonyme Hilfe.

0800-1 110 111 // 0800-1 110 222
https://www.telefonseelsorge.de/